明治初期毒婦小説集成

監修・編集・解題
中村正明
安西晋二

第1巻
久保田彦作篇①

ゆまに書房

凡例

一　明治初年代から十年代にかけて、旧来の戯作と新時代のメディアの融合が見られた時代、読者から多くの支持を得たのが、合巻の形で提供された「毒婦小説」である。本集成はその代表作といえる作品を作者別にまとめるものである。また、参考資料として、活字本や速記本という別の形の出版物、そして演劇に広まって作成された番付や台本、そしてくどき節などの俗謡なども収録する。

二　なお、岡本起泉の「東京奇聞」「白菖阿繁顛末」「幻阿竹噂聞書」の三作品については、編者による翻刻を付した。

三　復刻に当たり、A５判に収めるよう、適宜判型を調整した。底本にある印刷のかすれ、虫損、小欠損、手擦れ等の汚れ、しみなどは、そのままとした。ただし、上記の理由で数文字にわたり判読できない場合、一部その文字を添書して補った。

四　各収録資料の解題を収録巻巻末に付した。各項目の執筆者名は、文末に記している。

五　復刻版刊行を御許可いただいた各底本所蔵機関に謝意を表します。

目次

久保田彦作　作

合巻『鳥追阿松海上新話』

明治十一年刊

7　合巻『鳥追阿松海上新話』初編

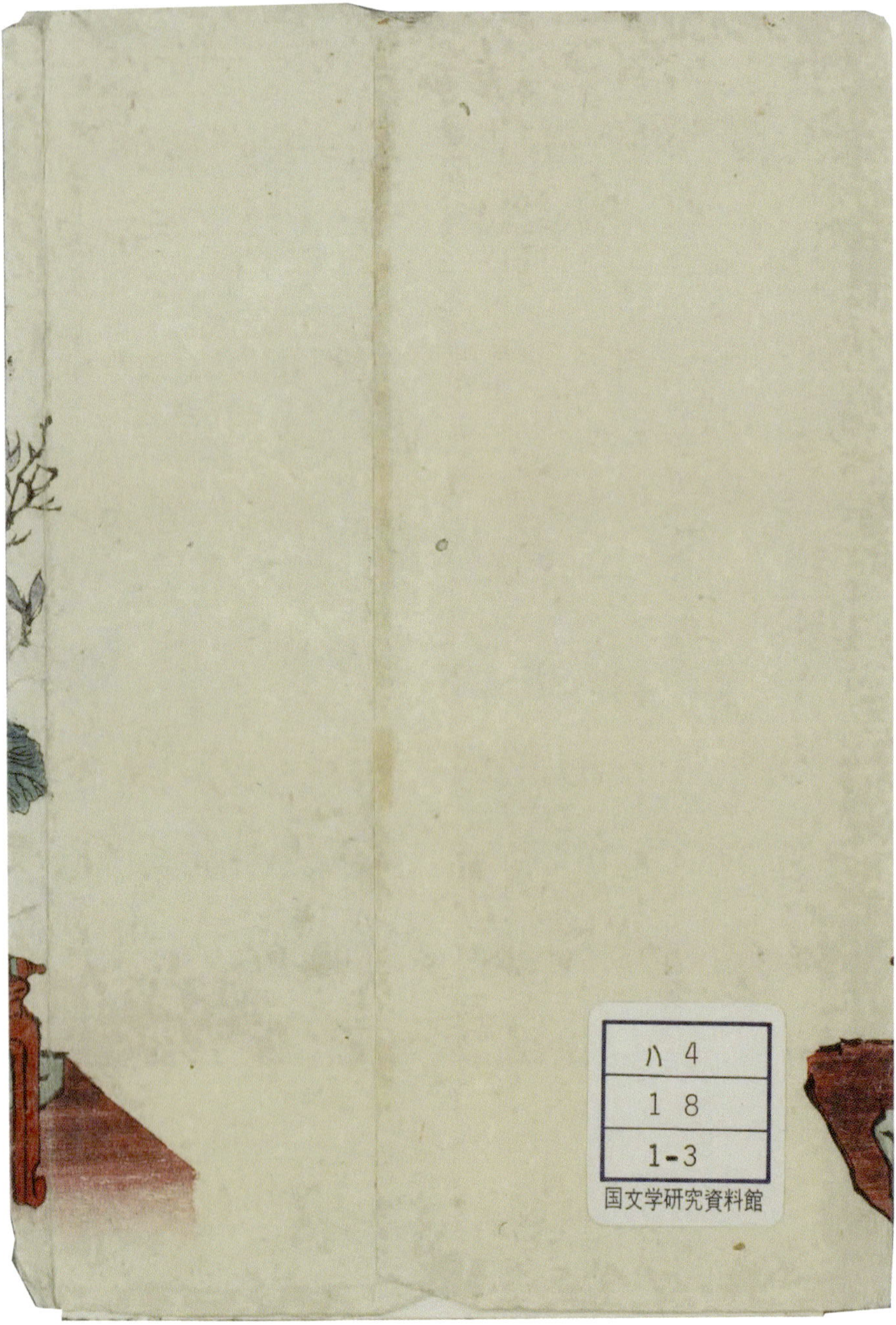
ハ 4
1 8
1-3
国文学研究資料館

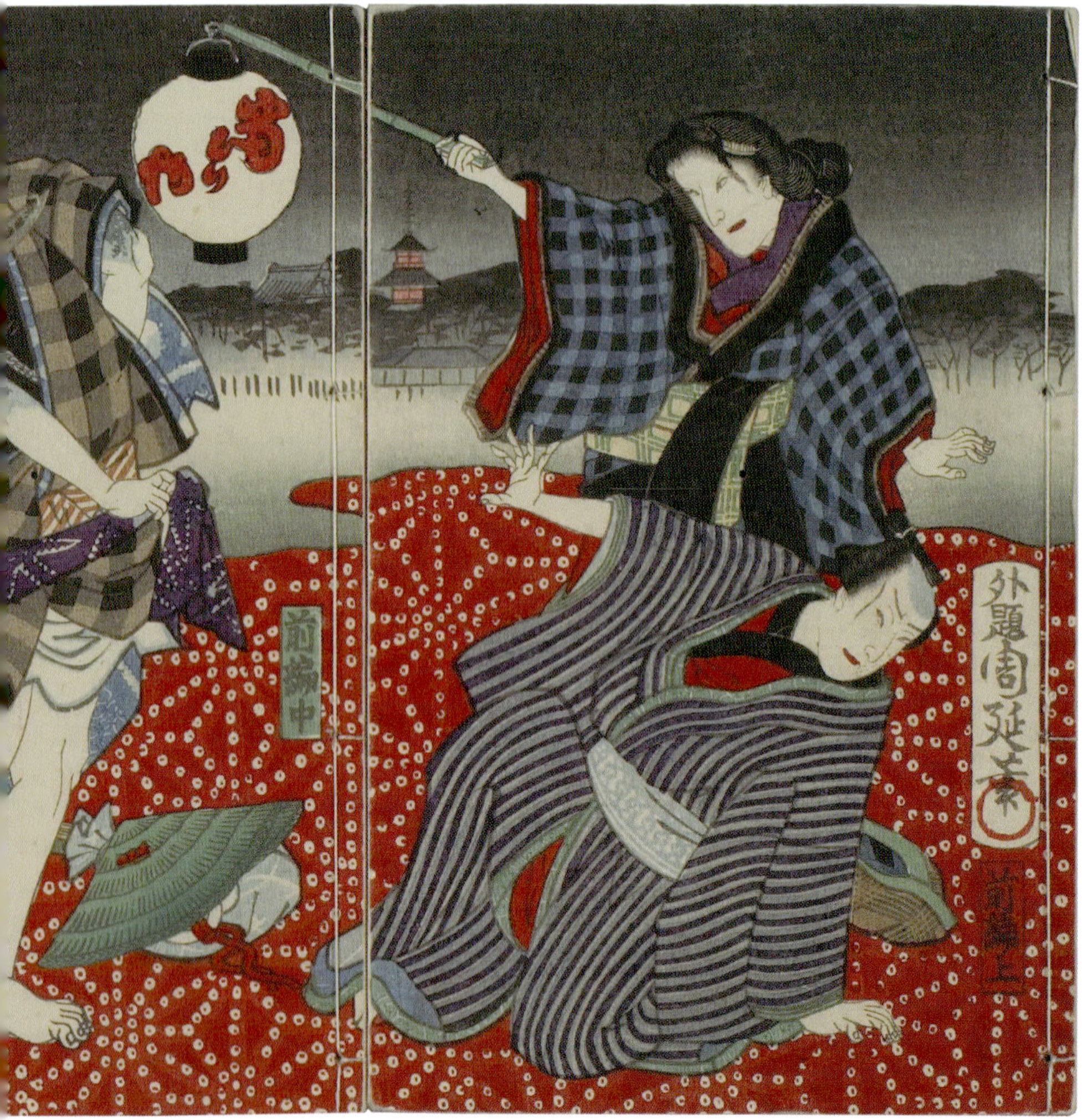
外題周延画
前編中
前編上

11　合巻『鳥追阿松海上新話』初編

13　合巻『鳥追阿松海上新話』初編

我假名讀新聞《わがかなよみしんぶん》第五百四十號《がう》客歳《かくさい》十二月《げつ》十日を以《もつ》て始《はじ》めて雜報欄内《ざつぱうらんない》に記載《きさい》せし鳥追阿松《とりおひおまつ》の傳《でん》ハ間々《かん／＼》本年《ほんねん》一月十一日第《だい》五百六十二號《がう》に到《いた》り嗣出《ししゆつ》さる事《こと》十四回《くわい》未《いま》ダ結局《けつきよく》ニ及《およ》バざるも僥倖《げうかう》にして千町万町《せんちやうまんちやう》の衆目《しゆうもく》ニ觸《ふ》れ喝采《かつさい》の声價《せいか》を得《え》さる操觚者《さうこしや》の歡喜《くわんぎ》の餘《あま》りニ思《おも》ひ筆《ふで》を走《はせ》さるあり然《しか》りと雖《いへど》も春霞《はるがすみ》三筋《みすぢ》を繋《つな》ぐ長物語《ながものがたり》ハ頗《すこぶ》る新紙《しんし》の本《ほん》意《い》に違《たが》へバ其概略《そのおほむね》を次號《じがう》ニ掲《かゝ》げ大團圓《だいだんゑん》となさんと欲《ほつ》すを錦栄堂《きんえいどう》の主人《あるじ》遺憾《ゐかん》としてこゝニ其首尾《そのしゆび》を全《まつた》くせんとす原由《げんゆ》ハ遥《はる》かに過去《すぎさり》し明治元年《めいぢぐわんねん》の春《はる》よりして同《おなじ》く十年《ねん》の冬《ふゆ》ニ止《とゞま》る温故知新《をんこちしん》の大実録《だいじつろく》題《だい》して海上新話《かいじやうしんわ》と號《なづ》け茲《こゝ》ニ三絃《さみせん》の緒《いとぐち》と解《と》くと云《いふ》

明治十一年第一月

假名垣魯文記

秋葉山
常燈
風のまにまに
流しつゝ柵の
伊東橋塘
非人
定五郎
娘《むすめ》
阿松《おまつ》

17　合巻『鳥追阿松海上新話』初編

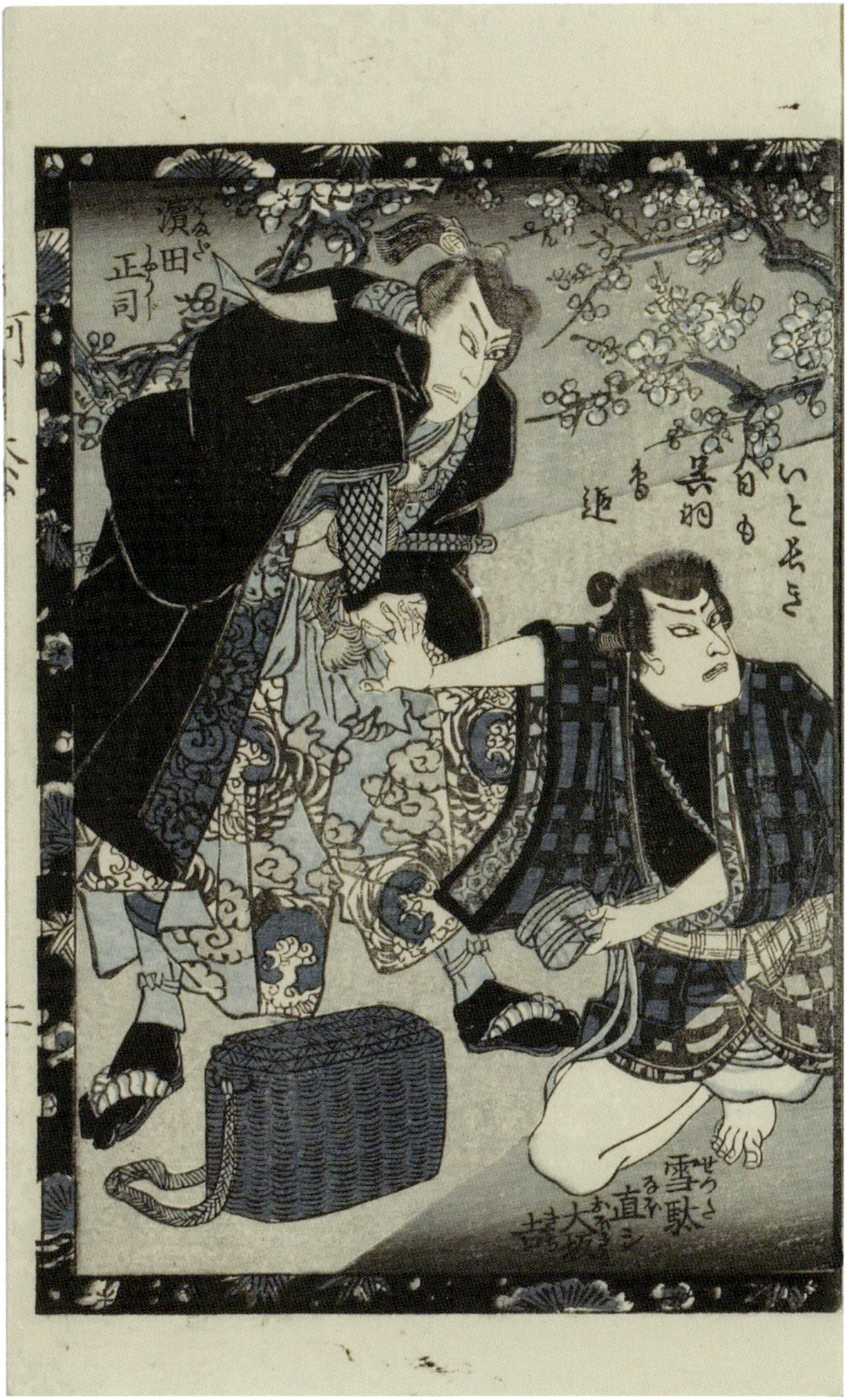

根方《ねざき》の作蔵《さくざう》
阿枩《おまつ》の母
於千代《おちよ》

鳥追阿松海上新話初編上之巻

仮名垣魯文閲
久保田彦作著

第一回

梅《うめ》が香《か》や乞食《こじき》の家《いへ》も覗《のぞ》かれてと晋子《しんし》の吟《ぎん》の古《ふる》き称《とな》えも新《あらた》まる代《よ》の春《はる》立頃《たつころ》東京《とうけい》は未《いま》だ江戸《えど》と呼《よ》び木挽町《こびきちやう》の采女《うねめ》が原《はら》に羽生《はにふ》の孤屋《こや》の板庇《いたびさし》月洩《つきもる》軒《のき》の破《あれ》損家《らや》に親子《おやこ》の非人《ひにん》あり其本夫《そのおつと》定五郎《さだごらう》は日毎《ひごと》に辺《あた》りちかき尾張町《をはりちやう》なる布袋《ほてい》屋《や》といへる呉服店《ごふくみせ》の曲《まが》り門《かど》に履物直《はきものなほ》しの露店《みせ》を張り妻《つま》のお千代《ちよ》（四十二三）と一女《むすめ》阿松《おまつ》は春《はる》は鳥追《とりおひ》平常《へいぜい》は女太夫《をんなだゆふ》の笠《かさ》深《ふか》く包《つゝ》めど匂《にほ》ふ島田髷《しまだまげ》廿《はたち》の上《うへ》を二ツ三ツ超《こせ》ど花香《はなか》は市中《しちう》に高《たか》く大店《おほだな》向《むき》や紀者座の窓下《まどした》にて鶴賀《つるが》の若《わか》も仇《あだ》めきて玉《いな》と欺《あざむ》く母娘共に世上に小屋《こや》久米《くめ》三と人《ひと》も門《かど》より呼子《よぶこ》鳥《どり》しも養ふ末のみなるを維新《いしん》の際《きはい》も名も諸藩《しよはん》の兵隊《へいたい》大名小路《だいみやうこうぢ》に屯営《とんえい》して来ぐ血腥《ちなまぐさ》い時《とき》なりしが女太夫《どうらくもの》を窓下《まどした》に付《ちやくづけ》て種々《いろ／＼》の唄《うた》など謡《うた》わせ浮《うか》さ調子《てうし》に阿松母子《おまつおやこ》は日《ひ》に二円《にゑん》の稼《かせ》ぎはかゝさず又《また》なきことゝおもひしに果報《くわほう》は寝《ね》ても【つぎへ】

阿松上　三

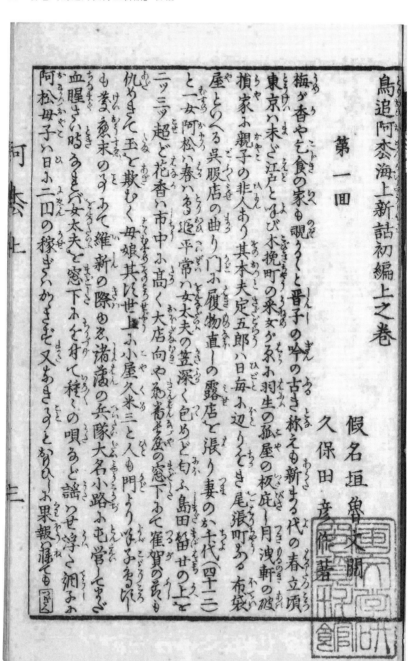

廓《さと》の内の
或郎に
屯集《とんしう》
兵隊《へいたい》に濱田《はまだ》
正司《しやうじ》といふ者《もの》ありしが
深《ふか》く此《この》阿松《おまつ》を
恋慕《れんぼ》ひ
を求《もと》めて采女《うねめ》
が家の定五郎《さだごらう》が小家《こや》へ尋《たづ》ね
行き金《かね》にあかして忍《しの》び竟《つひ》に
○度々《たびたび》密會《みつくわい》せしとて母《はゝ》の
お千代《ちよ》は悟《さと》りしが素《もと》より
色《いろ》にて俗業《なりはひ》の助《たす》けと我《わが》
子《こ》に咎《とが》
らぬ
心《こゝろ》で
兼知《がうち》で
させし
ゆゑ
あまずれ口《くち》へ出《いだ》さねば
見《み》ぬ振《ふり》ぞ

中とハなれど阿松ハ親ニ似ぬ心だて慾深き生れとひ母の手代ニ
娘が色香ニ迷ひし濱田が意ニ付入種々の手術で金二百円余を騙し
とりしが罪ハ多くもあらぬ身なれバ阿松の為に
衣類調度を売払ひ捨る程早くも
隊長ニ聞えしが其比
禁足を申し付られたり
とハ云ど阿松ハ心ニ染ぬ
濱田忠司が通ふ先さへ緒絶の
橋ニ名の因ある橋場の里の汐
入堤ニ同じ非人で大坂吉といふ
者なり阿松ハ兼て同気見
ねる破落声の衆らひとろ人目の関
越へて互ひニ父母の目を忍び
こゝに浅草並
木町ニ松屋といふ呉
服店あり見世の
番頭忠兵衛ハ元
大坂の出生
ニて利發き
性質なる
主個の内
外の事を
任せ
不幸

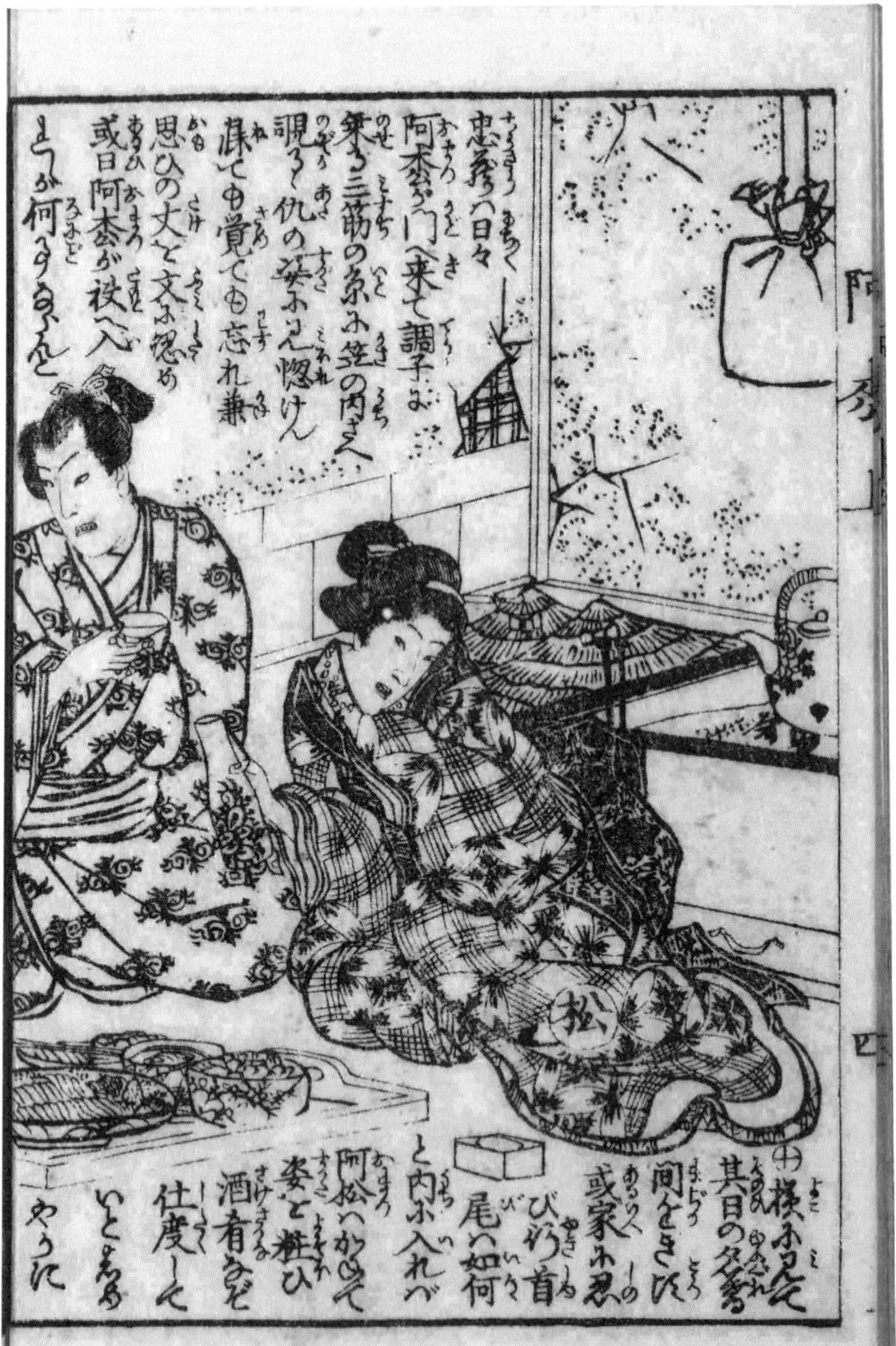

忠義《ちうぎ》ハ日々
阿杢が門《かど》へ来《き》て調子よ
乗る三筋の糸に笠の内より
覗《のぞか》る仇《あだ》の姿《すがた》に見惚けん
寝《ね》ても覚《さめ》ても忘《わす》れ兼
思《おも》ひの丈《たけ》を文《ふみ》に認め
或日《あるひ》阿杢《おまつ》が袂《たもと》へ入
しつが何すすふれと

横《よこ》に見て
其日《そのひ》の夕暮
間をきれ
或家《あるいへ》に忍
びいり首
尾《び》ハ如何
と内《うち》に入《い》れば
阿松《おまつ》へかゆめて
姿《すがた》を粧ひ
酒肴《さけさかな》など
仕度《したく》して
いとむ寄
やうに

弄きさへも一夜の情といゝながら
先実は今譬へ醜き男でも
否とは言ぬ渡りふ船と速
返すと見世先より授のぞ
知らせしのかた義の悦こひ
言ん方なく千宵寄り橋場
の小童へ忍び来れと夕またぐ
急ぎ帰しあれ主個へ忠義と
居間ふ呼よせ金二百円と
渡せ扨ら今そ此金ヶ橘町の何某へ仕切ふ渡ふ令られ
五苦労るが持参そと意へぬ主個の私さ小ふ答へる
うけがひて二百円と成布ふ入れ我家の門を立出ゝ心も空の

りう然やら
管夜
いう頃
ゑんまく
天狗さ
廻り盃
小醉もも
の郭らく
総泉寺の
松風颯
とも思はひ五更と夜

洋定
玉久
入谷

千

正

田甫と
それへ図

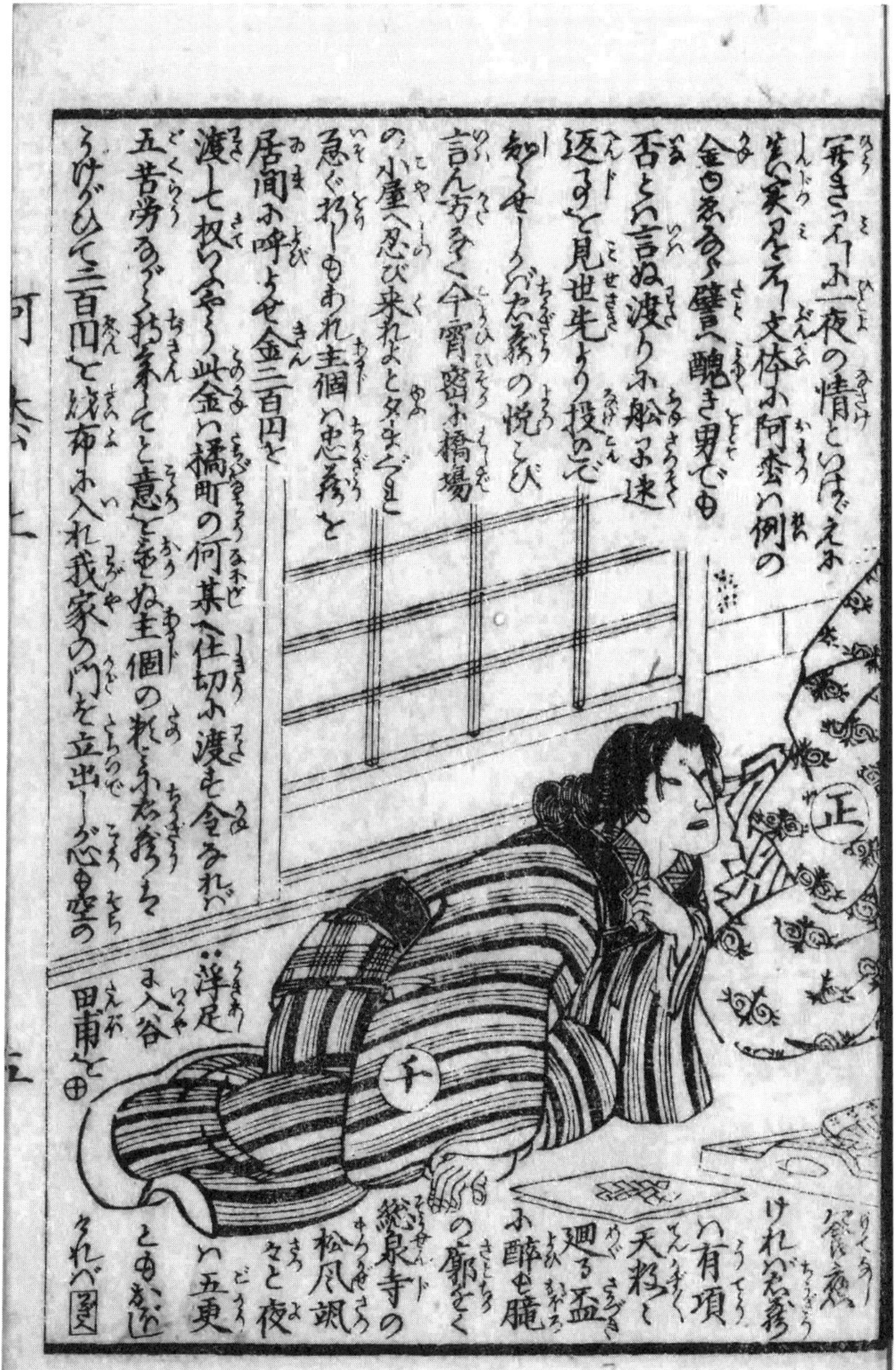

寝《ね》よとの鐘《かね》の莚屏風《むしろびやうぶ》破れ布団《ふとん》に
枕《まくら》並《なら》べ怪《あや》しき夢《ゆめ》の仇《あだ》むすび
後《のち》の憂《うき》とぞ知《し》られける長兵衛《ちやうべゑ》は
非人小屋《ひにんごや》に初《はじ》めて泊《とま》りしと
いひ若《も》や人《ひと》に悟《さと》られまじと我《わが》
身《み》の恥《はぢ》と床《とこ》に眠《ねむ》られぬ枕《まくら》へ
宵《よひ》からせし酒《さけ》にスヤ〳〵寝《ね》
入《い》る真夜中《まよなか》ごろ表《おもて》の締《しま》りも
勝手《かつて》知りたる我家《わがや》の雨戸《あまど》
足《すり》で蹴《け》り縁先《えんさき》に忍《しの》ぶを掛《み》
る大坂吉《おほさかきち》が出刃庖丁《でばぼうちやう》と口《くち》に啣《くは》へ
突然《いきなり》屏風《びやうぶ》を取《と》り退《の》けて 図

△既《すで》に刺《さ》さんとせしが
手《て》に縋《すが》り涙《なみだ》と
共《とも》に声《こゑ》かけり
今更《いまさら》お前《まへ》の目《め》と
掠《うち》め忠《ちう》
義《ぎ》さんと
不義《ふぎ》をなさ
の壁《かべ》のあ
佗殺《きころ》され
ても言解《いひとく》
とはいへるものゝ
と
身《み》は産《うま》れながら一度《いちど》
素人《しろうと》ならぬ枕《まくら》をかはし

呉服反物
金杉道ち
浅草並木町
松屋本店
松
千
手の内で
漸々に痩
世帯同じ五親
も浅
足る
人間に産れても
織多よ乞食と卑
口いろくに縁までも
虚ろ実情い人の命
の山吹色手切の金
と鞘びーにお千代を
出もせぬ涙を
浮べた結に
百両の金を
抑へて命乞ひい
安いのぐ
と胸
ぐらに
退りさせぬ
板底ー月

しめらまし蹤《ごと》に邪見《じやけん》のお
前《まへ》にハさへ愛想《あいそ》が尽《つき》
果《はて》し覚知《さと》りながらも狼藉《らうぜき》
さんと邪《よこし》まの中《うち》も命《いのち》が
罪《つみ》ハ私《わたし》と體《からだ》を突付《つきつけ》
サアきつぱりと殺《ころ》し
てと阿松《おまつ》が覚悟《かくご》に流石《さすが》の
吉《きち》も張切《はりきつ》る腕《うで》もひるむ隙《すき》を
後《うしろ》の荒縄《あらなは》の端《はし》よりはひかけるあいし母《はゝ》お千代《ちよ》が始終《しじう》を
きいて吉《きち》に向《むか》ひ道理《だうり》を迫《せめ》て和《やはら》かく悔《くや》みし忠義《ちうぎ》れ
菱《ひし》に菱《ひし》見し心地《ここち》して歯《は》の根《ね》もあはず片隅《かたすみ》に亀《かめ》の居《ゐ》て
お千代《ちよ》に此場《このば》の扱《あつか》ひをとまでを合《あは》して頼《たの》む手《て》より外《ほか》に詞《ことば》も
内證《ないしやう》ハ親娘《おやこ》二人《ふたり》の水入《みづい》らず薄氣《うすき》に大坂吉《おほさかきち》と小影《こかげ》に招《まね》き図

よし登《のぼ》る主国《もんこく》より頼《たの》みし金《かね》あがら
命《いのち》の換《かへ》錢《ぜに》と心中一国《いつこく》の忠義《ちうぎ》
それがお千代《ちよ》が翔《かけ》のをかく金《きん》百円《ゑん》
を手渡《てわた》しして虎《とら》の尾《を》を踏《ふ》む毒蛇《どくじや》
の口《くち》を退《の》がれし危難《きなん》と重関《ぢうくわん》
抜《ぬけ》て飛《と》び出《で》秋雨《あきさめ》に
えより濡《ぬれ》し胴接《どうはぎ》
時《とき》を放《はな》れて迹《あと》
なり〇跡《あと》に三人《さんにん》傍《かたはら》を見《み》
まわし「吉《きち》さんそ尾《び》れ
上《あが》り来《き》た阿松《おまつ》が大坂吉《おほさかきち》
も庖丁《はうちやう》を投《な》げ出《だ》し
「元《もと》より仕組《しくみ》し図

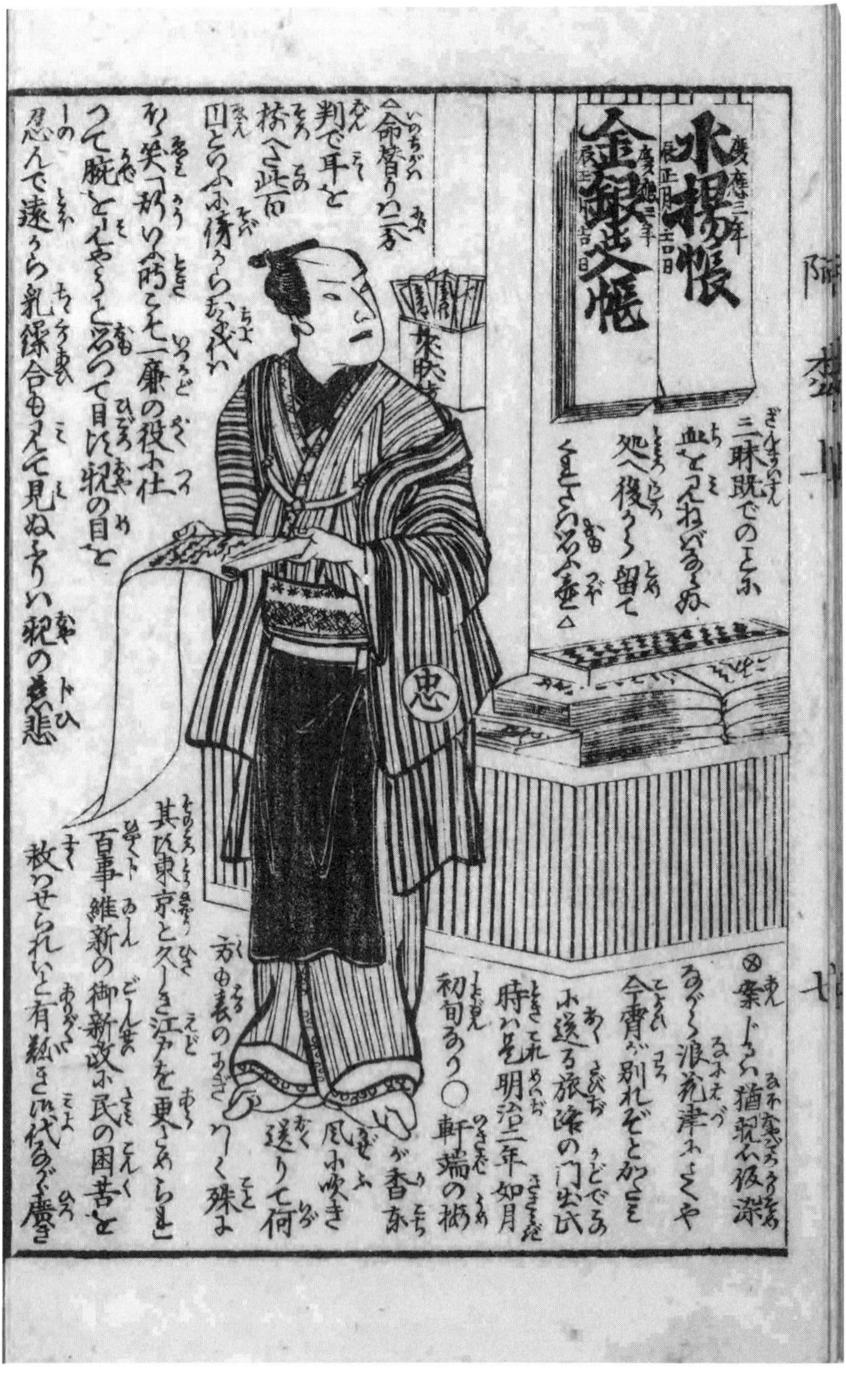
慶応三年
辰正月吉日
水揚帳
慶応三年
辰正月吉日
金銀出入帳
忠

29 合巻『鳥追阿松海上新話』初編

首尾うらくして〔百円〕〈谷田甫の二ツ谷モウ観音の明けツ大層をさの吹酒を風と凌ぐ茶碗の酒と三人廻る盃うどもうち行ぬ身の果い後むぞうと白王の気やわって君とちり夜吃とくくぞぞありふる○此後阿松大悪計と廻らして先ふ浅田西司とら入坂吉と善らぬのと色ふことよや権金百円と騙りとり〕とふくと其萬く聴〕うど目ろくぐん彼がこの身ふえんと悪きだへ堅とたへ年代損さると大坂二度盆をへ隠させ三二年の某内に吉と古郷の天坂へ密ふ身とあせ入きべ世るの口碑を遣ふなりと於る膝て突合馬ふるって身の上をぬ古布る行

阿松上

吉くと悪くする二の為ふ世を狭めぐる大坂吉と彼ぎ逝の昭ぬ松の二人く其身の暮りふまるぶく東まで欣ふ敗した沐へ旅粧はとくれ松娘ら抱奪み金て古吏を技出まち出川て即用ら片身の廻り路用らいて密と日湖へやと吉平議

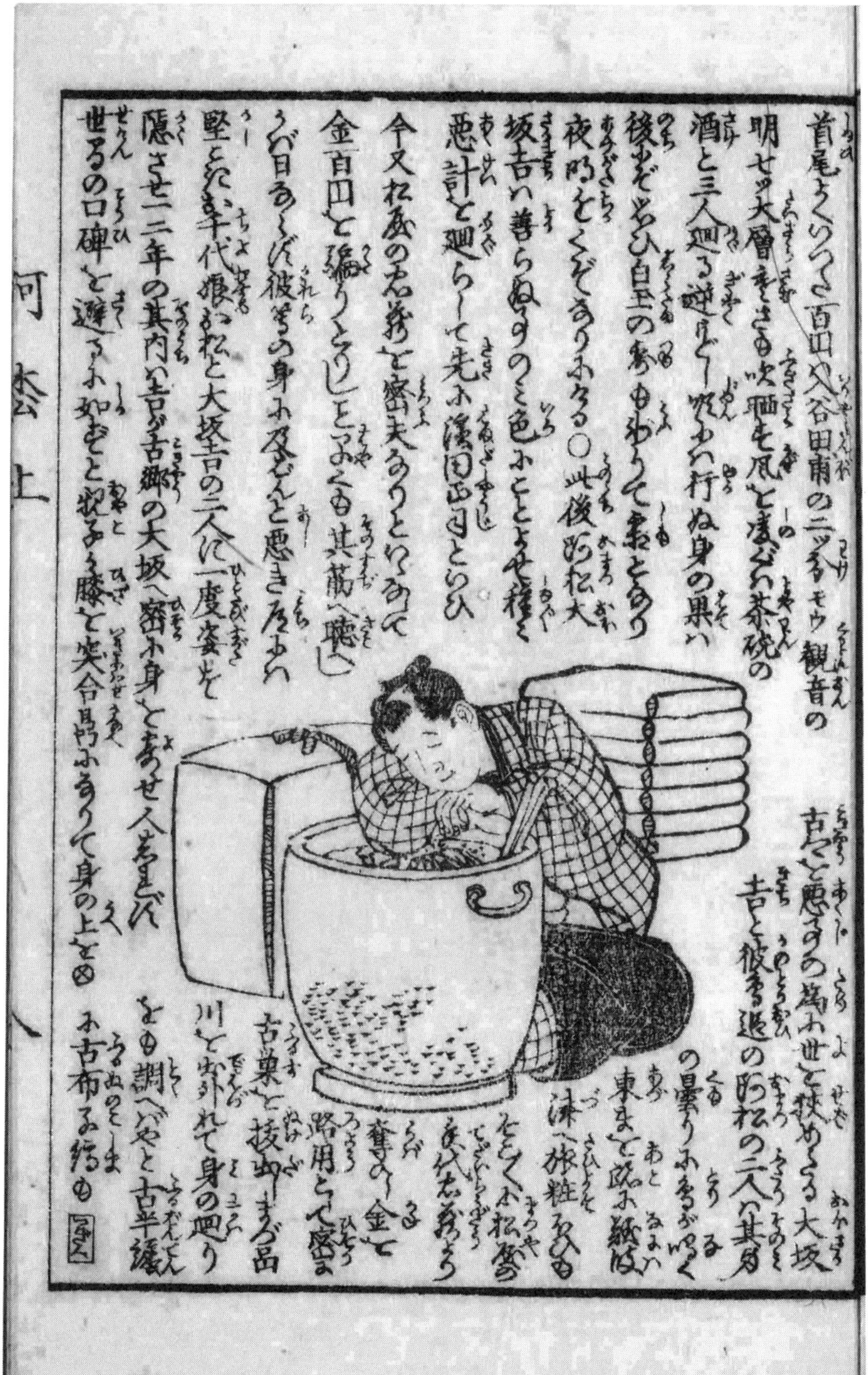

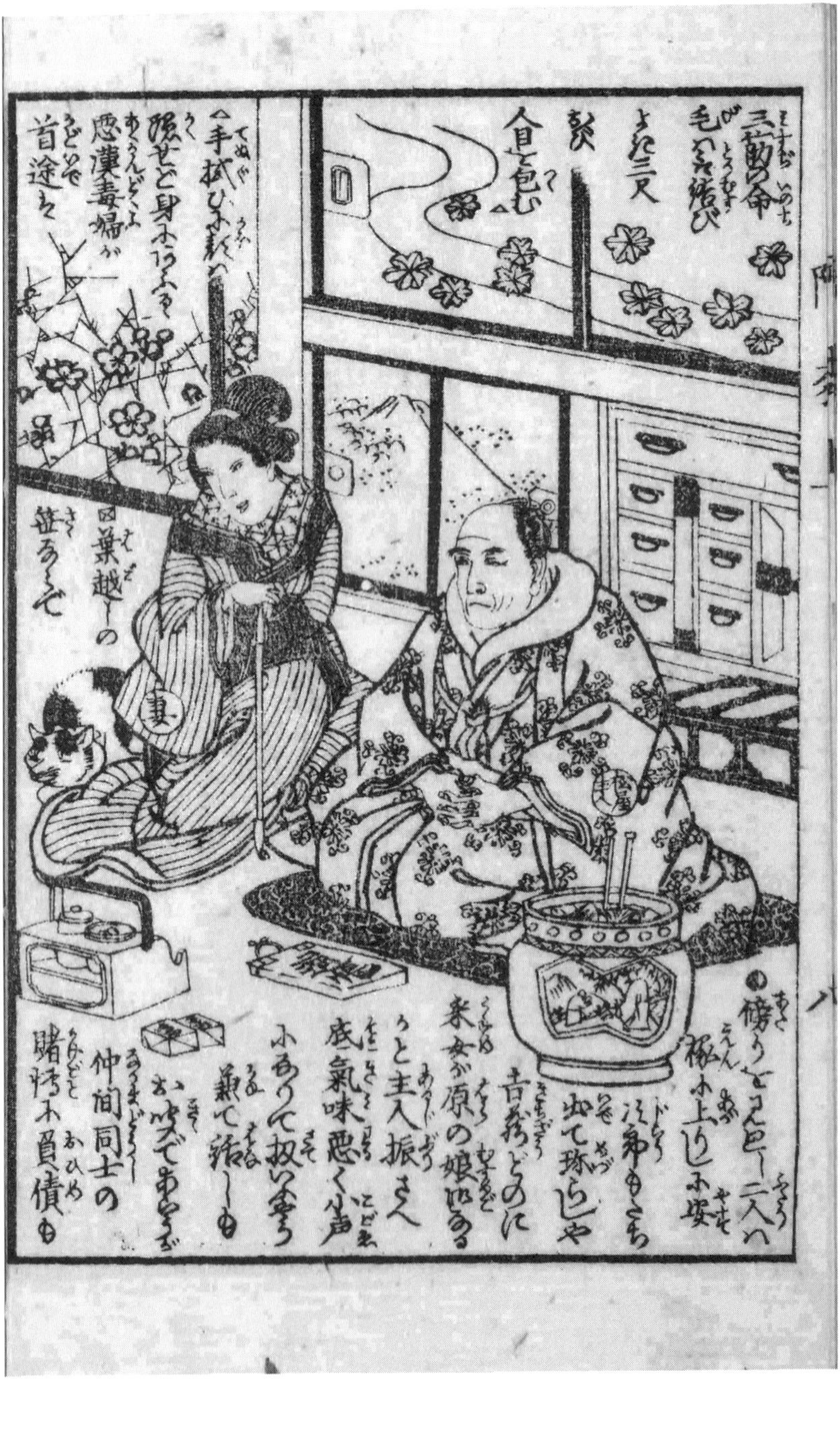
葉越しの
手拭ひ
悪漢毒婦
首途
主人振さへ
底氣味悪く
仲間同士の
賭博不負債

千里《せんり》の薮《やぶ》に猛虎《まうこ》を放《はな》て彼誹《かのそしり》も斯《かく》なりし其日《そのひ》の黄昏《たそがれ》灯《ひ》とも頃《ころ》に品川駅《しながはえき》の裏手《うらて》なる東海禅寺《とうかいぜんじ》の境内《けいだい》に兼《かね》て知己《しるべ》の非人《ひにん》仲間《なかま》に安次郎《やすじらう》といふ者あり阿松《おまつ》が父《ちち》定五郎《さだごらう》とは竹馬《ちくば》の友《とも》とて義兄弟《ぎきやうだい》の因《ちなみ》を結《むす》びし親《わざ》なれバ二人《ふたり》を爰《ここ》に今宵《こよひ》とまりし旅《たび》の用意《ようゐ》も調《ととの》へむやといと親《うと》母《おも》しく思《おも》ひしや大坂《おほさか》吉《きち》ハ平常《ふだん》より安次郎《やすじらう》が酒《さけ》を好《この》めバ懐《ふところ》から手土産《てみやげ》まで用意の松の図

備前徳利《びぜんとくり》ら樽酒《たるざけ》を身のひご包《つつ》み竹の皮《かは》煮染《にしめ》あるぞ買《かひ》とへのえ安次郎《やすじらう》の門口《かどぐち》より細目《ほそめ》にあけて内《うち》を伺《うかが》ひ

黙《だま》りて詮方《せんかた》なく阿松《おまつ》と共《とも》にともなひ

此時《このとき》ハ私《わたし》しぞろり

が歌妓女《げいしや》賢《かしこ》しく牛

貴様《きさま》に逢《あ》はんとなれど

母さんの言付《いひつけ》も（つゞく）

阿李上 九
仇枕《あだまくら》とありしと共《ども》
物語《ものがたり》ひと先吉《すけきち》が古《ふるさと》へ身《み》を
落《おち》つけんと
逐一《ちくいち》に安次郎《やすじらう》
に語《かたら》せしと
一々《いちいち》聞《きゝ》て打《うち》
うなづき「互《たが》ひに
心打解《こゝろうちとけ》て
悪《わる》いことあらバ
隠《かく》し合《あ》ふが日比《ひごろ》の
よしみぞ此《この》とおぞ
人《ひと》の心《こゝろ》の奥《おく》の
まるへと主個《あるじ》ハ⊗
⊗先《まづ》ハ案内《あんない》
しれ入《い》るや月《つき》も洩《も》り
板庇《いたびさし》
安《やす》次郎《じらう》が
ところの内へ
如何《いか》なる
ことを仕出《しいださ》
すらん次《つぎ》の
巻《まき》に解《とき》
分《わく》べし

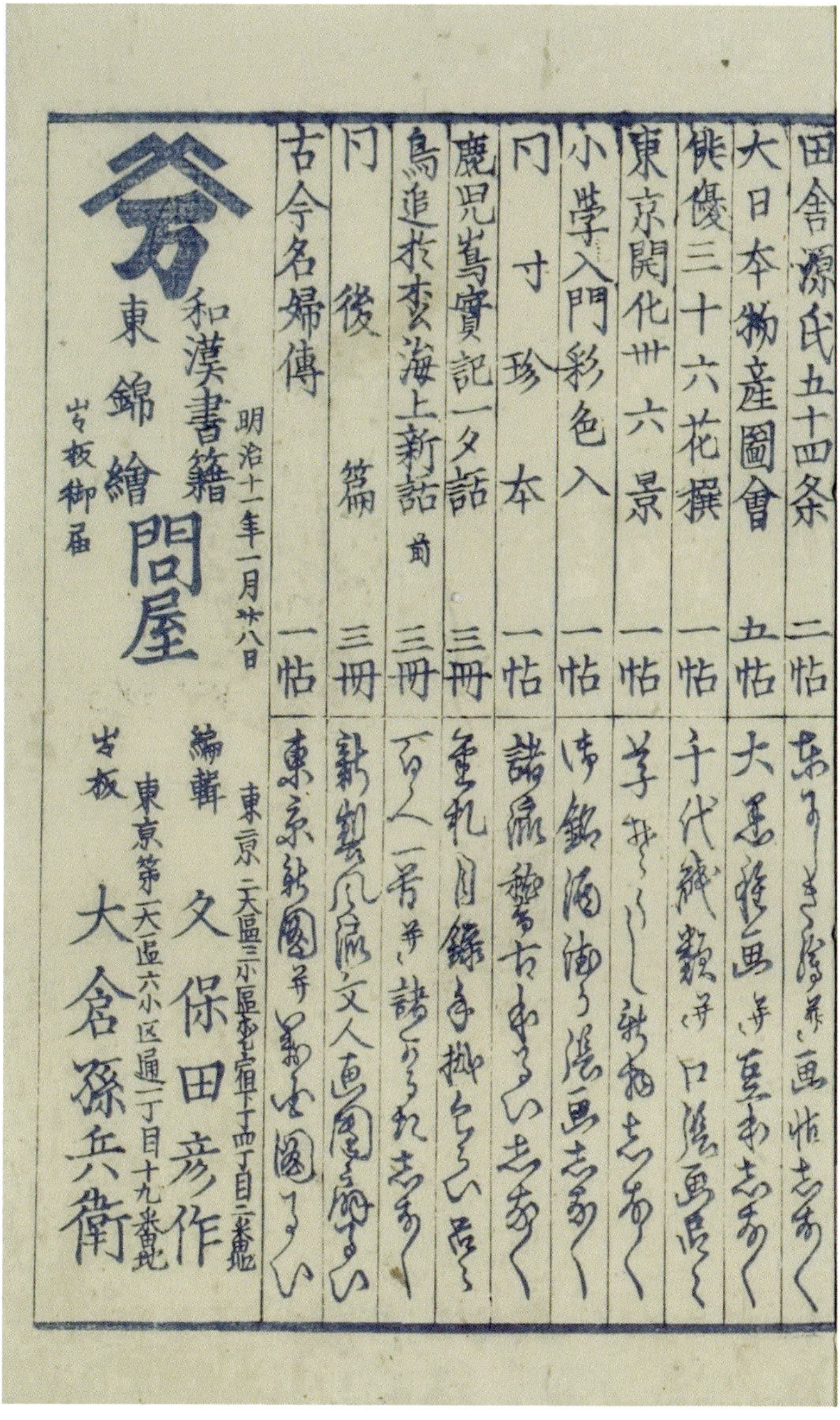

田舎源氏五十四条　二帖　東にしき絵并ニ画帖志ろく
大日本物産圖會　五帖　大[illegible]絵并ニ草本志ろく
俳優三十六花撰　一帖　千代紙類并ニ口絵画品々
東京開化卅六景　一帖　手あそびおもしろ新版志ろく
小學入門彩色入　一帖　清鉄酒油ノ絵画志ろく
同　寸珍本　一帖　諸流稽古本るい志ろく
鹿児嶌實記一夕話　三冊　金札目録并扱るい品々
鳥追於松海上新話　前　三冊　百人一首并ニ諸しゆるい志ろく
同　後篇　三冊　新製風流文人画図るい
古今名婦傳　一帖　東京新図并ニ新版図るい

（商標）
和漢書籍
東錦繪　問屋
出板御届　明治十一年十一月廿八日
東京 二大區三小區本石町十丁目二番地
編輯　久保田彦作
出板　東京第一大區六小區通一丁目十九番地
大倉孫兵衛

ハ 4
1 8
1
国文学研究資料館
国文学研究資料館
47522
昭和 55年3.7

前編中

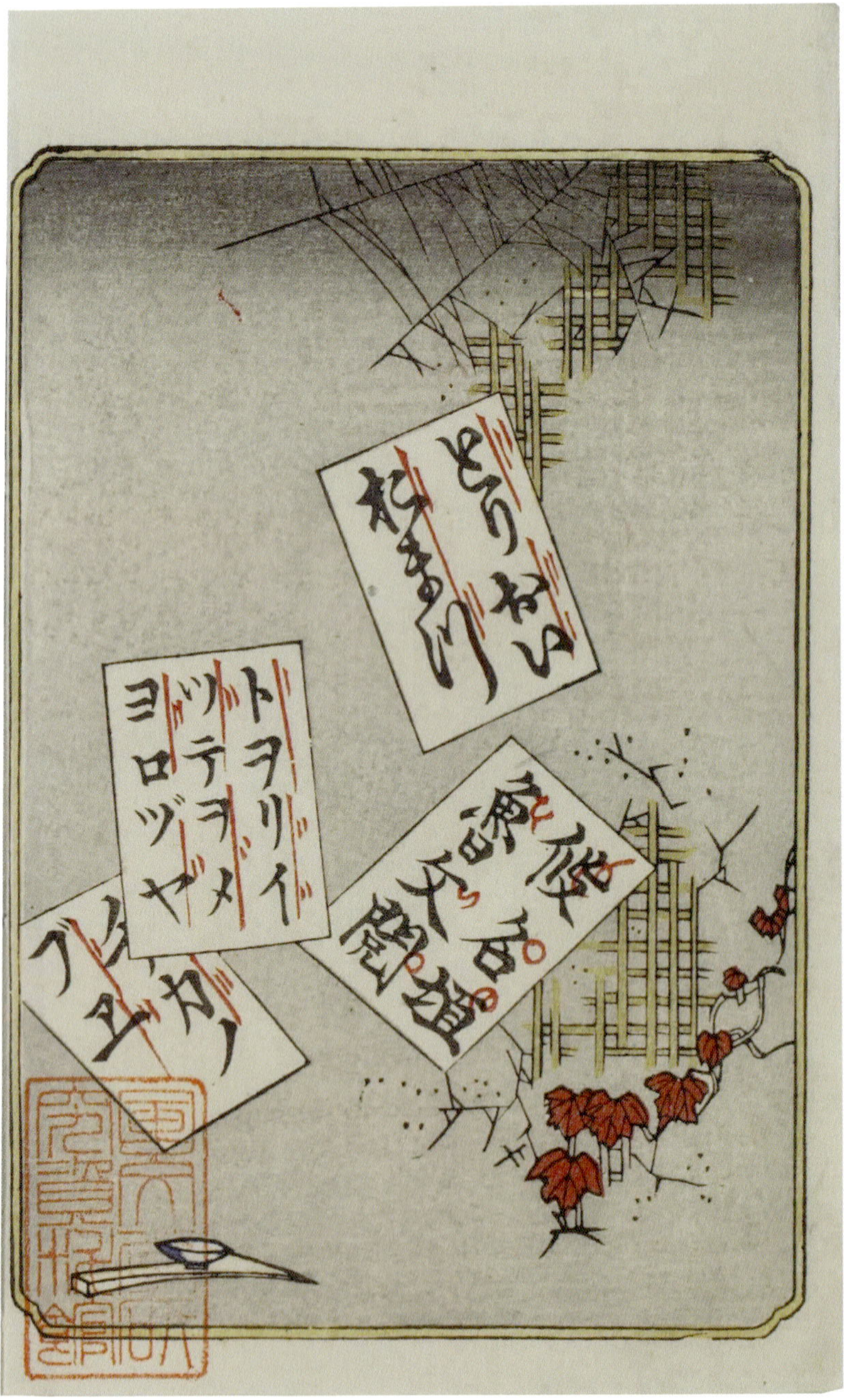
トヲリイ
ヨロヅヤ

再説東海寺《さてもとうかいじ》の
暮六《くれむ》ツ袖《そで》ヶ
浦《うら》の波《なみ》に響《ひゞ》
き歩行《ありき》
新宿《しんじゆく》の〆
○うかれ柏子《びやうし》▲
▲曳三絃《ひくさみせん》の音《ね》に
〆妓楼《ぎろう》に酔《すゐ》
客《かく》の○
阿松《おまつ》は
手馴《てなれ》し三絃《さみせん》の
調子《てうし》も冴《さえ》て三
下《さが》り吉《きち》は
手枕《てまくら》に
つゞく

数《かぞ》ふる鐘《かね》も七ツ八ツ五更《ごかう》に至《いた》き
朧《おぼろ》ろ月《づき》流石《さすが》に松《まつ》も生《うま》れ古郷《こきやう》を
今宵《こよひ》旅路《たびぢ》へを出《わざ》さばいつ帰《かへ》
り来《と》ん高砂《たかさご》の松《まつ》に甲斐《かひ》なき
日影《ひかげ》の身《を》せめて今夜《こんや》は我家《うち》へ
とりに主個《あるじ》の安次郎《やすじらう》も傍《そば》
より泊《とま》れと進《すゝ》むるに淺《あさ》りに
船《ふな》の友綱《ともづな》に縋《すが》りておるも
錠縄酒《いかりなはさけ》も等《など》しく勝《のみつく》し破《やぶ》れ
て寐《ね》まど偏の擬《ぶれ》夜《よ》るの抑《おの》さえ
薄《うす》ら曉《ぐら》き三人《うど》は臥房《ふしど》に入《い》りにける
跡《あと》をさつくと見定《さだ》めて安次郎《うち》を
門口《かどぐち》の締《しま》りを解《と》く抜《ぬき》しつゝ立ちうる

迯《にげ》ん
と欠出《かけだ》しに
小兵隊《こへいたい》は
突棒《つくぼう》差又《さすまた》
或《ある》ひは六尺棒《ろくしやくぼう》

月影姫を
小槍の一振下忽
利腕を
以て堪べき
その侭其処に
入れ伏べ

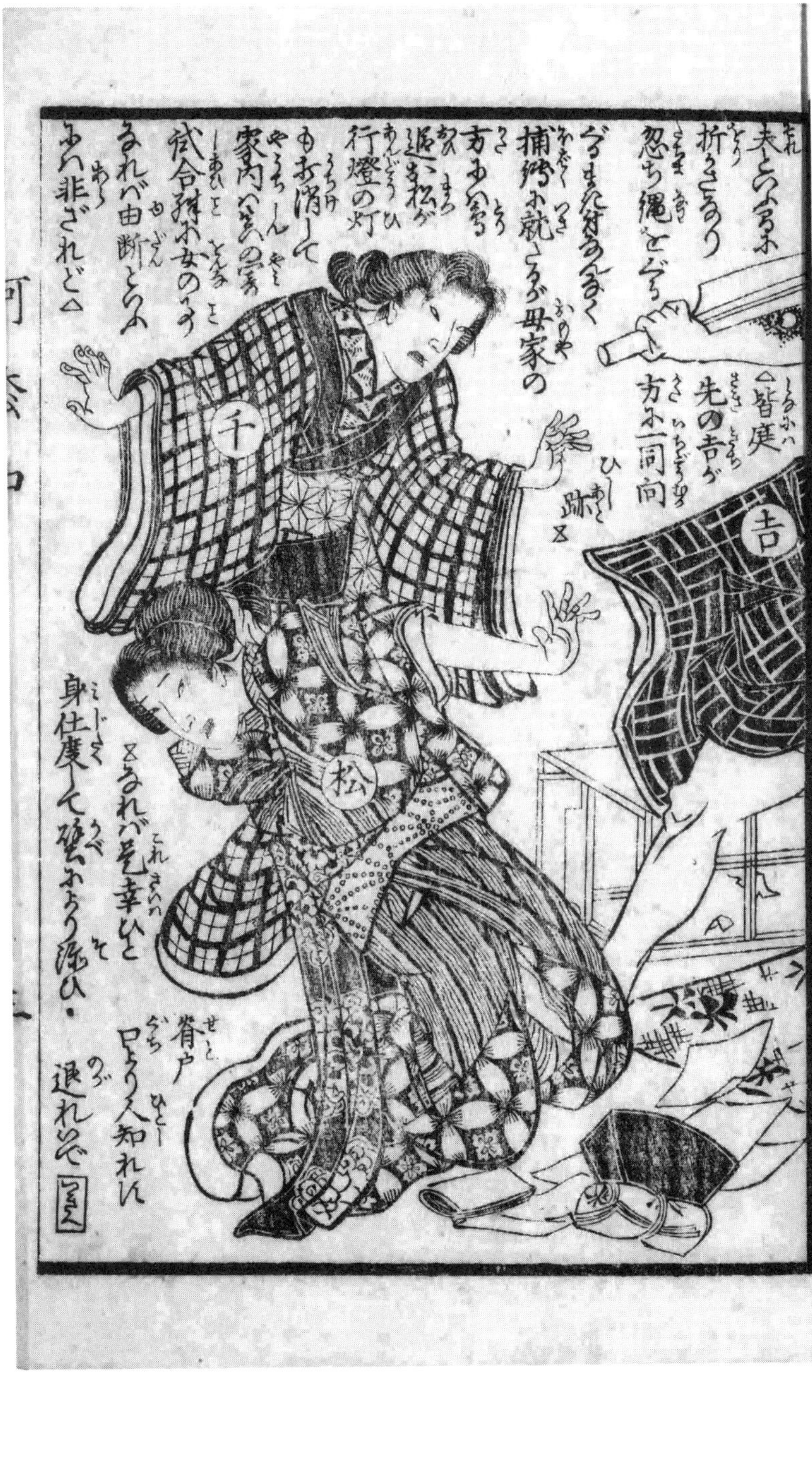
吉
千
松

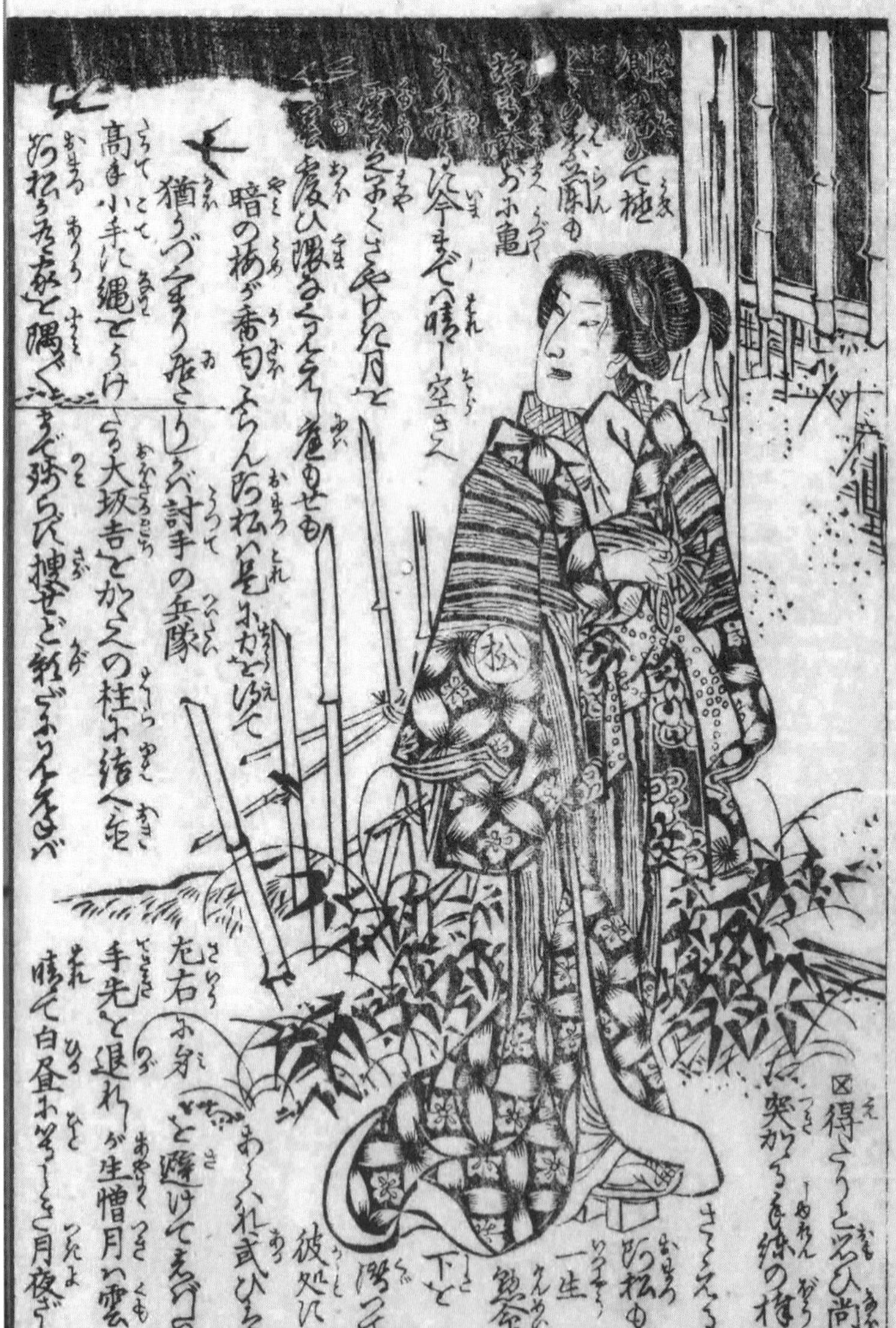
今《いま》まで晴《はれ》し空《そら》さへ
暗《やみ》の梅《うめ》が香《か》
討手《うつて》の兵隊《へいたい》
高手《たかて》小手《こて》に縄《なは》でうけ
大坂吉《おおさかきち》
柱《はしら》に結《ゆは》へ
左右《さゆう》に分《わか》れ
手先《てさき》
生憎《あやにく》月《つき》は雲《くも》
晴《はれ》て白昼《ひる》
月夜《つきよ》
突《つき》かかる
一生《いつしやう》
彼処《かしこ》

扨ハ彼ハ風と
喰ひ表の方へ退れしかど
二三名の兵隊ハ等しく庭より下り立
兵隊附りて既に危き其中
毒婦自
時の鳥の羽
木の葉ハ揺れて
柳の枝
柳の糸筋ハ

風情《ふぜい》ありしが兵隊《へいたい》氏《うぢ》は詰《つめ》よりておまつが裳裾《もすそ》にとりつかんと
ふいと手を捕《とら》へて枝《えだ》より枝へ自由自在《じゆうじざい》によぢ登《のぼ》るハ
さながら真猿《ましら》の梢《こずゑ》を渡《わた》るに
さも似《み》たりお梅又りや
雲《くも》ハ出《で》て照《て》る月影《つきかげ》
と隠《かく》しけるにぞお
松ハ其《そ》ぞと隅《すみ》
ての姫《ひめ》の枝《えだ》に
その身を小《こ》
梢《こずゑ》としてぞ
つく幹《とき》をも手《て》にをかせが
身も軽《かろ》く裏手《うらて》の闇《やみ》
悪運《あくうん》よくも去年《こぞ》に入れし稲《いね》の言葉《ことば》を

いざ吉野《よしの》へ引《ひ》かんと抜《ぬ》けゆく雲《くも》引立《ひきた》ちもと
屠所《としよ》の羊《ひつじ》の歩《あゆ》みさへ今《いま》我身《わがみ》に降《ふり》かかる
吉兵衛

△縄《なは》も其身の七重《なゝへ》八重《やへ》
そのまゝ柱《はしら》に縛《しば》られしが
兵隊《へいたい》
の
面々《めん〱》へ
たとへ
お松を
取逃《とりにが》し
七目ざ
すハ是《これ》なる
吉兵衛

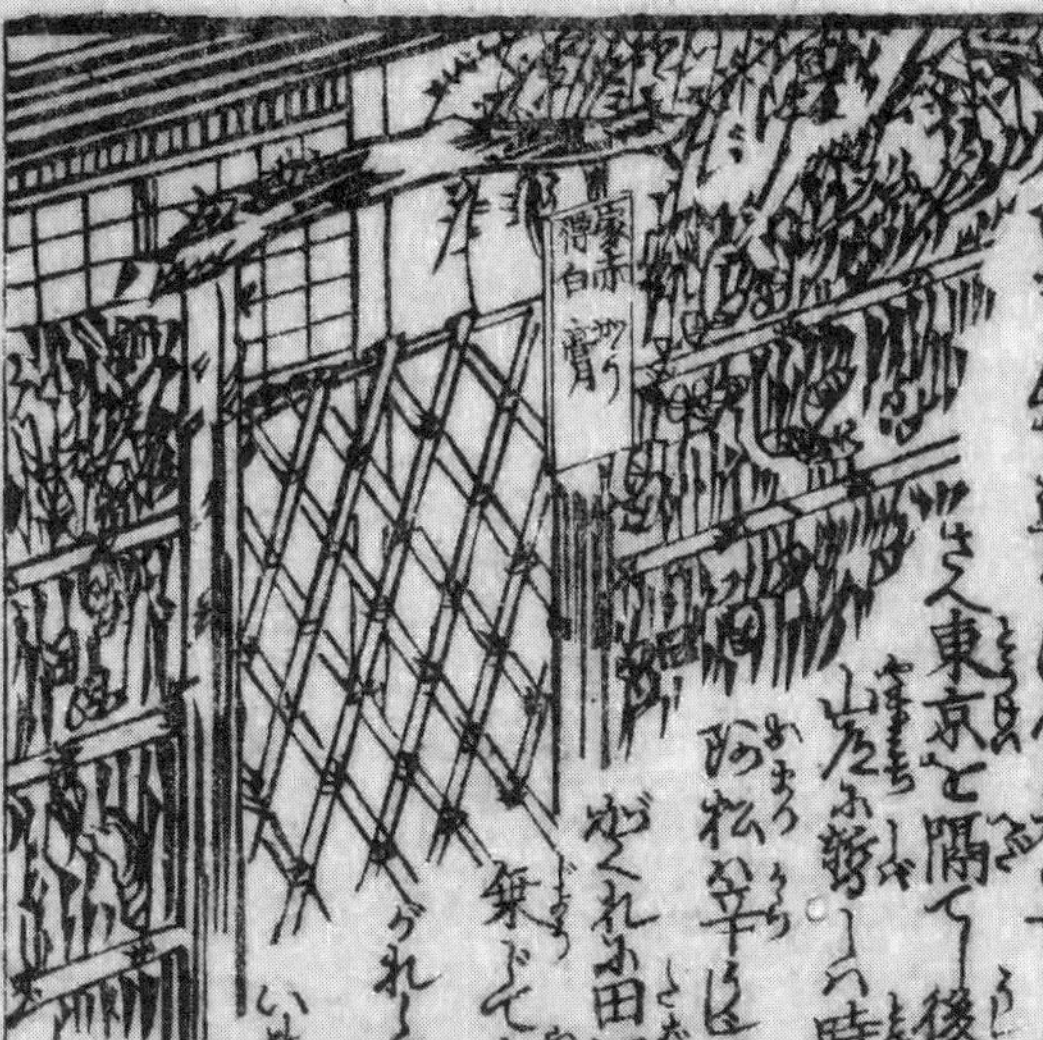

汚濘《ぬかり》し處《まゝ》へ折敷《をりしき》しその上《うへ》へ落《おち》かゝりしバ幸《さいはひ》
にて怪我《けが》もなく身体《からだ》におしの疵《きず》もなけれど此処《ここ》の
兵隊《へいたい》ゐれバ毒婦《どくふ》は必《かなら》ず逃延《にげのび》んと夫《それ》
跡《あと》を追《お》ひかけんと表《おもて》の方《かた》より畔道《あぜみち》に出《いづ》る際《きは》
さて東京《とうけい》を隔《へだて》し後《うしろ》の天王《てんわう》の社《やしろ》につゞく
山谷《やまや》に隠《かく》れし時《とき》も稲《いな》もその間《ま》に
阿松《おまつ》が辛《から》うじて人《ひと》なき森《もり》の樹《き》の間《ま》
がくれに田畑《たはた》神社《さむさのみち》のきて入《い》るまゝ夜《よ》に
乗《じやう》じて山獄《やまみち》ひに逃《のが》れ虎口《ここう》とまぬ
がれしハ悪運《あくうん》つよき天命《てんめい》の
いまだしらざる処《ところ》ごろべし
○そもそも夜《よ》の嫌疑《けんぎ》を捕縛《ほばく》と
ろいし被害《ひがい》いまーめの△

宵《よひ》の小雨《こさめ》の朧《おぼろ》月《づき》曲者《くせもの》と旅人《たびにん》
せしが家《や》の主《あるじ》個安次郎《あんじらう》
く前《まへ》へ出《いで》「されバ厳《きび》しく五?
ありし大坂吉《おほさかきち》が幸《さいはひ》に宵《よひ》に我《わが》
家《や》へ立帰《たちかへり》し由《よし》平常《へいぜい》の親《しん》
謀《はかりごと》は松《まつ》が上《うへ》の為《ため》に頼《たの》み
御《ご》ーいらせてうるがら五
忠節《ちうせつ》杯五寝《ね》
に乱《みだ》らんと慾《よく》に
眠《ねむ》りもさらに自慢《じまん》
らしくの鼻《はな》ひとつせ
うづまって申《まを》すぞ
大坂吉《おほさかきち》ゟ

つゞく

横目《よこめ》にらみ怒りの声《こゑ》に身《み》をそゝぎやゝありて安次郎《やすじらう》と見やりて嘲笑ひ「如何《いか》に金《かね》ずくのとありて皆一ッ仲間の小屋に住居《すまゐ》へ悪事《あくじ》のでお縄にかゝり連累《まきぞへ》せらるゝ夫婦でも一旦結んだ義理成れど己《おれ》に縁もない他人《たにん》であらうがお松《まつ》もお父《ちゝ》定五郎《さだごらう》の好身《よしみ》もあるに僅《わづ》かな金に目がくらんで人《ひと》を呪《のろ》ひ穴ふさぐ是《これ》から己《おれ》が地獄《ぢごく》へ行き

◎見るもいぶせき有様《ありさま》に安次郎《やすじらう》は身《み》を震はし一言半句《いちごんはんく》も出れどもたゞおろ〳〵と震へ居たり吉は左右《さいう》を見返《みかへ》りて「今《いま》さら言ふも愚痴《ぐち》ながら此所《こゝ》に居れば見られぬ小唄と云ふ定《さだ》め無き未練《みれん》な奴《やつ》とお前《まへ》も嘲《あざけ》らんしかし此上《このうへ》は致し方無し「イザお手を下《くだ》されと眼《め》をとぢて相待つ流石《さすが》悪党《あくたう》なれ沖《おき》を越へし大膽不敵《だいたんふてき》と知られたり兵隊《へいたい》は吉が腕《うで》を縄付のまゝ引立て安次郎の後《あと》を追ひて五沙汰と合図の呼《よぶ》と共《とも》に勢《せい》を集め意気揚々《いきやう〳〵》と帰りゆく

呵責の責の其上に
○此後大坂吉ハ縄付のまゝ市政裁判所へ護送に
よく肝膽へ

七八ヶ月《げつ》の間《あひだ》牢内《ろうない》にありしが
其比《そのころ》ハ御新政《ごしんせい》のお指図《さしづ》
にて以て刑罰《けいばつ》も寛《くわん》
大にゆるやかに
民《たみ》に仁政《じんせい》を
施《ほどこ》さるゝ
積年《せきねん》幕政《ばくせい》
に苦《くる》しめられ
民《たみ》の疾苦《しつく》を
救《すく》はせらるゝ趣《おもむき》
刑法《けいほう》いとゞ
くは政正《せいせい》の際《きは》
なりしかば世吉蔵《よきちざう》
口
ぎり来《き》て
罪《つみ》ある身《み》にへ
あらねども
傾《かたむ》く

の罪悪《ざいあく》も二三の
騙《かた》りもある
あまた人《ひと》を殺《ころ》せしといふも
又盗賊《またとうぞく》といふ事も非《あく》だ
是迄《これまで》る長の年月《としつき》を獄屋《ごくや》に
送《おく》りしとあれば其罪《そのつみ》
至《いた》つて軽《かろ》きを定《と》め
翌年《よくねん》の二月ごろ
吉蔵《きちざう》は竟《つひ》に賭《と》
博《ばく》の罪科《ざいくわ》と極《きま》り
一年《ねん》の徒罪《とざい》を申《まを》し
つけられて彼伊豆《かのいづ》
七島《しちたう》の其の内《うち》なる三宅《みやけ》△
△島《じま》に配《はい》せられし波《なみ》
風暴《ふうばう》き岩根《いはね》の松《まつ》に犯《おか》せる罪《つみ》の⧄
軒《のき》も
夕汐に故の
空《そら》のくもる
らしく喰《しよく》
わざへも
米《よね》なく
粟稗《あはひえ》
或《ある》ひは
海草《うみくさ》につなぎ
命《いのち》も危《あやう》く流浪《さすら》ふ
夜《よ》る人《と》も寝《ね》さぬ
耳《みゝ》につき寐《ね》
られぬまゝに⧄（つぎへ）

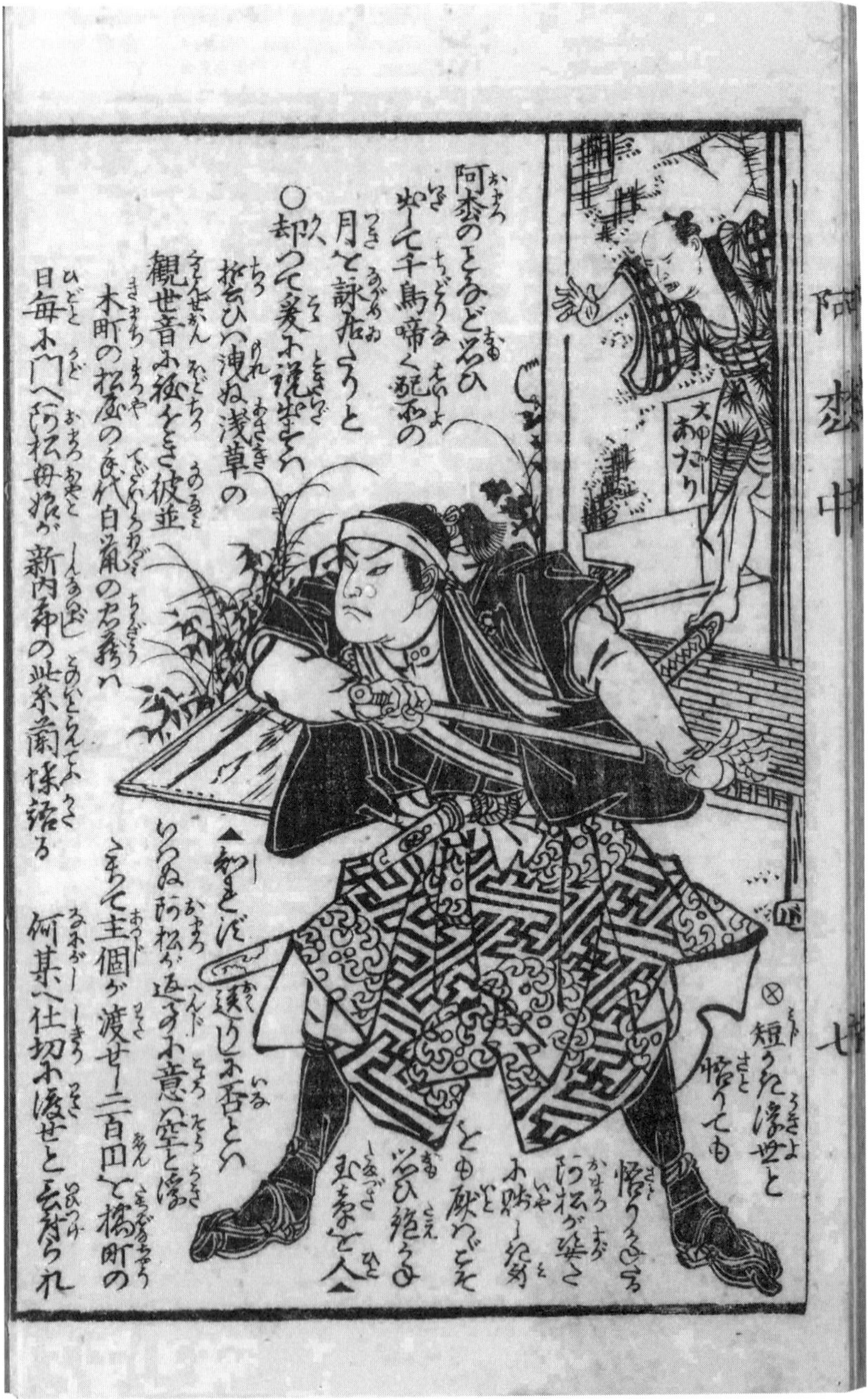

月《つき》と詠《ながめ》たりと
観世音《くわんぜおん》に
新内節《しんないぶし》の
主個《あつじ》が渡《わた》せし二百円《ゑん》
何某《なにがし》へ仕切《しきり》に
短《みじか》き浮世《うきよ》と
悟《さと》りても

口怪《あや》し鬘《かづら》と破《やぶ》りける
大坂吉《おほさかきち》が密夫《まぶ》なりとおどりゐりける雛の口
禍《わざはひ》は害ひ田の
千代《ちよ》まで家代が扱ひ来主個《しゆじん》の金《かね》の
百両《ゑん》とも切《きれ》ずとて奪《うば》ひ道が
かゝるは世にあぶ数ある一夜《ひとよ》鳴《あ》
も面《おも》ぶせなる不況《まし》でやまぬ
☒出来《しゆつらい》ぶ番《くわ》
その翌《あく》る日《ひ》
申《まう》しある紀《しるべ》
の人ぶ帰さんと
あへど是《これ》さへ
△あれく
案内《しきみ》も知《しら》ず
くらり切迫《せつぱ》ず
つまる身《み》の
落度《おちど》死んで詫《わび》ば
☒足の白浜で不湯る紐が
浦品川《うらしながは》
大井が不身内
家の私
分
別
罪
あるお社
拝《をが》えとひざまづく
の膝《ひざ》や八つ坂

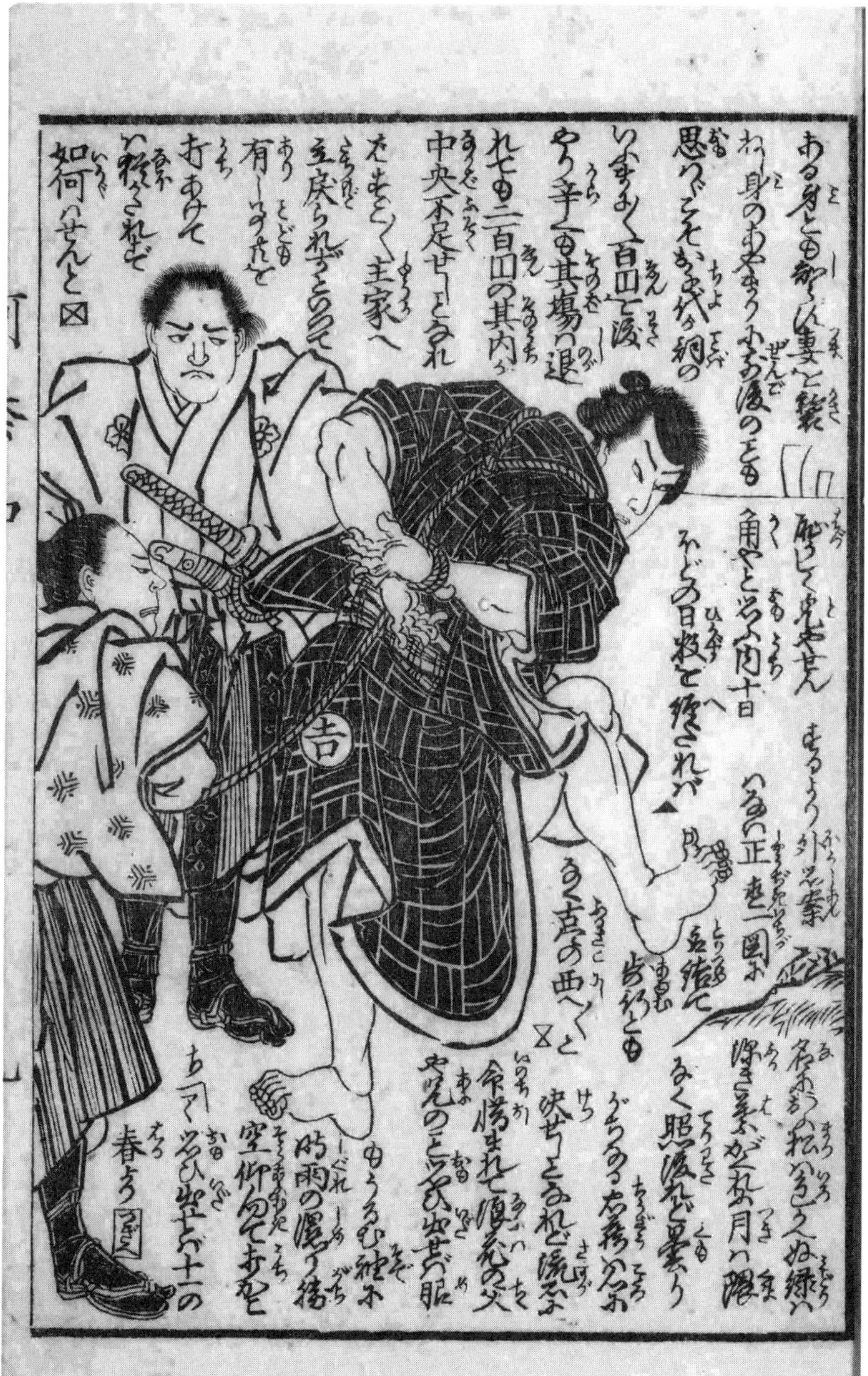

東《あづま》へ下り来《き》て
松屋《まつや》の家《うち》へ丁稚《でつち》奉公
脊丈《せたけ》を延《のび》て廿五の暁《あかつき》までの五高恩海も
深さを打忘《うちわす》れ阿松《おまつ》が色香《いろか》に◐
◐一度迷《ひとたびまよ》ひ彼等《かれら》が工《たく》みの罠《わな》にかゝり百金《きん》とられ⊠
⊠金《かね》を奪《うば》はれ今更《いまさら》悔《くや》めど詮《せん》なき
命《いのち》を捨《すて》未来《みらい》でお詫《わび》をせんとゝろと涙《なみだ》を拭《ぬぐ》ひて懐中《くわいちう》より書置《かきおき》一通取出《いつつうとりいだ》し
阿松中
九

田舎源氏五十四帖	二帖	東都名所并ニ画帖品々
大日本物産圖會	五帖	大錦絵画并ニ写本品々
俳優三十六花撰	一帖	千代紙類并ニ口絵画品々
東京開化卅六景	一帖	草ぞうし新板品々
小學入門彩色入	一帖	時新錦絵油絵画品々
同　寸珍本	一帖	諸流稽古本るい品々
鹿児島實記一夕話	三冊	金札目録手拭るい品々
鳥追お松海上新話　前	三冊	百人一首并ニ諸かるた品々
同　後篇	三冊	新製風流文人画図手本るい
古今名婦傳	一帖	東京新圖并ニ名所圖るい

和漢書籍
東錦繪
問屋
出板御届

明治十一年一月廿八日

編輯　東京第一大區三小區本宿町十四丁目二番地　久保田彦作

出板　東京第一大區六小区通一丁目十九番地　大倉孫兵衛

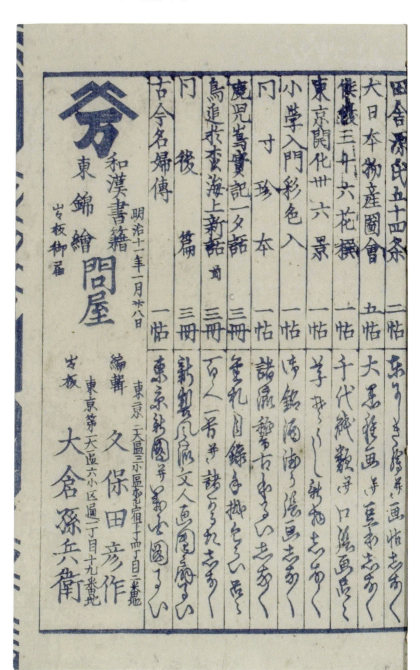

ハ 4
1 8
2
国文学研究資料館
国文学研究資料館
47523
55年3.7

鳥追阿松海上新話
前編下

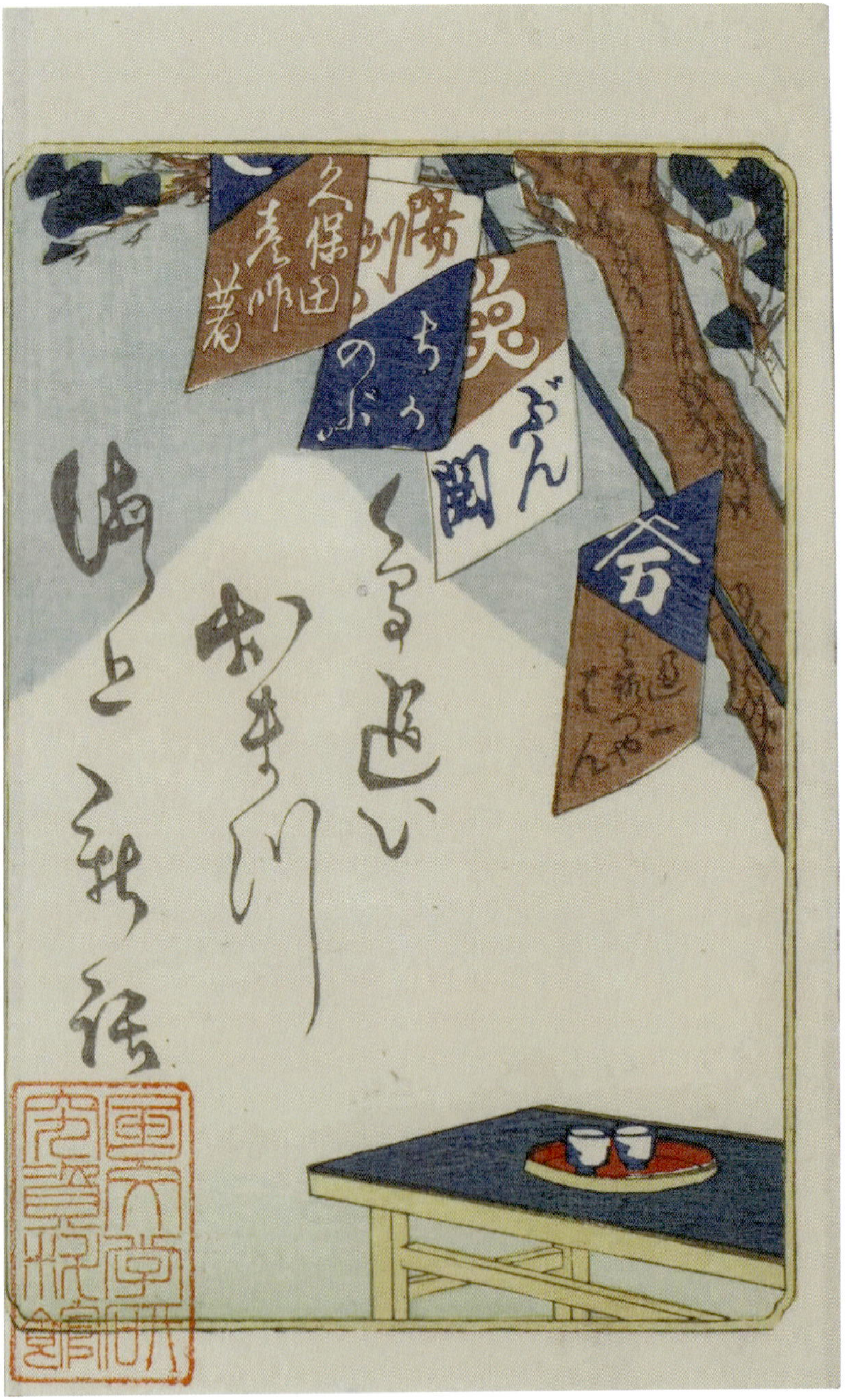

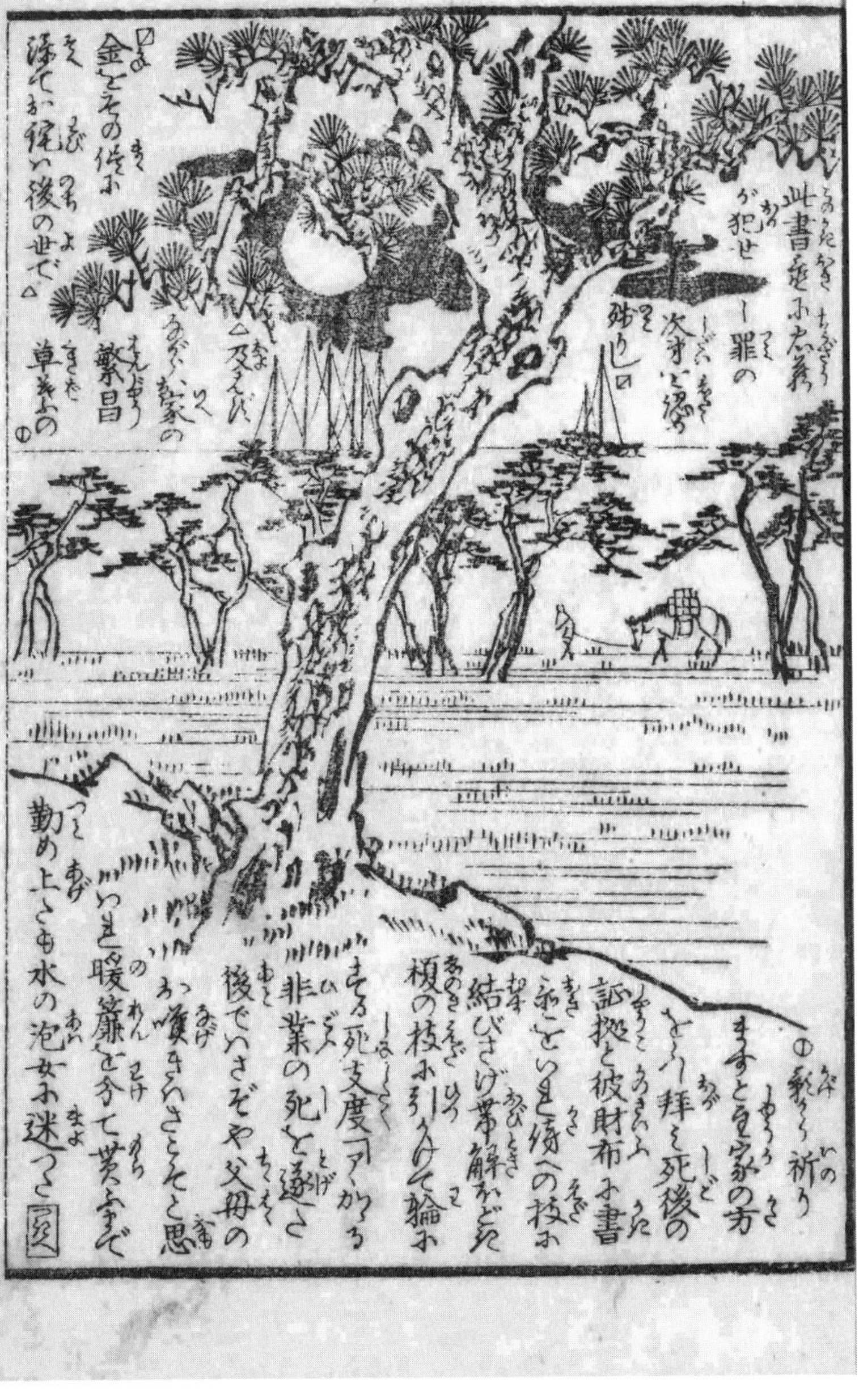
此書置に太義が犯せし罪の次第を認め残し□
□よ金をその傍に添ておき飛のよ後の世で△
△及んば家の繁昌
草葉のかげの①
①爺が祈り
ますと主家の芳
をとゞし拝み死後の
証拠と彼財布に書
添ことい主縁への枝に
結びさげ帯解おどれ
頼の枝に引かけて輪に
しなしなまる死支度「アゝかゝる
非業の死を遂さ
後でいさぞや父母の
お嘆きいさこそと思
いつまで暖簾を分て貰ふまで
勤め上さも水の泡女に迷つゝ〔つゞく〕

變死《へんし》の身《み》の果《はて》
も皆《みな》是《これ》
前世《ぜんせ》の
約束《やくそく》なるらん
死後《しご》れても恥《はぢ》の
なきやう人目《ひとめ》にかゝらぬ
其内《そのうち》にと覚悟《かくご》を
極《きは》め称名《しようみやう》を口《くち》にとなへて眼《まなこ》を
閉《とぢ》帯《おび》にまとうけ
既《すで》に縊《くび》まで死なんとする
所詮《しよせん》
死なねばならぬ
留《とめ》ずに殺《ころ》して
下《くだ》さりませと
振払ふ手に

図いやしい此身《このみ》にハお情《なさけ》け
此身《このみ》の果報《くわほう》も忘れ
兼てお跡《あと》を慕《しる》ひ
歩行《あゆみ》あらぬ
此《この》世《よ》も今《け》ふで
十日《とうか》爰《こゝ》彼処《かしこ》と時《ねぐら》よ
迷《まよ》ふ旅烏《たびがらす》ねぐらよ今《こ》
出逢《であひ》し日は念《ねん》
むる浅草《あさくさ》の観音《くわんおん》
さ爰の五利益《ごりやく》あらん△
取乱《とりみだ》し
⑪男女二人《なんによふたり》が縊《くび》れ死《し》るが
女《をんな》ハおそれし姿《すがた》を人《ひと》に
見《み》らるれバ死恥《しにはぢ》
かねばなるぬ
爰《こゝ》を落《おち》延《のび》
と投げん
情死《しんぢう》こそ
よろくあと一時《いつとき》
退《のが》れの逃《にげ》仕度《じたく》
△いかおに一家《すんど》
逢《あふ》さ上で身の決白《けつぱく》を訴《うつた》へし上《うへ》ハ
今《いま》ハ此世《このよ》に望《のぞ》みなし死ぬるを
とてもく手をとつてせめて未来《みらい》ハ
一蓮托生《いちれんたくしやう》とりつて爰《こゝ》の木《き》の枝《えだ》にて⑪
及《およ》ハ咎《とが》むとも夜寒《よさむ》に
眺《なが》める
つゞく

その風情《ふぜい》は又憎
からぬ秋怨
涙交りに
掻口説《かきくどく》
心の底を
汲兼て
少しも憤も初めの狐は深
とも思《おも》はざりしが胸《むね》に艶《つや》ある
毒婦《どくふ》が口先《くちさき》色《いろ》で含《ふく》ろし
真実《しんじつ》に元《もと》より恋れに迷《まよ》
其日《そのひ》に
路《みち》を暮《くら》し
出今《いでいま》
又爰《またこゝ》で
出逢《であふ》と
いよ尽《つき》
せぬ縁《えん》に
てあるらん
と
手《て》をとり六郷《ろくがう》
の川《かは》へ身《み》を
投《な》げ。

ひ忠義ぞつと身に
遊撃隊
冷ぐと死神の體を救ふて○
死ぬると迷ふ女子の操に
方の心体忘れたる
と忠義ハ落す涙の
添ひ〳〵仮の契りも結びしより実の本夫と思ひしも
捨てゝ跡を慕ひ爰でおりよく出逢ひしも
生て添まぬ因果同士凡そ死ぬのを
小唄の文句によくらへバ
○飛び去りしら今ハ死ぬのもお忘れ
心ハ夫婦と云ふ家にも知らぬ後ハ今までも恨んで居たり我ぞやすり
上死ねとそも遅ハ
つゞく

従是西　東海道蒲原宿
徳川亀之助領分
御泊り宿
長州藩定宿
尾州藩定宿
とでいござんすまいと
負債《かひめ》の金も再《ふたゝ》び主個《しゆじん》へ返済《へんさい》のほどもあらん

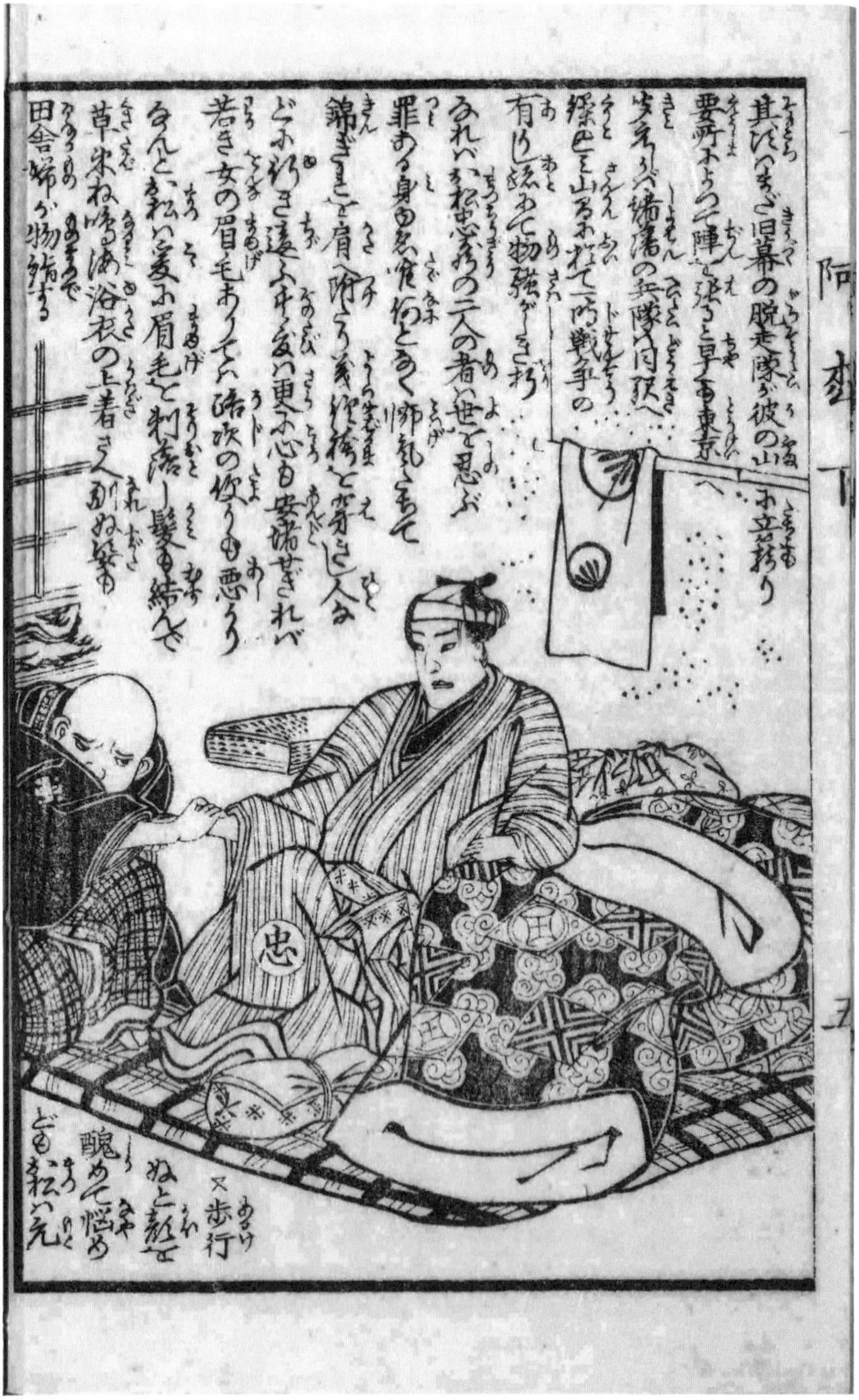
其比へまで旧幕の脱走隊が彼の山に
要所ようて陣を張ると早東京へ
操出し山ろおいて戦争の
有し跡ぞ物騒なりき
されバお松忠治の二人の者ハ世を忍ぶ
罪ある身自由を失ひとかく怖気にて
錦ぎれを肩に
若き女の眉毛あり
なんとお松ハ眉毛を剃り落し髪を結んで
鳴海浴衣の上着
田舎婦が物縫する
又歩行ぬと顔を
醜めて悩め
お松ハ元

形《なり》ふうら〈函根の裏なる矢倉沢
の山路を三島へ出んと案内者を雇ひて□
□駕
て 釣せて行く
名たる山又山の嶮岨《けんそ》
なれば忠義れ
困じ果
僅二日路にて底豆を
踏出し今ハ一足も□
□より大胆不敵《だいたんふてき》
女ながらも男勝
り忠義を励
して辛くも
三島《みしま》の
駅へ
着たる事ゆゑ
爰ハ街道なれバ
駕籠をも
自由なれバ
駕籠を雇ひて忠
義を助けさせ
お松もかごに
つゞく

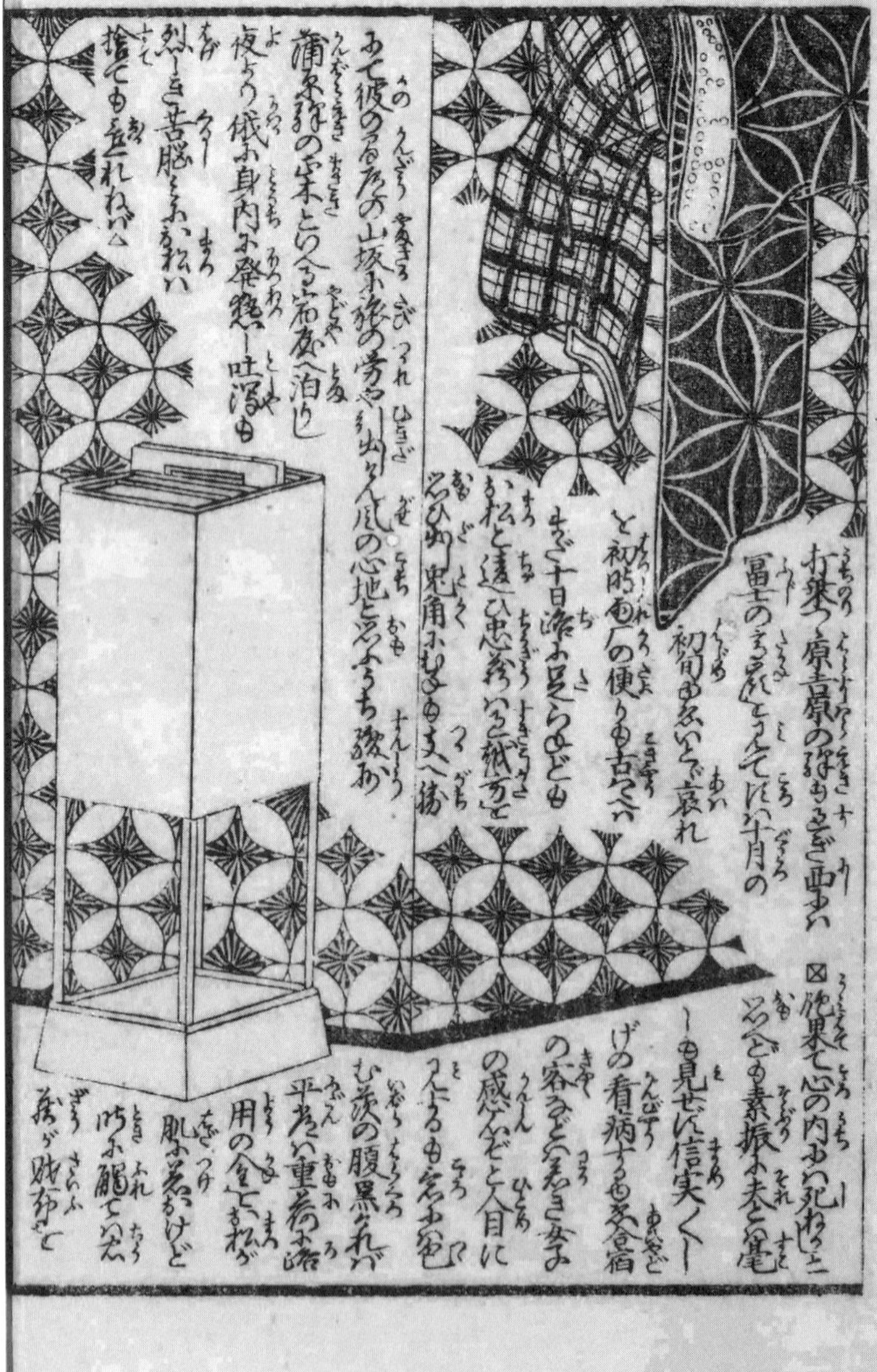
打乗《うちのり》る原吉原《よしはら》の宿《しゆく》を過《すぎ》ぎ西《にし》よりハ
冨士《ふじ》の高嶺《たかね》をうち見《み》て頃《ころ》は十月の
初旬《はじめ》なれども哀《あは》れ
と初時雨《はつしぐれ》の便《たよ》りも古郷《こきやう》へハ
まだ十日路《ぢ》に足《た》らねども
お松《まつ》と遠《とほ》ひ忠義《ちうぎ》なる紙子《かみこ》を
思《おも》ひ出《だ》し兎角《とかく》にむずも支《つか》へ勝《がち》
扨《さて》彼《かの》の因果《いんぐわ》の山坂《やまさか》に旅《たび》の労《つかれ》や引出《ひきだ》せし風の心地《ここち》と思《おも》ふうち次第《すんらう》に
蒲原《かんばら》の宿《しゆく》ほとりの宿《やど》屋へ泊《とま》りし
夜《よ》より俄《にはか》に身内《みうち》に発熱《ほつねつ》し吐瀉《としや》も
烈《はげ》しき苦悩《くなう》にお松《まつ》は
捨《すて》ても置《お》かれねば△
⊠困果《こんぐわ》て心《こころ》の内《うち》にハ死《し》ねかしと
思《おも》へども素振《そぶり》に夫《それ》と毫《すこ》
しも見《み》せぬ信実《まこと》くし
げの看病《かんびやう》するも又《また》宿《やど》
の容《きや》ずどと若き女子
の感心《かんしん》ぞと人目《ひとめ》に
つくよるも宮《こころ》に色《て》
む彼《か》の腹黒《はらぐろ》けれバ
平気《へいき》ハ重荷《おもに》に路《ろ》
用《よう》の金《かね》もお松《まつ》が
肌《はだ》に着《つけ》たれど
時《とき》に触《ふれ》て盗《ぬす》みて
雑作《ざうさふ》が随分《?》

旅

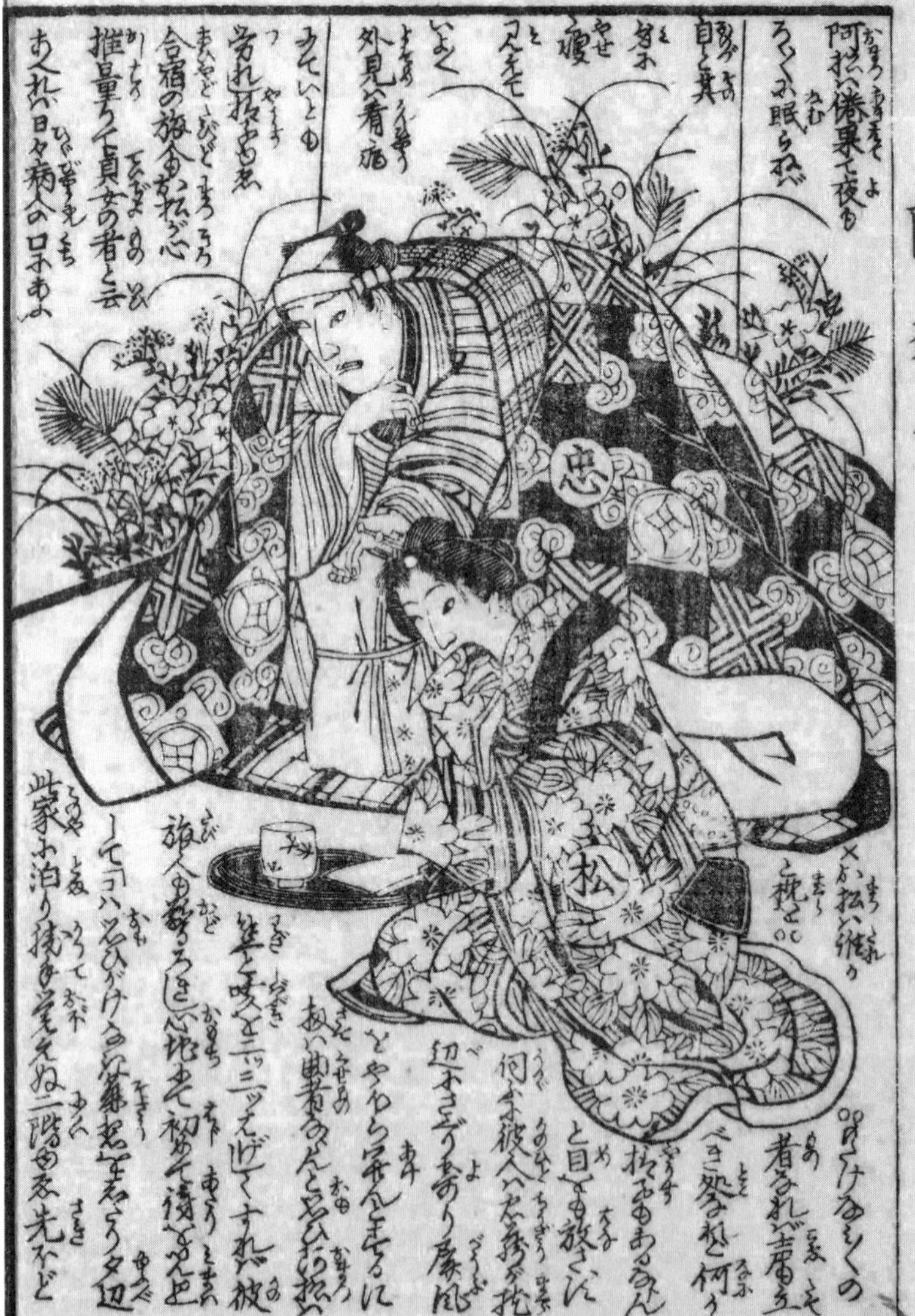
阿松《おまつ》は俤《おもかげ》て夜《よ》も
ろくに眠《ねむ》られず
外見《よそめ》は
合宿《あいやど》の旅舎《はたご》なれど心《こころ》
推量《おしはか》りて貞女《ていぢよ》の者と云
日々病人《ひびびやうにん》の口《くち》にあふ
又お松は
旅人《たびびと》の
此家《このや》に泊り
二階《にかい》
松
忠

旅

思へど夜《よ》も
いとゞ更《ふけ》ゆくまで
ゆきて其侭《そのまゝ》に
枕《まくら》に着《つけ》ど寐《ね》
られぬ癖《しまう》も夜《よ》
明《あけ》なれ心落《こゝろおち》
居《お》てねむけざし
前後《ぜんご》も知《しら》ず
眠《ねむ》りしが早朝《さゝやのき》に
噂《な》く雀の朝《あさ》明《あけ》の
給《みな》ふ隊《へや》におさし下弁《げだよ》
が朝飯《あさめし》の膳《ぜん》を運《はこ》ぶ音《おと》さへ耳にかゝりけるとぞ
君様《さま》はお松に
云《い》へ程《おど》く殊《こと》さら
座敷《ざしき》の隅《すみ》に
隈《くま》なくさがせ
ど更《さら》に紛《まぎ》の
つゐぞさしぶ初《はじ》め
めつ気《き》のなく夕辺《ゆふべ》の旅人
投《ね》い勝《ねばれ》物て皆《とまど》惑
ひと度《ど》騒《さわ》ぎ立《てら》ふ
せる予《まへ》部《とき》の
財布《さいふ》を引《ひき》
よりやう
向《むか》ひ《ざく》に寄《よ》る
おくと嘆《なげ》て
ぶらつも夜《よ》に入《い》れば
布《ふ》とん《し》の下へ入れおくがうんえ
ねるのかんへがりつくく

蒲原宿
問屋
後編つゞく

ハ 4
1 8
3
国文学研究資料館
国文学研究資料館
47524
昭和 55年 3.17

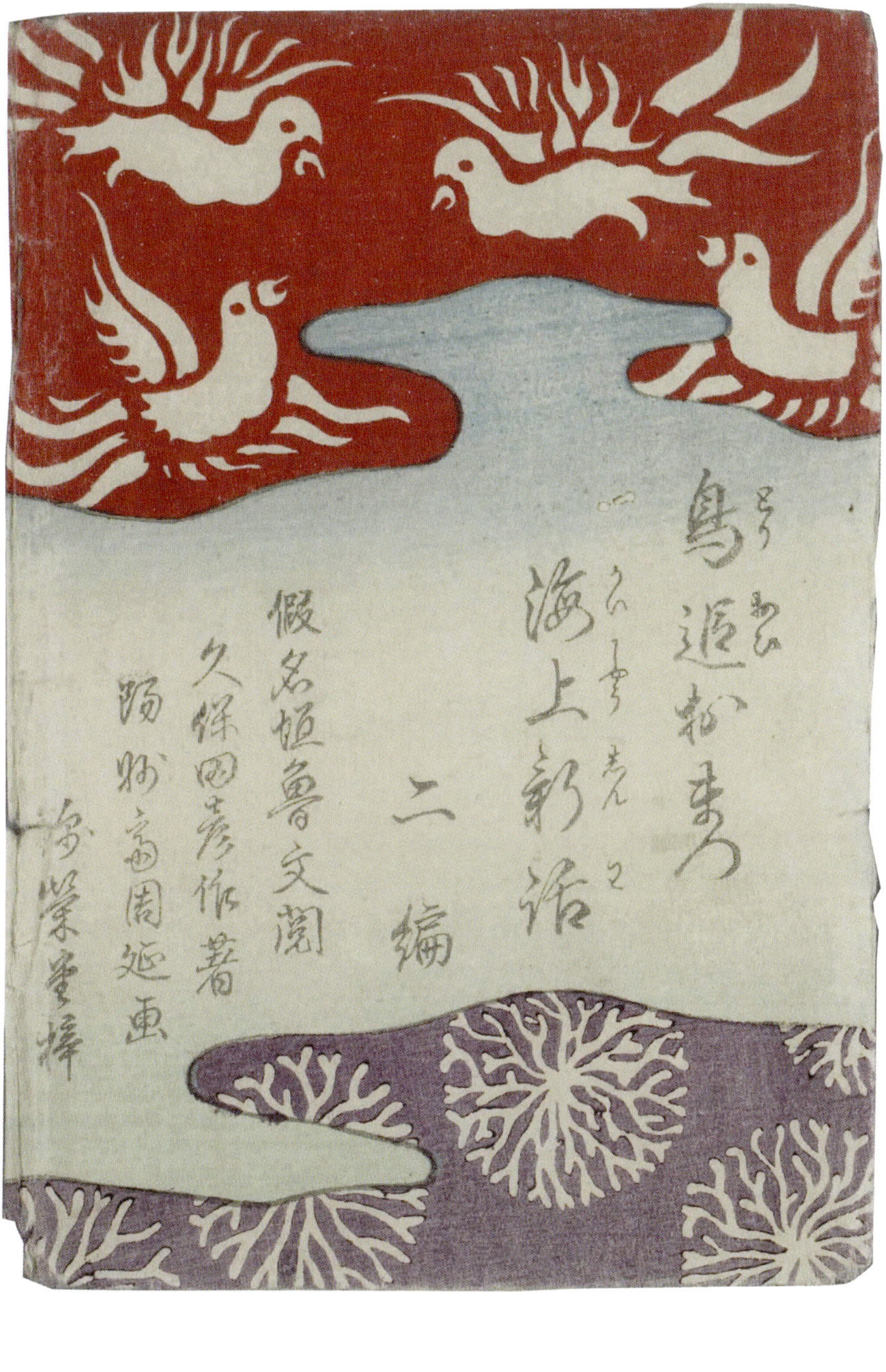
鳥追阿松
海上新話
二編
假名垣魯文閲
久保田彦作著
楊洲周延画

水《すい》傳《でん》ハ全部《ぜんぶ》六冊《さつ》にて結局《けつきよく》の腹稿《ふくかう》ありしが阿松《おまつ》の事跡《じせき》を猶《なほ》委敷《くはしく》探《さぐ》りしゆゑ竟《つひ》に追加一部《ぶ》三冊《さつ》と發兌せり此編《このへん》ハ濱田正司の妻《つま》安子《やすこ》が貞操《ていさう》忠僕《ちうぼく》佐助《さすけ》が非業乃自殺僧日源行脚《あんぎや》の雪中《せつちう》に毒婦《どくふ》を助《たす》くるの條又忠蔵《ちうざう》が再度身を投《なげ》んとして僥倖《げうかう》を得《う》ること等《とう》全部《ぜんぶ》の局《きよく》を結ぶの大團圓《だいだんゑん》とのまゝで尚看客《かんかく》の御愛顧《ごあいこ》をこふ　賣元　錦榮堂敬白

二篇中
二篇上

鳥追阿松海上新話 後篇
二篇下
大倉孫兵衛梓
周延筆

85　合巻『鳥追阿松海上新話』二編

新年《しんねん》告《つぐ》る鶯《うぐひす》の。先《さき》を拂《はら》ひし鳥追《とりおひ》も。今《いま》は昔《むかし》の春《はる》とぞなりける。勤番《きんばん》の唾涎《よだれ》は髭《ひげ》を傳《つた》ふて長《なが》く。海上遙《かいじやうはるか》の音《ね》は三絃《さみせん》のいと細《ほそ》し。抜裏《ぬけうら》を巡廻《まは》りて新道《しんみち》に至《いた》り。多錢貫ひ得《え》たり。馴染《なじみ》の門《かど》。一絶《ぜつ》の狂詩《きやうし》當時《たうじ》の形容《ありさま》を看るに足る。阿松《おまつ》が傳《でん》の長物語《ながものがたり》。久《ひさ》しく續《つゞ》けし久保田《くぼた》の筆《ふで》が。諸君《しよくん》の御意《ぎよい》にかなふ讀新聞《しんぶん》。その結局《けつきよく》を二帙《ちつ》に納《をさ》めて。世《よ》の勧懲《くわんちやう》に供《そな》ふる者《もの》は。同氏《どうし》が繁机《はんき》の餘力《よりよく》にして。顛了なりて末を示《しめ》は。記者《きしや》の注意《ちゆうい》といふも可なりけん

明治十一年一月

假名垣魯文叙

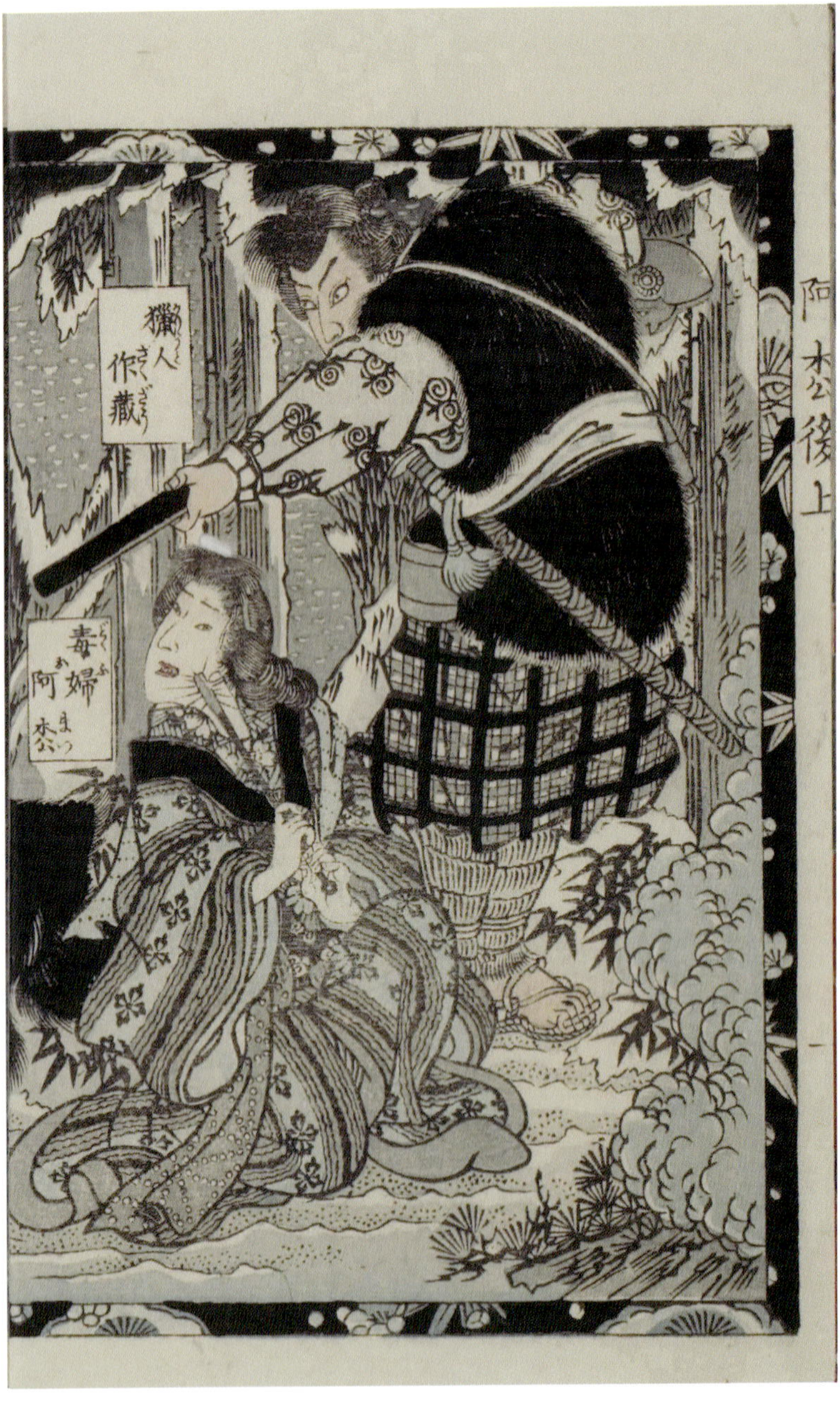

獵人
作藏《さくざう》
毒婦《どくふ》
阿《お》枩《まつ》
阿枩後上
一

従是
摩耶山道
妙顕寺《めうけんじ》の
住職《ぢうしよく》日海《にちかい》

再出松屋の
手代忠蔵

初編よりつゞく

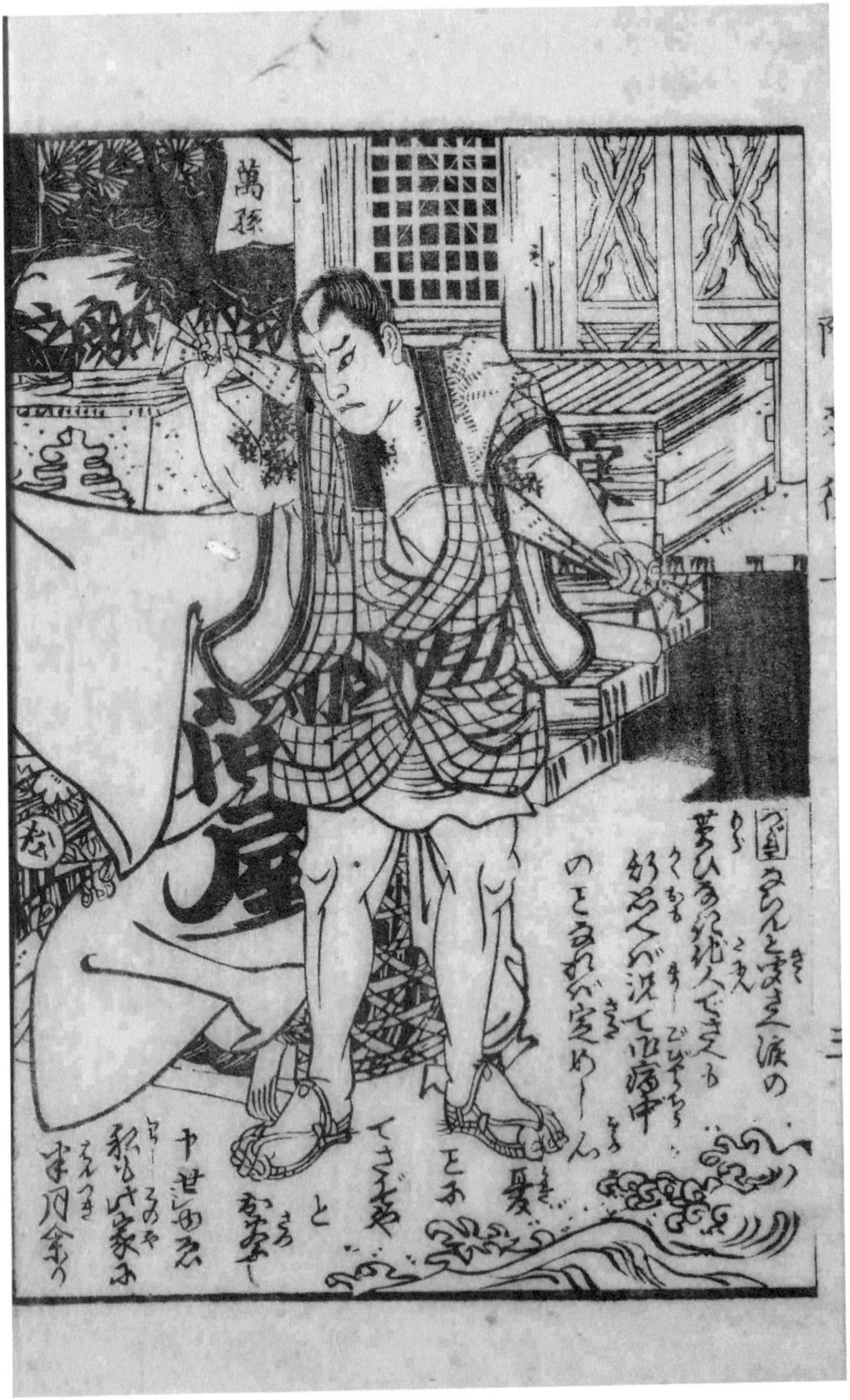
萬孫

〔圓〕お前の上から思ひ切てお浦さん忠義者は元も南よりお前には何もかも不憫の累十人並に猪鹿蝶珠に瑞泉や新門節は意気と哀の江戸紫お前の腕で一下ろ荒家盛抜に五十円や三十円は洗でも此ろ思った時の高貴は人にならねど実は私は駿州府中の郭で家業柄此はい六波図の一文字やのせうぶ女房の情など抱えもあるが今の駿府は徳川様の御代然はあくるの東京好と目的をつけどうがせめて東京で仕込んで手紙を掛えせうと此家に着をさるが幸い何を言ふに知れにける只まいは探せど至る所は田舎故よりあてもなく付らず祈物空しく帰るところとござ所にお前の姿を垣るのをといふと何やら色気のせうぶが実は惑乱の出来ない

▼下さるは己に地獄で仏の扶ともわが路銀を失ひ始めかくなるると仕方も方なればをはし身を泥水の溜りし沈めて末の

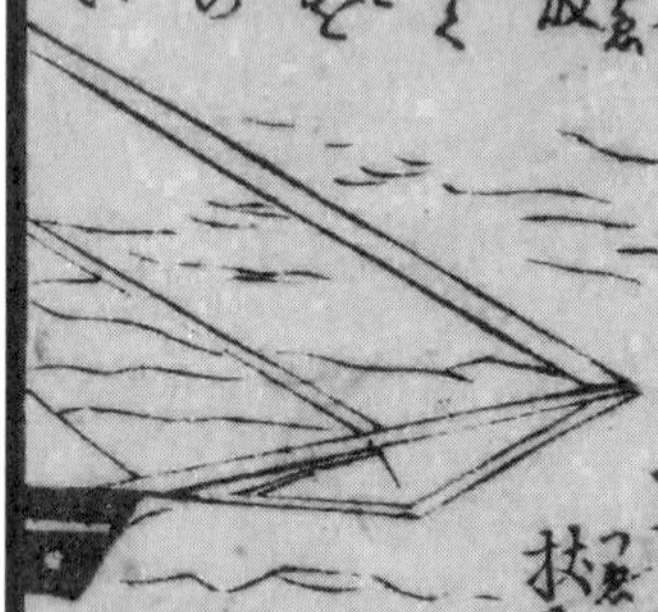

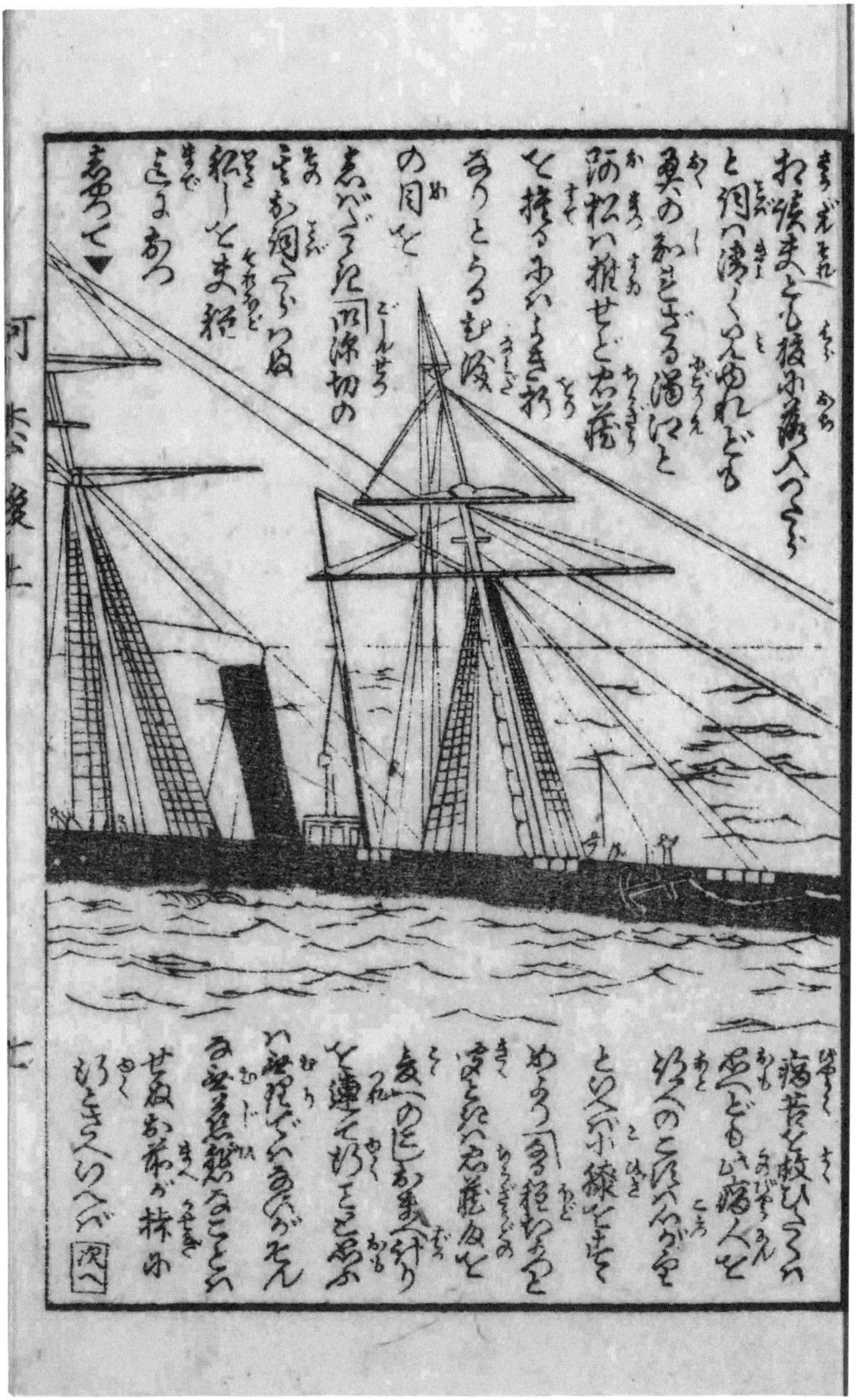

つゞき 稼《かせぎ》とも縁合づく直《すぐ》に満足の金をとらとし
駿府《すんぷ》へお紀れを連て行ば四五日の其内に
大藤どの八郎へ引とり粉の看病の
出来《でき》る世帯《せたい》も持《もつ》して進《しん》ぜうと
木に縁のある物語に乗て元より
忠義を持る人の阿松も君を称稽にせんと
とらへ一度《ひとたび》にて立退《たちのく》ん
と互ひに結ぶ夫の
狗生れりまでお遊
るゝとも尾に付て
定め乗も綱の上にて
出帆の此後に松へ大藤を
▲主家《しゅうか》を立出《たちいで》
出講なきに離れん
と覚悟極め
そのうちに
思《おも》ひがけなく
左方に出《で》
会ひ互ひ
心も同じ
目に遊ひ
出しと
いふ網に養ひ
わざされて

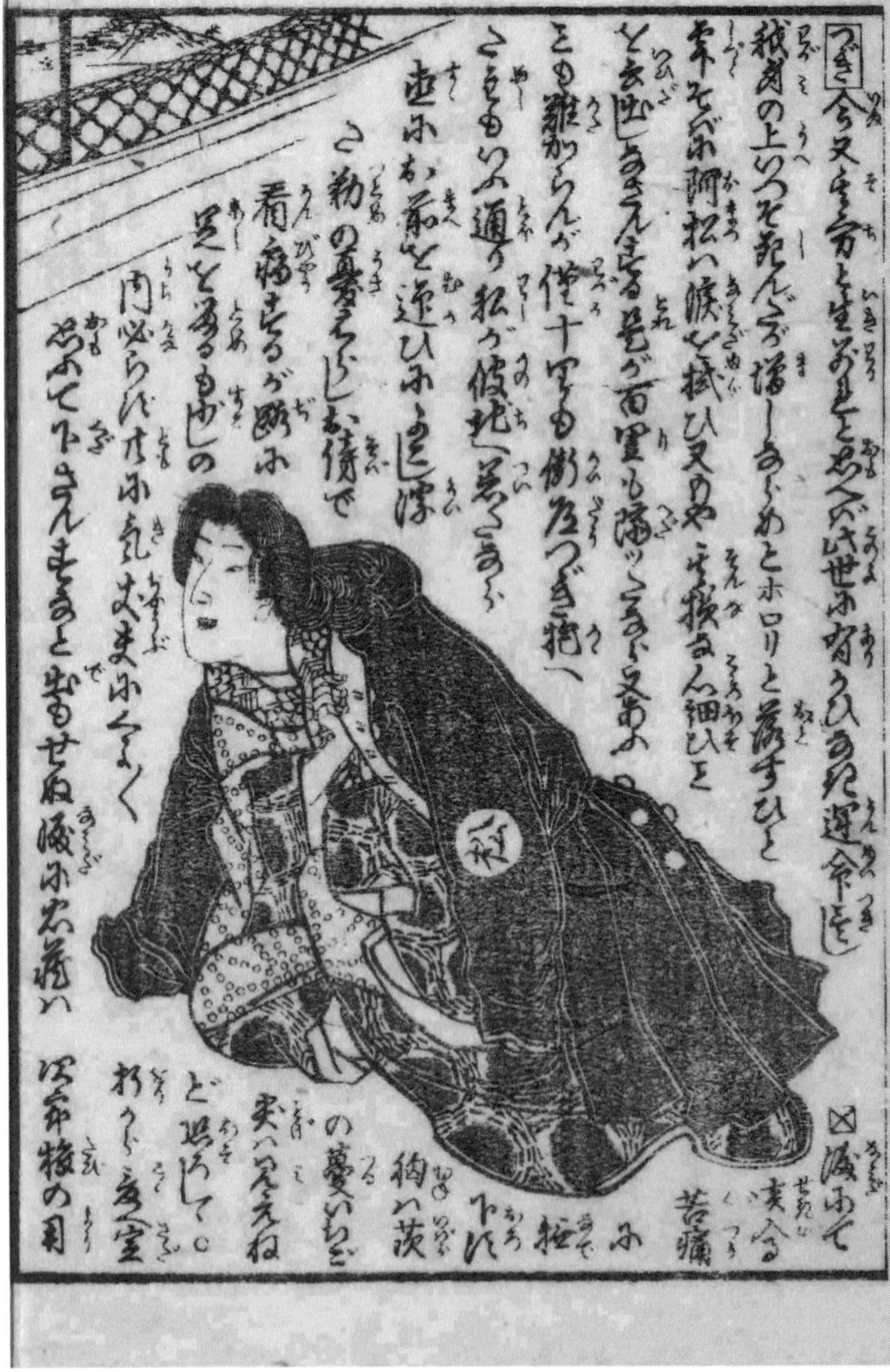
つぎ「今《いま》又其方《そち》を生《いき》ながらへバ此世《このよ》に有《あり》ながらへる延命《えんめいのつき》をし
我身《わがみ》の上《うへ》いつそ死《し》んだが増《まし》じやとホロリと落《おと》す涙《なみだ》
某《しふく》そばに阿松《おまつ》ハ涙《なみだ》を拭《ぬぐ》ひ又のや是非《ぜひ》なき細《ほそ》い声《こゑ》
と言《いひ》ければ思《おも》ふ事《こと》も叶《かな》はぬ身《み》の上《うへ》と
云《いふ》も難《なん》からんが僅《わづか》十里《り》も御《お》つぎ様《さま》へ
言《いふ》もいふ道《みち》の松《まつ》が彼地《あのち》へ着《つい》てあらば
直《すぐ》にお前《まへ》を迎《むか》ひに遣《つか》はし
云《いふ》勅《ちよく》の真実《まこと》らしお待《まち》で
看病《かんびやう》するが第《だい》一ゆゑ
足《あし》を留《とめ》るも此《この》
内《うち》必《かなら》ず気《き》を丈夫《ぢやうぶ》にもたれよ
おまへ下さんまでと労《いたは》せる脇《わき》に手《て》を添《そ》へ
図《づ》 臈《らう》にて
実《じつ》ハ今《いま》
苦痛《くつう》
に
松《まつ》
下《した》に
病《やまひ》ハ抜《ぬけ》
の憂《うれ》ひ
実《じつ》ハ息《いき》も絶《た》えね
ど堪《こら》へて
打《うち》かこる室《へや》
御家《おいへ》様《さま》の罰《ばち》

船長
次へ

つぎ　業苦《ごうげ》の起《いこ》りに一生《いつしやう》と探つ書は幾等《いくら》もあり
只《ただ》もろ人の恐《おそ》れありと云処《そこ》へ仏が付き添へ出れば
再《ふたゝ》びかゝる鞭《むち》をあたふんさ今は阿松《おまつ》どの身の代
金にはあらされど約定《やくぢやう》すれば不義との〳〵と封の
まゝに差出《さしいだ》せば阿松が縁談《えんだん》に居る不義にす後
して身の如く纏《まと》ひ綴め調下《ちやうか》もなく阿松を
急《いそ》がせ定《さだ》むる郷が降る豪風《ごうふう》に不義は延上《のび》るを
阿松は後に抱《いだ》きつき冷《ひや》て海面の滝の降り長夜
別《わか》れと云《いふ》て大道《おおみち》へ三日の宝肉には又逢とも有
不《まず》紙を切りて後は和生の松の墨染を薄く雲に見せ
悪魔《あくま》の粘紋を破りて元へ戻りとん身は両波の
緑飛阿松は席下で絶息《といき》をつく死の中で▲

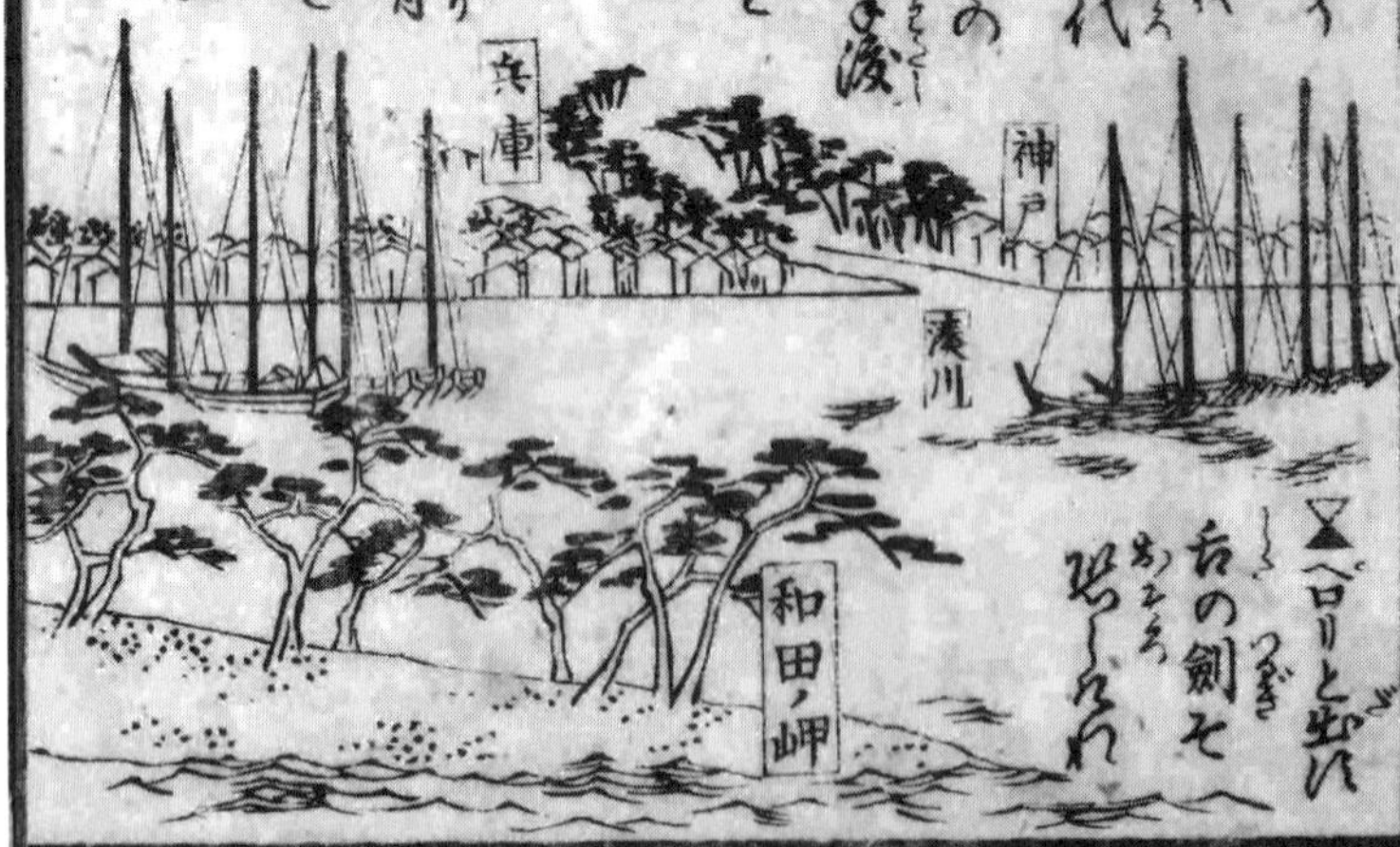

▲べロリと出た舌の剣ぞ恐ろしけれ

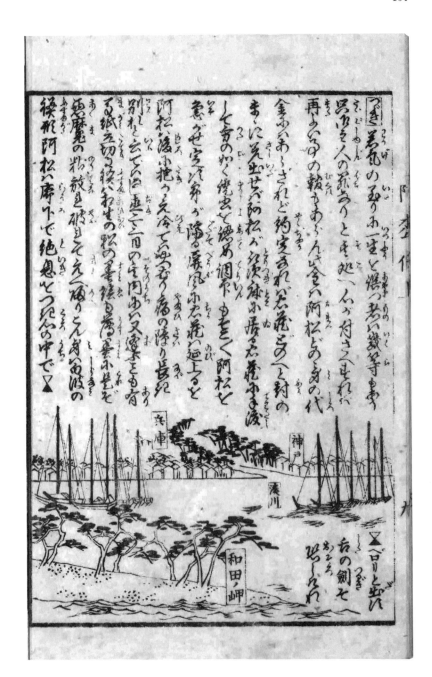

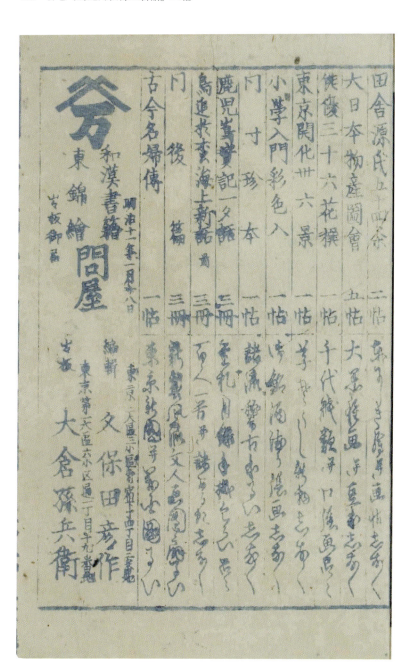

田舎源氏　五十四帖　二帖　[illegible]

大日本物産図会　五帖　大[illegible]

俳優三十六花撰　一帖　[illegible]

東京開化卅六景　一帖　[illegible]

小学入門彩色入　一帖　[illegible]

同　寸珍本　一帖　[illegible]

鹿児島実記一夕話　三冊　[illegible]

鳥追於松海上新話　前　三冊　[illegible]

同　後篇　三冊　[illegible]

古今名婦伝　一帖　[illegible]

明治十一年一月廿八日

出板御届

和漢書籍
東錦絵
問屋

東京第一大区三小区[illegible]十四丁目二番地
編輯　久保田彦作

東京第一大区六小区通一丁目十九番地
出板　大倉孫兵衛

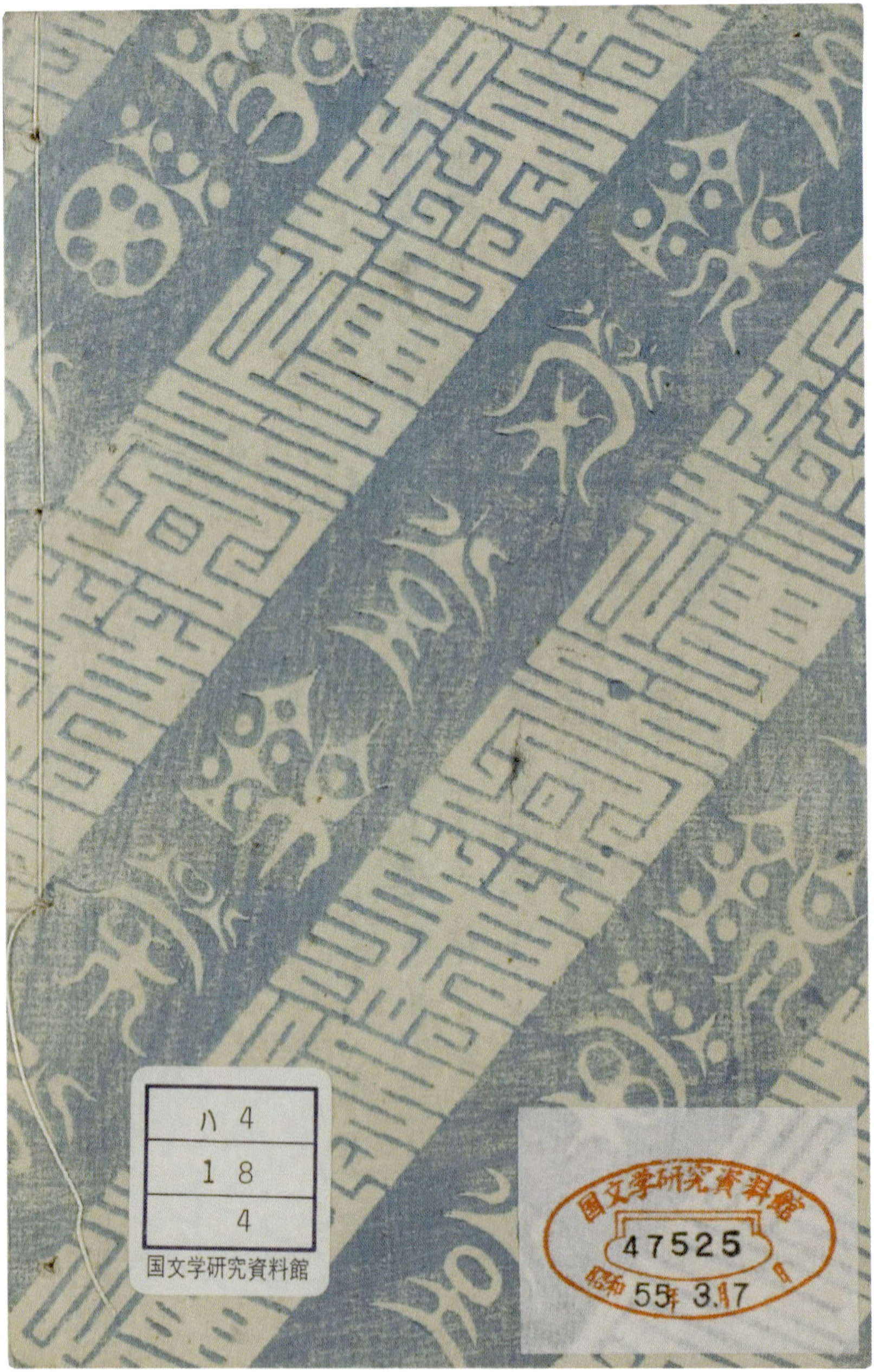
ハ 4
1 8
4
国文学研究資料館
国文学研究資料館
47525
昭和 55年 3.17 日

107　合巻『鳥追阿松海上新話』二編

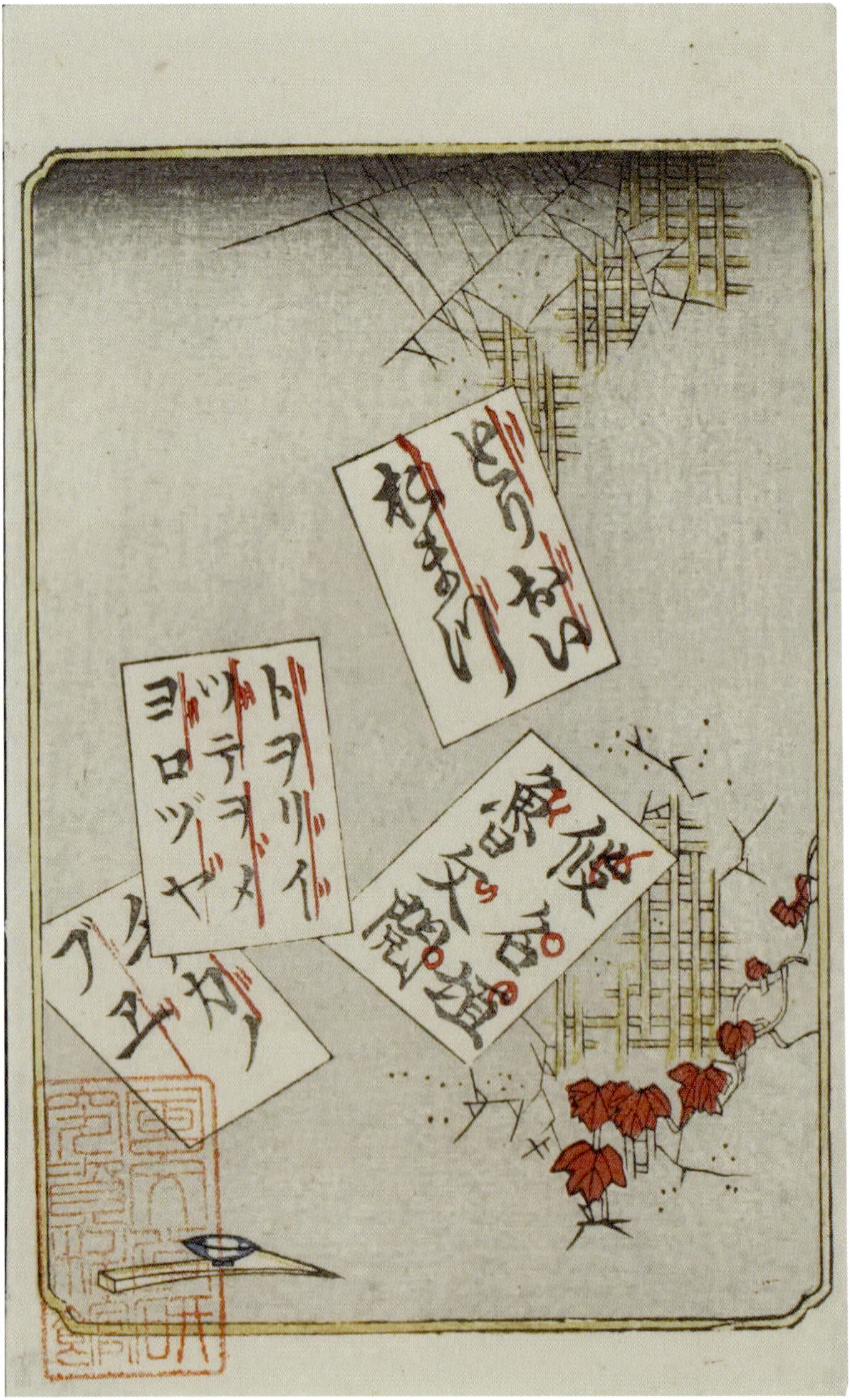

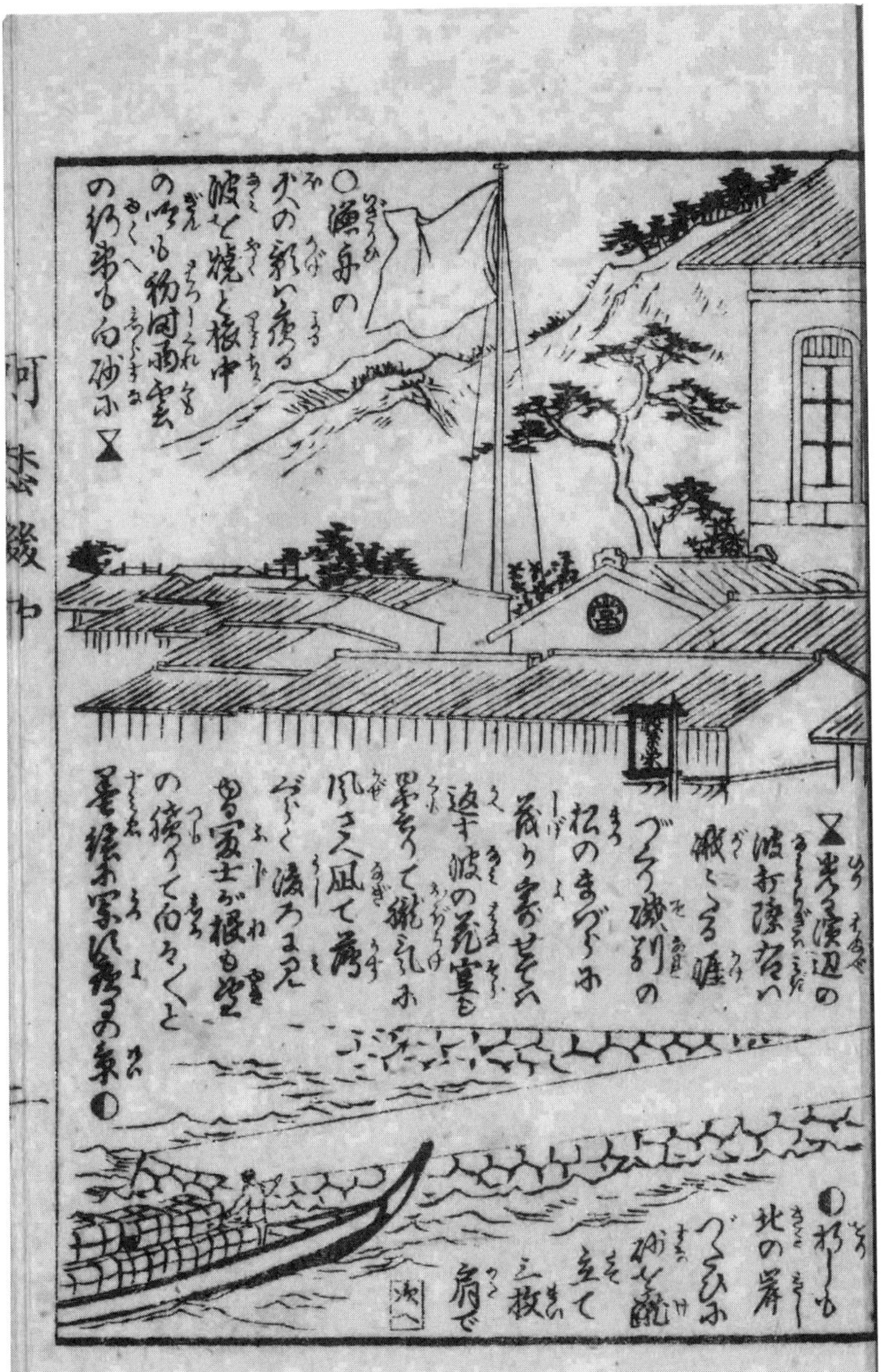

御誂

▼あけゆる処《ところ》こなたへ
磯端《いそばた》で太《こゑ》を掛《まし》ー
いかゞねへと呼《よぶ》一人がきて
出《で》て「その寂《さび》しい道《みち》のつとめ人
里数《さとまま》も這《なし》打際沖に波《わき》の漁舟より外《ほか》に来《きた》る人《ひと》はなし
マア安心《あん》しておいでなさいと有乱《とうまうげ》の娘《むすめ》の端《とば》に阿松《おまつ》は猶《なほ》さら不審《ふしん》
それぞ「シテ此《この》磯端《いそばた》へ何《なん》の用《よう》で外《ほか》に人《ひと》が来《く》るといふ事《こと》でござ
今《いま》の此家《このや》の娘《むすめ》と云《い》ふが、先刻《さつき》から二人《ふたり》で案内《あんない》して今夜《こんや》の仕事《しごと》をするは
思《おも》ひ寄《よ》らぬ事《こと》の次第《しだい》もありますが、お前《まへ》と必《かなら》ず連《つれ》出《だ》して去《さ》る乳母《めのと》の
めゆ(?)もぶ寄《よ》の女《をんな》に知《し》らす
ねへだれど狼狽《うろたへ》の様子
つれて出《いで》て其元《そこもと》の
案内《あんない》に来《き》て、其《その》所《ところ》の
を阿松《おまつ》にかどの「次へ」

（宿こと女）わし《わろ》ハ浪《なみ》の冷《ひえ》く雑《ふぐ》の其《その》人《ひと》は上《かう》に好《かう》しん《しん》の仕組《しくみ》の玄《げん》と知《し》らねば不審《ふしん》も

図挑灯《ちやうちん》に透《すか》し見《み》れバ是《これ》ハ駿府《すんぷ》の紀《き》を抱《かゝ》へに来《き》たと知《し》る家《いへ》ハ歌方宮《うたかたみや》
金《きん》子《す》半月《はんつき》余《あま》り賃銀《ちんぎん》を召《め》し取《と》り手前《てまへ》を此《この》所《ところ》へ引上《ひきあ》げ申《まう》すと娘《むすめ》を引《ひ》く
深切《しんせつ》ごかしの六《ろく》ツ目《め》の銭《ぜに》壱両《いちりやう》の手《て》を三千円《さんぜんゑん》かゝる事《こと》の引合《ひきあひ》の
拙《つたな》き外《ほか》に夜《よ》鷹《たか》の手《て》をとり抱《いだ》きと捕《とら》へて云《い》ふを
仏《ほとけ》の思《おも》ひも薄《うす》き人《ひと》伊達《だて》姿《すがた》に長《なが》羽織《ばおり》を
纏《まと》ひて肩《かた》に手《て》を入《い》れ其《その》袖《そで》に
面《おもて》隠《かく》して紙《かみ》に包《つゝ》みて手《て》を入《い》れて
包《つゝ》み濁《にご》りの雑《ざつ》金《きん》サア寄《よ》り付《つ》けて
人《ひと》足《あし》に渡《わた》せバ落《お》し入《い》れ二人《ふたり》ハいづれも
立《た》ちて泉《いづみ》出《いで》て加《くは》ふる筆《ふで》の空《そら》まで轟《とゞろ》くと思《おも》へバいづれも飛《と》びハ
舞《ま》ひ下《お》げに見《み》え来《き》し道《みち》へ這《は》ひ入《い》り行《ゆ》く○次第《しだい》に其《その》身《み》も爰《こゝ》に分《わ》けて
行《ゆ》く浦《うら》西《にし》の入《い》りを満《み》たし空《そら》さへ風《かぜ》ふきそめて捉《とら》へを通《とほ》す
波風《なみかぜ》ハ松《まつ》の梢《こずゑ》に霧《きり》の深《ふか》く肉《にく》も濡《ぬ》るゝ程《ほど》なり彼《かの》宿《やど》に至《いた》りて
老《お》いを目《め》をつけて
どうしても見《み》えに出《いで》て

△ひとといろは
　ちらし
　むすめ
　ちまた
　かな

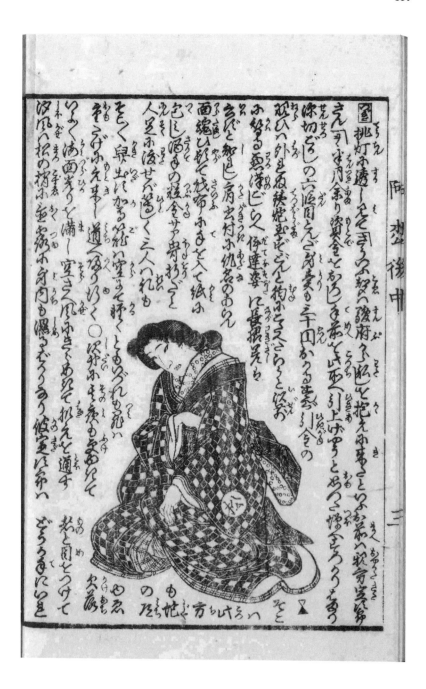

つゞき

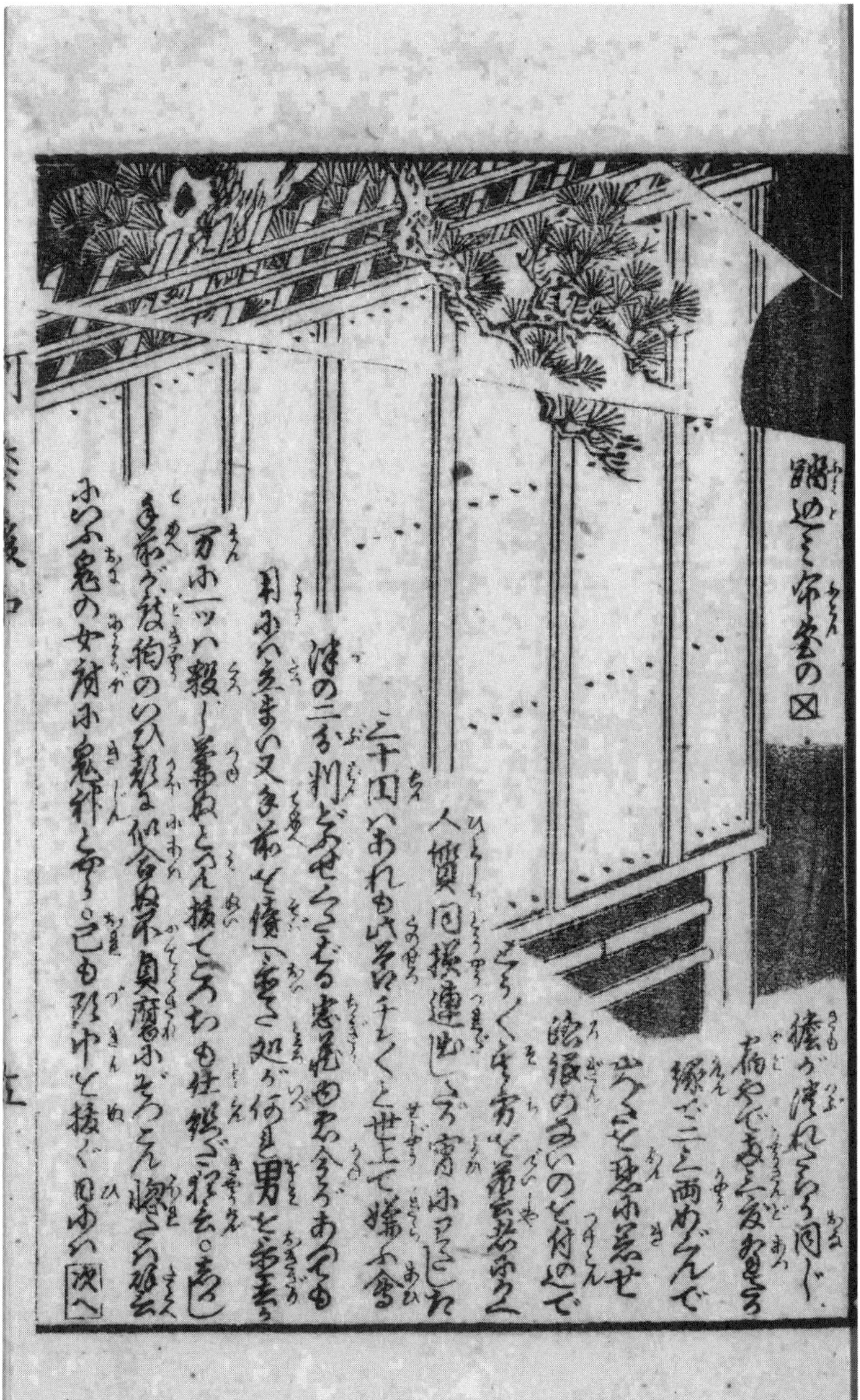
次へ

つぎ いへども卸して三両もちあわせ持甲府宿の根方の伴蔵
郷里へ帰る百年目と思って抱て寝る此るハ
お花さ等に銭常にも入って居るを合せ人を
べるのあそびところへ来ても利いねへが大
事に仕舞て金がつと握って申さば
阿松へ手に知れまい懐へ入と仕
まひ置ところ家と家郷ら
むたなされらのが
備いがあまへのの今の
此の通りえと
あの母ん松～
とてもおどの
数子のお嬢

一 付上りいやのあるのと
此の五
の松の
せぶ
荒
ぶろて
も抱て
寝ると
既に阿松
を
引
付
て

浪《なみ》の音《おと》吹散《ふきちら》す嵐《あらし》に跳立《けたて》て鉄黒《きんおんぐろ》を先《さき》
にたり阿松《おまつ》ハ続《つゞ》の磯割松《いそわれまつ》に身《しん》を倚《よせ》家に
究《きう》まれば小枝《こえだ》にとまどふ梢《こずゑ》を渡り逃《にげ》をするを
付入る流義《りうぎ》え〔の〕大力《だいりき》無双《むさう》なれば
なくちからぬ松の木枝幹《みき》に
くまとうけ根《ね》ビにせんと
近寄《ちかよ》る手先《てさき》を蹴《け》って
気阿松《おまつ》ハ一生懸《しやうけん》
命《めい》あれバ〔ち〕から付力や
残身《のこるみ》に入れ身をよせ
うけゐる松の枝《えだ》プツくり
折て峰際《がけぎは》より阿松《おまつ》ハ荒《あら》き海《うみ》の
中へ生《いき》洋《よう》逆《さか》さま落《おち》入《い》り悪《あく》の報《むく》ひろ

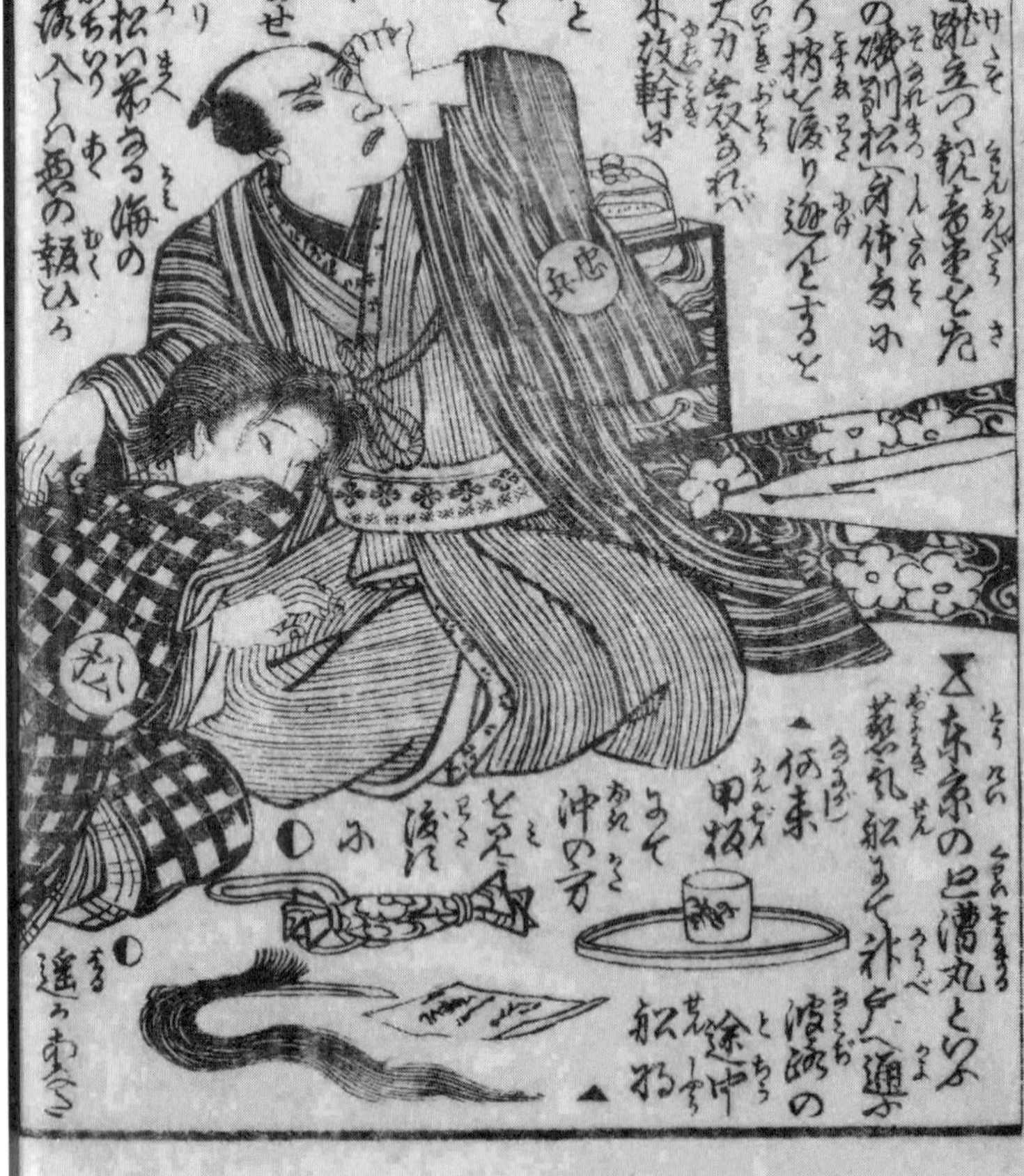

▲東京《とうけい》の旦清丸《たんせいまる》とよぶ蒸気船《じようきせん》にて神戸《かうべ》へ運《はこ》ぶ渡海《とかい》の途中《とちう》艀船《はしけぶね》
▲何某《なにがし》甲板《かんぱん》にて沖《おき》の方《かた》どぶんと落《おち》れ
ぶ
遥《はる》かに

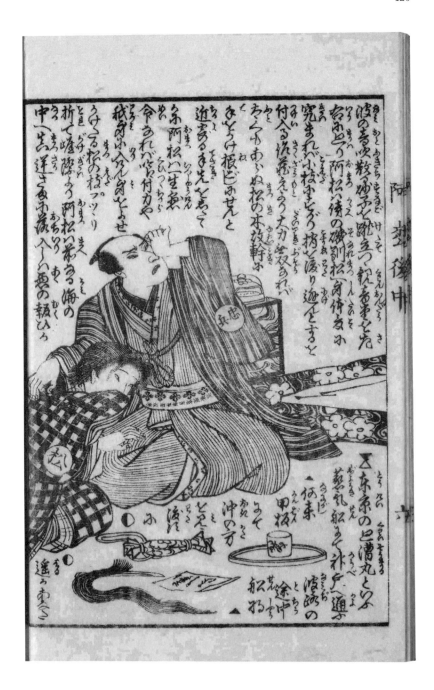

阿松

母
松
次へ

○其後《そのゝち》阿松《おまつ》は忠義《ちうぎ》なる方《かた》「ゆ」ゑに行《ゆか》んと悟《さと》りしをさきんと▲忍《しの》びきとあらんと沖中《おきちう》の事は此を

知《し》れど彼《かの》浦《うら》の泉《いづみ》で別《わか》れる忠義《ちうぎ》の生死《せいし》にとらはれ善又《ぜんまた》不義《ふぎ》の身《み》も救《すく》ひを求《もと》めて再縁《さいえん》は此を

去《さ》りあふれ我が身をいとふるも寿れ身の大事になるべしを されば前渡《ぜんど》のを其身を合せだ

必定《ひつぢやう》ならんべしで病気《びやうき》と折《をり》て様子《やうす》をうかがひしを やがり其旋規と是で代の家《いへ》を隠《かく》

比と其後《そのゝち》日数《ひかず》十四五日も病《やみ》て

と折外出もかけぬ

家《いへ》の様子《やうす》をつくん検《けん》め

に其の忠義より後《のち》

もなく許《ゆる》し合《あ》ふ事

ま婦《ふ》の君《きみ》も

彼《かの》君《きみ》は施《ほどこ》ぎる

懐《ふところ》を取《と》り持《もち》て

さて善《よ》き女《をんな》故《ゆゑ》りしや

のくゆそくにに縁《えん》

のを其旋を今日《けふ》まで顕《あらは》さず

○宝ひの為《ため》に折《をり》るて も哀《あは》れさぞや此《こ》の頭《かしら》無《な》く 世の中不審《ふしん》に思《おも》ひされ

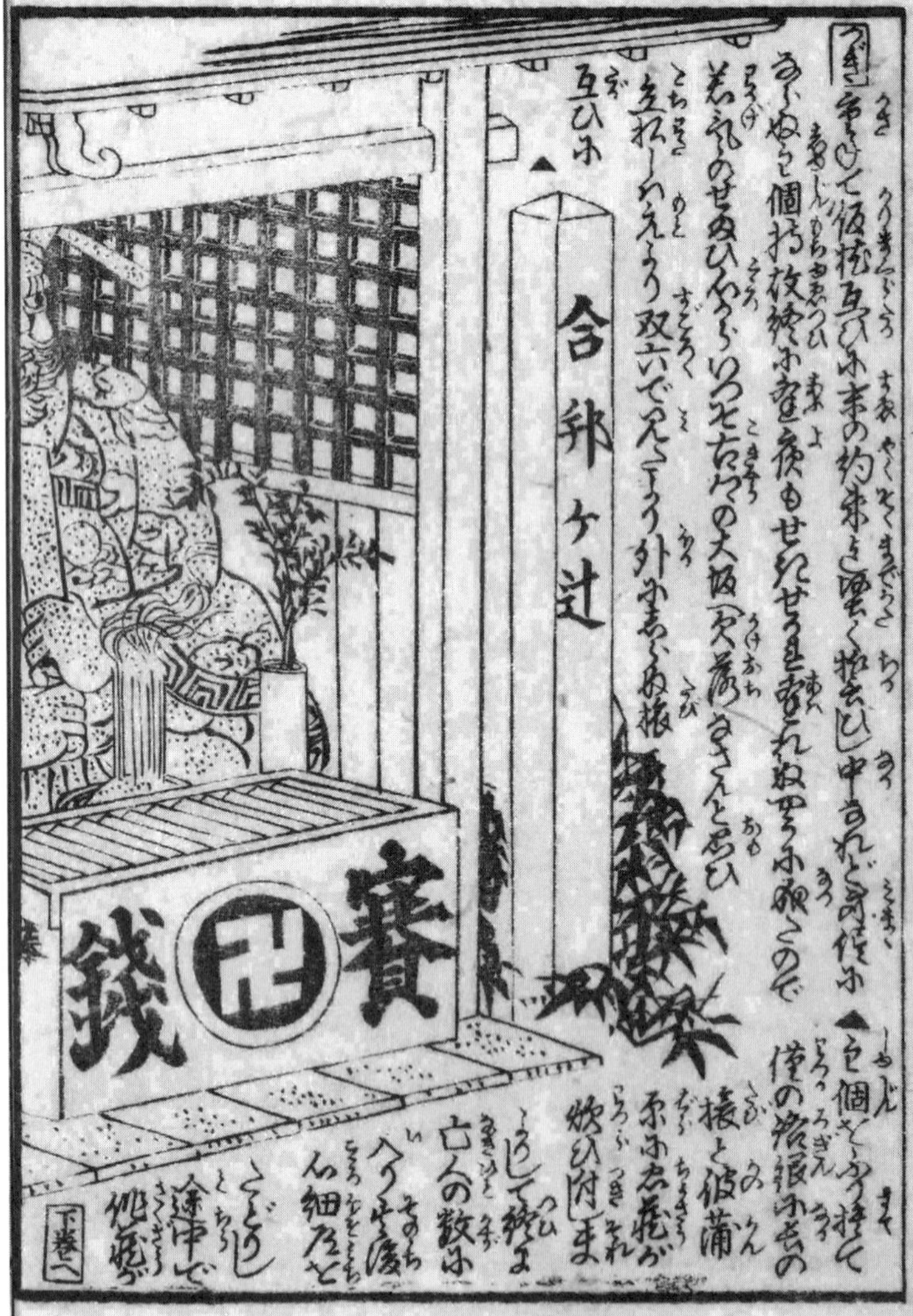
合邦ヶ辻
賽銭
下巻八

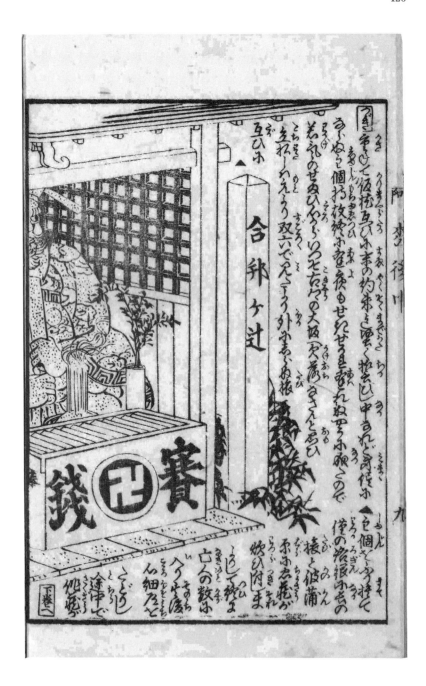

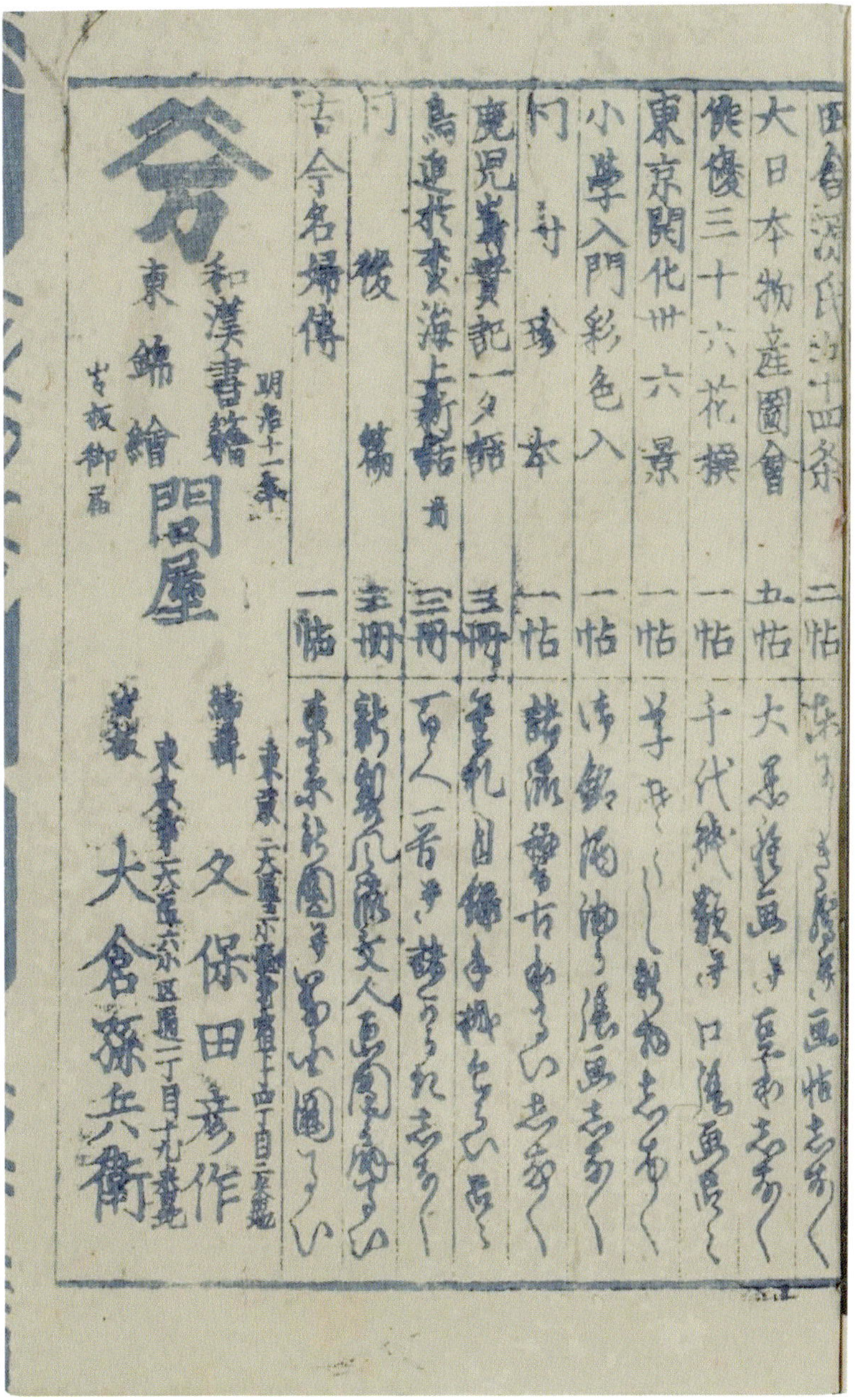

大日本物産図会　五帖
俳優三十六花撰　一帖
東京開化卅六景　一帖
小学入門彩色入　一帖
魁児義貴記一夕話　三冊
鳥追於松海上新話　前編　三冊
後編　三冊
古今名婦伝　一帖

明治十一年
和漢書籍
東錦絵
問屋
編輯　久保田彦作
出版　大倉孫兵衛

ハ 4
1 8
5
国文学研究資料館
国文学研究資料館
47526
昭和55年3.7日

鳥追阿松海上新話
後篇
二篇下
大倉孫兵衛梓
周延筆

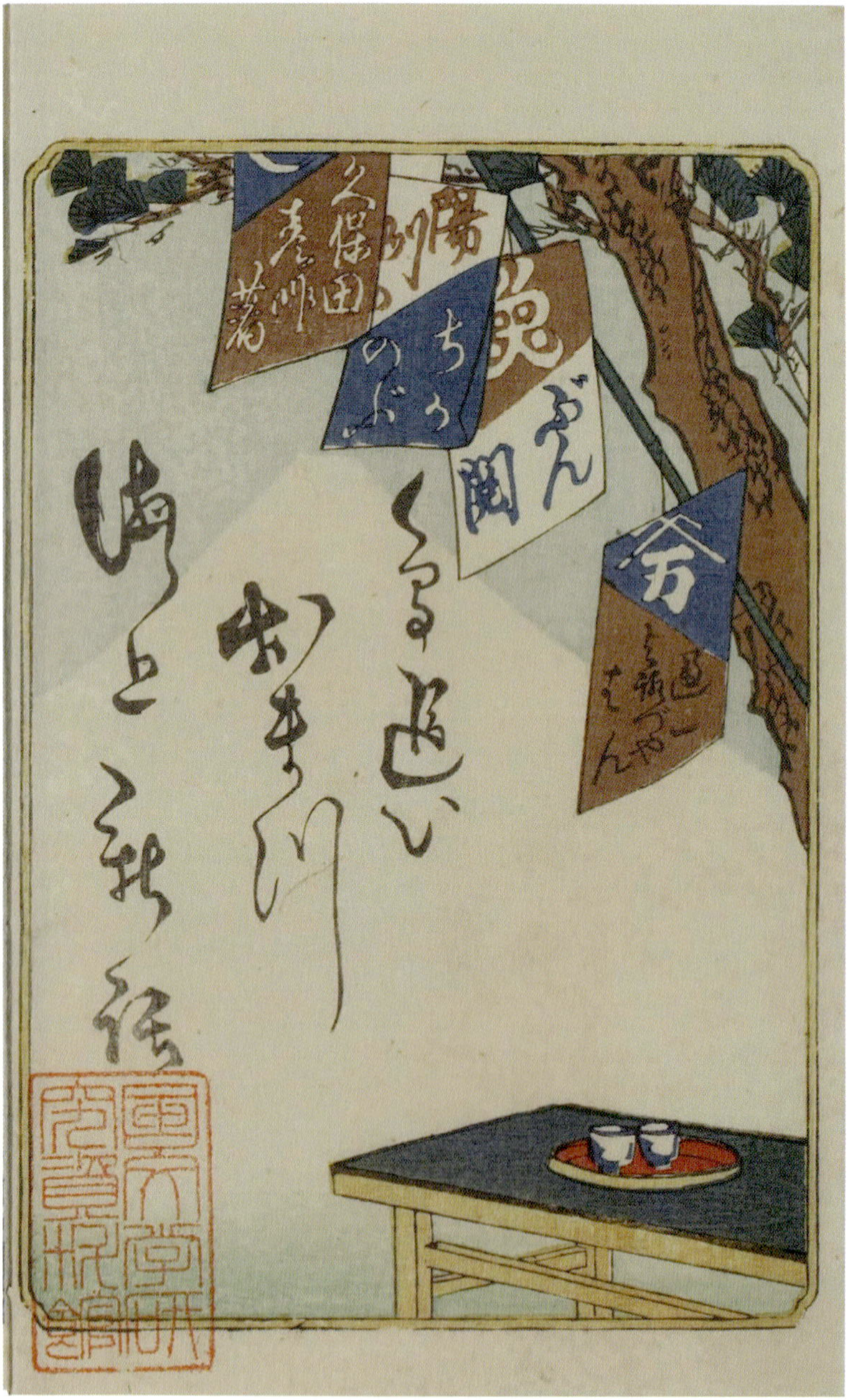
久保田

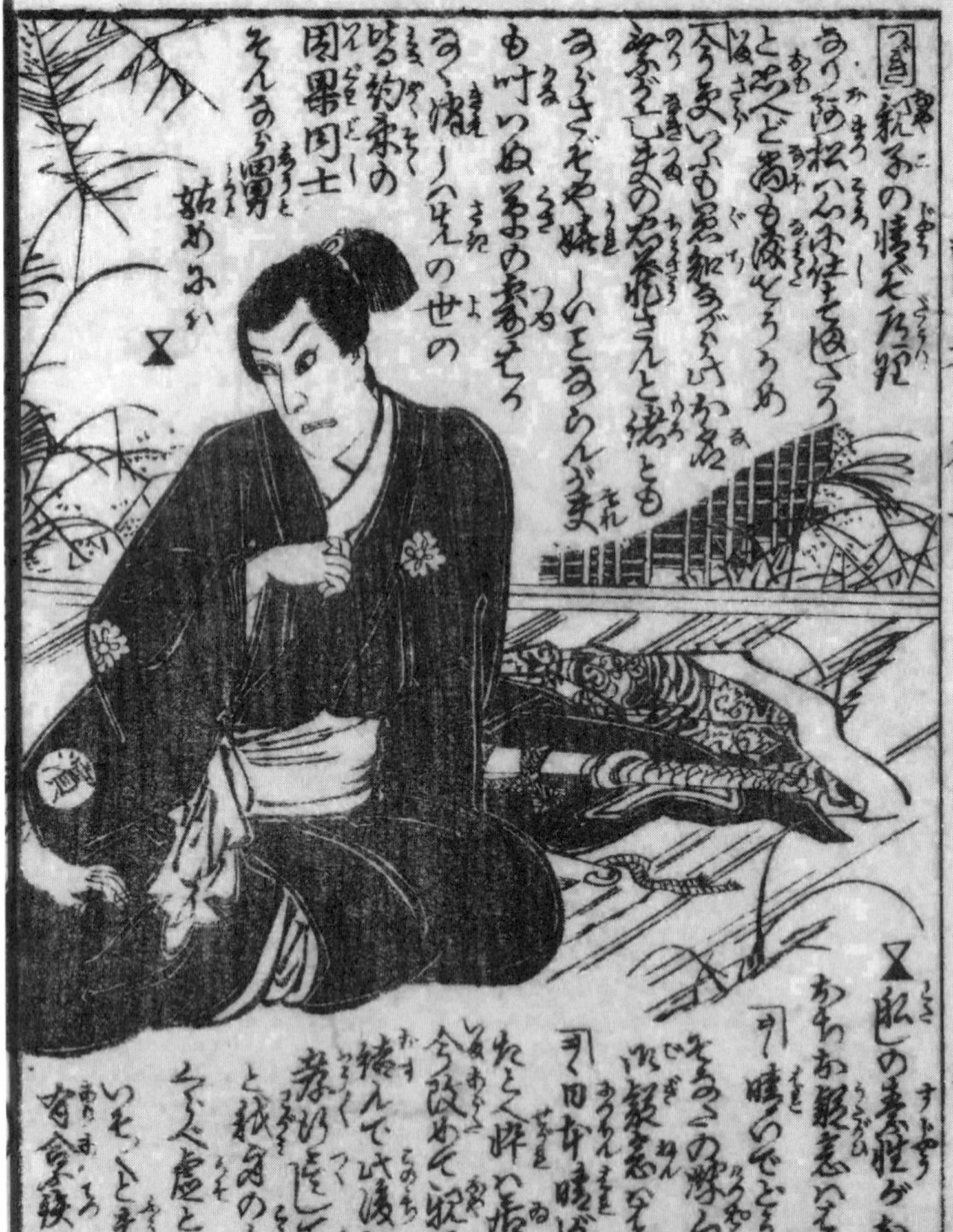

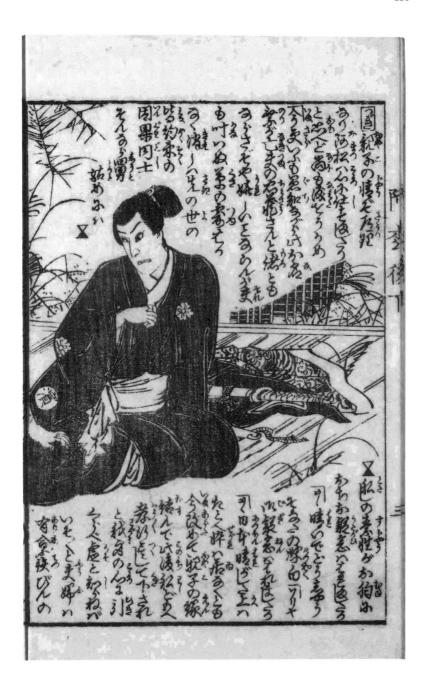

（つゞき）阿松《おまつ》が猶《なほ》も魅酒《すいきやう》も元《もと》より不敵《ふてき》の▼
女《をんな》また乱暴《らんばう》をされあげ殺《ころ》さんとする
折《をり》しも彼処《かしこ》の隠居《いんきよ》の内《うち》に潜《ひそ》み居《ゐ》たる
男《をとこ》の勢《いきほ》ひ天晴《てんぱれ》の女《をんな》と声《こゑ》かけたち
出《いで》て猶《なほ》もギツクリおさへ打《うち》すゑ手《て》廃《すた》の
湯《ゆ》忠兵衛《ちうべゑ》夫婦《ふうふ》も驚《おどろ》いて
三人《ひと》ながら顔《かほ》見合《みあは》せ
甚《はなは》だ胴《どう》もまたりしが此方《こなた》へ捧《さゝ》げ
子《し》押《おさ》へて静《しづ》かに立《たち》出《いで》再《ふたゝ》び
委細《ゐさい》天《てん》ぐりの書置《かきおき》遺《のこ》し阿松《おまつ》を本《ほん》処《じよ》へ返《かへ》す
も勤《つと》めると天《てん》秘《ぴ》に暮《くら》す六番《ばん》に又《また》の身
驚《おどろ》く此処《こゝ》の人《ひと》と彼《か》の待《ま》ひれ上《あが》られ雑《ざつ》をとりあて
阿松《おまつ》は八ツ夕《ゆふ》と白眼《にら》みつけしが阿松《おまつ》は顔《かほ》見《み》えて
びつくり天《てん》ぐ宝《たから》は演田《えんだ》とつふを打《うち》捨《すて》し実《じつ》に

▼其時《そのとき》市政《いちまさ》の汝《なんぢ》清《きよ》ありしが今《いま》小藤《こふぢ》ゆく
忠兵衛《ちうべゑ》夫婦《ふうふ》へ向《むか》ひ此《この》頼《たの》み所《しよ》縮《しゆく》を
云交《いひかは》せしことも男《をとこ》はもとよりそれが為《ため》
松屋《まつや》の手代《てだい》と又《また》身《み》弱《よわ》出《いだ》し酸《す》洒《さけ》
路《ろ》まで足《あし》をとゞめて孫《まご》
づき身《み》
まつりと
にゆるい
いへど
名《な》のみ
ゆく奈《な》
漬《つけ》不《ふ》招《まね》き
実《じつ》に是《これ》も其《その》罠《わな》親《おや》にも
男《をとこ》勝《まさ》るとも不経《ふけい》の夜《よ》の悪《あく》

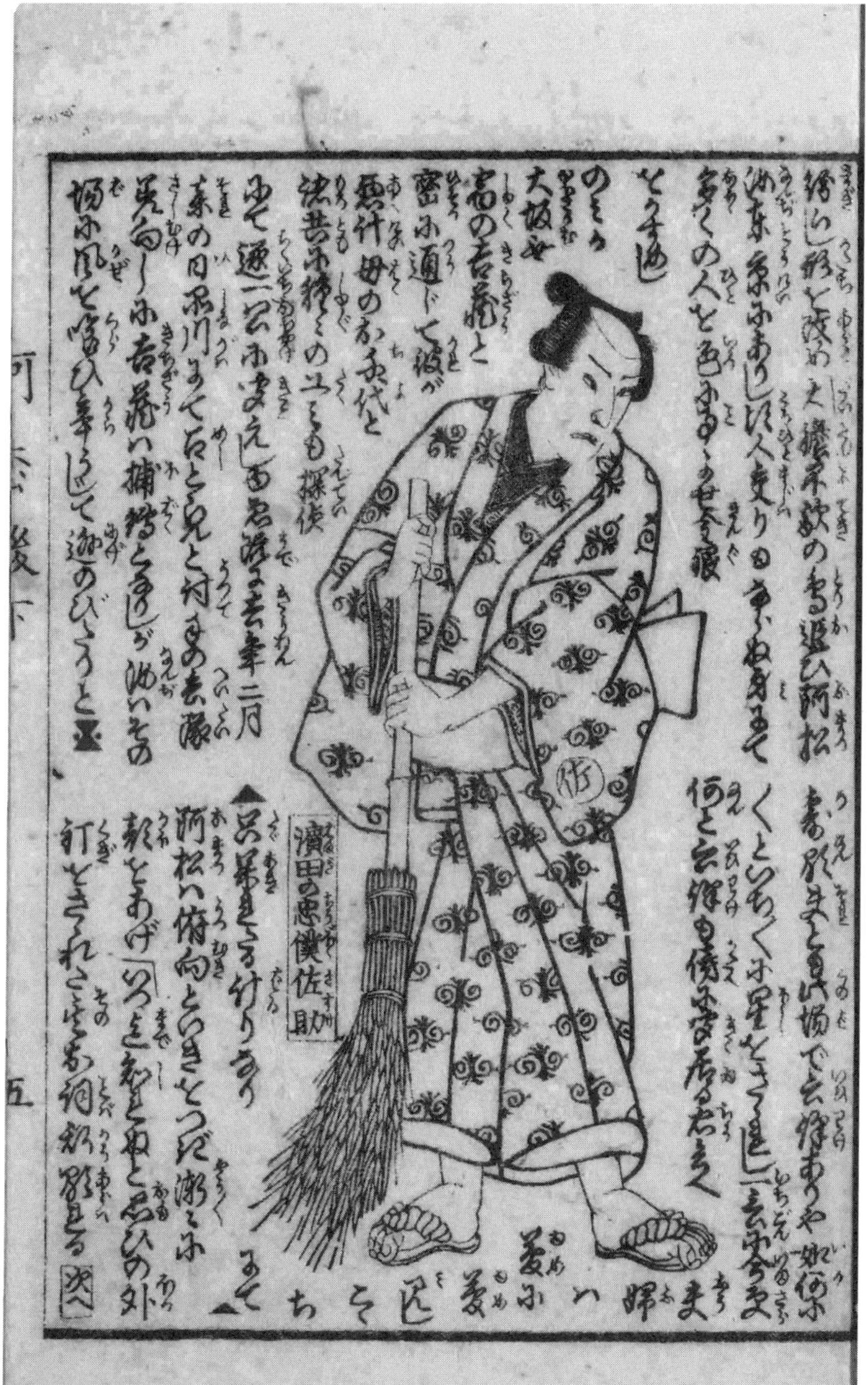
濱田《はまだ》の忠僕《ちうぼく》佐助《さすけ》

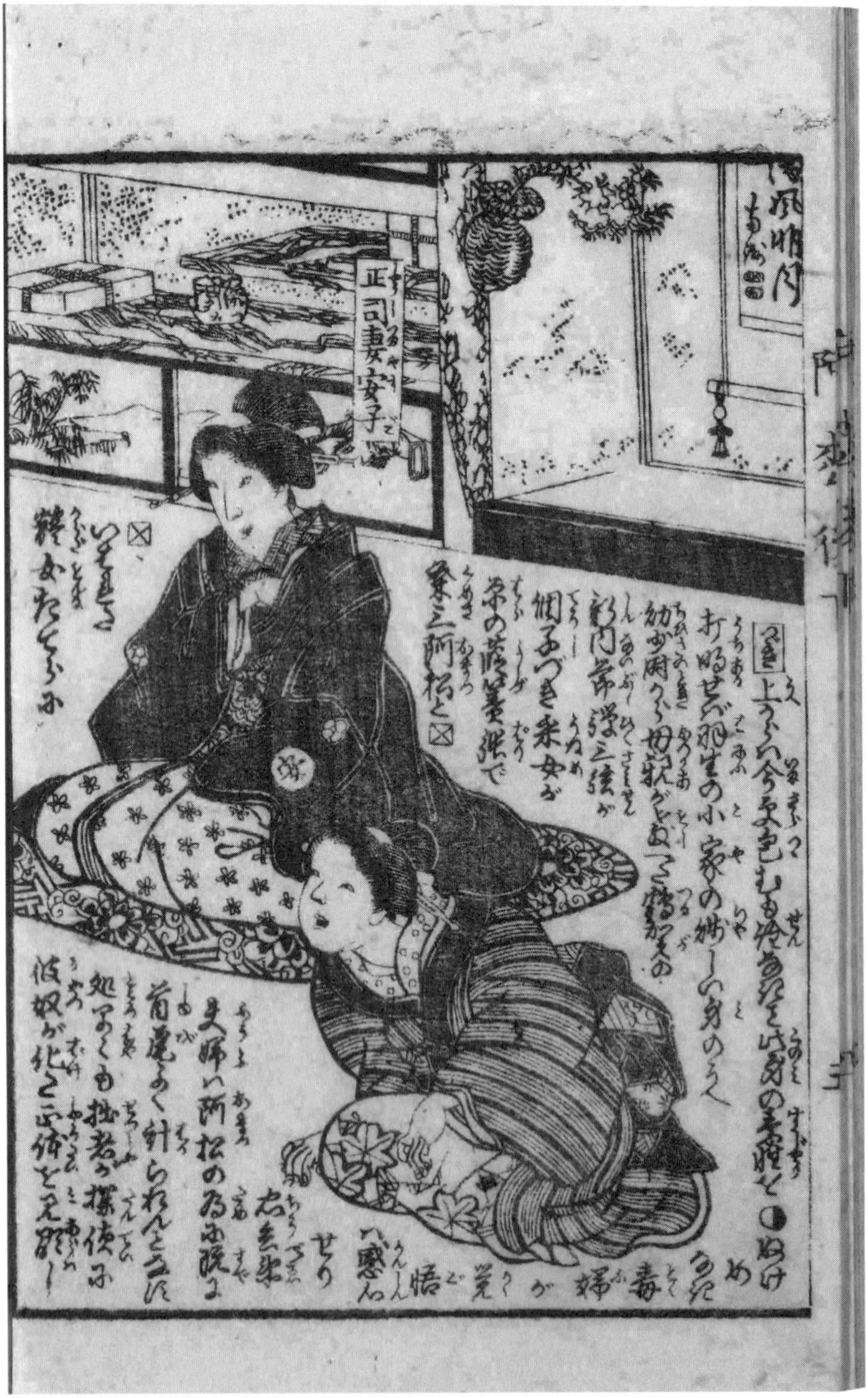

正司妻安子

かゝる騒ぎに兼て居合す彼侍は喜藤次にて
阿松《おまつ》と新吉の手を緩めて難なく縛りあげ一旦
より立て囚人は縄付のまゝ宅へ下り奉行所へ
退て仕済したりとて急ぎ立帰り
表に阿松と新吉を縄付にして引出し
喜藤次は是をさして来せ行きけり
○こゝに喜藤次は自ら日頃より京の樹木の
積を悪しく見たりけるに
居る近所の者御屋敷へ
居の里まで参れば
の辻番へ無事とて
阿松は悪人の所業八大地獄にて閻魔王の沙汰し我が身も
八大地獄石に造りし閻魔王ありし死も今更
抱寂しく新吉は是の喜藤次は囚人なりとて

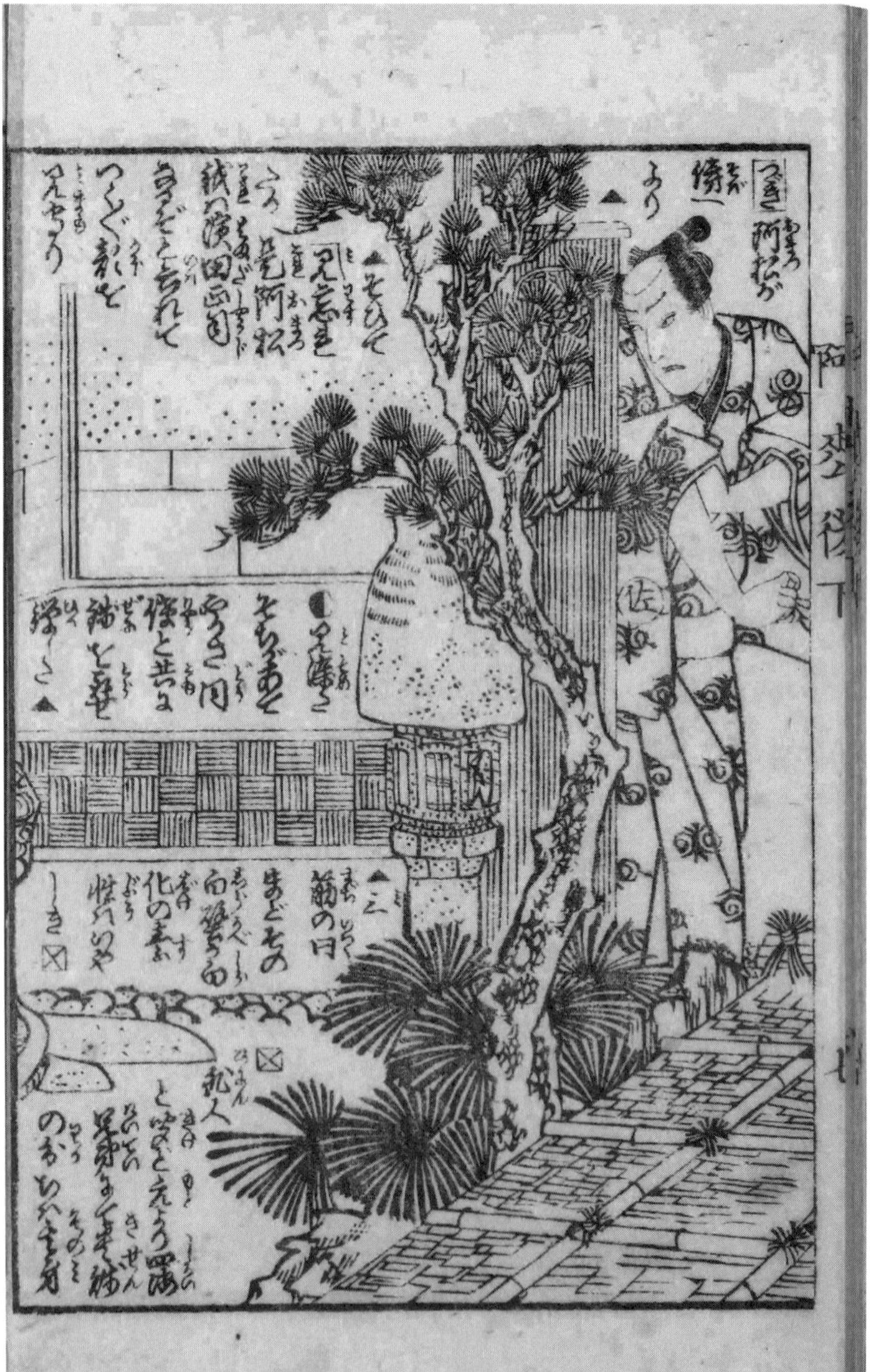

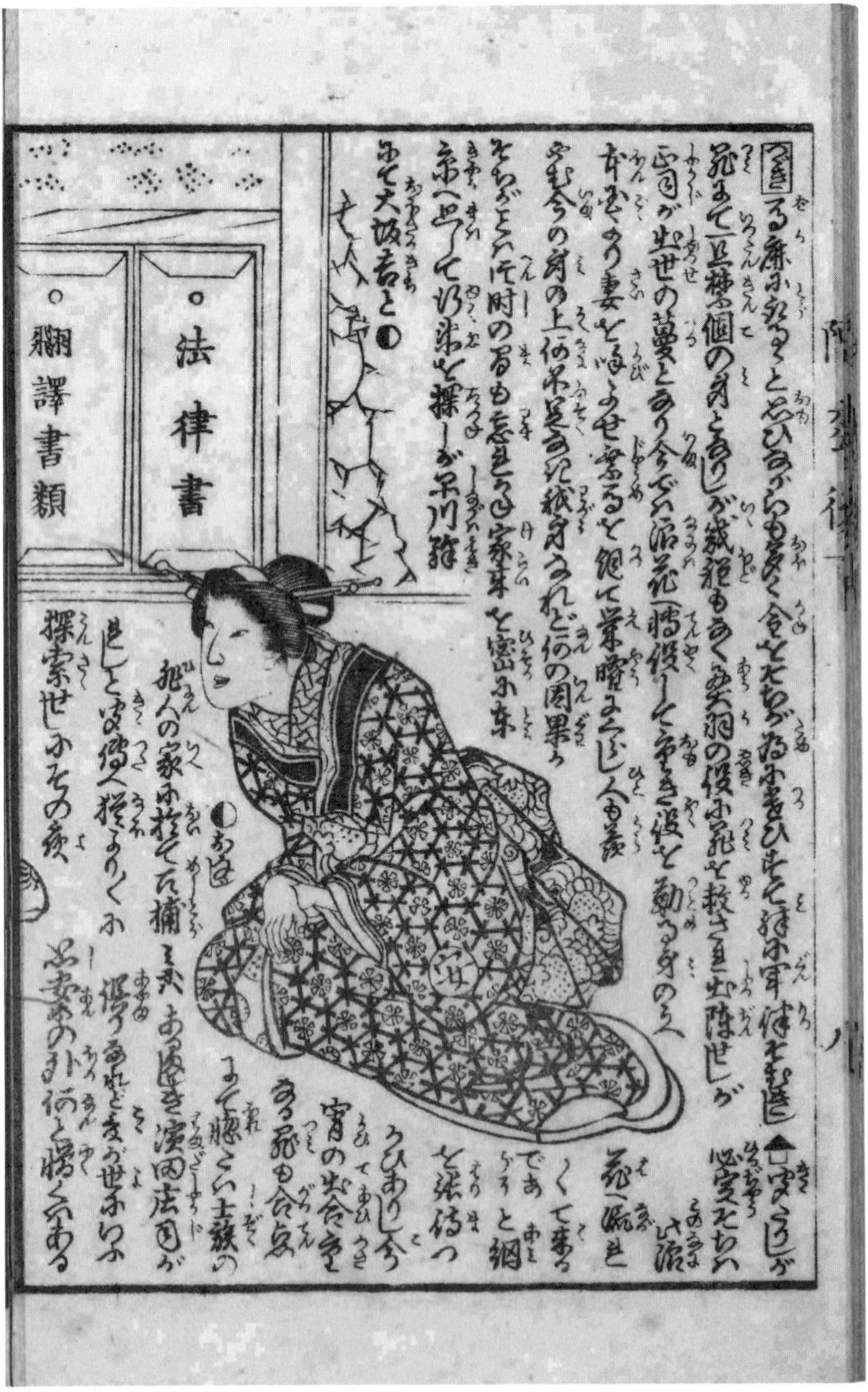

法律書
翻譯書類

日本外史

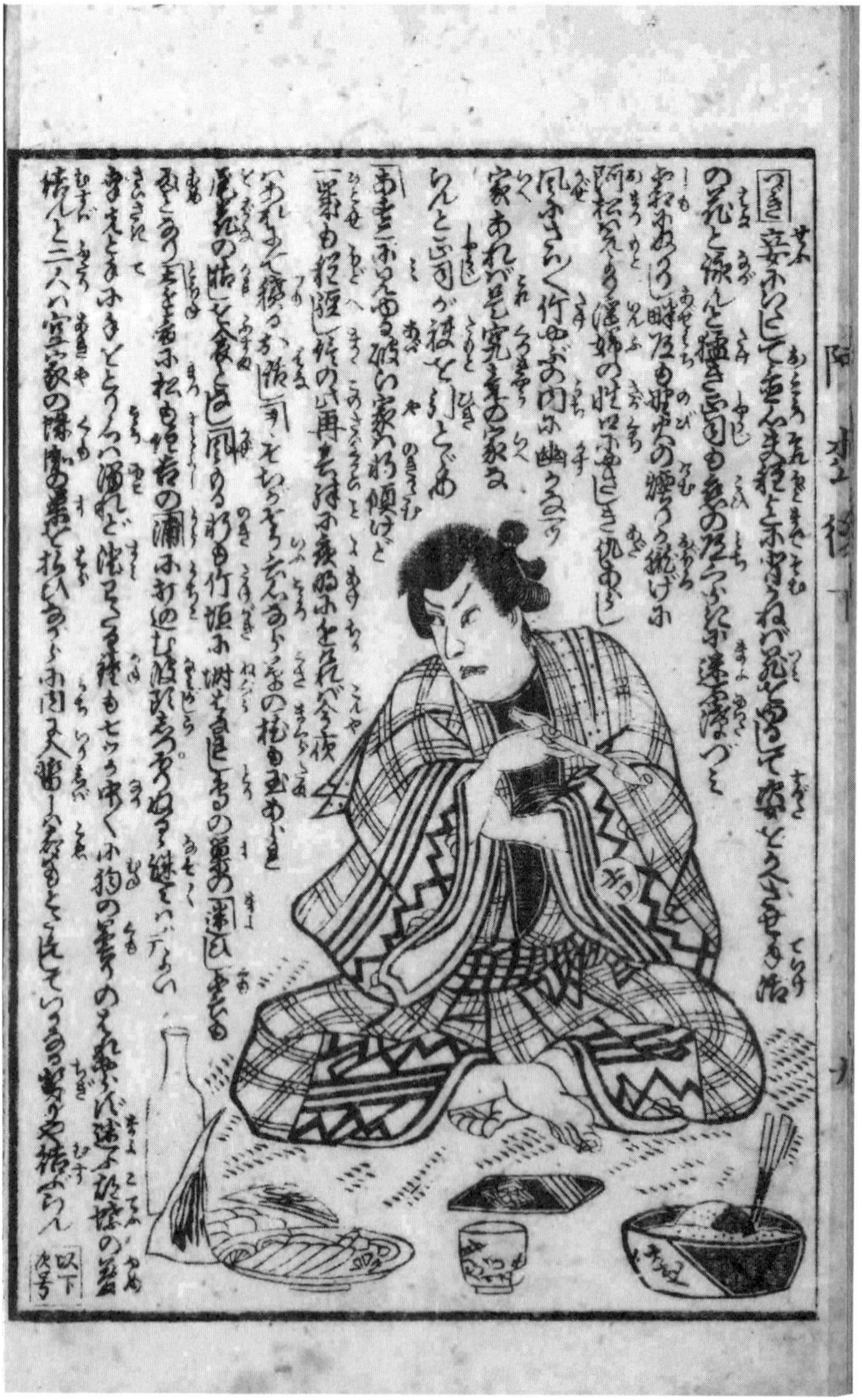
つゞき
以下次号

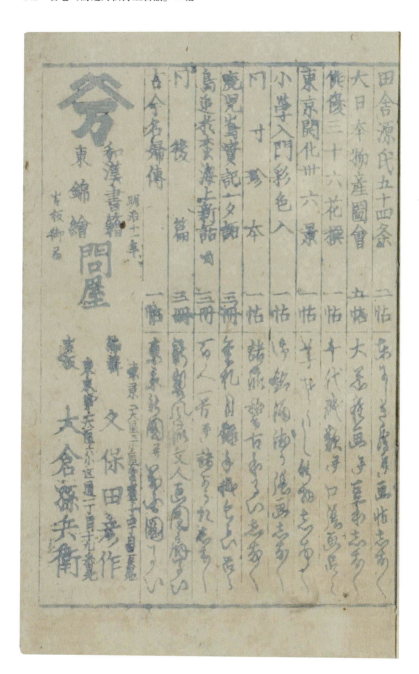

田舎源氏五十四条	二帖	[illegible]画帖にて候
大日本物産圖會	五帖	大[illegible]画にて草紙にて候
俳優三十六花撰	一帖	千代紙[illegible]口[illegible]
東京開化卅六景	一帖	[illegible]
小學入門彩色入	一帖	[illegible]
同　寸珍本	一帖	諸[illegible]稽古[illegible]
鹿児島實記一夕話	三冊	[illegible]
鳥追於松海上新話　四	三冊	百人一首[illegible]
同　後篇	三冊	[illegible]文人画[illegible]
古今名婦傳	一冊	東京[illegible]図[illegible]

和漢書籍
東錦繪
問屋

明治十一年

古板御品々

東京 [illegible]

編輯 久保田彦作

東京第[illegible]大區[illegible]小区通[illegible]丁目[illegible]番地

出版 大倉孫兵衛

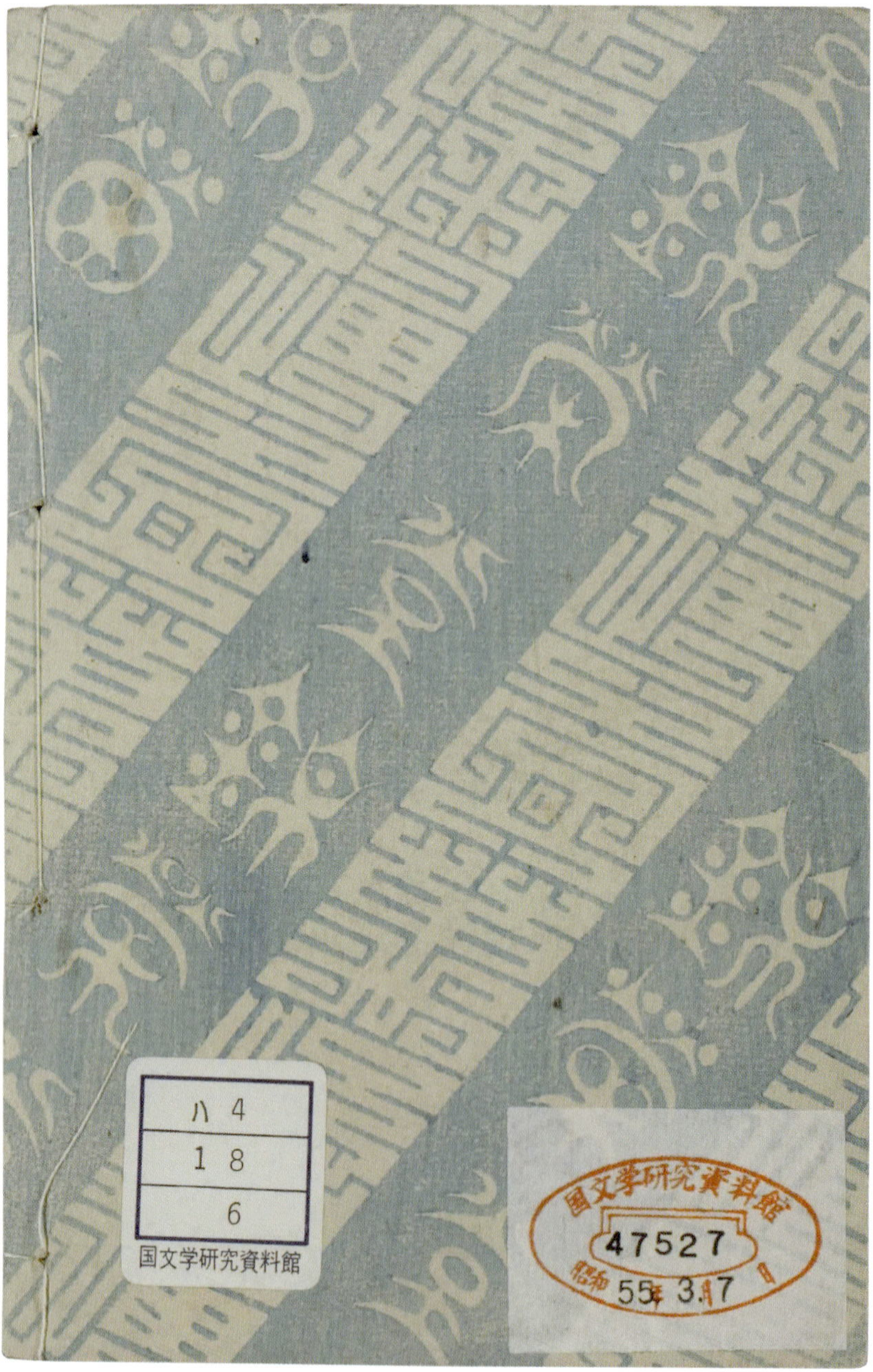
ハ 4
1 8
6
国文学研究資料館
国文学研究資料館
47527
昭和 55年 3.17 日

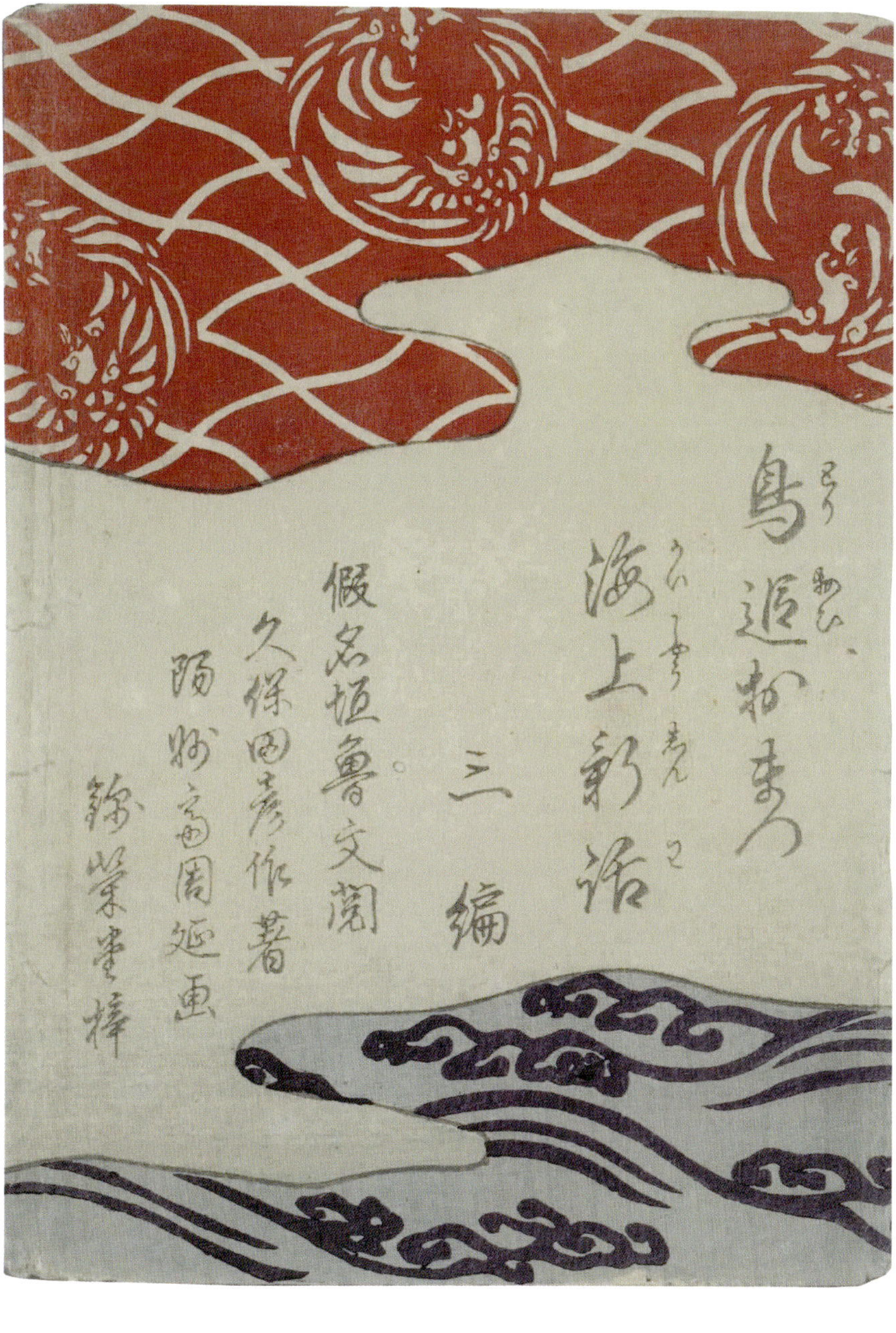

151　合巻『鳥追阿松海上新話』三編

ハ 4
1 8
7-9
国文学研究資料館

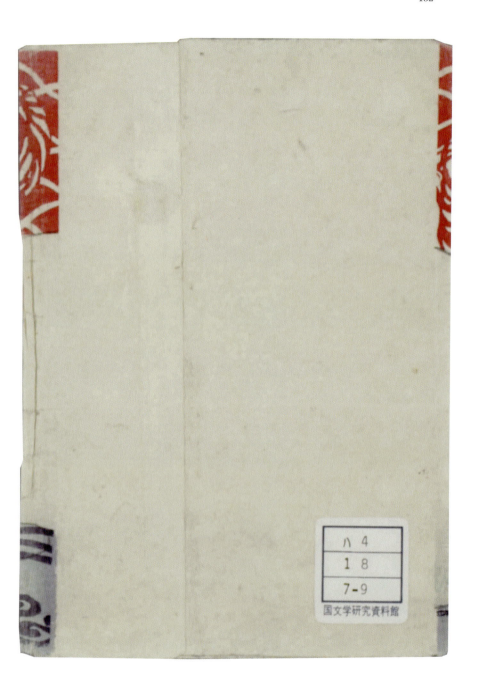

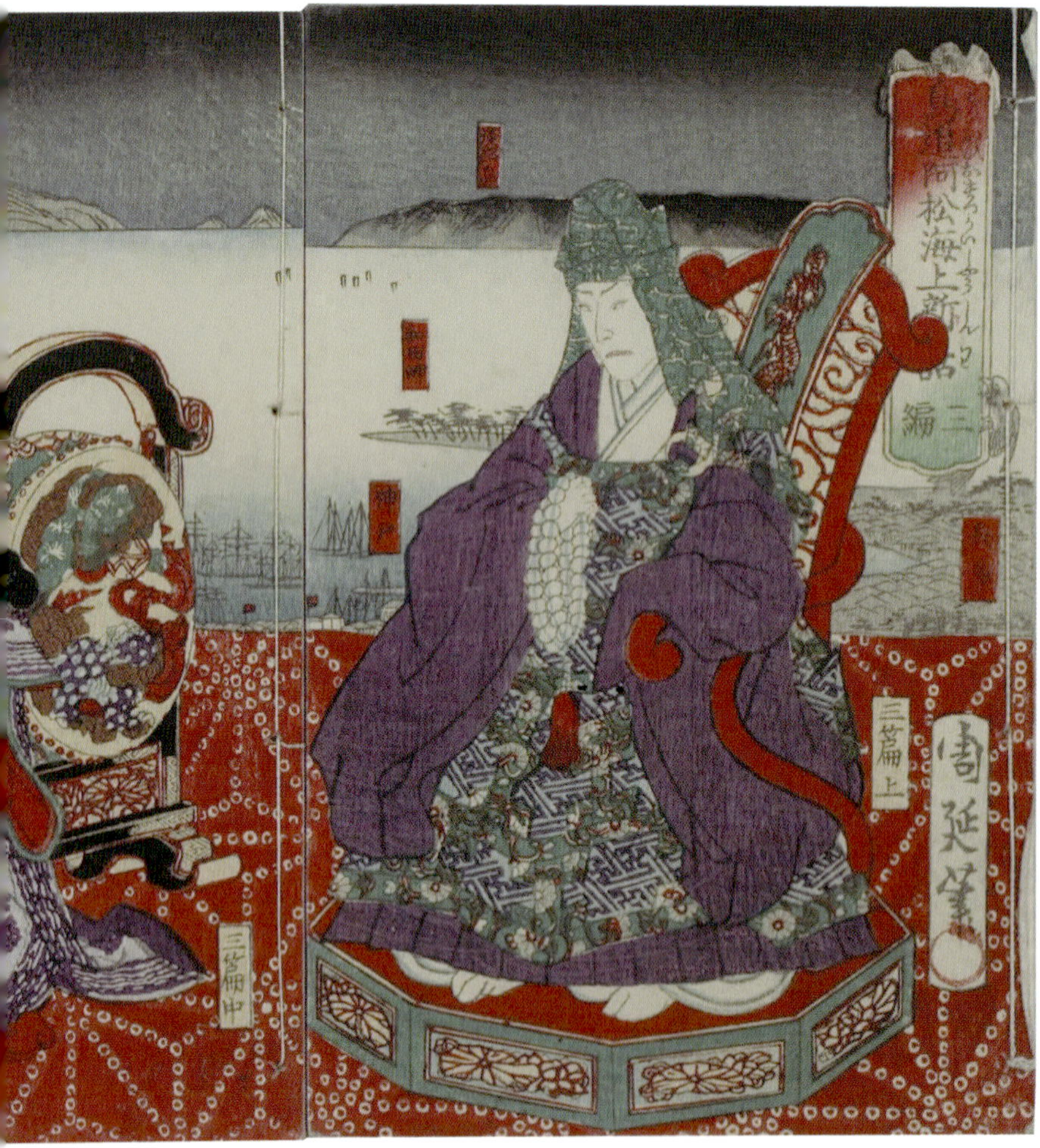
阿松海上新
三編
神戸
三篇上
周延筆

155　合巻『鳥追阿松海上新話』三編

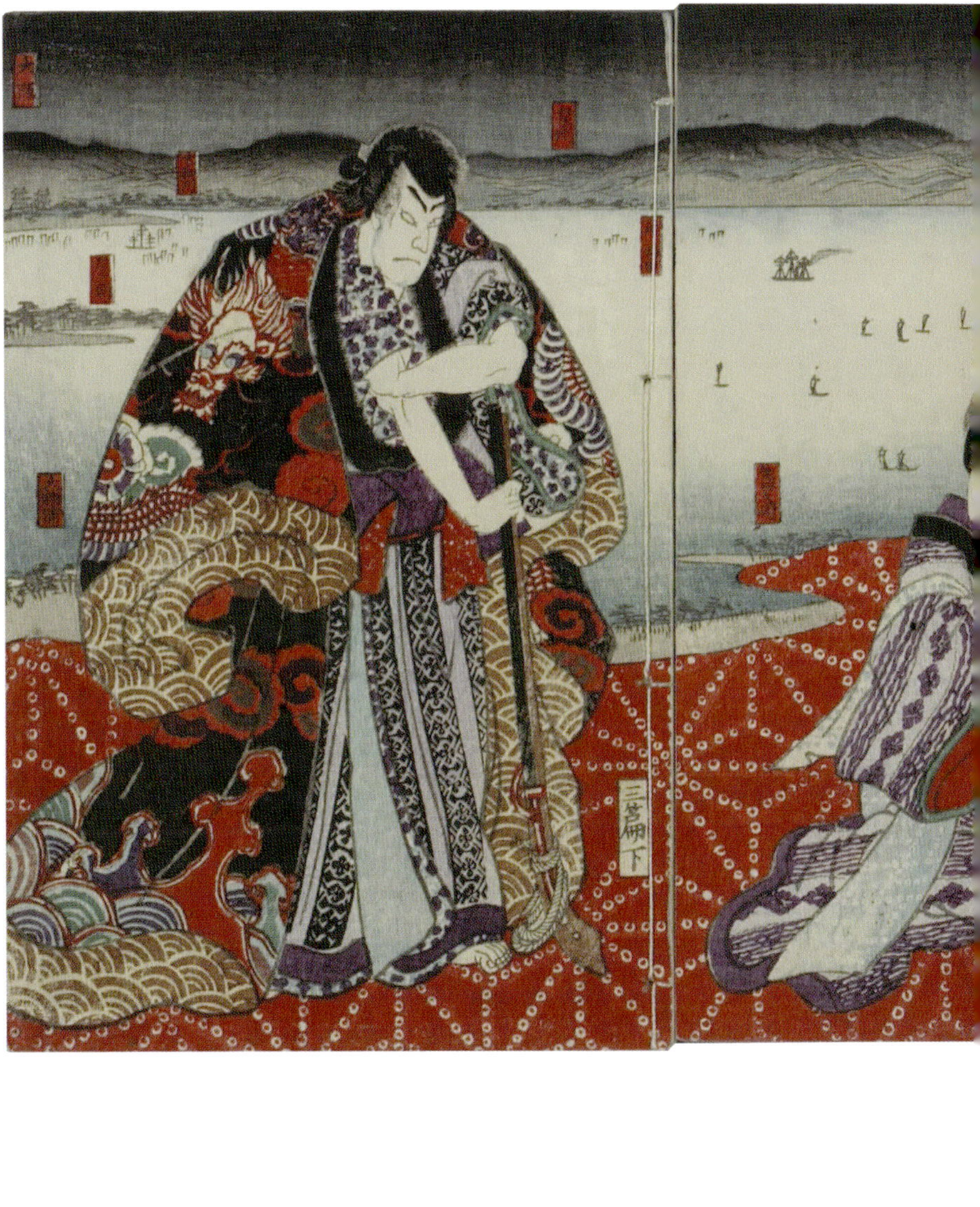

157　合巻『鳥追阿松海上新話』三編

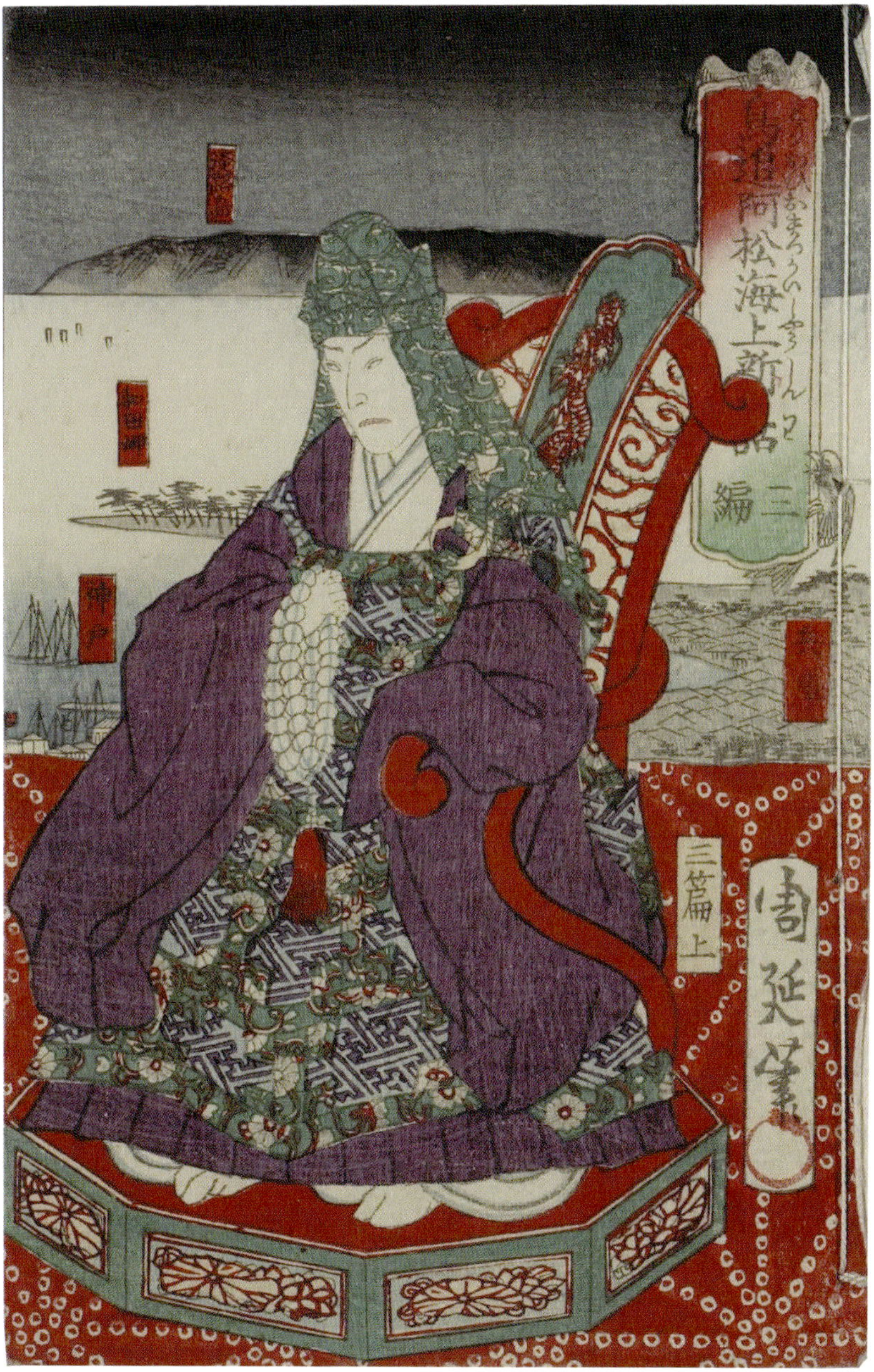

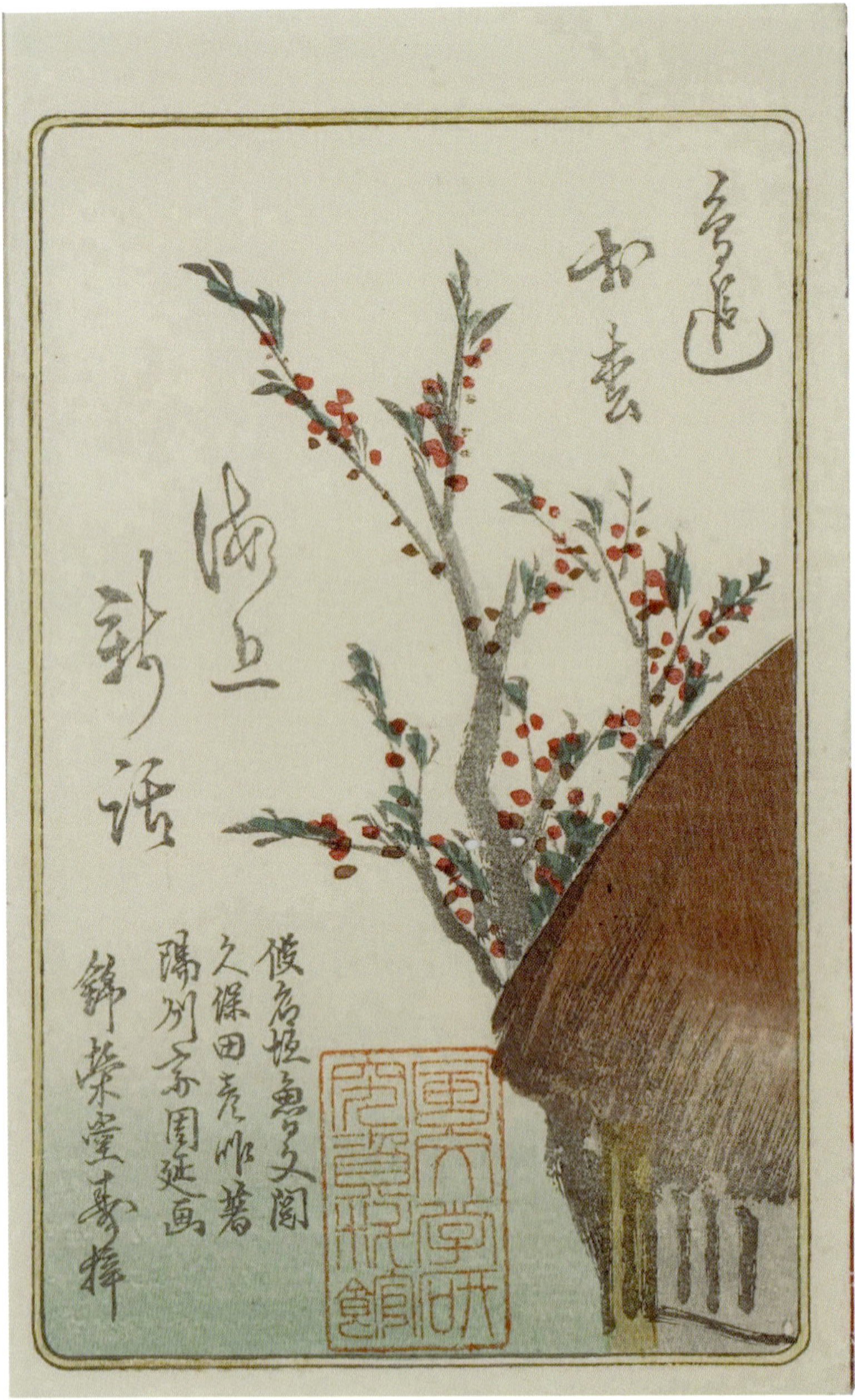
鳥追
お松
海上
新話
仮名垣魯文閲
久保田彦作著
陽洲周延画
錦榮堂壽梓

緑《みどり》の林白浪《しらなみ》阿松《おまつ》ハ笠松嶺《かさまつたふげ》の高《たか》く聞《きこ》え塵塚《ちりづか》阿松《おまつ》ハ濁《にご》り江《え》の深《ふか》きに染《そ》まぬ心《こゝろ》の潔白《けつぱく》善悪《ぜんあく》の二河白道《にがびやくだう》物見《ものみ》松《まつ》の曲《まが》る枝《えだ》も操《みさを》の松《まつ》の直《すぐ》なる梢《こずゑ》も籟《らい》々颯《さつ》々乃声《こゑ》に應《おう》じ千歳《せんざい》不朽《ふきう》り醜美《しうび》を鳴《な》らすや非常有常《ひじやうゆうじやう》の差異《さい》なるあらん茲《こゝ》に物《もの》せる鳥追於松《とりおひおまつ》も幸《さいは》ひ明治《めいぢ》の旭《あさひ》に照《て》らされ新平民《しんへいみん》の列《れつ》に属《ぞく》せど心《こゝろ》の穢《けがれ》を一洗《いつせん》せバ汝《なんぢ》が罪《つみ》汝《なんぢ》を責《せめ》て神經病《しんけいびやう》の苦悩《くのう》に臥《ふ》しつゝぬ最期《さいご》を假名讀《かなよみ》に陸續《りくぞく》號《がう》を継《つ》ぎまし も畢《つひ》に此大團圓《だいだんゑん》に終焉を示《しめ》し長譚《ながものがたり》常盤《ときは》が色《いろ》を潤筆《じゆんぴつ》に猶《なほ》染脱《そめあげ》し久保田《くぼた》の強記《がうき》今版當に局《きよく》を結《むす》びて勸懲《くわんちやう》の意《い》を全《まつた》うせり喝采《めでたし》々々

明治十一年三月

假名垣魯文誌

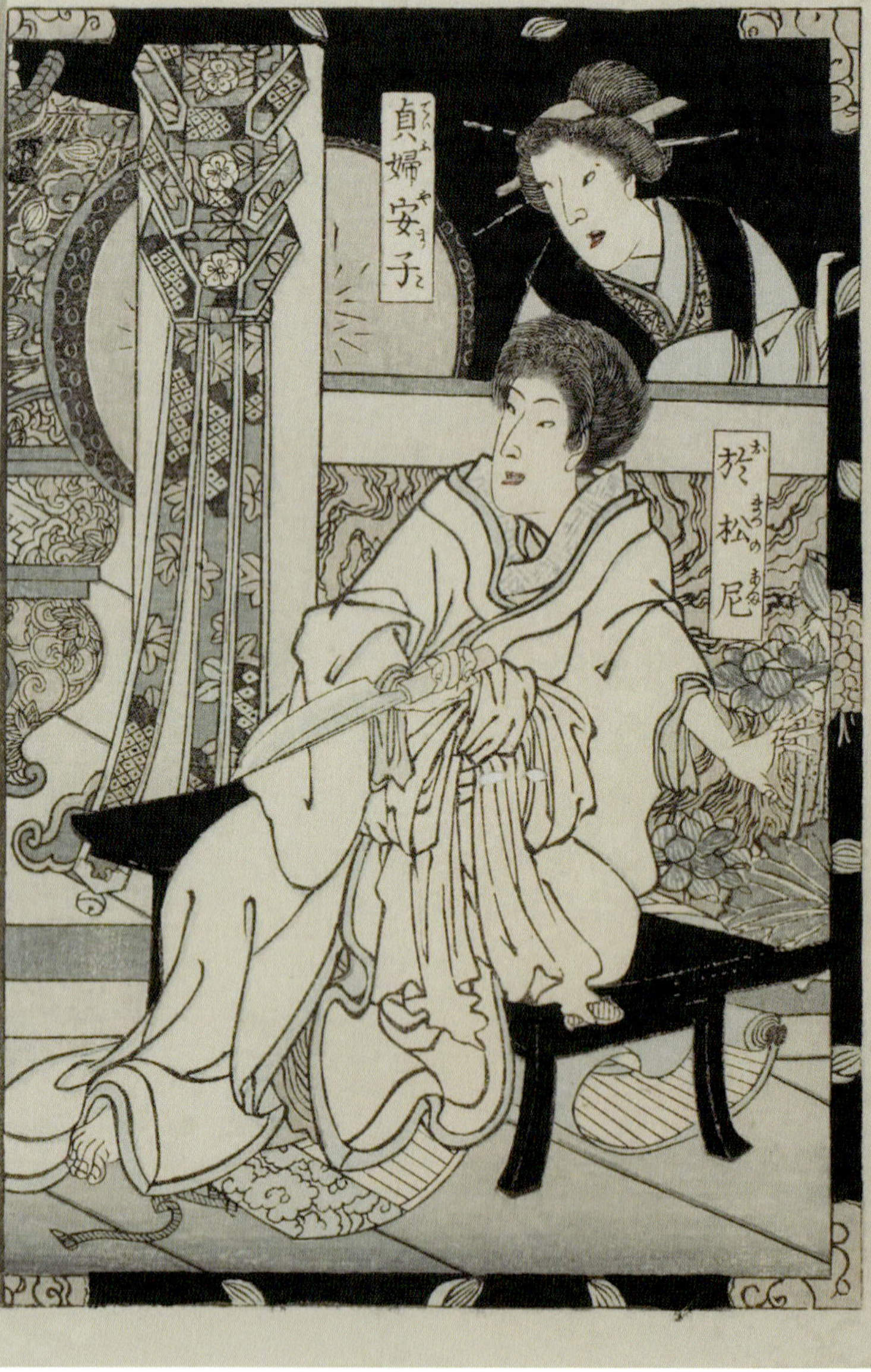
貞婦《ていふ》安子《やすこ》
於《お》松《まつの》尼《あま》

三《み》澤《さハ》重《しげ》明《あき》

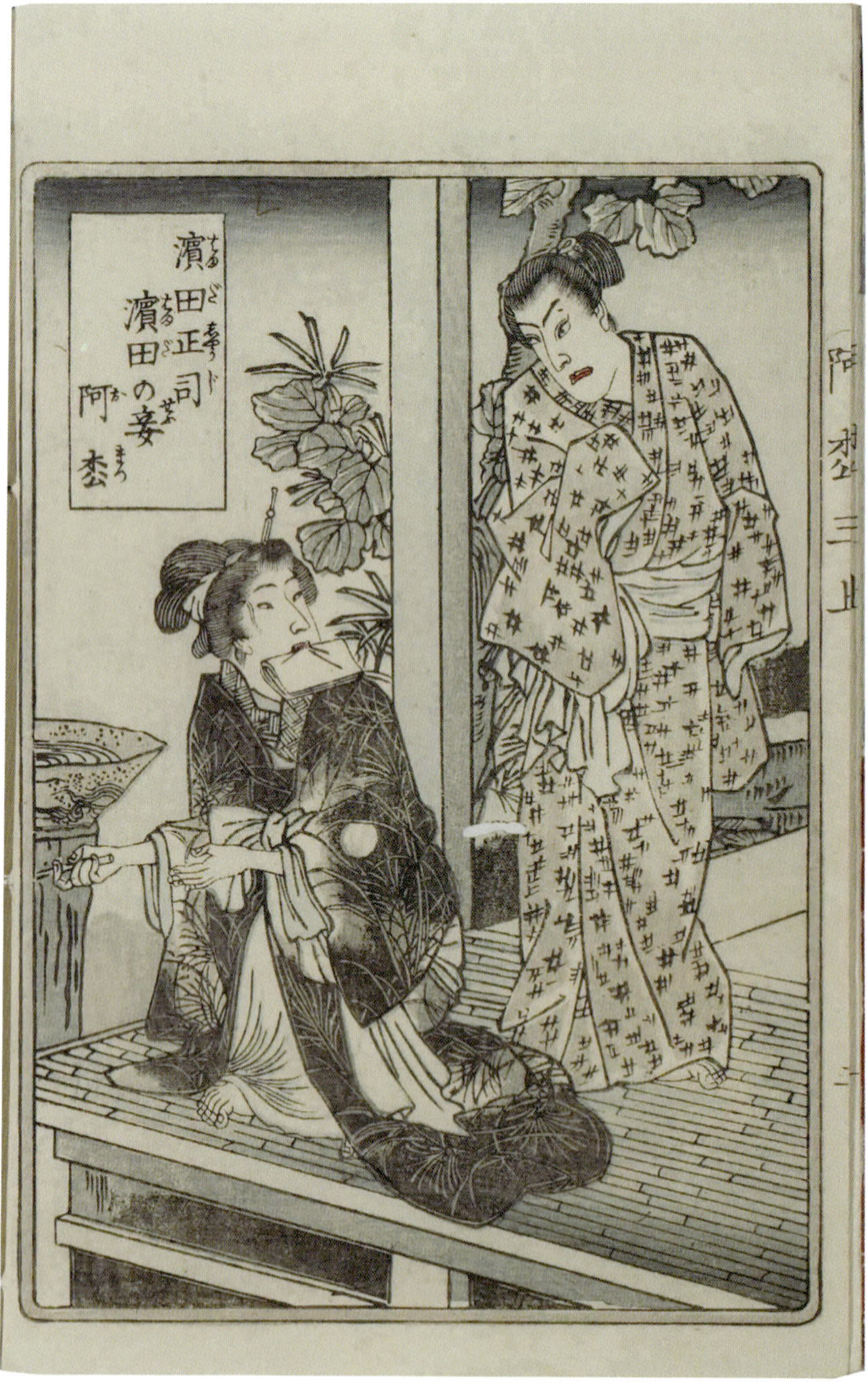
濱《はま》田《だ》正司《しやうじ》
濱《はま》田《だ》の妾《せふ》
阿《お》杢《もく》
阿杢三上

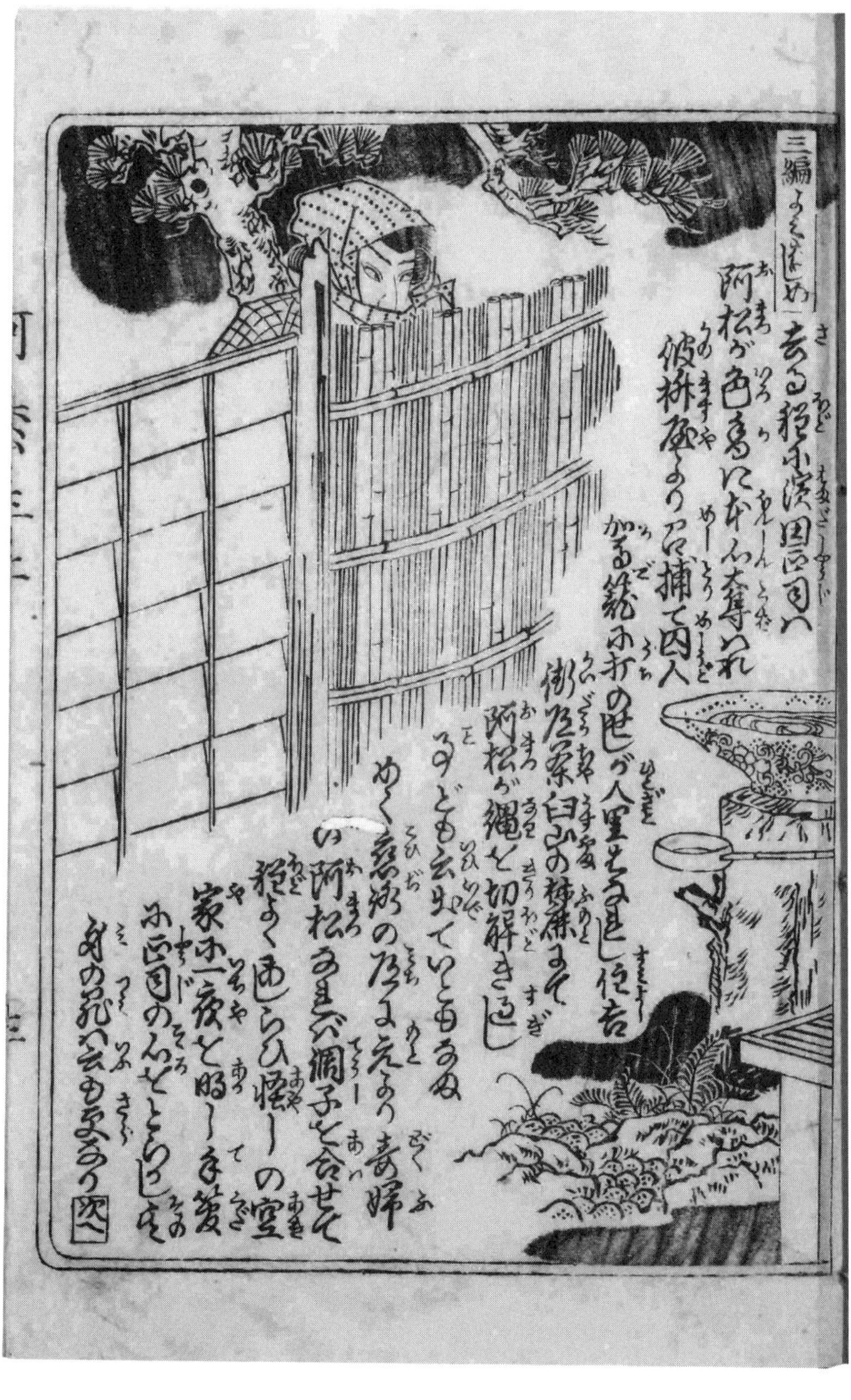
三編　よろこばしめ
去《さ》る程《ほど》に浜田正司《はまだしやうじ》は
阿松《おまつ》が色香《いろか》に心《こゝろ》を奪《うば》はれ
彼《かの》枡屋《ますや》より召捕《めしとり》て囚人《めしうど》
次へ

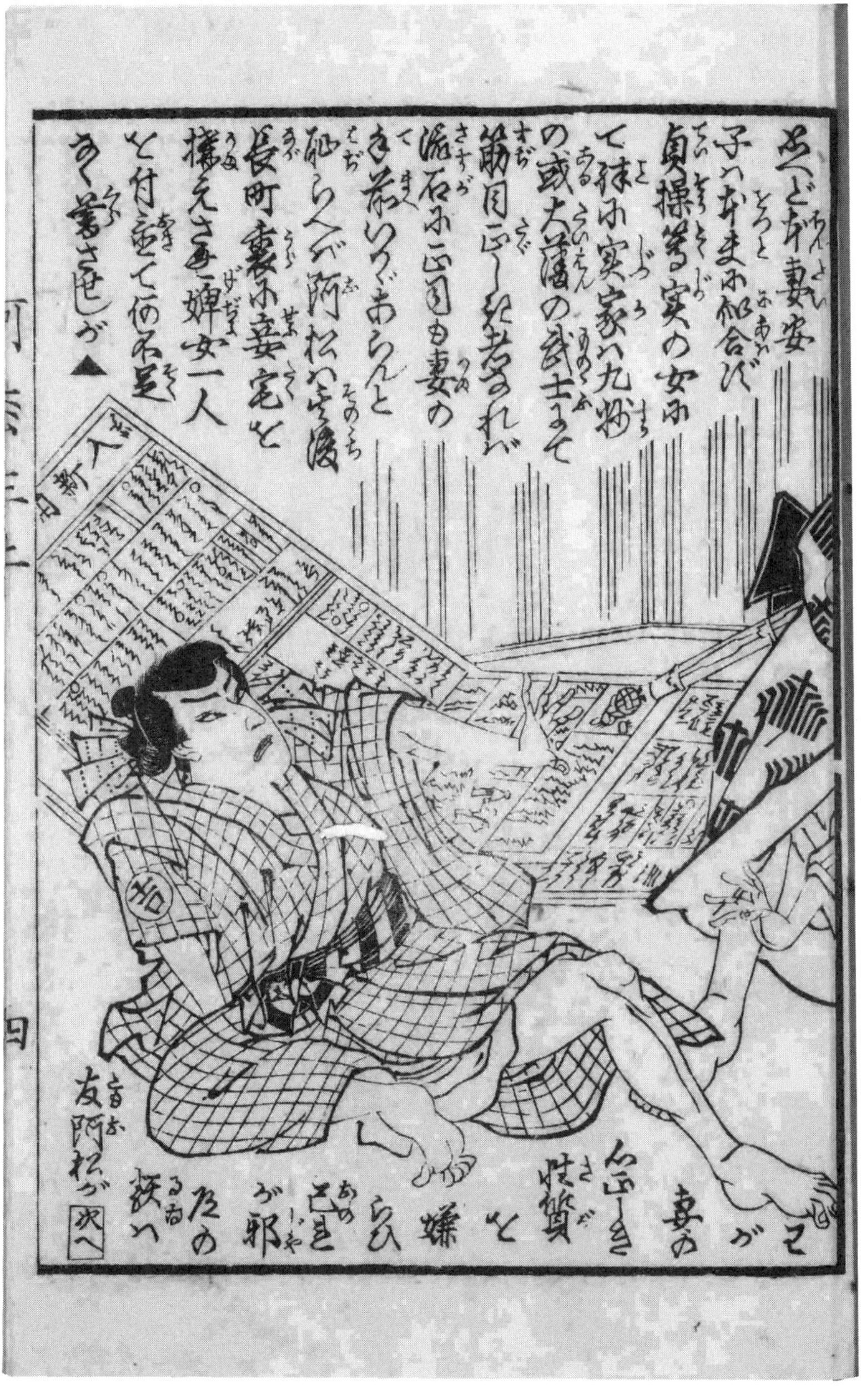
友阿松が
次へ

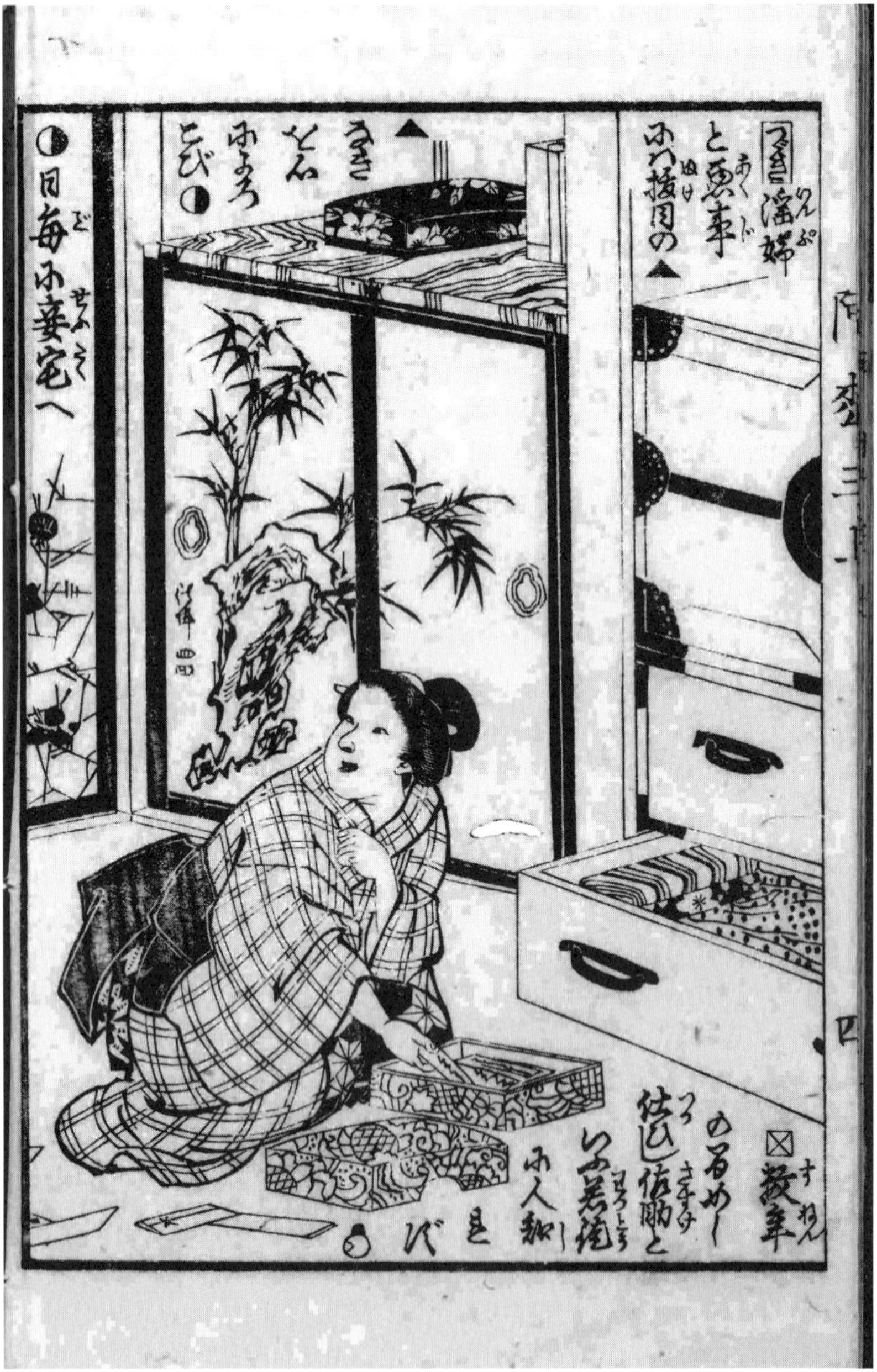
淫婦《りんぷ》
日毎《ど》の妾宅《せふたく》へ

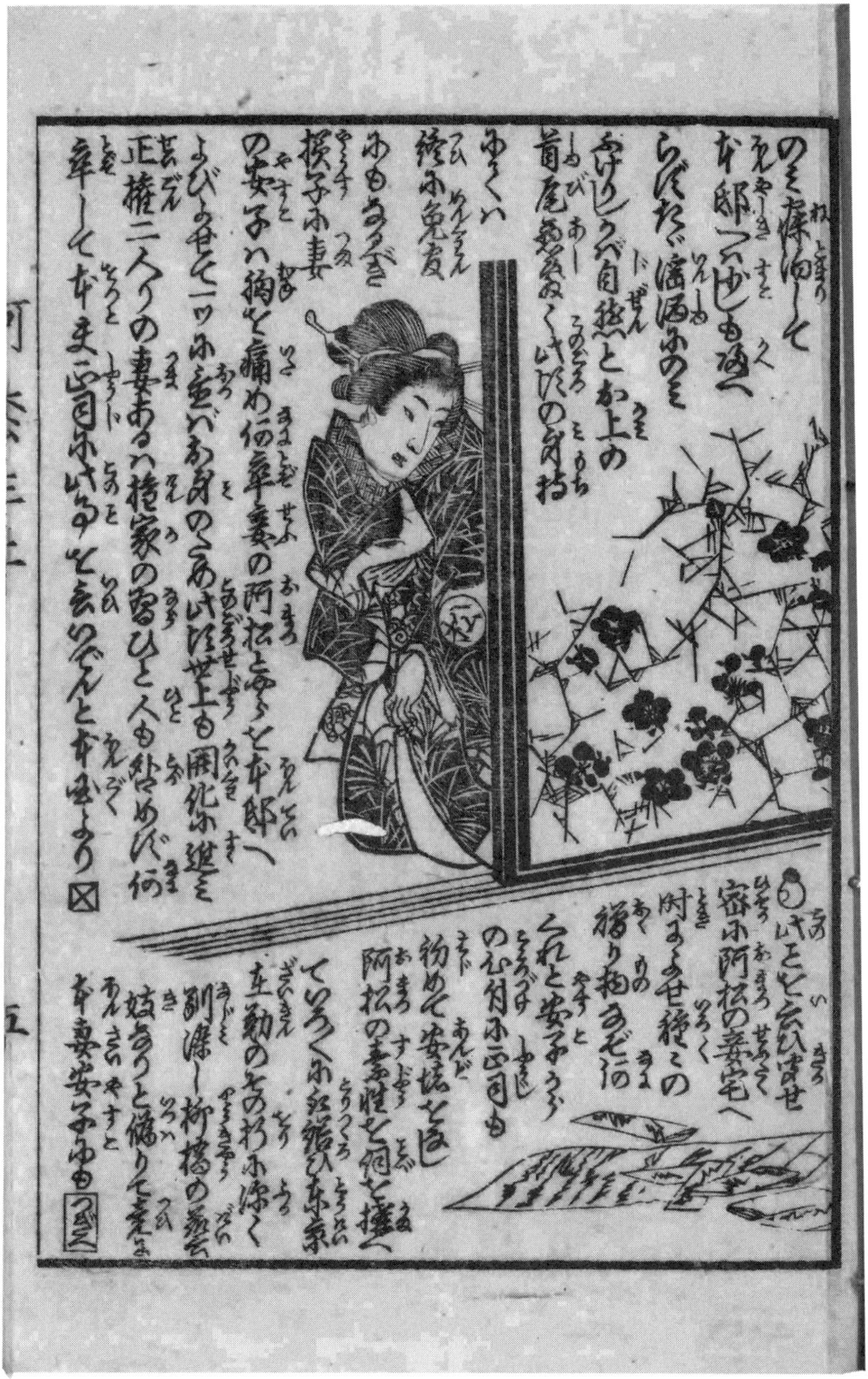

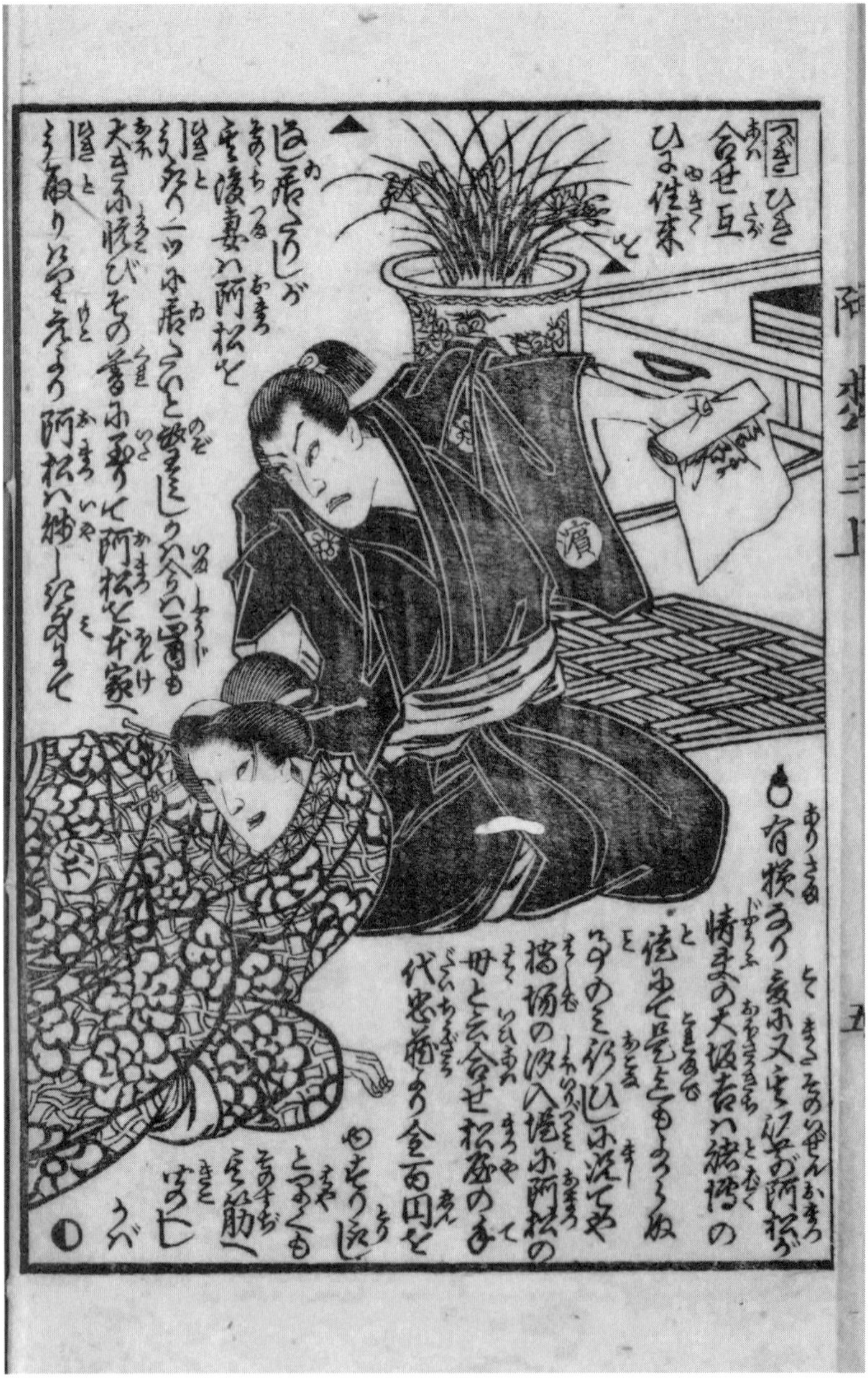

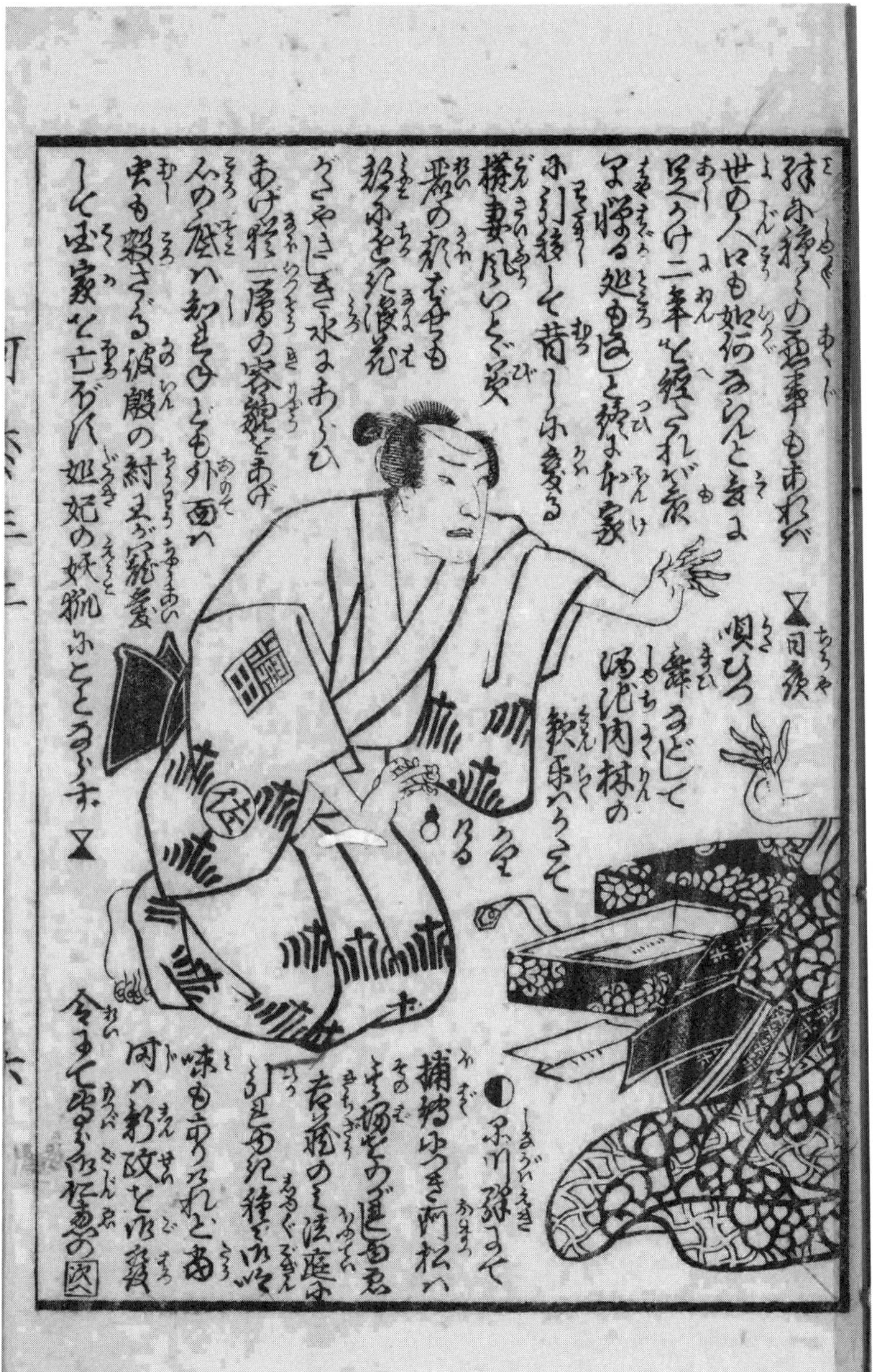

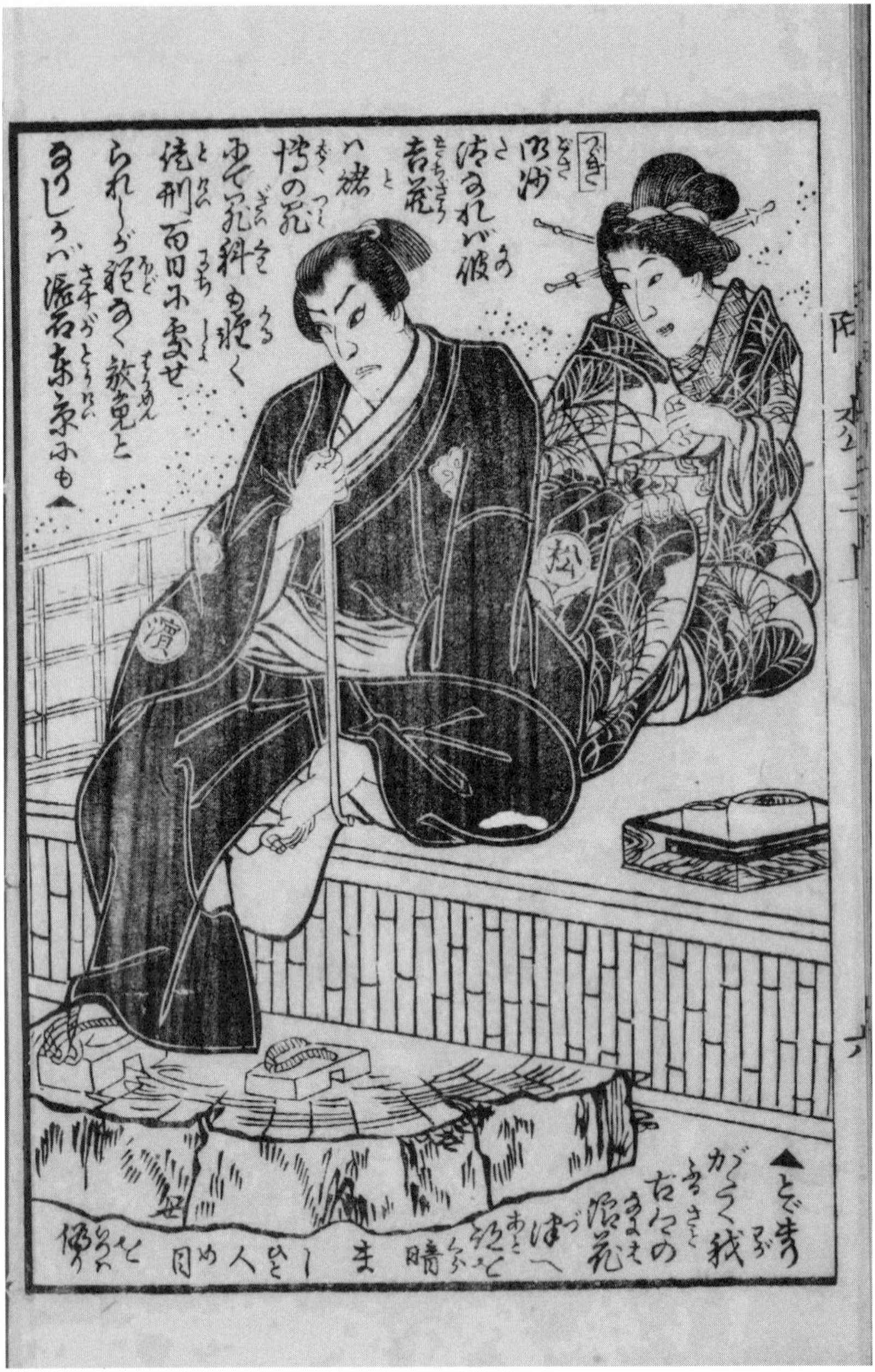

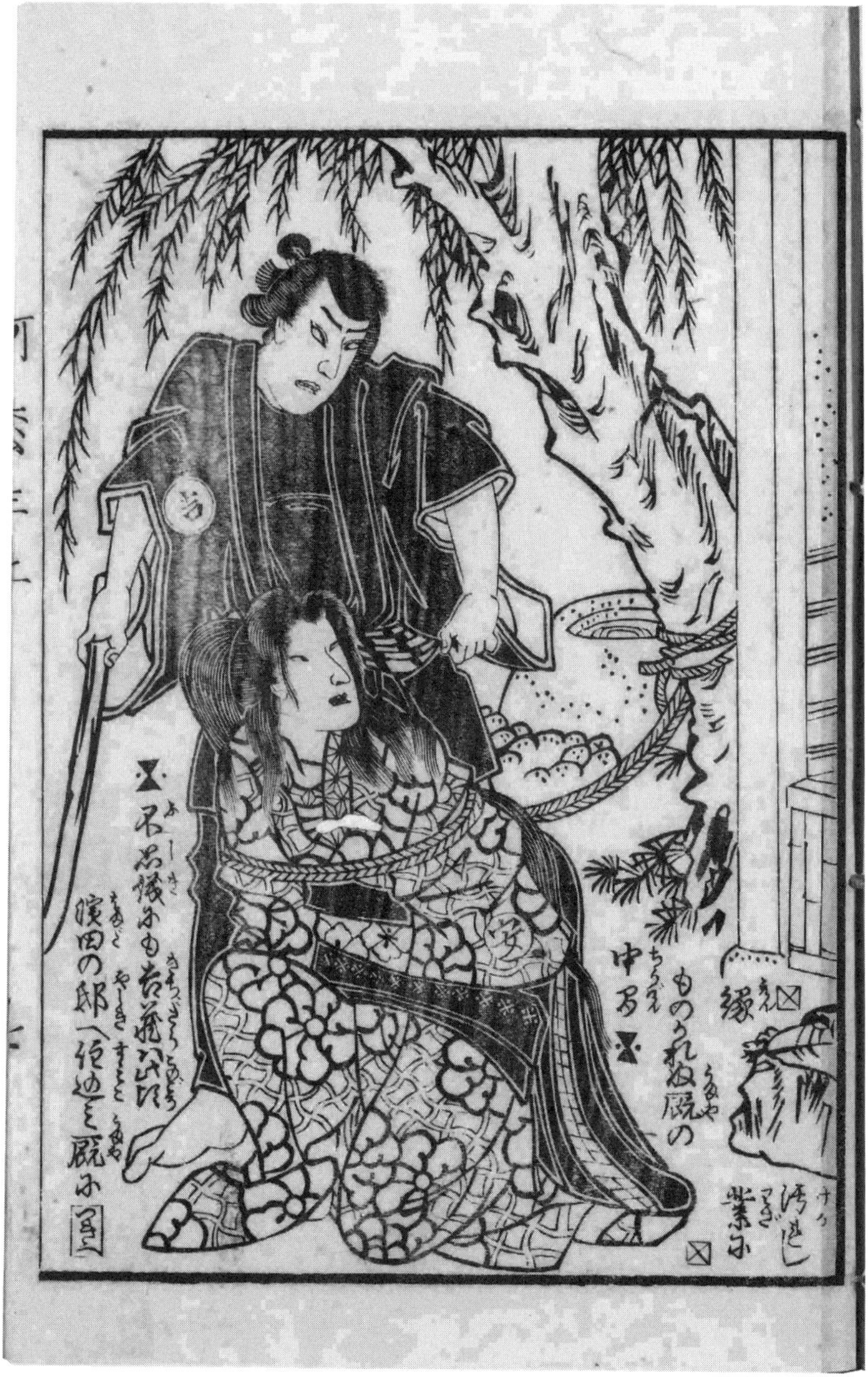

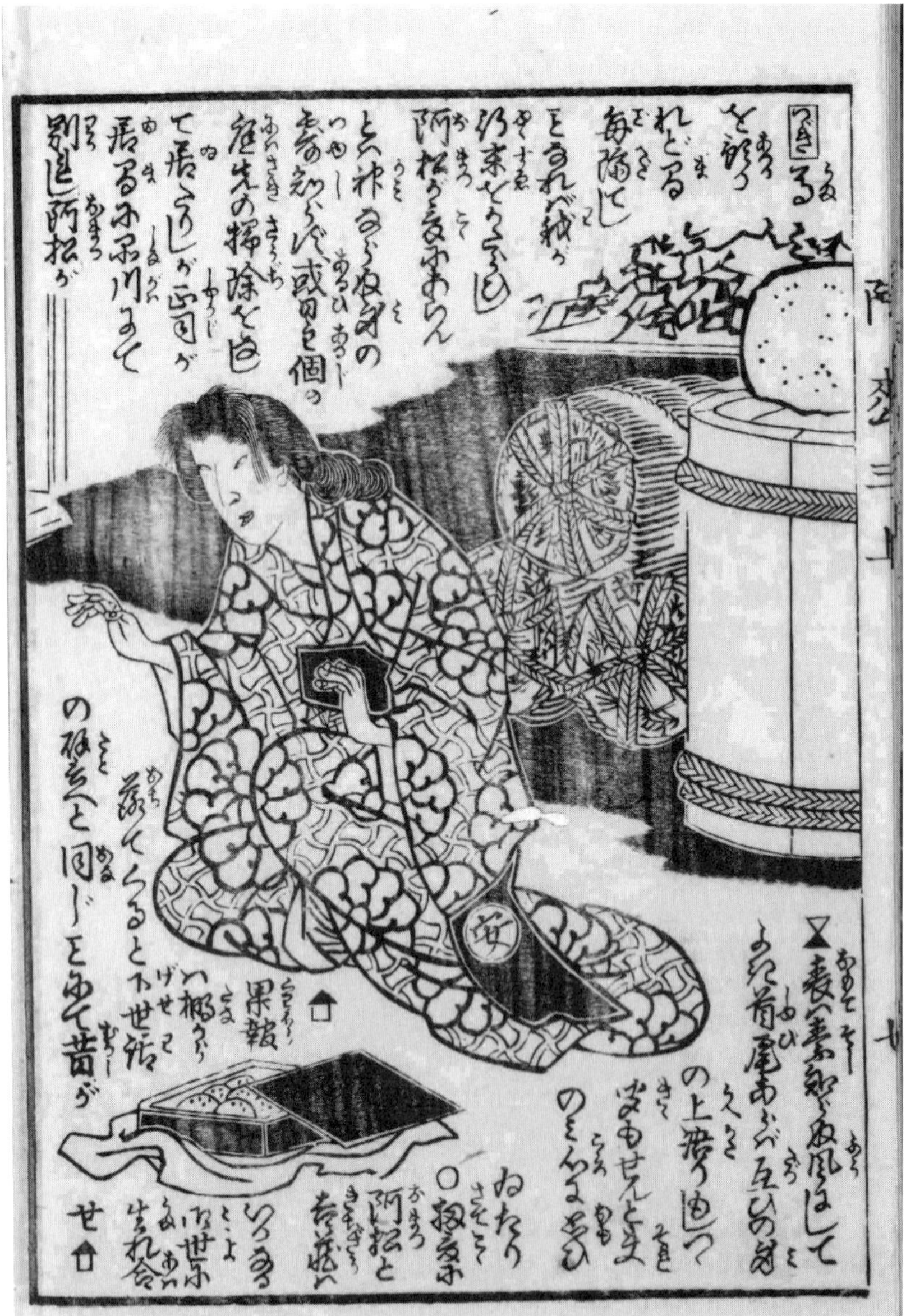

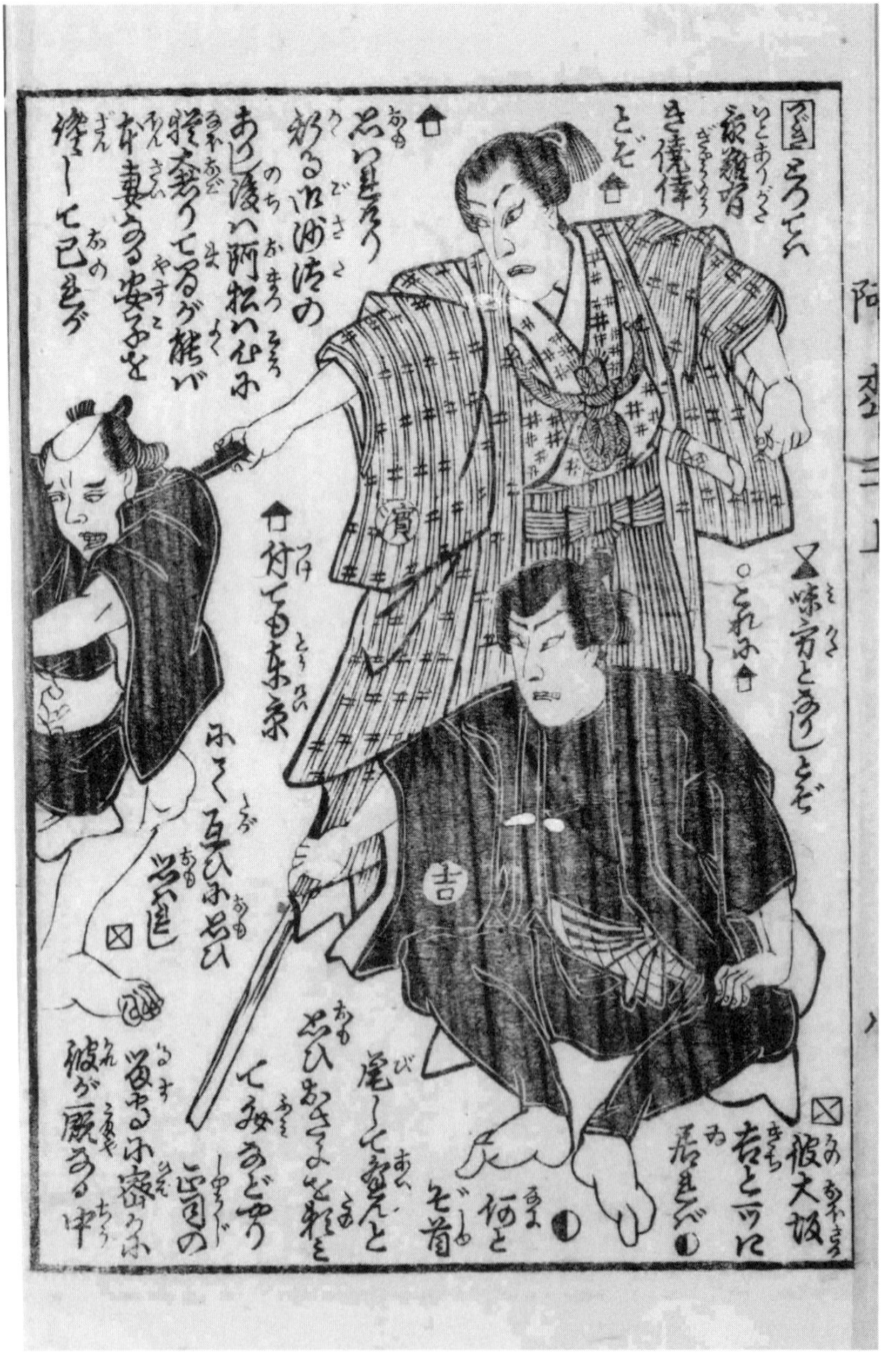

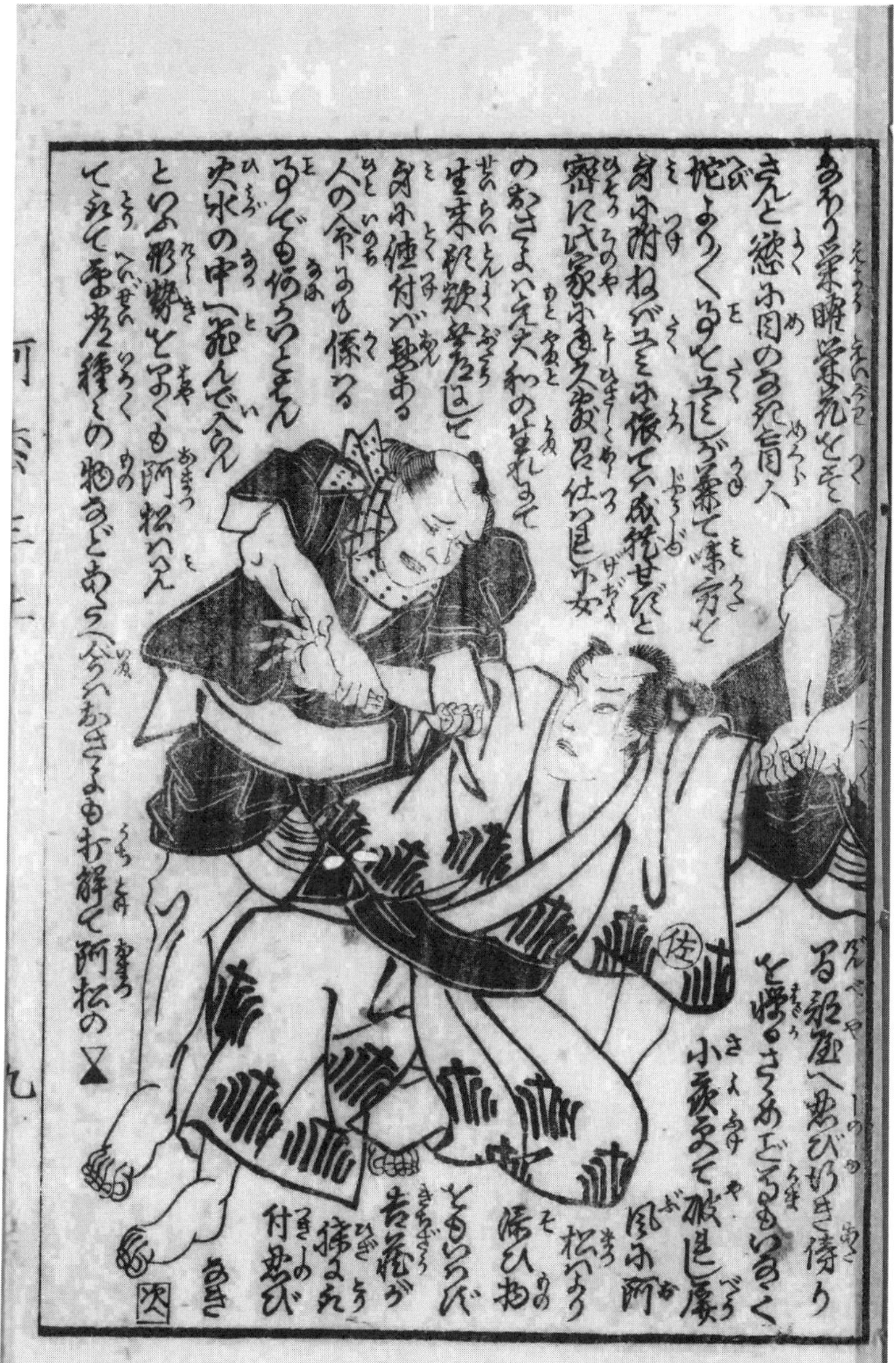

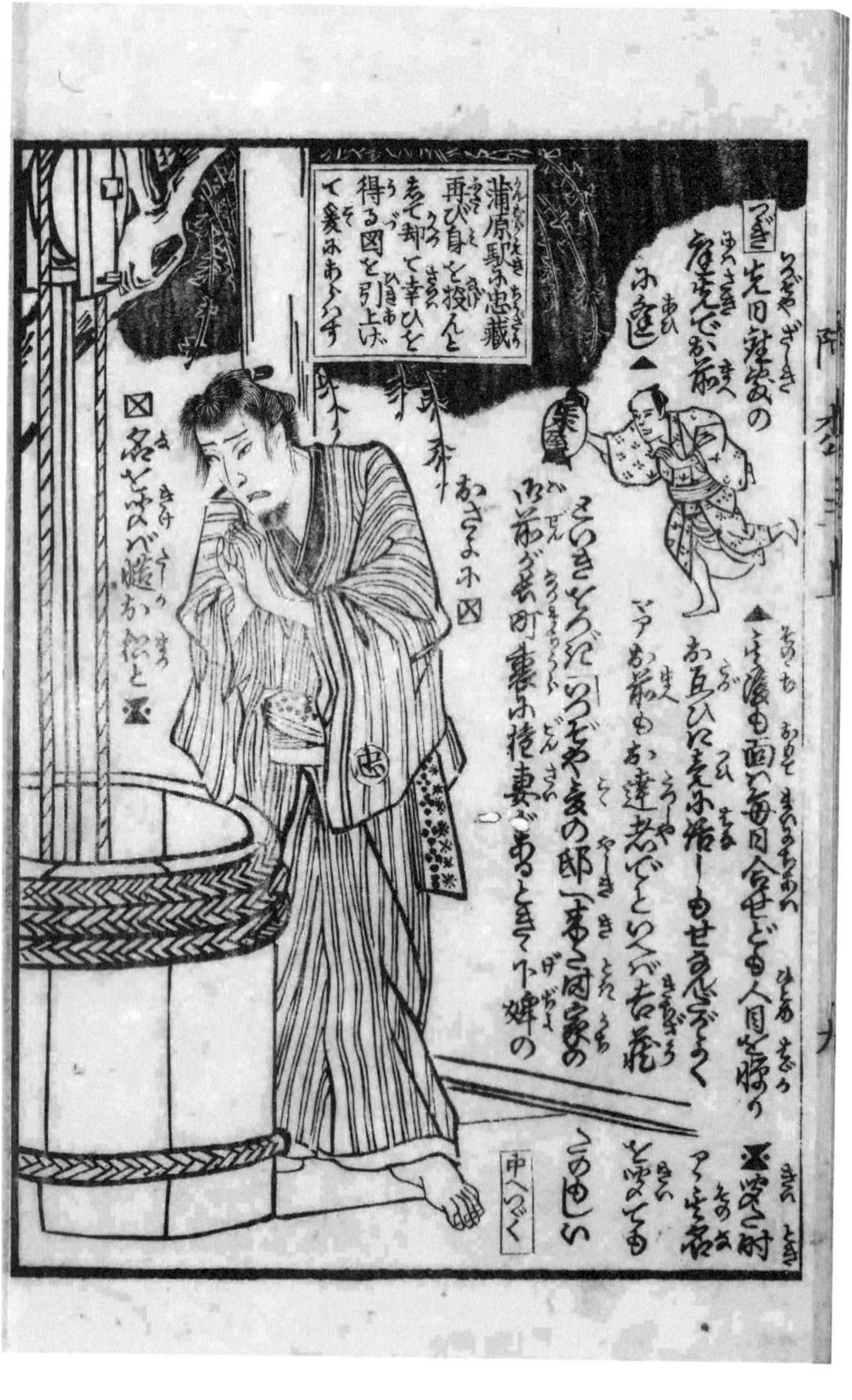
蒲原駅《かんばらえき》に忠蔵《ちうざう》再《ふたゝ》び身《み》を投《なげ》んと来て却《かへつ》て幸《さいはひ》を得《う》る図《づ》を引上《ひきあ》げて爰にあらはす
つぎ 先日《せんじつ》御屋敷《おやしき》の御先《おんさき》でお前《まへ》に逢《あひ》▲
▲こなたも面へ毎日会せども人目《ひとめ》を憚《はゞか》り ■間近き時
お互ひに心に語りもせずによく アヽ其名
アヽお前もお達者でとかく吉蔵 を呼ても
そのさきそうじや 一うつぎや家の郎 一東ご同家の このもしい
御前が長町裏に稲妻があるときて下婢の
あさまに図
図 名をよんで誰か私と ■
中へつゞく

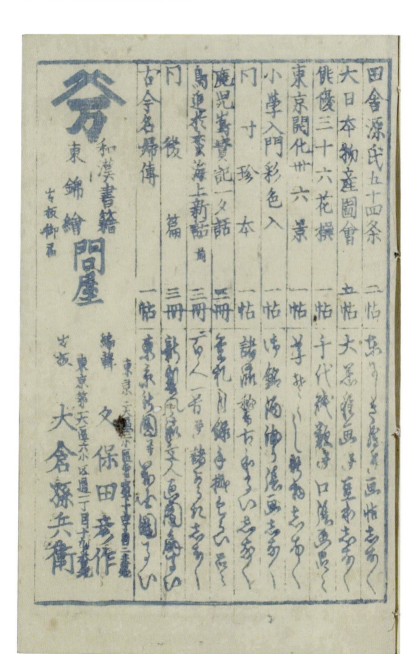

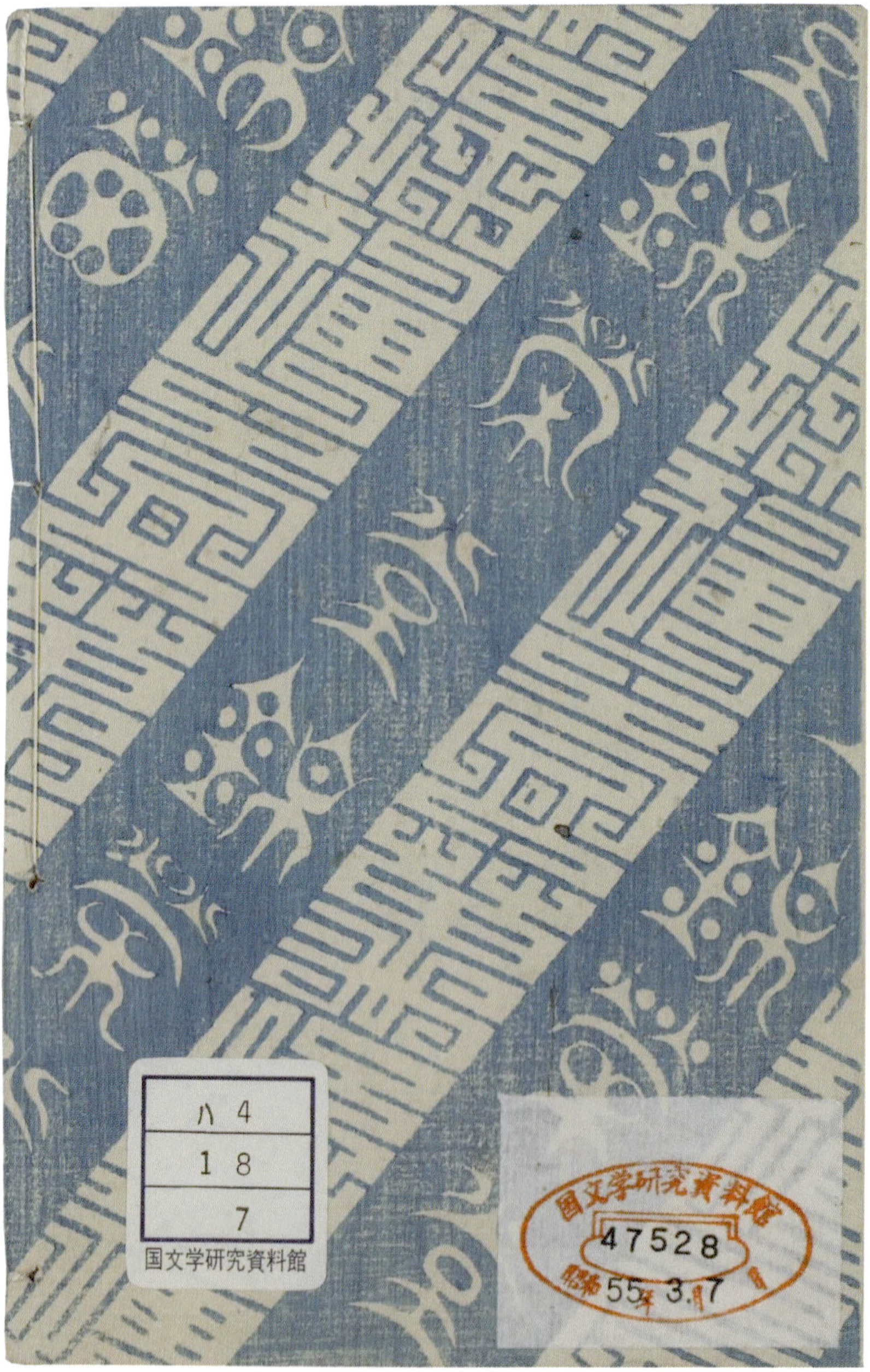
ハ 4
1 8
7
国文学研究資料館
国文学研究資料館
47528
55 3.7

179　合巻『鳥追阿松海上新話』三編

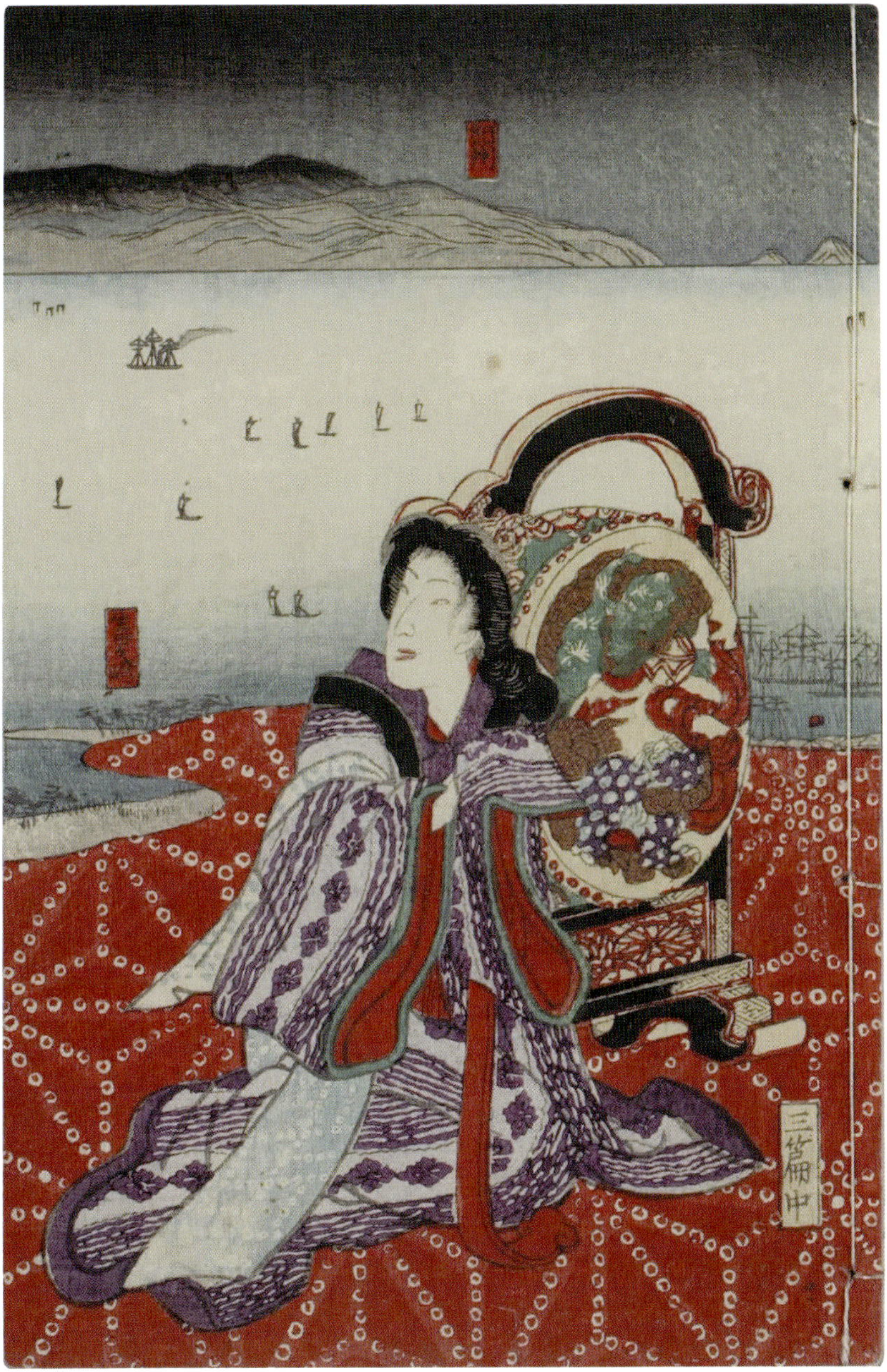

つぎき
●襟髪《えりがみ》とらへて
引倒《ひきたふ》し佐助《さすけ》へ
淫行《いんかう》

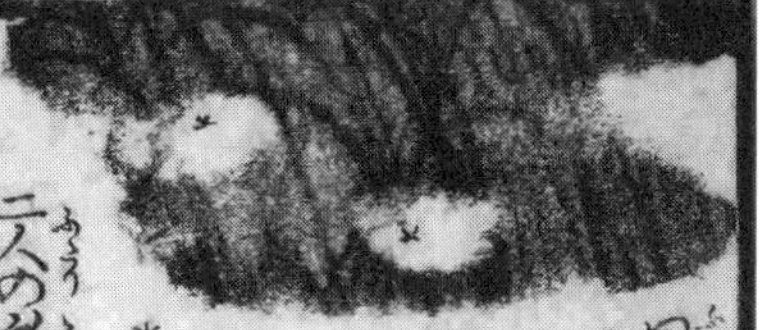

風情《ふぜい》ある声《こゑ》は
心《こゝろ》も有頂天《うちやうてん》ちよつと
ぽんと寄添《よりそ》へば
是迄《これまで》恨《うら》んだ辛《つら》さ一ッ
邸《やしき》に居《ゐ》るとはいふもよく月《つき》を重《かさ》ねし縁《えん》
＊長船《ぶんな》の眼《め》の如《ごと》を思ひのかぎり永く奇《き》つては
二人の身の上《うへ》あれに知れては命《いのち》づく悟《さと》られぬ内《うち》すこしも
早く此所《ここ》で縁《えん》ある二枚《まい》折《をり》の屏風《べうぶ》の内《うち》に忍ぶとある
折《をり》しも雲《くも》る中《なか》さす月《つき》の照《て》らせてかゞみの忠僕《ちうぼく》佐助《さすけ》
兼《かね》て阿松《おまつ》が素《そ》ぶりといひ合点《がてん》の行《ゆか》ざる丁吉《ちやうきち》ら
怪《あや》しく不義《ふぎ》と目《め》を付《つけ》て窺《うかゞ》ふ小屏《こびやう》に寝《ね》ひが得《とく》と
実《じつ》を見《み》んと偏《ひとへ》に戸《と》を開《あ》け内《うち》に入り不義《ふぎ》者
動《うご》くなと声《こゑ》かけられ二人は胸《むね》を惑《まど》ひ退《の》くぞ◐

汝《なんぢ》が運《うん》の尽《つき》と兵三《ひやうざう》
船《ふね》の此座《ござ》を引《ひい》て行《ゆく》と
退引《のつぴき》させぬ胴詰《どうづめ》
退《のが》れぬものと阿松《おまつ》へ
口説と漏《もら》せど佐助の裾《すそ》に
縋《すが》りつ今更《いまさら》あれと云ふ隙《すき》
とそ於《お》悔《くや》さるまゝが
元《もと》の若《わか》さと云ふ声とふ
退《のが》れの時《とき》に繕《つくろ》ひも毒
婦《ふ》が此先《このさき》者《もの》は佐助に向
ひ今更不義と云ふもの気《き》をのべ
我女房《わがにようばう》とそつまと血《ち》に血を
非《ひ》は好《この》まねど是《これ》の上大 〔次へ〕

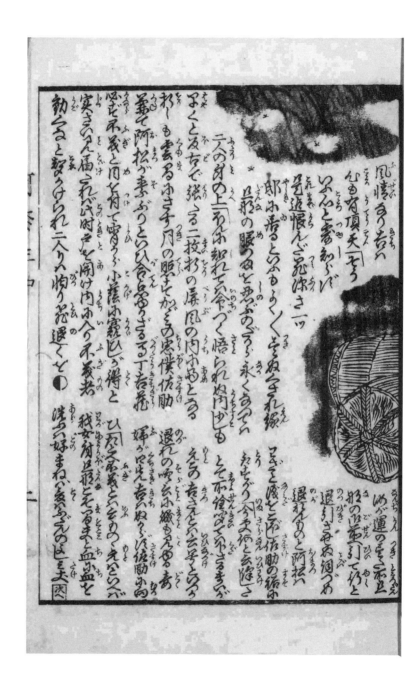

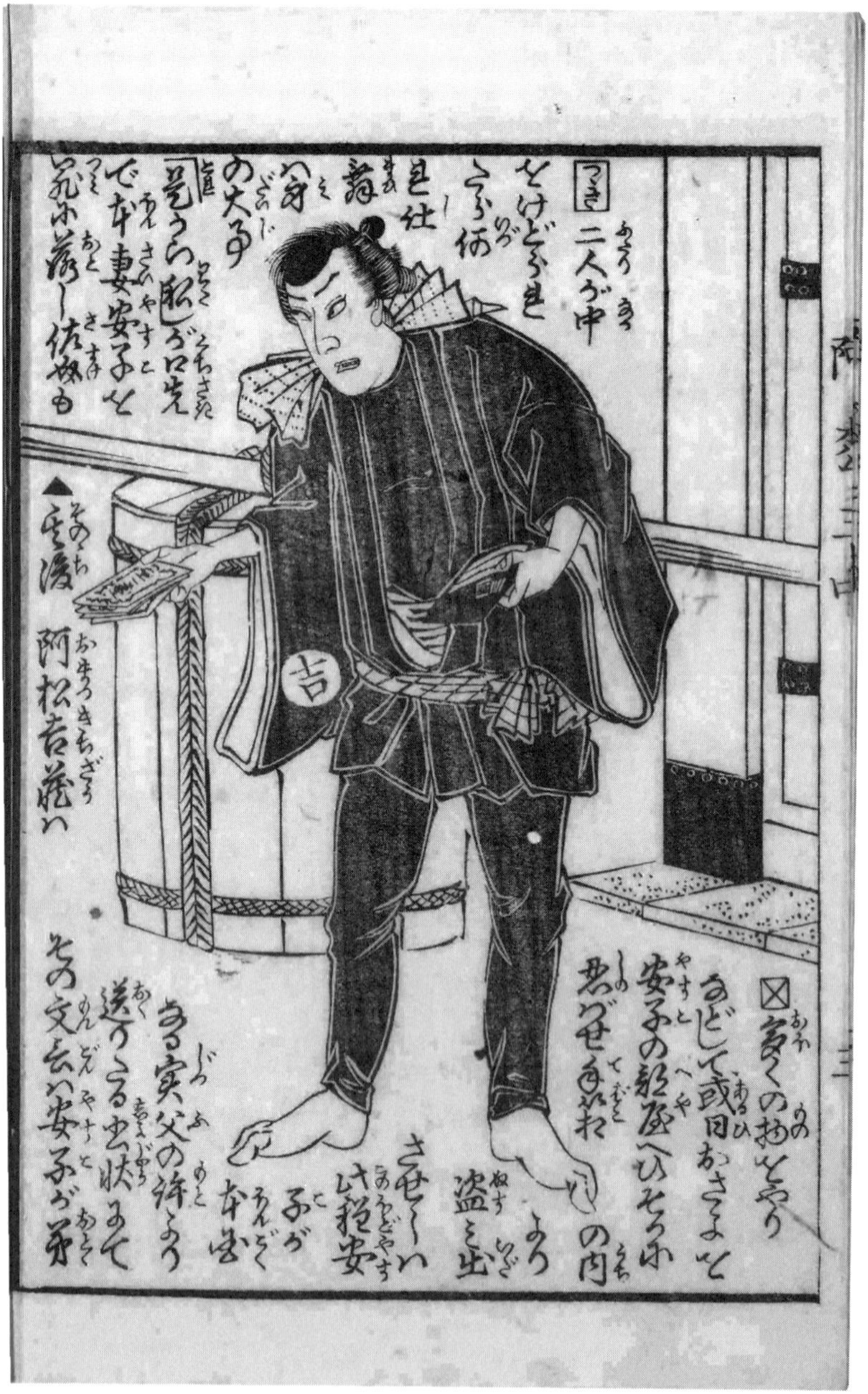
つぎ 二人が中
阿松吉蔵《おまつきちざう》は
安子《やすこ》の部屋《へや》へひそかに
ある実父《じつふ》の許《もと》より
吉

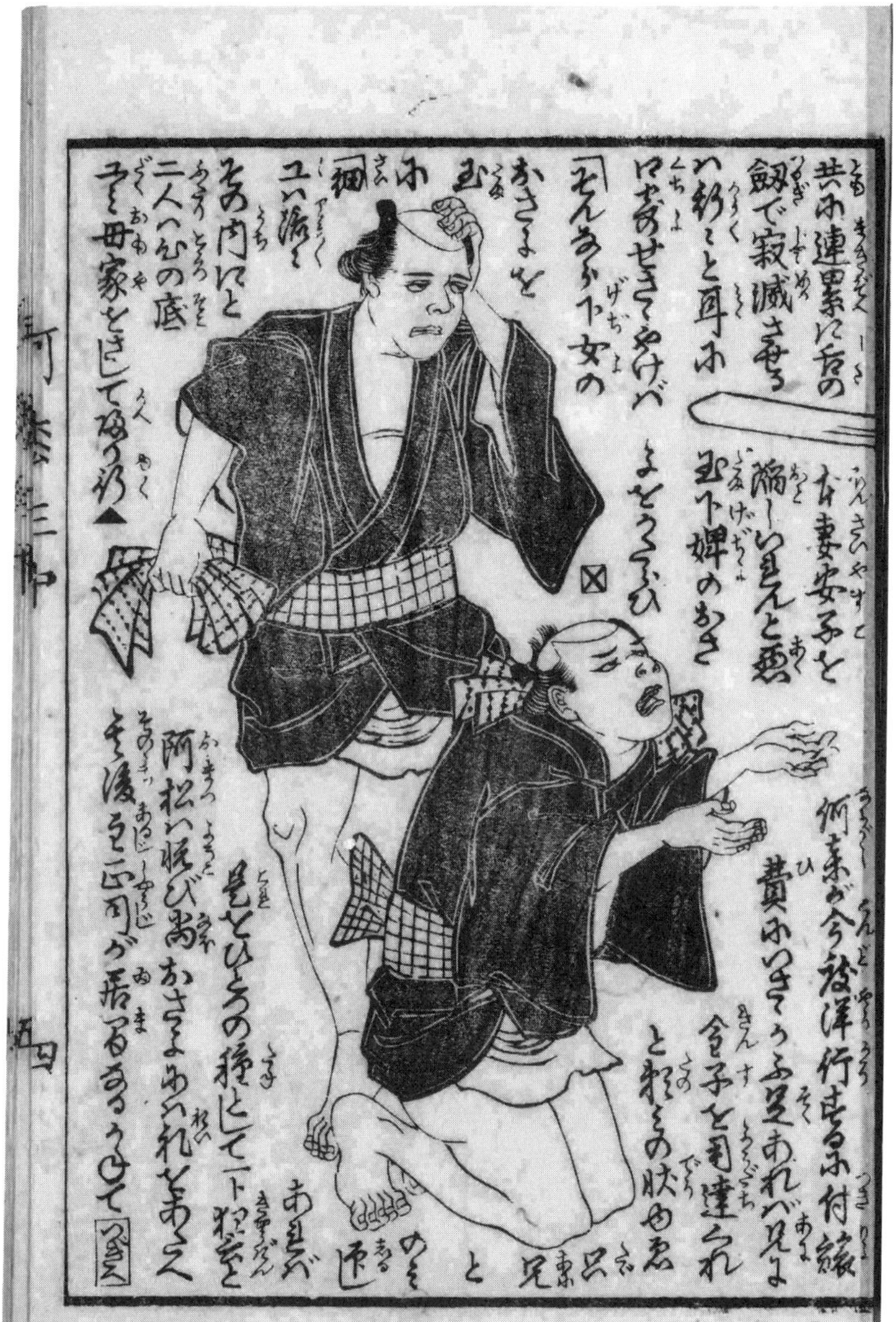

つゞき
金子を入れ置てる手箱の
内より金二百円を盗み出し
金子は
かすめ二百円
白状
もうろくへえよう

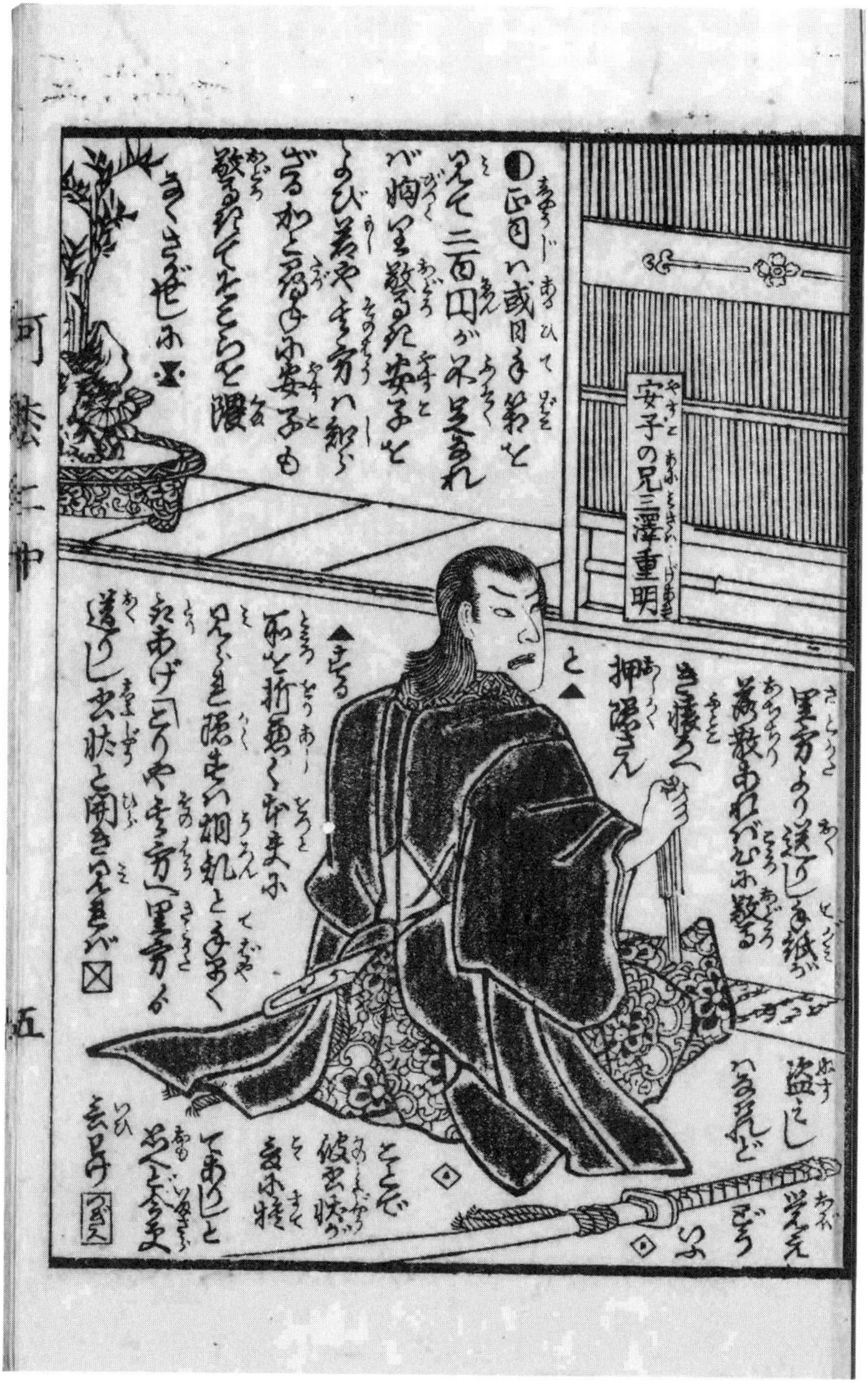
安子の兄三澤重明

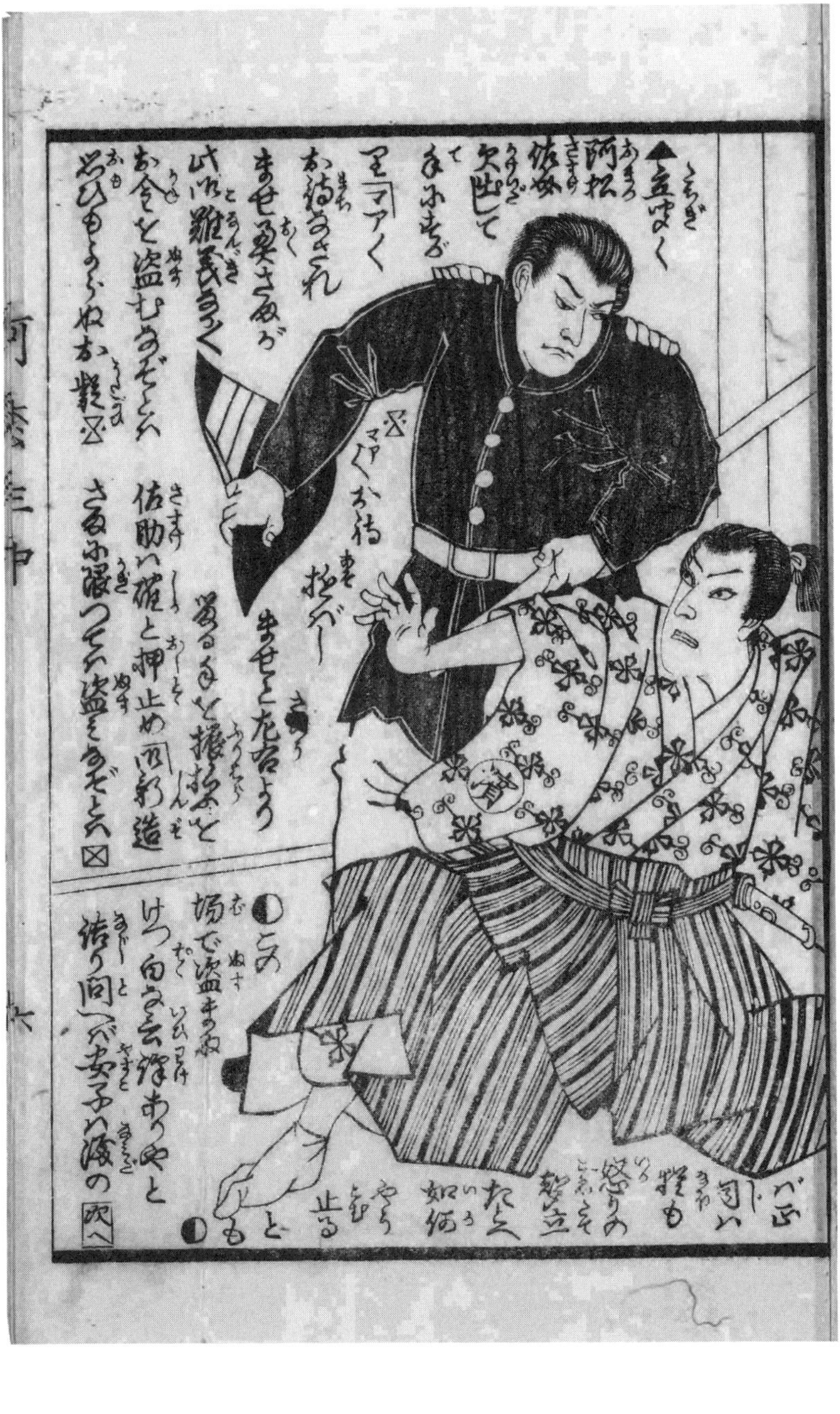

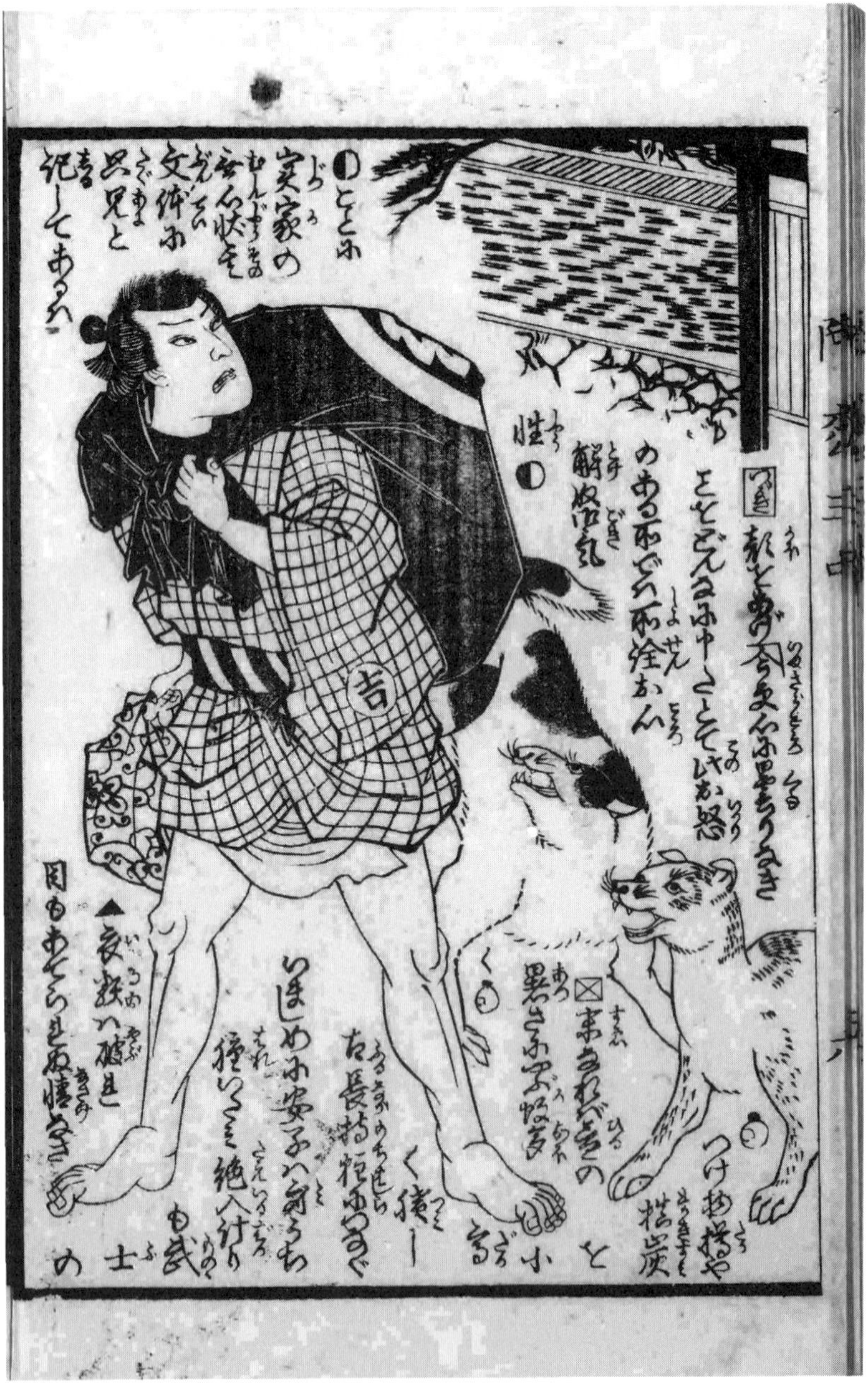
吉

父親より実の兄への形見なれど此場に捨おかれバ
中々ハ立がたし知らるゝ母実も前世の約束ならず
お眼を申しませぬと覚悟極めて目を
眠りあひ入る体なれバ
猛くつのる
痛ぎ
癖
お世の
続きに通り也
身の罷に云許なく覚鉦極めり
体ハ不渕盗人猛しい今手付あらへど若痛をさせるも
その身の積善の報ひ嵌くして蒙放にせらるも自業
自得といほめもかよわき女子なる手小手髪ハ解まそ
止る佐助を蹴飛して家に生
僕にいひ付手続に
思ひける
抽斎へともりきまで
○浪の水音
月岡
臆さぬに
膝さ夜
覚
悟の
いとど
日長き
夏なれバ西日に
積りハ熱湯ま
添し若痛も後
それに四五百付り
次へ

〔つゞき〕食物《しよくもつ》も与《あた》へねば夜《よ》に増《まし》て衰《おとろ》へ
かぼそき身《み》は起居《たちゐ》も足《あし》の動《うご》く計《ばか》り
既《すで》に命《いのち》も絶《たえ》なんとおもふ所《ところ》へ持
奥《おき》の錠《ぢやう》を明《あけ》て小盥《こだらひ》にありし
奥《おく》さまくと呼《よ》ぶの声《こゑ》の安子《やすこ》は
驚《おどろ》き振《ふり》返《かへ》り目《め》を開《ひら》いて此方《このかた》
を見《み》れば日比《ひごろ》力《ちから》と頼《たの》みし
佐助《さすけ》ゆへ扨《さて》は佐助か
奥《おく》さまお久しぶりで御座《ござ》ります
お出《いで》なさるゝ姿《すがた》に佐助は安子《やすこ》が
哀《あは》れげなる風情《ふぜい》も当《あて》られぬ次第《しだい》を
見《み》て涙《なみだ》に目《め》もくれ気《き》も転乱《てんらん》
安子《やすこ》が縄目《なはめ》を引《ひ》けど痛《いた》むを

今宵《こよひ》に限《かぎ》り道《みち》め
の縄《なは》をとき
ゆるめて逃《にげ》れ
若《わか》やなまの
お上《かみ》と手《て》計《はか》りの
濡衣《ぬれぎぬ》を晴《はら》し
ことりと遁《のが》げだし

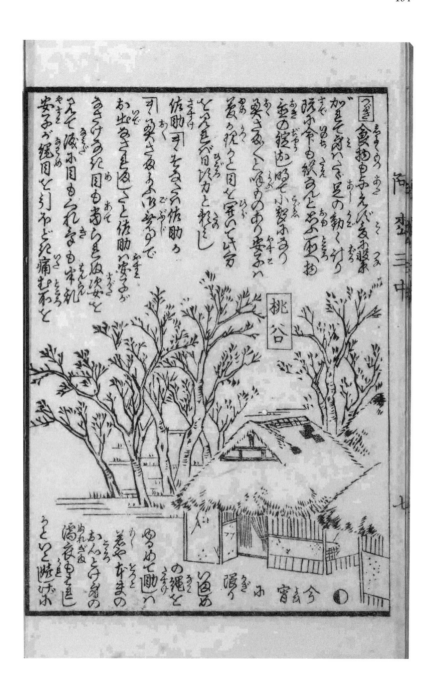

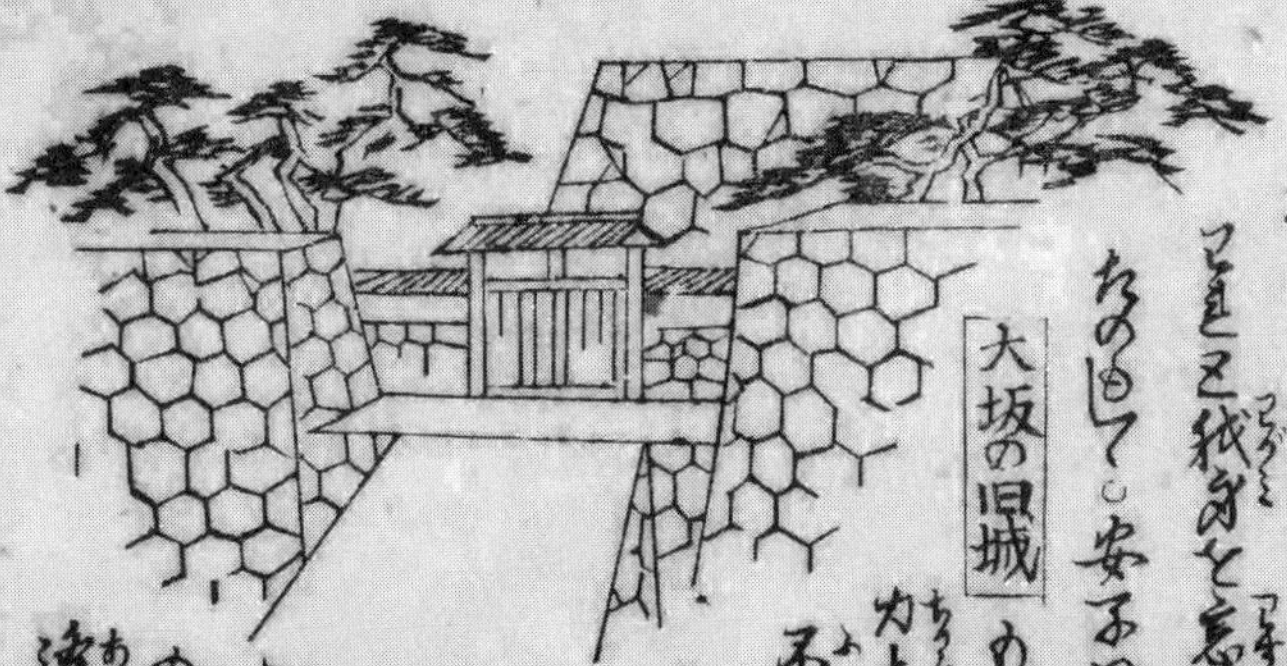

捻《ねぢ》さきり思《おも》はずワット泣《なき》いだし
「エヽ是程我身《つまどく》を思《つま》ふる忠義《ちうぎ》の親《おや》ぞ
なの身《み》して○安子はかゝる助《たす》けを得《え》ぬしは
めしや善《よく》うとおひきや
力《ちから》と頼《たの》む佐助《さすけ》まてわべ
不審《ふしん》をしまひと小声《こゑ》ふ
かり「ひとへはかゝる直貞《うきめ》同
ふ逢《あ》ひ今宵《こよひ》で四日との
物《もの》を思《おも》ふ身《み》はいまじめふ難渋《つま》
がれしも我まのお嬢《ぢやう》の御家《いへ》
身《み》ふ覚《おぼ》えある死《し》とおがふ本人《ほんにん》
の出《で》るまではこらへさんまた日ふ
逢《あへ》ふと宵《よひ》おつと嬉《うれ》しへである覚悟《かくご》●

とゝ問《ど》へば佐助《さすけ》
は倚《うえ》ふ手をつくへ「滅相《めつと》もの〳〵その
仰《おほせ》なびずがら此佐助も旦那《ざんき》の《のりえ》
主従《しうじう》と縫《つなぎ》とおいはまず一旦《いつたん》の
あのお嬢《ぢやう》様のお心解《こゝろとけ》まで此基《このもと》の
日ふ合《しまくらつ》はさへ見上《さしあげ》ぬ、ときて
せめておさへ掾版《おさきりいひ》あとへ《ひと》
日を忍《しの》んで見上《さしあげ》んと思《おもひ》、
是《これ》はかなり日かげ尋問《ひきやう》
あるべくおいうちられ
おつひかきれさ小声《あの》
さへ旦那さ、ゑへ気《き》兼《がね》
しそ離《はな》れもんで［つゞく］

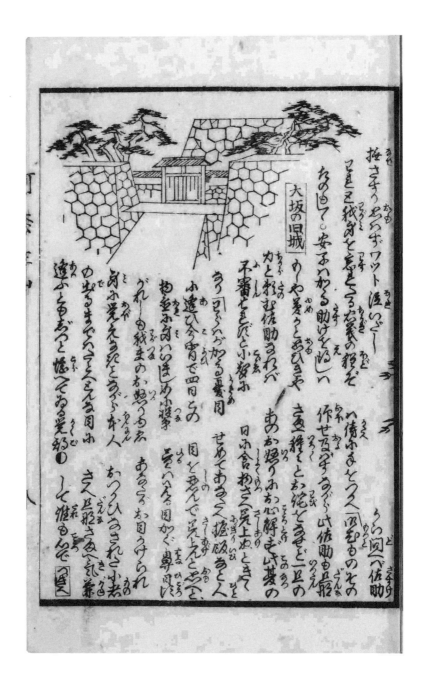

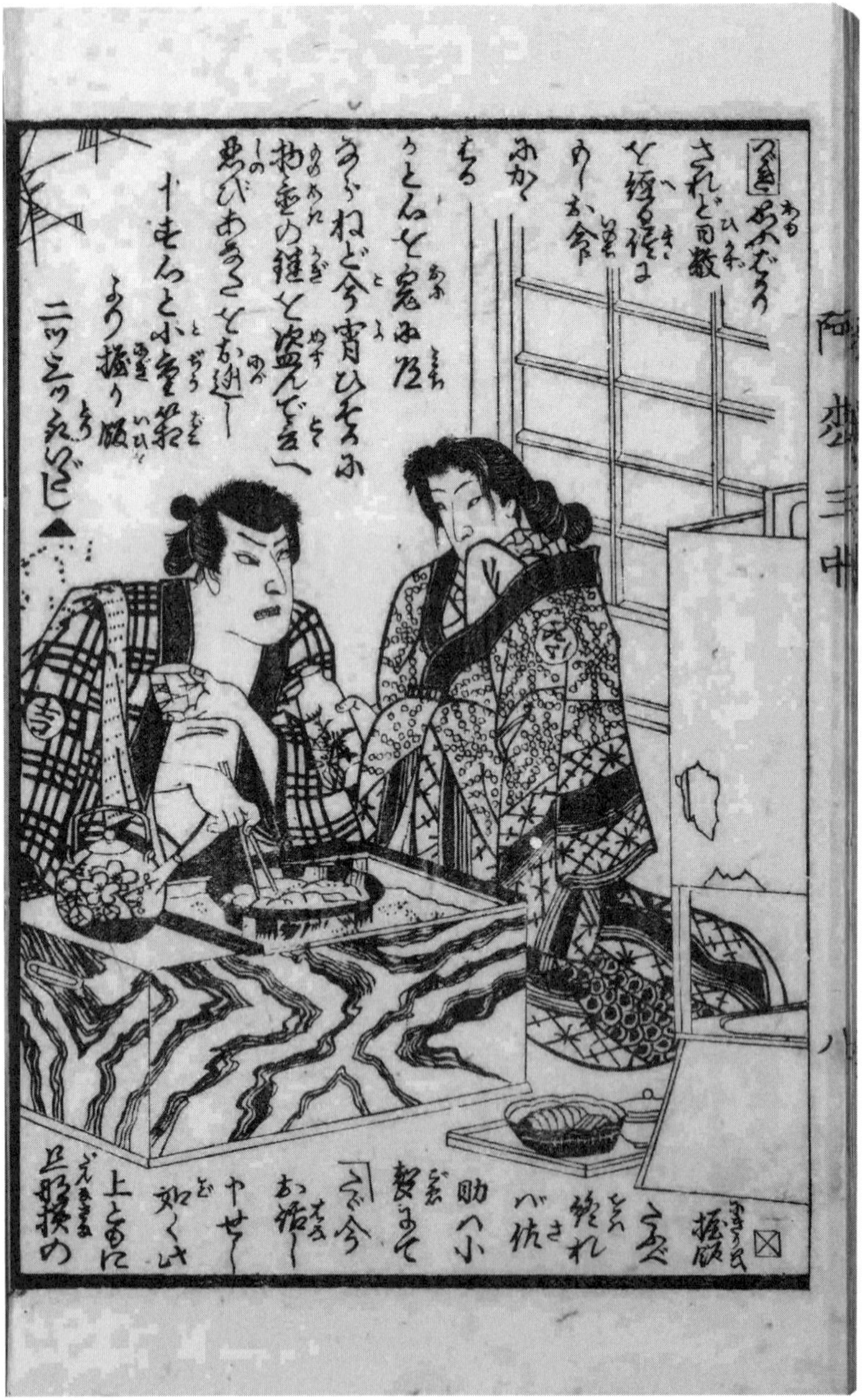
つゞき
されど
ふかく
なる
二ツ三ツ

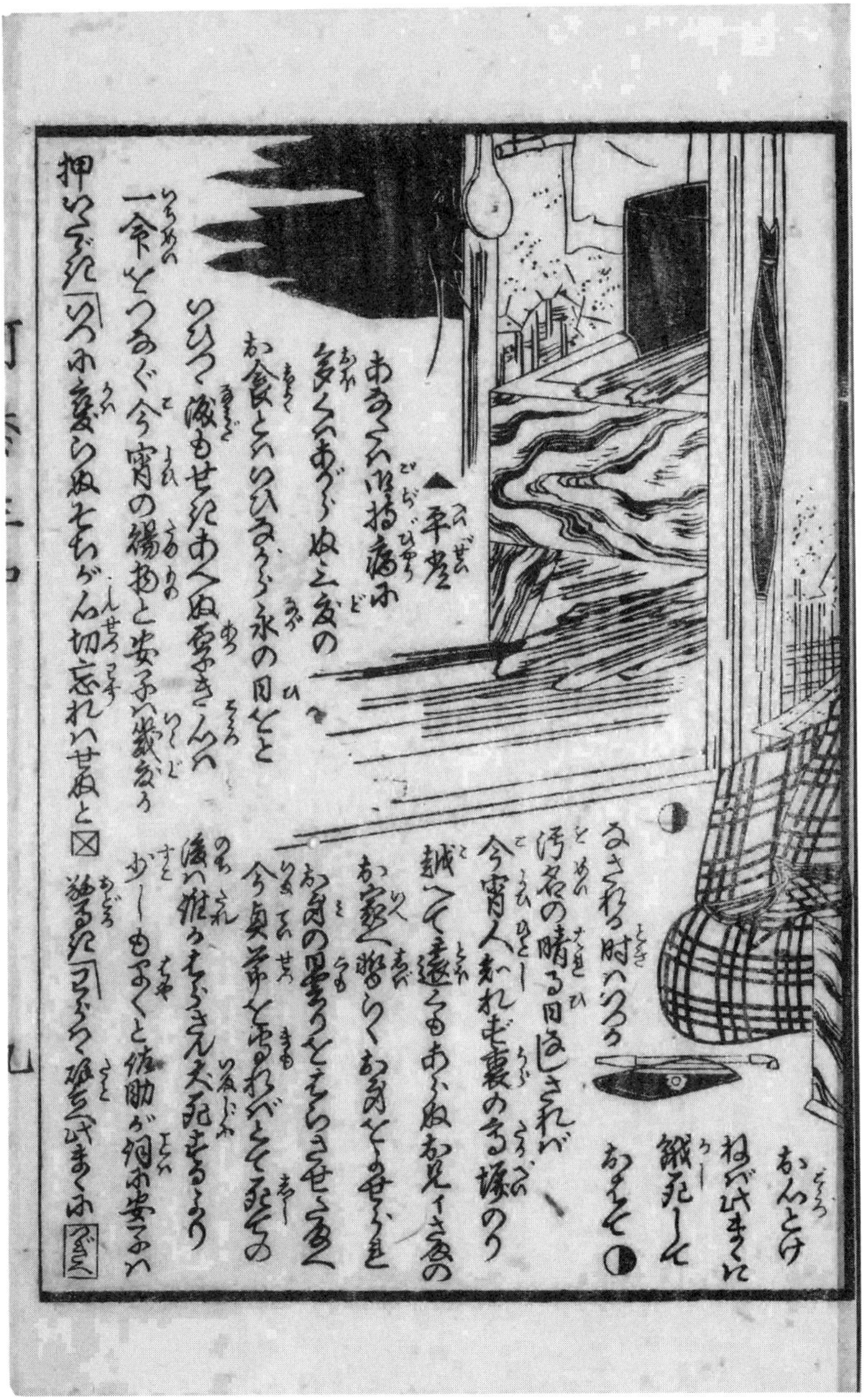

〔つゞき〕妻《さい》を首尾《しゆび》よく立退《たちのき》て共《とも》に必死《ひつし》を
極《あく》でそなたの死《し》とゆふをお請《うけ》しゆふ
立《づち》て「そのお案《あん》ずる事《さ》へ左《さ》ゆる事《こと》なしござれ
佐助《さすけ》は只今《きいま》迄《まで》の忠孝《ちうかう》報《あと》ず元《もと》より命《いのち》は
捨《すて》る覚悟《かくご》極《きはめ》かへすしもお家《いへ》を開《き》ひあそばされ
ますなと言《げ》をそゝげまじ安子《やすこ》が乳母《えど》髪《かみ》
元《とう》あげ介抱《かいほう》しつゝ伴《ともな》ひ出《いで》「アゝせつなくあるる
寡聞《うきなか》とするものゝぞや後妻《ごさい》阿松《おまつ》が不義《ふぎ》
のおまへ殿《あほぞ》に添《めしう》ち帰《き》へし吉藤《きちざう》ありとぞえ
縦《とめ》しも君《ぬし》のや只殺《ざんさつ》へその事《こと》を告《つげ》んと
せひ隠悪《いんあく》をすくも包《つゝ》む裏表《おもて》あるこ
死《つく》をありかけしも彼奴《かやつ》二人《ふたり》が仕業《しつき》とは
んに知《しれ》ど阿松《おまつ》が出不定《きよさだめ》なあるざる⊠

⊠その上《うへ》にまつふぬ御《うき》もちふをとふばかりし此
ふすを中出《いだ》きかへ此個《こ》の私身《じん》の上《うへ》と見《え》へ《おや》ず気《ぎ》と
堪《こら》へる心中《しんちう》「このすく不義《ふぎ》をこれ極《と》めても
明《あけ》ていそれ此身《このみ》の因果《いんぐわ》辞《と》ふ妻《そ》を退《のぶ》
見生《いぞ》ながら極《みと》でなからびそなたの離義《ゑんぎ》
「それも此身《このみ》の災難《さいなん》と命《いのち》にかへる佐助《さすけ》が
たゞ節《ちうせつ》「このひとくすく死《つく》をき世生《いき》ながらへ
ても義理《ぎり》ならび「今更《いまさら》ながら此宿《ごう》縁《れん》と死
を決《けつ》しつるけなきさふに安子《やすこ》は涙《なみだ》に道《まど》
たるが傍《そば》に佐助《さすけ》がせ気《き》立《ふ》て人《ひと》に悟《さと》られ
かへ乞《を》ばかられなぐさめ《つ》て忠義《ちうぎ》もろの流《おひ》と
流入《かきい》る安子《やすこ》をそゝげまじつ《ひ》ふ《て》裏手《ふ》の垣《へい》
を越《こ》へ安子《やすこ》を助《すけ》け出《いづ》しけり

〔下の巻へつゞく〕

田舎源氏五十四条　三帖　[illegible]
大日本物産図会　五帖　[illegible]
俳優三十六花撰　一帖　[illegible]
東京開化卅六景　一帖　[illegible]
小学入門彩色入　一帖　[illegible]
同　寸珍本　一帖　[illegible]
鹿児島実記一夕話　五冊　[illegible]
鳥追阿松海上新話　前　三冊　[illegible]
同　後篇　三冊　[illegible]
古今名婦伝　一帖　[illegible]

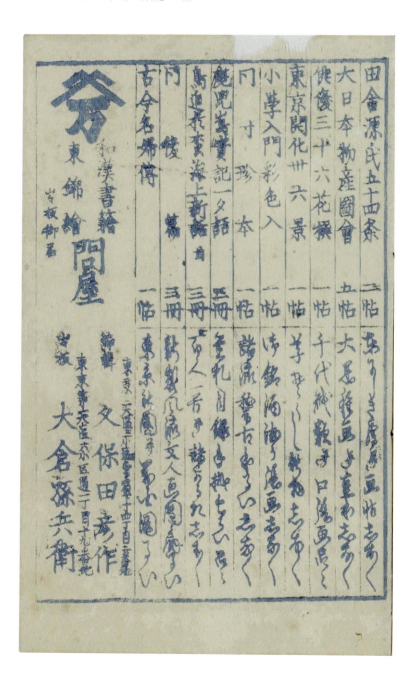

和漢書籍
東錦絵
出板御届
問屋

編輯　東京[illegible]　久保田彦作
出板　東京[illegible]丁目十九番地　大倉孫兵衛

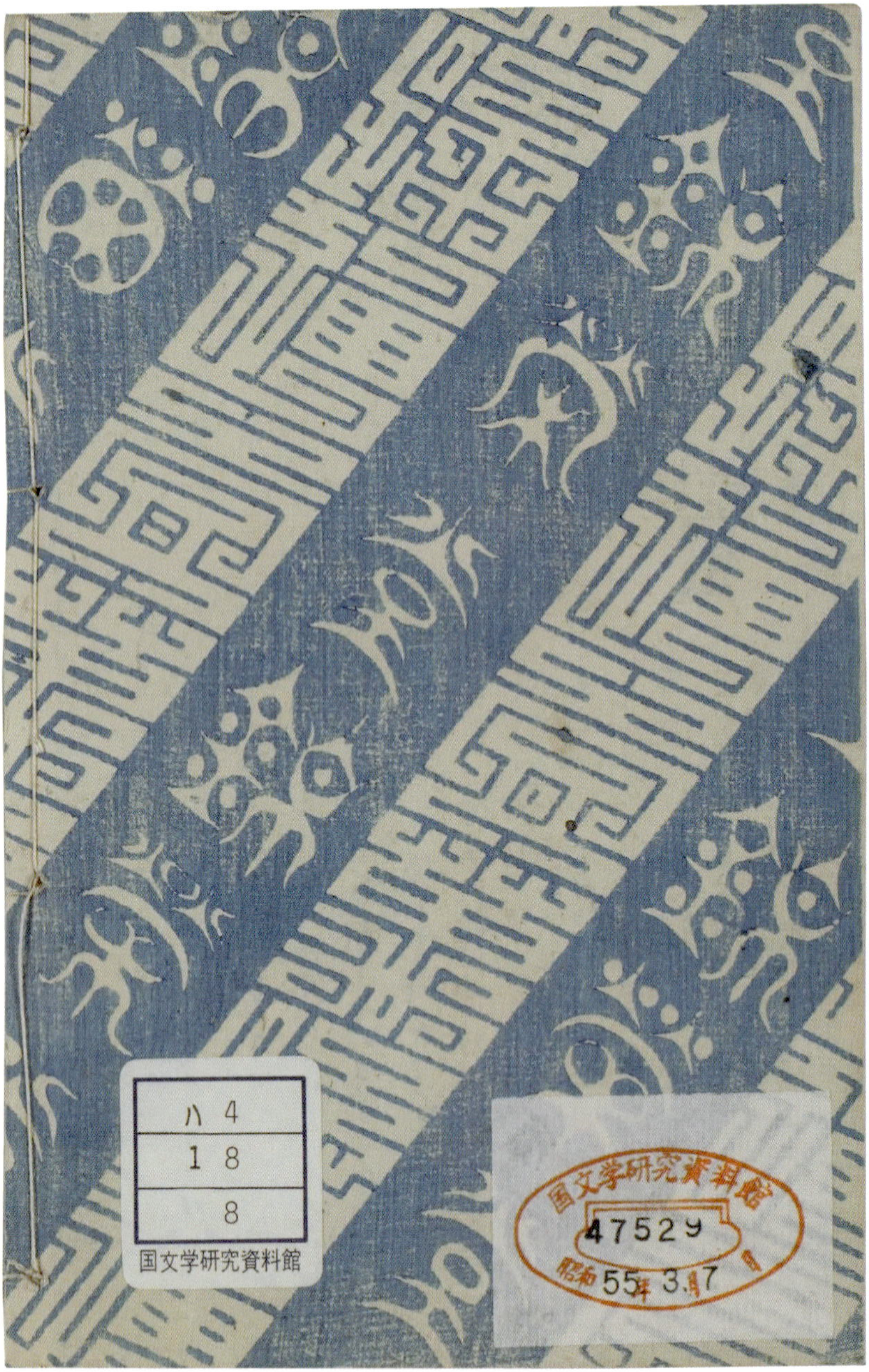
ハ 4
1 8
8
国文学研究資料館
国文学研究資料館
47529
昭和 55年 3月17日

201　合巻『鳥追阿松海上新話』三編

御誂向
株屋

とうせい
あすま川

浪上新語

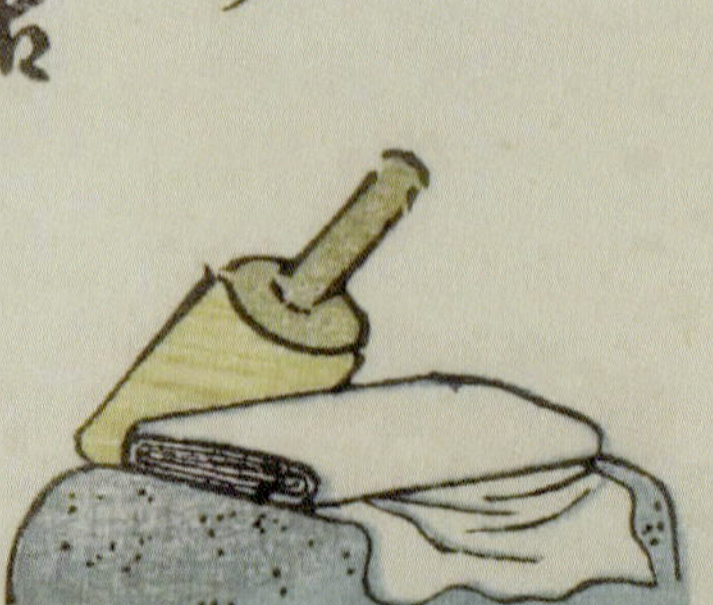

俊嶺照魚京文閲
久保田喜作繪
錦葉堂藏梓

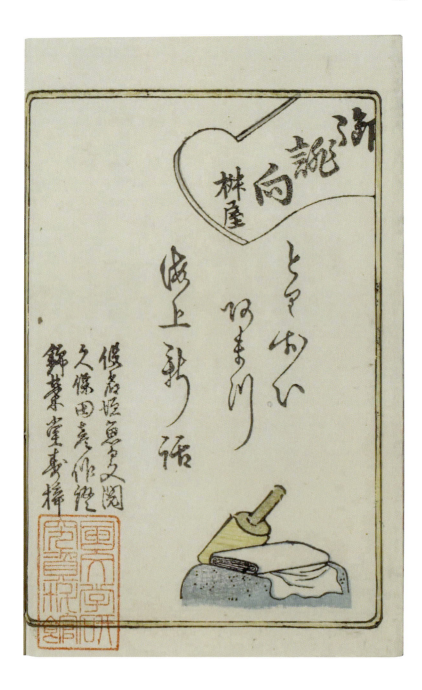

兵庫縣管轄所

中の巻のつゞき

▲依助が〻ぎと起き憎き奴と妻子を狼ぎ狗害不

又もや依助とあらそ

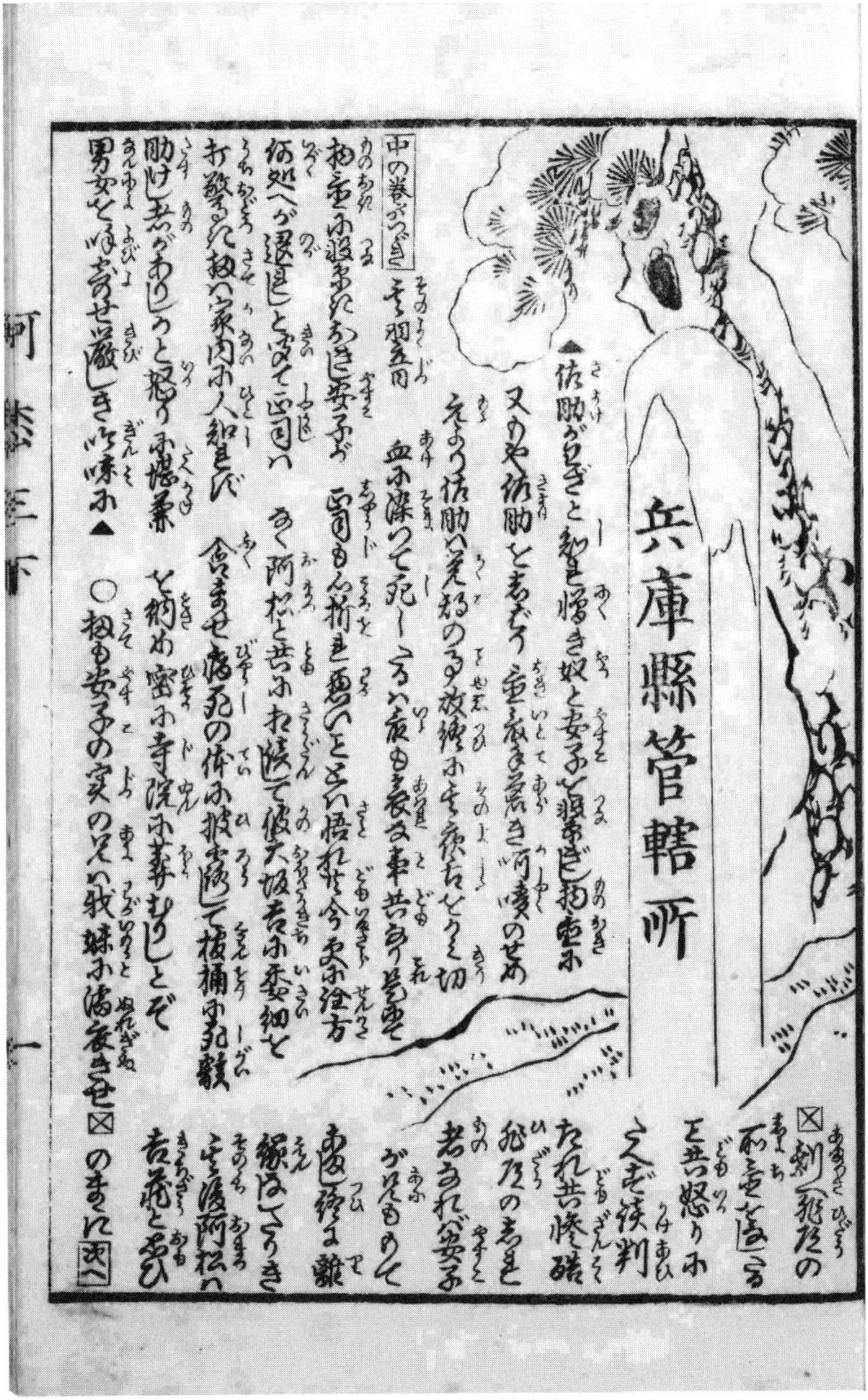

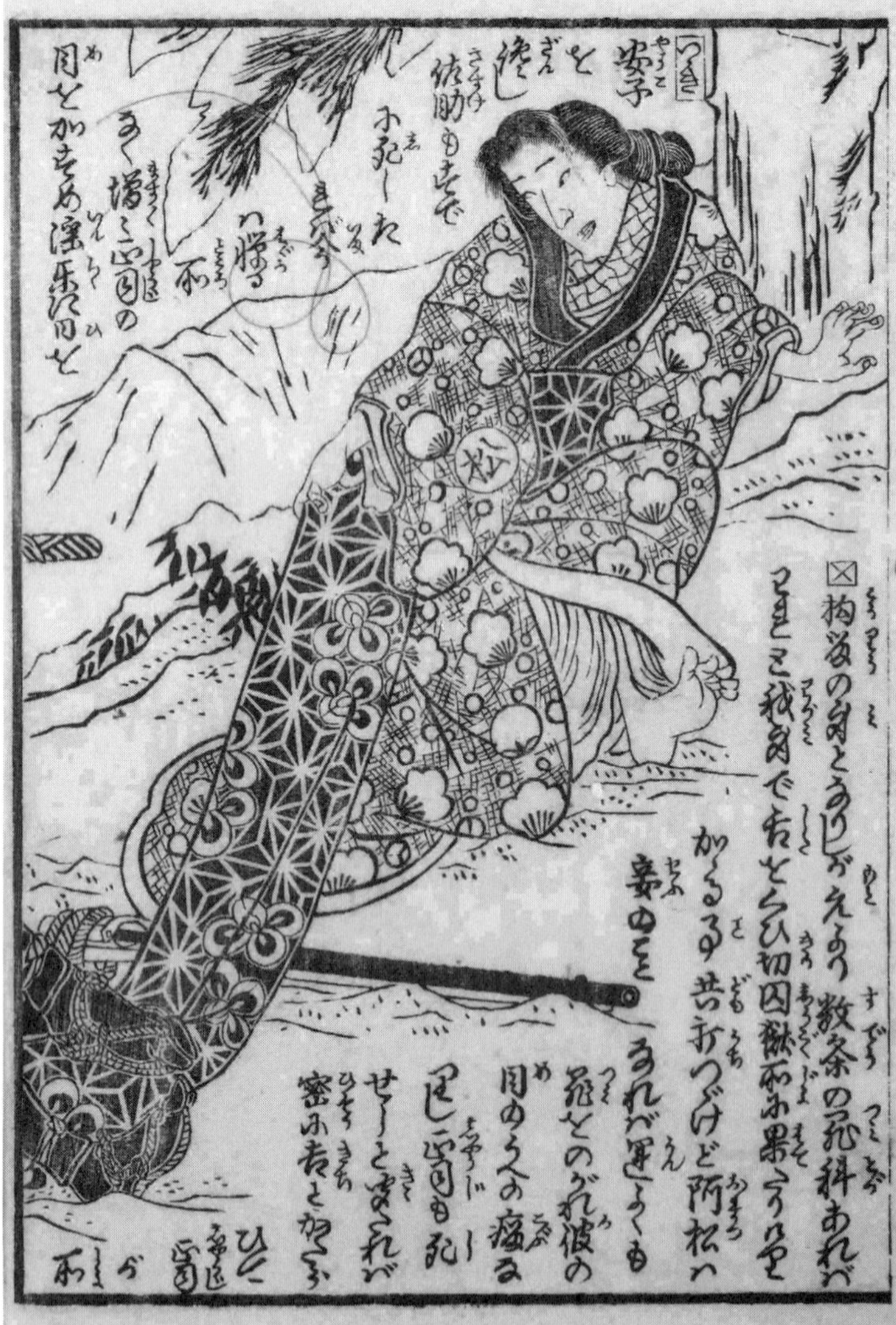
拘留《きうりう》の身《み》とありしが元《もと》より数条《すでう》の罪科《つみとが》あれば
かゝる事《さ》共《ども》打《うち》つゞけど阿松《おまつ》へ
罪《つみ》をのがれ彼《かの》

作
吉
つゞく

☒鉄砲《てつぽう》かくして猟人《りやうど》が宮居《みやゐ》の穴《あな》
来《きた》りやかゝる難《なん》に猟人《りやうど》へ雪《ゆき》に
火縄《ひなは》を消《けし》されば摺附木《すりつけぎ》のマッチ
あらば点《てん》じて見《み》ればそれも
親《おや》に猟人《りやうど》撃《う》つので
さて〳〵あらそひや
駿河《するが》路《ぢ》まで海《うみ》へ
落《おち》る阿松《おまつ》が
迯《に》げやとらはれて就《きづ》る
二人《ふたり》目《め》明《あ》くらく見《み》
見《み》ずてな欲《よく》の物《もの》引
さ里し

⌛根《ね》ぐらの作蔵《さくぞう》とすぐに鉄砲《てつぽう》まで
に持《もち》逃《に》げ行《ゆ》くとわろく
あふなくきて縁《えん》ならん
おもてで摩耶山《まやさん》で出合《であ》ひ
すぐ百年目《ねんめ》と見《み》ら内《うち》
て引《ひ》き抱《だ》いて殊《こと》に
さても狸《たぬき》が罪《つみ》の
うしろにね〳〵とのさへ
笠《かさ》を冠《かぶ》り卜《ぼく》を
まく響《ひゞ》いて鉄砲《てつぽう》
振《ふ》りあげたのでそれが
ふと天《てん》坂《さか》
主《しゆう》家《け》の懐剣《くわいけん》

つゞき
さりながら 今《いま》で
人《ひと》に知《し》らしてとらばとて
それの懐《ふところ》に有《あ》る宝《たから》の
備家《ぶけ》に欲《よく》と知《し》らぬ〳〵●

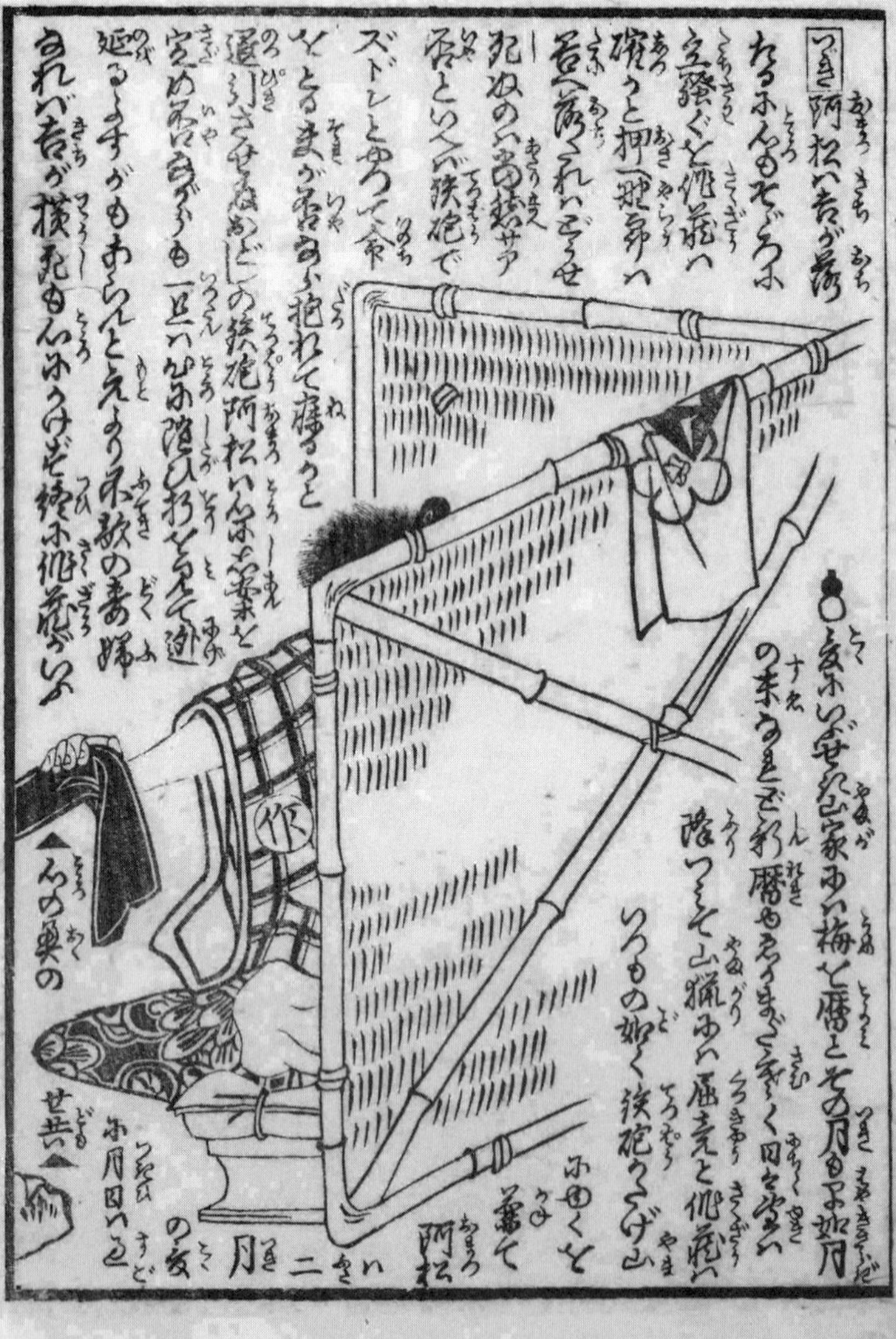
つゞき 阿松《おまつ》は吉《きち》が落《おち》
たるに心《こゝろ》もそゞろに
立騒《たちさわ》ぐを仙蔵《せんざう》は
擬《あつ》かと抑《おさ》へ飛弥《ひやう》は
首《くび》へ落《おち》くれはこそ世
ー 死ぬのは南無阿弥陀《あさりゑ》サア
落《おち》といへば鉄砲《てつぽう》で
ズドレと命《いのち》
をとるまでが否《いや》おふ抱《だか》れて寝《ね》るのと
遁《のが》れさせぬなどしの鉄砲《てつぽう》阿松《おまつ》は心《こゝろ》を定《さだ》め
定《さだ》めし否《いや》ながらも一旦《いつたん》は心《こゝろ》を落《おと》し打《うち》をして跡《あと》
延《のび》るよすがもあらんとえより不敵《ふてき》の毒婦《どくふ》
されば吉《きち》が横死《わうし》も心《こゝろ》にかけず続《つゞ》いて仙蔵《せんざう》が
●毒《どく》にいぜ丸が山家《やまが》では梅《うめ》と暦《とうこ》とその月日《つきひ》も如月《きさらぎ》
の末《すゑ》うまでが新暦《しんれき》もまだ日を
陰《かげ》つゝそ山猟《やまがり》は晨《しんき》と仙蔵《せんざう》は
いつもの如《ごと》く鉄砲《てつぽう》かつげ山《やま》
に出《いで》くと
蓄《たくは》へて
阿松《おまつ》
▲その奥《おく》の
世共《ども》▲
に月日《つきひ》は過《すど》
の家《いへ》
月 二 され

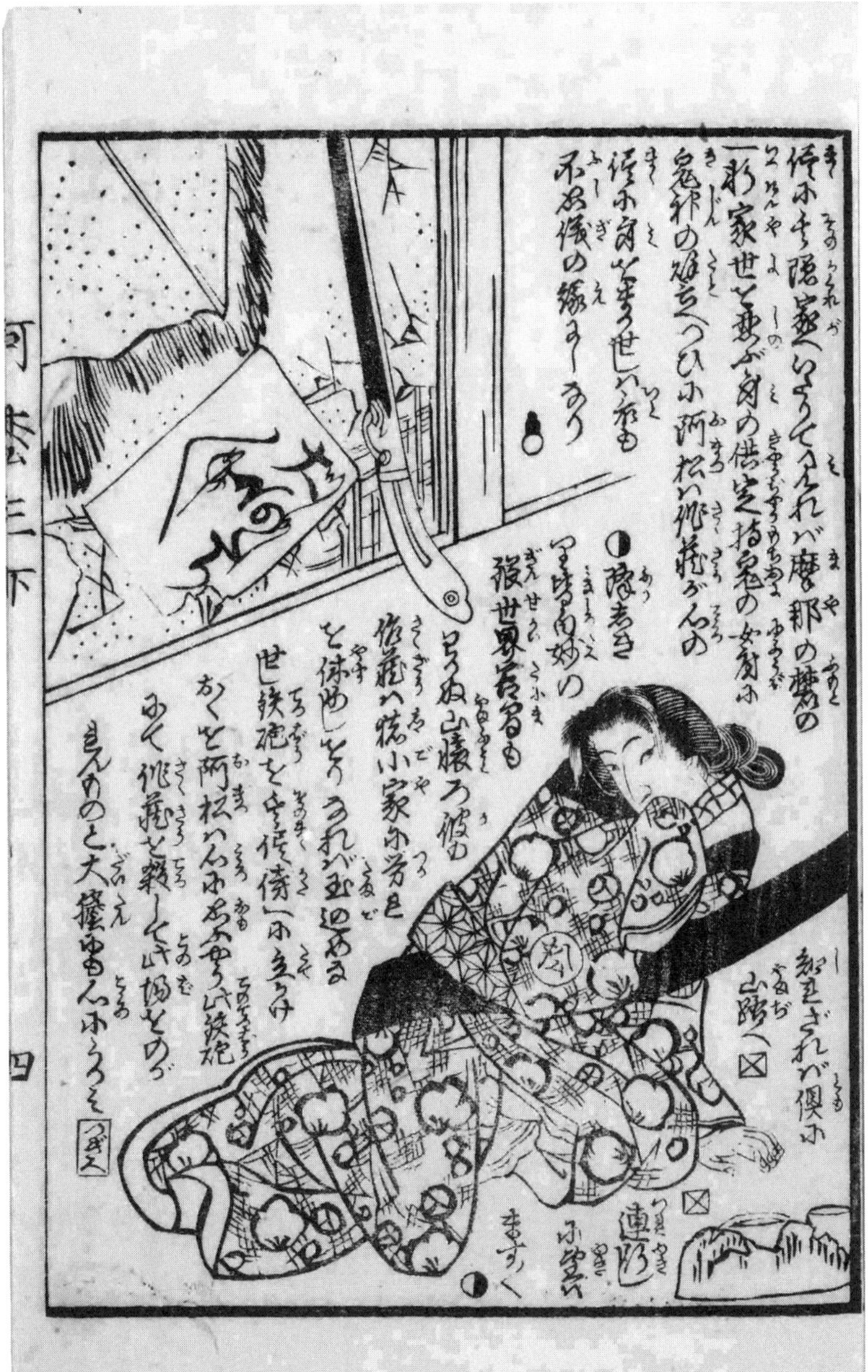

阿松《おまつ》ハ咽喉《のど》乾けど
悪《あく》人ながらも再《さい》生《せい》の

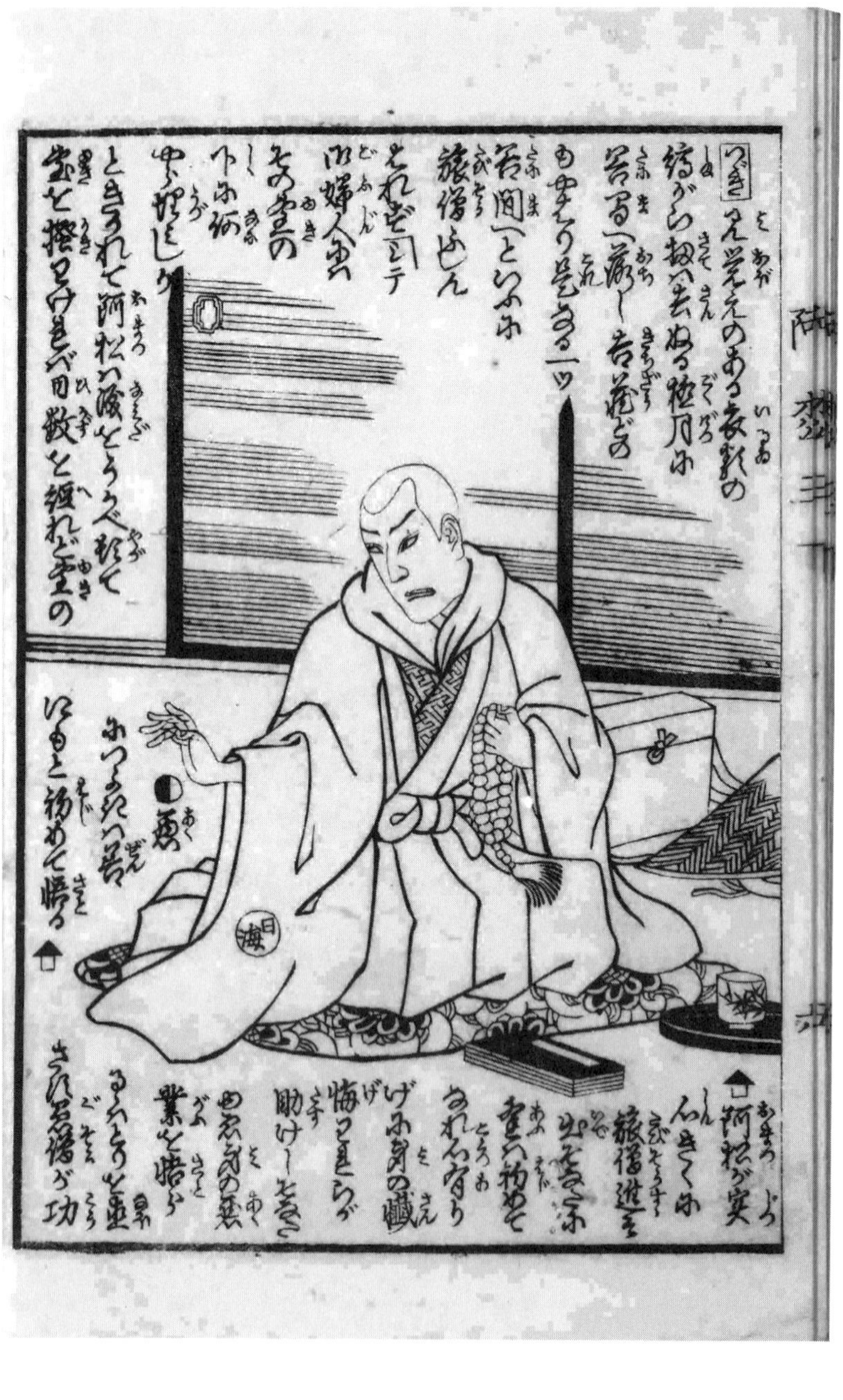

つゞき
日海
阿松《おまつ》が実

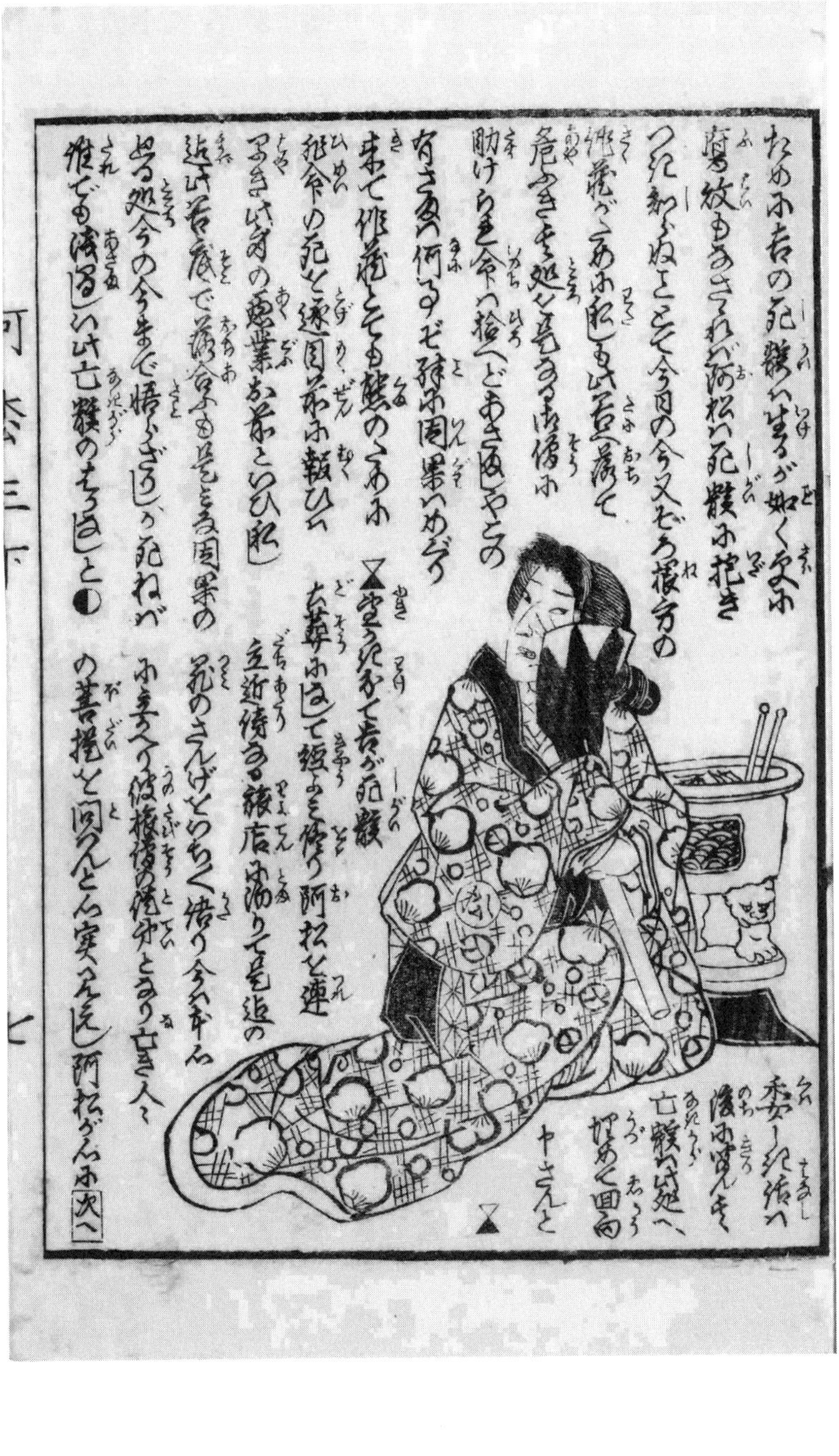

南無妙法蓮華経
妙顕院
つぎ
日海

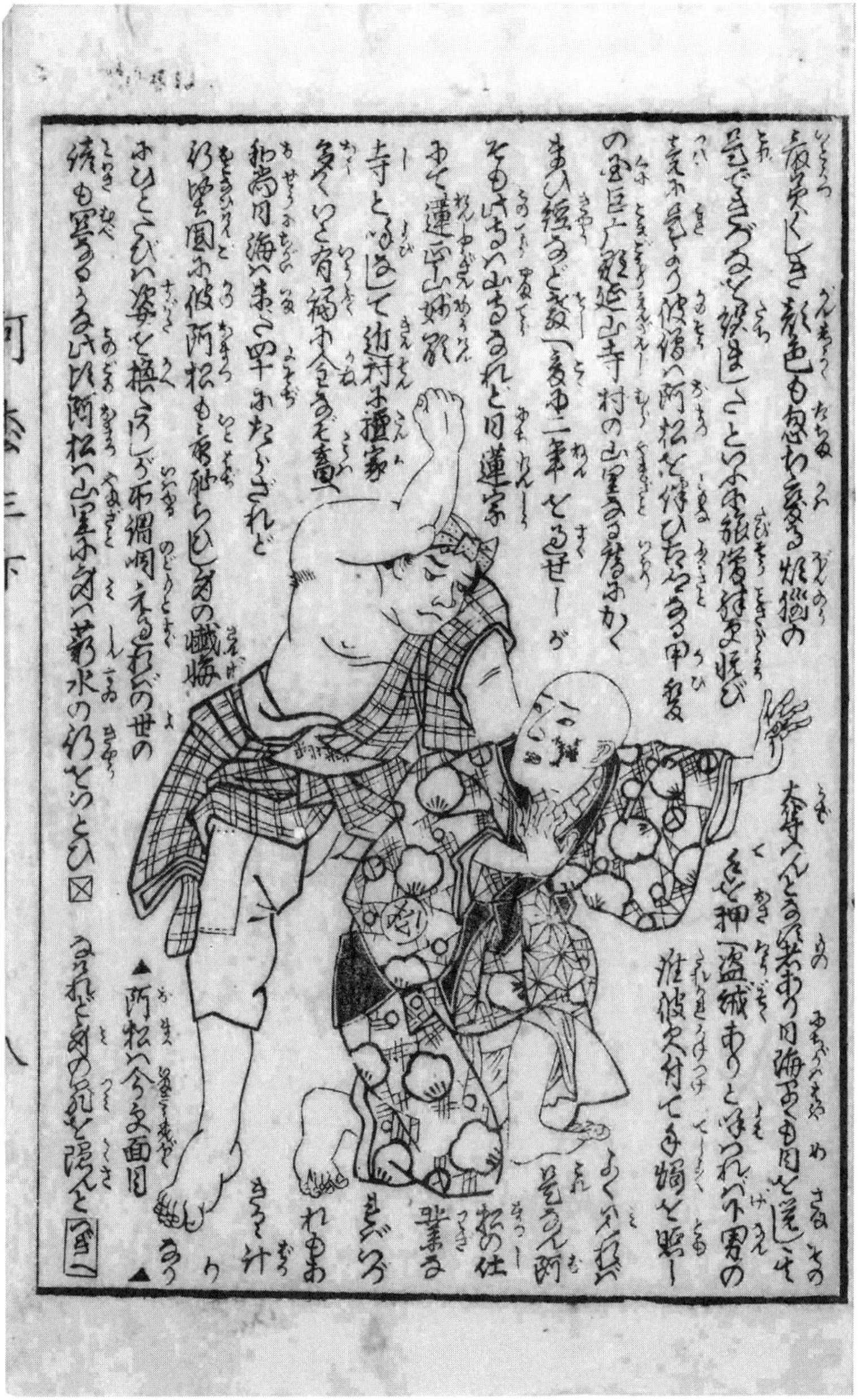

○刎と立てお目附ゟ検使と月次は焼あひ入る宵寐処を
忍び入ると色ふとふのせ蒲団くるべ一屠目海嘯り深
せて沈みゆく多き毒婦へどろどろ浪あらく夜嵐吹
我門弥之助よぎを阿松やら我をしてとれる曲の合ひ
ぎとしてかくす骨肉の夜も明まで櫻家の誰彼
をあやひ掠帰ひとや此ひし村外よりつれ
教ふお擲にしこ先生はて進みけり

○扨も阿松三羊の対ひのわびの
身柄あつて再会次第もの
発郡を忝なくあと
お打据へそ
ちつ痛そ
滅と云ふ
不思議の身

かくて此て打懲らは黒き烟り立ち上り
九字をもてまごろのたのく生きかへるに
そして高生々世るの人々手嫌れ
身を憂きあぐる思れ次ぶ入婚
刀母の許へ行んとして経を行く余住
まく四刑場まで走ひし
抱ーも流れ出る
三人を埋む
朔風

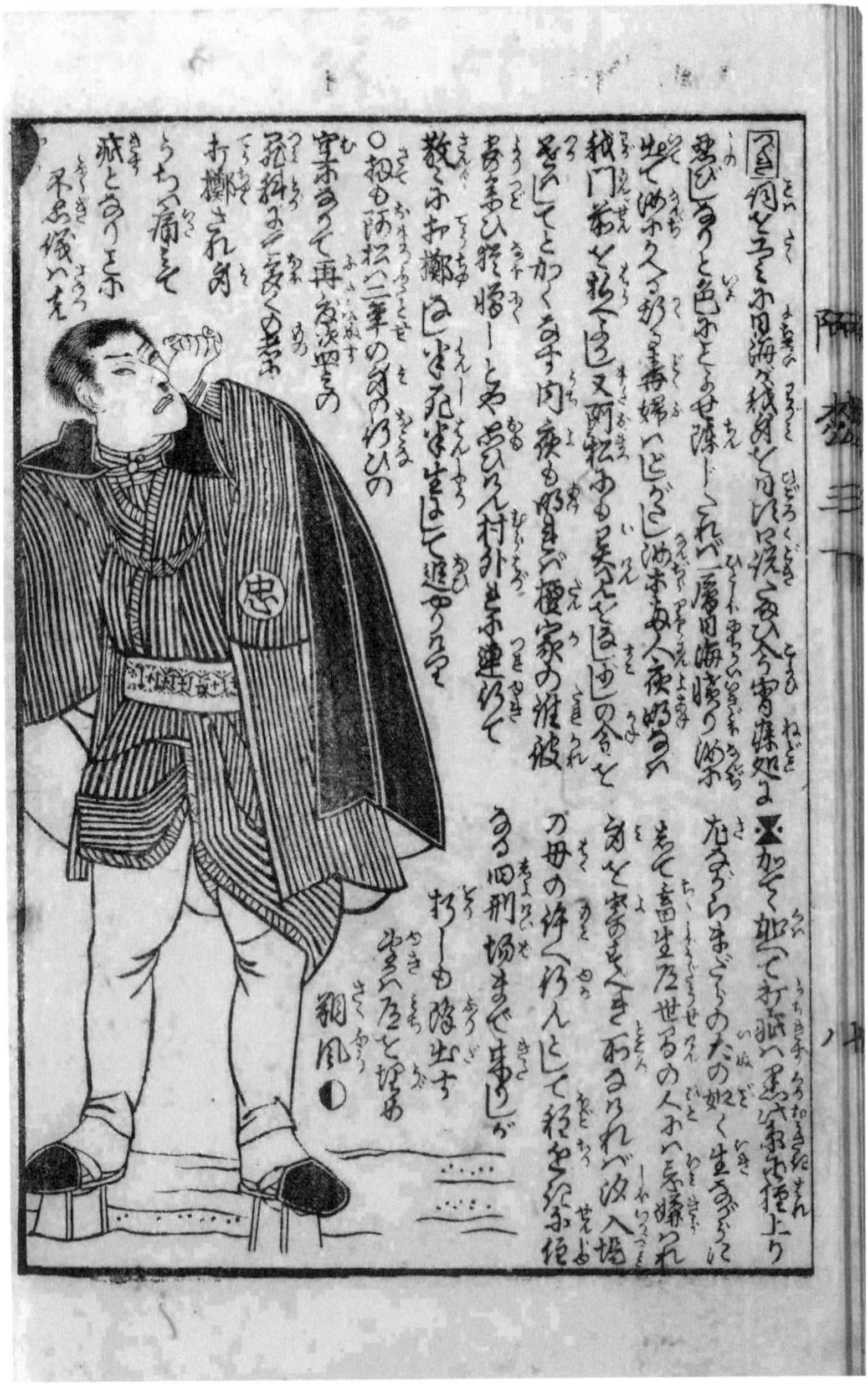

肌へぞつんぞくぞく
身は冷え氷りて
一歩もあるけず詮方なき
次へ

つゞき なりける〇南鍋街流還て解松岡の
手代《てだい》忠蔵《ちうざう》は一人《ひとり》浦示の旅店に垂去せられ
阿《お》松が身の代《しろ》の三十円は奪合とられはかゝる
難儀もあら己の無智《むち》とその夜《よ》寝床《ねどこ》をぬけ
出《いで》て裏手《うらて》の井戸《ゐど》へ身を投《なげ》んとせし所《ところ》へ
忠蔵《ちう》の父《ちゝ》忠兵衛《ちうべゑ》が悴《せがれ》の安否《あんぴ》を尋《たづ》ねんと
きたりしが最中《さなか》に通り合せ様子《やうす》をしとしもあらず止て
引止《ひきとめ》て一通《とほ》りの緒は親子が奇《き》偶《ぐう》の對面《たいめん》いぜんお
の金を失なく聞ければ彼《ま》奉合ゆかはらざる彼二人は
喜び路銀《ろぎん》して打連《うちつれ》立て松岡へ出て忠蔵が
先非《せんぴ》を悔悟《くわいご》の謝《わび》を云に主人《あるじ》もそのつゞが
あれとよろこび彼も《もと》く元《き》入なりしゆゑ
是迄《これまで》の恩報《おんがう》じと家業《かげふ》に精《せい》を出《いだ》せしかば
程《ほど》もなく旅籠屋《はたごや》をのれんとひらけ店《みせ》を開《ひら》きて ※

※ 宥福《いうふく》の身となりし後《のち》成田《なりた》不動の井の弘法大師《こうぼうだいし》
来りし頃の源に汁も手伝《せんど》て阿松が家主《あるじ》ある
姿《すがた》をみて仇に恩《おん》を報《むく》いてまた忠蔵《ちう》の仁
義五円の金をもて余りそなふの恨《うらみ》も
是《これ》ぞ一世の別れとて阿《お》松は沙入《しほいれ》る田舎《ゐなか》の
伴《もと》に至りて金にて治療《れうぢ》をさせども薬《くすり》の
きゝめもなかりしが病ひはますく重く
犬のごとくに狂ひ出りて死たるは明治十年
二月九日の事なりして積悪《せきあく》その身に
むくひ来てかゝる終りをなしたるべし
狐の人を化すや一犯一夕害《がい》毒を及《およ》ぼし美女の
歓ん作出の害《がい》嗚呼恐《おそ》るべしと
楽天の好文いまるかなと
嘆《たん》じて家に筆を閣《さしお》く

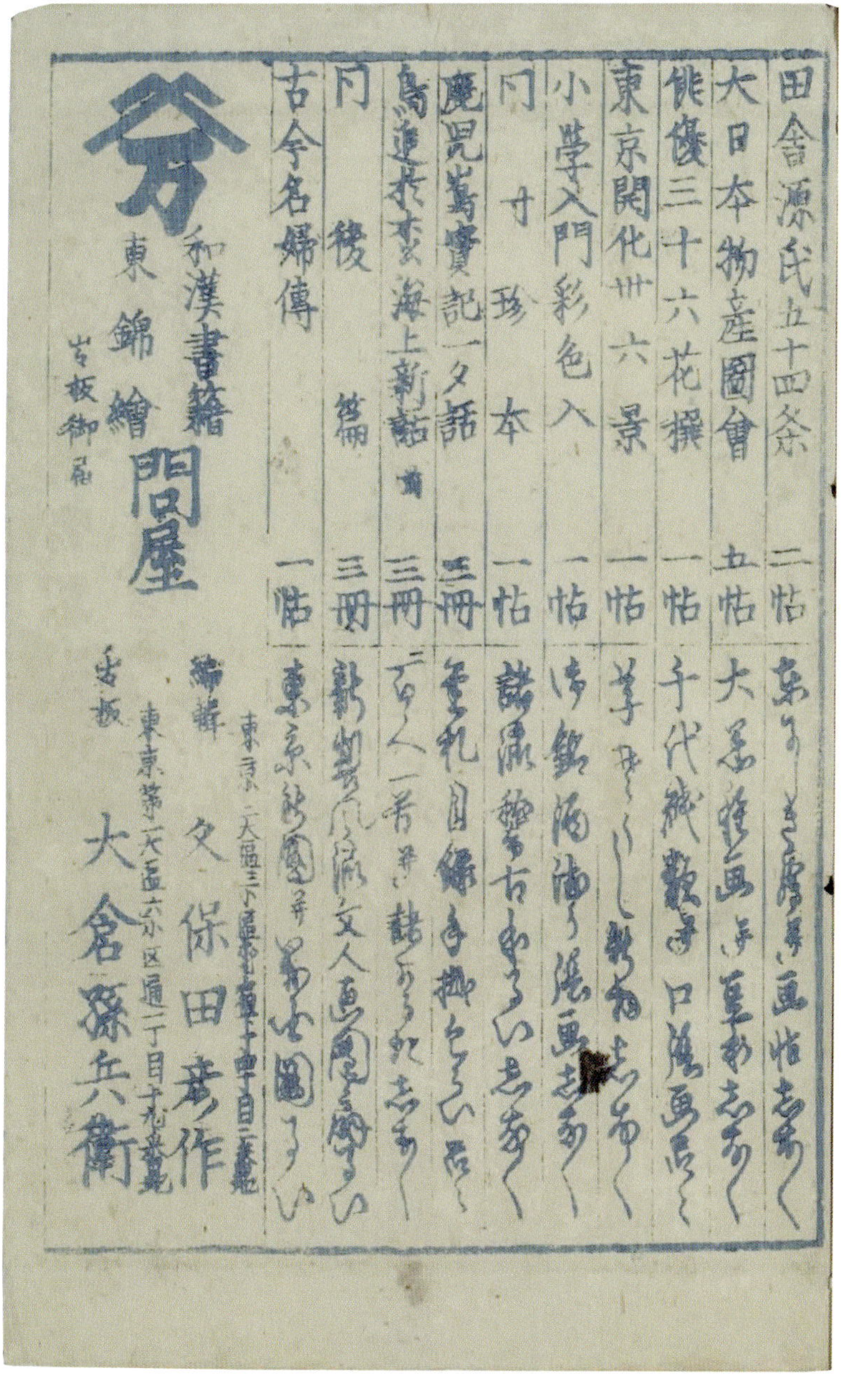

田舎源氏五十四条　二帖　[illegible]

大日本物産図会　五帖　[illegible]

俳優三十六花撰　一帖　[illegible]

東京開化卅六景　一帖　[illegible]

小学入門彩色入　一帖　[illegible]

同　寸珍本　一帖　[illegible]

鹿児嶌實記一夕話　三冊　[illegible]

鳥追阿松海上新話　初編　三冊　[illegible]

同　後篇　三冊　[illegible]

古今名婦傳　一帖　[illegible]

万　和漢書籍　東錦絵　問屋

出板御届

編輯　東京第二大区三小区[illegible]寄留　久保田彦作

出板　東京第一大区六小区通一丁目十九番地　大倉孫兵衛

ハ 4
1 8
9
国文学研究資料館
国文学研究資料館
47530
昭和 55 年 3 月 7 日

つづきもの『かなよみ（仮名読新聞）』「鳥追ひお松の伝」

第一回　：第五四〇号・明治一〇年一二月一〇日

○チト絵入《ゑいり》新聞《しんぶん》の十八番長幕《ばんながまく》を眞似《まね》るやうですがまだ東京《とうきやう》が江戸《えど》の頃《ころ》木挽町《こびきちやう》の釆女《うねめ》ヶ原《はら》に羽生《はにふ》の小屋《こや》の板庇《いたびさ》し月波軒《つきなみのき》の破損家《あばらや》に親子《おやこ》三人《にん》で住《す》む非人《ひにん》で定《さだ》五郎《らう》といふ者《もの》あり毎日《まいにち》尾張町《をはりちやう》の布袋屋《ほていや》の角《かど》へ雪駄《せつた》直《なほ》しの店《みせ》を出《だ》し女房《にようばう》お千代《ちよ》と娘《むすめ》お松《まつ》は春《はる》は鳥追《とりお》ひ平常《へいぜい》は女太夫《をんなだいふ》と夕《ゆふ》立《だち》の三絃《さみせん》抱《かゝ》へて市中《しちう》を歩行《あるき》大店向《おほだなむき》や勤番長家《きんばんながや》の窓下《まどした》で鶴賀《つるが》の曲《ふし》も仇《あだ》めきて玉《たま》を欺《あざむ》く母娘《はゝむすめ》の頃《ころ》小屋《こや》の粂《くめ》三だと容貌《きりやう》のよいので評判高《ひやうばんだか》く梅《うめ》が香《か》や乞食《こじき》のと句《く》に讀しも笠《かさ》の内《うち》を覗《のぞ》かる、卑賤身《いやしきみ》にも果報者《くわはうもの》だと近處《きんじよ》でも羨《うら》やみしが慶應《けいおう》の末御《をはご》一新《しん》の際《さい》も諸藩《しよはん》の兵隊東京《へいたいとうきやう》へ入込《いりこみ》見附《みつけ》〳〵の桝形《ますがた》へ植木鉢《うゑきばち》を弁《なら》べた頃《ころ》は女太夫《をんなだいふ》も窓下《まどした》で好《この》みに任《まか》せて甚九《じんく》よしこの浮《うい》た調子《てうし》で貰《もら》ひも多《おほ》く彼《かの》お千《ち》代《よ》お松《まつ》の親子《おやこ》は日々《ひゞ》二圓《ゑん》の稼《かせ》ぎはゝ、さて其中《そのうち》にも大《たい》名小路《みやうこうぢ》の或邸《あるやしき》に屯集《とんしう》の徴兵隊《ちやうへいたい》で濱田正司《はまだしやうじ》といふ人《ひと》が此《この》お松《まつ》を一目《ひとめ》見《み》るより心迷《こゝろまよ》ひ采女《うねめ》が原《はら》の小屋《こや》へも尋《たづ》ねていつか深《ふか》い中《なか》となり譬《たと》へ卑《いや》しい非人《ひにん》でも落《おち》れば同《おな》じ谷《たに》川《がは》の水洩《みづもら》さじと濱田《はまだ》は思《おも》へど顔《かほ》に似合《にあは》ぬ此《この》お松《まつ》は不貞《ふて》腐《くさ》れの悪婆《あくば》にて母《はゝ》のお千代《ちよ》も四十《よそぢ》に近《ちか》いがまだ咲殘《さきのこ》る谷間《たにま》の櫻慾《さくらよく》には色《いろ》も醒安《さめやす》く母娘《おやこ》も此手《このて》で男《をとこ》をたらし多《おほ》くの金《かね》を取込《とりこ》むとは神《かみ》ならぬ身《み》の濱田正司《はまだしやうじ》は二百餘圓《よゑん》の金《かね》を繼《つぎ》てみ今《いま》は衣類《いるゐ》大小《だいとう》迄皆質庫《までみなしちぐら》の詫住居《わびずまゐ》此事《このこと》早《はや》くも隊長《たいちやう》に聞《きこ》えたので禁足《きんそく》を申付《つけ》られ市中《しちう》へ身儘《みまゝ》に出《で》ることならねば明暮《あけくれ》お松《まつ》が戀《こひ》しさを忘《わす》れ兼《かね》たる物思《ものおも》ひ此《こな》方《た》は夫《それ》と知《し》るか知《し》らぬか元《もと》より金《かね》ゆゑ任《まか》せた體《からだ》濱田《はまだ》さんが餘《あん》まり來《こ》ぬので五月蠅《うるさく》なくて霄《よひ》の間《ま》の月《つき》さし登《のぼ》る淺茅《あさぢ》ヶ原《はら》の汐入堤《しほいりづゝみ》に同《おな》じ非人《ひにん》で大坂吉《おほざかきち》といふ破落戸《ならずもの》あり表《おもて》は直《なほ》しの籠《かご》を抱《かゝ》へ其内證《そのないしよう》は御制禁《ごせいきん》を犯《おか》す家業《かげふ》の一六勝負賽《しようぶさい》の目鼻《めはな》も灰汁《あく》拔《ぬけ》し男振《をとこぶり》に行末《ゆくすゑ》も夫婦《ふうふ》にならうと約束《やくそく》して父《おゝ》定《さだ》五郎《らう》の目《め》を忍《しの》んで度《たび》〳〵の密會《みつくわい》を母《はゝ》のお千代《ちよ》は疾《とく》より悟《さと》れどいさゝ金《かね》の蔓《つる》とも思《おも》ふ娘《むすめ》の好た大坂吉《おほざかきち》と夫《それ》と知《し》つてもいさゝえに親《おや》の甘味《あまみ》も酔《とろ》の果《はて》と口《くち》へは更《さら》に洩《も》らさゞる心《こゝろ》の底《そこ》こそ恐《おそ》ろしけれ

記者《きしや》曰《いわく》是《これ》よりお松《まつ》が大坂《おほさか》へ欠落《かけおち》して種々《いろ〳〵》の悪事《あくじ》の末《すゑ》此節《このごろ》になり生《いき》ながら畜生道《ちくしやうだう》へ墮《おち》る一奇談《きだん》汐入堤《しほいりづゝみ》の小《こ》屋場《やば》まで明後日《みやうごにち》きつとお目《め》に觸《ふれ》ます其爲《そのため》口上左《こうじやうさ》やう

第二回　：第五四一号・明治一〇年一二月一二日

○鳥追《とりお》ひお松《まつ》一昨《さく》日の續《つゞ》き「其頃淺草並木町《そのころあさくさなみきまち》ニ松屋《まつや》何《なに》某《がし》と云呉服店《いふごふくみせ》あり番頭《ばんとう》の忠藏《ちうざう》といふハ元東海道蒲原驛《もとどうかいだうかんばらえき》の出生《しゆつしやう》で松屋《まつや》の家《いへ》の白鼠白癬頭《しろねづみしらくもあたま》の子飼《こがひ》から出番《でばん》の外《ほか》ハ劇場《しばゐ》さへ見《み》ぬ世《よ》の友《とも》の人情本爲永風《にんじやうぼんためながふう》の仇口調《あだくてう》ニ初《はじ》めて起《おこ》る春情《あだごゝろ》毎日店《まいにちみせ》の門口《かどぐち》へ來《く》る彼女太夫《かのをんなだいふ》お松《まつ》の容貌《きりやう》よいつか心《こゝろ》を搖動《うごかし》て明烏《あけがらす》の暗《くら》い内《うち》から來《く》るか來《く》るかと待宵《まつよひ》の始終《しじう》ハ我手《わがて》ニ入《い》れたいと氣《き》も蘭蝶《らんてふ》か此糸《このいと》の結《むす》ぶ縁《えに》しを求《もと》めんと遣手《やりて》の内《うち》も紙《かみ》ニ包《つゝ》み意《こゝろ》の丈《たけ》を玉章《たまづさ》ニ認《したゝ》めて送《おく》つたがお松母親《まつおふくろ》ハ忠藏《ちうざう》が兼《かね》て含《ふく》んだ色慾《しきよく》の眼元《めもと》を得《とく》より見《み》て取ば是《これ》も一ッの金《かね》の蔓《つる》と返事《へんじ》ハ否《いな》と稲船《いなぶね》の水《みづ》の淡島《あはしま》さら〳〵と認《したゝ》めて人知《ひとし》れず忠藏《ちうざう》ニ送《おく》つたので人《ひと》目《め》を忍《しの》んで開《ひら》いて見《み》ると思《おも》ひハ同《おな》じ口紅《くちべに》の花《はな》も移《うつ》らふ上首尾《じやうしゆび》と飛立程悦《とびたつほどよろこ》んで日《ひ》の暮《くれ》るを待《まつ》て居《ゐ》ると家長《あるじ》が其日《そのひ》ハ忠藏《ちうざう》ニ橘町《たちばなちやう》まで仕入物《しいれもの》の仕切《しきり》の金《かね》を二百圓持參《ゑんぢさん》して渡《わた》して呉《く》れとの言付《いひつけ》ニ天《てん》の與《あた》へと打悦《うちよろこ》び橘町《たちばなちやう》へハ行《ゆか》ずして返事《へんじ》の内《うち》ニハ汐入堤《しほいりづゝみ》の仲間《なかま》の者《もの》の家《うち》を借《かり》て待《まつ》て居《ゐ》るとの文言《もんごん》なれば夕暮《ゆふぐれ》の頃《ころ》尋《たづ》ね行《ゆく》ニ兼《かね》てお松《まつ》ハいつもより一際粧《きはよそ》ハふ銘仙縞《めいせんじま》ニ博多織《はかたおり》の帯《おび》をしめ忠藏《ちうざう》をむかへる又心《こゝろ》も空《そら》ニ焦《じれ》しがり用意《ようい》の酒《さけ》や肴《さかな》ニて盃《さかづき》の數《かず》も重《かさ》ね寐《ね》よとの鐘《かね》も廓近《さとちか》き田甫《たんぼ》の畔《あぜ》ニ啼蛙綾瀬《なくかわづあやせ》の川水《かはみづ》鷗《かもめ》の聲ハ總泉寺《そうせんじ》の森《もり》ニ梢き松風颯々《まつかぜさつ〳〵》と夜小深更《さよふけ》てハ隣《とな》り知《し》らずの一軒家《けんやなし》堤ろ屏風《べうぶ》ハ風避《かぜよけ》どお松《まつ》ハ顔《かほ》も櫻色《さくらいろ》はろ醉《よひ》きげんニ心どけなき姿《すがた》で忠藏《ちうざう》の手《て》をとつて最寐《もふね》やうトやお有《あり》ませんかと男女《ふたり》ハ共《その》ま、閨房《ふしど》へ入《い》り怪《あや》しき夢《ゆめ》を結《むす》びしとぞ　（以下次號）

第三回　：第五四二号・明治一〇年一二月一三日

○鳥追《とりお》ひお松《まつ》の傳昨《でんさく》日の續《つゞき》「破襖の蝶番《やぶれぶすまのてふつがひ》ひ放《はな》れぬ中《なか》の屏風《べうぶ》の内《うち》ニハお松忠藏《まつちうざう》が枕《まくら》を并《なら》べ吸付烟草《すひつけたばこ》ニ時《とき》ならぬ雲《くも》を起《おこ》し今戸燒《いまどやき》の火鉢《ひばち》ニ掛《かけ》し土瓶《どびん》の白湯《さゆ》も水《みづ》となり雨《あめ》にハあらねどホト〳〵と雨戸《あまど》ニ當《あた》る夜嵐《よあらし》の音《おと》も誰《たれ》かと忠藏《ちうざう》ハ非人小屋《ひにんごや》ニ泊《とま》りしゆゑ若《もし》や人《ひと》に悟《さと》られたら我身《わがみ》の恥《はぢ》と頭ニハ眠《ねむ》れずお松《まつ》ハ夜《よ》ニすすでせし酒《さけ》ニスヤ〳〵寐入《ねい》る眞夜中頃表《まよなかごろおもて》の締《しま》りも勝手《かつて》を知《し》りたる我家《わがや》の雨戸《あまど》足《あし》で蹴《け》かへす大坂吉《おほざかきち》ハ出刃庖丁《でばばうてう》を口《くち》に啣《くは》へ突然《いきなり》屏風を取退《とりの》けてうぬ密夫《まをとこ》め四ッニする覺期《かくご》しろと忠藏《ちうざう》お

松《まつ》が襟《えり》がみ掴《つか》んで左右《さいう》に引据へ庖丁逆手に胸元へ既に剃んとそる手《て》に縋り涙《なみ》だと共《とも》に聲《こゑ》ふるはし今更《いまさら》お前《まへ》の目《め》を掠《かす》め忠蔵《ちうざう》さんと不義《ふぎ》をしたのハ譬《たと》へ此《この》まゝ殺《ころ》されても言譯《いひわけ》ハないことだが卑《いや》しい産《うま》れに他所《たしよ》へハいけず夫婦《ふうふ》の縁《えん》ハ結《むす》んだもの、お前《まへ》ハ平常賭博《へいぜいばくち》でとに家業《かげふ》もせず其日《そのひ》の煙《けむ》りも立兼《たてかね》て手馴《てなれ》た業《わざ》の新内節人様《しんないぶしひとさま》のお門《かど》へ立《たち》一銭《せん》二銭《せん》の手《て》の内《うち》で漸々《やう〱》暮《くら》す痩世帯同ト五体《たい》も満《まん》足《そく》な人間《にんげん》に産《うま》れても穢多乞食《ゑたこつじき》と卑《いや》しめられ素人衆《しろうとしゆう》の交《つき》際出来《あひでき》ず殊《こと》にお前《まへ》の日頃《ひごろ》の邪見《じやけん》にとふから愛想《あいそ》が盡《つ》きたところへ五深切《しんせつ》に私《わた》しの事《こと》を彼是《かれこれ》いつて下《くだ》さるから義理《ぎり》と情《なさ》けで命《いの》ちがけせめて素人衆《しろうとしゆう》と一度《ど》でも枕《まくら》をかはした此身《このみ》の果報忠蔵《くわほうちうざう》さんに罪《つみ》ハないからサア私《わた》しをそつぱりと殺《ころ》してお呉《くれ》と身《み》を摺付《すりつけ》しお松《まつ》が覚悟《かくご》に流石《さすが》の吉《きち》もひるみしか暫《しば》し詞《ことば》もなかりけり(以下次號)

第四回　：第五四五号・明治一〇年一二月一六日

○十三日ぎりで立消《たちぎえ》がしたと投書《とうしよ》も有《あり》ましたから餘《あま》り永《なが》くなり升《ます》が鳥追《とりおひ》お松《まつ》の傳《でん》を引上《ひきあげ》てお目《め》に觸《ふれ》ます偖《さて》お松忠蔵《まつちうざう》が屏風《べうぶ》の内夢を破《やぶ》りし大坂吉《おほざかきち》が四ッにすると振《ふり》上《あげ》た出刃庖丁《でばはうてう》の其手《そのて》に縋つて吉蔵《きちざう》を庇《かば》ひしお松《まつ》が覚悟《かくご》の体《てい》に流石《さすが》の吉《きち》も切兼《きりかね》る後《うしろ》の壁《かべ》の崩《くづ》れより思《おも》ひ懸《かけ》なき母《はゝ》のお千代《ちよ》が段々《だん〱》との扱《あつか》ひに始終《しじう》を聞入《きゝい》る忠蔵《ちうざう》も夢《ゆめ》に夢見《ゆめみ》し心地《こゝち》にて歯《は》の根《ね》も合《あは》ぬ此場《このば》を早《はや》く遁《のが》れんと思《おも》へど吉《きち》が庖丁《はうてう》の光《ひか》りに恐《おそ》れてぶる〱震《ふる》へたゞ手《て》を合《あは》してお千代《ちよ》に頼《たの》めば心得顔《こゝろえがほ》に大坂吉《おほさかきち》を小蔭《こかげ》に招《まね》きて種々《いろ〱》と話《はな》しをつけたが果《はて》ハ手切《てぎれ》の金《かね》と轉《ころ》び命替《いのちがは》りの百圓《ゑん》と兼《かね》て忠蔵《ちうざう》が主人《しゆじん》より預《あづ》かつた金《かね》の内退引《うちのつぴき》させぬ親子《おやこ》が工《たく》みに忠蔵《ちうざう》ハ只管《ひたすら》に命有《いのちあつ》ての物種《ものだね》と彼《かの》百圓《ゑん》をお千代《ちよ》に渡《わた》し跡先思《あとさきおも》ハぬ狐《きつ》ねの罠抜《わなぬけ》て飛出《とびだ》す裏田甫《うらたんぼ》折《をり》から降《ふり》だす秋雨《あきさめ》にびつしより濡《ぬれ》し白鼠猫《しろねずみねこ》に追《おは》れし如《ごと》くにて忠蔵《ちうざう》ハ遁《にげ》だしたが跡《あと》に三人傍《にんあた》りを見廻《みまは》し吉《きち》さん首尾《しゆび》ハ上出《じやうで》來《き》とお松《まつ》が大膽不敵《だいたんふてき》の詞《ことば》に吉《きち》も庖丁《はうてう》を其處《そこ》へ置元から仕組《しくん》だ刃物三昧早《はものざんまいはや》くおッ嬶が出《で》て呉《くれ》ればよいと思《おも》つた壺《つぼ》の二分金《ぶきん》で旨《うま》くせしめた此《この》百両《ゑん》といふに傍《そば》からお千代《よ》ハは、笑《ゑ》み期《がう》いふ時《とき》にハ立敵《たてがたき》に遣《つか》つて腕《うで》を見《み》やうと思《おも》ひ娘《ひとめ》と遠《とほ》から親《おや》の目《め》を忍《しの》んで乳繰合《ちゝくりあつ》て居《ゐ》るのを見《み》て見《み》ぬ振《ふり》も親《おや》の慈悲《おひ》モウ観音《くわんおん》の明《あけ》七ッ大層寒《たいそうさむ》くなつたねへお松《まつ》は母《はゝ》が一言《とん》に釘《くぎ》をさゝれて焚《たき》さしの埋《うづ》み火《び》を吹おてし残《のこり》し酒《さけ》を温《あたゝ》めて茶碗《ちやわん》に廻《めぐ》る三人上戸林間《にんじやうごりんかん》ならで風《かぜ》に散《ち》る酔《ゑひ》に忽《たち》まち楓葉《もみぢば》の面《か》はも茜《あかね》の横雲《よこぐも》ハ夜明《よあけ》近《ちか》くゑなりにける諸是《さてこれ》よりお松《まつ》ハ筒持《つゝもた》せにて多《おほ》くの金《かね》をゆすり取《ぞり》し事早《ことはや》くも上《かみ》の沙汰《さた》となり釆女《うねめ》ヶ原《はら》にも居事《ゐること》ならず一旦影《たんかげ》を隠《かく》さんと吉《きち》が古郷大坂《こきやうおほさか》へ逃亡《とうばう》して斗《はか》らず高麗橋《かうらいばし》にて徴兵隊《ちやうへいたい》の濱田正司《はまだしやうじ》に出逢《であひ》危《あや》うき場《ば》を助《たす》けられ明治《めいぢ》の維新《ゐしん》新平民《しんへいみん》の令《れい》に思《おも》ハず移多《ゑた》の汚《けが》れを免《まぬ》かれ正司《しやうじ》が權妻《ごんさい》となり榮曜《えいよう》に暮《くら》せど元《もと》より賊婦《ぞくふ》の性《さが》なれば再《ふたゝ》び大坂吉《おほさかきち》と欠落《かけおち》の一段東京《だんとうきやう》へ歸《かへ》り母《はゝ》お千代《ちよ》が許《もと》に異《い》病《びやう》を煩《わづ》らひ畜生道《ちくしやうだう》に落入《おちいる》の永物語《ながものがたり》ハ（落語家《はなしか》のやうだが）明日《みやう》の前講《ぜんかう》に辨《べん》じます嘸《さぞ》五退屈差替《たいくつさしかは》りまして次《つぎ》の新聞《しんぶん》を五覧《ごらう》トろ

第五回　：第五四六号・明治一〇年一二月一七日

○鳥追《とりお》ひお松《まつ》の傳《でん》「再綴《ふたゝびてく》お松《まつ》ハ忠藏《ちうざう》より百兩《りやう》をゆすり取《ぞり》し事早《ことはや》くも覗《み》る目嗅鼻《めかぐはな》の調《しら》べも厳《きび》しくお捕《て》に縫《あつ》てハ詮《せん》なしと母娘《おやこ》等《みそ》しく談合《だんがふ》して暫《しばら》く影《かげ》を隠《かく》すに如《し》ずと明治《めいぢ》二年《ねん》二月《ぐわつ》の初旬《はじめ》に大坂吉《おほさかきち》と諸共《もろとも》に東京《とうきやう》を出立《しゆつたつ》したが同《おな》ト仲間《なかま》の品川驛《しながはえき》なる東海寺《とうかいじ》の境内《けいだい》に安次郎《やすじらう》といふ者《もの》あり少《すこ》しの用事《ようじ》に彼方《かのかた》へ尋《たづ》ね行古郷《ゆきふるさと》へ身《み》を隠《かく》す事抔《ことなど》話《はな》して賭事《かけごと》の負債《おひめ》も濟《すま》せ餞別《はなむけ》の酒汲《さけくみ》かわさんと好の道とて樽酒《たるざけ》の土産《どさん》も澄し伊丹《いたみ》酒《ざけ》色《いろ》の濁《にご》りを押隠《おしかく》して安次郎《やすじらう》の家《うち》へ行《ゆく》に兼《かね》てお松《まつ》と吉《きち》が悪事《あくじ》ハ官廳《おほやけ》より探索嚴《たんさくきび》しく仲間《なかま》の非人《ひにん》へお觸《ふれ》もあり殊《こと》に日頃親《ひごろした》しくせし安次郎《やすじらう》故兩人《りやうにん》が若立廻《もしたちまは》らばと内命《ないめい》あれば氣《き》の毒《どく》ながら捨置難《すておきがた》しと兎《と》も角《かく》もと安次郎《やすじらう》が饗應肴《もてなしさかな》も鯛豆腐持《もた》せし酒《さけ》を徳《とく》利《り》に移《うつ》し廻《まは》る茶碗《ちやわん》も飲口《のむくち》にお松《まつ》が手馴《てなれ》し三絃《さみせん》の調子《てうし》に浮《うい》た大坂吉積《おほさかきちつも》る悪事《あくじ》に高飛《たかとび》をするも忘《わす》れて手枕《てまくら》に歎《かぜ》へる鐘《かね》も暮《くれ》六ッゆゑお松《まつ》も流石《さすが》に産《うま》れし東京今宵旅路《とうきやうこよひたびぢ》へ踏出《ふみだ》さばいつ歸《かへ》りこん高砂《たかさご》の松《まつ》も甲斐《かひ》なき日陰《ひかげ》の身《み》せめて今夜《こんや》ハ爰《こゝ》の家《うち》へといふに主個《あるじ》の安次郎《やすじらう》も傍《そば》より泊《とま》れと進《すゝ》むるにそんなら厄介《やつくわい》になりませうと酒《さけ》も程能飲《ほどよくのみ》盡《つく》し破《やれ》てハ居《ゐ》れど隔《へだて》の襖夜《ふとまよる》の物《もの》さへ薄暗《うすぐら》き二人《ふたり》ハ臥房《ふしど》に入《い》る月《つき》の影《かげ》もさやけき海面《うみづら》に鐘《かね》の音響《おとひゞ》く折《をり》こそあれ兼《かね》て此家《このや》の安次郎《やすじらう》が取締所《とりしまりじよ》の分營《ぶんえい》へ注進《ちゆうしん》したれば捕亡《とりかた》六人手《にんて》に〱得物《えもの》を携《たづ》さへて裏表《うらおもて》より臥房《ふしど》に込入《こみいり》並《なら》べし枕《まくら》のお松《まつ》が襟髮引立《えりがみひきたて》るに吉《きち》ハ南無《なむ》三捕方《とりかた》なるりと布《ふ》

圃《でん》を刎退《はねのけ》雨戸《あまど》を蹴明《けあけ》庭《には》の方《かた》へ迯出《にげいだ》すに兵隊《へいたい》ハ其曲者《それくせもの》退《のが》すなと續《つゞ》いて追《おひ》かけ左右《さいう》より吉《きち》が利腕《きゝうで》ゑた、かに打据へられ其儘《そのまゝ》にひれ伏《ふせ》を折重《をりかさ》なつて繩《なは》をかけなんなく捕《ほ》縛《ばく》に就《つき》たるが母家《おもや》ハお松《まつ》が行燈《あんどう》の火《ひ》を吹消《ふきけし》て眞《しん》の闇殊《やみこと》に女《をんな》のことなれば由斷《ゆだん》といふにハ非《あら》ざれど皆庭先《みなにはさき》の吉《きち》が方《かた》に向《むか》ひしゆゑ殘《のこ》りしハ只一人摘捕《たゞひとりからめとら》んと眼《め》を配《くば》れど闇《やみ》に目當《めあて》も鳥羽玉《うばたま》のさぐり合《あひ》に隙《すき》もあればお松《まつ》ハ雨戸《あまど》の外《はづ》れし間《あひ》よりその儘《まゝ》に帶《おび》も〆《しめ》ず天王社《てんわうしや》の森《もり》の内《うち》へ密《ひそか》に退《のが》れ出《いで》たりしが勝手知《かつてし》れざる夜《よる》の畑人《はたひと》なき道《みち》の山傳《やまづた》ひに辛《から》うじて汐見坂迄運《しほみざかまでうん》よくも迯延《にげのび》たり扨《さて》お松《まつ》ハ思《おも》ひがけなき人《ひと》に出逢《であ》ふの一段《だん》ハ（お株《かぶ》ですが）明後日《みやうご》

第六回　：第五四七号・明治一〇年一二月一九日

○鳥追《とりお》ひお松《まつ》の傳《でん》ハいよ〳〵汐見坂《しほみざか》で思《おも》ハぬ人《ひと》に出逢《であひ》手《て》に手《て》を取《とつ》て東海道《とうかいだう》を道行《みちゆき》と出《で》かけ蒲原驛《かんばらえき》で大難《だいなん》のおはなしハ明《みやう》日さつとお目《め》に觸《ふれ》ます

第七回　：第五四八号・明治一〇年一二月二〇日

○鳥追《とりお》ひお松《まつ》の傳《でん》「却《かへつ》て親淺草並木町《こくあさゝさなみきまち》の松屋《まつや》の番頭忠《ばんとうちう》藏《ざう》ハお松母娘《まつおやこ》が工《たくみ》の罠《わな》に思《おも》ハず密夫《みつぷ》と主個《しゆじん》の金《かね》百圓《ゑん》を掠《かす》め取《とら》れ只茫然《たゞばうぜん》と其場《そのば》を退《のが》れ夜《よ》の明《あけ》るのを待甲斐《まつかひ》も仕《し》切《きり》の金《かね》の二百圓央不足に當惑《たうわく》して直《すぐ》に主家《しゆか》へハ歸《かへ》られず兎《と》やせん角《かく》やと思《おも》ふ内《うち》十日程《ほど》の日數《ひかず》を經《へ》たれば猶々《なほ〳〵》敷居《しきゐ》が高《たか》くなり切迫《せつぱ》につまる身《み》の落度死んで言譯《いひわけ》するより外思案《ほかしあん》ハないが正直一圖《しやうじきいちづ》に歩行《あゆみ》ともなく品川《しながは》の裏《うら》手傳《てづた》ひの山通《やまみち》し西《にし》へ〳〵と足《あし》の向《むく》主人《しゆじん》の恩《おん》ハ大井《おほゐ》の原《はら》身《み》に白露《しらつゆ》の無分別起ろなき我罪《わがつみ》と八景坂《はつけいざか》（本名汐見《ほんみやうしほみ》坂《ざか》）まで來《き》た頃《ころ》ハ廿日の月《つき》のさし登《のぼ》り松《まつ》の樹《こ》の間《ま》ハ隈《くま》なくも忠藏《ちうざう》ハ兼《かね》てより認《したゝ》め置《おき》し書置《かきおき》と殘《のこ》りの百圓財布《ゑんさいふ》に包《つゝ》み死後《しご》の證據《しようこ》と肌《はだ》に付帶《つけおび》を解《ほど》きて傍《かた》へなる榎《えのき》の枝《えだ》に結《ひと》び付《つけ》ア、思《おも》へば十ウの子飼《こがひ》から松屋《まつや》の家《うち》へ丁稚《でつち》に來《き》て廿七の曉《あかつき》迄《まで》主人大切《しゆじんたいせつ》と勤上《つとめあげ》來《らい》春早々古郷《はるさう〳〵ふるさと》の大《おほ》坂《さか》へ錦《にしき》を飾《かざ》り久《ひさ》しく逢《あは》ぬ父母《ちゝはゝ》や兄貴《あにき》にも悦《よろこ》ばせ暖簾《のれん》を分《わけ》て貰《もら》ふ約束《やくそく》それも女《をんな》に迷《まよ》つた計《ばか》り斯《かう》いふ變死《へんし》で果《はて》るといふハ是《これ》も定《さだ》まる約束事《やくそくごと》エ、愚痴《ぐち》をいふのハ矢張未《やつぱりみ》

練《れん》と口《くち》ゝ稱《とな》へる念佛《ねんぶつ》に眼《まなこ》を閉《とぢ》て帯《おび》に手《て》をかけ既《すで》に首《くび》を縊《くゝ》らうとする手《て》を確《しつ》かりマア〳〵短氣《たんき》な忠藏《ちうざう》さん死《し》なふと迄《まで》のお覺期《かくご》ハ更々無理《さら〳〵むり》で有《あり》ませんが斯《かう》した罪《つみ》ハ私《わた》しうらといふ壁耳《かべみゝ》にや入《いり》たりけん忠藏《ちうざう》ハ月明《つきあか》りに顔《かほ》見合《みあは》して慄《ぞつく》りしヤ、ろなたハお松《まつ》うチ、忠藏《ちうざう》さん何《なに》からお詫《わび》をして宜《よい》やら重《かさ》なる罪《つみ》も親《おや》の首付汐入堤《いひつけしほいりつゝみ》で百圓《えん》を騙《かた》り取《とつ》たハ大坂吉《おほざかきち》と母《はゝ》さんの惡工《わるたくみ》どふぞお前《まへ》ゝ逢《あつ》た上《うへ》で身《み》の决白《けつぱく》を話《はな》さうと私《わた》しも遠《とほ》から家《うち》を欠出《かけだ》し思《おも》ひが届《とゞ》いて此出《このて》合遠《あひたつ》てれ前《まへ》が死《し》ぬ氣《き》なら私《わた》しも一處《しよ》に殺《ころ》してと添《そひ》まつれる、蔦蔓梢《つたかつらこずゑ》に飛《とび》てふ梟《ふくらう》の夜《よ》半《は》の嵐《あら》しのお松《まつ》が胸中《きやうちう》善《せん》か惡《あく》か看官《みなさん》わて〻五らうトろ

第八回 ：第五四九号・明治一〇年一二月二一日

○鳥追《とりお》ひお松《まつ》の傳《でん》「偖忠藏《さてちうざう》ハお松《まつ》が涙《なみだ》の繰言《くりごと》ゝ心《こゝろ》の底《そこ》意《い》汲兼《くみかね》て初《はじ》めの程《ほど》ハ誠《まこと》とも思《おも》ハざりしが毒婦《どくふ》が舌《した》の劍《つるぎ》にて眞虚《まことそら》ごと打混《うちまぜ》て夜露《よつゆ》に袖《そで》も濕《しめ》りがち色《いろ》を含《ふく》んでいひ寄《よ》れば元《もと》より迷《まよ》ひし忠藏《ちうざう》ゆゑ死《し》ぬてとも打忘《うちわす》れ思《おも》ふ女《をんな》と初旅《はつたび》ハ願《ねが》つてもなき幸《さいは》ひと忽《たちま》ち主家《しうか》への義理《ぎり》も忘《わす》れ難波《なには》の實家《じつか》へ尋《たづ》ね行彼《ゆきかの》百圓《えん》の話《はな》しをしたゝ贖《つくの》ひ呉《くれ》るハ必定《ひつぢやう》ならんさすれば此身《このみ》の曇《くも》りも晴殊《はれこそ》にお松《まつ》を非人《ひにん》とハ誰《たれ》ゑち涙《なみ》の寄邊《よるべ》さへ差當《さしあた》つての望《のぞ》みも叶《かな》ひ夫婦《ふうふ》になれる事《こと》もやわらんと淺間敷《あさましく》も心《こゝろ》を定《さだ》め其翌朝旅《そのよくあさたび》の用《よう》意《い》を整《とゝの》へて所持《しよぢ》の百圓《えん》を路用《ろよう》として人目《ひとめ》を忍《しの》ぶ旅駕籠《たびかご》に夜《よ》ハ夢《ゆめ》の間《ま》の假枕急《かりまくらいそ》がぬ道《みち》もはかどりて小田原驛迄《をだはらえきまで》來《き》たりしが其頃《そのころ》ハ舊幕《きうばく》の脱走隊箱根《だつさうたいはこね》の要所《えうしよ》に立籠《たてこも》ると早《はや》くも東京《とうきやう》へ聞《きこ》えしうば諸藩《しよはん》の兵隊同驛《へいたいどうえき》に繰込物騒《くりこみものさは》がしき折《をり》なればお松忠藏《まつちうざう》も世《よ》を忍《しの》ぶ罪《つみ》ある身《み》にハ何《なに》となく一日《にあ》も安堵《あんど》せず若《わか》き女《をんな》の眉毛《まゆげ》わつてハ路次《ろじ》の便《たよ》りも惡《あし》うらんとお松《まつ》ハ床《とこ》に眉毛《まゆげ》を落《おと》し髮《かみ》も結《むす》んで草束鳴海《くさたばねなるみ》浴衣《ゆかた》の上着《うはぎ》さへ馴《なれ》ねば露《つゆ》の玉櫛笥箱根《たまくしげはこね》の裏道矢倉澤《うらみちやぐらさは》の山傳《やまづた》ひに三島《みしま》へ出《いで》んと案内者《あんないしや》を雇《やと》ひ駕籠《かご》も釣《つら》せて行道《ゆくみち》ハ山又山《やままたやま》の嶮岨《けんそ》なれば忠藏《ちうざう》ハ困《こう》じ果僅《はてわづか》二日路《ち》ゝて底豆《そこまめ》を踏出《ふみだ》して今《いま》ハ一足《あし》も踏出《ふみだ》されずお松《まつ》ハ元《もと》より大膽不《だいたんふ》敵女《てきをんな》ながらも男勝《をとこまさ》り忠藏《ちうざう》を勵《はげ》まして辛《から》じて三島驛《みしまえき》へ着《ちやく》したり是《これ》よりハ街道《かいだう》もゑ馬駕籠《うまかご》も自由《じいう》なれば原吉原《はらよしはら》の驛《えき》も過西《すぎにし》ゝハ富士《ふじ》の高嶺《たかね》を見《み》て頃《ころ》ハ十月《ぐわつ》の初旬《はじめ》もゑいと〻哀《あは》れを初時雨《はつしぐれ》雁《かり》の便《たよ》りも古郷《ふるさと》へハまだ十日路《ち》ゝ足《たら》ね共《ども》お松《まつ》と逢《あふ》ひ忠藏《ちうざう》ハ過越方《すぎこしかた》を思《おも》ひ出《だ》し兎角《とかく》に胸《むね》も支《つか》

え勝《がち》彼《かの》間道《かんだう》の山坂《やまさか》に旅《たび》の労《つか》れや引出《ひきだ》しけん風《かぜ》の心地《こゝち》と枕《まくら》も上《あが》らず中々歩行《なか／＼ほかう》も出来難《できかた》く終《つひ》に駿州蒲原宿《すんしうかんばらじゆく》の正木《まさき》屋某方《やなにがしかた》に逗留《とうりう》して醫療《いれう》を盡《つく》せど病氣《びやうき》はます／＼重《おも》りしゆゑ傍《そば》にお松《まつ》はもどかしく思《おも》へど爰《こゝ》で捨《すて》て行《ゆか》ば肝腎《かんじん》の路金《ろぎん》に乏《とぼ》しく如何《いかゞ》はせんと流石《さすが》の毒婦《どくふ》も看護《みとり》に心飽果《こゝろあきはて》て憂《うさ》を忘《わす》る、富士見酒《ふじみざけ》心《こゝろ》ならずも日《ひ》を送《おく》りぬ跡《あと》は明《みやう》日

第九回　：第五五〇号・明治一〇年一二月二二日

○鳥追《とりお》ひお松《まつ》の傳《でん》「蒲原驛《かんばらえき》の旅人宿《はたごや》に逗留《とうりう》の忠蔵《ちうざう》は旅《たび》労《づか》れの其上《そのうへ》に風《かぜ》の心地《こゝち》も日に増《まし》て傷寒《しやうかん》の陰症《いんしやう》にて早速《さつそく》醫者《いしや》の診察《しんさつ》も受薬《うけくすり》は勿論加持祈祷《もちろんかぢきたう》とお松《まつ》は傍《そば》で看病《かんびやう》も合宿《あひやど》の客《きやく》などは若《わか》い女子《をなご》の感心《かんしん》だと人目《ひとめ》に夫《それ》と思《おも》はせても意《こゝろ》に包《つゝ》むとげ渋彼百圓《えん》は半月斗《はんげつばか》りに央《なかば》は遣《つか》ひ捨《すて》たれど未《まだ》六十両《りやう》に餘《あま》りあればお松《まつ》は忠蔵《ちうざう》が命《いのち》より猶大切《なほだいせつ》と肌《はだ》に付《つけ》ても時《とき》に触《ふれ》ては病人《びやうにん》が財布《さいふ》を床《とこ》に引附《ひきつけ》て意発さぬ体《てい》なればお松《まつ》は路金《ろぎん》を奪《うば》ひとり今日《けふ》は逃《にげ》やう今夜《こんや》はと思《おも》へど夫《それ》さへ心《こゝろ》に任《まか》せず早《はや》くも爰《こゝ》に廿日《はつか》を過《すご》せど病人《びやうにん》は疲衰《やせおとろ》へて更《さら》に醫薬《いやく》の功験《きゝめ》もなく漸次《しだい》に重《おも》る体《てい》なればいよ／＼お松《まつ》は倦果《あきはて》しが或夜隣《あるよとなり》の襖《ふすま》一重《ひとへ》に同《おな》じ旅《たび》寐《ね》の泊《とま》り客《きやく》が行燈《あんどう》の火《ひ》が消《きへ》しと見《み》え寐《ね》まどひしか隔《へだて》の襖《ふすま》ろ／＼と明《あけ》て忠蔵《ちうざう》が枕辺《まくらべ》へさぐり寄《よる》ゆゑ傍《そば》に添寐《そひね》のお松《まつ》は驚《おどろ》き起返《おきかへ》りて透《すか》し見《み》るに彼客《かのきやく》も恟《びつく》りして是《これ》はとんだ麁相《そさう》をしました初《はじ》めて泊《とま》つた此《この》二階竟寐まとひてと詫《わび》そして我寐座敷《わがねざしき》へ戻《もど》りしが夜更《よふけ》の事《こと》ゆゑ夫《それ》なりに又候眠《またぞろねむ》りに就《つき》たりしが早鶏鳴《はやけいめい》を告《つぐ》る頃《ころ》隣《となり》の客《きやく》は周《あは》章しく旅《たび》の用意《ようい》そこ／＼に出立《しゆつたつ》したが彼處《かしこ》は急《いそ》がぬ旅《たび》といひ病《やまひ》の床《とこ》に忠蔵《ちうざう》は苦《くる》しき聲《こゑ》にお松／＼と揺起《ゆりおこ》すに床《とこ》の内《うち》から薬《くすり》の催促《さいそく》默《だま》つていても今《いま》に上《あげ》ると央《なかば》は知らぬ白川《しらかは》の船底枕《ふなぞこまくら》に寐返《ねがへり》するを忠蔵《ちうざう》は這寄《はいよつ》て紛失ものじやお松起《まつおき》て見《み》て呉《くれ》といふさへ苦痛《くつう》の虫《むし》の息《いき》お松《まつ》は漸《やう》々起上《おきあが》り紛失物《ふんじつもの》とは心《こゝろ》がゝりと布團《ふとん》の下《した》へ手《て》をやつて路銀《ろぎん》の財布《さいふ》と探《さぐ》り見《み》れば日頃大事《ひごろだいじ》と忠蔵《ちうざう》が肌《はだ》に付《つけ》たる守袋《まもりぶくろ》と包《つゝ》みにしたるが見《み》えざれば扨《さて》は夕辺隣《ゆうべとなり》の客《きやく》が戸《と》まどひしたと枕辺《まくらべ》を探《さぐ》りし時《とき》に奪《うば》はれしかとあまりに呆《あき》れて忠蔵《ちうざう》お松《まつ》暫《しば》し詞《ことば》も無《な》かりけり

記者曰賊《きしやいはくぞく》の為《ため》に路銀《ろぎん》を奪《うば》はれ詮方《せんかた》なくお松《まつ》が藝妓《げいしや》になるといふ明日《みやう》は極《ごく》お面白《おもしろ》い處《ところ》であります

第一〇回：第五五一号・明治一〇年一二月二三日

○鳥追《とりを》ひお松《まツ》の續《つゞ》きハ今日《こん》ハお預《あつ》かりで明日《みやう》きつと

第一一回：第五五二号・明治一〇年一二月二四日

○鳥追《とりお》ひお松《まつ》の傳《でん》「さなきだに旅《たび》ハ物憂《ものうき》ものなるに況《まし》て杖《つゑ》とも柱《はしら》とも頼《たの》みし路銀《ろぎん》を奪《うば》ハれていとゞ切《せつ》なき胸《むね》の内《うち》おし計《はか》られて宿屋《やどや》の主個《あるじ》も忠藏《ちうざう》にいろ／＼と力《ちから》を付《つけ》全快《ぜんくわい》までハ心置《こゝろおき》なく逗留《とうりう》してと氣《き》を勵《はげ》ませ彼賊《かのぞく》の行衛《ゆくゑ》など尋《たづ》ねしが病人《びやうにん》の忠藏《ちうざう》ハ日増《ひまし》に重《おも》る容体《ようだい》に猶更《なほさら》氣《き》うちに心《こゝろ》よはりて今《いま》ハ藥《くすり》も咽《のど》へハ通《とほ》らぬ絶入《たえいる》胸《むね》を開《ひら》かせる寶丹《ほうたん》を買價《かふあたへ》さへ貯《たくは》へなければ流石《さすが》のお松《まつ》も身体《しんだい》爰《こゝ》に窮《きはま》りてたゞ鬱々《うつ／＼》と日《ひ》に暮《くら》しぬ扨此《さてこのあひだ》正木屋《や》に十日計《ばか》り逗留《とうりう》して居《ゐ》る四十に近《ちか》い商人体《あきうどてい》の定次郎《さだじらう》と云人《いふひと》あり雨《あめ》の日《ひ》の徒然《つれ／＼》なるまゝハ忠藏《ちうざう》が座敷《ざしき》に來《きた》り四方山《よもやま》の話《はな》しついでに憂《うれひ》を開《ひら》く玉《たま》とゝき獨酌《さゝくび》てともありしゆゑお松《まつ》ハ懇意《こんい》にしたりしが彼賊難《かのぞくなん》の話《はな》しを聞《きい》て氣《き》の毒《どく》に思《おも》ひしや折々《をり／＼》ハ小遣《こづか》ひの足《たし》にもと失禮《しつけい》ながらと松《まつ》の葉《は》に包《つゝ》む意《こゝろ》り恩《めぐみ》の金《かね》いと深切《しんせつ》の人《ひと》なればお松忠藏《まつちうざう》ハ地獄《ぢごく》で佛《ほとけ》と頼《たの》母《も》しく思《おも》ひ他事《たじ》なく日頃《ひごろ》打解《うちとけ》て交際《つきあひ》居《ゐ》たるが或《ある》夜《よ》お松《まつ》の傍《そば》により斯申《かうまを》すも失禮《しつれい》ながら不慮《ふりよ》の事《こと》にて今《いま》の五難義どうがなお救ひたけれど旅《たび》の事《こと》ゆゑ夫《それ》とても多《おほ》くの貯《たくは》へなき身《み》ゆゑ心《こゝろ》に思《おも》へど任《まか》せぬ浮世《うきよ》近頃甚《ちかごろはなは》だ申《まを》し憎《にく》いがお前《まへ》の容貌《きりやう》で一ト稼藝妓《かせぎげいしや》をしたら五十圓《ゑん》や三十圓《ゑん》ハ誰《たれ》でも出《だ》そう私《わし》も實《じつ》ハ駿州府中《すんしうふちう》の二丁町《ちやうまち》で藝《げい》妓屋《しやや》家業《かげう》とんだ一文字屋《もんじや》のせりふだが女護《によご》の島程《しまほど》抱《かゝ》へもあるが今度《こんど》駿府《すんぷ》ハ徳川様《とくがはさま》の五領地《りやうぢ》となつたので東京《とうきやう》好《すき》と見留《みとめ》をつけ態々《わざ／＼》宿々《しゆく／＼》を尋《たづ》ねて居《ゐ》る處《ところ》お前《まへ》の腕《うで》で稼《かせ》いで呉《くれ》たら五十ハ愚百圓《おろかゑん》でも耳《みゝ》を揃《そろ》へて借《かし》もしやうと木《き》に餅《もち》の生《な》る話《はな》しといひお松《まつ》ハ元《もと》より忠藏《ちうざう》を捨《すて》たい心《こゝろ》一ぱいゆゑよき整《つゐ》なりと涙《なみだ》を浮《うか》べ五深切《しんせつ》の其《その》お詞足《ことばたら》ハぬ私《わたし》を夫程迄《それほどまで》に仰《おつ》しやつて下《くだ》さるのハ誠《まこと》に有難《ありがた》い事《こと》でそが一人《ひとり》と違ひ此病人《このびやうにん》といふを打消《うちけし》ゃ其處《そこ》が膝《ひざ》とも談《だん》合《かふ》づくお前一人《まへひとり》を連《つれ》て行今にも知《し》れぬ病人《びやうにん》を何《なん》で此儘《このまゝ》置《おい》て行《ゆか》ふ縦《たと》へお前《まへ》を抱《かゝ》へても四五日待《まて》ば駕籠《かご》を以《もつ》て直《じき》に迎《むか》ひによこすからマア能相談《よくさうだん》をして見《み》た上《うへ》と詞残《ことばのこ》して出行《いでゆき》けり（ちよいと一ぷく）

○忠義《ちうぎ》ハ重《おも》き枕《まくら》の顔《かほ》を上今更《あげいまさら》いふも愚痴《ぐち》ながらひよんな事《こと》から主個《しゆじん》の金《かね》を持逃《もちにげ》して死《しな》ふと思《おも》つた其時《そのとき》に其方《そなた》に留《とめ》られ古郷《ふるさと》の大坂《おほさか》へと意《こゝろ》ざし箱根《はこね》の裏道矢倉沢《うらみちやぐらさは》で足《あし》を痛《いた》めて引出《ひきだ》した此大病今《このたいびやういま》にも知《し》れぬ露《つゆ》の命《いのち》断いふ難義《かんぎ》も主人《しゆじん》の罰當死《ばちあたざへし》んでも恨《うらみ》ないが傍《そば》に翌日《あを》から看病《かんびやう》をして呉《くれ》る者《もの》もなし僅《わづか》十里《り》を隔《へだて》ても今別《いまわか》れたら最逢《もうあへ》ぬかと夫斗《それば》りが涙《なみだ》の種《たね》とホロリと落《おと》す男泣《をとこなき》お松《まつ》ハ出《で》もせぬ涙《なみだ》を拭《ぬぐ》ひ其様心細《そんなこゝろぼそ》いことを言出《いひだ》して熱《あつ》い涙《なみだ》ハ病《やまひ》の大《だい》毒是《どくこれ》が一生別《いつしやうわか》れるとゥ遠《とほ》い處《そこ》へでも行《ゆく》のでハなしお前《まへ》も男《をとこ》えつかりして藥《くすり》を飲《のん》で少《すこ》しでも愈《よく》なつて下《くだ》さんせ素性《すじやう》ハ人《ひと》に言《いへ》ぬ身《み》の賤《いやし》いことを隠《かく》した上客《うへびやく》の機嫌《きげん》の付《つけ》浮《うか》れ表面《うはべ》ハ笑《わら》つて暮《くら》しても意《こゝろ》で泣《なく》もお前《まへ》の爲府中《ふちう》へ着《つい》たら直《すぐ》に迎《むか》ひの駕籠《かご》を持《もた》してよこすから必《かなら》ずくよ〳〵案事《あんじ》てハと脊《せな》を撫さするお松《まつ》が顔神《かほかみ》ならぬ身《み》に忠義《ちうぎ》ハそゞろ涙《なみだ》に胸逼《むねせま》り咳入《せきい》る苦痛《くつう》の其處《そのそこ》ろへ入來《いりく》る以前《いぜん》の定次郎襖越《さだじ・らうふすまこし》で様子《やうす》ハ聞《きい》たが何の佗別《しにわか》れでも仕《し》やアしまいし竟《つひ》二三日で迎《むか》ひに來《く》ることゝ約束《やくそく》の三十圓《えん》いそゝ亭主《ていしゆ》の忠義《ちうぎ》さんへ慥《たしか》に渡《わた》すと紙包《かみづゝ》みお松《まつ》を急《いそ》がせ定次《さだじ》郎《らう》が隔《へだ》てる屏風《べうぶ》に忠義《ちうぎ》ハ延上《のびあが》るを冷《ひえ》たらやつばり病《やまひ》の障《さは》りと建切襖《たてきるふすま》ハ相生《あひおひ》の松《まつ》の墨絵《すみゑ》の薄《うす》き縁《えん》お松《まつ》ハ意《こゝろ》でペロリと出《だ》す舌《した》の剣《つるぎ》ぞ恐《おそ》ろしけれ　（跡《あと》ハ明後日《みやうご》）

第一二二回：第五五三号・明治一〇年一二月二六日

○鳥追《とりお》ひお松《まつ》ハ今日《こんにち》のお約束《やくそく》でしたが雑報《ざうはう》が多《おほ》いから明日《みやう》ハきつと載《のせ》ます久《ひさ》しいものだと思召《おぼしめさ》ずに五勘辨《かんべん》

第一二三回：第五五四号・明治一〇年一二月二七日

○鳥追《とりお》ひお松《まつ》の傳《でん》「漁船《いざりび》の火《ひ》の影《かげ》ハ夜《よ》る涙《なみだ》を焼《や》くと旅中《りよちう》の吟《ぎん》も初時雨雲《はつしぐれくも》の行衛《ゆくゑ》も白砂《しらすな》に光《ひか》る濱邊《はまべ》の濱打際寄《なみうちぎはよ》せてハ返《かへ》す涙《なみ》がしら砂《すな》を蹴立《けたて》て三枚肩《まいかた》で急《いそ》がせる旅駕《たびか》籠《ご》を松《まつ》の並木《なみき》の観音堂《くわんおんだう》の傍《かたはら》へ卸《おろ》して汗《あせ》を拭《ぬぐ》ひたる人足《にんそく》体《てい》の三人《にん》が草履《ざうり》を並《なら》べて垂《たれ》を上《あげ》「さア姉《あね》さん窮屈《きうくつ》でおりましたらう爰《こゝ》がお約束《やくそく》の興津《おきつ》の宿《しゆく》といふに駕籠《かご》からお松《まつ》ハ出《で》て傍《あた》りを見廻《みまは》し不審《ふしん》顔《がほ》「駕籠《かご》に揺《ゆら》れて居らぬらに竟《つい》とろ〳〵と夢《ゆめ》の間《ま》も耳《みゝ》やかましい涙《なみ》の音落々眠《おとおち〳〵ねむ》りハしないけれど最約束《もちやくそく》の興津《おきつ》とハ話《はなし》に聞《きい》た軒並《のきなみ》で随分賑《ずゐぶんにぎ》やかな處《とこ》ろだと思《おも》つたよりハ磯端《いそばた》で大層寂《たいそうさび》しい

處《どころ》だねへといふに一人《ひとり》が引取《ひつとつ》て「其寂《そのさび》しいがこつちの附目《つけめ》人里放《ひとざとはな》れた浪打際《なみうちぎは》沖にちらつく漁船《りやうせん》より外《ほか》に聞人《きゝて》はない處《どころ》まア安心《あんしん》してお出《いで》なせへと心有氣《こゝろありげ》な詞《ことば》の端《はし》にお松《まつ》は流石《さすが》薄氣味《うすきみ》悪《わる》く「シテ此磯端《このいそばた》へ駕籠《かご》をおろし外《ほか》に聞人《きいて》がないとやら葛藤だ今《いま》のお前《まへ》の詞《ことば》とお松《まつ》も胸《むね》を漉うす富士《ふじ》ケ根《ね》下《おろ》しの北風《きたかぜ》に吹込軒《ふきこむのき》の觀音堂《くわんおんだう》扉《とびら》を開《あけ》て立出《たちいで》る一人《ひとり》の男《をとこ》はお松《まつ》に向《むか》ひ「仕組《しくん》だ此處《こつち》の目算《もくさん》を知《し》らねば不審《ふしん》も尤《もつと》もだが外《ほか》の女《をんな》は知《し》らねへこと度胸《どきやう》の据《すは》つた不貞腐《ふてくさ》れ餘《あん》まり驚《おどろ》く風《ふう》でもあるめへと言聲《いふこゑ》は小《こ》耳《みゝ》に殘《のこ》る合宿《あひやど》の彼定次郎《かのさだじらう》に疑《うたが》ひなければ「左樣《さう》いふお前《まへ》も蔭しか駿府《すんぷ》の「チヽ十日此方《このかた》賣金をおろし玉《たま》を此《こつ》方《ち》へ引上《ひきあげ》やうと思《おも》つた坪《つぼ》へすつぱりとまり深切《しんせつ》でかしの六段目《だんめ》とんだ身賣《みうり》も三十圓《えん》お輕《かる》く上《あが》つた鐵砲《てつぱう》の覘《ねら》ひは外《はづ》れぬ一文字屋《もんじや》巳《おれ》が才智《さいち》は恐《おそろ》しからうと以前《いぜん》に替《かは》る悪漢《わるもの》拵らへ脚半草鞋《きやはんわらじ》に胴金《どうがね》の長脇差《ながわきざし》を腰《こし》に帶《たい》し鬱金《うこん》の財布《さいふ》に手《て》を入《い》れて紙《かみ》に包《つゝ》みし酒手《さかて》の粒金《つぶがね》サア骨折《ほねをり》だと人足《にんそく》へ渡《わた》せば駕籠《かご》を舁出《かきいだ》す慾《よく》に目《め》のなき夜《よる》の道連も口《くち》〳〵三人《にん》は元來道《もときしみち》へと急《いそ》ぎ行《ゆ》く（跡《あと》は明《みやう》日差《さし》りはりまして昨日《さく》の辨《べん》トりけをお目《め》にふれます）

第一四回：第五五六号・明治一〇年一二月二九日

○再說《ふたゝびとく》彼定次郎《かのさだじらう》は落散《おちゝり》し松葉《まつば》を集《あつ》めて腰提《こしさげ》の火打袋《ひうちぶくろ》を取出《とりいだ》し吉井《よしゐ》の鎌《かま》に摺《すり》ぼくち移《うつ》せば燃《もえ》る枯枝《かれえだ》は煙《けむ》りも紛《まが》ふ朧月《おぼろづき》お松《まつ》を傍《そば》へ引寄《ひきよせ》て「斯云出《かういひだ》すと芝居《しばゐ》でも敵役《かたきやく》のせりふの樣《やう》だが實《じつ》は先《せん》月廿日頃三島《ごろみしま》の立場《たてば》で其方《そなた》を見染《みそめ》夫婦《ふうふ》の旅《たび》とは思《おも》つたが人目《ひとめ》を忍《しの》ぶ樣子《やうす》といひ欠落《かけおち》者《もの》と目《め》を付《つけ》て巳《おれ》が子分《じぶん》を旅人《りよじん》に仕立《したて》跡《あと》から付《つけ》て蒲原《かんばら》の正木屋《まさきや》へ泊《とま》らせたが手前《てめへ》を此方《こつち》へ引上《ひきあげ》るには路金《ろぎん》を盜《ぬす》んで落目《おちめ》を助《たす》け深切《しんせつ》でかしと其月《そのつき》の三十日《みそか》の晩《ばん》に寐《ね》さどひと座敷《ざしき》へ踏込布團《ふんごみぶとん》の下《した》から引出《ひきだ》させた六十兩《りやう》と守《まも》り袋《ぶくろ》夫《それ》から毎日《まい》入浸《いれびた》りで惠《めぐ》んだ金《かね》も二三兩《りやう》とう〳〵藝《げい》妓《しや》と人質《ひとじち》に玉《たま》を引上連出《ひきあげつれだ》したがあの病人《びやうにん》の忠藏《ちうざう》に渡《わた》した金《かね》の三十兩《りやう》は此頃世上《このごろせじやう》でナン〳〵と通用《つうよう》をせぬ會津《あいづ》出來《でき》其《その》二分判《ぶばん》を嬉《うれ》しいと悦《よろこ》んで頂《いたゞ》いたらンそりの忠藏《ちうざう》は十ゥの八分《ぶ》は死病《しびやう》の樣子《やうす》朝夕手前《あさゆふてめへ》の立振舞《たちふるまひ》では堂《だう》せ体《てい》よく置去《おきざり》ゥ万《まん》に一ッは殺《ころ》し兼《かね》めへ何《いつ》れ素性《すじやう》を洗《あら》つたら筒持《つゝもた》せから街《かたり》もあらうが蛸《たこ》へにもいふ鬼《おに》の女房《にようぼう》巳《おれ》も頭巾《づきん》を拔時《ぬぐとき》は甲府無宿《かうふむしゆく》の根方《ねかた》の作蔵《さくざう》この守《まも》りには用《よう》は

ねへから歸《かへ》してやるが堂《だう》せ體《からだ》ハ切賣《きりうり》に繋《けい》した上《うへ》ハ自由《じゆう》になつて己《おれ》が引導渡《いんだうわた》そのを此辻堂《このつぢだう》の板庇《いたびさ》し臨埵《きつれ》も千手《じゆ》観音《くわんおん》の利益《りやく》を愛で授《さづ》けて呉《くれ》とお松《まつ》の手《て》をとり作蔵《さくざう》が荒《ある》

観音《くわんおん》の利益《りやく》を愛で授《さづ》けて呉《くれ》とお松《まつ》の手《て》をとり作蔵《さくざう》が荒《ある》くれ男《をとこ》の無理《むり》口説《くぜつ》元《もと》より淫婦《いんぷ》のお松《まつ》なれど醜《みにく》き男《をとこ》の作《さく》蔵《ざう》にて殊更賊《ことさらぞく》を業《わざ》となせば後難《こうなん》の程計《ほどはか》り難《がた》しと思《おも》へば氣《き》も消意《きへこゝろ》迷《まよ》ひ震《ふる》える足《あし》も一生懸命《しようけんめい》遁《のが》れる丈《だけ》ハと落散《おちいり》し忠蔵《ちうざう》が守袋《まもりぶくろ》を手早《てばや》く拾《ひろ》ひて手《て》を振拂《ふりはら》ひ迯《にげ》んとするに作《さく》蔵《ざう》ハ怒《いかり》に堪兼聲《たえかねこゑ》わらゝげ木折《きおり》でいらぬ戀《こひ》の道《みち》と下《した》から出《で》れば付上《つけあが》り迯《にげ》やうとハ片腹痛《かたはらいた》し所詮應《しよせんうん》といはぬなら本商賣《ほんしやうばい》の追剝《おひはぎ》に赤裸《まつぱだか》にした其上《そのうへ》で往生《わうじやう》づくめにしてやらうと帯《おび》に手《て》をかけ上着《うはぎ》を脱《ぬが》せ肌《はだ》ハ襦袢《じゆばん》一枚《まい》に寒《さむさ》も通《とほ》す汐風《しほかぜ》に吹散浪《ふきちるなみ》の磯砂子《いそまさご》蹴立《けたて》て両人争《りやうにんあら》そふ手先《てさき》折惡晴《あやにくはれ》し月灯迯《つきあかりにげ》ても行衛《ゆくゑ》ハさゞ浪《なみ》の観音堂《くわんおんだう》の傍《あた》りを廻《めぐ》り因果《いんぐわ》車《くるま》も其身《そのみ》の果《はて》と作蔵《さくざう》が肩先《かたさき》そ捕《さら》へし其手《そのて》をお松《まつ》ハ愛ず　とえた、かに喰付《くひつく》に手先《てさき》もるみて思《おも》はず放《はな》しその儘岸《まゝきし》邊《べ》の松《まつ》に縋《とな》れば小枝《こえだ》ハ體《からだ》の重《おも》みにフッヽリ折《それ》て汀《みぎは》へ眞《まつ》逆《さか》さま前《まへ》なる海《うみ》に落入《おちい》りしハ悪《あく》の報《むく》ひか名《な》に縁《ちか》む松《まつ》の十返《かへ》り波《なみ》のまにく溺《たゞよ》ひて遂《つひ》に姿ハ引汐《ひくしほ》共に著《み》るく見《み》えぬなりにける

記者曰《きしやいはく》お松《まつ》の傳《でん》ハ存外《ぞんぐわい》の長物語《ながものがたり》になりましたので

今年《ことし》の内《うち》に結局《けつきよく》をつける譯《わけ》に參《まゐ》りませんから來年《らいねん》は早々《さう〳〵》鳥追《とりお》ひといふ由縁《ゆかり》もあれば（海上遙《かいじやうはるか》ではないが）年《とし》またぎに五覽《らん》をねがひます

第一五回：第五五八号・明治一一年一月六日

○鳥追《とりお》ひお松《まつ》の傳《でん》「昨年《さくねん》の續《つゞ》き」薩陀峠《さつたたふげ》の岨淵《がけふち》にて根方《ねかた》の作藏《さくぞう》が思《おも》ひも寄《よら》ぬ本名《ほんみやう》を明《あか》して迫《せま》る工《たく》みの裏流石《うらさすが》のお松《まつ》も迯廻《にげまわ》る磯馴《そあれ》の松《まつ》が枝《え》枯《かれ》てやありけん折《をれ》て其《その》まゝ眞逆《まつさか》さまに漂《たゞ》よふ浪間《なみま》に落入《をおい》りて水《みづ》の行衞《ゆくゑ》や白波《しろなみ》と引《ひく》汐諸共《しほもろとも》流《なが》れしが元《もと》よりお松《まつ》は賤《いや》しき身《み》の育《そだ》ち柄《がら》とて釆《うね》女《め》ヶ原《はら》に二十《はたち》の歳《とし》を成人近邊《ひとゝなりきんぺん》の川水《かはみづ》に泳《およ》ぎし事《こと》もあるゆゑか幸《さひは》ひに體《からた》は浮松《うきまつ》の折枝浪《をれえだなみ》を切汐路《きりしほぢ》と共《とも》に沖《をき》の方《かた》へ流《なが》れ〳〵て出《いで》たるが名《な》におふ東海第《とうかいだい》一なる遠州灘《ゑんしうなだ》の外海《そとうみ》にて山《やま》なす濤打返《をほなみうちかへ》し忽《たちま》ちお松《まつ》は水底《みづそこ》の藻屑《もくづ》となりしり左《さ》もなくば大魚《たいぎよ》の腹《はら》に葬《ほふ》むられ敢《あへ》なき最期《さいご》と思《おも》はれけり此夜《このよ》は是明治《これめいぢ》二年《ねん》十月二十日の事《こと》なりしが空《そら》より一點《てん》の曇《くもり》なく夜《よ》はほの〴〵と明渡《あけわた》り朝風《あさかぜ》止《やみ》て海面《うみづら》は疊《たゝみ》を敷《しき》たる如《ごと》くにてまだ明殘《あけのこ》る廿日《はつか》の月《つき》は旭《あさひ》の光《ひかり》に奪《うば》はれて四方《はう》に地方《ちかた》の見《み》えなき灘《なだ》の朝霧朦朧《あさぎりもうろう》と蒸氣笛《むぶゑ》は水《みづ》に響渡《ひゞきわた》り矢《や》を突如《つくごと》くに一艘《そう》の蒸氣船《じようきせん》が浪《なみ》を蹈立《けたて》て走《はし》り來《く》るは是《これ》ぞ東京《とうけい》の廻漕會社《くわいそうぐわいしや》の持船《もちぶね》なる其名《そのな》も廻漕丸《くわいそうまる》といふ神戸通《かうべがよ》ひの滊船《きせん》にて帆影《ほかげ》は水《みづ》にきらめきて廻《まは》る

車《くるま》に白浪《しらなみ》の跡《あと》をしき神戸《かうべ》へ向《むけ》ての出帆《しゆつぱん》なるが今《いま》甲板《かんぱん》の測量室《そくりやうべや》に船將《せんしやう》某《なにがし》遠望鏡《とほめがね》にて南《みなみ》の方《かた》の海面《うみつら》を見渡《みわた》すと一里《り》斗《ばか》りの沖合《をきあひ》に松《まつ》の枝《えだ》とも覺《おぼ》しきものに縋《すが》りたるは確《しか》とは知《し》れねど人《ひと》らしければ偖《さて》は難船《なんせん》の爲《ため》に漂《ただよ》ふならん夫救助よと號令に水夫は早くも端船を卸し浪をきつて漕寄《こぎよせ》て能《よく》〱見《み》れば是《これ》ぞ女《をんな》の死骸《しがら》にてまだ日《ひ》を經《へ》ねば蘇生《よみがへ》らんと殊《こと》に襦袢《じゆばん》一枚《まい》にて亂《みだ》れし髪《かみ》は容体《えうそ》ぞあらんと水夫《すゐふ》は漸々《やう〱》抱《いだ》き上《あげ》艪櫂《ろかい》を早《はや》めて元船《もとぶね》へ瞬間《またゝく》うちに漕《こぎ》よせたり　（以下次號）

第一六回：第五五九号・明治一一年一月七日

○鳥追《とりお》ひお松《まつ》の傳《でん》〳〵かくて端舟《はしぶね》は救助《たすけ》上《あげ》しお松《まつ》の死骸《しがい》を元船《もとぶね》に抱《いだ》き上船將《あげせんしやう》始《はじ》め乗合《のりあひ》の諸客《しよきやく》も共《とも》に介抱《かいはう》なすに未《いま》だ鳩尾《みぞをち》のあたり温《あたゝ》かにて手當《てあて》なさば蘇生《よみがへ》らんと醫員《いゐん》も種々《いろ〱》手を盡《つく》し醫藥《いやく》の驗《しるし》も忽《たちま》ちにて其翌朝《そのよくあさ》神戸港《かうべみなと》に着《つく》頃《ころ》には全《まつた》く本《もと》に復《ふく》したればお松《まつ》は夢《ゆめ》に夢見《ゆめみ》し心地《こゝち》九死《し》の内《うち》に一生《しやう》を得《え》しは此身《このみ》の幸《さち》なれど意《こゝろ》に包《つゝ》む身《み》の素性《すじやう》此上《このうへ》は何處《いづく》に身《み》を便《たよ》るべきかと思案《しあん》に暮《くれ》しが不斗《ふと》心付《こゝろづき》しは彼薩埵峠《かのさつたゝふげ》にて作藏《さくざう》が奪《うば》ひたる忠藏《ちうざう》の守袋《まもりぶくろ》首《くび》に掛《かけ》て置《おき》たるゆゑ逆巻潮《さかまくうしほ》の其中《そのうち》にも終《つひ》に流《なが》れて失《うしな》はず今手《いまて》に殘《のこ》るも不思儀《ふしぎ》なり此守《このまもり》には忠藏《ちうざう》が古郷《こきやう》の父母《ふぼ》の氏名《しめい》もあり殊《こと》に臍緒《へそのを》[illegible]迄《まで》添《そへ》であれば是《これ》を一ッの種《たね》として飽《あく》迄《まで》人《ひと》を魅《たぶら》かし兎《と》も角《かく》もして身《み》を落付後《おちつけのち》又計《またはか》る事《こと》もやあらんと奸智《かんち》に猛《たけ》し毒婦《どくふ》の性涙《さがなみだ》と共《とも》に薩埵峠《さつたゝふげ》の危難《きなん》を實《まこと》虚《そら》ごとを取交《とりまじ》へたる空涙《そらなみだ》良夫《をつと》は旅《たび》に亡人《なきひと》となりしを根《ね》方《かた》の作藏《さくざう》が頓《とみ》に迫《せま》りし禍神《まがつみ》も涙《なみ》の藻屑《もくづ》と思《おも》ひきや再《ふたゝ》び蘇生《そせい》なしたるは貴君方《あなたがた》のお蔭《かげ》なりと地《ち》に平伏《ひれふし》て禮《れい》さへも愛敬《あいけう》こぼるゝ美《うつく》しさ潤《とけ》はあり共判《ともばら》の花雨《はなあめ》に悩る風情《ふぜい》なり廻漕丸《くわいそうまる》の船將《せんしやう》はお松《まつ》が詞《ことば》の詐《いつは》りとも知《し》らねば早速《さつそく》言《いふ》まゝに彼忠藏《かのちうざう》が實家《じつか》なる大坂心齋橋通《おほさかしんさいばしどほ》り博勞町《ばくろうまち》足袋《たび》渡世《とせい》桝屋《ますや》忠兵衛方《ちうべゑかた》へ云々《しか〲》と言遣《いひやり》しが元《もと》より東京《とうきやう》の忠藏《ちうざう》は我子《わがこ》ながらも幼少《えうせう》より雇《やと》ひに出《いだ》して折々《をり〱》は音信《いんしん》もある事《こと》なれど妻《つま》を迎《むか》へし話《はな》しは聞《きか》ず不審《ふしん》は更《さら》に晴《はれ》ね共《ども》遠《ゑん》州灘《しうなだ》にて救助《すくひ》し女殊《をんなこと》に證據《しやうこ》の守《まもり》を所持《しよぢ》してゐる〱浪《なに》花《は》へ登《のぼ》りしといふも無氣《なき》にも歸《かへ》されねばお松《まつ》は桝屋《ますや》忠《ちう》兵衛《べゑ》が引取《ひきとる》ることに相談調《さうだんとゝの》ひいと懇《ねんご》ろに廻漕丸《くわいさうまる》へも夫《それ》〲禮《れい》を盡《つく》した上《うへ》にてお松《まつ》を其儘引取《そのまゝひきとり》て見《み》れば姿《すがた》も美《うつく》しく何處《どこ》やら殘《のこ》る梅《うめ》ケ香《か》の賤《いや》しき身《み》とは露知《つゆし》らぬ忠兵衛《ちうべゑ》も嫁《よめ》の氣《き》で危《あやう》き難《なん》に遭《あひ》しと聞《きけ》ばいと深切《しんせつ》に看護《いたは》りければお松《まつ》は心中《しんちう》得《え》たりと思《おも》ひ十日《か》斗《ばか》りは枕《まくら》に着物《つきもの》をも食《しよく》せ

迄夜着《よぎ》打《うち》かつぎ此行末《このゆくすゑ》ハとやせんと案《あん》卜煩らひ居たり
ける　（跡《あと》に明日）

第一七回：第五六〇号・明治一一年一月九日

○鳥追《とりおひ》ひお松《まつ》の傳《でん》（扨《さて》もお松《まつ》ハ半月余《はんつきあまり》りも床《とこ》に着《つき》しが元《もと》より身体《みうち》に病處《やむところ》なくたゞ心《こゝろ》に懸《かゝ》るのハ蒲原驛《かんばらえき》で別《わか》れし忠蔵《ちうざう》十が九ッ病死《びやうし》せしとハ思《おも》へ共若《どももし》や便《たよ》りのある時《とき》ハ賜《いとま》の嘴《はし》と心《こゝろ》ならず態《わざ》と病《やま》ひと寐《ね》て居たが忠兵衛夫婦《ちうべゑふうふ》も我子《わがこ》の嫁《よめ》と今《いま》ハ心《こゝろ》も置《おか》ぬ様子《やうす》にお松《まつ》ハ或日《あるひ》浴湯《ゆあみ》杯して躯《からだ》も取上起出《とりあげおきいで》て忠兵衛夫婦《ちうべゑふうふ》が前《まへ》に出《いで》いと慇懃《いんぎん》に扨云《さていふ》やう（不思儀《ふしぎ》の事《こと》で嫁舅《よめしうと》と假《かり》に五縁《えん》ハ結んだもの丶是《これ》迄晴《までばれ》て名乗《なのり》も出來《でき》ぬハ元私《もとわたし》しハ賤《いや》しい藝妓《げいしや》不斗《ふと》忠蔵《ちうざう》さんに思《おも》ハれて馴染重《かさ》ねし仇枕《あだまくら》互《たが》ひに深《ふか》くなるに付同《つけおな》じ主個《しゆじん》のある身《み》ゆゑ果《はて》ぬせかれて逢夜《あふよ》も玉《たま》さか若氣《わかげ》の狹《せま》い分別《ふんべつ》から寧二人《いつそふたり》で欠落《かけおち》して古郷《こきやう》の空《そら》と此夏頃《このなつごろ》東海道《とうかいだう》を心《こゝろ》ざしと實《まこと》と虚《うそ》の二瀬川《ふたせがは》蒲原驛《かんばらえき》にて忠蔵《ちうざう》が永《なが》の病氣《びやうき》に路銀《ろぎん》も乏《とぼ》しく事更價《ことさらあたへ》の高《たか》い藥《くすり》を求《もと》める金《かね》に差支《さしつか》へ手《て》馴《なれ》し業《わざ》と駿府《すんぷ》の廓《くるわ》へ藝妓稼《げいしやかせぎ》に行《ゆか》ふと思《おも》ひ悪徒《わるもの》とハ露知《つゆし》らぬ三十圓《えん》の身代《みのしろ》ハ夫《おつと》の病苦《びやうく》を救《すく》ふ斗《ばか》りと思《おも》ひし事《こと》も情《なさけ》なや假《かり》にも夫《おつと》と定《さだ》めたる忠蔵《ちうざう》さんと其夜《そのよ》の内《うち》に旅《たび》寐《ね》の夢《ゆめ》と玉《たま》の緒《を》も絶《き》れて此世《このよ》の別《わか》れとなり女子《をなご》一人《ひとり》の便《たよ》りもなく泣《なく》／＼野邊《のべ》の送《おく》りも濟《すま》せせめて卅五日迄心《までこゝろ》斗《ばか》りの追善《つひぜん》と思《おも》ひし事《こと》も作蔵《さくざう》がと跡言さして顔らうむけ涙《なみだ》に紛《まぎ》らす物語《ものがたり》悉《ことごと》く誠《まこと》と忠兵衛《ちうべゑ》ハ我子《わがこ》の爲《ため》に夫程迄《それほどまで》苦勞《くらう》をしたかと脊擦《せなさすり》共《とも》に涙《なみだ》のいと時雨《しぐれ》お松《まつ》ハ取出《とりいだ》す守袋《まもりぶくろ》彼忠蔵《かのちうざう》が臍緒書《へそのをがき》に暫《しば》し念佛《ねぶつ》も口《くち》の内稱《うちとな》へる心《こゝろ》ハ如菩薩《によぼさつ》か底意《そこい》ハ知《し》れねど立上《たちあが》り有合鋏《ありあふはさみ》をとるかと思《おも》へばお松《まつ》ハ我《われ》と我手《わがて》にて緑《みどり》なす黒髪《くろかみ》の根《ね》よりブッヽリ切《きり》落《おと》し結《ひと》んだ髷《まげ》を其儘《そのまゝ》に掌《てのひら》に乗《のせ》忠兵衛《ちうべゑ》が膝《ひざ》の傍《あたり》へ差出《さしいだ》し「サアだヽお話《はな》し斗《ばか》りでハ何《なに》をいふかとお意《こゝろ》でハ思召《おぼしめし》もあらうと思《おも》ひ忠蔵《ちうざう》さんとハ二世掛《せかけ》て假《かり》にも夫婦《ふうふ》となつた上《うへ》ハ貞女兩夫《ていぢよりやうふ》に見《まみ》ゑぬとよく芝居《しばゐ》や讀本《よみほん》でいふを見眞似《みまね》の私《わたし》が決白《けつぱく》せめて尼《あま》とも姿《すがた》を換《かへ》忠蔵《ちうざう》さんの訪吊《とむらひ》ひを五兩親《りやうしん》のお傍《そば》に居《ゐ》て意《こゝろ》一ぱい勤《つとめ》たいが此上《このうへ》の身《み》のお願《ねが》ひ又《また》一ッにハ道《みち》ならぬ欠落《かけおち》をした悪名《あくみやう》をお詫《わび》の印《しるし》と親子《おやこ》のうため三方四方《はうはう》の三ッ輪髷《わげ》油氣《あぶらけ》なしの洗《あら》ひ髪《がみ》黄楊《つげ》の小櫛《おぐし》も月形《つきがた》の曇《くもり》をお晴《はら》しなすつた上嫁《うへよめ》じやと今《け》日から可愛《かあい》がつて下《くだ》されませといふに忠兵衛夫婦《ちうべゑふうふ》の者《もの》

もお松《まつ》が惜《をし》まぬ黒髪《くろかみ》を切《きつ》て誓《ちか》ひし言《こと》の葉《は》に暫《しば》し詞《ことば》もなき折柄此方《をりからこなた》の襖《ふすま》に聲《こゑ》かつて「大衖りの鳥追《とりお》ひお松《まつ》其處《そこ》一寸もうごくなと星《ほし》をさしたる一言《ごん》は誰《たれ》でありませうか此人《このひと》の名《な》は何《いつ》れ明日《みやう》

第一八回：第五六二号・明治一一年一月一一日

○鳥追《とりお》ひお松《まつ》の傳《でん》「一昨《さく》日の續《つゞ》き」綠《みどり》の黒髪惜《くろかみおし》げもなく切《きつ》てお松《まつ》が眞情《まごゝろ》と見《み》せた騙《かた》りの底意《そこい》とは誰《たれ》知《し》るまいと思《おも》ひしに襖《ふすま》の内《うち》より大衖りと聲《こゑ》を掛《かけ》られ流石《さすが》の賊婦《ぞくふ》も肝《きも》にこたへし一言《ごん》に呆《あき》れて暫《しば》し忙然《ばうぜん》たり彼處《かなた》の襖《ふすま》を押《おし》明《あけ》て靜《しづ》〳〵立出《たちいで》る黒羅紗《くろらしや》の身《み》は戎服《じうふく》に紫《むらさき》の紐《ひも》に結《むす》びし垂髪《たれがみ》は言《いは》ずと知《し》れし其頃《そのころ》の官軍《くわんぐん》の隊長風《たいちやうふう》思《おも》はず見《み》かはす顔《かほ》は驚《おど》きや、あなたは」といふを打消上座《うちけしかみざ》に据《すわ》り「兼《かね》て東京品川《とうきやうしながは》にて捕方《とりかた》の圍《かこ》みを脱《のが》れ東海道《とうかいだう》を登《のぼ》りしと探《たん》索《さく》は遂《と》げしかど其後行衛《そのゝちゆくゑ》知《し》れざりしに廻漕丸《くわいそうまる》にて救助を得《え》し女《をんな》は慥《たしか》に其方《そのはう》ならんと思《おも》ひし星《ほし》の圖《づ》に當《あた》り此家《このや》に足《あし》を留《とめ》し事早忍《ことはやしの》びの者《もの》よりして我隊《わがたい》に注進《ちうしん》あり最早天《もはやてん》命歸《めいき》する處《ところ》言譯《いひわけ》ありやと問詰《とひつめ》られ身《み》に覺《おぼ》えあるお松《まつ》ゆゑ今更包《いまさらつゝ》むに詮《せん》なければ意《こゝろ》を定《さだ》めてわろびれず「ツウ

何《なに》も彼《か》も五存《ぞん》じなら今更《いまさら》何んと言《ことば》を飾《かざ》り暗《くら》い此身《このみ》を明《あか》るみへ出《だ》して素性《すじやう》をお話《はな》し申《まを》せば人並《ひとなみ》ならぬ賤が家で烟草《たばこ》の火《ひ》さへ火打《ひうち》から顔《かほ》に火《ひ》の出《で》る女作是迄化《をんなさくこれまでばけ》た厚化《あつげ》粧忠藏《しやうちうざう》さんをお先《さき》に遁《つが》つて流《なが》れ〳〵て大抜《おほさか》に一花咲《ひとはなさか》せる目論見《もくろみ》も薩陀峠《さつたたうげ》の大難《たいなん》に沖《おき》を越路《こしぢ》の小夜千鳥《さよちどり》是《これ》から濡《ぬれ》た羽《は》を乾《ほさ》までは爰《こゝ》のお家《うち》へ足《あし》を留花嫁氣《とめはなよめぎ》どりで切髪《きりがみ》の花後家《わかごけ》となりお念佛《ねんぶつ》で佛《ほとけ》になつたを淨玻璃《じやうはり》の鏡《かゞみ》にうけて見顯《みあらは》されては最悔《もふくや》んでも仕方《しかた》がない翌《あと》から地獄《ぢごく》の一丁目《め》で暗《くら》い住居《すまゐ》も身《み》の錆《さび》と飽迄根強《あくまでねづよ》き舌《した》の劍《つるぎ》に彼侍《かのさむらひ》ひは微笑《びせう》して所謂《いはゆる》これが引《ひか》れもの、小唄《こうた》を唄《うた》ふも持前《もちまへ》の女太夫《をんなだいふ》のゆゑならん罪《つみ》の五沙汰《ざた》は裁判《さいばん》の上《うへ》の事《こと》イザ尋常《じんじやう》に繩《なは》かゝれと取出《とりだ》す早繩呼子《はやなはよぶこ》の合圖《あひづ》に表《おもて》に伺《うかゞ》ふ兵《へい》士等《しら》がお松《まつ》を引立行空《ひきたてゆくそら》は日《ひ》も入相《いりあひ》の黄昏時彼侍《たそがれどきかのさむらひ》も立《たち》出《いで》て忠兵衛《ちうべゑ》には追《おつ》て五沙汰《さた》さらば〳〵と（芝居《しばゐ》なら三重《ぢやう》で此所《このところ》ぶん廻《まは》し）

記者曰《きしやいはく》お松《まつ》の傳《でん》は存外《ぞんぐわい》に永《なが》くなり看官《みなさん》も餘《あん》まり退屈《たいくつ》したから最《ねぶ》よい加減《かげん》に結局《おさまり》にしたらとお小言《こゞと》の寄書《よせがき》もあり是《これ》からお松《まつ》が最期《さいご》の場迄《ばまで》は六七年《ねん》の長物語《ながものがたり》で一度浪花《たびなには》に榮華《えいぐわ》の夢《ゆめ》の僥倖《こぼれざいはひ》　打柄新平民《なりかゝしんへいみん》の御布令大《ごふれいおほ》

坂吉《さかきち》と再會《さいくわい》より猶又悪事《なほまたあくじ》ハ千里《せんり》ヨ走《はし》り竹藪《たけやぶ》の濱田《はまた》殺《ころ》し夫《それ》より東京《とうきやう》へ戻《もど》りて奇病《きびやう》を病《や》むの一條《くだり》ハ彼忠藏《かのちうざう》が情《なさけ》の愁嘆塲《しうたんば》汐入堤《しほいりつゝみ》の舊巣《ふるす》ヨ歸《かへ》り大團圓《だいだんゑん》を結《むす》ぶ迄《まで》ハ別《べつ》段《だん》ヨ戯作風《けさくふう》の讀本《よみほん》ヨして插繪《さしゑ》を加《くは》へ「鳥追《とりおひ》お松海上《まつかいしやう》新話《しんわ》」といふ外題《げだい》ヨて近日發兌《きんじつはつだ》する積《つも》りですから先《まづ》新聞《しんぶん》でハ今《こん》日が大詰《おほつめ》と致《いた》しますゆへ看客お見倦《みあき》の段《だん》ハ何卒《なにとぞ》おゆるしを願《ねが》ひ上《あげ》ます

広告：第五九二号・明治一一年二月一八日

假名垣魯文閲　陽洲齋周延畫　上中下三冊袋入一部
久保田彦作著　定價金十二錢五厘

○鳥追《とりお》ひ於《お》松海上新話《まつかいしやうしんわ》　全部六冊

右ハかなよみ新聞ヨてさき〴〵御評判に預りました續きもの語りを畫入とし極美本ヨ仕立彌々二十日より賣出しますから御最寄の繪草紙屋ヨて御求めの程偏ヨ奉希上ます

版元　日本橋通り一丁目　萬屋孫兵衛

広告：第六〇九号・明治一一年三月九日

廣《ひろ》告《め》

○鳥追ひ於松海上新話　第貳號發兌

右ハ來る十二日より賣出し申候間相變らずお求めを願ひ上ます且つ此度ハ製本澤山ヨ仕入れ置申候ゆゑ何卒御もよりの繪雙紙屋ヨて御求めを奉希上候以上

版元　東京日本橋通一丁目　萬屋　大倉孫兵衛

広告：第六二二号・明治一一年三月二五日

鳥追於松海上新話

初篇三冊　壹篇　定價
二篇三冊　拾貳錢五厘宛
三篇三冊

右ハ兼ておなじみの鳥追阿松此度發賣の三篇ヨて全く讀切ヨ相成來る廿九日より賣出し仕り候間不相變御最寄りの繪雙紙屋ヨて御求の程奉願上候

東京通り壹丁目拾九番地　萬屋孫兵衛敬白

久保田彦作　作

活字本『鳥追阿松海上新話』

明治十九年刊

鳥追阿松海上新話　全

我《わが》仮名《かな》讀《よみ》新聞《しんぶん》第五百四十號《がう》客歳《かくさい》十二月十日を以《も》て始《はじ》めて雜報欄《ざつはうらん》内《ない》に記載《きさい》せし鳥追於松《とりおひおまつ》の傳《でん》ハ間々《かんかん》本年《ほんねん》一月十一日第五百六十二號《がう》に到《いた》り嗣《し》出《しゆつ》せる事《こと》十四回《くわい》未《いま》だ結局《けつきよく》に及《およ》ハざるも饒倖《さいはひ》にして千町万町《ちやう》の衆目《しゆうもく》に觸《ふ》れ喝采《かつさい》の聲價《せいか》を得《え》たる操觚者《さうこしや》の歡喜《くわんき》の餘《あま》りに思《おも》ハず筆《ふで》を走《はせ》たるなり然《しか》りと雖《いへど》も春霞《はるかすみ》三筋《すぢ》を繋《つな》ぐ長物語《ながものがたり》ハ頗《すこぶ》る新紙《しんし》の本意《ほんい》に違《たが》へば其概略《そのあらまし》を次號《じがう》に掲《かゝ》げ大團圓《だいだんえん》となさんと欲《ほつ》すを聚榮堂《しうえいだう》の主人《あるじ》遺憾《ゐかん》として乞《こ》ふて其首尾《そのしゆび》を全《まつた》くせんとす原由《げんゆ》ハ遙《はるか》に過去《すぎさり》し明治《めいぢ》元年の春《はる》よりして同《おなじく》十年の冬《ふゆ》に止《とゞま》る温故知新《をんこちしん》の大實錄《だいじつろく》題《だい》して海上新話《かいじやうしんわ》と號《なづ》け茲《こゝ》に三絃《さみせん》の緒《いとぐち》を解《と》くと云《いふ》

明治十一年第一月

假名垣魯文記

非人娘阿松
秋葉山
常燈

濱田正司
雪駄直シ大坂吉

鳥追《とりおひ》於《お》松《まつ》海《かい》上《しやう》新《しん》話《わ》

假名垣魯文閲
久保田彦作著

○第一回

梅《うめ》が香《か》や乞食《こじき》の家も覗《のぞ》かるゝ晋子《しんし》の吟《ぎん》の古《ふる》き稱《たた》えも新《あらた》まる代《よ》の春立頃《はるだつころ》東京は江戸《えど》と呼《よ》び木《こ》挽町采女《ひきちやううねめ》が原羽生《はらはにふ》の孤屋《こや》の板庇《いたびさし》月洩軒《つきもるのき》の破損屋《やぶれや》に親子《おやこ》の非人《ひにん》あり其夫《そのつま》定五郎は日毎《ひごと》に邊《ほと》り近《ちか》き尾張町ある布袋屋《ほていや》といへる呉服屋《ごふくや》の曲《まが》り門《かど》に履物直《はきものなほ》しの露店《ろてん》を張《は》り妻《つま》のお千代《ちよ》（四十一）と一女《じよな》阿松《まつ》は春は鳥追平常《とりおひつね》は女太夫《たいふ》の笠深《かさふか》く包《つゝ》めど匂《にほ》ふ梅島田《うめしまだ》髷《わげ》廿の上二ッ三ッ超《こせ》ど花香《はなか》は市中《ゐちう》に高く大店向《おほみせむき》や勸番長屋《きんばんながや》の窓《まど》下にて鶴賀《つるが》の節《ふし》も仇《あだ》めかして玉を欺《あざ》むく母娘其頃世上《はゝむすめそのころせじやう》に小屋久米三《こやくめさ》と入も門《かど》より呼子鳥頃《よぶこどりころ》しも慶應末《けいおうすゑ》の事にて維新《いしん》の際《さい》ゆゑ諸藩《しよはん》の兵隊大名小路《へいたいだいみやうこうぢ》に屯營《とんゑい》しまだ血腥《ちなまぐ》さい時なれば女太夫を窓《まど》下に近付種々《ちかづけしゆぐ》の唄《うた》など謡《うた》はせ浮《うい》た調子《ちやうし》に阿松母子《おやこ》は一日二圓の稼《かせ》ぎをもかゝさぞ又なき事と思ひしに果報《くわはう》は寐《ね》ても廓《くるわ》の内の或郎《あるやしき》に屯集《とんしう》する徴兵隊《ちようへいたい》に濱田庄司《はまだしやうじ》といふ者ありしが深《ふか》くも此阿松を戀慕《こひした》ひ傳手《つて》を求《もと》めて采女《うねめ》が原《はら》の定五郎

が小家《こや》へ尋《たづ》ね行き金にあかして随《したが》へせ竟《つひ》にわりなき中《なか》とハなれば阿松ハ顔《かほ》に似《に》もやらぬ慾《よく》深《ふか》き生《うま》れといひ母のお千代も娘《むすめ》が色かに迷《まよ》ひし濱田が意《こゝろ》に付入り種々《いろ〳〵》の手術《てくだ》で金二百圓余《ゑんよ》を騙《かた》しとりしが正司ハ多《おほ》くもあらぬ身《み》なれバ阿松が爲《ため》に衣類調度《いるゐちやうど》を遣《つか》ひ捨《すて》此事早くも隊長に聞《きこ》えしかバ其頃禁足《そのころきんそく》申付られたりといふ扨《さて》も阿松ハ心に染《そま》ぬ濱田庄司が通《かよ》ふ道さへ緒絶《をだえ》の橋に名《な》も因《ちなみ》なる橋場《はしば》の里の汐入堤《しほいりづゝみ》に同じ非人《ひにん》で大坂吉《おほさかきち》といふ者あり阿松は兼て同氣《どうき》もとむる破落者《ならずもの》ゆゑいつしか人めの關越《せきこえ》て互《たが》ひに父母《ふぼ》の目を忍び度々密會《たび〳〵みつくわい》せしことを母《はゝ》のお千代ハ悟《さと》りしが素《もと》より色もて營業《なりはひ》の助《たす》けと我子に善《よか》らぬ道を承知《しようち》でさせし事《こと》ゆゑにあながらに口へは出《だ》さず見て見《み》ぬ振《ふり》こそうたてけれ玆《こゝ》に淺艸並木《あさくさなみき》町《まち》に松屋といふ呉服店《ごふくや》あり見世《みせ》の番《ばん》頭《とう》忠藏ハ元《もと》大坂の生《うまれ》の者にて万事物堅《ばんじものがた》き性質《うまれ》ゆゑ主個《しゆじん》も内外の事を任《まか》せ置《おき》しが不斗《ふと》忠藏は日々阿松が門《かど》へ來《き》て調子《ちやうし》に乘《のせ》る三筋《すぢ》の糸《いと》に笠《かさ》の内さへ覗《のぞか》るゝ佻《あだ》の姿《すがた》に見《み》惚《ほれ》けん寝《ね》ても覺《さめ》ても忘《わす》れかね思ひの丈《たけ》を文《ふみ》に認《したゝ》め或日阿松が袂《たもと》へ入れしが何事ならんと開《ひら》き見しに一夜の情《なさけ》といハゝに眞實《しんじつ》見えし文体《ぶんてい》にお松が例《れい》の金ゆゑなら譬《たと》へ醜《みにく》き男でも否《いや》とハ言《いは》ぬ渡《わた》りに船早《ふねさつ》速返事《そくへんじ》を見世先《みせさき》より投込《なげこん》で知らせしかバ忠藏の悦《よろこ》び言《いは》ん方なく今宵密《こよひひそか》に橋場の小屋《こや》へ忍來《しのびきた》

れよと夕《ゆふ》まぐれ急《いそ》ぐ折しもあれ主個《しゆにん》は忠藏を居間《ゐま》へ呼《よび》よせ金二百圓を渡《わた》していふやう此金ハ橘町《たちばなちやう》の何某《なにがし》へ仕切《しきり》に渡す金なれバ御苦勞《ごくらう》ながら持參《ぢさん》してと意《こゝろ》を置《おか》ぬ主個《しゆにん》の賴《たの》みに忠藏ハうけがひて二百圓を財布《さいふ》に入《い》れ我家の門《かど》を立出《たちいで》しが心も空《そら》の浮足《うきあし》に入谷《いりや》田甫《たんぼ》を横《よこ》に見て其日の夕暮《ゆふぐれ》間近《まぢか》き頃《ころ》或家に忍《しの》び行首尾《ゆきしゆび》ハ如何と内に入れば阿松ハかねて姿《すがた》を粧《よそほ》ひ酒肴《さけさかな》など仕度《したく》していとまめやかに饗應《きやうおう》しければ忠藏は有頂天《うてうてん》數々《かず〳〵》廻《めぐ》る盃《さかづき》に醉《ゑひ》も朧《おぼろ》の廓近《さとちか》く總泉寺《そうせんじ》の松風颯々《まつかぜさつ〳〵》と夜《よ》ハ五更《かう》ともおぼしければ寢《ね》よとの鐘《かね》の莚屏風《むしろびやうぶ》破れ布團《ふとん》に枕《まくら》を並べ怪《あや》しき夢の仇《あだ》むすび後《のち》の憂《うき》とぞ知《し》られける忠藏ハ非人小屋《ひにんごや》に初めて泊《とま》りしといひ若《もし》や人に悟《さと》られたら我身の耻《はぢ》と頓《とみ》にハ眠《ねら》れぬ阿松ハ宵《よひ》にすおせし酒《さけ》にスヤ〳〵寢入《ねい》る眞夜中《まよなか》おろ表《おもて》の締《しま》りも勝手《かつて》知《し》りたる我家の雨扉《あまど》を足で蹴《け》かへし椽先《ゑんさき》に足ふみ掛《かけ》る大坂吉は出刃庖丁《でばはうちやう》を口《くち》に啣《くは》へ突然屏風《なりびやうぶ》を取退《とりの》けてうぬ密夫《まをとこ》め四ッにする覺期《かくご》しろと忠藏阿松が襟髪《えりがみ》摑《つか》んで左右に引据庖丁《ひきすゑはうてう》逆手《さかて》に胸元《むなもと》へ既に刺《さゝ》んとそる手に縋《すが》り涙《なみだ》と共に聲《こゑ》ふるハし今更《いまさら》前の目を掠《かす》め忠藏さんと不義《ふぎ》をしたのハ譬此儘殺《たとへこのまゝころ》されても言解《いひとく》といない事ながら卑《いや》しひ産《うま》れにたゞ一度素人衆《しろうとしゆう》と枕《まくら》をならべせめて濁《にご》らぬ人さんと道《みち》ならねども妻髪《つまかさ》ねお前ハ平常賭博《へいぜいかけ》おとに家業《かげう》もせず其日

の煙《けふり》も立かねて手《て》馴《なれ》し業《わざ》の新内節《しんないぶし》人様のれ門《かど》へ立《たち》一錢二錢の手の内で漸々《やう〳〵》暮す瘦世《やせぜ》帶《たい》同じ五體《からだ》も滿足《まんぞく》な人間に生《うま》れても穢多《ゑた》よ乞食《こじき》と卑《いやし》しめられ殊に邪見《じやけん》のお前にハとふから愛想《あいそ》が盡《つき》たゆゑ覺知《ついし》りながら忠義さんと斯《かう》いふ中も命《いのち》がけ罪《つみ》ハ私しと體《からだ》を突付《つきつけ》サアすつぱりと殺《ころ》してとお松が覺期《かくご》よ流石《さすが》の吉《きち》も張切《はりきり》る腕《うで》もひるみしか暫《しば》し詞《ことば》もなかりける折《をり》から後《うし》ろの荒《あら》壁《かべ》の崩《くず》れより思ひがけなき母《はゝ》れ千代が始終《しじゆう》をきいて吉に向ひ道理《だうり》を迫《せめ》て和《なだ》めしかバたゞ忙《ばう》然《ぜん》と忠義ハ夢《ゆめ》に夢見《ゆめみ》し心地《こゝち》にて齒《は》の根《ね》も合《あは》ぬ片隅《かたすみ》に竈《かゞま》り居てれ千代に此場《このば》の扱《あつか》ひをと手を合《あは》して賴む弖《さか》り外に詞《ことば》も内證《ないしよう》ハ親娘《おやこ》二人の水入らず心得顏《こゝろえがほ》に大坂吉を小《こ》影《かげ》に招《まね》きいろ〳〵に諭《さと》すも虛《うそ》か實情《まこと》かハ人の命《いのち》の山吹色《やまぶきいろ》手切《てぎれ》の金と轉《ころ》びしにれ千代ハ出《で》もせぬ淚《なみだ》を浮《うか》め忠義に百聞の金を出《いだ》して命乞《いのちごひ》ハ安《やす》いものだと胸《むな》ぐらに退引《のつぴき》させぬ板庇《いたびさし》月さし登《のぼ》る主個《しゆじん》より預《あづか》りし金《かね》ながら命《いのち》には換難《かへがた》しと正直《しやうじき》一圖《づ》の忠義おれバお千代が詞《ことば》のまに〳〵金百圓を手渡《てわた》して虎《とら》の尾《を》を踏毒蛇《ふみどくじや》の口を退《のが》れし心地《こゝち》と裏田甫《うらたんぼ》拔《ぬけ》て飛び出ぞ秋雨《あきさめ》にびつしより濡《ぬれ》し羽拔鳥塒《はぬけどりねぐら》を放《はな》れて逃《にげ》ゆきけり跡《あと》に三人傍《あたり》を見まはし「吉さん首尾《しゆび》ハ上出來《じやうでき》と阿松がいへば大坂吉も庖丁《はうてう》其處《そこ》へ投《な》け出し「元《もと》から仕組《しくん》だ刃物《はもの》三昧《まい》既《す》でのとに血《ち》を見ねバならぬ處へ後《うしろ》から留《とめ》て

七

思ふ壺命替《つぼいのちかは》りハ二分判《ばん》で耳を揃《そろ》へた此百圓といふに傍《かたはら》からお千代はほゝ笑《ゑみ》「斯《かう》いふ時とそ一簾《かぜ》の役《やく》に仕《しれ》つて腕《うで》を見やうと思つて日《ひ》頃《ごろ》親の目を忍《しの》んで遠《さう》から乳繰合《ちゝくりあい》見て見ぬふりは親《おや》の慈悲《じひ》首尾《しゆび》よくいつた百圓ハ入谷《いりや》田甫《たんぼ》の二ッ分《わけ》モゥ觀音の明《あけ》七ッ大層寒《たいそうさむ》さも吹晒《ふきさら》す風を凌《しの》ぐは茶碗《ちやわん》の酒と三人廻《まは》る逆《さか》もせし順《じゆん》にハ行ぬ身の果《はて》は後《のち》に思ひ白玉《しらたま》の露《つゆ》も氷《こほ》りて霜《しも》となる夜《よ》明近《あけちか》くぞなりにける○此後《このゝち》阿松大坂吉《おまつおほさかきち》ハ善《よか》らぬ事のみ色《いろ》にてとよせ種々惡計《しゆぐあくけい》を廻《めぐら》して先《さき》に濱田庄司《しやうじ》と云ひ今又松屋の忠藏を密夫《まおとこ》ありといひあらして金百圓を騙《かた》りとりし事早《はや》くも其筋《そのすぢ》へ聴《きこ》ゑしかバ日ならず彼等《かれら》の身に及《およ》バんと惡《わる》き道にハ賢《かしこ》きれ千代娘《むすめ》お松と大坂吉の二人に一度姿《すがた》を隱《かく》させ一二年の其内《そのうち》ハ吉が古郷《こきやう》の大坂へ密《ひそか》に身を寄《よ》せ人忘れし世間《せけん》の口碑《くち》を避《さけ》るに如《しか》ずと親子が膝《ひざ》を突合鼎《つきつけかなへ》になりて身の上を案《あん》じるハ猶親心《なほおやごゝろ》假染《かりそめ》ながら浪花津《なにはづ》にや今《こ》宵《よひ》が別《わか》れぞとかたみに送る旅路《たびぢ》の門出《かどで》此時ハ是明治二年如月初旬《きさらぎはじめ》なり軒端《のきば》の梅が香《か》東風に吹《ふ》き送《おく》りて何方《いづく》も春のにぎハしく殊《こと》に其頃《そのころ》東京と久《ひさ》しき江戸を更《あら》ためられ百事維新《いしん》の御新《ごしん》政《せい》に民の困苦《こんく》を救《すく》ハせられいと有難《ありがた》き御代《みよ》ながら廣き古郷《こきやう》を惡事の爲に世《よ》を狭《せば》めたる大坂吉彼鳥追《かのとりおひ》阿松の二人身《み》の曇《くも》りに鳥が鳴《な》く東《あづ》まを跡《あと》に難波津《なにはづ》へ旅粧《たびよそ》はひもてそ〳〵に松屋《まつや》の

八

手《て》代《だい》忠蔵より預ひし金を路金《ろぎん》として密《ひそか》に古巣《ふるす》を抜出《ぬけいだ》しまづ品川を出外《ではづ》れて身の廻《まわ》りをも調《とゝの》へばやと古半天《ふるはんてん》古布子《ふるぬのこ》縞《しま》も命《いのち》の三筋《みすぢ》毛は取結《とりむす》び よき三尺れひ人目を包《つゝ》む手拭ひに顔《かほ》は隠《かく》せど身をおふるゝ悪漢毒婦《あくかんどくふ》が首途《かどで》は千里の藪《やぶ》に猛虎《もうこ》を放《はな》つ彼《かの》諺《ことはざ》も斯《かく》あらん其日の黄昏灯《たそがれひ》ともし頃《ころ》に品川駅の裏手《うらて》なる東海禅寺《とうかいぜんじ》の境内《けいだい》にて兼て知己《しるべ》の非《ひ》人仲間《にんなかま》に安次郎といふ者あり阿松《おまつ》が父《ちゝ》定五郎とは竹馬《ちくば》の友《とも》とて義兄弟の因《ちな》みを結《むす》びし程なれば二人は爰《こゝ》に今宵《こよひ》をあかし旅《たび》の用意《ようい》も調《とゝの》へばやといと頼母《たのも》しく思ひしに大坂吉は平常《ふだん》より安次郎が酒《さけ》を好《このめ》ば僅《わづか》ながらも手土産《てみやげ》は松の葉越《はごし》の笹《さゝ》ならで備前徳利《とくり》か樽酒《たるざけ》に身のひゞ包《つゝ》む竹《たけ》の皮《かは》煮染《にしめ》ものなど買《かひ》とゝのへて安次郎の門口《かどぐち》より細目《ほそめ》にあけて内《うち》を伺《うかゞ》ひ傍《あたり》を見廻《みまは》し二人は椽《えん》に上《のぼ》りしに安次郎もたち出て珍《めづ》らしや吉蔵どのに釆女《うねめ》が原《はら》の娘御《むすめご》なるかと主人振《しゆじんぶる》さへ底気味《そこぎみ》悪《わる》く小声《こごゑ》にありて扨《さて》いふやう兼《かね》て話《はな》しもお聞《きゝ》であらうが仲間《なかま》同士《どうし》の賭博《かけごと》に負債《おひめ》も嵩《かさ》みて詮方《せんかた》なく阿松を玉《たま》にといふを引《ひき》とりそう打明《うちあけ》ていふ時は私《わた》しばかりが敵役女賢《かたきやくおんなさか》しく牛売損《うしうりぞん》のふたとへも有《あれ》ど母さんの言付《いひつけ》ゆゑに仇枕《あだまくら》と有しゑと共物語《ものがたり》ひと先《まづ》吉が古郷《ふるさと》へ身を落付《おちつけ》んと逐一《ちくいち》に安次郎に話《はな》せしを一々聞《きい》て打《うち》うなづき「互《たが》ひに心打解《こゝろうちとけ》て聴《わけ》いてとなら隠《かく》し合《あ》ふが日頃《ひごろ》のよしゑは此《この》ときぞ

人の心の奥《むく》の間《ま》へと主個《しゆたん》は先に案内《あんない》して入るや月漁《つきも》る板庇《いたひさ》し安次郎がこゝろの内《うち》ハ何如《いか》なることを仕《あ》出《いだ》をかそれ次《つぎ》の巻《まき》に解分《ききわく》べし

○第 二 回

再説東海寺《ふたゝびかたくとうかいじ》の暮六ッ《くれむ》袖《そで》が浦の波《なみ》にひゞき歩《か》行新宿《ちしんおゆく》の妓樓《きろう》に粋客《すゐかく》のうかれ拍子曳三絃《ひやうしひくさみせん》の音《おと》もさへて風吹送る《かぜふきおくる》騒《さわ》き唄《うた》を佳《か》肴珍味《こうちんみ》と餞別《せんべつ》の酒くみかハもそ樽酒《たるざけ》を徳利《とくり》にうつす熱燗《あつかん》に廻《まは》す茶《ちや》碗《わん》の蠣豆腐《かきどうふ》元《もと》より阿松に吉藏も飲口《のむくち》ゆゑに酔《ゑひ》もまハり身の罪科《つみとが》も打忘《うちわすれ》阿松ハ手馴《てなれ》し三絃《さみせん》の調子《てうし》も浮《うい》た三下《さんさが》り吉ハそのまゝ手枕《てまくら》に數《かぞ》へる鐘《かね》も七ッ八ッ五更《とかう》ハ近き朧《おぼ》ろ月流石《さすが》にお松も生《うま》れ古郷を今宵《こよひ》旅路《たびぢ》へふみ出《だ》さバいつ歸り來《こ》ん高砂《たかさご》の松に甲斐《かひ》なき日影《なかげ》の身せめて今宵《こよひ》ハ此家へといふに主個《あるじ》の安次郎も傍《そば》より泊れと進むるに渡《わた》りに船の友綱《ともづな》に縋《すが》りておろす碇綱《いかりづな》酒手《さかて》程《ほど》よく飲盡《のみつく》し疲《やよ》れて居れど隔《へだて》の襖夜《ふすまよる》の物さへ薄暗《うすくら》き二人ハ臥房《ふしど》に入りにける跡《あと》をとつくと見定めて安次郎ハ門口《かどぐち》の締《しま》りを堅《かた》く鎖《さし》つゝ打《うち》うなづきて儕倖《さいはひ》よしと片頬《かたほ》に笑表《ゑみおもて》の方へ忍《しの》び行く程《ほど》もあらせぬ月影《つきかげ》もさやけき海に鐘《かね》さへて星《ほし》もきら〳〵漁舟火《すなどりび》に紛《まぎら》ふ夜中《よなか》の折《をり》てろあれ兼て此家《このや》の安次郎が取締所《とりしまりしよ》の分營《ぶんえい》へ密《ひそか》に注進《ちうしん》なしたるゆゑ阿松吉藏討手《うつて》の捕亡《とりて》手に

〳〵得物《ゑもの》携《たづ》さへて裏表《うらおもて》より臥房《ふしど》に込入《こみい》り並可枕《ならべしまくら》の二人が襟髪引立《ゑりがみひきたつ》るに吉は南無三捕方《なむさんとりかた》なるかと布團《ふとん》を手早く刎退《はねのけ》て雨戸を蹴明《けあけ》て庭《には》の方へやにはに迯《にげ》んと欠出《かけだ》す後《あと》に兵隊《へいたい》は突棒差叉《つくばうさすまた》或は六尺棒《ぼう》などにて吉《きち》を目掛《めがけ》て打かゝり夫曲者《それくせもの》を迯《にがす》なと續《つゞ》いて庭に飛下《とびおり》て繁《しげ》る木《こ》の間《ま》の月影《つきかげ》に垣《かき》を小楯《こだて》の一上一下忽《たちま》ち吉は利腕《きゝうで》をしたゝかに打据《うちすゑ》られなにかは以て堪《たま》るべきその儘《まゝ》其處《こ》にひれ伏《ふせ》ば夫といふ間《ま》に折《を》りかさあり忽《たちま》ち繩《なわ》をぐる〳〵まき付《つけ》なんなく捕縛《ほばく》に就《つき》たるが母家《おもや》の方には鳥追阿松《とりおひおまつ》が行燈《あんどん》の灯《ひ》も打消《うちけ》して家内は眞闇試合《しんのやみしあひ》殊《こと》に女の事なれば油斷《ゆだん》といふには非《あら》ざれど皆庭先《みなにはさき》の吉が方《かた》に一同向《むか》ひし跡《あと》なれば是幸《これさいはひ》と身仕度《みじたく》して壁《かべ》により添《そ》ひ脊戸口《せどぐち》より人知《ひとし》れず退《のが》れいで厠家《かはや》傳《つた》ひて植込《うゑこみ》の葉蘭《はらん》も繁《しげ》る鉢前《はちまへ》に屈《かゞ》まり居れば今まで晴《はれ》し空《そら》さへ雲足《くもあし》早くさやけき月を雲《くも》の覆《おふ》ひ隈《くま》なく見ゑし庭《には》もせも暗《やみ》の梅が香《か》匂《にほ》ふらん阿松は是《これ》に力《ちから》を得《え》て猶《なほ》うづくまり居《ゐ》たりしかば討手《うつて》の兵隊《へいたい》高手小手に繩《なわ》をかけたる大坂吉《おほさかきち》をかたへの柱《はしら》に結《ゆは》へ置《おき》阿松が有所《ありか》を隅《すみ》〳〵迄《まで》残《のこ》らず捜《さが》せど影《かげ》だに見ねば扨彼《さてかれ》は風を喰《くら》ひ表《おもて》の方へ退《のがれ》しかと二三名の兵隊《へいたい》は等《ひと》しく庭《には》へと下《を》り立て彼突棒《かのつくぼう》にて植込《うゑこみ》の木《き》の間《ま》を突《つかれ》て阿松は堪《たま》らず身を飜《ひる》がへして逃《にげ》んとするを木《こ》の葉《は》は搖《ゆれ》て塒《ねぐら》の鳥の羽音《はおと》の如くサハ〳〵といふに敵方は得《ゑ》たりと思

ひ倚突《なほつき》かゝる手練《しゆれん》の棒《ぼう》さゝゐる阿松も一生懸命下《しやうけんめいした》を潜《くゞ》つて此處《こゝ》彼處《かしこ》に顯《あら》はれ或は左右に身を避《さけ》て去ばしハ手先《てさき》を遁《のが》れしが生憎《あやにく》月ハ雲晴《くもはれ》て白晝《ひる》に等《ひと》しき月夜《つきよ》ざし阿松が姿《すがた》あざやかに見ゐれば兵隊附《へいたいつけ》いりて既に危《あや》うき其中にも元《もと》より大膽不敵《だいたんふてき》の毒婦《どくふ》自然《しぜん》に備《そな》はる早業《はやわざ》にそゝどき圍《かこ》みの其中を飛鳥《ひちやう》の如く迯《に》げ廻《まは》り後《うし》ろにむんづと組《くみ》つくを振拂《ふりはら》つて傍《かはへ》なる柳の枝《えだ》へ飛び付て身《み》をおどらして幹《みき》を傳《つた》ひ垣《かき》より表《おもて》へ飛下《とびお》りんとしだれし柳の糸筋《いとすぢ》ハ風《かぜ》にもまるゝ風《ふ》情《ぜい》なりしが兵隊衆《へいたいしゆう》ハ詰《つめ》よつて阿松が裳裾《もすそ》に取りつかんといふ手を拂《はら》ひて枝《えだ》より枝《えだ》へ自由自《じゆうじ》在《ざい》によぢ登《のぼ》るハさながら眞猿《ましら》の梢《こずゑ》を渡るにさも似《に》たり折柄《をりから》又もや雲《くも》いでゝ照月《てるつき》かげを隱《かく》しければ阿松ハ爰《こゝ》ぞと隔《へだ》ての垣《かき》の枝《えだ》にその身を小楯《こだて》とて取つく幹《みき》を手放《てばな》せバ身も輕《かる》く〳〵と裏手《うらて》の畔道運《あぜみちうん》よくも去年取入《こぞとりいれ》し枯稻《かれいね》の古藁《ふるわら》を泥濘《ぬかり》し道へ折敷《をりしき》しその上に落《おち》たれバ幸《さいはひ》にして跡怪我《あとけが》もなく身体《しんたい》に少しの疵《きず》もなけれど此處《こゝ》の兵隊暗《へいたいあん》やなれバ毒婦《どくふ》は必らず迯延《にげのび》ん夫《それ》跡《あと》を追《お》ひかけんと表《おもて》の方より畔道《あゆみち》に廻《まは》る隙《ひま》さへ東京を隔《へだ》てし後《うし》ろハ天王社《てんのうしや》につゞく山道に暫《しば》しハ時を移《うつ》せしゆゑろの間《ま》に阿松ハ辛《から》うして人なき森《もり》の樹《き》の間《ま》がくれ田《た》畑野《はたの》道《みち》のきらひなく暗《やみ》に乘《じやう》じて山傳《やまづた》ひ竟《つひ》に虎口《こゝう》をまぬがれしハ惡運《あくうん》ながらも天命のいまだ盡《つき》ざる處といふべ

しそれハ扨置《さておき》捕縛《ほばく》となりし彼《かの》吉藏ハいましめの繩《なわ》も其身の七重八重《なゝはやは》其まゝ柱《はしら》に繋《つな》がれしかバ兵隊《へいたい》の面々《めん〳〵》たとへお松ハ取逃《とりにが》しても目《め》ざすは是なる吉藏ゆゑイザ屯所《とんしよ》へ引行《ひきゆか》んと荒《あら》けるくも引立《ひきたて》られ屠所《としよ》の羊《ひつじ》の歩行《あゆみ》さへ今ハ我身に降《ふり》かゝる宵《よひ》の小雨《こさめ》の朧《おぼ》ろ月《つき》此曲者を訴人《そにん》せし此家主《このやのあるじ》個安次郎ハおろる〳〵前《まへ》へ出《いで》「豫《かね》て嚴《きび》しき五《ご》詮議《せんぎ》ありし大坂吉が幸ひに今宵《こよひ》我家へ立《たち》廻《まわ》りし故《ゆゑ》平常《ふだん》の親疎《しんそ》ハ私し事お上《かみ》の爲に訴《うつた》へ出《いで》しハいゝさかながら五《ご》忠節《ちうせつ》何卒《なにとぞ》五褒美《ほうび》に預《あづ》からんと慾《よく》に眼《め》もくらみしか自慢《じまん》らしくも鼻《はな》ひこつかせうづくまりて尹《まゑす》に否大坂吉《おほさかきち》ハ横目《よこめ》にかけ怒りの聲《こゑ》に身《み》をそゞきやにハに安次郎を足《あし》にて蹴《け》とばし「如何《いか》に金《かね》がほしいとても一ッ仲間《なかま》の小屋《こや》に產《うま》れ譬《たと》へ惡事でお繩《なわ》にかゝり連累《まきぞへ》せらるゝ夫までも一旦《たん》結《むす》んだ義兄弟成《ぎきやうだいなる》ほど己《おれ》にハ緣《えん》もなく他人《たにん》であらうが阿松にハ父《ちゝ》定五郎の好身《よしみ》もあるに僅《わづ》かな金に目《め》が昏《くれ》て人を呪《のろ》ハゞ穴二ッ《あなふた》是から己れが地獄《ぢごく》へ行き呵嘖《かしやく》を受《うけ》た其上に此笠《このかさ》の臺《だい》が飛《と》んだなら野暮《やぼ》なやうだが生《いき》かへり死《しん》でもきつと此恨《このうら》みハいつか一度《ど》ハお禮《れい》をいふからよく肝膽《きもたま》へ彫《ほり》つけて覺《おぼ》へて居《ゐ》ろとねめ付《つけ》る眼《まなこ》は逆《さか》づりおそろしく見るもいぶせき有樣《ありさま》に安次郎は身も慄《ふる》え居たり吉《きち》ハ左右《さいう》を見廻《みまは》して「今《いま》さらこんな愚痴《ぐち》をいふも所謂《いはゆる》曳《ひか》れものゝ小唄《こうた》とやら定めし未練《みれん》

な奴《やつ》と思召《おぼしめさ》んも恥《はづ》かしく此上はいふ事なしイザお引立下《ひきたてくだ》されと眼《まなこ》をとぢて物言《ものいは》ぬは流石《さすが》悪《あく》事《じ》に沖《おき》を越《こは》し大膽不敵《だいたんふてき》と知《し》られたり兵隊《へいたい》は吉藏を縄付《なわつき》のまゝ引立《ひきたて》て安次郎には追《おつ》て五沙汰《ごさた》と合圖《あいづ》の呼子《よぶこ》勢《せい》を集めて意氣揚々《いきやうやう》と歸りゆく此後《このゝち》大坂吉《おほさかきち》は縄付《なはつき》のまゝ市政裁判所《しせいさいばんしよ》へ送りになり段々《だんだん》五吟味《ごぎんみ》あれど元より不敵《ふてき》の吉藏ゆゑ度々《たびたび》の拷問《がうもん》も更に勞《つか》るゝ氣色《けしき》はなく少しも悪事を白状《はくぢやう》せず終《つひ》に七八ケ月の間半内《あひだらうない》にありしが其頃《そのころ》は御新政《ごしんせい》の折柄《をりから》にていと刑罰《けいばつ》も寛大《くわんだい》にて専《もつぱ》ら民に仁政《じんせい》を施《ほどこ》され積年幕府《せきねんばくせい》に苦《くる》しめられし民の疾苦《しつく》を救《すく》はせられ殊《こと》に刑法いとし御改正の際《さい》なれバ此《この》吉藏の罪悪《ざいあく》も一二の騙《かた》りはあるものゝ人を殺《ころ》せしとはなく又盗賊《どろばう》といふにも非《あら》ず是迄《これまで》長の年月を獄屋《ごくや》に送《おく》りしとあれば其罪至《いた》つて輕《かろ》きに問《と》ひ翌年《よくねん》の二月頃吉藏は竟《つひ》に賭博《とばく》の罪科《つみ》と極《きま》り一年の徒刑《とけい》を申つけられて彼伊豆七島《かのいづなゝしま》のその内ある三宅島《みやけじま》に配《はい》せられ波風《なみかぜ》暴《あら》き岩根《いはね》の松に犯《おか》せる罪の廻《まは》り來《き》て罪なき身にはあらねども傾《かた》むく軒《のき》も夕汐《ゆふしほ》に故郷《こきやう》の空《そら》のみなつかしく喰物《くいもの》さへも米《こめ》はなく粟稗《あはひえ》或ひは海草《うみくさ》につなぐ命《いのち》も荒波《あらなみ》が夜《よ》るは殊《こと》さら耳《みゝ》につき寢《ね》られぬまゝに阿松のことなど思ひ出《いだ》して千鳥《ちどり》啼《な》く配所《はいしよ》の月を詠《なが》め居《ゐ》たりと却《かへ》つて後に説出《ときいで》され誓《ちか》ひも洩《もれ》ぬ淺草の觀世音《くわんぜおん》に程近き彼並木町《かのなみきまち》の松屋の手代《てだい》忠藏は日毎《ひごと》に

門《かど》へ阿松母娘《おやこ》が新内節《しんないぶし》の此糸蘭蝶《このいとらんてふ》が語る文句《もんく》に春情《しゆんじやう》の胸《むね》に蕭く仇惚《あだぼれ》に鶴賀《つるが》の壽命《じゆみやう》百歳《もゝとせ》も短《みじ》かき浮世《うきよ》を語りても悟《さと》り兼たる阿松が姿《をな》たに賤《いや》しき身をも厭《いと》はゞこそ思ひ絶《たち》かね玉章《たまづさ》を人知れぞ送りしに否《いや》とハ言《いは》ぬ阿松が返事《へんじ》に意《こゝろ》ハ空《そら》と浮《うき》たちて主個《しゆじん》が渡せし二百圓を橘町《たちばなちやう》の何《なに》某《がし》へ仕切《しきり》に渡せと云付《いひつけ》られしを吉折《よきおり》なりと懷中《くわいちゆう》して案内《あんない》の如く橋場《はしば》なる總泉寺《そうせんじ》の汐入堤《しほいりづゝみ》の羽生《はにふ》の小屋《こや》へ忍びゆきしに兼て阿松ハ詞《ことば》をかまへ色もて心をとらかせば思案《しあん》の外《ほか》に忠瀛ハろの夜お松が立廻《たてまは》を莚《むし》ろ屏風《びやうぶ》に枕《まくら》をならべ怪《あや》しき夢《ゆめ》を破《やぶ》りたる大坂吉が密夫《まをとこ》なりとおどり入《り》たる身の災害《さいがい》母お千代が扱《あつか》ひにて主個金《しゆおんきん》百圓を手切《てぎれ》にとて奪《うば》ハれしがかゝるいぶせきあばら家《や》に一夜を明《あか》そも面《おも》ぶせたるに況《まし》てや主ある身とも知《し》らぞ妻《つま》を襲《かさ》ねし身のあやまりに前後《ぜんご》のこともおもハゞころれ千代が詞《ことば》のいふまゝに百圓を渡《わた》しやり辛《から》くも此場ハ退《のが》れても二百圓の其内が中央《なかば》不足《ふそく》せしとなればすご〳〵主家《しゆうか》へ立戻《たちもど》られぞといふて有し事共《ことども》を打《うち》明《あけ》てハ猶《なほ》かたられぞ如何《いかゞ》ハせんと思案《しあん》に暮《くれ》その翌日《よくじつ》甲乙《たれかれ》ある知己《ちき》の人に話《はな》さんと思へど是さへ耻《はづ》かしく兎《と》やせん角《かく》やと思ふ内十日ほどの日數《ひかず》を過《すぎ》たれバなほ〳〵敷居《しきゐ》も高くなり切《せつ》迫《ぱく》につまる身《み》の落度《おちど》死《し》んで云譯《いひわけ》するより外思案《ほかしあん》ハなきと正直一圖《しやうぢきいちづ》に取詰《とりつめ》て歩行《あゆむ》ともなく古《ふる》

郷《さと》の西《にし》へ西へト足の向涙《むくなん》だに濕袖《しめるそで》が浦《うら》品川驛も早《はや》すぎて主個《しゆじん》の恩《おん》ハ大井ヶ原身《み》ハ白露《あらつゆ》の無《む》分別置所《ふんべつおきどころ》なき罪とがハ重《おも》き鹿《か》島《しま》の御社《みやしろ》をふし拜《おが》みてひざまづき七《な》ゝ重《え》の膝《ひざ》や八《や》景坂名《けいさかな》におふ松は色《いろ》かへぬ緑《みどり》ハ深《ふか》き葉《は》がくれに月ハ隈《くま》なく照渡《てりわた》れど曇《くもり》がちなる忠臓ハ心に決《けつ》せし事なれど流石《さすが》に命惜《いのちをし》まれて浪花《なには》の父や兄の事思ひ出《いだ》せバ眼《め》もうるむ袖《そで》に時雨《しぐれ》も濕《しめ》り勝空仰向《かちぞらあをむい》て打《うち》かゑち「ア丶思ひ出《いだ》せバ十一の春《はる》より東《あづま》へ下《くだ》り來て松屋の家へ丁推《でつち》奉公脊《ほうこうせ》丈《たけ》を延《のば》して廿五の曉《あかつき》までの五高恩海山深《ごかうおんうみやまふか》きを打忘《うちわす》れ阿松が色香《いろか》に迷《まよ》ひ彼等が工《たく》みの罠《わな》にかゝり百圓といふ金を奪《うば》れ今更悔《いまさらくや》めど詮《せん》なきゆゑ身の云《いひ》わけに命《いのち》を捨未來《すてみらい》でお詫《わび》をそるこゝろと涙《なみだ》を拭《ぬぐ》ひて懷中《くわいちゆう》より書置《かきおき》一通取出《つうとりいだ》せし肚裏《こゝろのうち》ぞ不便《ふびん》なれ

○第三回

此書置《このかきおき》に忠藏が犯《おか》せし罪《つみ》の次第を認《した》め殘《のこ》りし金をその儘《まゝ》に添《そへ》て詫《わび》ハ後《のち》の世で及バぞながら御家の繁昌草花《はんじやうくさば》の影《かげ》から祈《い》のりまそと主家《しやうか》の方《かた》をふし拜《おが》ミ死後《しご》の証據《しやうこ》と彼財布《かのさいふ》に書置《かきお》きさをいれ傍《かた》への枝《えだ》に結《むす》びさけ帶解《おびとき》はどき榎《えのき》の枝《えだ》に引かけて輪《わ》にそる死支度《しにしだく》「アゝかゝる非業《ひがふ》の死を遂《とげ》た後《あと》ではさぞや父母《ちゝはゝ》のお嘆《なげ》きハさてそと思ハれ暖簾《のれん》を分《わけ》て貰《もら》ふまで勤《つと》め上《あげ》たも水

の泡女に迷《まよ》つた罰《ばつか》りで斯《かう》いふ變死《へんし》の身の果《はて》も皆是《みなこれ》前世の約束《やくそく》あらん死後《しにおく》れたら恥《はぢ》のはぢ入目《め》にかゝらぬ其内にと覺悟《かくご》を極《きは》め稱名《しようみやう》を口にとなへて眼《まなこ》を閉帶に手をかけ忠藏ハ既《すで》に縊《くび》れて死《し》なんとする其手を確《しつか》り抱《いだ》き留《と》め「マア〳〵待《まつ》てといふ聲《こゑ》ハ思ひがけなき女子《をんな》の聲に忠藏ハふり返《かへ》り所詮死《しよせんし》なねばならぬから留《とめ》に殺《ころ》して下されと振拂《ふりはら》ふ手に取縋《とりすが》り月あかりにつく〴〵と顔《かほ》を見合て涙《なみだ》ぐミほんに「短氣《たんき》な忠藏さん死なふと迄の覺期《かくご》ハさら〳〵無理《むり》でハおざんせぬが斯《かう》したお身《み》にした罪《つみ》ハミんな私《わた》しの一身にふりかゝりたる夜《よる》の霜《しも》れ前ばかり殺《ころ》しハせぬ私《わた》しも共にといふ聲《こゑ》ハ耳《みゝ》に覺《おぼ》への聲音《こわね》ゆゑ月に透《すか》して顔見合《かほみあはせ》「ム、其方《そなた》は阿《お》松《まつ》「チ、忠藏さん何から御詫《おわび》をしてよいやら重《かさ》ある罪も親《おや》の云付道《いひつけみち》ならぬわる工《たく》み汐入堤《しほいりつゝみ》で百圓を騙《かた》りとつたハ大坂吉《おほさかきち》と母《はゝ》さんの詐《いつは》りごと嘗《たま》へ假《かり》の枕《まくら》でもいやしい此身にお情《なさけ》うけしハてよなき此身《このみ》の果報《くわはう》ゆゑ忘《わす》れ兼《かね》てお跡《あと》を慕《した》ひ歩行《あゆみ》あらはぬ道もせも今日《けふ》で十日爰彼處《こゝかしこ》と塒《ねぐら》に迷《まよ》ふ旅鴉《たびからす》折よく今宵《こよひ》出逢《であひ》しハ日頃念《ひごろねん》じる淺艸寺の觀世音《くわんぜおん》さまの御利益《りやく》ならんお蔭に一度逢《どあふ》た上で身の潔白《けつぱく》を話《はな》した上は今ハ此世《このよ》に思ひ出なし死からとも〳〵手《て》にてをとつてせめて未來《みらい》は一蓮托生《れんたくしやう》といつて爰《こゝ》の木の枝《えだ》にて男女が縊《くび》れ死なば取分女子《とりわけをなご》ハ取亂《とりみだ》した姿《すがた》を人に見《み》らるれば死期がゝねばあらぬ處《とこ》を落延程近《おちのびほどちか》き六郷川《ろくがうかは》に身を投《な》げて情死《しんぢう》よそよからめと一時遁《のが》れの逃《に》げ中塞胸《せたくなみ》、刃《やいば》ハ含《ふく》むとも夜露《よつゆ》に悩《なや》めるその風情《ふぜい》ハ又憎《にく》からぬ顔世花涙交《かほよばななみだまじ》りに掻口説《かきくどく》心の底意汲兼《そこいくみかね》て聞《きく》忠蔵も初めの程《ほど》ハ誠《まこと》とも思ハざりしが詞《ことば》に随《つれ》る情婦《どふ》が口先《くちさき》色《いろ》を含《ふく》まし寝睦《しんむつ》に元より阿松《おまつ》に迷《まよ》ひし忠蔵そつと身《み》に染《しむ》小夜嵐襟元《さよあらしえりもと》より吹込《ふきこむ》で身も冷《ひへ》〳〵と死神《しにがみ》が體《からだ》を放《はな》れて飛去《とびさり》しか今ハ死《しぬ》のも打忘《うちわす》れ「そなたの心が夫程《それほど》とハ夢《ゆめ》にも知《し》らねバ今までも恨《うら》んで居《ゐ》たハ我が過《あやま》り其日に跡《あと》を慕《した》ひ出《いで》今又處《とこ》で出逢《であふ》といふも盡《つき》せぬ縁《えん》にしてあるあらん殊《こと》に手をとり六郷《ろくがう》の川へ身を投《な》げ死ぬと迄女子《までをなご》の操正《みさをただ》しきは遖見上し其方《そなた》の心底忘《そこわす》れハ擬ぬ忝むけないと忠蔵ハ落《おと》す涙《なみだ》の一ト雫傍《しづくかたへ》に見てとる阿松ハ猶詞《なほことば》をかまへ傍《かたへ》により添《そ》ひ「假《かり》の契《ちぎ》りを結《むす》びしより實《まこと》の本夫《おつと》と思ひしゆゑ親《おや》をも捨《すて》てお跡《あと》を慕《した》ひ爰《とゝ》で折よく出《で》逢《あ》ひしにその甲斐《かひ》もなくお互《たが》ひに生《いき》て添《そは》れぬ因果同士《いんぐわどうし》凡《およ》そ死ぬのを恐《おそ》れねバ此上どんな憂《うき》目《め》に逢《あ》ふとも強《こわ》いと思ふものハなし死《し》んで花が咲《さく》ものかと小唄《こうた》の文句《もんく》によくいへば暫《しば》らく捨《すつ》る命《いのち》を存生《ながら》へ體へ一月《つき》二タ月なりと思ふお方と世帯《せたい》を持添《もちそ》ひ遂《と》げた上死ぬとても遅《おそ》いとではおさんすまいといへバ忠蔵打點頭《うちうなづ》き我《われ》もさてこそと思《おもふ》あり元斯《もとかゝ》る身《み》になり果《はて》しも其方《そなた》が色《いろ》

二十

に迷《まよ》ひしも爲今又こゝで出逢《であひ》しハ盡《つき》せぬ神《かみ》の引合《ひきあハ》せ死ぬのを止《とゞ》まり此《この》まゝに一旦古郷の難波《は》づへ密《ひそか》に行《わけ》べ負債《ひきおひ》の金も再《ふたゝ》び主個へ返濟《かへす》の手段《てだて》もあらん死ぬると心早《はや》まりしハ我《われ》ながら愚《ぐ》の至り殘《のこ》りし金にて旅具調《たびぐとゝの》へ手《て》に手をとつて初旅《はつたび》も思ふ同士《どうし》の女夫連《めをとづれ》「五十三次《つぎ》の驛路《うまやぢ》も急《いそ》がぬ道の泊《とま》りへ着《つき》「旅《たび》の宿《やど》りて夢結《ゆめむす》ぶ「互《たが》ひに心の樂《たの》しミハ死《しぬ》にハ増《まさ》る門途《かどいで》と枝《えだ》に結《むすび》し帶《おび》を解《とき》今くゝらうと下枝《したえだ》も二人が爲《ため》にハ連理《れんり》の枝《えだ》「ほんにあぶない事で有たと阿松《おまつ》ハ裾《すそ》をはし折《をり》てかいぐゝしくも身仕度《みじたく》し夜《よ》の明《あけ》ぬ間《ま》と打連立《うちつれだち》其夜の内矢口村《やぐちむら》なる忠藏が知己《しるべ》頼《たの》ミ密《ひそか》に旅《たび》の用意を調へ爰に五日の日數を經《へ》て同じ月の下旬《げじゆん》になり東海道を心差《こゝろざし》所持《しよぢ》の路用《ろよう》も乏《とぼ》しからねば晝《ひる》ハ人目を旅駕籠《たびかご》に夜ハ夢《ゆめ》の間《ま》の旅枕《たびまくら》いそがぬ道ハ猶《なほ》さらにはかどりし心地《こゝち》して彼小田原の宿《やど》まではハ何事もなく來りしが翌日《あす》は名《な》におふ玉櫛笥《たまくしげ》箱根《はこね》の山を越《こ》さねばならぬが其頃ハ又舊幕《きうばく》の脫走隊《だつそうたい》が彼の山の要所《えうしよ》によつて陣《ぢん》を張《は》ると早《はや》くも東京へ聞えしかば諸《しよ》藩《はん》の兵隊《へいたい》は同驛《どうえき》へ繰込《くりこ》み山間《やまあひ》に於て一時戰爭《せんそう》の有りし跡《あと》にて物騷《ものさは》がしき折《をり》なればお松忠藏の二人の者ハ世《よ》を忍《しの》ぶ罪《つみ》ある身ゆゑ唯何《たゞなに》となく脚氣だちて錦《きん》ぎれを肩《かた》へ附たる褻經褲《よそつねはかま》を穿《うが》ちし人などに行逢《ゆきちが》ふ其度《そのたび》ハ更《さら》に心に安堵《あんど》せざれバ若《わか》き女の眉毛《まゆげ》ありてハ路次《ろじ》の便《たより》も惡《あし》から

んとお松ハ爰《こゝ》に眉毛《まゆげ》を剃落《そりおと》し髪《かみ》も結《むす》んで草束《くさたば》ね鳴海《なるみ》浴衣《ゆかた》の上着《うはぎ》さへ馴《なれ》ぬ姿《すがた》も田舎《いなか》婦《もの》が物詣《ものまうで》をする形《かたち》にこしらへ函根《はこね》の裏道《うらみち》矢倉澤の山傳《やまづたへ》を三島へ出んと案内者《あんないしや》を雇《やと》ひ駕籠《かご》を釣《つら》せて行く道に山叉山の嶮岨《けんそ》なれバ忠臧は困《こう》じ果儘《はてわづ》か二日路《ぢ》にて底豆《そこまめ》を踏出《ふみいだ》し今ハ一足も歩《あゆ》めぬと顔《かほ》を醜《しか》めてなやめどもお松ハ元《もと》より大膽不敵《だいたんふてき》女ながらも男勝《をとこまさ》り忠臧を勵《はげま》して辛《かう》じて三島の驛《えき》へ着《つき》たるゆゑ爰《こゝ》ハ街道《かいだう》にて馬駕籠《うまかご》とても自由《じゆう》なれバ駕籠《かご》を雇《やと》ひて忠臧を助《たす》け乗《の》せれ松もかごに打乗《うちのり》つゝ原《はら》吉原の驛《えき》も過ぎ西には富士《ふじ》の絶頂《ぜつちやう》を見て頃ハ十月の初旬《はじめ》故《ゆゑ》いとゞ哀《あは》れを初《はつ》時雨《しぐれ》雁《かり》の便《たよ》りも古郷《ふるさと》へまだ十日路《かぢ》に足《た》らねどもお松と違《ちが》ひ忠臧ハ過越方《すぎこしかた》を思ひ出し兎角《とかく》にむねも支《さゝ》へ勝《かち》にて彼《か》の間道《あひみち》の山坂に旅《たび》の勞《つかれ》や引出しけん風《かぜ》の心地《こゝち》と思ふうち駿州《するが》蒲原驛《かんばらえき》の正木《まさき》といへる宿屋《やどや》へ泊《とま》りし夜より俄《にわか》に身内に發熱《はつねつ》し吐瀉《としや》も烈《はげ》しき苦惱《なや》みに阿松ハ捨《す》ても置《おか》れねバ宿屋の者を頼《たの》みて近村の醫師《いし》を呼《よ》び診察を乞《こ》ひし所其醫者《いしや》の云ふのにハ是《これ》ハこれ馴《なれ》ぬ旅路《たびぢ》の其上に濕氣《しつき》を犯《おか》して來りしゆゑ風邪《かぜ》が基《もと》にての陰症《いんしやう》の傷寒《しやうかん》なれバ大切《たいせつ》なりと藥《くすり》を調合《てうがう》して歸り去れバ夫《それ》を煎《せん》じて呑《の》ませると四五日たつても現《げん》か見にぞ病氣《びやうき》は揩《ます》々重《おも》りしかばお松《まつ》ハいともどかしくハ思へども然《さ》りとて捨《すて》て行くときハ肝腎《かんじん》の路金乏しく如何《いかゞ》せんと流

石の毒婦《どくふ》も看護《かんご》に飽果《あきは》て心の内には死ねかしと思《おもへ》ども素振《そぶり》に夫とは毫《すこ》しも見せず信實《しんじつ》らしげに看病《かんびやう》するゆゑ合宿《あいやど》の客《きやく》などは若《わか》き女子《をんな》の感心《かんしん》さぞと八目に見するも遂に包《つゝ》む茨《いばら》の腹黒《はらぐろ》ければ平常《ふだん》は重荷《おもに》に路用の金をお松が肌《はだ》に着《つけ》れけど時に觸《ふれ》ては忠藏が財布《さいふ》を床《とこ》に引付てこゝろゆるさぬ樣子《やうす》もあれば奪《うば》ひとつて身を隱《かく》さば却《かへ》つて後《のち》の便《たよ》りも悪《あし》く心ろのまゝにおらぬが浮世《うきよ》と憂《うき》を心に語草病《かたりぐさやみ》ほふけたる忠藏が顔《かほ》を見るさへ胸悪《むねわる》しと思ひながらも假染《かりそめ》に爰《こゝ》に廿日の日送《おく》りぬ扨《さて》忠藏が病煩《やみわづらひ》も醫藥《いやく》の功驗《しるし》は更《さら》になく漸次《ぜんぜ》に重る容体《やうだい》にて殊《こと》に發熱《はつねつ》の間斷《あひだ》ありてことに熱《ねつ》の人々に傳染安《うつりやす》きの症《しやう》あれば傍《かたはら》に看護《かんご》の阿松は倦果《あきはて》て夜もろく〳〵に眠《ねむ》ふれねば自《おのづ》と其身に痩《やせ》見えていよ〳〵外見《そとみ》は看病《かんびやう》にていとも勞《つか》れし樣子《やうす》故《ゆゑ》合宿《あひやど》の旅人《りよじん》もお松が心を推量《おしはか》りて貞女《ていぢよ》の者と云あへれば日々病人《びやうにん》の口にあふ菓物《くわぶつ》或は肴《さかな》あんどゝ送《おく》りこそせしかもあれば思《おもひ》しよりも世間《せけん》には鬼《おに》はなけれど世の中の人の心のうつらねば女子《をなご》の鏡《かゞみ》と譽《ほめ》ろやすはうたてかりける次第《しだい》なり其夜も更《ふけ》て丑三《うしみ》ッの山寺《やまでら》の鐘《かね》にひゞきて合宿《あひやど》の旅人《りよじん》も晝《ひる》の勞《つか》れに寢鎭《ねしづ》まりていとも淋《さび》しき折《をり》あれどお松は常《つね》に此先《このさき》のことを思もへば眠《ねむ》られずうつ〳〵として枕《まくら》につけどその夜は殊更《ことさら》北窓《きたまど》より吹込《ふきこ》む風に有明《ありあけ》の行燈《あんどん》の灯《あかり》も絶々《たえ〴〵》にいと薄暗《うすぐら》

き折柄《をりから》に廊下《らうか》に沿《つた》ひし隔《へだて》の障子《しやうじ》さら〳〵と押《おし》わけて入來る人影透《ひとかげすか》し見てお松ハ誰《たれ》かと枕《まくら》をもたげなに〳〵の者なれば聲《こゑ》も立べき處あれど何《なに》か樣子《やうす》のあるならんと目をも放《はな》さず伺《うかゞ》ふに彼人ハ忠藏が枕邊《まくらべ》にさぐり寄《よ》り屛風《びやうぶ》をやほら開《あけ》んとするに扨《さて》ハ曲者《くせもの》ならんト思ひ阿松ハ態《わざ》と咳《せき》を二ツ三ツはげしくそれバ彼旅人《かのりよじん》も驚《おどろ》きし心地《こゝち》にて初《はじ》めて傍《あたり》を見廻《みまは》してニハ一「思ひがけなき麁《そ》相《さう》をしたり夕邊《ゆふべ》此家に泊《とま》り勝手《かつて》覺《おぼ》えぬ二階《かい》ゆゑ先《さき》ほど便所《べんじよ》へ至りしが階子《はしご》を上《あが》り我座敷《わがざしき》の入口を思ひ違《ちが》へ思ハずも此障子《しやうじ》を開《あ》け內へはいれば薄暗《うすぐら》き行燈《あんどう》の灯《ほ》かげに迷《まよ》ひいよ〳〵わからぬ寐惑《ねまど》ひと心ハ付ど出口《でぐち》を忘《わす》れ屛風《びやうぶ》を開《あけ》し此身の失禮《しつれい》實にお詫《わび》の詞《ことば》なしと問《とは》ず語《がた》りに云すてゝ彼旅人《かのたびびと》ハそのまゝに己《おの》れが座敷《ざしき》へ歸りゆく跡《あと》に阿松ハ怪《あや》しく思へど夜もいたく更《ふけ》たるとゆゑたゞ其儘《まゝ》に枕《まくら》に着《つけ》ハ寐《ね》られぬ症《しやう》も夜明《よあけ》にハ心落居《おちゐ》てねむけざし前後《ぜんご》も知らず眠《ねむ》りしが早軒《はやのき》に啼《な》く雀《すゞめ》の囀《さへづり》朝日の影《かげ》ハ障子にさし下婢《げぢよ》が朝飯《あさげ》の膳《ぜん》を運《はこ》ぶ音《おと》さへ耳《みゝ》にかしましければ阿松ハ頓《やが》て起《おき》いでゝうがい手水《てうづ》もそこ〳〵に藥《くすり》も今朝《けさ》ハ加減《かげん》ありと醫者《いしや》が詞《ことば》も煎《せん》じつゝ忠藏にすゝめ杯《など》して己《おの》が布團《ふとん》の上下《あげさげ》の汚《きた》なきものを取片付《とりかたづけ》傍《あた》りの掃除《さうぢ》をせんと思ひ何心なく忠藏が床《とこ》の下《した》へ入置《いれおき》し財布《さいふ》を搜《さぐ》り見て驚《おどろ》き「ヤ、路銀《ろぎん》を入れし財布《さいふ》が見はぬがお前がもしや茲《こゝ》から出《いだ》してでも忘れたのかと不審顔《ふしんがほ》に尋《たづ》ねられ忠藏は枕《まくら》を持《もた》げ「イヤくいつも夜に入れば布團《ふとん》の下《した》へ入れをくが見《みえ》ぬといふは心がゝり早《はや》く其傍《そこら》をたづねやと心そゞろに忠藏は松と云《いへ》ば猶《なほ》さら驚《おどろ》き座敷《ざしき》の隅々隈《すみ〳〵くま》なくさがせど更《さら》に財布《さいふ》の見へざれば初《はじ》めて氣《き》が付き夕邊《ゆふべ》の旅人扨《たびゞとさて》は寢惚《ねぼけ》て戸惑《とまど》ひして屏風《びやうぶ》に手をかけ開《あけ》たる時早《はや》くも財布を引《ひき》出《いだ》し奪《うば》ひしに相違《さうゐ》なしと聞て慟り咳入《せきい》る忠藏於松は直《すぐ》に此家の主人《あるじ》にかくと告《つげ》れば主個《あるじ》は驚き早速《さつそく》に泊《とま》りの客《きやく》の名前など家帳《やどちやう》にて調《しら》べしに今朝《けさ》薄暗《うすくら》き明《あけ》七ツに出立なせし者《もの》あれば正《まさ》しく彼が仕業《しわざ》ならん初めての泊《とま》り故一應《おう》見世にて斷《ことは》りしが達《たつ》てとのお賴《たの》みにと過《すご》しとなど互《たがひ》にいひ合《あひ》たゞ忠藏夫婦の者は云譯《いひわけ》なしと詫《わび》る斗《ばか》り外《ほか》に思案《しあん》もなきものからいとゞ哀《あは》れは荒磯《ありそ》ふく身は汐風《しほかぜ》に打濕《うちしめ》り絶息《といき》つく〴〵忠藏へおもき枕《まくら》も涙《なみだ》にて紙《かみ》を破《やぶ》るゝ斗《ばかり》なり

○さなきだに旅《たび》は物憂《ものうき》ものなるに況《まし》て杖《つゑ》とも柱《はしら》ともたのみし路銀《ろぎん》を奪《うば》はれていとゞ切《せつ》なき胸《むね》の内猶《なほ》さら氣うつに心弱《こゝろよわ》り今は粥も咽《のど》へは通らず絶入《たえい》る胸《むね》を開かせる寶丹《ほうたん》を買《か》ふ價《あたひ》さへ身一錢の貯《たく》はへなければ流石《さすが》のお松も此上《このうへ》のしやうもやうも泣斗《なくばかり》たゞ茫然《ばうぜん》と手をくまぬき思案《しあん》にくれて居たるを聞《きゝ》へだての襖《ふすま》をおし開《あ》けて茲《こゝ》へ入り來《く》る人は此正木屋《まさきや》の合宿《あひやど》に半

月余り滞留《とうりう》して居商人《ゐあきうど》なるが心ハ知らねその名さへ甲州屋《かうしうや》定次郎《さだじらう》と名乗《なの》し人年頃《としごろ》ハ四十有余の分別盛《ふんべつざか》り二人に會釋《ゑしやく》ろこ〳〵に火鉢《ひばち》の傍《そば》に座《ざ》したりけり

◯第四回

忠藏於松ハ奪《うば》はれし金《かね》に心も乱《みだ》れ髪薄《がみうす》き縁《えに》しとうちかこつ折《をり》から爰《こゝ》へ入きたる合宿客《あひやどきやく》の定次郎いとたのもしげに座《ざ》に着《つき》て忠藏に打向《うちむか》ひ「さて聞及《きゝおよ》びし御夫婦の御災難詞《さいなんことば》に申もおろかにて旅《たび》ハ路用《ろよう》が力ゆゑ杖《つゑ》に放《はな》れしやうあられと聞《きく》さへ涙《なみだ》の貰《もら》ひなき他人《たにん》でさへも斯《かく》思へバ況《まし》て御病中のとなれバ定《さだ》めし心憂《こゝろうき》とにてさぞやとれ察《さつし》申せしゆゑ私《わし》も此家に半月余《はんつきあま》り逗留《とうりう》の合宿に雨《あめ》の徒然《つれ〴〵》夜話《よばな》しに於松さんとハ御懇意《ごこんい》あれば近頃甚《ちかごろはなは》ざ失禮《しつれい》ながら世《よ》の諺《ことわざ》にも申通り旅《たび》ハ道つれ世《よ》ハ情《なさけ》袖《そで》ふり合ふも他生《たしやう》の縁《えん》と懐中《ふところ》より取出す紙《かみ》に包《つゝ》みし松《まつ》の葉《は》ハたゞお松殿の色《いろ》かへぬ操《みさほ》に接木《つぎゝ》の心計《こゝろばか》りと恵《めぐ》む金《こがね》に忠藏は有がた涙《なみだ》に押《おし》いたゞきおあし此家に居ながらもお顔《かほ》を合せハ今日《けふ》が初《はじめ》てれ恵《めぐ》み受るハ有がたいが覚《つひ》に見知らぬあなた様《さま》ハといふを打消《うちけ》し定次郎は「何んの〳〵其御遠慮《ごゑんりよ》ハよしなきとお前とハ初《はじ》めてなれど於松殿には兼《かね》てよりお目《め》にかゝりしともあり殊《こと》に今の御難義《ごなんぎ》をどうがなお救《すく》ひ申たけれど旅《たび》のと故夫と

ても多くの貯《たくわ》へなきとなれば心《こゝろ》に思ふばかりにて是《これ》とてもまゝにはならず。サ茲《こゝ》は一ツの御相談《ごさうだん》と申も誠《まこと》にいあとにてお腹立《はらだち》もあらんかと思へど云《いへ》ねば猶更分《なほさらわか》らぬといふに於松はすりよつて「シテそのお話《はな》しはどの様《やう》なことか御遠慮《えんりよ》なく二人《ふたり》の者へといはれてわざと鼻《はな》うちかみ「さうお尋《たづね》の上からは思ひ切《きつ》てお話《はな》申さん忠藏殿は兎《と》も角《かく》もお前は何《いつ》れも夫者《それしや》の果《はて》十人並《なみ》に勝《すぐ》れし容貌殊《きりやうこと》よ端唄《はうた》や新内節《しんないぶし》は意氣《いき》を表《おもて》の江戸《ゑど》仕入《しいれ》お前の腕《うで》で一トかせぎ藝《げい》者《しや》をしたら五十圓や三十圓は誰《たれ》でも貸《かそ》う是迄《これまで》私の商業《しやうばい》は人に云《い》はれねど其實は私は駿州府中《すんしうふちう》の廓《くるわ》で藝者《げいしや》や家業斯《かげふかん》いふ時は六段目の一文字屋のせりふのやうだが女護《にようご》の島ほど抱《かゝ》へあるか今度《こんど》駿府《すんぷ》は徳川様の御領地《りやうち》にあつたので東京好《ずき》と目的《めあて》をつけどうかせめて東京で仕込《しこ》んだ子供《こども》を抱《かゝ》へやうと此家に宿《やど》を鳥が鳴時分《なくじぶん》から宿々《しゆく〳〵》を欠《かけ》まはり探《さが》せど茲等《こゝら》は田舎《ゐなか》故よい玉も見付《みつか》らず所詮空《しよせんむな》しく歸るとかと思ふ所へお前《まへ》の姿《すがた》を垣間見《かいまみ》といふと何《なに》やら色氣《いろけ》のやうだが實《じつ》は慾氣《よくけ》の出來《でき》ない相談《さうだん》夫とも腹《はら》に落入《おちい》りたらと詞《ことば》も清《きよ》く見ゆれども奥《おく》の知れざる濁《にごり》江と於松は推《すゐ》せど忠藏を捨《すて》るにはよき折《をり》なりとうるむ涙《なみだ》の目《め》をしばたゝき「御深切《ごしんせつ》の其お詞《ことば》たらはぬ私しを夫程迄《それほどまで》におつしやつて下《くだ》さるはほんに地獄《ぢごく》で佛《ほとけ》にて杖《つゑ》とも思ふ路銀《ろぎん》を失ひ翌《あす》からどうと仕方《しかた》がなければバいつそ此身を泥水《どろみづ》の濁《にご》りへ沈《しづ》めて夫《おつと》の病苦《びやうく》を救《すく》ひたくハ思へども此病人を跡《あと》へのこすは心《こゝろ》がゝりといへバ小膝《こひざ》をすゝめより「なる程《ほど》ちよつと聞《きく》ときハ忠藏殿を茲《こゝ》へのこしおまへ計《ばか》りを連《つれ》て行《ゆく》と思ふハ無理《むり》ではないがそんな無慈悲《むじひ》なことをハせぬお前《まへ》が稼《かせぎ》に行《ゆく》とさへいへバ膝《ひざ》とも談合《だんがう》づく直前貸《すぐまへがし》の金をもたし駿府《すんぷ》へお前を連《つれ》て行《ゆけ》バ四五日のその内《うち》に忠藏どのハ廓《くるは》へ引とり朝夕看病《あさゆふみとり》の出來《でき》るやう世帯《せたい》も持《もた》して進《しん》ぜうと木に餅《もち》のなる相談《さうだん》にみなたも元より忠藏を捨《すて》る心の於松《おまつ》ゆゑ能程《よきほど》にいひこしらへ一度こゝを立退《たちのか》んと互ひに話《はなし》ハ夫《おつと》の胸《むね》とつくり聞《きい》てお返事《へんじ》といふ尾《を》に付て安次郎ハ詞《ことば》のこして出行《いでゆき》けり此後《このゝち》於松ハ忠藏を種々《いろ〳〵》に云《い》ひこしらへ一ト度《たび》駿府《すんぷ》へゆくことに相談《さうだん》もやゝ調《とゝの》ひしかバ彼《か》の安次郎にも此《この》よしを話《はな》せしに早速《さうそく》に承知《せうち》して金三十圓は直《すぐ》にもわたし於松を駿府《すんぷ》へ連行《つれゆか》んと話《はなし》ハ頓《とみ》に整《とゝの》へど胸《むね》にハ落《おち》ぬ忠藏が重き枕《まくら》の顔を上げ「今更《いまさら》いふも愚知《ぐち》ながらいつぞや主人の云付《いひつけ》に問屋《といや》へもたせ二百圓懷中《くわいちゆう》して橋場なる汐入堤《しほいりつゝみ》へ忍び行《ゆき》初めて其方《そち》に逢《あひ》し時密夫《みそかを》なりと見咎《みとがめ》られ既に命《いのち》も取《とら》れんと思ふ所へ母《はゝ》お千代が丸《まる》く納《おさ》めて首代《くびだい》と奪《とら》れし金の百圓に數年つとめし主家《しゆうか》を立出《たちいで》云譯《いひわけ》なさに縊《くびれ》んと覺悟《かくご》極《きは》めしをりからに思ひがけなく其方《そち》に出逢《であ》

ひ互《たがひ》ひに心も同じ日《ひ》に迷《まよ》ひ出しといふ詞《ことば》に竟《つひ》ほだされて古郷《ふるさと》へと身を隠《かく》せしが誤《あやま》りにて斯《か》ゝる病苦《びやうく》にとりつめられ長き苦痛《くつう》もれ主のお罰殊《ばつこと》に路用《ろよう》の金迄とられ今又其方《そち》へ生別《いきわか》れと思へバ此世《このよ》に有《ある》かひなき運命尽《うんめいつき》し我身の上いつろ死《し》んだが増《ま》しあらめとホロリと落《おと》すひと雫《しづく》ろバに於松ハ涙《なみだ》を拭《ぬぐ》ひ又もや其様《そん》な心細《こゝろぼそ》きとを云出《いひだ》しなさんそる是《これ》が百里も隔《へだ》ッたなら又おふとも難《かた》からんが僅《わづか》十里の街道《かいだう》つゞき抱《かゝ》へた主《ぬし》も云ふ通り私が彼地《かのち》へ着《つい》たなら直《すぐ》にお前を迎《むか》ひによこし浮《うい》た勤《つとめ》の憂《うさ》はらしお傍《そば》て看病《かんびやう》するが路《ち》に足を留《とゆ》るも少しの内必《かな》らず共に気《き》丈夫にくよく思ふて下《くだ》さんそると出《で》もせぬ涙《なみだ》に忠蔵ハ神ならぬ身の誠《まこと》と思へバ於松が袖《そで》に取《とり》すがり放《はなれ》がたなき蔦《つた》かづら先立《さきだつ》ものは涙《なみだ》にて咳入《せきい》る苦痛《くつう》に撫下《なでおろ》さ胸《むね》は茨の蔓《つる》いちご尖《とげ》て見ぬれど恐《おそ》ろしく。折《をり》から茲《こゝ》へ安次郎旅《たび》の用意《ようい》もそこ／＼に支度《したく》をなして入来《いりきた》り目をしばたゝき手拭《てぬぐ》ひで涙《なみだ》をふきて傍《かたへ》に座《ざ》し「様子《やうす》ハあれなる襖越《ふすまごし》でのこらず聞《きい》て承知《しようち》しました若気《わかげ》の至りに一生《しやう》を誤《あやま》つ者ハ幾等《いくら》もあり只《たゞ》御主人の罰《ばち》なりと其処《そこ》へ心《き》が付さへすれバ再たび事の報《むくひ》もあらん此金《このかね》ハ於松どのゝ身の代金《しろきん》にハあらざれと約定《やくぢやう》なれば忠蔵どのへと封《ふう》のまゝに差出《さしいだ》せバお松が取次床《とりつぎだて》に居る忠蔵に手渡《てわた》して方の如く證書《しようしよ》を認《した》め調印《ていあん》もてろ／＼

於松を急《いそ》がせ定次郎が隔《へだて》る屏風《びやうぶ》に忠蔵は延上《のびあが》るをお松は後《うしろ》に抱《だき》かゝへ冷《ひえ》てはやつばり病《やまひ》の障《さはり》長き別《わか》れと云《いふ》ではなし直《じき》二三日の其内《そのうち》には又逢《あ》ふとも有馬《ありま》紙立切《かみたてき》る襖《ふすま》は相生《あひおひ》の松の墨《すみ》絵《ゑ》も薄墨《うすずみ》に是ぞ悪魔《あくま》の精放《のけはな》れ破《やぶ》れて元へ帰りてん身は白波《しらなみ》の襖形《ふすまがた》お松は廊下《らうか》で絶《さ》息《いき》をつき心の中でべゞりと出《だ》す舌《した》の剣《つるぎ》ぞ恐《おそろ》しけれ

○第五回

漁舟《いさりぶね》の火の影《かげ》は夜の波《なみ》を焼《やく》と旅中の吟《ぎん》も初時雨《はつしぐれ》雲《くも》の行衛《ゆくゑ》も白砂《しらすな》に光《ひか》る濱邊《はまべ》の波打際《なみうちぎは》右は峨《が》々たる厓《がけ》づくり磯馴《そなれ》の松のまばらに茂《しげ》り寄《よ》せては返《かへ》す濤《なみ》の花空《はなぞら》も曇《くも》りて朧氣《おぼろげ》に風さへ止《なぎ》て薄《うす》くらく後《うしろ》に見える富士《ふじ》が積《を》る雪《ゆき》の積りて白《あた》〳〵と墨絵《すみゑ》に写《うつ》さ夜の景《けい》折しも北の岸《きし》つたへに砂《すな》を蹴《け》立《たて》て三枚肩《まいかた》で急《いそ》がせる旅駕籠《たびかご》は蒲原駅《かんばらえき》の問屋場《とひやば》をしるせし灯《あか》りも消《きえ》〳〵に中には夫《それ》と言猿《いはざる》の庚申塚《かうしんづか》も打越《うちこ》して見猿《みざる》も耳《みみ》を乾《ほ》しげなる松の梢《こずゑ》に梟《ふくろう》の聲も聞かざる小夜嵐《さよあらし》軒端《のきば》傾《かたぶ》く掛額《かけがく》に圓通閣《ゑんつうかく》の文字《もじ》は見へれど今は醉氣《すいけ》で蜘蛛《さゝがに》の糸にからみし観音堂《くわんおんだう》の傍《かたへ》におろして汗《あせ》を拭《ぬぐ》ひ彼の三八の人足《にんそく》は何《いづ》れも宿《おゆく》で名うての悪漢下駄《わるものげた》を並《なら》べて垂《たれ》をあげ「さぞ姉《ねへ》さん窮《きう》屈《くつ》で在《あり》ましたらうといへバ一人《ひとり》が引《ひき》とつて「親方《おやかた》から云付《いひつけ》に大そう道を急《いそ》いだので中も定《さだ》

三十

めし搖《ゆれ》たろう茲《とゝ》ハ濵邊《はまべ》で風もあり冷《ひや》りとするが體《からだ》のくすり急《いそ》いで來たから約束《やくそく》の茲《とゝ》が興津《おきつ》の宿の棒鼻《ぼうばな》と云ふに阿松ハ駕籠《かご》をいでざうりを穿《はい》て近傍《あたり》を見廻《みまは》し心に落《おち》ねば不審顔《ふしんがほ》「駕籠《かご》に搖《ゆ》られて竟《つひ》とろ〳〵と勞《つか》れが出て夢《ゆめ》を破《やぶ》つた浪《なみ》の音落《おとおち》し眠《ねむ》りハ去ないけれバ最約束《もうやくそく》の興津《おきつ》とハ話《はな》しに聞《きい》たる軒《のき》ならびて可《か》なりにぎやかな處だと思つたよりハ磯端《いそばた》で大そう淋《さみ》しい所だねへといへバ一人《ひとり》がまへゝ出《で》て「その寂《さび》しいが此方《こつち》のつけめ人里放《ひとざとはな》れし波打際沖《なみうちぎはおき》にちらつく漁舟《りやうせん》より外に聞《きゝ》てハない所マア安心《あんしん》してお出なせへと心有氣《こゝろありげ》な詞《ことば》の端《はし》に阿松ハ猶《なほ》々不審《ふしん》はれず「シテ此磯端《このいそばた》へ駕籠《かご》をおろし外に聞人《きゝて》があるいとやら葛藤《からん》だ今のお前の詞《ことば》と聞《きゝ》咎《とが》むれば二人《ふたり》ハ打笑《うちえみ》「今夜の仕事《しごと》をしらぬゆゑ吃驚《びつくり》するのハ尤もだがお前を茲迄連出《こゝまでつれだ》したハ皆親方《みなおやかた》の言付《いひつけ》だと聞て阿松ハ二人《ふたり》に向ひ「さうして見《み》れば親方とお前達《まへたち》がおいひのハ」イヤ誰《たれ》でもねへ定次郎さまだ。と觀音堂《くわんおんだう》の扉《とびら》をおけ立出る一個《ひとり》の男傍《あたり》を見廻《みまハ》し椽鼻《えんばな》に腰打《こしうち》掛《かけ》て阿松に向ひ藪《やぶ》から棒《ぼう》に人里の放《はな》れた所へ連《つれ》て來《き》て富士が根下《ねおろ》しに吹込《ふきこま》れ冷《ひえ》た體《からだ》の其上に斯《かう》いふ仕組《しくみ》だ狂言《きやうげん》と知らねバ不審《ふしん》も尤もだが常《つね》の女ハ知らねへけれど度胸《どきやう》のすハつた不《ふ》貞《て》くされあんまり斷く風《ふう》でも有《ある》まへと空嘯《そらうそ》ふけバ其顔《そのかほ》を阿松ハかごの挑灯《てうちん》に透《すか》し見てさういふ聲《こゑ》は駿府《すんぷ》から私しを抱《か》へに來《き》たと云ふお前は親方《おやかた》定次郎さん「チヽ半月余《あま》り資金《もとで》をおろし手前《てめへ》を此所《こつち》へ引上げやうと思つた坪《つぼ》へすつかりはまり深切《しんせつ》とかしの六段目そんだ身賣《みうり》の三十圓もお輕擬《かるもど》きに引金《ひきがね》の覗《ねら》ひは外《はづ》れぬ鐵砲玉《てつぱうだま》ずどんと胸《むね》にてたへたろうと以前に替《かは》る悪漢《わるもの》ごしらへ伊達姿《だてなすがた》に長脇差《ながわきざし》は云《いは》ぬと知れし肩書付《かたがきつき》に仇名《あだな》のおらん面魂《つらたましひ》頗《やゝ》て財布《さいふ》に手を入て紙《かみ》に包《つゝ》みし酒手《さかて》の粒金《つぶかね》サア骨折《ほねをり》だと人足《にんそく》に渡せば等《ひと》しく三人は禮《れい》もこそ〳〵舁出《かきいだ》を駕《か》籠《ど》は空《から》にて輕《かる》くともいづれも罪《つみ》は重《おも》たげに元來《もとき》し道へ歸り行《ゆ》く○次第《しだい》に其夜も更《ふけ》ゆきていよく海面《うみづら》光《ひか》りを増《ま》し空《そら》さへ風にきらめきて肌《はだ》えを徹す汐風《しほかぜ》は松の梢《こずゑ》に置露《おくつゆ》に身内《みうち》も濕《しめ》るばかりなり彼《かの》定次郎は落《おち》ありし松葉《まつば》を集《あつ》めて腰提《こしさげ》の火《ひ》打袋《うちぶくろ》を取出《とりいだ》し吉井の鎌《かま》に摺《すり》やくち移《うつ》せん〳〵燃《もえ》る枯枝《かれえだ》は煙《けむ》りに紛《まぎ》ふ朧月《おぼろづき》此時阿松の手を取《と》て傍《そば》へ引寄《ひきよ》せしなだれかゝり「かういひ出《だ》すと芝居《しばゐ》でする敵役《かたきやく》のせりふのやうだが實《じつ》は先月中旬《なかば》頃《ごろ》三島の宿の棒鼻《ぼうばな》で端手《はで》な浴衣《ゆかた》の上《うは》ツ張髪《ばりかみ》も乱れて横櫛《よこぐし》にやつれた顔は旅痩《たびやせ》の姿《すがた》がふつと目にとまり夫婦の旅《たび》と思つたがそこは此方《こつち》も蛇《じや》の道ゆゑ欠落者《かけおちもの》と目をつけてどうか手《て》にいれもつぱらと抱て寐《ね》やうと思ひそめ惚《かう》ひ奴《やつ》だが跡《あと》になり先になつて二宿《しゆく》三宿《しゆく》已れが子分を旅人に仕立《したて》蒲原迄付《かんばらまでつけ》させたが夫か

三十二

ら先《さき》ハ忠藏が病《やま》ひのために正木《まさき》やへ尻《しり》を落付永《おちつけなが》の逗留《どうりう》まだ夫よりハ驚くだろうがいつぞや夜《よ》更《ふけ》に合宿《あひやど》の客が寐迷《ねまよ》ひ座敷へ踏込《ふみこ》み布團《ふとん》の下から財布《さいふ》を引出し路銀《ろぎん》を奪《とつ》たを已《お》れがさしがね何《な》んど胆《きも》が潰《つぶ》れたろう同じ宿《やど》で兩三度逢《あつ》たが縁《えん》で二三兩《りやう》めぐんでやつたを恩《おん》に着《き》せ路《ろ》銀《ぎん》のないのを付込《つけこん》でとう〱其方《そち》を藝者《げいしや》にかゝへ人質同樣《ひとじちどうやう》に連出《つれだ》したが宵に且たした金十圓ハおれも此節《このせつ》チン〱と世上て嫌《きら》ふ會津《あひづ》の二分判《ばん》どうせくたバる忠藏ゆゑ金《かね》があつても用にハ立《たつ》まい又手前《てめへ》を傍《そば》へ置た處が何《いつ》れ男を置去《おきざり》し万《まん》に一ッハ殺し兼ぬと見拔《みぬい》てこつちも仕組だ狂言《きやうげん》。しかし手前《てめへ》が度胸《どきやう》のいひ顔に似合《にあは》ぬ不貞腐《ふてくされ》にぞつこん惚《ほれ》たハ譬《たとへ》にいふ鬼《おに》の女房に鬼神《きじん》とやら。已《おれ》も頭巾《づきん》を拔《ぬ》ぐ日にハいハぞと知《し》れたきやうじやう持甲府《もちかうふ》無宿《むしゆく》の根方《ねがた》の作藏斯《かう》見《み》込《こ》まれたら百年目否《いや》といつても抱《だい》て寐《ね》る此守《このまもり》ハ忠藏から奪《とつ》た財布《さいふ》にハ入つて居《ゐ》たが金せへどれバ守《まも》りなそをこつちへ置《おい》ても用《よう》ハねへから大事に仕舞《しまへ》て置《おく》がいひと投《ほう》つてやれバ阿松は手《て》に取《とり》まづ懐《ふところ》へ確《しつか》と仕《し》まひ「さういふお方と露知《つゆし》らぞだまされたのがくち惜《をし》いがおまへが今の詞《ことば》の通り元《もと》をおかせバ私《わた》しとてもたゞの女子《をなご》のお孃《ぢやう》さん箱入《はこいり》でもない體《からだ》ゆゑうんと返事《へんじ》をしろうな物《もの》だがつむじの曲《まが》つた私しの生《うま》れ手込《てごめ》にハあらあいよと立上りつ

三十三

つ逃《にげ》んとするを作藏は裾《すそ》をしつかりおさへつけ「木折《きをり》でゆかぬハ戀《こひ》の道と下《した》から出れば付《つけ》上《あが》りいやのおうのと四の五のぬかせば荒《あら》だつても抱《だい》て寢《ね》ると既にお松を引付《ひきつけ》て拂《はら》ふ其手を捻伏《ねぢふせ》つゝ互ひにあらそふ夜嵐《よあらし》に皷《つゞみ》のしらべ波《なみ》の音吹散《おとふきちる》砂子《すなご》を蹴立《けだて》つゝ觀音堂を左右に廻《まは》り於松ハ傍《かたへ》の礒馴松《そなれまつ》へ身躰爰《しんたいこゝ》に究《きは》まれバ小枝にすがり梢《こずゑ》を渡り逃《にげ》んとするを付入《つけい》る作藏元より大力無双《だいりきぶさう》なれバ太《ふと》くもあらぬ松の木故幹《きゆゑみき》に手をかけ根《ね》ごしにせんと近寄《ちかよ》る手先《てさき》をしたたかに於松ハ一生懸命《しやうけんめい》なれば喰付力《くひつくちから》や我身に入けん身《み》をよせかけたる松の枝《えだ》プッヽリ折《をれ》て磯際《いそぎハ》より於松ハ前《まへ》なる海の中へ眞逆《まつさか》さまに落入《おちいり》しハ悪《あく》の報《むく》ひか名に因《ちな》む松の十返《とかへ》り波《なみ》のまに〱覺《つひ》に姿《すがた》ハ引汐《ひくしほ》に看《み》る〱見えずなりけり○波《なみ》の哀《あはれ》や引汐《ひくしほ》と共に於松ハ沖《おき》に流れ體《からだ》ハ松が浮《うき》となり思はず命《いのち》につゝがなけれど名《な》におふ東海第一なる遠州灘《ゑんしうなだ》の外海《そとうみ》にて山なす濤打《おほなみうち》かへし體《からだ》ハ水に隠《かく》れ岩《いはほ》千尋《ひろ》の底《そこ》に沈《しづ》むなるべし此日ハ是《これ》明治二年十月廿日の事なりしが空《そら》に一點《てん》の曇《くも》りなく旭《あさひ》の光《ひか》りくわう〱と矢を突《つく》如くに走《はし》り來るハ東京の廻漕丸《くわいそうまる》といふ蒸氣船《じようきせん》にて神戸へ通《かよ》ふ海路《かいろ》の途中《とちう》船將何某甲板《かつぱん》にて沖《おき》の方を見渡《みわた》せば遙《はる》かあなたに彼《かの》於松が浮《うき》つ沈《しづ》みつするを見て早くも水夫等《すゐふら》に下知《げぢ》を傳へ端船《はしけぶね》をおろして傍《かた》へに漕《こぎ》よせなん無《なく》

於松を救《すく》ひあげ元船《もとぶね》へ乗《の》せかへり醫療《いれう》をつくす甲斐《かひ》有て終《つひ》に蘇生《そせい》なしたれバ船將あつくいたはりて宿所《ちゆくしよ》なぞを問《とひ》ひけれバ於松ハ素性《すじやう》をあかし兼肌《かねはだ》に付たる忠藏か守《まも》り袋《ふくろ》の臍《ほぞ》の緒書《をがき》にて大坂の者なるよし偽《いつは》りて話《はな》せしゆゑ幸ひ神戸《かうべ》へ着事ゆゑ二三日を經《へ》て同港へ滞《とゞこほ》りなく着艦《ちやくせん》せしかバ於松ハ心に思ふやう我古郷《わがふるさと》の東京へハ惡事《あくじ》あれバのめ／＼と歸る譯《わけ》にもゆかざれバ此臍緒《このほぞのを》を種《たね》にして忠藏が實親《じつおや》なる桝《ます》や忠兵衛を尋《たづ》ねゆき先兎《まづと》も角《かく》も足をとゞめ其上またも詞《ことば》を工《たく》み。彼等《かれら》をたバかりおふせんと大坂心齋橋博勞町《しんさいばしばくらうちやう》の足袋《たび》やにて桝《ます》や忠兵衛がいふ者へ親の縁に候へば此方へ引渡《ひきわた》し下されといふに船將《さうしやう》人を走《はし》らせ彼《かの》忠兵衛を呼寄《よびよせ》て斯《かく》の次第を物語《ものがた》るに忠兵衛ハたゞ不審《ふしん》はれねど彼女《かの》に證據《しようこ》あれバ綫にゆるし《お》話《はな》し申さバ自《おのづか》ら御縁《ごえん》もあかりと氷解《ひやうかい》するの期《とき》あらんとひたすら頼《たの》むに强《すて》も斷れず終《つひ》に於松を引取《ひきとつ》て船將に厚《あつ》く謝《しや》し我大坂の宿所《しゆくしよ》をさして於松を引連《ひきつれ》歸りけり○其後《そのゝち》於松ハ忠兵衛方へ引取《ひきと》られ何《な》んと話《はな》しをなさんと思へど彼蒲原《かんばら》で別れたる忠藏の生死《しやうし》もわからず若又技《もしまたてい》へ便《たよ》りあらバ我が工《たく》みたる事も露《あらは》れ身の大事に及《およば》んも必定《ひつぢやう》なればたゞ病氣と打臥《うちふし》て樣子《やうす》を見るにもそとなしと其後日數《ひかず》十四五日も病《やま》ひに打臥枕《うちふしまくら》もあげず家の樣子《やうす》を見極《みきは》めしに更に忠藏より便《たより》もなく殊《こと》に忠兵衛夫婦《ふうふ》の者も彼《かの》忠臧が守袋《まもりふくろ》を所持なるを若《わか》き女故もしや悴《せがれ》が嫁にやあらんと日毎《ひごと》に病《やま》ひをいたれる様子《やうす》に仕済《しすま》したりと於松はよろこび或日心地《こゝち》も常《つね》にありしと湯浴《ゆあみ》なとして髪取《かみとり》あげ忠兵衛夫婦《ふうふ》に更《あらた》めて我身の素性《すじやう》をおかさんと恭《うや〳〵》しく両手をつき涙《なみだ》ながらに扨云《さていふ》やう「いつぞや不慮《ふりよ》の災難《さいなん》にて遠州灘《ゑんしうなだ》に打込《うちこま》れ既に大魚《たいぎよ》の為にゑさとならんを沖中《おきなか》に漂《たゞよ》ひしを不思議《ふしぎ》にも救《すく》ひをゐて蘇生《よみかへり》しとなれば前後のとをも辨《わきま》へずたゞ守《まも》りを證據として此の家《や》を便《たよ》りしのみにてくはしく御縁《ごえん》の其次第を今日《けふ》までお話《はなし》申さずやすまひの爲に打過《うちすぎ》しもあさぞや御夫婦《ごふうふ》には御不審《ごふしん》に思召《おぼしめ》され御疑ひもおありしならんお話《はな》し申も涙《なみだ》のたねふしぎのとにて假染《かりそめ》にも嫁《よめ》や舅《しうと》と世間《せけん》はれて云にいはれぬ此身《このみ》のうへ元《もと》私しは賤《いやし》いげいしや不計忠臧さんに思はれて馴染《なじみ》重《かさ》ねて假枕《かりまくら》互《たが》ひに末《すゑ》の約束迄《やくそくまで》堅《かた》く誓《ちか》ひし中なれども身儘《みまゝ》にならぬ主《ある》個持故つひに逢夜《あふよ》もせきせかれ逢《あは》れぬやうに成《なつ》たので若氣《わかげ》のせまひ心からいつろ故郷《こきやう》の、大坂へ欠落《かけおち》なさんと思ひ立私《たちわた》しは元より双六で見《み》たより外にしらぬ旅互《たびたが》ひに主個《しゆじん》をふり捨《すて》て僅《わづか》の路銀に長の旅《たび》と彼《かの》蒲原に忠臧が煩《わづら》ひ付《つき》し夫よりして終《つひ》に亡人《なきひと》の數《かず》に入《いり》其後心細き道をたどりて途中《とちう》で作臧が手込《てごめ》に逢《あつ》て海に落《おと》され辛《から》き命《いのち》を助《たす》かりしといちぶ始終《しじゆう》も空《そら》とに誠を交《まじ》ていと哀《あは》れに二人《ふたり》が前にて物語《ものがた》れば流石《さすが》血筋《ちすぢ》のとなれバ幼少時《をさなき》に東京へ奉公《ほうこう》に出《いだ》したる悴《せがれ》が旅《たび》にて死去《しきよ》せしと聞て驚く忠兵衛夫婦《ふうふ》只《たゞ》先立《さきだつ》ハ涙《なみだ》なり

○第六回

暫時《しばらく》立《たつ》て涙《なみだ》を拂《はら》ひ於松は守《まも》りの紐《ひも》とく〳〵中より取出す臍《ほぞ》の緒《を》書《がき》夫婦の前へ押《おし》なほし「此お守《まも》りを證據と計りお噺しやも兩御へお目にかゝるハ初《はじ》めて故何《なに》をいふかとお胸《むね》にハ落《おち》ぬともあらんかと女子《をなご》の愚痴《ぐち》な心にハ何《なに》とやら疑《うたが》ひ解《とけ》ねバ「ナヽそれ〳〵私しが心の潔白《けつぱく》を是にてはらし下《くだ》されと有合《ありあふ》傍《かたへ》の掛硯《かけすゞり》より手早く取《とり》だす小刀《こがたな》にて我《われ》と我手に緑《みどり》なす丈《たけ》の黒《くろ》髪根《かみね》元《もと》よりプッつりと切《きつ》て其儘《そのまゝ》に掌《てのひら》へのせさし出し「初《はじ》めてお目にかゝりしゆゑ何《なに》をいふかとお意《こゝろ》の中で定めてお疑《うたが》ひも有んかとおもふて見ても女子《をなご》のと身の潔白《けつぱく》を立んにも便《たよ》りと思ふ忠義さんにハ旅路《たびぢ》の道《みち》に死別《しにわかれ》かてゝくハへて悪漢《わるもの》に薩陀峠で退引《のつぴき》させぬ手込《てご》めに逢《あひ》しも一と筋道《すぢみち》後《うしろ》ハ山に前ハ海千尋《ちひろ》の底《そこ》へ沈《しづま》んと思へど女子の弱《かよわ》き細腕《ほそうで》逃《にげ》つ轉《まろ》びつする折《をり》しも作藏とやらいふ奴《やつ》が既に此身を穢《けが》さんと迫《せま》りし難《なん》も白波《しらなみ》の底《そこ》に落入《おちいり》ひと度ハ浪《なみ》の中にまに生死《しやうし》も知《し》れぬ名にれふ灘《なだ》を漂《たゞよ》ひしが不思議《ふしぎ》に蒸氣廻漕丸《じようきくわいそうまる》の救《すく》ひを受てお守《まも》りが媒妁《なかだち》

三十八

したる初對面《はつたいめん》是も大方亡夫《おほかたなきつま》の草葉《くさば》の影《かげ》の御引合せと思へど證據《しようこ》は守《まも》り計り殊《こと》に此身の素性《すじやう》をおかせば浮氣《うはき》家業《かげふ》の藝妓《げいぎ》を勸《つと》め何をいふかと物堅《ものがた》い姑御《おしうとご》は御思召《おぼしめさ》れん兎《と》にも角にも亡夫《なきつま》の果敢《はか》なき旅《たび》に露《つゆ》と消《きえ》しことをお傳《つた》へ申せし上は只《たゞ》此後は望《のぞ》みなしせめて姿《すがた》の仇《あだ》めきし心も共に黒髪《くろかみ》をきつて尼《あま》ともなりはてゝ夫《をつと》の菩提《ぼだい》ふたつには嫁《よめ》よ姑《しうとめ》と名乘《なのり》あひはれて親子《おやこ》と呼《よば》ひはれし此先《このさき》ともに可愛《かあい》がつて便《たよ》りになつて下さりませと嘘《うそ》を誠實《まこと》に包《つゝ》みたる於松か富貴那《な》の弁舌《べんぜつ》に人の命《いのち》も斷《たつ》といふ口先《くちさき》に惑溺《まどは》され忠兵衛夫婦も始終《しじゆう》を聞《きい》ワッと泪《なみだ》に泣伏《なきふし》て暫《しば》らく二人《ふたり》は詞《ことば》なしやゝ有《あつ》て忠兵衛は於松か脊《せな》をなでさすり「何《なに》から詫《わび》てよからうやら實は言《いは》ぬも罪《つみ》だからいふに彌增《いやます》夫婦が心我子《わがこ》あからも仔細《しさい》おつて幼少《えうせう》のとき江戸へ遣《や》り今淺草の松屋とやらに奉公《ほうこう》して居《ゐ》るとは度々《たびたび》送《おく》りし書狀《しよじやう》にて又此方《このはう》よりも返書《へんしよ》をやり互ひに安否《あんぴ》は音信《おとづれ》ても終《つひ》にそなたのことを聞《きか》ず殊に仇《あだ》なる形風俗證據《なりふうぞくしやうこ》といふは此忠兵衛が自筆《じひつ》で認し守《まも》りの臍《ほそ》の緒《を》一度も逢《あは》ぬそなたゆゑ廻漕丸《くわいそうまる》より引渡されしも實《じつ》は怕り驚けど女子《をなご》のことゆゑその儘《まゝ》に家へ連《つれ》ては來《き》たものゝ委《くは》しい仔細《しさい》を聞《きく》は初めてといふを母親言葉《はゝおやことば》をつぎ「女子は常《つね》に何《なに》よりか大事《だいじ》に思ふ黒髪《くろかみ》を惜氣《をしげ》もなく根元《ねもと》から切《きつ》て疑ひはらせよと女に稀《まれ》な身の潔白證《けつぱくたて》へい

やしい勤《つとめ》をしても心ハそまぬ蓮葉《はちすば》のいさぎよいそなたの氣質《きしつ》ほんに悴《せがれ》ハよい嫁《よめ》をと云つゝ又もワッとなく親子《おやこ》の情《じやう》ぞ道理《だうり》あり阿松ハ心に仕《し》をましたりと思へど尚《なほ》も涕《なみだ》をうかめ「今《いま》更《さら》いふも愚痴《ぐち》ながら此お名乗《なのり》が亡夫《なきつま》の忠藏さんと諸《もろ》ともならさぞや嬉《うれ》しいとならんが夫も叶《かな》ハぬ草《くさ》の露《つゆ》はかなく消《きえ》しハ先《さき》の世の皆約束《みなやくそく》の因果同士《いんぐわどうし》そんなら舅姑《しうとしうとめ》めにハ私の素性《すじやう》がお胸《むね》におちお疑念《うたがひ》がはれましたか「チヽ晴《はれ》いでどうしやうそなたの潔白《けつぱく》ッリヤ御疑念《ごぎねん》もはれましたか「チヽ日本晴《につぽんばれ》がした上ハたとへ悴《せがれ》ハ居《ゐ》なくとも今改めて親子《おやこ》の縁結《えんむす》んで此後私《このゝちわし》どもへ孝行盡《かう〳〵つく》して下《くだ》されと我身の心に引《ひき》くらべ虚《うそ》と知《し》らねば忠兵衛夫婦ハ有合《ありあふ》鐵びんのさゆを茶碗《ちやわん》にくみうつし「悴《せがれ》が病死に沸騰《にえかへ》る胸《むね》も泪《なみだ》の玉《たま》はゝき酒にハあらねど此茶碗《ちやわん》を親《おや》子《こ》の盃《さかづき》と一口呑《のん》でさし出す白湯《さゆ》ハ清水《しみづ》の清《きよ》くとも心の濁《にご》り押《おし》つゝむ阿松が胸《むね》にハ熱湯《ねつたう》も元より不敵《ふてき》の女丈夫故茶碗《をんなぢやうぶゆゑちやはん》を取《とり》あげ呑《のま》んとそる折《をり》しも彼處《かしこ》の障子《しやうじ》の内に思ひがけなき男の聲《こゑ》「大騙術《おほかたり》の女待《まて》と聲《こゑ》かけられて胸《むね》にギックリ思ハず落《おと》せる茶碗《ちやわん》の湯《ゆ》忠兵衛夫婦も驚《おどろ》いて三人等《ひとし》く顔《かほ》見合《あは》せあパし詞《ことば》もなかりける此方《こなた》の障子押明《しやうじおしあけ》て靜《しづ》〳〵立出再び聲《こゑ》かけ「大かたりの鳥追《とりおひ》阿松其處《そこ》一寸も動《うご》くなと大地に響《ひゞ》く大音《だいおん》に又もや驚《おどろ》く此處《こなた》の人々彼侍《かのさむらひ》ハ上くらひに

座《ざ》を占めて阿松ハツタと白眼《にらみ》つけれバ恐れぞ於松ハ顔見《かほみ》てびつくり「ヤ、貴君《あなた》ハ濱田《はまだ》といふを打消《うちけ》し咳《せき》に紛《まぎ》らし形《かたち》を改め大膽不敵《だいたんふてき》の鳥追《とりおひ》於松彼東京におりし頃人交《ころひとまじは》りもあらぬ身にて多《おほ》くの人を色《いろ》に事よせ金銀《きんぎん》をかすめてのみか大坂無宿《むしゆく》の吉藏と密《ひそか》に通《つう》して彼《かれ》が悪計《あくけい》母のれ千代と諸共《もろとも》に種々《しゆ〳〵》の工《たく》みも探偵《たんてい》にて逐一公《おほやけ》に聞《きこ》へしゆゑ既《すで》に去年二月某《それ》の日《ひ》品川にて召《めし》とらんと討手《うつて》の兵隊差向《へいたいさしむけ》しに吉藏ハ捕縛《ほばく》となりしが汝《なんぢ》ハろの場に風を喰《くら》ひ辛《から》うじて迯《にげ》のびたりと其頃市政《しせい》の沙汰《さた》なりしが今小蔭《こかげ》にて忠兵衛夫婦《ふうふ》へ問《とは》ず語《かた》りの壁訴訟繊空言交《まじ》にたりとも發覺とりしそちが悪事《あくじ》松屋の手代《てだい》忠藏を又もや釣出《つりだ》し駿河路《するがぢ》に足《あし》をとゞめて病氣づき身《み》まかりしと口《くち》にハいへど分明《ぶんみやう》ならぬ前後不揃《ぜんごふそろ》ひ定めし是《これ》も工《たく》みの罠《わな》最早《はや》いかやう陳《ちん》ぞるとも所詮叶《しよせんかな》ハぬ舊悪露顯夫《きうあくろけんそれ》とも此場で云譯《いひわけ》ありや如何《いか》に〳〵といち〳〵に星《ほし》をさゝれし一言《ごん》に今更何《いまさらなん》と云譯《いひわけ》も傍《かたへ》に聞《きゝ》居る忠兵衛夫婦は夢《ゆめ》に夢見《ゆめみ》し心ちにて只呆《たゞあき》れたる計《ばか》りなり於松は俯向《うつむき》といきをつき漸々《やう〳〵》に顔をおげ「いつ迄《まで》知れぬと思ひの外釘《くぎ》をさゝれた此お詞顯《あらは》れる上からハ今更包《いまさらつゝ》むも詮《せん》なきと此身の素性《すじやう》を打明《うちあか》せバ羽生《はにふ》の小家の賤《いや》しい身のうへ幼少時《きい》から母親《むつかあ》が教《をし》へた鶴賀の新内節彈三弦《しんないぶしひくさみせん》が調子《てうし》づき采女《うねめ》が[illegible]錢張《ばり》て粂三《くめさ》於松といハれた醜女だてらに數人衆《すうにんしゆう》が何《なん》の彼《かの》といいれれたので一人《ひとり》や二人《ふたり》ハ宿《うち》へとめ色に此身を糶賣《せりうり》もだんし〳〵越た遠州灘沖《えんしうなだおき》に漂《ただよ》ふ大難《だいなん》ハ七十五里の海上に不思議《ふしぎ》に救助《たすか》る此命《このいのち》鬢迄《かみまで》樹《まつ》て醒《あけ》しめ内證へ足をとめやうといやなせりふを並《なら》べ立茶碗《たてちやわん》の水の空涙今更露顯《そらなみだいまさらろけん》して見ると後《うしろ》を見らるゝ氣恥《きはづ》かしさとんだ女だとれかたいれ二人《ふたり》ゆゑにさて偽《ひつく》りれしでおらうと動《どう》ぜぬたましい彼侍《かのさむらひ》ハひざを進め「流石《さすが》ハ悪事《あくじ》にぬけめなき賊婦《ぞくふ》が覺悟《かくご》に感心《かんしん》せり忠兵衛夫婦《ふうふ》ハ於松の術に既《すで》に首尾《しゆび》よく計《はか》られんとする處早くも拙者《せつしや》が探偵《たんてい》に彼奴《かやつ》が化《ばけ》た正体《しやうたい》を見顯《みあらは》したので先は重疊《ちやう〳〵》於松ハ上の犯罪人拙者《はんざいにんせつしや》の手より其筋へ自《みづか》ら繩打引行《なはうちひきゆか》んと門口《かどぐち》へ下り立て用意《ようい》の呼笛《よぶこ》吹《ふき》ならせバかねて四方を見張《みは》りし兵隊忍び廻《まは》りの丸燈でうちん三尺棒《ぼう》を手にたづさへ皆《みな》一同に此家《このや》の門へ駕籠《かご》をつらねて居並《ゐなら》びたり彼侍《かのさむらひ》ハ會釋あしつゝ於松を用意《ようい》の早繩《はやなは》にて忽ちに括《くゝ》しあげてこれより直《すぐ》と四人ハ繩付《なわつき》のまゝ屯《たむろ》へ引《ひか》ん忠兵衛跡追《あとおつ》て御沙汰《ごさた》さらバ〳〵と立上り意氣揚々《いきやう〳〵》と表口《おもてぐち》於松を駕籠《かご》に打乘《うちのせ》て目くばせしつゝ兵隊《へいたい》ハ東をさしてはせ行《ゆ》きけり○其夜《よ》ハ空《そら》も晴《はれ》わたり月さへ樹々《きゞ》の梢《こずゑ》を照《てら》し左につゞく茶臼山舘間近《ちやうすやまふなまぢか》き住吉街道天下茶屋の里《さと》はづれに草《くさ》の軒端《のきば》の辻堂《つぢだう》ハ衆生《しゆじやう》をてらす佛《ほとけ》にあらで阿償の罪の阿修羅道未來惡業淨玻璃の

鏡《かゞみ》に照《てら》す八大地獄《ぢごく》石に造《つく》りし閻魔王《えんまわう》備《そな》へし花も冬草《ふゆくさ》に花はしほれて物寂《ものさび》し折《をり》からいせん兵隊は囚人《めしうど》かごを舁荷《かきにな》はせ弓張《ゆみはり》でうちんてらさせて傍《かたへ》の空家の裏口《うらぐち》は田甫《たんぼ》へつゞく人里を放《はな》れし所に駕籠《かご》を置《おき》互《たがひ》に何《なに》かさゝやきあひ其儘《そのまゝ》捨置《すておき》皆々《みな〳〵》は元來《もときた》し道へ歸り行《ゆく》「なほ更《ふけ》わたる眞夜中《まよなか》に山寺の鐘《かね》とう〳〵と海に響《ひゞ》き最物凄《いともすご》き丑滿頃《うしみつごろ》傍《かたへ》の蘆間《あしま》押分《おしわけ》てぬつと出たる一人《ひとり》の侍《さむらひ》丸燈《ぐわんぜう》持《もち》て傍《あたり》を伺ひ何思ひけん於松の乘《のり》し囚人《めしうど》かごの垂《たれ》をあけ於松を引出し一刀引拔《ひきぬき》いましめの繩切《なはきり》ほどけば於松は不審《ふしん》はれやらずたゞ其人の面影《おもかげ》を月《つき》にすかせど韮山笠《にらやまがさ》にて深く隱《かく》せば見《み》るに便《びん》なく唯忙然《たゞばうぜん》と夢心《ゆめごゝろ》彼侍《かのさむらひ》は笠《かさ》ぬぎすて於松が傍《そば》へよりそひて「見忘《みわす》れたか是《これ》於松我は濱田《はまだ》正司《しやうじ》なるぞと云《いは》れてつく〴〵顏を見守《みまも》り「最前《さいぜん》桝屋《ますや》で思はずも貴君《あなた》と見認《みと》めて詞《ことば》をかけしに咳《せき》に其場を紛《まぎ》らせ迚《と》やらすいつては惡《わる》いと存《ぞん》じまして默止《だまつ》て居《ゐ》たに此末《このすゑ》はどうなる事かと思つても身に覺《おぼ》えある惡事の罪科重《つみとがおも》い私しを其儘《そのまゝ》に繩《なは》を切《きり》すてなされたはどういふ譯《わけ》でござりますと問《と》へば庄司《しやうじ》は打笑《うちゑみ》て「どうしてとは知れたと去年某し東京へ官軍御發向《ごはつかう》の其砌《みぎり》先鋒《せんぽう》となり出府せしが大名小路《だいみやうこうぢ》の屯所《とんしよ》ゟ見染《みそめ》たそちがあでやかさ同僚《どうれう》と共に錢を取《とら》せ彈《ひか》した三筋《みすぢ》の日《いはく》までその白壁《しらかべ》が白化《しらばけ》の素性《すじやう》はいやしき非人と聞《きけ》ど元よ

り四海兄弟《けいてい》にて貴賤《きせん》の分ちハ其身の果報開明進歩《くわほうかいめいしんぽ》頑固《ぐわんこ》を捨《すて》ろなたの母が手引《てびき》をして折々《をり〳〵》そちが小家《こや》へゆき比翼連理《ひよくれんり》と末《すゑ》かけて契《ちぎ》つたことを忘《わす》れかね見そ〳〵馬鹿《ばか》に取るゝと思ひながらも多《おほく》の金をろちが爲に遣《つかひ》すて殊《こと》に紊律《ぶんりつ》にそむきし罪よて一旦禁錮《たんきんこ》の身となりしが幾程《いくほど》もなく奥羽《おうう》の役《えき》に罪を赦《ゆる》され出陣《しゆつじん》せしが庄司《しやうじ》が出世の蔓《つる》となり今でハ浪花《なには》へ轉役《てんやく》して重き役《やく》を勤《つとむ》る身のうへ本國より妻《さい》を呼《よび》よせ乘馬《じやうめ》を飼《かふ》て榮耀《ええう》にくらし人も羨《うら》やむ今の身の上何不足《なにふそく》なき我身なれど何《なん》の因果《いんぐわ》かろちがことを片時《へんし》の間《ま》も忘《わす》れかね家來《けらい》を密《ひそか》に東京へ廻《まは》して行衛《ゆくゑ》を探《さが》しが品川驛にて大坂吉《おほさかきち》とおなじ罪人の家に於て召捕《めしとら》れしと聞傳《きゝつた》へ猶《なほ》よりく〳〵に探索《たんさく》せしにその夜《よ》ろちだけ虎口《こゝう》を遁《のが》れ行衛《ゆくゑ》しれずと聞たりしが必定《ひつぢやう》そちハ此浪花《なには》へ流れ〳〵て來《く》るで有《あら》うと網《あみ》を張《はり》待《まち》つかひありし今宵《こよひ》の出合敵《であひかたき》なる罪も合點《がつてん》にて惚《ほれ》たハ士族《しぞく》の身にハあるまいき殘田正司が誤《あやま》りあれど戀《こひ》が世《よ》にいふ思案《しあん》の外《ほか》何《なん》と憎《にく》くハあるまいなど手《て》をとる庄司《しやうじ》に於松ハ落付《おちつき》「いつに變《かは》らぬあなたのお心切に余る其お詞《ことば》穢《けが》れし軀《からだ》の此躰《このさま》も御承知《ごしようち》の上からハどう成《なる》とお心任《こゝろまか》せたとへ命《いのち》をとらるゝとも決《けつ》して否《いや》とハ申ませぬ」流石《さすが》ハ度胸《どきやう》も人並《ひとなみ》より据《すわ》つたろちが生根魂《しやうねだま》その口先《くちさき》に殺《ころ》されるか武士《ぶし》を捨《すて》ても惚《ほれ》た某承知とあらバ折《をり》を見て邸《やしき》へ

改め引取《ひきとつ》て妾《せふ》にいたして置心夫程迄《おくこゝろそれほどまで》に背《そむ》かねば罪をゆるして姿《すがた》をかへさせ手活《ていけ》の花と詠《ながめ》んと猛《たけ》き正司も戀《こひ》の道くらきに迷《まよ》ふ潦《にはた》づみ霜《しも》にぬかりし畔道《あぜみち》も野火《のび》の煙《けむ》りか朧《おぼろ》げに於松ハ元より淫婦《いんぷ》の性《さが》口にやさしれた仇《あだ》あらし風にさへ〳〵竹やぶの内《うち》に幽《かす》かな一ツ家《や》あれバ是屈竟《これくつきやう》の家あらん正司が袂《たもと》を引《ひき》とゞめ「あそこに見《み》ゆる破《あば》ら家ハ軒傾《のきかたむ》けど一歳《ひとゝせ》も程經《ほどへ》し儘《まゝ》の此再會殊《くわいこと》に夜明《よあけ》に近けれバ今夜《こんや》ハあれにて積《つも》るお話《はな》し「チヽろちがろう云《いふ》心なら草の枕《まくら》も玉あられ尾花の枯《かれ》を衾《ふすま》となし風もる軒《のき》も竹垣《たけがき》に塒《ねぐら》はあれし鳥の巣《す》の「迷《まよ》ひし雲《くも》も雨となり」遠音《とほね》に松も住吉《すみよし》の「浦《うら》に打込む波頭《なみがしら》しつぼりぬるゝ謎々《なぞ〳〵》ハよい幸先《さいさき》と手に手をとり心ハ濁《にご》れど澄《すみ》きたる鐘《かね》も七ツの中〳〵と胸《むね》の曇《くも》りのハれやらぬ迷《まよ》ふ胡蝶《こてふ》の夢結《ゆめむすば》んと二人《ふたり》ハ空家《あきや》の蜘蛛《くも》の巣《す》を拂《はら》ひながらに内に入暫《いりしば》しハ疊も打《うち》たゝにしがいかなる契《ちぎ》りや結《むす》ぶらん

○第七回

去《さ》る程《ほど》に濱田正司ハお松が色香《いろか》に本心を奪《うば》ハれ彼桝屋《かのますや》より召捕《めしとり》て囚人駕籠《めしうどかご》に打《うち》のせしが人《ひと》里《さと》はなれし住吉街道《すみよしかいだう》茶臼山の麓《ふもと》にてお松が縄《なは》を切解《きりほど》き過し事ども云出《いひいで》ていとなまめく戀《こひ》路《ぢ》の道に元より毒婦《どくふ》のお松なれバ調子《てうし》を合《あは》せて程よくあしらひ怪《あや》しの空家《あきや》一夜を明《あか》しゝ手

管《くだ》に正司の心をとちかし其身《そのみ》の罪《つみ》ハ云も更《さら》なり禍《わざは》ひ却て僥倖《さいはひ》となりその後ハ或旅宿《あるりよしゆく》に暫《しばら》くかくまひ置《お》くゆゑ誰《たれ》知るものとてもなければ正司《しやうじ》はお松をその儘《まゝ》に宿所《しゆくしよ》へ連《つれ》て行んと思へと本妻安子《ほんさいやすこ》ハ本夫《をつと》に似合《にあは》ず貞操篤實《ていさうとくじつ》の女にて殊《こと》に實家ハ九州の或大藩《あるたいはん》の武士《もののふ》にて筋目《すぢめ》正《たゞ》しき者なれば流石《さすが》に正司も妻《つま》の手前《てまへ》いかゞあらんと恥《はぢ》らへばお松ハ其後長町裏に妾宅《せふたく》を構《かま》へさせ下女《げぢよ》一人を付置《つけおい》て何不足《なにふそく》なく暮《くら》させしが彼の光陰《くわういん》に關守《せきもり》なく茲《こゝ》に半年を過《すご》し明《あく》れば明治三年の如月《きさらぎ》の頃《ころ》となりしが兼て正司はわが妻《さい》の心正《こゝろたゞ》しき性質《さが》を嫌《き》らひ己れが邪道《じやだう》の類ハ友《とも》於松が淫婦《いんぷ》と惡事には抜目《ぬけめ》のなきを心によろこび日毎《ひごと》に妾宅《せふたく》へのみ寐泊《ねとまり》して本邸《ほんやしき》へハ少しも歸へらざれば淫酒《いんしゆ》にのみふけりしをば自然《しぜん》とお上の首尾惡《しゆびあ》しく此頃の身持《みもち》にてハ終《つひ》に免官《めんくわん》にもなるべき樣子《やうす》に妻の安子《やすこ》ハ胸《むね》を痛《いた》め何卒妾《なにとぞせふ》の於松とやらを本邸《ほんてい》へよびよせて一ツに置《おか》ばお身のため此頃世上も開化《かいくわ》に進み正權《せいごん》二人りの妻《つま》あるハ權家《けんか》の習《なら》ひと人も咎《とが》めぬ何《なに》卒《とぞ》して本夫《をつと》正司に此事を言いでんと本國より數年《すねん》の間《あひだ》めし仕《つか》ひし佐助といふ若徒《わかたう》に人知れず此とを云《い》ひ聞《きか》せ密《ひそか》に於松の妾宅《せふたく》へ時によせ種々《いろ〳〵》の贈《おく》り物なぞ何《なに》くれと安子からの心付《こゝろづけ》に正司も初《はじ》めて安堵《あんど》をなし於松の素性《すじやう》を詞《ことば》を搆《かま》へていろ〳〵に取繕《とりつくろ》ひ東京在勤《ざいきん》のその折《をり》に深

四十六

く馴染《なじみ》し柳橋の藝妓《げいぎ》なりと僞《いつは》りて竟《つひ》に本妻《ほんさい》安子にもひき合せ互《たが》ひに往來《ゆきゝ》をなし居《ゐ》たりしが其後《そのゝち》妻ハ於松を引取り一ツに居《ゐ》たいと望《のぞ》みしかバ今ハ正司も大きに悅《よろこ》びろの暮《くれ》に至りて於松を本家《ほんけ》へ引取りけり元より於松ハ賤《いや》しき身にて殊《こと》に種々《しゆ〳〵》の悪事もあれば世の人口《じんかう》も如何ならんと玆《こゝ》に足かけ二年を經《へ》たれバ最《も》早《はや》憚《はゞか》る端もなしと終《つひ》に本家に引移《ひきうつ》して昔しに變《かは》る權《ごん》妻風《さいふう》いとゞ美麗《びれい》の顔バせも都《みやこ》に近き浪花《なには》がたやさしき水にあらひあげ猶《なほ》一層《そう》の容貌《きりやう》をあげ心の底《そこ》ハ知れねども外面《おもて》ハ虫も殺《ころ》さゞる彼殷《かのいん》の紂王《ちゆうわう》が寵愛《ちようあい》して國家を亡《ほろ》ぼす妲妃《だつき》の妖狐《ようこ》にことならず日夜《ちうや》唄《うた》ひつ舞《まひ》などして酒池《しゆち》肉林《にくりん》の歡樂《くわんらく》ハうたてかりける有樣《ありさま》なり玆《こゝ》に又其以前於松が情夫《じやうふ》の大坂吉《おほさかきち》ハ賭博《とばく》の徒《と》にて悪遊もよからぬ事のミ行《おこな》ひしに況《まし》てや橋場の汐入堤《しほいりづゝみ》に於松の母《はゝ》と云合《いひあは》せ松屋の手代《てだい》忠藏より金百圓をゆすり取《どり》しと早くも其筋《そのすぢ》へ聞《きこ》へしかバ品川驛にて捕縛《ほばく》につき於松ハ其場《そのば》をのがれし故《ゆゑ》吉藏のミ法廷《ほふてい》へ引れゆき種々《しゆ〳〵》御吟味《ぎんみ》もありけれど當時ハ新政《しんせい》を御發令《ごはつれい》にて専ら御仁惠《ごじんゑ》の御沙汰《ごさた》なれバ彼《かの》吉藏ハ賭博《とばく》の罪にて罪科《ざいくわ》も輕《かろ》く徒《と》刑《けい》百日に處《しよ》せられしが程《ほど》なく放免《はうめん》となりしかバ流石《さすが》東京にもとゞまりがたく我古郷《わがふるさと》の浪花《なには》津《つ》へ跡《あと》を暗《くら》ましし人目を僞《いつは》り汚《けが》れし業《わざ》に緣《えん》ものがれぬ底の中間不思議《ちゆうげんふしぎ》にも吉藏ハ此頃《このごろ》濱田の

邸《やしき》へ住込《すみこ》し厩に馬を預《あづ》かれと間《ま》[illegible]隔《ひとへだ》てしとなれバ我が行末《ゆくすゑ》をかたらひし於松が茲《こゝ》におらんとは神ならぬ身の露知《つゆし》らぞ或日《あるひ》主個《あるじ》の庭先《にはさき》の掃除《さうじ》をなして居たりしが正司が居間《ゐま》に品川にて別《わか》れし於松が變《かは》りし姿《すがた》の權妻風《ごんさいふう》の出立《いでたち》に大坂吉《おほさかきち》は夢見《ゆめみ》し心地思《おも》ひはおなじ於松と驚《おどろ》き知らぬ事とて二人《ふた》り共《とも》ひとつ邸《やしき》に足《あし》を止めしは不思議《ふしぎ》の事どうしてこゝにといはんとせしが待暫《まてしば》し轟《とゞろ》く胸《むね》をおし靜《しづ》め晴《はれ》ていはれぬ二人りが中ゆゑ表《おもて》は素知《そし》らぬ風にしてよきに首尾《しゆび》あらバ互《たが》ひの身の上語《うへがた》りもしつ聞もせんと夫《それ》のみ心に思《おも》ひゐたり○扨茲《さてこゝ》に於松と吉藏はいかなる御世《みよ》に生《うま》れ合《あは》せ果報《くわはう》は棚《たな》から落《おち》てくると下世話《げせわ》の譬《たとへ》と同じとにて昔《むかし》が今に穢多非人《ゑたひにん》と蔑如《べつぢよ》せられし身分《みぶん》ありしが此頃《せつ》天下に布告《ふこく》せられて以後《いご》穢多《ゑた》の稱《しよう》を廢《はい》されて新平民と稱せられ華士《くわし》族平民《ぞくへいみん》と婚嫁《こんか》をるとも更《さら》におかまひなしとの御沙汰《さた》は甚身にとつては最難有《いとありがた》き僥《ぎやう》倖《かう》とぞ思はれけり斯《かゝ》る御沙汰のありし後《のち》は於松は心に猶驕《なほおご》りて間が能《よく》バ本妻《ほんさい》なる妾子《やすこ》を讒《ざん》して己《おの》れがなほり榮曜《えよう》榮花《えいぐわ》を盡《つく》さんと慾《よく》に目のなき盲人《めくら》蛇《へび》より〱事を工《たく》みしが兼《かね》て味方《みかた》を身に附《つけ》ねバ工みに依《よつ》ては成就《じやうじゆ》せぞと密《ひそか》に此家《このや》よ年久敷召仕《としひさしくめしつか》はれし下女のおさよは元大和《もとやまと》の生《うま》れにて生來貪慾無道《せいらいどんよくぶだう》にして身に徳付《とくつけ》ば恩《おん》ある人の命《いのち》にも係《かゝ》はる事でも何かいとはん火《ひ》

四十七

水の中《なか》へ飛《と》んで入らんといふ形勢《けしき》を早《はや》くも於松は見て取《とり》て平常《へいぜい》種々《いろ〳〵》の物《もの》などあたへ今はおさよも打解《うちとけ》て於松の味方《みかた》となりしぞ〇これに付ても東京にて互《たがひ》に思ひ思《おも》はれし彼《かの》大坂吉と一ッに居《ゐ》れば何とぞ首尾《しゆび》して逢《あは》んと思ひおさよを頼《たの》みて文《ふみ》などやり正司《しやうじ》の留守《るす》に密《ひそ》かに彼が厩《うまや》なる中間部屋《ちゆうげんべや》へ忍《しの》び行き傍りを憚《はゞか》るさゝめおと馬もいなゝく小夜更《さよふけ》て破《やぶ》れし屏風《べうぶ》に於松はより添《そ》ひ物《もの》をもいはず吉蔵が膝《ひざ》に取付《とりつき》忍《しの》びなき先日《いつぞや》座敷《ざしき》の庭先《にはさき》でお前に逢《あひ》し其後《そのゝち》も面《おもて》は毎日合《まいにちあは》せども人目ぞ憚《はゞか》り互《たがひ》に遂《つひ》に話《はな》しもせなんだがよくマアお前もお達者《たつしや》でといへバ吉蔵をといきをつきいつぞや爺《とゝ》の邸《やしき》へ来た時家《ときうち》の御前《ごぜん》が長町裏《ながまちうら》に權妻《ごんさい》があるときゝ下《げ》婢《ぢよ》のおさよに名を聞《きけ》バ慥《たしか》お松と聞《きい》た時ア、其名《な》を聞てもたのもしい夫《をつと》に付ても今頃《いまごろ》は何處《どこ》にどうして居《ゐ》らるとか思《おも》はぬ日とてハ一日も心《こゝろ》で泣《ない》て居たくらねのろいやうだが是於松手前《めへ》はおれ程思《ほどおも》やアしめへといへバ於松は泪《なみだ》ぐみ「人の心もしらないでよい大かいの虚計《うそばか》り斯《かう》して否《いや》な妾《めかけ》をして旦那《だんな》の機嫌《きげん》をとるといふもどうぞ再《ふたゝび》お前《まへ》に逢《あふ》て積《つも》る咄《はな》しをしたいから今迄《いまゝで》否《いや》な眞似《まね》をして生《いき》のびたのでござんすと男の膝《ひざ》に取《とり》すがりほころびかゝる撫子《なでしこ》の雨《あめ》に惱《なや》める風情《ふぜい》ん

○第八回

吉ハ心《こゝろ》も有《う》頂天《てうてん》「そういふ心と露《つゆ》知らず是迄《これまで》恨《うら》んだ罪深《つみふか》さ一ッ邸《やしき》に居《ゐ》るといふもよく〱盡《つき》ぬくされ縁《えん》旦那の眼《め》つまを忍《しの》ぶのだから永くなつてハ二人《ふたり》の身の上「ほんに知《し》れては命《いのち》づく悟《さと》られぬ内《うち》すこしも早くと反古《ほご》で張《は》りたる二枚折《をり》の屏風《べうぶ》の内に雨《あめ》とある折《をり》しも隙間《くるま》にさす月の照《てら》そかゞその忠僕《ちゆうぼく》佐助兼て於松が素《そ》ぶりといひ合點《がてん》ゆかざる馬丁《べつたう》吉藏必ぞ不義《ふぎ》と目《め》を付《つけ》て宵《よひ》から小蔭《こかげ》に窺《うかゞ》ひしが得《とく》と實さい見屆《みとゞけ》たれバ此時戸《と》を開《あ》け内に入り不義者《ふぎもの》動くなと聲《こゑ》かけられ二人りハ悔《びつく》り飛退《とびの》くを襟髪《えりがみ》とつて引倒《ひきたを》し佐助は怒れるこゑ荒《あら》らげ大恩《だいおん》うけしお主《しゆう》さまの目《め》をかすめ大膽《だいたん》な不義《ふぎ》淫行《いたづら》巳がめに掛《かゝ》つたからハ汝が運《うん》の盡《つき》た所旦那の御前へ引《ひい》て行と退行《のつぴき》させぬ詞《ことば》づめ遁《のが》れんものと於松ハわざと涙《なみだ》をこぼし佐助の裾《すそ》に取《とり》すがり「今《いま》更何《さらなん》と云譯《いひわけ》したとて所詮聞《しよせんきい》てハ下《くだ》さるまいが元との吉《きち》さんとハ云号《いひなづけ》といつか遁《のが》れの嘘言《うそごと》と誠も見《み》ゆる毒婦《どくふ》が口先《くちさき》吉ハぬからぞ佐助に向《むか》ひ「たとへ不義《ふぎ》とハ云《いふ》ものゝ元《もと》ハといへバ我女房旦那《だんな》ころ間夫《まをとこ》と血《ち》に血を洗《あら》ふハ好《この》まねバ茲《こゝ》はふだんのよしみ丈見《だけみ》遁《のが》して下されと二人《ふたり》が余義《よぎ》なき頼《たの》みといひ兼て於松を御主人《おあるじ》が連《つれ》て來《と》られしやうすといひ合點《がてん》ゆかざるとのみ

多《おほ》し今荒立《あらだて》てハ悪《あし》がりあんと我正路《わがしやうろ》に引くらべ又おく様《さま》のおぼし召《めし》も如何と思へバ詞《ことば》を和《やは》らげ二人りに向《むか》ひ「段々《だん〳〵》との入《いり》あけを聞《きけ》バどうやら兼てから知《し》りやつた中といへバ今宵《こよひ》の事ハ是切《これぎり》に見のがして遣《つかは》さそから以後《いご》ハ御主人を大切《たいせつ》にお爲を思つて忠義《ちゆうぎ》をつくせといふに二人《ふたり》はいよ〳〵悦びお前が此儘《このまゝ》堪忍《かんにん》してくれゝばいハゝ命《いのち》の親《おや》向後《きやうこう》心《こゝろ》をいれかへてお主《しゆう》大事と心掛《こゝろがけ》決《けつ》して淫行《いたづら》ハ慎《つゝし》ミますと手を合《あは》して禮《れい》をいへば佐助も今ハ打解《うちとけ》て詞少《ことばずく》なに出行《いでゆき》けり二人《ふたり》ハ跡《あと》にといきをつき佐助は本妻《ほんさい》安子の附人《つけびと》二人が中をけぞられたら何《いづ》れ仕舞《しまひ》は身《み》の大事「是《これ》から私しが口先《くちさき》で本妻《ほんさい》安子を罪に落《おと》し佐助も共に連累《まきぞへ》に舌《した》の劔《つるぎ》で寂滅《じやくめつ》させるハ斯々《かう〳〵》と耳《みゝ》に口寄《くちよ》せさゝやけば「そんなら下女《げぢよ》のおさよを玉《たま》に「細工《さいく》ハ流々《りう〳〵》その内にと二人《ふたり》ハ心の底工《そこだく》み母家《おもや》をさして歸り行其後《そのゝち》於松吉藏ハ本妻《ほんさい》安子を陥《おと》しいれんと悪玉下婢《あくだまげぢよ》のおさよをかたらひ多《おほ》くの物をやりなどして或日《あるひ》おさよを安子の部屋《へや》へひそかに忍《しの》ばせ手箱《てばこ》の内より盗《ぬす》ミ出《いだ》させしハ此程《このほど》安子が本國なる實父《じつぷ》の許《もと》より送りたる書状《しよじやう》にてろの文言《もんごん》は安子が弟何某《おとゝなにがし》が今度《こんど》洋行《やうこう》そるに付旅費《つきりよひ》にいさゝか不足《ふそく》あれバ兄に金子《きんす》を用達《ようだて》くれと頼《たの》みの状ゆゑ只兄《たゞあに》とのみ印《しる》しあれバ是をひとつの種《たね》として一ト狂言《きやうげん》と於松ハ悦び猶《なほ》おさよにハ禮《れい》をあた

へ其後《そのゝち》主《あるじ》正司が居間《ゐま》なるかねて金子《きんす》を入れ置たる手箱《てばこ》の内より金二百圓を盗《ぬす》ミ出し其傍《そのかたは》らへ彼《かの》手紙を落《おと》し置奪《おきうば》ひし金子ハ吉に渡《わた》し素知《そし》らぬ顔《かほ》で居たりしが正司ハ或日《あるひ》手箱《てばこ》を見て二百圓が不足《ふそく》なれバ惘《せつく》り驚き妾子をよび若《もし》や其方ハ知《し》らざるかと尋《たづ》ねに妾子も驚《おどろ》きてそこらを隈《くま》なくさがせしに思ひがけなき里方《さとかた》より送《おく》りし手紙が落散《おちゝり》あれバ心に驚き懐《ふところ》へ押隠《おしかく》さんとする所を折悪《をりあし》く本夫《をつと》に見られ隠《かく》すハ胡乱《うろん》と手早に取《とり》あげ「よりや其方《そのはう》へ里方《さとかた》ゟ送《おく》りし書状を開《ひら》き見れバ文中正《ぶんちゆうまさ》しく弟が洋行《やうこう》の無心状扨《むしんじやうさて》ハ其方盗《ぬす》しミならんと一図に妻《つま》と思ひ込《こ》ミ突然《いきなり》に髻《たぶさ》をとらへ己れ我目《わがめ》をかすめ二百圓を盗《ぬす》みしと玆《こゝ》にて白状《はくじやう》いたさねバからき目《め》に合《あは》せんと暴《あら》〳〵しき夫の怒《いか》り妾子ハ涙《なみだ》に氣もうろ〳〵元より盗《ぬす》ミし覺《おぼ》えハなけれどいういふことで彼書状《かのしよじやう》が玆《こゝ》に捨《すて》てありしと思へど今更云《いまさらいひ》わけするよしなく先立《さきだつ》ハ只涙《たゞなみだ》なり正司ハ猶《なほ》も怒りにたへかねサア白状《はくじやう》せねバくたバる迄折檻《までせつかん》せねバ一家のかきんと散々《さん〴〵》に打居《うちすえ》れバやうす立聞《たちぎゝ》く於松佐助欠出《かけいだ》して手にすがり「マア〳〵お待《まち》なされませ奥《おく》さまが此御難義《ごなんぎ》なか〳〵お金を盗《ぬす》むなぞとハ思ひもよらぬお疑《うたがひ》マア〳〵お待遊《まちあそ》ばしませと左右より留《とめ》る手を振拂《ふりはら》ふを佐助ハ確と押止《おしとゞ》め「此新造《しんぞう》さまに限《かぎ》つてハ盗みなそとハ思ひも寄《よら》ぬ是にハ必ず余《よ》

所《そ》外《ほか》に盗《ぬす》みしものがあるのハ必定外《ひつぢやうほか》を御詮義なされたうへ度《ど》折檻《せつかん》も程によるお痛《いた》ハしやと安子を圍《かこ》ひ涙《なみだ》と共に打《うち》かこめば正司ハ猶《なほ》も怒りの聲立《こゑたて》たとへ如何《いか》やう止《とむ》るともこの場で盗《ぬす》まぬけつ白《ぱく》な云譯《いひわけ》ありやと詰《なじ》り問《と》へバ安子ハ涙《なみだ》の顔《かほ》をあげ「今更《いまさら》心に曇《くも》りなきことをどんなに申たとて此お怒《いかり》のある所でハ所詮《しよせん》心解《こゝろとけ》ぬ度氣性《きしやう》ことに實家の無心状《むしんじやう》其文体《そのぶんたい》に只兄と記《しる》してあるハ父親《てゝおや》から實《じつ》の兄への頼《たの》み状《じやう》なれど此塲に捨《すて》あれバ申分ハ立《たち》がたしかゝる無實《むじつ》も宿世《しゆくせ》の約束《やくそく》必ずお恨《うら》ミハ申しませぬと覺悟《かくご》極《きは》めて目を眠《ねむ》り思ひ入たる体《てい》なれバ猶々《なほ〳〵》つのる癇癖《かんへき》に「世の諺《ことわざ》にいふ通り其身の罪に云譯《いひわけ》なく覺悟《かくご》極《きは》めし其体《そのてい》ハ所謂盗人猛々《いはゆるぬすびとたけ〴〵》しい今手討《てうち》とハ思へども苦痛《くつう》をさせるもその身の錆庭先《さびにはさき》の物置《ものおき》へくゝして藪蚊《やぶか》にせゝらすも自業自得《じごふじとく》といましめもかよわき女子を高手小手《たかてこて》髪《かみ》ハ乱《みだ》れて衣類ハ破《やぶ》れ目もあてられぬ情《なさけ》なさ止《とめ》る佐助を蹴飛《けとば》して僕《ぼく》にいひ付其儘《そのまゝ》に物置《ものおき》へこそ引立ゆく頃ハ水無月末《みなづきすゑ》なれバ晝《ひる》の暑《あつ》さにやぶ蚊《か》多くつけ物樽《ものだる》や薪炭《まきすみ》を小高く積《つみ》し古長持柱《ふるながもちはしら》につなぐいましめに安子ハ身《み》うち腫《はれ》いたミ絶入《たえいる》計りも武士《もののふ》の家に生《うま》れしけなげさハ心臓《こゝろおく》さぬ覺悟《かくご》のていゝとゞ日長き夏《なつ》なれば西日《にしび》に傍《あた》る計りも熱湯《ねつたう》に等《ひと》しき苦痛《くつう》も假《かり》そめに四五日計《ばか》り食物も與へず茲《こゝ》に繫《つな》がれて身ハたゞ足の動《うご》く計

り既《すで》に命も絶《たえ》なんと思ふ所へ物置《ものおき》の錠《ぢやう》おし明《あけ》て小聲になり奥《おく》さま〳〵と呼《よぶ》ものあり安子ハ夢《ゆめ》か現《うつゝ》かと目を開《ひら》いて此方を見れバ日頃《ひごろ》力《ちから》と頼《たの》みし佐助「ヲ、そなたは佐助か「ヲ、奥《おく》さまよふ御無事《ぶじ》でお出《いで》なされましたと佐助ハ安子《やすこ》がなさけなき目《め》も當《あて》られぬ姿《すがた》を見て涙《なみだ》に目もくれ氣《き》も半乱《はんらん》安子が繩目《なはめ》を引《ひき》ほどき痛《いた》む所を撫《なで》さすり思ハずワツト泣《なき》いだしわれと我身を忘《わす》れたる忠義《ちうぎ》の程ぞたのもしゝ安子ハかゝる助《たす》けを得《え》しハもしや夢《ゆめ》かと思ひきや力《ちから》と頼《たの》む佐助なれば不審《ふしん》はれずと小聲《こゞゑ》になり「わらはがかゝる憂目《うきめ》に逢《あ》ひ今宵《こよひ》で四日この物置《ものおき》に身ハいましめに繫《つな》がれしも我夫《わがつま》のれ怒《いか》りゆゑ身に覺《おぼ》えなきとなから本人《ほんにん》の出るまではたとへどんな目《め》に逢《あは》ふともじつと堪《こら》へてゐる覺期《かくご》今宵《こよひ》に限りいましめの繩《なは》をゆるめて助《たすけ》し若《もし》や本夫《をつと》のお心とけ身《み》の濡衣《ぬれぎぬ》もはれしかといと嬉《うれ》しげにうち問《と》へハ佐助ハ傍《かたへ》に手をつかへ「御尤ものその仰《おほ》せ及バずながら此《この》佐助も旦那《だんな》さまへ種々《いろ〳〵》とお詫《わび》をなせど一旦《たん》のあのお怒りにお心解《こゝろとけ》ず此度《このたび》の日に食物《しよくもつ》さへ差上《さしあげ》ぬときゝせめてあなたへ握飯《にぎりいひ》など人目を忍《しの》んで差上んと思へど晝《ひる》ハ見る目かぐ鼻日頃《はなひごろ》あなたがお目かけられおつかひなされた小者《こもの》さへ旦那《だんな》さまへ氣兼《きがね》して誰《たれ》も心で思ふばかりされど日數《ひかず》を經《へ》る儘《まゝ》にもしお命《いのち》にかゝハるかと心を鬼《おに》に道ならねど今宵《こよひ》ひそかに物置《ものおき》の鍵《かぎ》を盗《ぬす》んで爰へ忍《しの》びあなたを逃《にが》し申す心ど小重箱《こぢゆうばこ》より握《にぎ》り飯《いひ》二ッ三ッ取《と》いだし平常《へいぜい》あなたは御持病《ごぢびやう》に多くはあがらぬ三度《ど》のお食《しよく》とはいひながら永《なが》の日をといひつゝ涙《なみだ》もせきあへぬ厚《あつ》き心は一命《めい》をつなぐ今宵《こよひ》の賜物《たまもの》と安子は幾度《いくど》か押《おし》いたゞき「いつに變《かは》らぬうちが心切《しんせつ》忘《わす》れはせぬと握飯《にぎりいひ》たふべ終《をは》れば佐助は小聲《こゞゑ》にて「たゞ今お話《はな》し申せし如く此上《このうへ》ともに旦那樣《だんなさま》のお心とけねば此まゝに餓死《がし》してはてなされる時はいつか汚名《をめい》の晴《はれ》る日なしされば今宵《こよひ》人知れず裏《うら》の高塀《たかへい》のり越《こ》へて遠くもあらぬお兄イさまのお家へ暫《しば》らくれ身をよせられお身《み》の曇《くも》りをはらさせたまへ今貞節《いまていせつ》を守《まも》ればとて死ての後《のち》は誰《たれ》かはらさん犬死《いぬじに》するより少《すこ》しも早くと佐助が詞《ことば》に安子は驚き「そらはゝ聲《たか》へ此まゝに爰《こゝ》を首《しゆ》尾《び》よく立退《たちの》く共必ず跡《あと》でそなたの罪《つみ》といふを打消《うちけ》しいら立て「そのお案事《あんじ》は去《さ》る事なれど此佐助は只今迄《たゞいまゝて》の御恩報《おんほう》じ元より命は捨《すて》る覺悟《かくご》跡《あと》には少しもお氣遣《きづか》ひなされますなと氣《き》をはげまし安子が亂《みだ》れし髮取《かみとり》あげ介抱《かいはう》しつゝ伴《ともな》ひ出《いで》「アヽ思へばかゝる憂目《うきめ》を見るもいつぞや權妻《ごんさい》於松が不義《ふぎ》の相手は廐《うまや》に召抱《めしかゝ》へし吉藏なりと見認《みとめ》しゆゑ若《もし》や旦那《だんな》へその事を告《つげ》んと思ひ陰惡《いんあく》を早くも包《つゝ》む裏表《うらおもて》あなたへ罪《つみ》をふりかけしも彼奴《かやつ》ふたりが仕業《しわざ》とは心に知《し》れど於

松が出所定《しゆつしよきだ》かならざるその上によからぬ噂《うはさ》もちらりと聞《きけ》ばもし此事を尹出《だ》しなば御主個《ごしゆじん》のお身の上と思《おも》へばじつと堪《こら》へる心中《しんちゆう》「見す〳〵不義《ふぎ》を見認《みと》めても明《あけ》ていはれぬ此身の因果《いんぐわ》殊《こと》に爰《こゝ》を退《のが》れ出なば跡《あと》でかならずそなたの難義《なんぎ》「それも此身《このみ》の災難《さいなん》と命《いのち》にかへる佐助が忠《ちゆう》節《せつ》「とはいへみそ〳〵罪《つみ》をきせ生《いき》ながらへては義理《ぎり》たゝず」「今更《いまさら》それは御《ご》未練《みれん》と死を決《けつ》したるけなげさに安子《やすこ》は泪《なみだ》にくれたるが傍《そば》に佐助がせき立《たつ》て人に悟《さと》られ見咎《みとが》められなば盡《つく》せし忠義《ちゆうぎ》も水の泡《あは》と泣入《なきい》る安子をはげましつゝ終《つひ》に裏手《うらて》の塀《へい》を越《こ》へ安子を助《たす》け出しけり

○第九回

其翌日物置《そのよくじつものおき》に繋《つな》ぎおきし安子が何處《いづく》へか退《のが》れしと聞て正司は打驚き扨《さて》は家内に人知れず助《たす》けし者がありしかと怒《いか》りに堪兼《たへかね》男女を呼寄《よびよ》せ嚴《きび》しき吟味《ぎんみ》に佐助がわざと知れ憎《にく》き奴《やつ》と安子を繋《つな》ぎし物置《ものおき》に又もや佐助をしばり置《おき》最手《いとて》荒《あら》き呵嘖《かしやく》のせめ元より佐助は覺期《かくご》の事故終《つひ》に其夜舌《した》をかみ切血《きりあけ》に染《そま》つて死したるは最《いと》も哀《あはれ》な事共なり是にて正司も心《こゝろ》折れ悪《わる》いとをは悟《さと》れ共今更に詮方《せんかた》なく阿松と共に相談《さうだん》して彼《かの》大坂吉に委細《いさい》を含《ふく》ませ病死の体《てい》に披露《ひろう》して棺桶《くわんをけ》に死骸《しがい》を納《をさ》め密《ひそか》に寺院に葬《はうむ》りしそな」扨《さて》も安子の實《じつ》の兄は我妹《わがいもふと》に濡衣《ぬれぎぬ》きせ剰《あまつさ》へ非道の

の所置《しよち》をなしたると共《とも》怒りにたへぞ談判《かけあひ》たれ共慘酷非道《ざんこくひだう》のしれ者なれば安子が兄《あに》もゝてあまし終《つひ》に離縁《りえん》なしたりき其後《そのゝち》於松は吉藏と思《おも》ひのまゝに安子を讒《ざん》し佐助をすでに死《し》したれば今は憚《はゞか》る所なく増々《ます〳〵》正司の目《め》をかすめ淫樂《いんらく》に日を送り爰《こゝ》に三年を過《すご》せしは世の諺《ことわざ》にいふごとく凡夫《ぼんぶ》盛《さか》んに神たゝらずされど天網漏《てんもうもれ》るとなく正司は日頃《ひごろ》の勤向《つとめむき》も邪《よこしま》のことのみありて彼《かの》佐助が横死《わうし》を隠《かく》し其筋へも屆けおき其罪も輕《かろ》からずと終《つひ》に職務《しよくむ》を免《めん》ぜられ其上に拘引《かういん》せられ言譯《いひわけ》たゝず檻倉《かんさう》に拘留《かうりう》の身となりしが元より數條《すでう》の罪科《つみとが》あればわれと我身で舌《した》をくひ切囚獄所《きりしうごくじよ》に果《はて》たりけりかゝる事共打《うち》つゞけど於松は妾《せふ》のことなれば運《うん》よくも罪《つみ》をのがれ彼《か》の目《め》のうへの瘤《こぶ》なりし正司も死《し》せしと聞たれば密《ひそか》に吉とかたらひて正司が所持《しよぢ》の金《きん》子《す》は更《さら》なり衣類調度《いるいてうど》をかきさらひ其夕暮《そのゆふぐれ》に人知れず爰《こゝ》を欠落《かけおち》なしされど遠くへ走《はし》りなば却《かへつ》て人に怪《あやし》められんとわざと近間《ちかま》の桃谷《もゝたに》なる裏の借家《しやくや》に身を潜《ひそ》め暫《しばら》く爰《こゝ》に足を留めしが此頃正司が家財《かざい》のことにて二人《ふたり》が在家《ありか》を尋《たづぬ》ると聞て二人《ふたり》は心落居《こゝろおちゐ》ず竟《つひ》に再び東京へ便船《びんせん》なして遯《にげ》延《のび》んとそこ〳〵に家をたゝみ裏道《うらみち》づたひに旅立《たびだち》せしが罪の報《むく》ひか道ふみ迷《まよ》ひ彼津《かのつ》の國の魔《ま》所《しよ》なりと音《おと》に聞《きこ》えし摩耶山《まやさん》の麓《ふもと》にかゝりし其頃は極月下旬《ごくげつげじゆん》の雪諸《ゆきもろ》ども二人が罪に降《ふり》かゝる

雪風烈《はげしく》摩耶《まや》おろし人も通《かよ》はぬ向ふより鐵砲《てつぱう》かたげて獵人《かりうど》が早走《はやばし》りに欠來《かけきた》りやをら聲《こゑ》かけ旅人《たびゝと》よ雪に火繩《ひなは》を消《けし》たれバ摺附木《すりつけぎ》のマッチあらバ貸《かし》てと思ハぞ見かはす顔《かほ》に獵人《かりうど》ハ驚いて

「ヤ、そなたはいつぞや駿河路《するがぢ》にて海へ落《おち》たる於松ならぞやといハれて挑持二人も惘りよくく見れバ其以前《そのいぜん》拘引《かどわか》されし根方《ねがた》の作藏こなたハ鐵砲手《てつぱうて》に持直《もちなほ》し死んだと思つたこなたにあふよく〳〵盡《つき》ぬ縁《えん》ならん所もてうと摩耶山《まやつさん》で出合《でつくわい》したが百年目是から内へ連《つれ》て行き抱《だい》て寐《ね》るからさう思へ野郎《やらう》ハ亭主《ていしゆ》が知らねへが此作藏が手並《てなみ》を見よト鬼《おに》をあざむく勢《いきほ》ひにて鐵砲振《てつぱうふり》あげ打《うつ》てかゝれば心得たりと大坂吉用意《ようい》の懷劔抜《あひくちぬき》かざし互《たが》ひにとバし挑《いど》みしが九十九折《つゞらをり》なる山道の雪《ゆき》に氷《こほ》りて足をそべらし大坂吉ハ後《うし》ろなる數丈《すうぢやう》の谷間へ落入《おちいり》たり於松ハ吉が落《おち》たるに心もそゞろに立騒《たちさわ》ぐを作藏は確《しつ》かと押《おさ》へ野郎《やらう》ハ谷へ落《おち》たれバどうせ死ぬのハ當然《あたりまへ》サア否《いや》といへば鐵砲《てつぱう》でズドンとやつて命《いのち》をとる夫が否《いや》なら抱《だか》れて寐《ね》るかと退引《のつひき》させぬおどしの鐵砲《てつぱう》於松ハ心に思案《しあん》を定め否《いや》ながらも一旦《たん》ハ心に隨《したが》ひ折《をり》を見て逃延《にげのび》るよそがもあらんと元より不敵《ふてき》の毒婦《どくふ》なれば吉が横死《わうし》も心にかけぞ終《つひ》に作藏がいふ儘《まゝ》に其隠家《かくれが》へ至りて見れバ摩耶《まや》の麓《ふもと》の一軒家《けんや》世を忍《しの》ぶ身の刑状持鬼《きやうじやうもつおに》の女房に鬼神《きじん》の譬《たとへ》へつひに於松ハ作藏が心の儘《まゝ》に身をまかせしハ最《いと》も不思議《ふしぎ》の縁《え》にしなり爰《こゝ》にいぶせき山家《やまが》には梅も暦《こよみ》とその月も早《はや》如月《きさらぎ》の末《すへ》なれど新暦《しんれき》ゆゑかまだ寒《さむ》く日々雪は降《ふり》つみて山鳴《やまなり》には屈竟《くつきやう》と作蔵ハいつもの如く鉄砲かたげやまにゆくを兼《かね》て於松ハ二月の爰《こゝ》に月日を過《すご》せ共《ども》心の奥《おく》の知れざれば倶《とも》に山路《やまぢ》へ連行《つれゆき》しに雪《ゆき》ハたま〱降《ふり》しきり皆白妙《みなしろたへ》の銀世界《ぎんせかい》谷間《たにま》もわかぬ山懐《やまふところ》彼《か》の作蔵ハ猪小家《しゝごや》に労《つか》れを休《やす》めしをりなれバ玉込《たまこ》めなせし鉄砲を其儘傍《そのまゝかた》へに立かけおくを於松ハ心に思《おも》ふやう此鉄砲《このてつぽう》にて作蔵を殺《ころ》して此場《このば》をのがれんものと大胆《だいたん》にも心にうかゞやせ腕《うで》なれど一生懸命《しやうけんめい》鉄砲を手にとりて作蔵目掛《めがけ》て引《ひき》がね外《はづ》せバ玉ハ煙《けむ》りと諸共に山彦《こだま》に響《ひゞ》く一発《ぱつ》の鳴《なら》ひハそれて彼方《かなた》の谷間へ筒音《つゝおと》高く打込《うちこ》んだり作蔵ハ怒《いか》りに堪《たへ》ぞ己れ毒婦《どくふ》め鉄砲にて我を殺《ころ》さん心なるか今迄枕《いまゝでまくら》をかハせしも剱《つるぎ》をふくむか針《はり》のむしろ夫故《それゆゑ》恐もゆるさぬにいよ〱おれを殺《ころ》さうとハ可愛《かあい》さ余《あま》つて憎《にく》さの譬《たとへ》「モウ生《いか》してハ置《おけ》ぬといひつゝ山刀をすらりとぬきお松が脊《せ》より切《きり》かけるにゐあたも女の一生懸命下《しやうけんめいした》をくゞつて雪つぶで木立《こだち》を楯《たて》に逃廻《つげまは》る折《をり》から先の筒音《つゝおと》に驚《おどろ》きたりしか大熊《おほくま》一疋《ぴき》此方を目掛《めがけ》て飛来りやにハに作蔵が太股《ふともゝ》目がけてかゝ付《つけ》バ何《なに》かは以てたまるべきアット叫《さけ》ぶ声諸共《こゑもろとも》のた打廻《うちまは》りて息絶《いきたえ》たり再び熊ハ猛《たけ》り立《だち》れ松を目掛《めがけ》て

六十

飛付《とびつく》をおなやと於松ハ身《み》をかハし避《よけ》んとなしたる足元の崩《くづ》るゝ雪と諸共《もろとも》に數丈《すうぢやう》の谷へ落入《おちい》つたり餘ハ猶更荒廻《なほさらあれあま》り雪を蹴立《けだて》て其儘《そのまゝ》に山より山へ欠行《かけゆ》きたり」實《げ》に數丈の谷底《たにそこ》も雪降《ゆきふり》つみて川を埋《うづ》め樹木《きゝ》の梢《こずゑ》に雪持《ゆきもち》て往來《ゆき》ハとたへし道ながら茲ハ大師《だいし》の靈場《れいぢやう》なる再度山《ふたたび》への近《ちか》道《みち》なれバ雪を踏分《ふみわけ》一人の旅僧行脚《たびそうあんぎやく》の笠《かさ》に墨染《すみぞめ》の衣《ころも》も白く行惱《ゆきなや》み杖《つゑ》を力に歩行《あゆみ》來《きた》り傍《かたへ》を見るに女の死《し》がい央《なかば》ハ雪に埋《うづ》ミたるあり旅僧《たびそう》驚き立寄りて藥《くすり》を與て抱起《だきおこ》し聲張上《こゑはりあ》げて呼掛《よびかく》れバ息吹《いきふき》かへし人心地《ひとごこち》も付《つき》しと見ゆ傍《あた》りをきよろ〱見廻《みまは》すに旅僧ハ悦びて女中《ぢよちゆう》よ心ハ付たるかといふにお松ハ形《かたち》を改め何國《いづく》のお方か知《し》らね共危《ともあやふ》き命をお救《すく》ひ下され有難《ありがた》ふござりますと悪人ながら再生《さいせい》の恩《おん》に暫《しばら》く感《かん》じ居たり此時お松ハ咽喉《のど》乾《かは》けバ傍《あた》りの流れの氷柱《つらら》を取んと二三歩《ぼ》あゆミて傍《かたへ》を見れば雪に赤《あか》きハ血汐《ちしほ》のしたゝり心得がたしと確《きつ》と見れば見覺《みおぼ》ゑのある衣類の縞《しま》がら扨《さて》は去《さん》ぬる極月《ごくげつ》に谷間へ落《おち》し吉藏どのもやハり是《これ》なる一ッ谷間《たにま》へといふに旅僧《たびそう》ふしんはれど「―シテ御婦人《ごふじん》にハこの雪の下《した》に何《なに》やら埋《うづ》みしかときかれて於松ハ涙《なみだ》をうかべ頓《やが》て雪を掻《かき》わけれバ日數《ひかず》ハ經《へ》れど雪のために吉の死骸《しがい》ハ生るが如く更に腐敗《ふはい》もなさゞれバ於松ハ死骸《しがい》に抱《いだ》きつき知らぬとて今日《けふ》の今又ぞろ根方《ねがた》の作藏がために私《わたし》も此谷へ

落《ゆう》て危《あや》ふき其處を是なる御僧《ごそう》に助けられ命ハ拾《ひろ》へどおさましやこの有《あり》さまハ何事予殊《こと》に因《いん》果《くわ》ハめぐり來《き》て作藏とても熊《くま》のために非命《ひめい》の死を遂《とげ》目前《もくぜん》に報《むく》ひハ早き此身の惡業《あくげふ》れ前とひ私し迄《まで》此谷底《たにぞこ》で落合《おちあ》ふも是みな因果《いんぐわ》の廻《めぐ》る處今の今まで悟《さと》らざりしが死ねバ誰《たれ》でも淺間《あさま》しい此亡骸《このなきがら》のはかなさと惡《あく》につよきも善《ぜん》にもとり初て悟《さと》る於松《まつ》が實心《じつしん》さくに旅僧《たびそう》進み出《いで》ろあたに逢《あふ》ハ初《はじめ》てあれど心有りげの身の懺悔《ざんげ》われらが助《たす》けしそなたゆゑ身の惡業《あくげふ》を悟《さと》らるゝハとりも直《なほ》さぞ愚僧《ぐそう》が功委《かうくは》しき話《はなし》ハ後に聞ん其亡骸《なきがら》ハ此處へ埋《うづ》めて回向《ゑかう》さんと雪かき分《わけ》て吉が死骸土葬になして經《きやう》よみ終《をは》りお松を連立《つれだち》近傍《あたり》なる旅店《りよてん》に泊《とま》りて是迄の罪《つみ》のさんげをいち〳〵語《かた》り今ハ本心に立《たち》かへり彼旅僧《かのたびそう》の徒弟《とてい》となり亡《な》き人々の菩提《ぼだい》を問《と》はんと心實《しんじつ》見えしお松が心に旅僧《たびそう》も種々《いろ〳〵》と佛の道を解論《ときさと》し終《つひ》に師弟の約《やく》をせしが猶《なほ》もお松ハ姿《すがた》の仇《あだ》を最《いと》うるさゝや思ひけん有合火器《ありあふたふなふ》の燒《やけ》しを取あげ我と我手で頬《ほう》へ押當《おしあて》最美《いとうつ》くしき顔色も忽《たちま》ち變《かは》る煩惱《ぼんのう》の是でさづなを絶《たち》ましたといふに旅僧《たびそう》殊更《ことさら》悦び遂《つひ》に是より彼僧ハれ松を伴《ともな》ひ古郷《ふるさと》なる甲斐の國巨摩郡延山寺村《こまごほりはんざんじむら》の山里ある庵《いほり》にかくまひ經《きやう》など教《をし》へ爰に一年を過《すご》せしがそも此寺ハ山寺なれど日蓮宗《にちれんしう》にて蓮正山妙顯寺《めうけんじ》と呼《よび》なして近村に檀家《だんか》多くいと有福《いうふく》に金なぞ蓄へ和《お》

尙日海《しやうにつかい》ハ未だ四十《よそぢ》にたらざれど行堅固《おこなひけんご》に彼お松も最恥《いとはづ》らひし身の懺悔《ざんげ》にひとたびは姿《すがた》を換《かへ》たりしが所謂咽元過《いはゆるのどもとすぐ》れバの世の諺《ことわざ》も宜《むべ》なるかな此頃《このごろ》於松ハ山里に身ハ薪水《しんすゐ》の行《ぎやう》をいとひ心倦果煩悩《こゝろあくまでぼんのふ》の犬もふたゝび去《さ》り兼《かね》たか只管《ひたすら》古郷東京へ出なバ母《はゝ》の生死《しやうし》も知れんと思へど身にハ一錢の蓄《たくは》へなければ儘《まゝ》ならずと忽ち惡心《あくしん》を起《おこ》したる毒婦《どくふ》が性根《しやうね》ぞぜひもなき或夜《あるよ》家内の寐息《ねいき》を伺《うかゞ》ひ和尚が居間《ゐま》の小簞笥《こたんす》へ手を掛《かけ》金を奪《うば》ハんとなす者あり日海《につかい》早くも目を覺《さま》し其手を押《おさ》へ盜賊ありと呼《よば》ハれバ下男の誰彼《たれかれ》欠付《かけつけ》て手燭《てしよく》を照しよく見れば是なん於松の仕業《しわざ》なれバいづれもあきるゝ計《はか》りなり於松ハ今更面目《いまさらめんぼく》なければ身の罪を隱《かく》さんと詞《ことば》を工《たく》みに日海が我身を日頃口說《ひごろくどき》たまひ今宵寢處《こよひねどこ》に忍《しの》びしありと色にとよせ陳《ちん》じたれバ一層《ひとしほ》日海憤《いきどほ》り汝に出て汝《なんぢ》にかへる斯《かゝ》る毒婦ハときがたし汝等《なんぢら》兩人夜明《よあけ》なば我門前を拂《はら》へよかし又於松にも異《い》見《けん》をなし少しの金を遣《つか》ハしてとかくなす内夜《うちよ》も明《あけ》れば壇家《だんか》の誰彼寄集《たれかれよりつど》ひ猶憎《なほにく》しとや思ひけん村外《はづ》れに連行て散々《さんざん》に打悩《うちなや》まし半死半生にして追《おひ》やりけり扨《さて》も於松バ二年《ふたとせ》の身の行ひの空《む》になりて再度盜《ふたゝびぬす》みの罪科《つみとが》にて多くの者に打擲《ちやうちやく》され身うちは痛《いた》みて疵《きず》となりしに不思議《ふしぎ》ハ先頃姿《さきつころすがた》を變《かへ》ん其爲に燒火器《やけひすのふ》で面《おもて》を燒《やい》た其疵《きず》が再發《さいはつ》なして腫《はれ》たゞれ顏が膿汁《うみしる》したゝりて

其臭《そのくさ》きと云《いふ》べうも非すかてゝ加《くは》へて打擲ハ黒紫《くろむらさき》に腫《はれあが》り左《さ》ながらまだらの犬《いぬ》の如く生《いき》ながらにして畜生道世間《ちくしやうだうせけん》の人にハ忌嫌《いみきら》ハれ身を寄《よ》すべきに所なければ汐入堤《しほいりつゝみ》の母の許《もと》へ行んとぞして程近《ほどちか》き千住なる舊刑場《しよけいば》まで來りしが折《をり》しも降出《ふりだ》す雪は道を埋《うづ》め朔風肌《さくふうはだ》へをつんざくごとく身ハ冷《ひ》え氷《こほ》りて一歩もあるけぬ詮方無《せんかたなき》に木蔭《こかげ》に立より一息《ひといき》ほつとつきたりける」兩《もの》端話説《がたりふたつにわかる》還《かへつ》て解《さく》松屋の手代《てだい》忠藏ハ一人蒲原の旅店《はたごや》に置去《おきざり》せられ於松が身《み》の代《しろ》の三十圓ハ贋金《にせがね》なればかゝる難義《なんぎ》もお主《しゆう》の罰《ばち》とその夜寐床《ねどこ》をぬけ出て裏手《うらて》の井戸へ身を投《なげ》んとせし所へ忠藏の父《ちゝ》忠兵衛が伜《せがれ》の安否《あんぴ》を尋《たづ》ねんとはからず茲《こゝ》に泊《とま》り合《あは》せ我子なりともしらずして取り止めたりし玉《だま》の緒《を》ハ親子が奇偶《きぐう》の對面に以前《いぜん》の金を又よく見れバ贋金《にせがね》にハあらざる故《ゆゑ》二人りハ喜び路金《ろぎん》として打連立《うちつれだち》て松屋へゆき忠藏が先非《せんぴ》を悔悟《くわいご》の謝言《わびごと》に主人も其つゝがなきをよろこび故《ゆゑ》なく聞入《きゝいれ》たりしゆゑ是迄《これまで》の恩報《おんはう》じと家業に精《せい》を出せしかバ間《ま》もなく暖簾《のれん》をもらひうけ店《みせ》を開《ひら》きて有福《いうふく》の身となりし後或日《のちあるひ》西新井の弘法大師《こうばうだいし》へ参《まゐ》りし歸り路《ぢ》不計《はからず》も千住にてお松が哀《あは》れな姿《すがた》をみて仇《あだ》に答《こたふ》るに恩を以てす忠藏の仁慈《じんじ》五圓の金を惠《めぐ》んでやり余《よそ》ながらの暇乞《いとまごひ》も是ず一世の別《わか》れにて於松ハ汐入堤《しほいりつゝみ》なる母おちよの許《もと》に至り其金にて治療《ぢれう》を盡《つく》せど

藥《くすり》のきゝめも更《さら》に見えず病《やま》ひはます〳〵重《おも》くなり犬《いぬ》の如くに狂《くる》ひ廻《まは》りて死《し》たるは明治十年二月九日の事にして積悪《せきあく》その身にむくひ來《き》てかゝるをわりを取しなるべし狐《きつね》の人を誑《たぶら》かすや一朝《てう》一夕《せき》害《がい》猶《なほ》淺《あさ》し美女の獸心傾國《じうしんけいこく》の害嗚呼《がいあゝ》恐《おそ》れても恐るべしと樂天《らくてん》の妙文《めうぶん》いたれるかなと嘆《たん》じて茲に筆《ふで》を閣《さしお》く

鳥追阿松海上新話　終

明治十九年九月廿五日御届
同　年十月十日出版

定價五十錢

飜刻出版人　菅谷與吉

發兌元　大川錠吉
浅草區三好町七番地

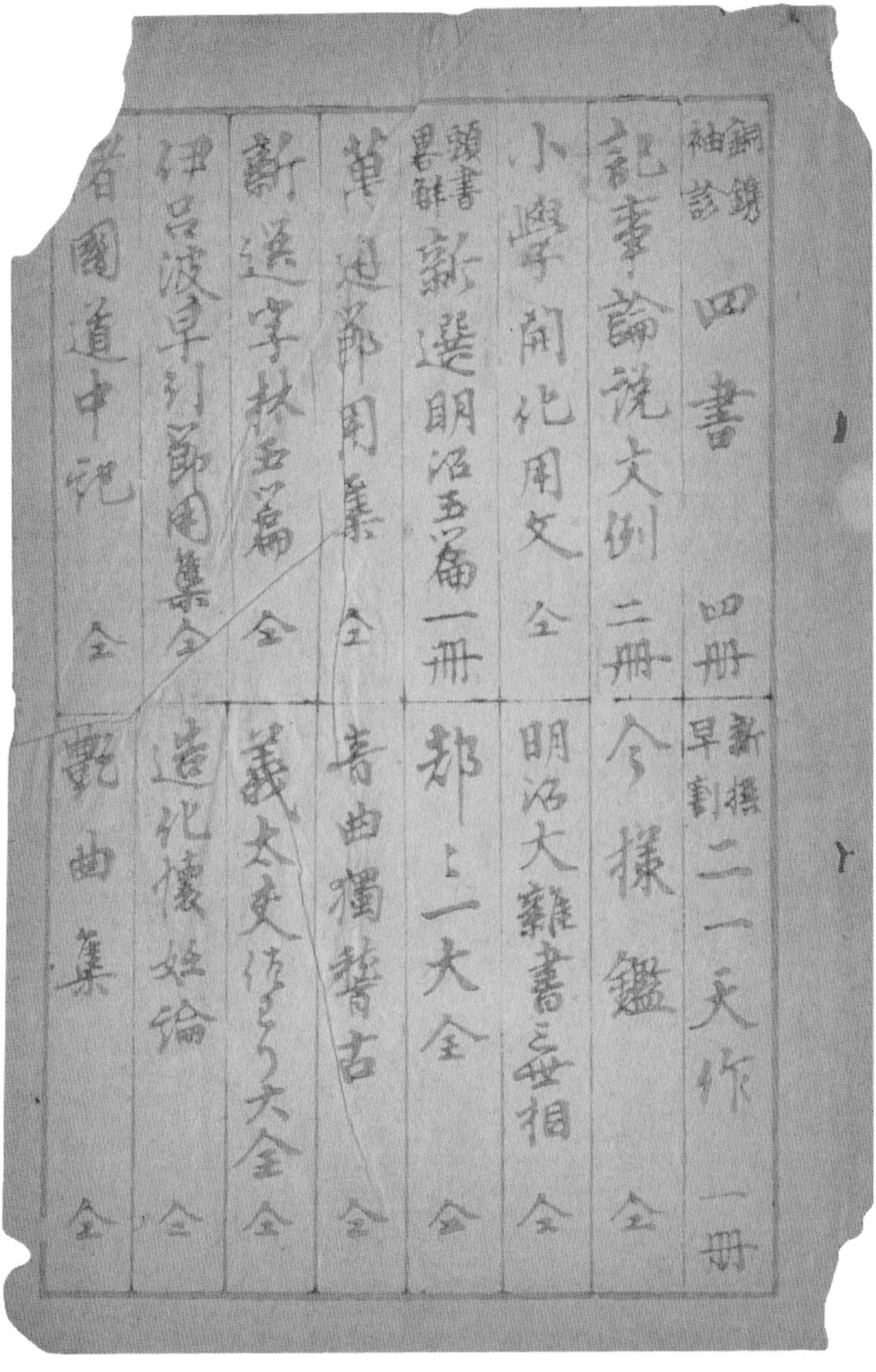
銅鐫袖珍 四書 四冊
記事論説文例 二冊
小学開化用文 全
頭書畧解 新選明治玉篇 一冊
萬通節用集 全
新選字林玉篇 全
伊呂波早引節用集 全
各国道中記 全
新撰早割 二一天作 一冊
今様鑑 全
明治大雑書三世相 全
都々一大全 全
音曲獨稽古 全
義太夫けいこ大全 全
造化懐妊論 全
艶曲集 全

家
書
榮
堂

俗謡『鳥追お松くどき』

明治十三年刊

鳥追お松くどきふし

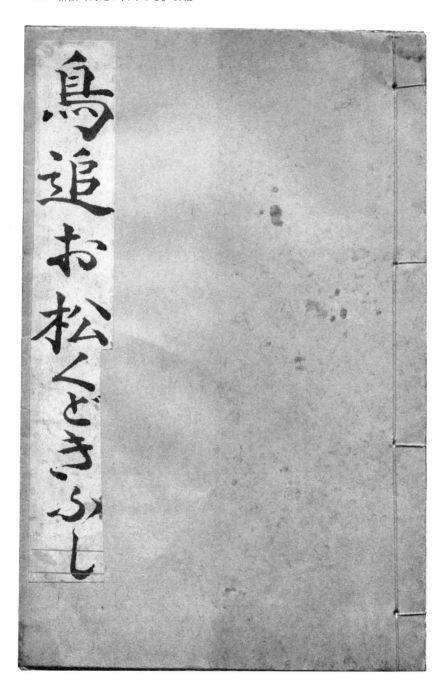

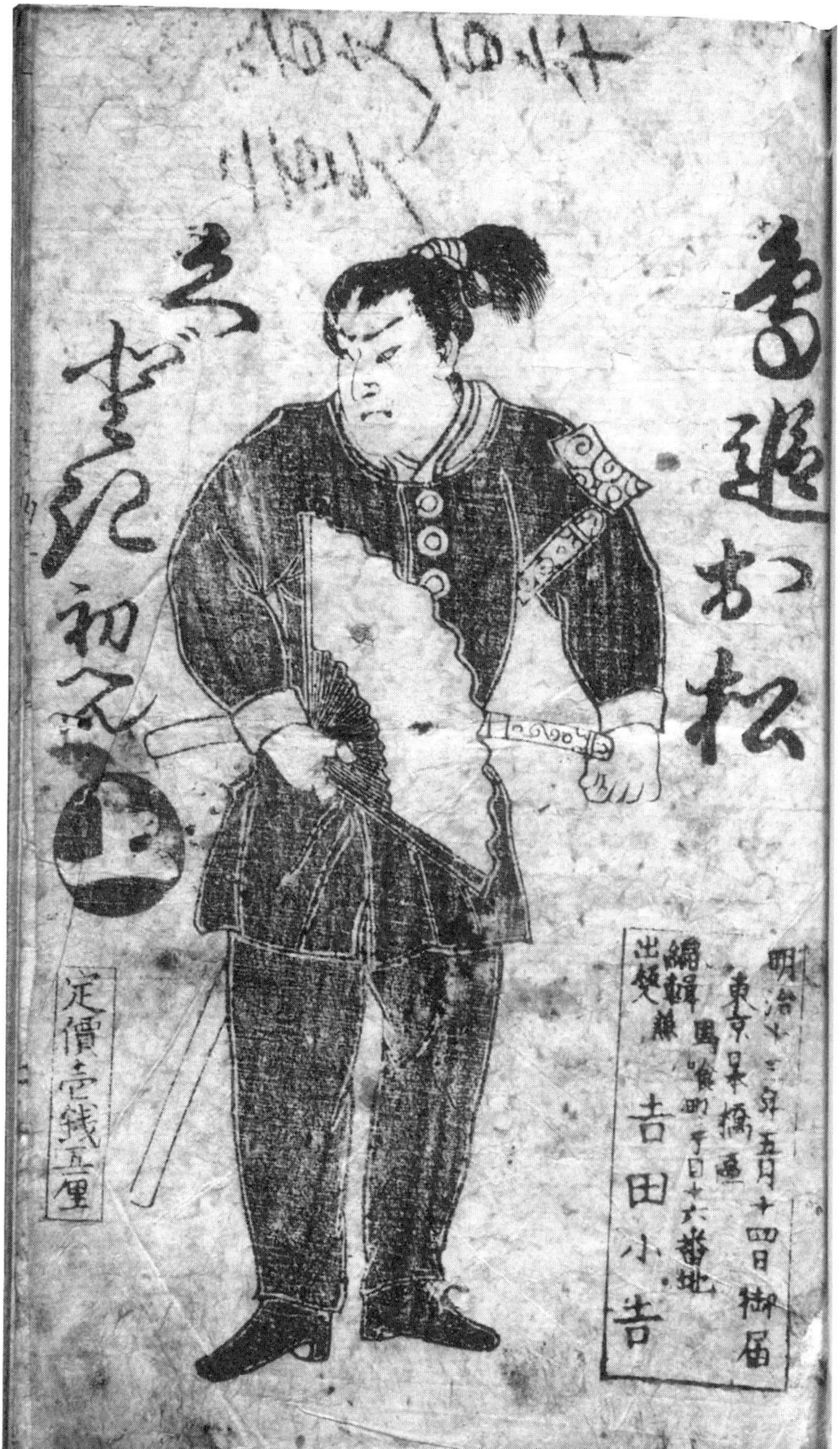
鳥追お松
くどき初編
上
定價壹銭五厘
明治十三年五月十四日御届
東京日本橋通馬喰町四丁目十六番地
編輯兼出版人　吉田小吉

当世《とうせ》い 京《けい》繁《はん》の都《みやこ》の際よ今《いま》の東《とう》都《と》を江戸《えど》と
名を揚《あげ》の者大《おほ》松と云者
中頃年二十面仏の
鬼《おに》をかまひ化粧《けはひ》……
姿《すがた》その……
定《さだ》家……世《よ》……
徳《とく》……

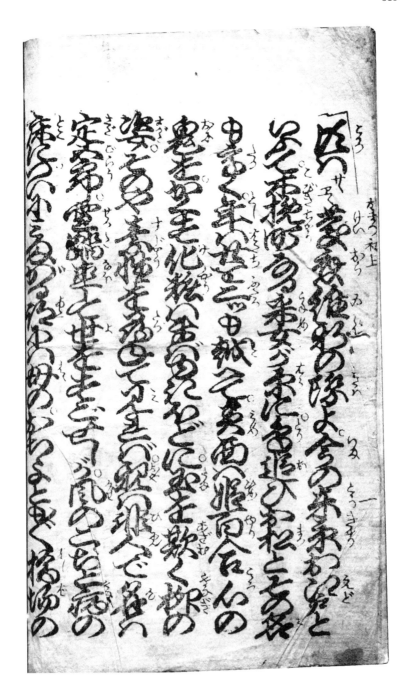

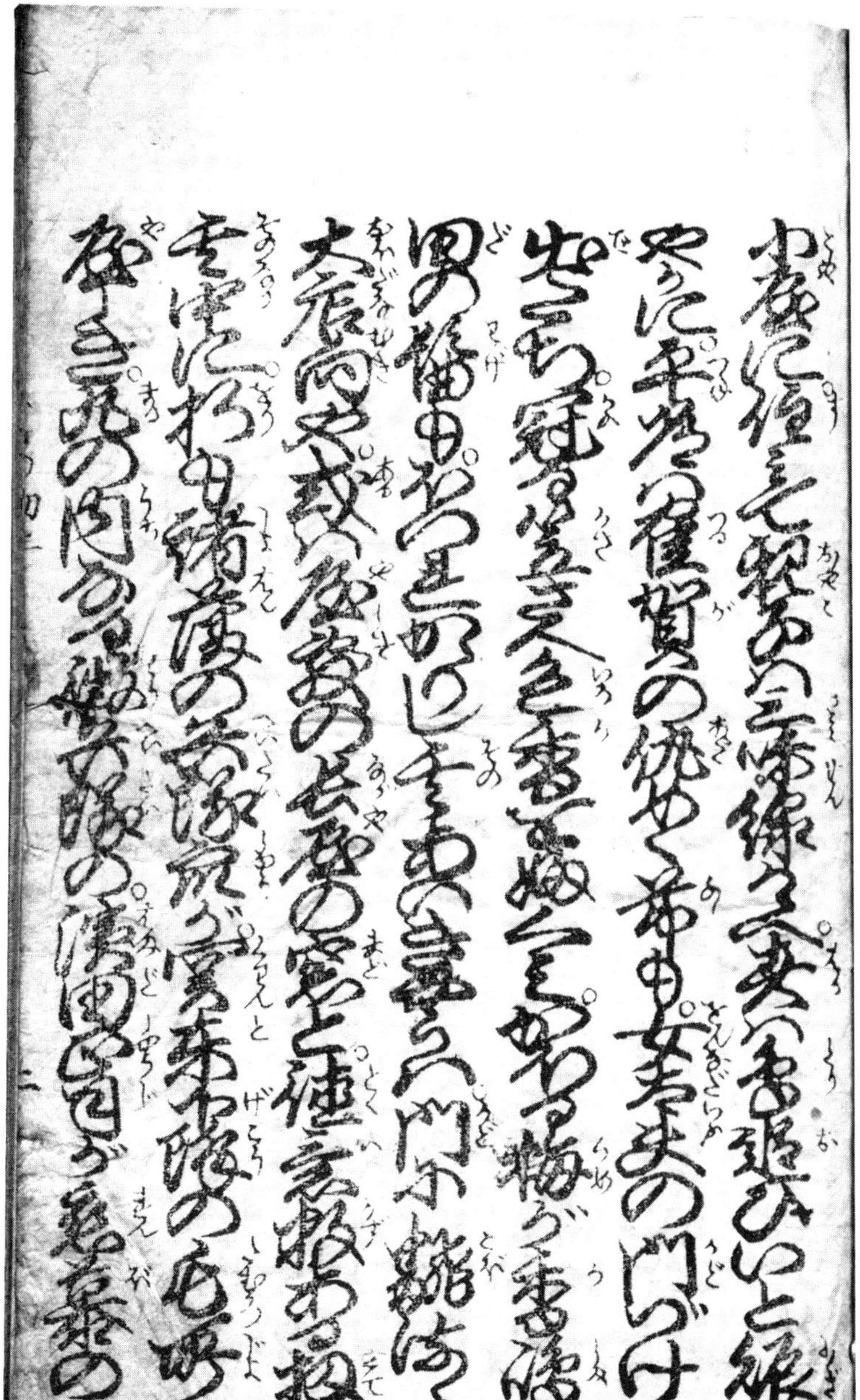

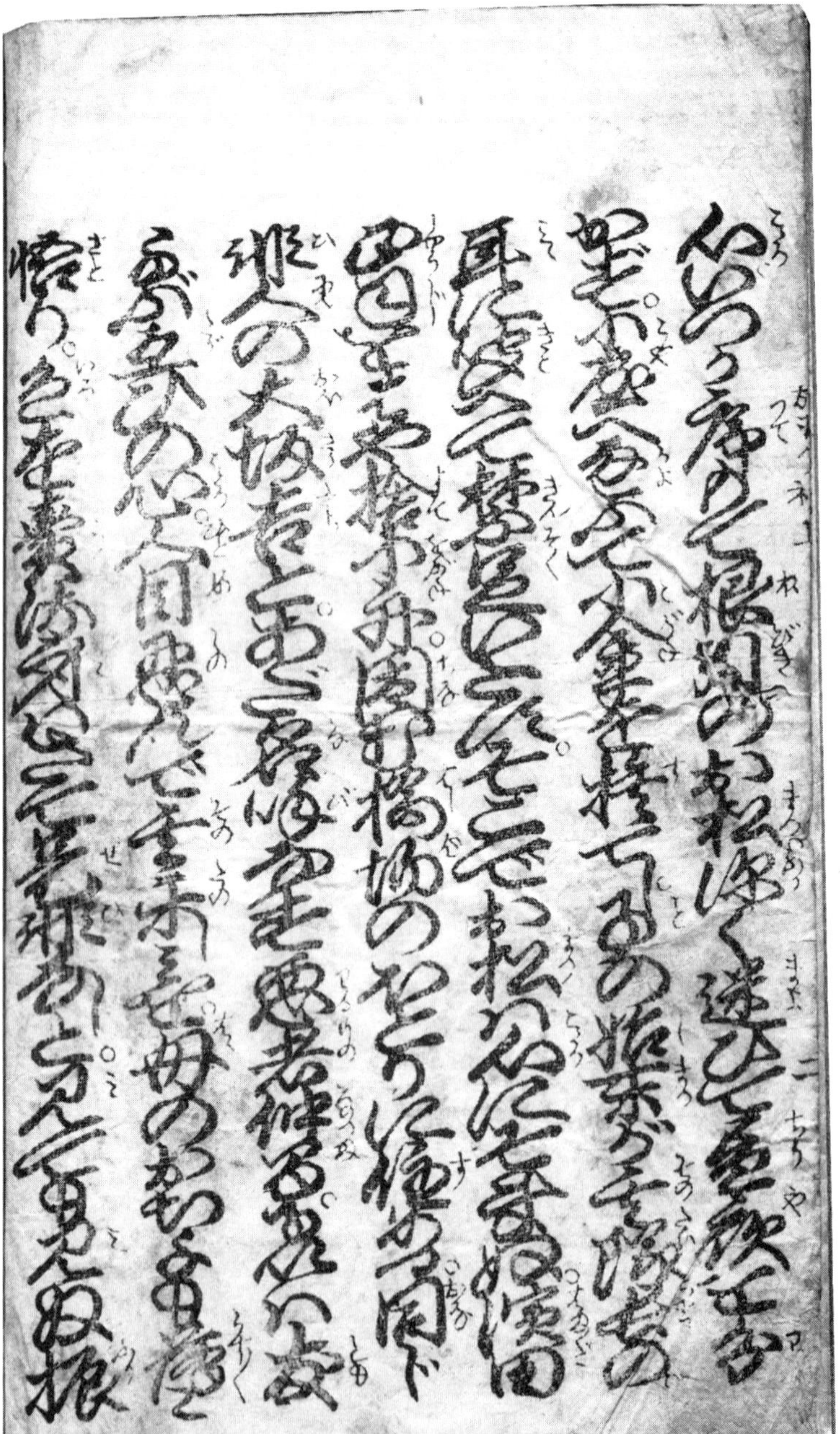

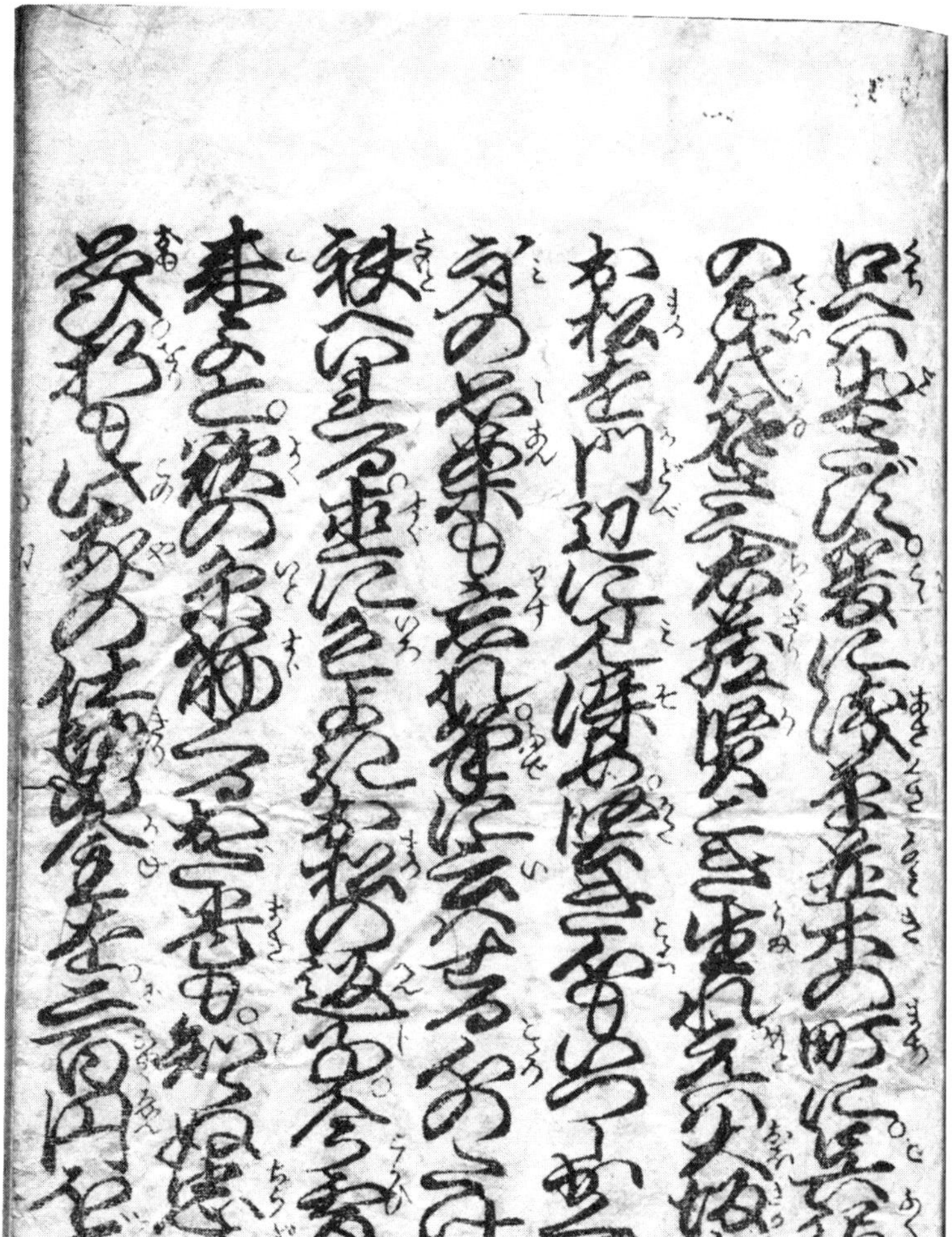

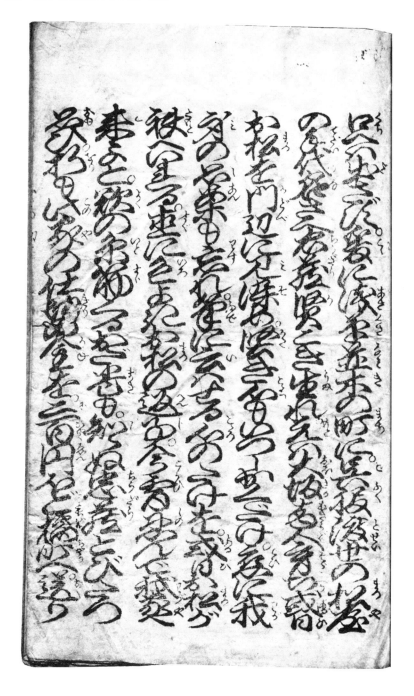

悪党《あくど》の跡《あと》をまたして大坂をいで出る云々

不行跡《ふぎやうせき》の日じ非分の安藤といへる

二て任家をまるもて安藤が所を追へ

名は捕手《とりて》の役の家の出

大坂表の主を伺ひお松

東海道《とうかいどう》三ツ跡を向ひ

引《ひ》き大坂表

ヤンレ

工引

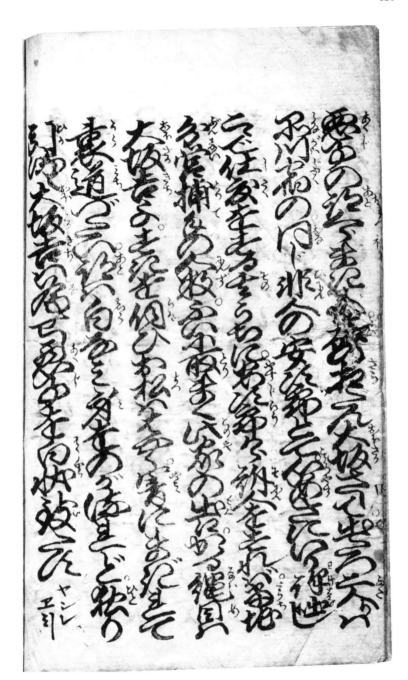

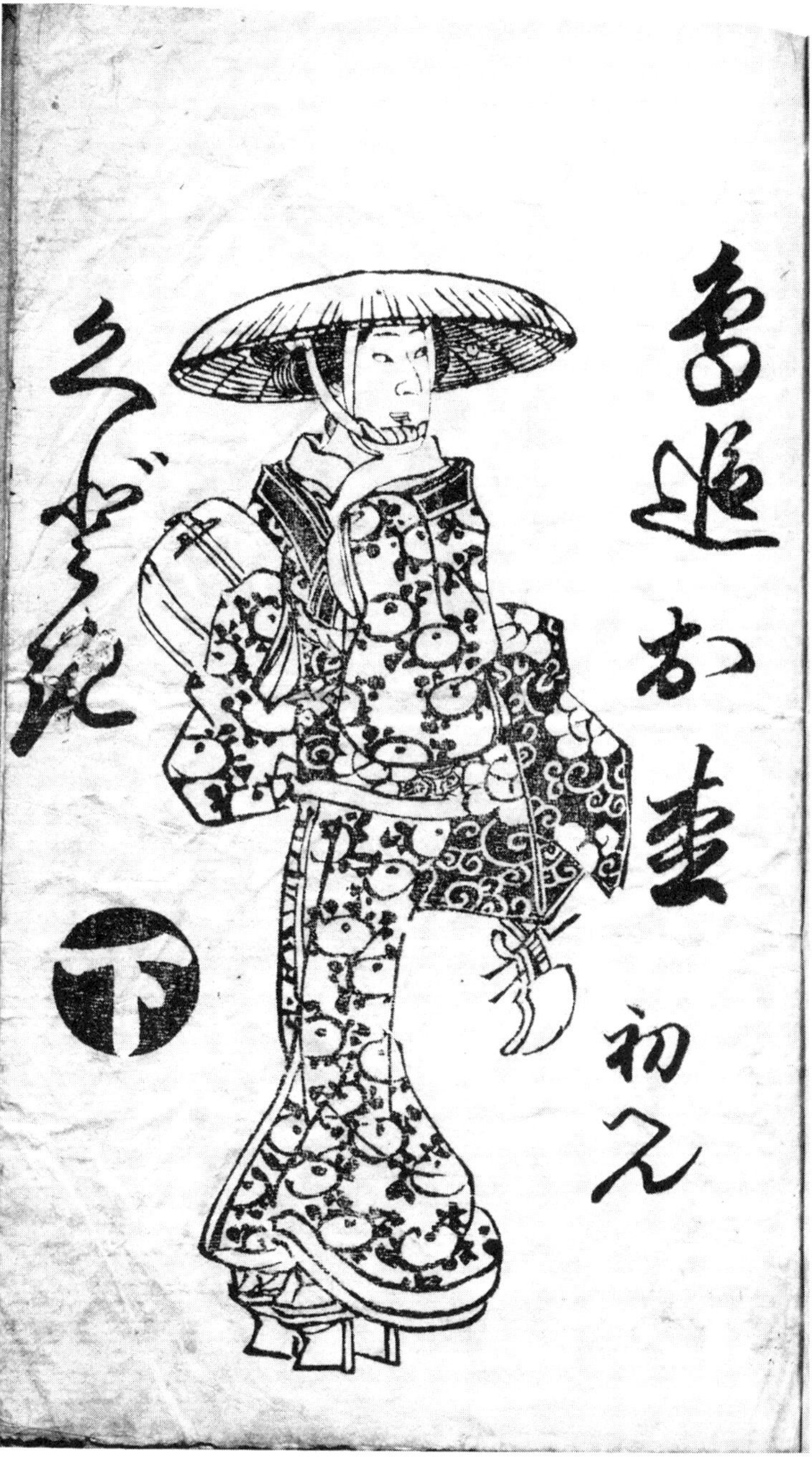
鳥追お松
初へん
くどき
下

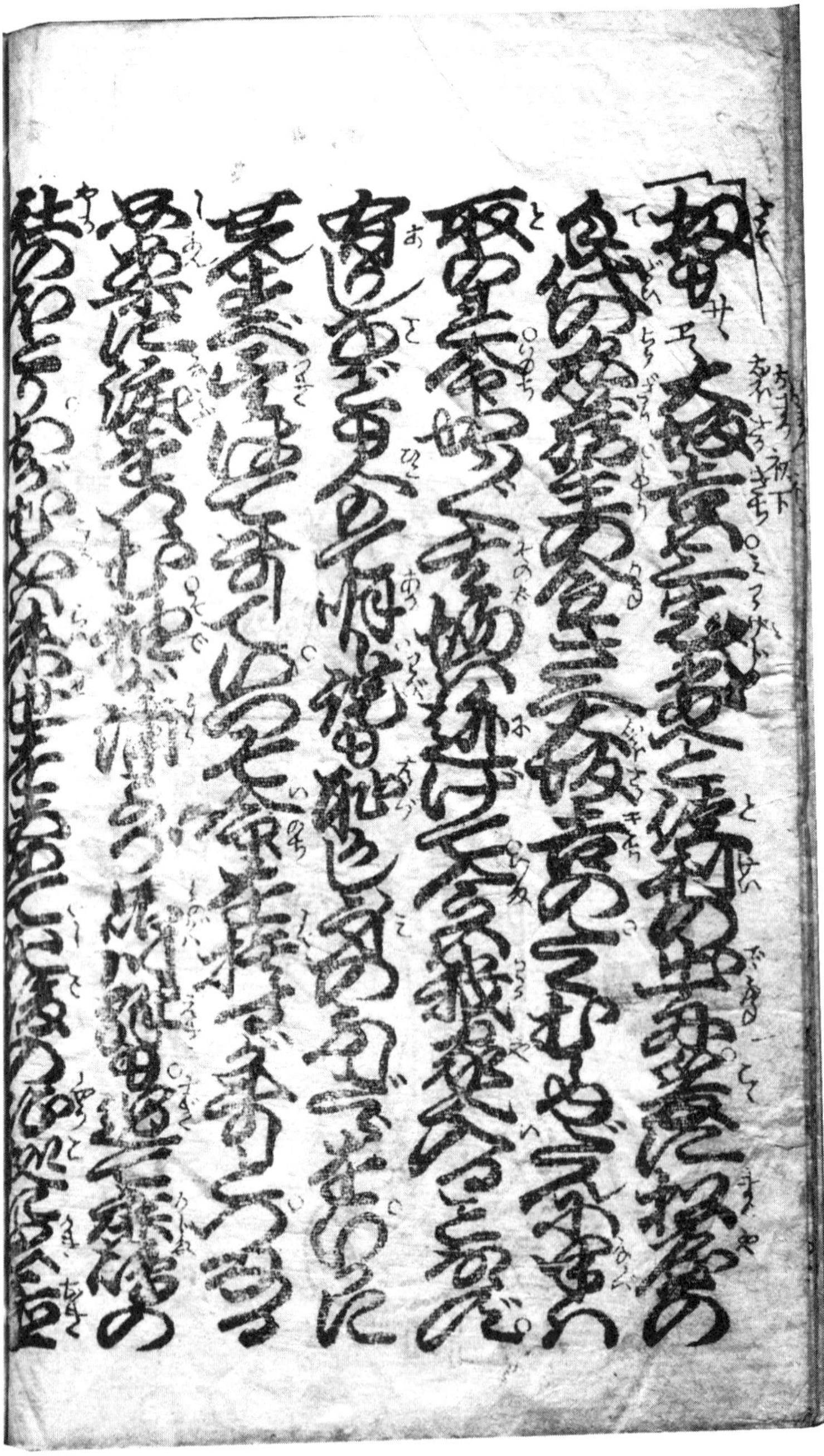

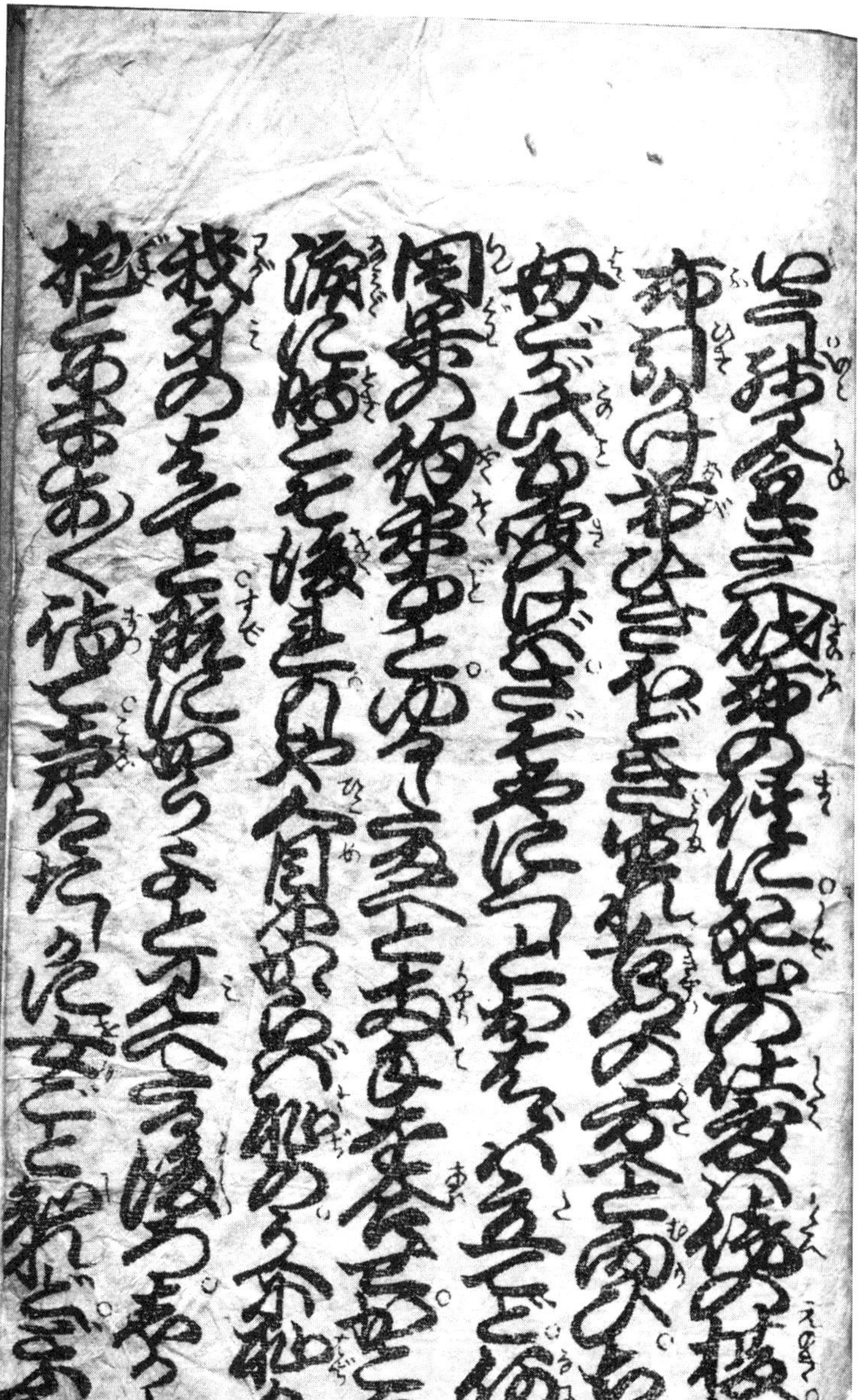

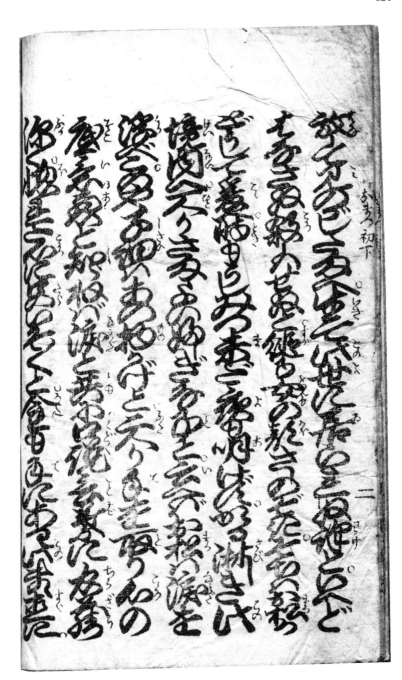

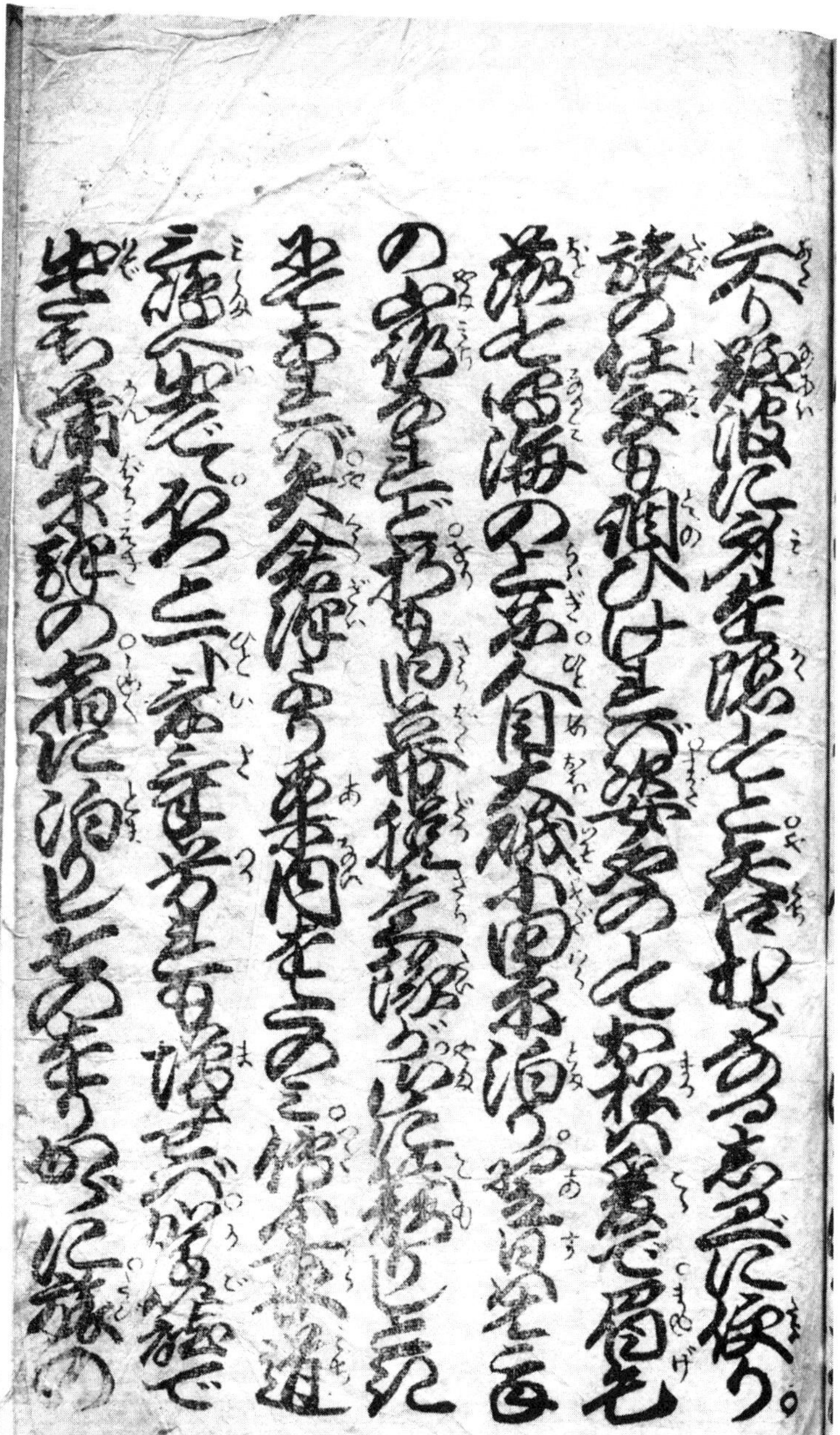

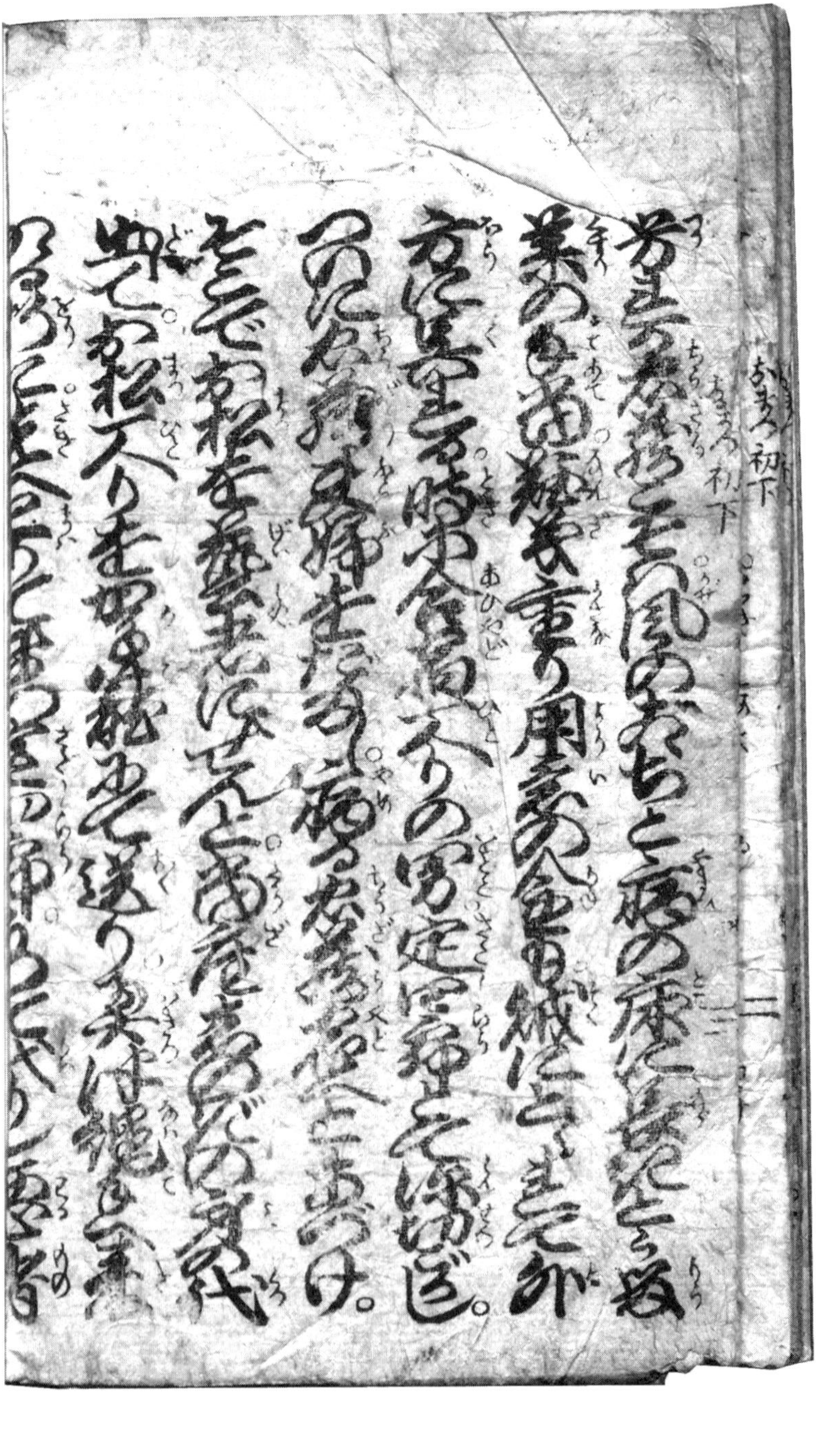

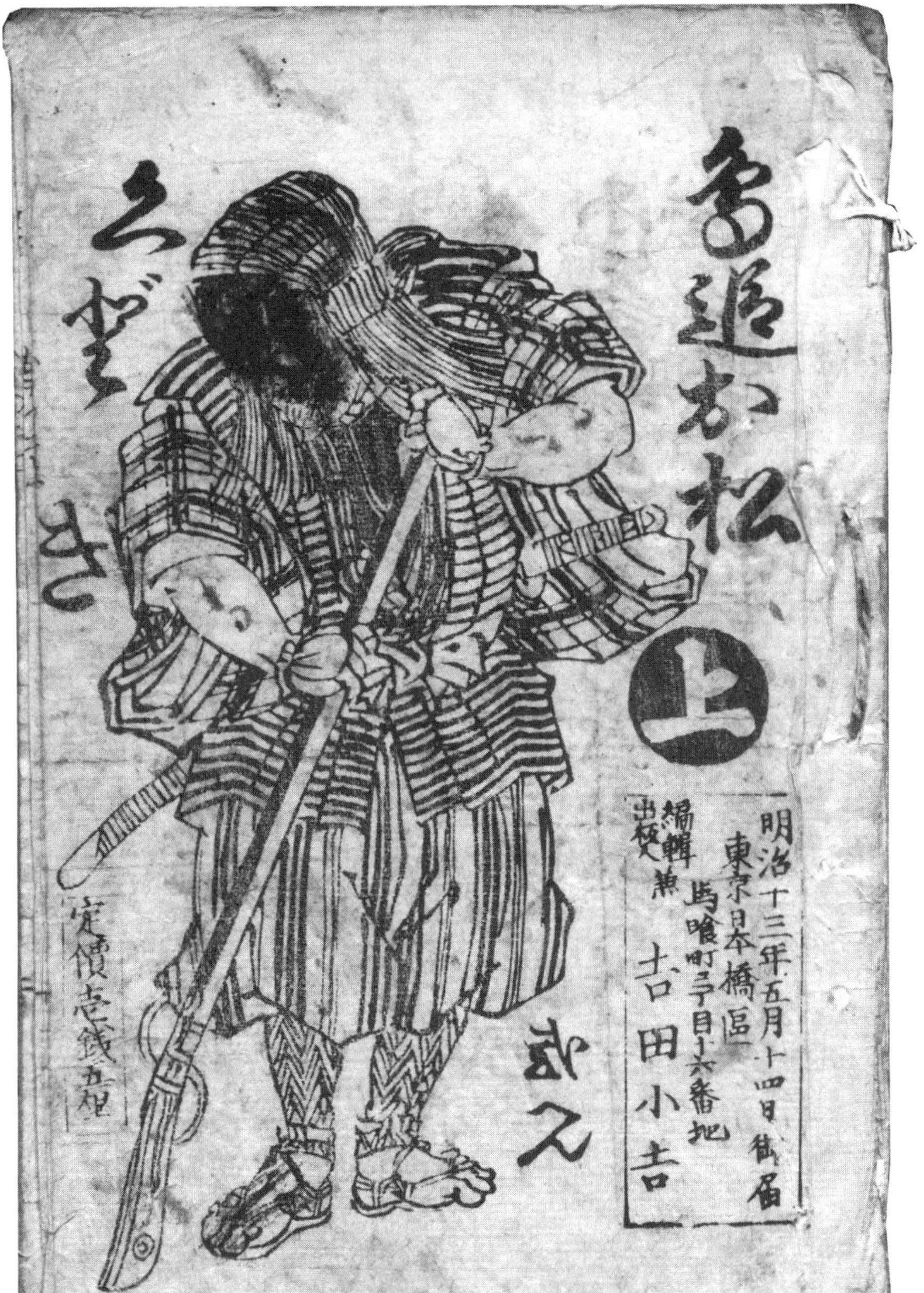
鳥追お松
くどき
上
明治十三年五月十四日御届
東京日本橋区
馬喰町三丁目十六番地
編輯兼出板人　吉田小吉
定價壱銭五厘

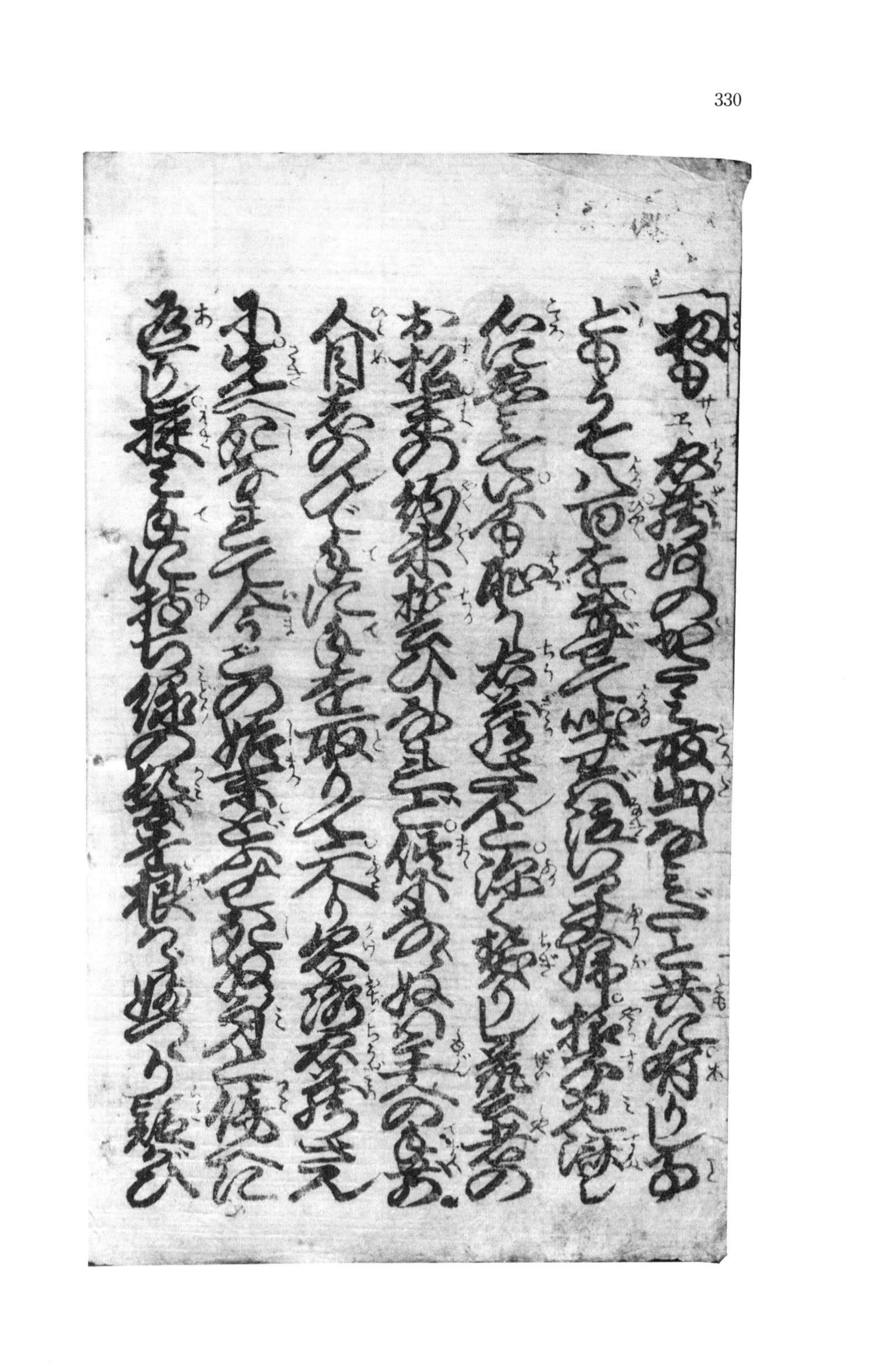

[illegible]

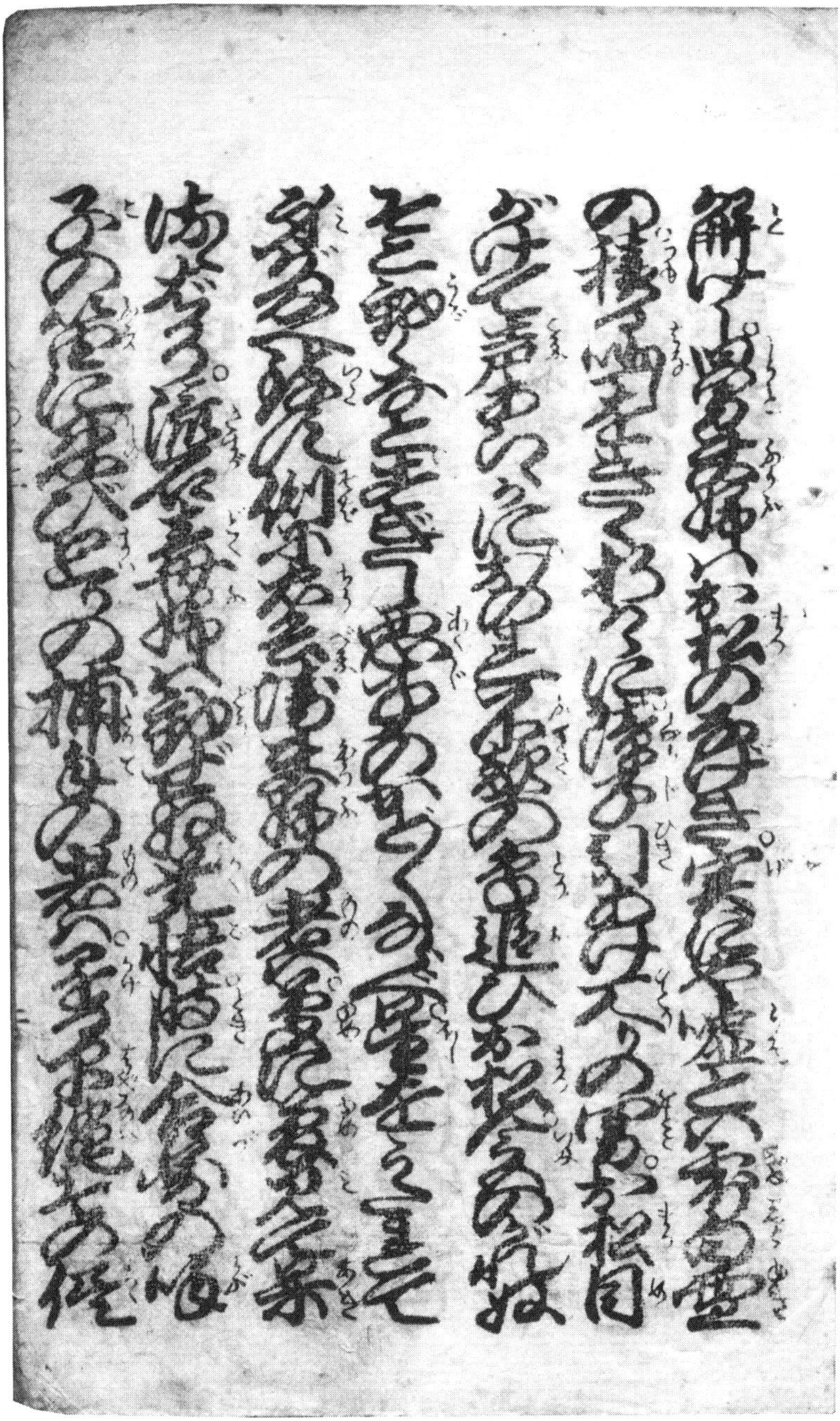

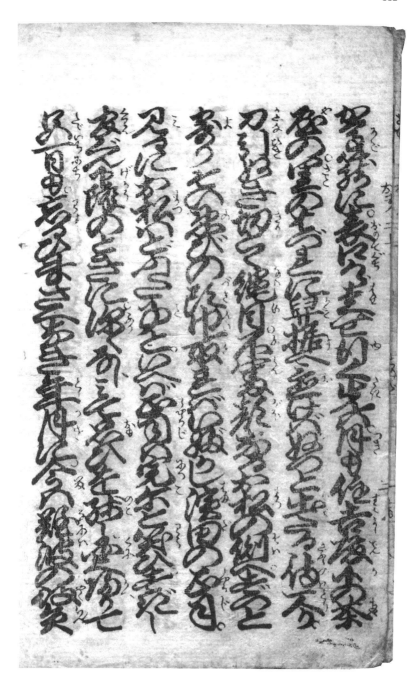

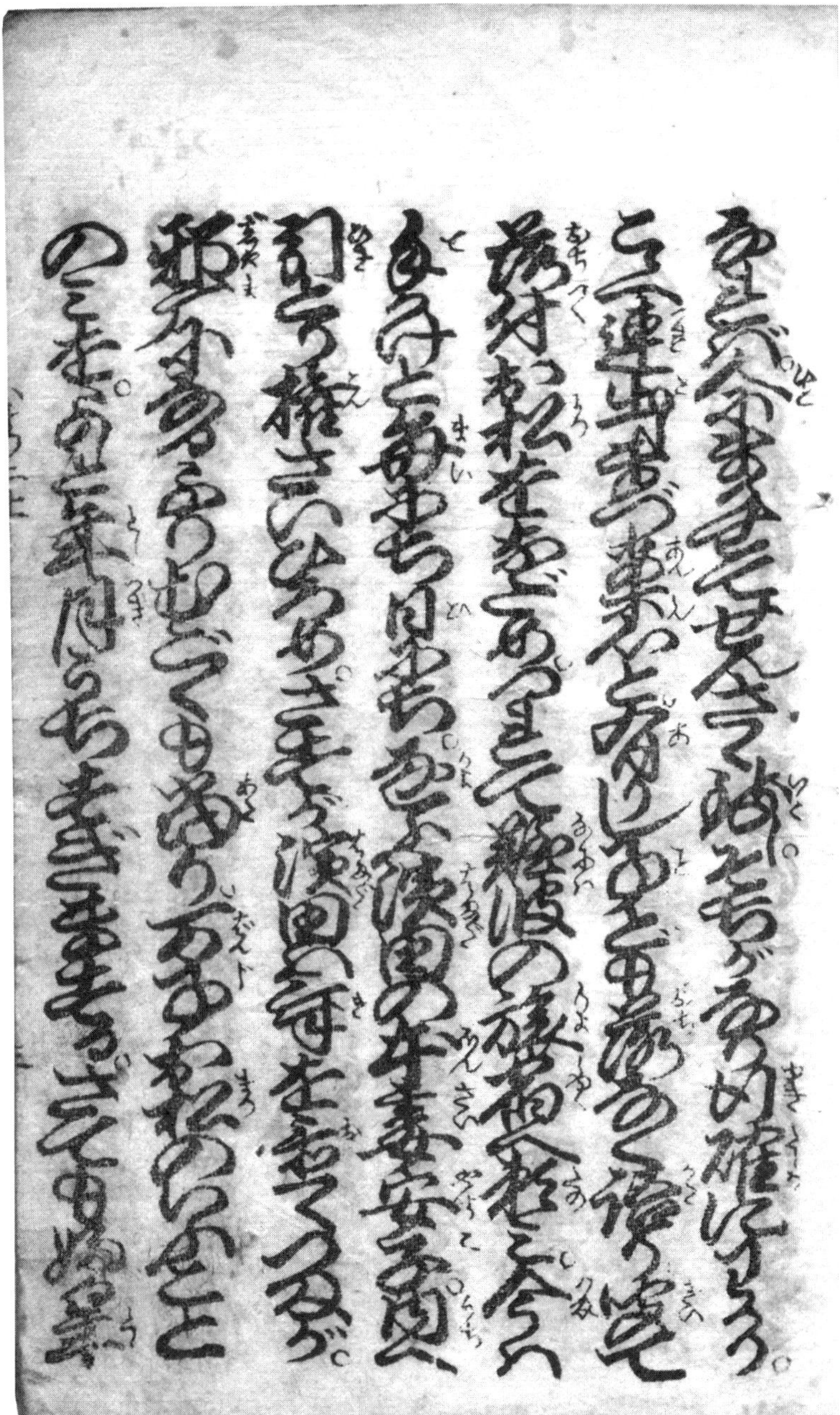

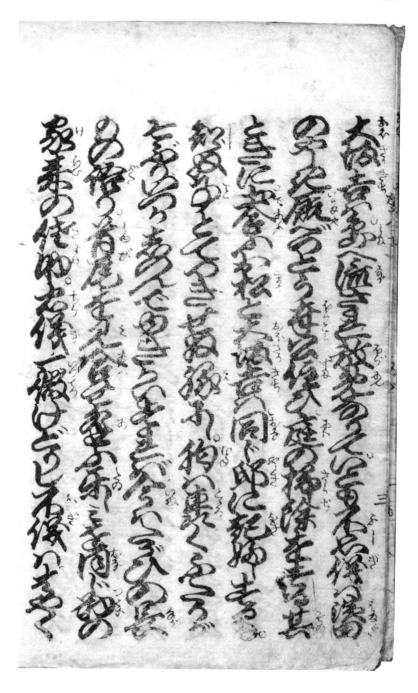

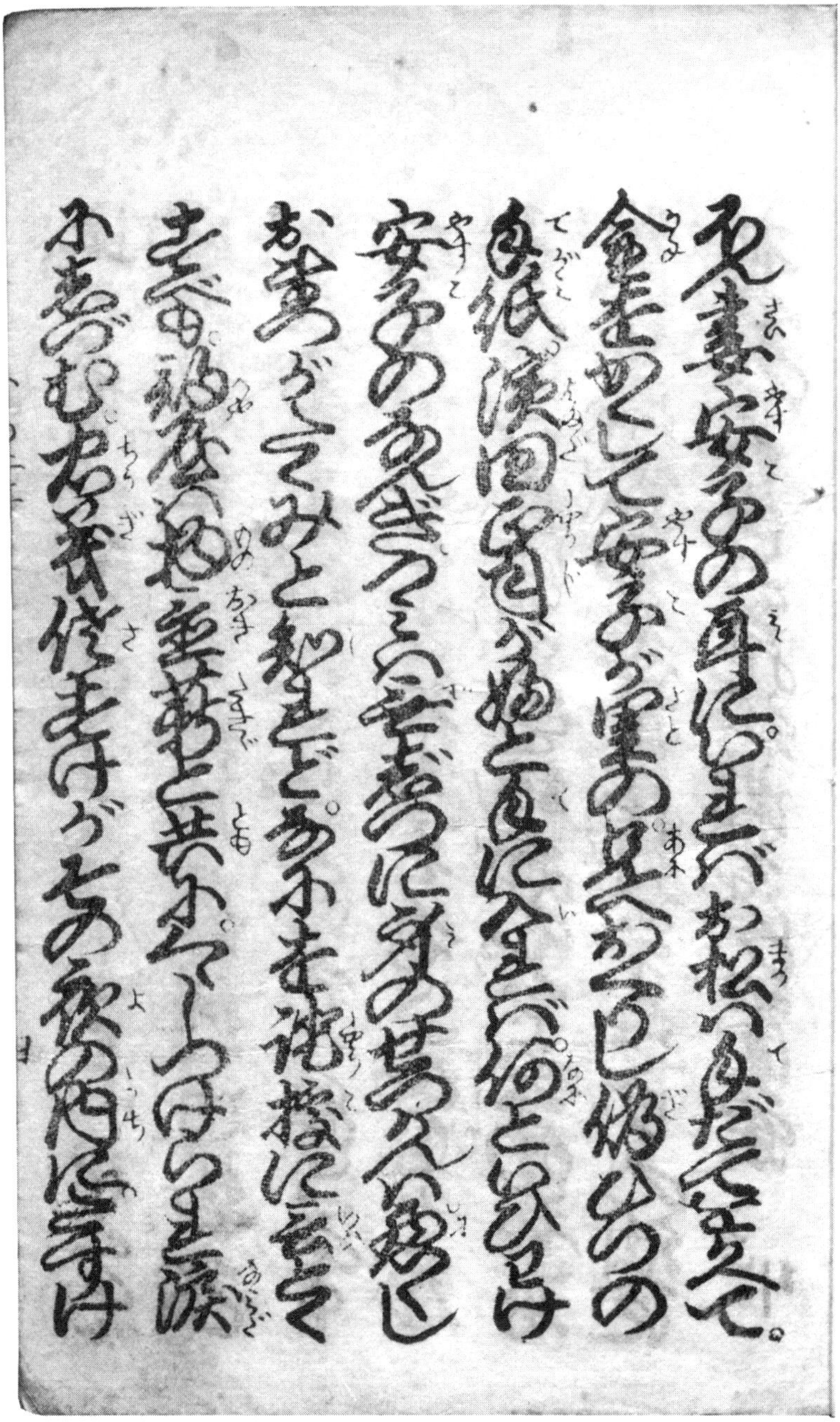

出《いで》てまづ里方《さとかた》へ遅刻《ちこく》でけしからぬとおもひさんて。
岡《おか》ドめ悪性《あくしやう》也纏《まつ》附《ふめ》るも雅《はづ》道《つく》に長く
切《きり》くあつまり浅《あさ》ましく数《かず》といふぬかさんか由
安子《やすと》がさと方《かた》見《あほ》るとあぐ父母《ちゝぶ》が愚《おく》
多聞《ト》の道に安子《すぐやすこ》の上《ちえ》で家《らく》の心《いびかん》
徘《ろく》世にハ職《よく》務《かる》も豆右《らうにん》衛門《ちくでう》の酒に
撰《えもとら》の伯《い》也花《て》料《よろ》将《おいさく》の蘭《く》家《ずり》　ヤン山引

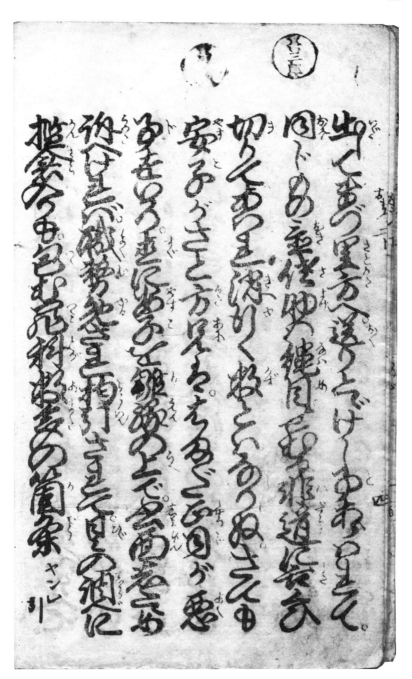

鳥追
お松
くどき
下

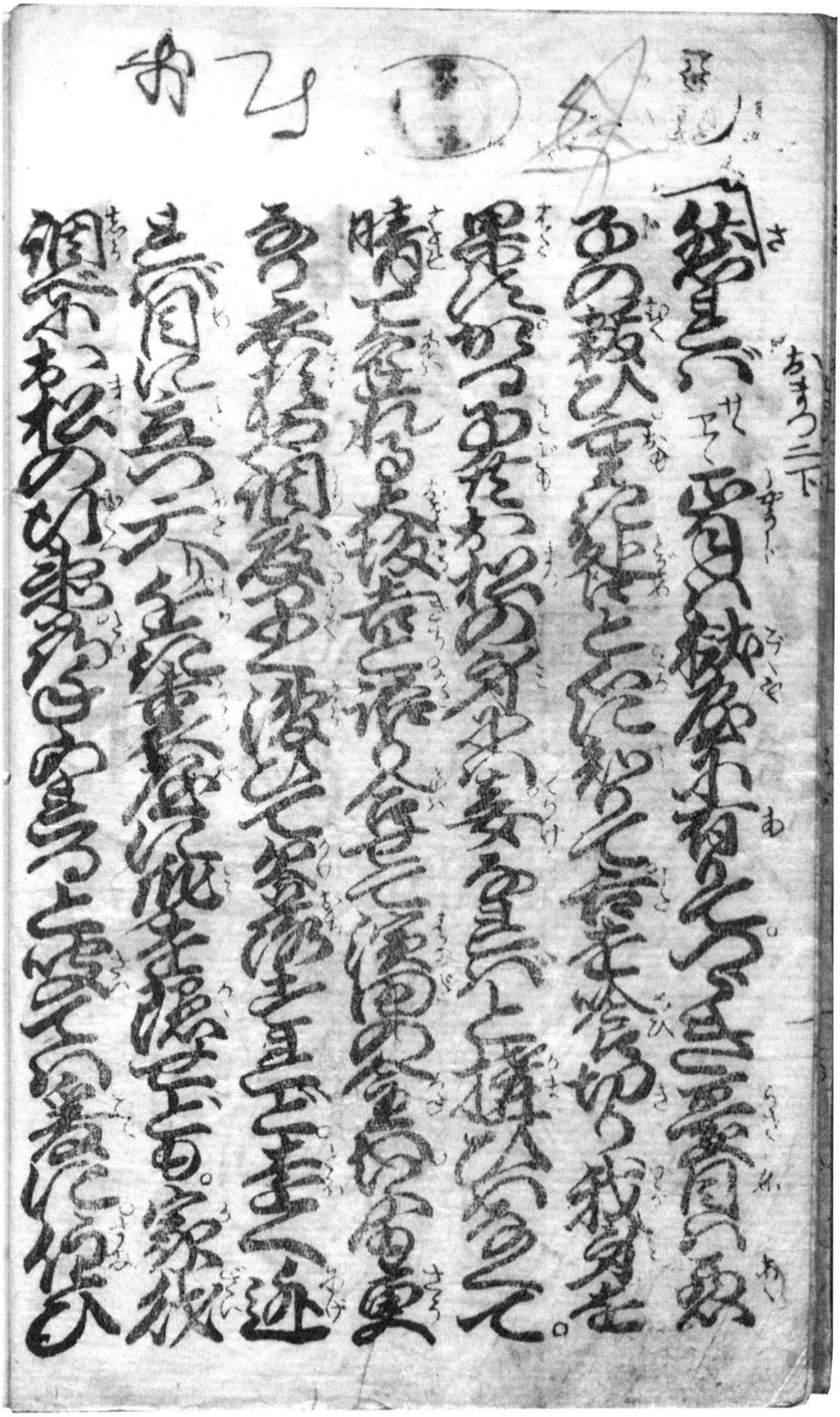

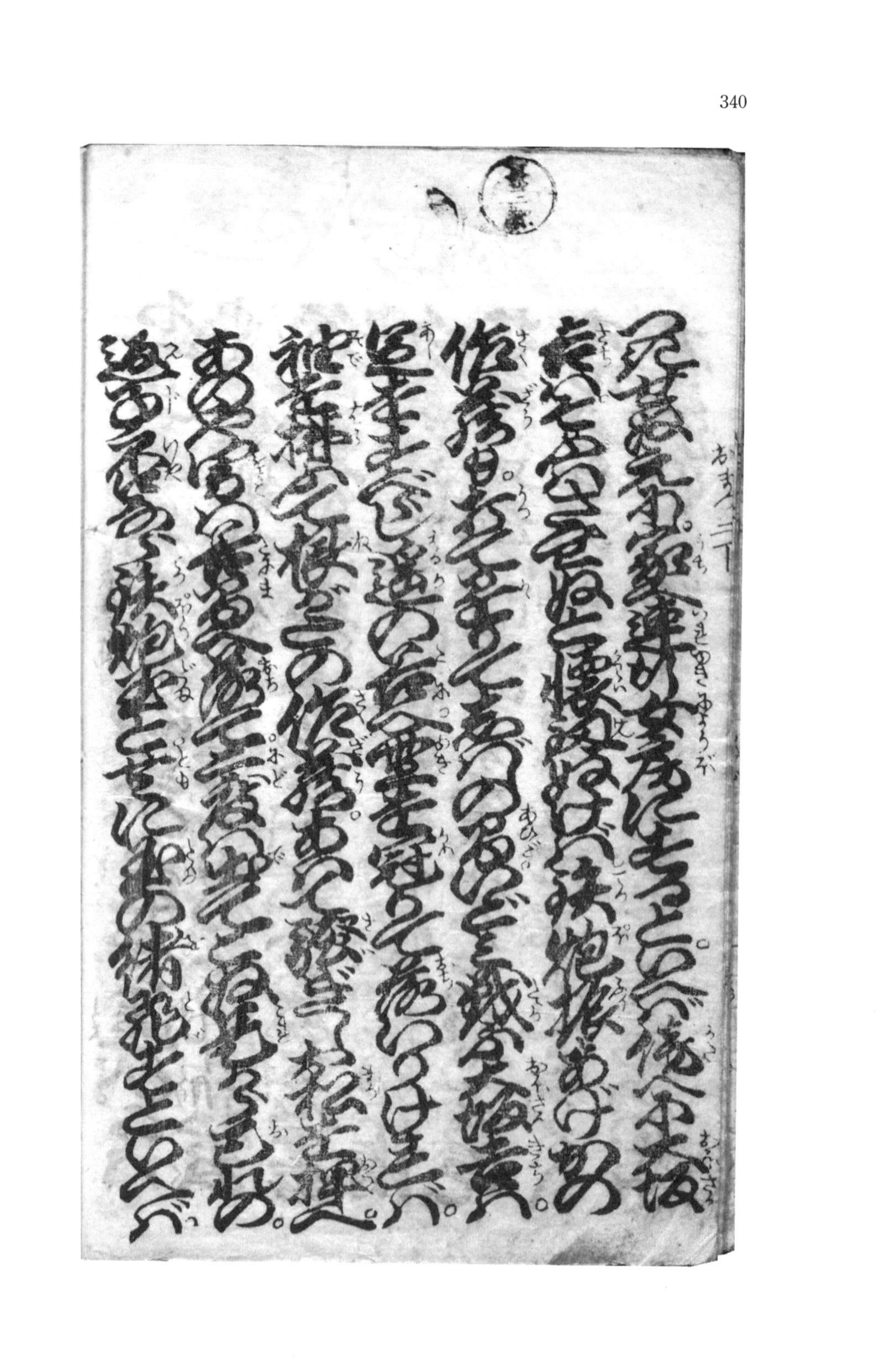

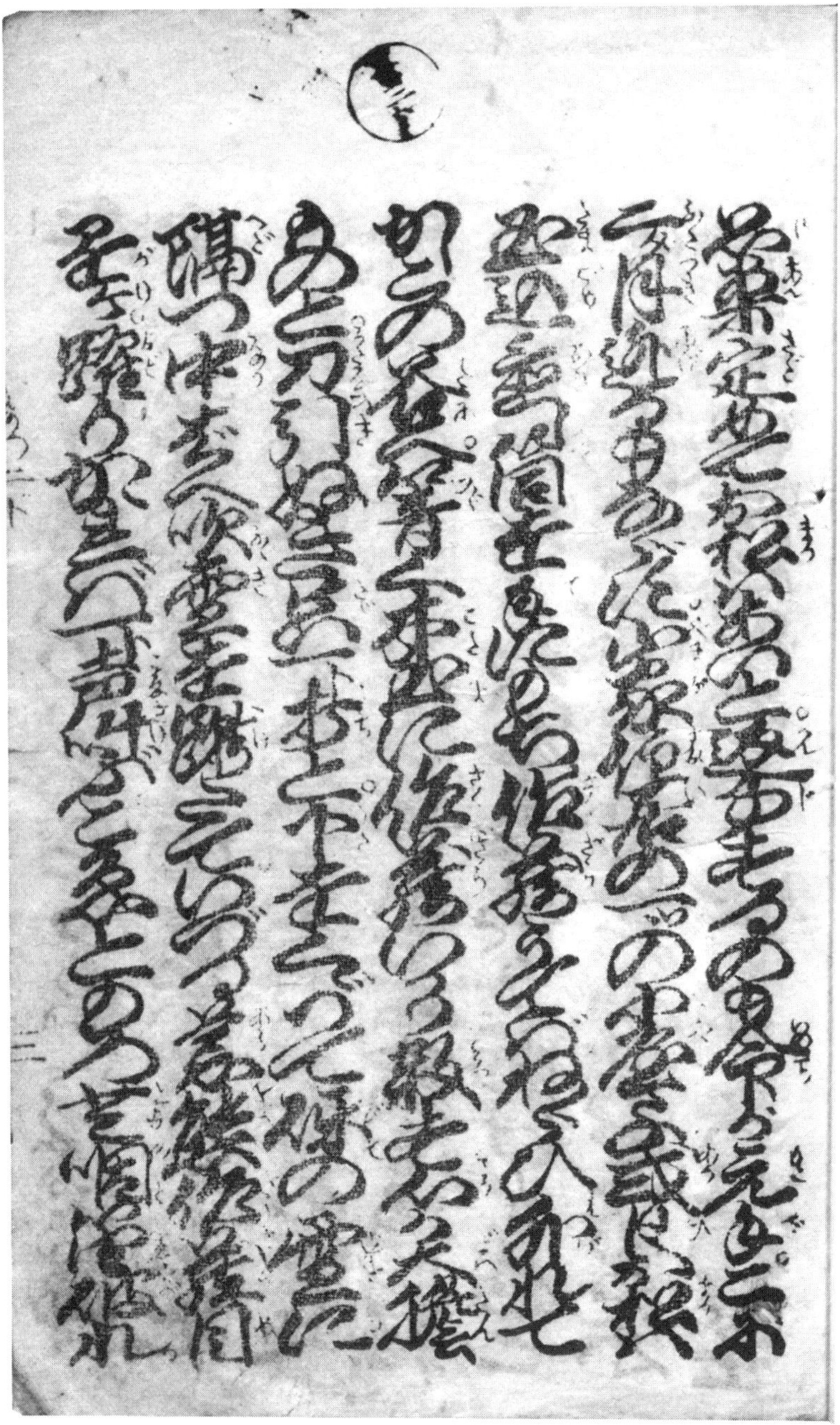

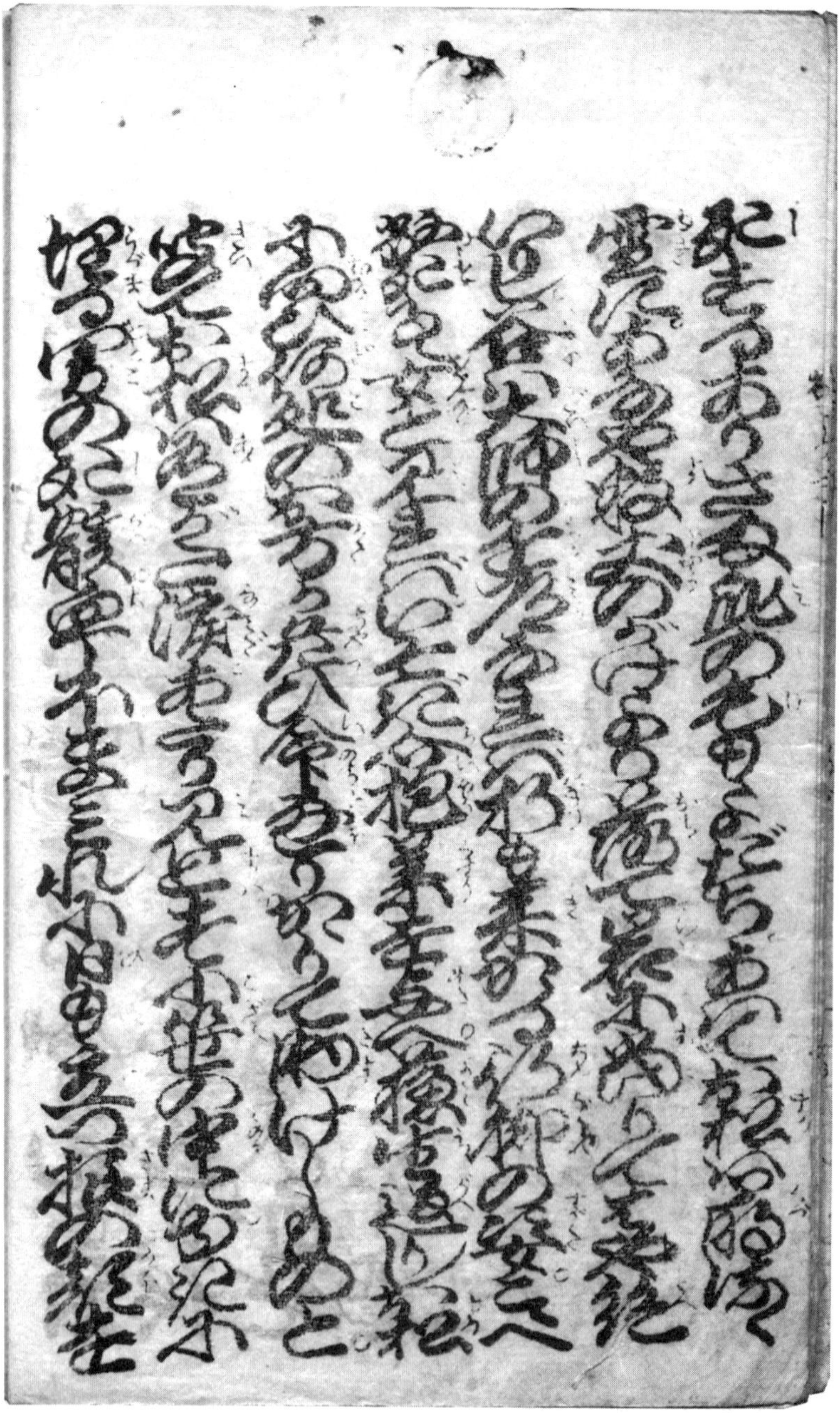

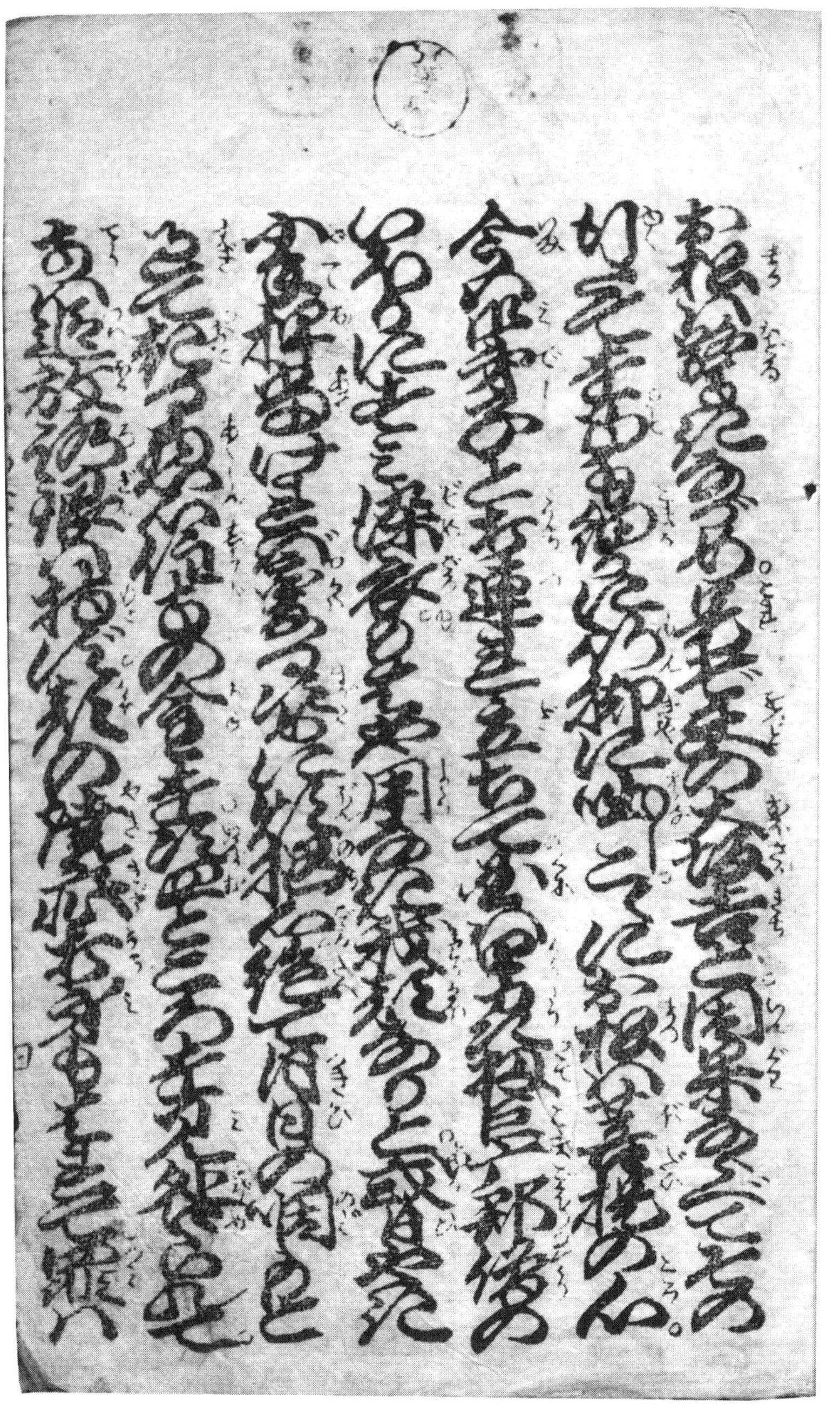

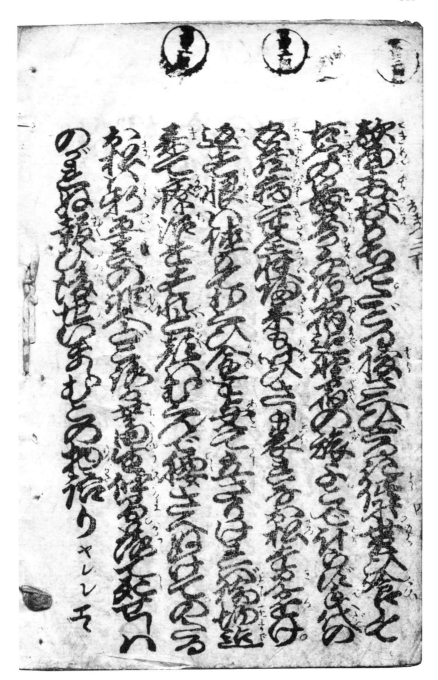

かまつ三十

敬白《きやうびやく》奉請《ぶしやう》[illegible]

[illegible]

[illegible]

[illegible]

[illegible]

[illegible]

のまな板[illegible]参らせ[illegible]まむとの[illegible]り ヤレレエ

四

役割番付『廿四時改正新話』

明治十一年・本郷春木座上演

347　役割番付『廿四時改正新話』（明治十一年・本郷春木座）

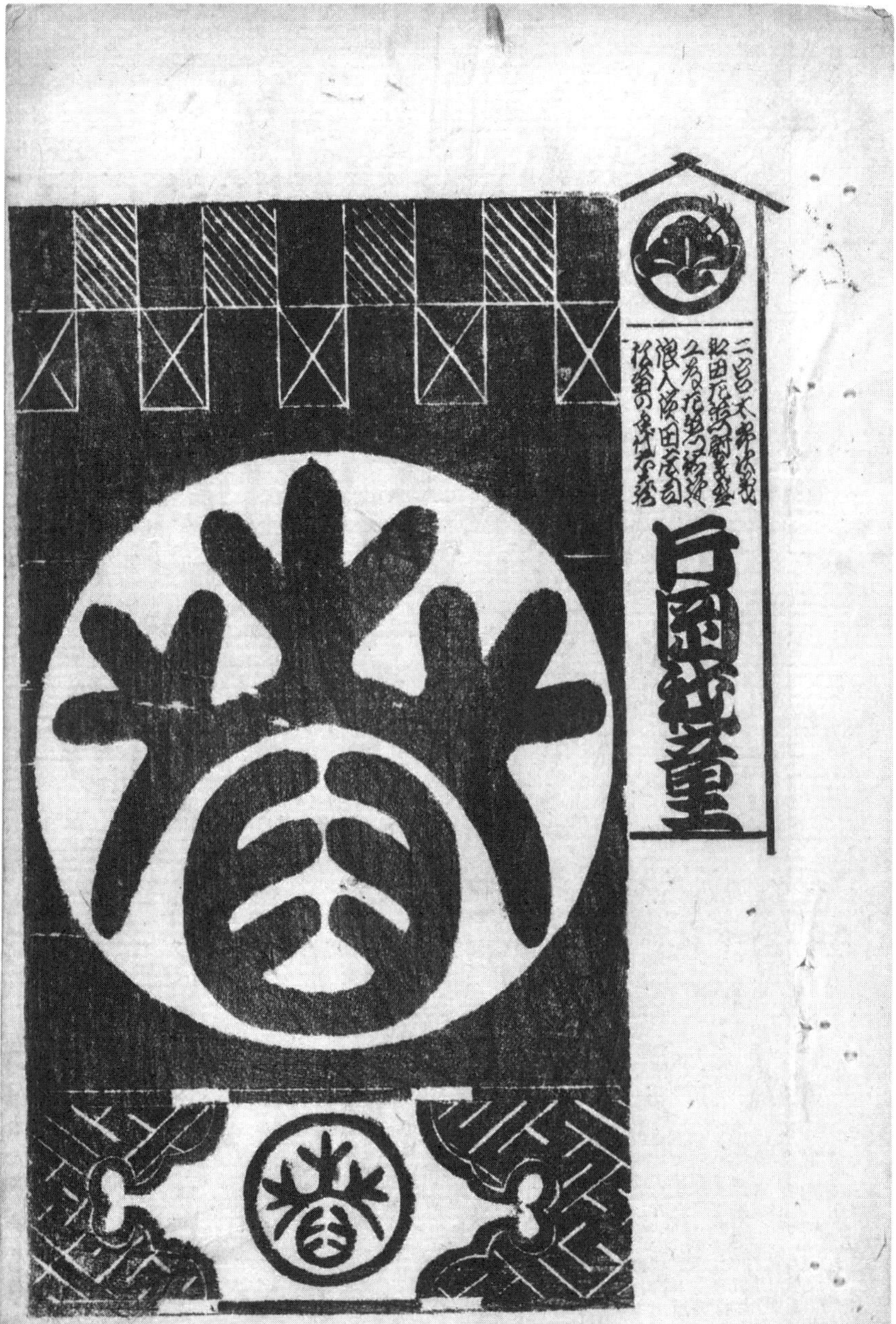

349　役割番付『廿四時改正新話』（明治十一年・本郷春木座）

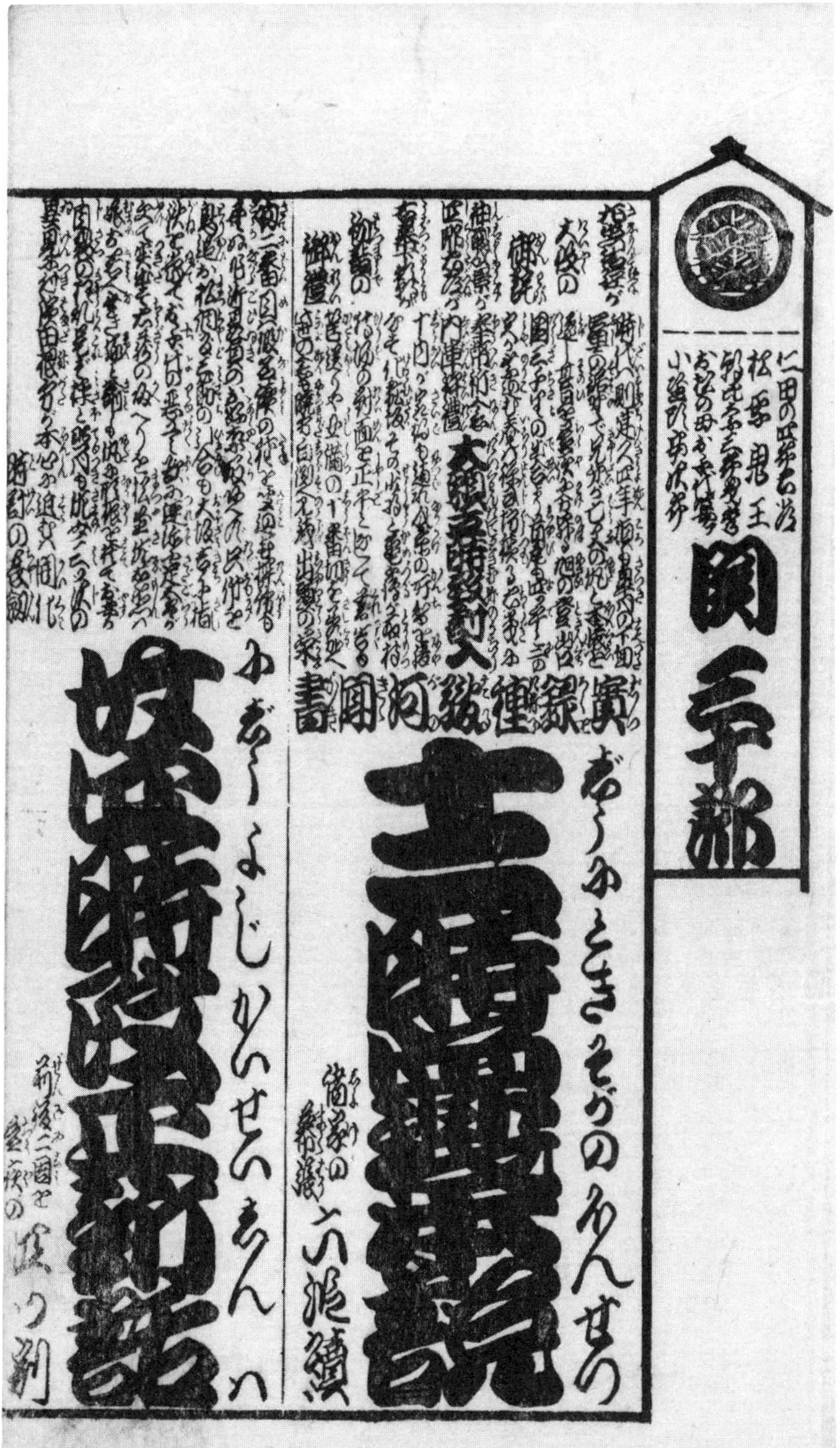

明六ツ時　登山口《とざんぐち》の草摺曳《くさずりびき》
朝五ツ時　清島村の小袖乞《こそでごひ》
晝四ツ時　巖洞滝の勘當說
同九ツ時　假屋前《かりやまへ》の別染
同八ツ時　大廣間の對面盃《たいめんさかづき》
夕七ツ時　玄關口の千鳥足《ちどりあし》
暮六ツ時　川又村《かわまたむら》の達沢浮
宵五ツ時　說住居の說合違
夜四ツ時　內曲輪《うちぐるわ》の繪圖面
同九ツ時　假座敷の髪梳
同八ツ時　松ケ崎《まつがさき》の十番切
曉七ツ時　惣落着の本望宮

前本　一時二時　呉服店《ごふくみせ》の正札附《しやうふだつき》
同　三時四時　小屋番《こやばん》の鼻追家
同　五時六時　幸抱人の沈遣入
同　七時八時　浮浪人の遊行道
同　九時十時　流行子の團扇扱
同　十一時十二時　昔蒔絵の傑足袋
後本　一時二時　道具屋の不正物
同　三時四時　風操揚の遊芸状
同　五時六時　三八圃の權喜風
同　七時八時　籠可責の貓入娘《ねこいりむすめ》
同　九時十時　名家合の見世恩
同　十一時十二時　一二三四への聟取說

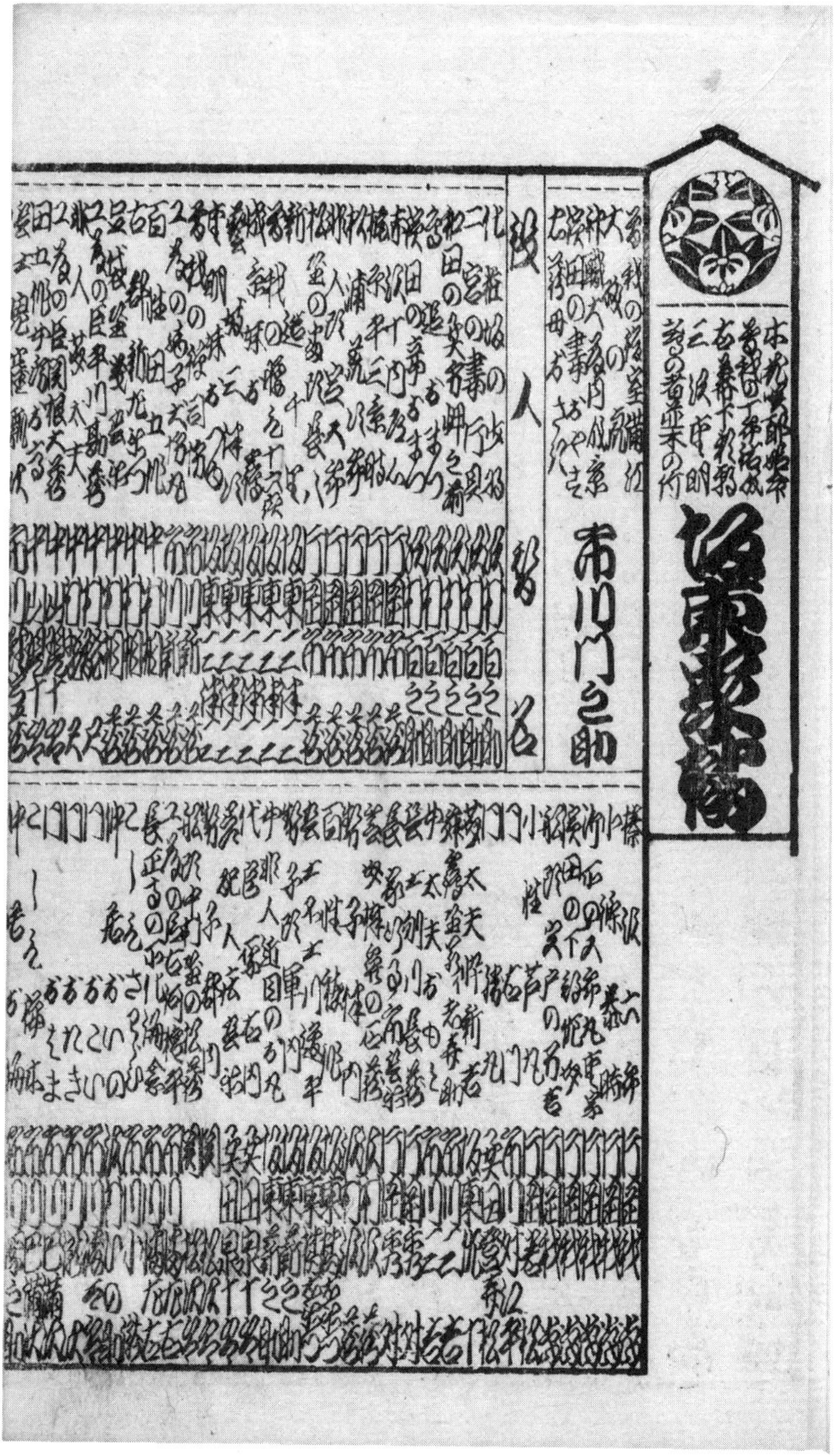
役人替名
市川門之助

寿

[illegible]

市川[illegible]

作者

竹柴[illegible]

竹柴金[illegible]

竹柴[illegible]

竹柴清[illegible]

竹柴[illegible]

入竹柴金作

[illegible]

本郷 春木座

頭取 [illegible]

明治十一年 [illegible]

[illegible]

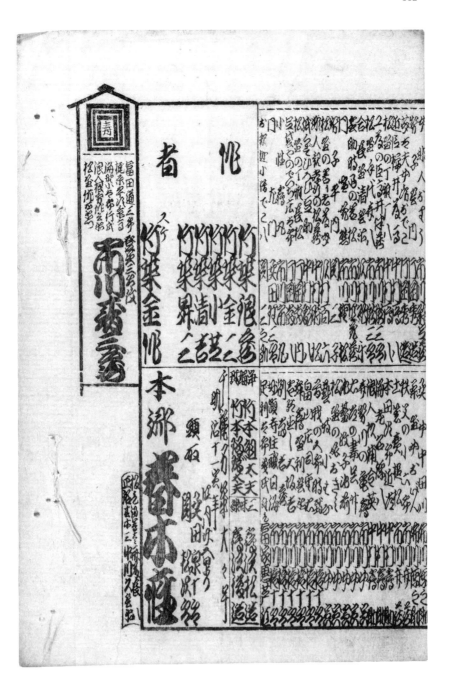

絵本番付『廿四時改正新話』

明治十一年・本郷春木座上演

355　絵本番付『廿四時改正新話』（明治十一年・本郷春木座）

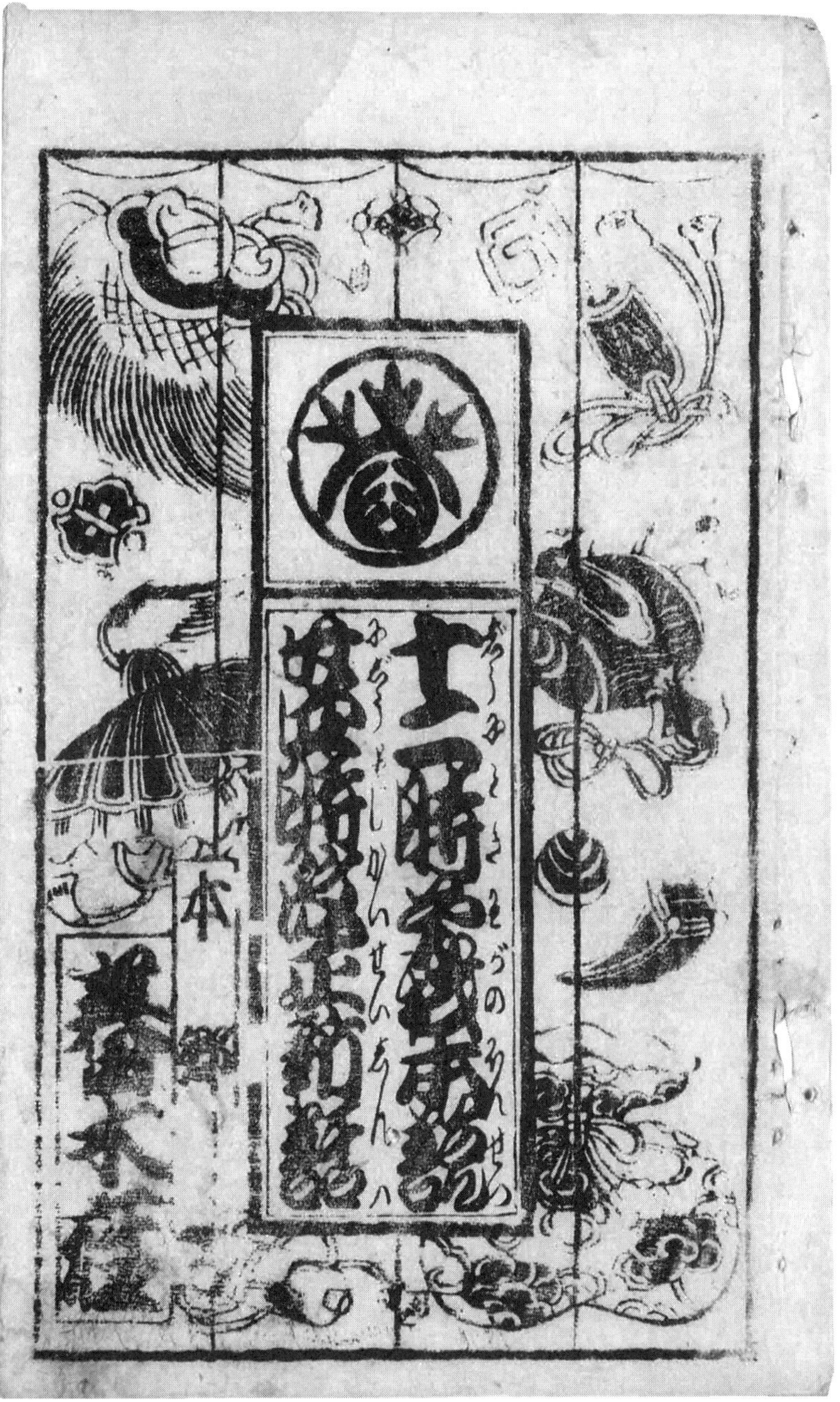

357　絵本番付『廿四時改正新話』（明治十一年・本郷春木座）

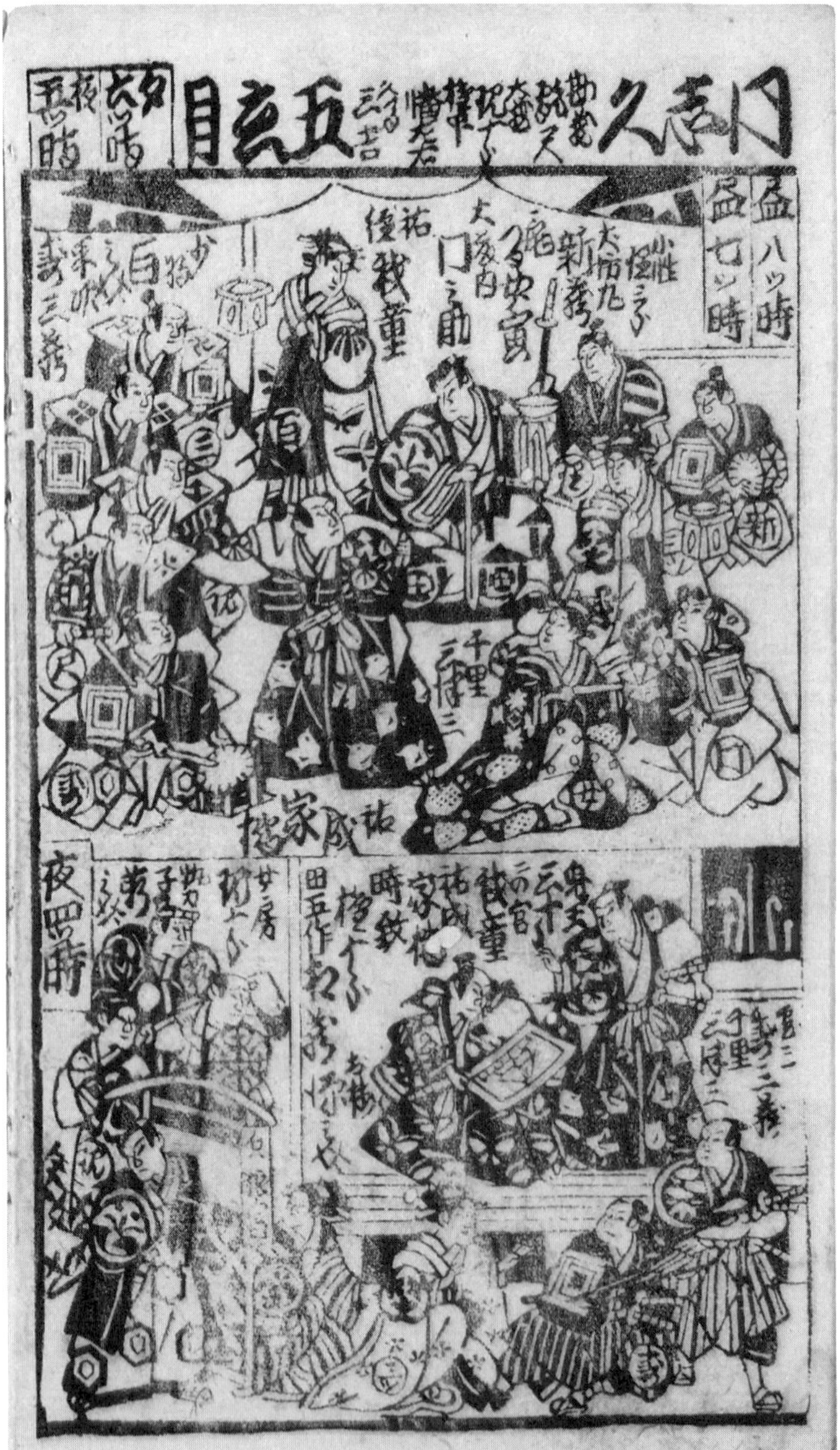
盆八ッ時
盆七ッ時
夜四ッ時

359　絵本番付『廿四時改正新話』（明治十一年・本郷春木座）

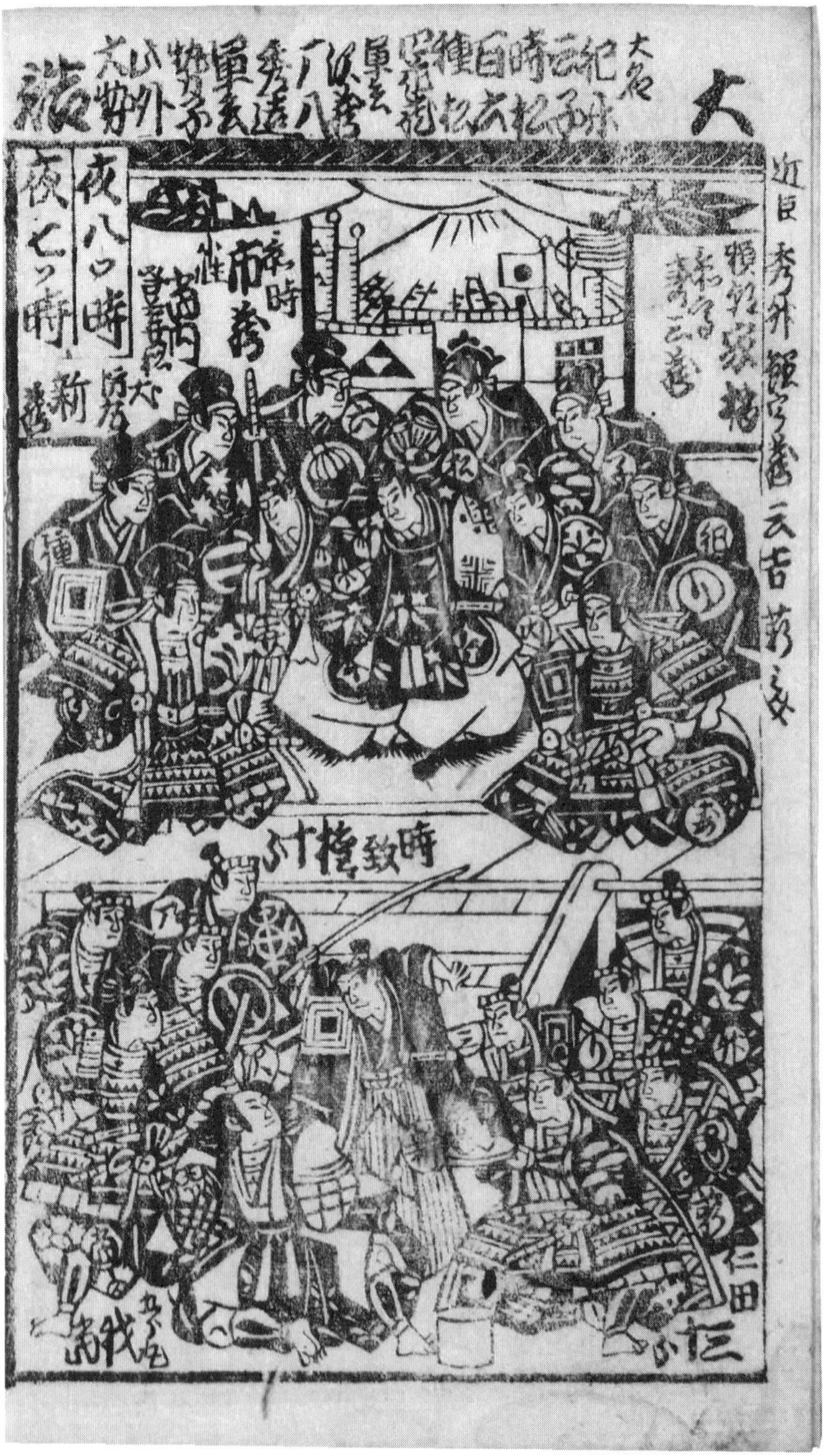
大
大名
近臣
夜八ツ時
夜七ツ時
仁田

361　絵本番付『廿四時改正新話』（明治十一年・本郷春木座）

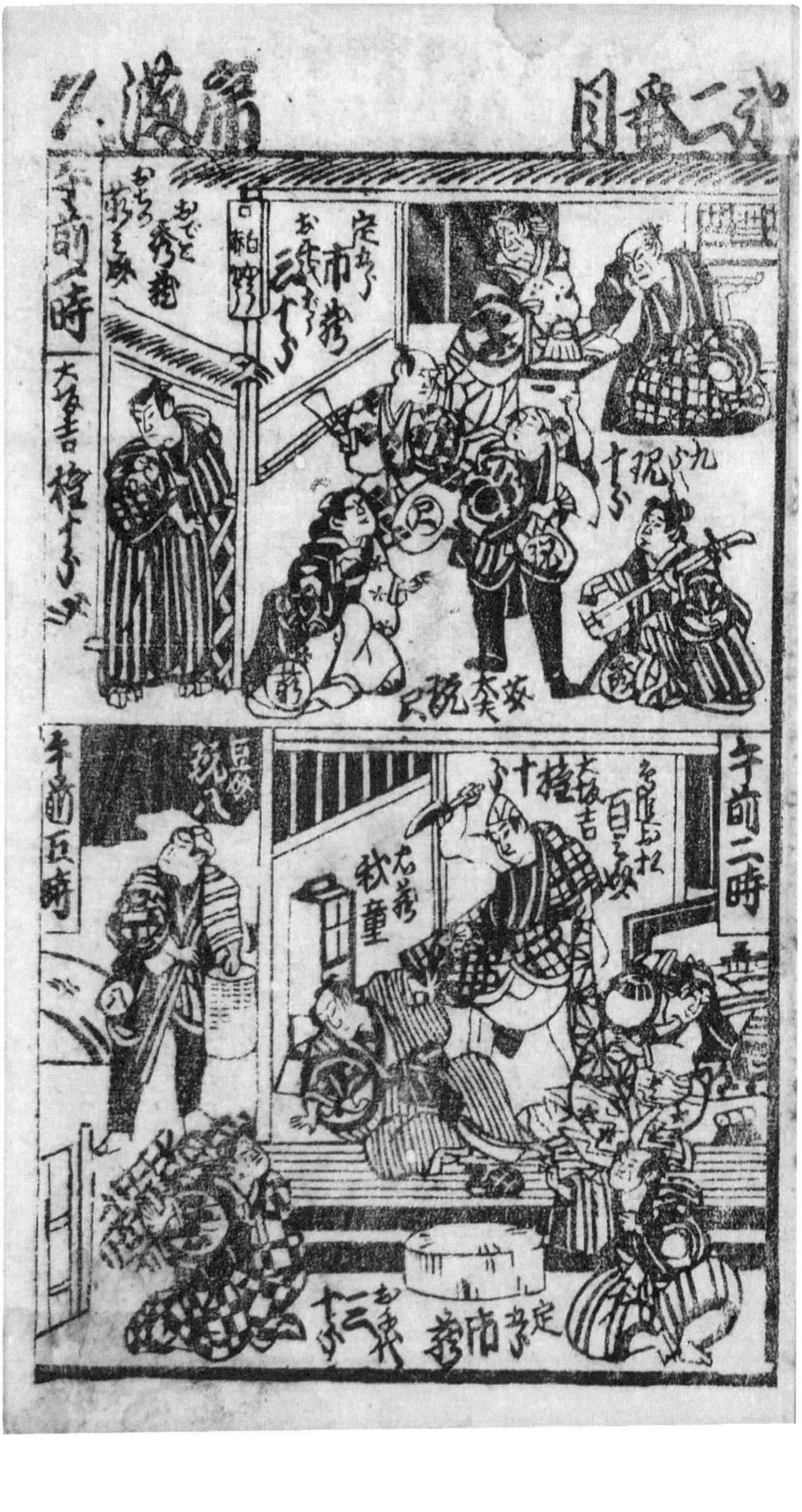

363　絵本番付『廿四時改正新話』（明治十一年・本郷春木座）

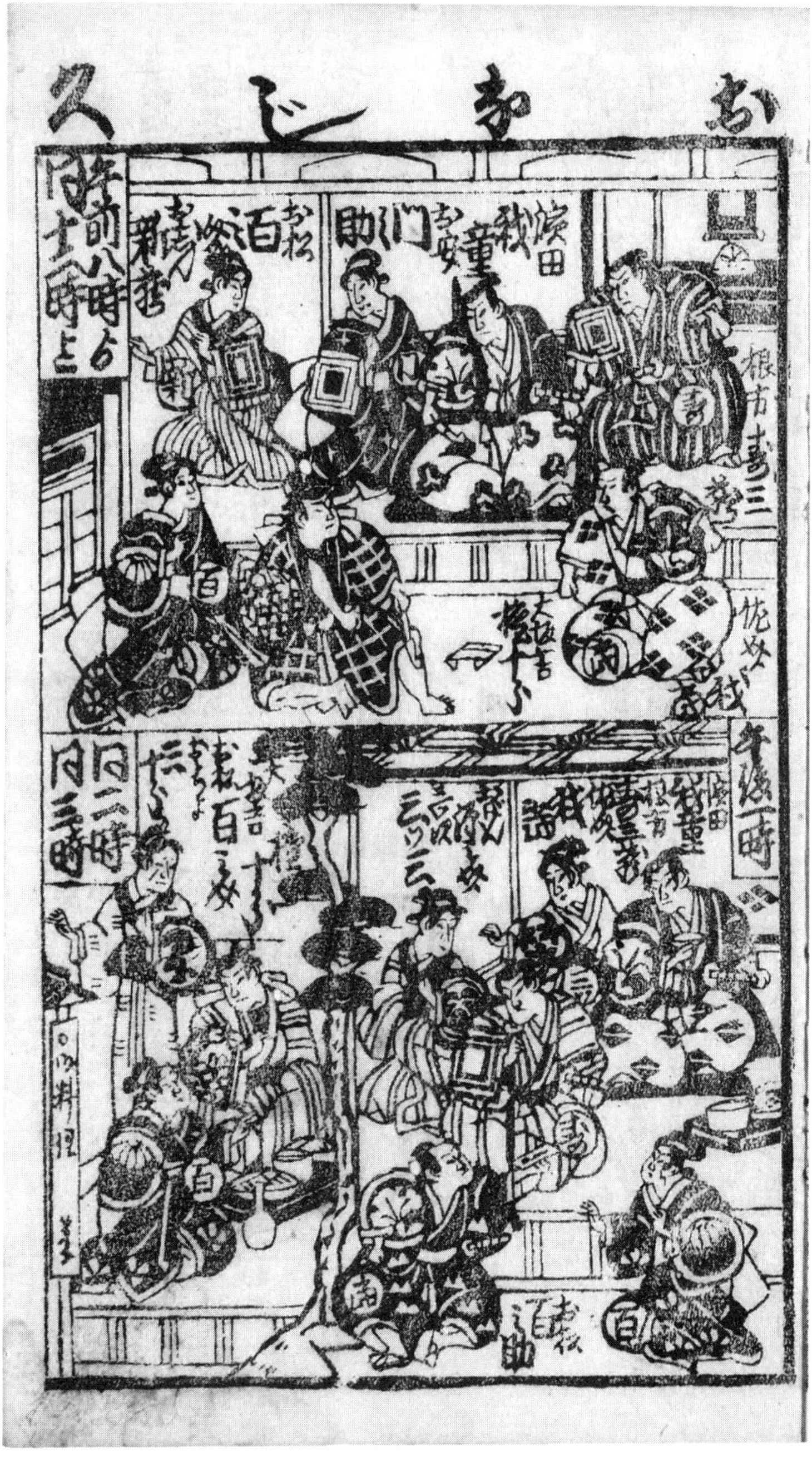

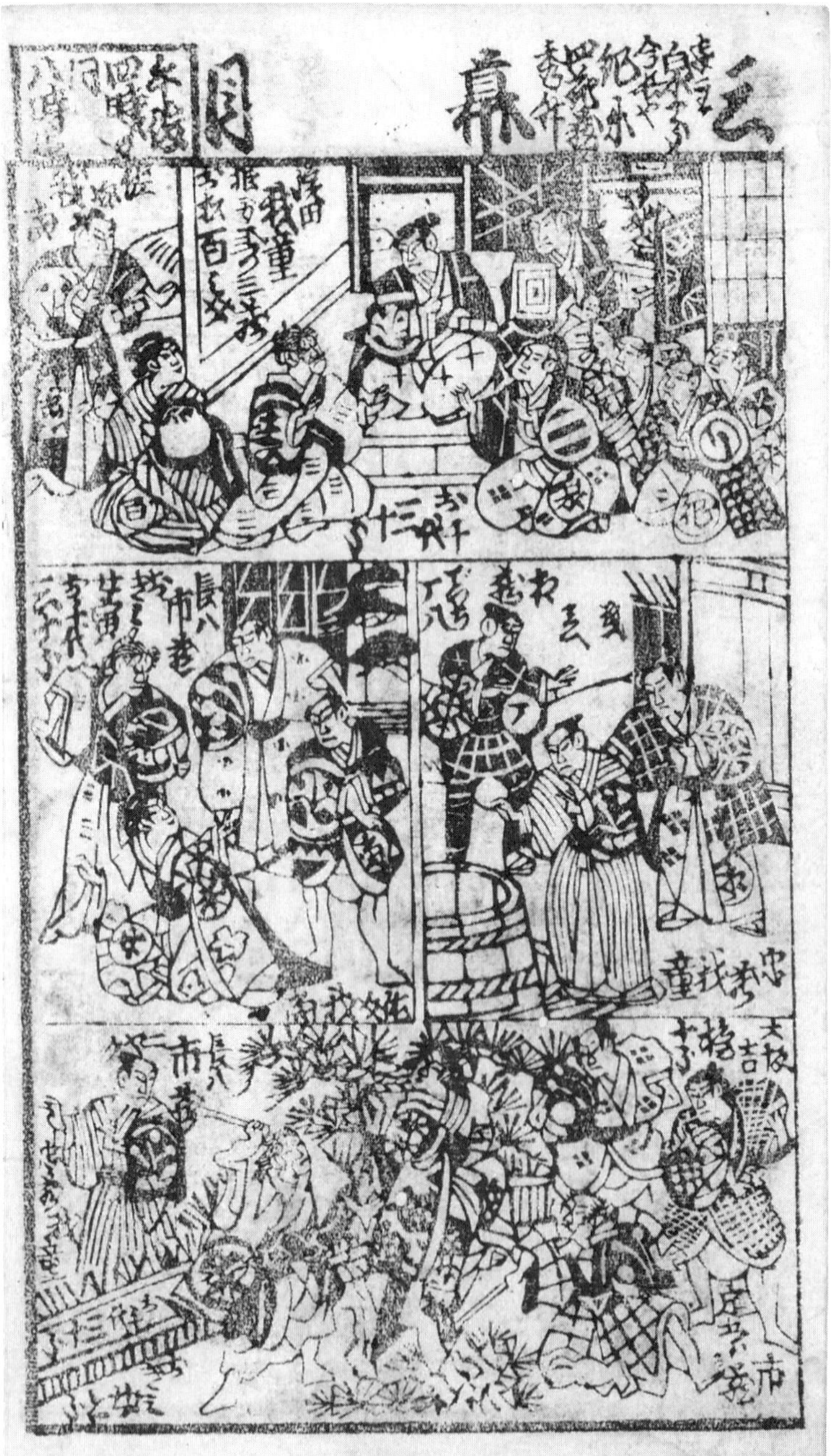

365　絵本番付『廿四時改正新話』（明治十一年・本郷春木座）

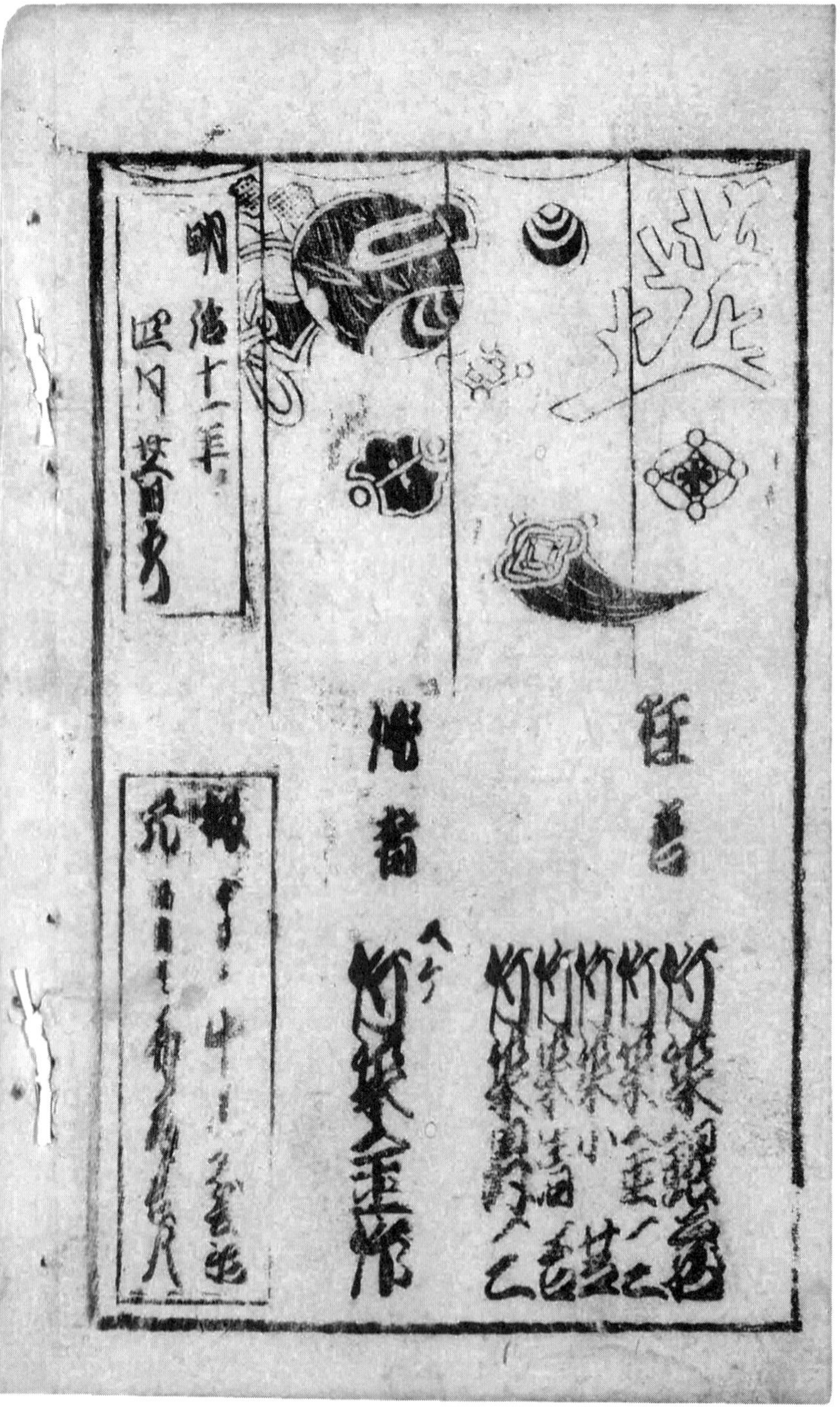

浮世絵『廿四時改正新話』

明治十一年・本郷春木座上演

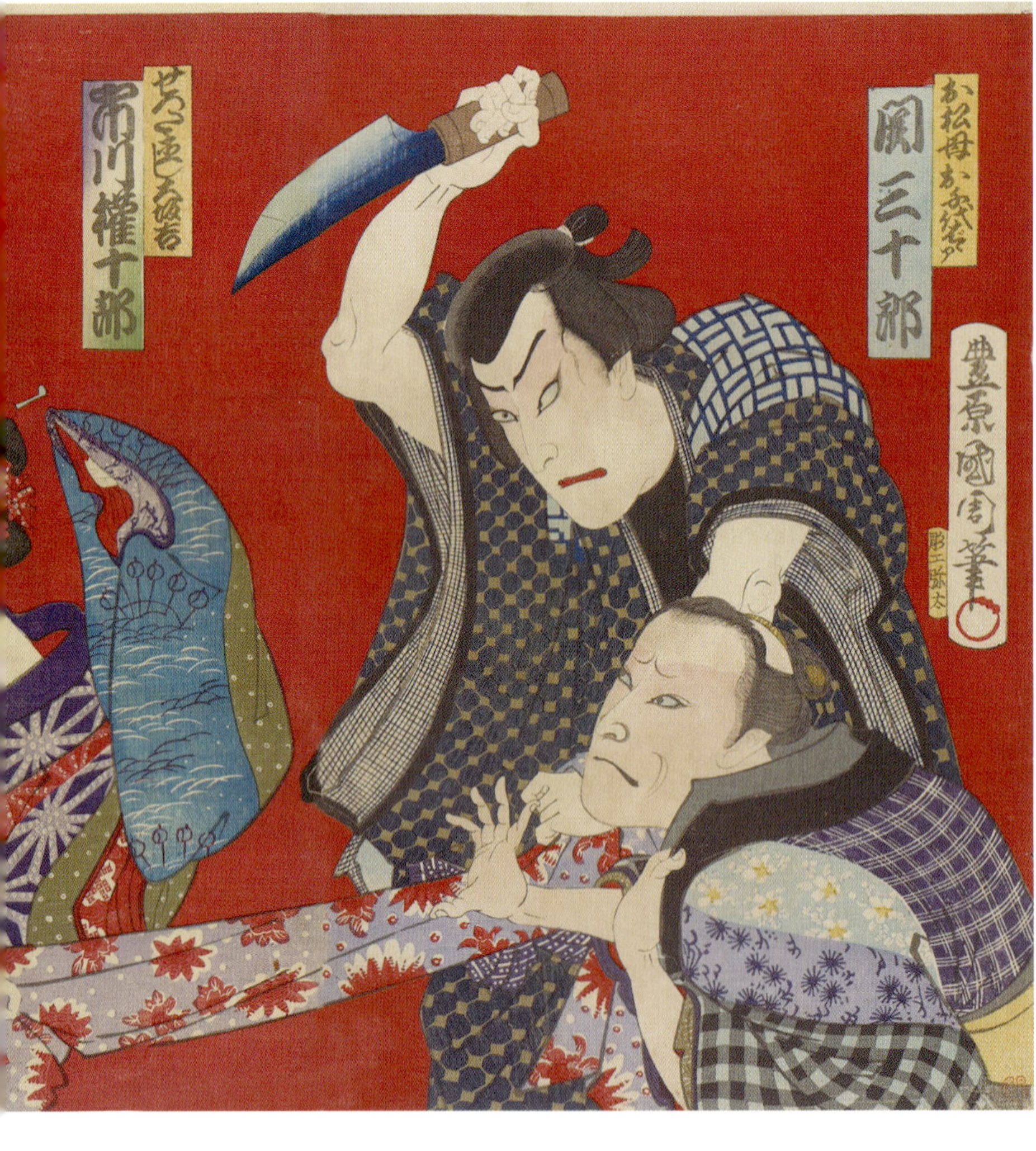
関三十郎
豊原國周筆
彫工弥太
市川権十郎

369　浮世絵『廿四時改正新話』（明治十一年・本郷春木座）

関三十郎
豊原國周筆
彫工弥太

371　浮世絵『廿四時改正新話』（明治十一年・本郷春木座）

片岡我童
豊原国周筆
浅草小島丁廿五番地
画工　荒川八十八
長谷川丁廿壱番地
出板人　福田熊次良

芝居筋書『鳥追於松海上話』

明治十一年・大阪戎座上演

375　芝居筋書『鳥追於松海上話』（明治十一年・大阪戎座）

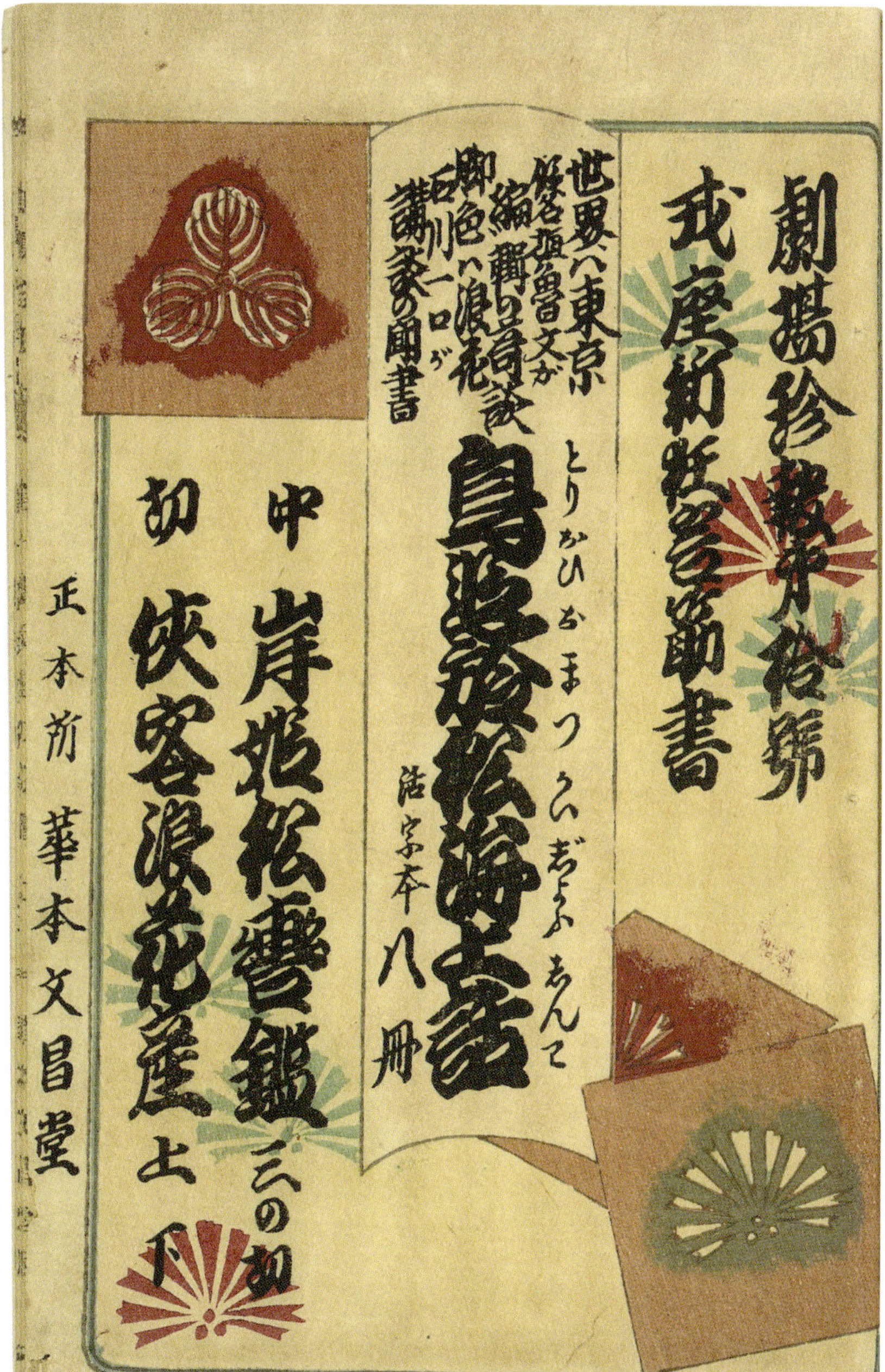

劇場珍報第十號　鳥追於松海上話

（序　幕）東京兩國廣小路の段並《から》び茶屋の体鳥追唄通《とりおいうただぶ》し神樂《かぐら》にて幕明くと淺草並木町《あさくさなみき》の呉服商松屋文三郎の手代忠藏（延三郎）舞臺《ぶたい》へ來り茶店の娘、賴《たの》み鳥追お松に媒介《とりもち》を賴まさる鳥追仲間を呼に遣《や》る跡《あと》へ此忠藏と言號《いひなづけ》のお瀧（琛子）大工傳次郎（飛鶴）に伴《ともな》はれ大坂より尋《たづ》ね來て爰にて圖《はか》らず出會《であ》ひ（傳）は妹《いもと》の緣談《えんだん》にて態々《わざ〱》來さると話《はな》す（忠）はお松に悦惚《のぼ》せ切て居《ゐ》る事故此緣談を斷《ことわ》らんと青柳と云料理屋にて待て居よと兩人（お瀧傳次）と遣《や》り跡にて思案《しあん》の折柄主人文三郎年禮に戻《もど》り掛《か》け爰へ來り種々臺《いろくせり》詞《ふ》の末（文）は金二百兩を渡し本家へ屆《とゞ》けよと言附別れる〇此容子《やうす》を見込鳥追お國（義三郎）お万（雁若）忠藏の悦惚《のろけ》に附込《つけこ》み今夜汐入堤《しほいりつゝみ》の小屋にて逢《あは》そうと云ふ折柄青柳よりの迎《むかひ》に引立られ上手《かみて》にはいる〇引違てお松の養父《おや》ト兄弟分の安次郎（嘉七）雪踏直《せつたなほ》しの姿《こしらへ》にて先刻《さつき》より容子《やうを》を窺《うかゞ》ひ居るとは知らず兩人お國お万は猶忠藏を騙《たま》さんと工《たく》む（安）は老實《まじめ》の仁《ひと》（也）へお松の母お千代の惡意を改心せよと言傳賴《ことつてたの》む兩人捨臺詞《すてせりふ》の儘《まゝ》はいる〇

二

爰へ深見信義（新四郎）官軍隊長の打扮《こしらへ》跡より濱田庄司の妻安子《やそこ》（正朝）奴新助《やつこ》（友治）附添ひ
花道より來る（や）ハ夫《おつと》の軍律《ぐんりつ》ニ背《そむ》き禁錮《さがめ》の身と成りしと案《あん》じ隊長深見へ嘆願《たんぐわん》せる○
（深）は庄司が禁錮の原因《おこり》もお松ゆへなれば召捕《めしとら》らんと云ふ（安次）も「拾子《ひろいこ》のお松の生《おい》
立《たち》を話《はな》し全《まつた》く養母の入智恵《いれぢゑ》なりといふ件《こと》よりて元は安子と主從《しうじう》なる事譯《わか》る（深）お松母《おや》
子《こ》に異見をせよと書付を渡し皆々上手へ入（安次）跡見送思案《あとみおくりしあん》の處にて道具替るト
○青柳樓座敷の体　爰は以前の（飛鶴）（延三）（珉子）三人が縁談《ゑんだん》の事を争論《いさこ》ふ處（忠）禮奉公
の濟《を》むまてハ云々と体よく其場を言延《いひのば》す此内ゴーンと暮の鐘に（忠）ハ心ニ一物急き
駈行《かけゆ》く此仕組よろしく唄の切にてひやうし幕
〔二段目〕汐入村非人小家の場　五人の相中《あいちう》が豆藏芝居の稽古をする處へ（金）
來て（國万）も種々譚《いろくばなし》ある所へ（安次）が案内にて岩上國雄來り此家の勝手を見廻し引返す
（安）も兩國にて舊主《きうしゆ》に請合《うけあい》し詞《ことば》もあきれお千代に異見せんと爰に待處にて道具廻ト
○同非人小家裏手の摸樣　一段《ひとくさり》の獨吟唄にて簾《すだれ》を捲上《まきあぐ》ると忠藏（延三郎）本を見て居る

程なく（國万）提灯《ちやうちん》を持ち跡よりお松〔福助〕島田髷《しまだかつら》好みれ着附淺黄の手負《ておひ》ひ鳥追の拵《こしら》へ三味線を抱《かゝ》へ編笠《かみかさ》を持ち花道にて臺詞《せりふ》あつて兩人に連られ内へ入る恥《はつ》かしきこなし忠「年《ねん》が明《あい》たら夫婦に成ろとお松を引寄せ帯《おび》を解《とき》にかゝる此時お千代〔新四郎〕さら毛の結《むす》び髮惡婆の拵にて提灯を隱《かく》し持《も》ち内の樣子を伺ふとれ知るやしらぬの互《たがい》に帶を解《と》きつ解《とか》れつする中に忠藏の懐中よりバツタリ落る金財布お松手早く取上て松「コリヤコレ慥《たしめ》に」ト九ツと云ふ此時本釣鐘を打込む忠藏チヤツと引取袂《たもと》に隱し忠「金はねよとの松「 時と相圖《あいづ》にト門戸口のお千代と顔見合せチヽ嬉《うれ》しト〔忠〕に抱《いだ》き付き屛《ひよ》
吹消を提灯お松は氣を替へ
風《うぶ》と引廻す是を時の鐘の頭《かしら》○獨吟にある向ふより吉藏〔飛鶴〕出刃《では》庖丁《ほうてう》を腰に指し來り（千）と呀《さゝや》き合サグリなどのふソツトもいり折を見すまし〔吉〕密夫《まおとこ》見附た動《うご》きアがるナ」兩人悔《ひつく》りする種々《いろく》セリフ有て到底《とヽ》忠藏は主人より預りの金百兩を首代として取られ口惜ながら逃歸《にげかへ》る○折から安次郎來て安子より頼みの件《こと》を又お松は拾《ひろ》ひ子れ事など言立て種々とれ千代に異見する〔千〕は承知の体にて終にマチンと飲ませ（安）を殺《ころ》す

折から聞ゆる寄太鼓《よせたいこ》に皆々騒ぎ立ちバタ〳〵に成屯所《とんしよ》の侍《さむらい》お千代を捕巻《とりまく》所にて返し
○同浄念寺塀外の体上手より金藏走《はし》り出る此時塀《へい》の内より(松)柳の木に取付居る處
にて吉藏捕縛《ほばく》に成りお松ハ向ふへ逃《にげ》て入る淺黄幕切て落せむ　○駒形河岸夜の
摸樣(忠)ハよしない女に騙《だま》されて主人の金と失《うしな》ひし身の言譯《いゝわけ》に處にて死《しな》んと己に
帯にて首と縊《くゝ》らんとする時上手よりお松走り出バッタリ行當る兩人顔《かほ》見合せ恟《ひつ》くり
(松)ハ忠藏の腹立《はらたち》を宥《なだ》め詫《わ》び入り互《たがい》に心解け處を落延《おちのび》んとする處へ忠兵衛大坂足袋商八(新四)
濱田庄司(市十郎)出來り探《さぐ》り合の中忠藏の懐中より書置を引出そ此見得七種拍子にて幕
三段目」　蒲原《かんばら》驛旅籠屋の場　向ふより宿引喜助先に立傳次郎(飛鶴)病人の妹お
蘢を連き來り此家の女房お園(千鳥)挨拶《あいさつ》種々《いろく》有處にて道具ぶん廻すト　○同奥座敷の体
お松(福助)赤兒《あかご》を抱《いだ》きながら藥《くすり》を煎《せん》じる　上「駿河路や富士の煙の空に消行衞も知らぬ
初旅に枝柱《つゑはしら》とも頼みさる夫の長の煩《わづらい》にお松も今ハ面瘦《おもやせ》て　云々の淨瑠璃《じようるり》の内忠藏(延三郎)
に藥を進め永の病氣の愁歎《しうたん》長臺詞ある○甲州屋定次郎(市十郎)ハ不便に思て金と恵《めぐ》む

藪醫赤星光庵藥代を責《せめ》る〔松〕貧苦《ひんく》に迫《せま》り身を賣らふと思案を極《きは》める又種々臺詞れ未
松 雁《かり》の翅《つばさ》の便《たより》にと 忠 思ふ路銀ハ奪《うば》れて 松 貧と病の苦しみは云々上るり又も泪《なみだ》にト
兩人愁《うれい》のこなし送り三重にて道具替るト離座敷の体〕爰はお瀧が病《やまい》の床《とこ》按摩《あんま》菊一が
悪手癖《わるてくせ》お文お龜が悪洒落《わるしやれ》等にて愁れ內に滑稽《おかしみ》を交《まじ》へ忠藏に嫌《きら》はれさる脚色《しぐみ》をいはせ
又元の道具に返す ○ 上ルリ「浮世とは誰が言初てわじさなき我身の果《はて》ハ川竹の流れに
沈《しづ》む憂思《うきおも》ひ唄「子故に心後《おく》れ毛を梳《と》くや柳の黒髪に云々の內〔松〕定次郞との座敷に行《ゆき》
此身と賣りたき由と語る蔭《かげ》に立聞く忠藏は不便の者やと泣沈《なきしづ》む泣く夫より泣子をバ
そかそお松が守唄《もりうた》もしめり勝なる愁聲○傍《そば》からせり立駕昇《かごかき》共と點頭合《うなづきあふ》てお松は駕に
て飛が如くに走り行《ゆく》跡にて忠藏はお松が悪計を悟《さと》り逐行《おいやら》んとするとお園おし宥《なだ》める
段にて又道具返し〔瀧〕緣《えん》の上に出忠藏の有所もしれねバ身と投《な》け死る覺悟《かくご》又〔忠〕も
お松に見捨《みすて》られ是も死る覺悟にて兩人暗《くら》かりの搜《さぐ》り足○双方より〔園〕〔傳〕伺ひ居る
ともしらぬ兩人 忠 瀧 井筒《いづゝ》の左右に取付已に斯《こ》ふよと見えたる處え〔傳〕〔園〕に止められ

四人一度ふ顔見合せ悔《ひつく》りをそると木の頭に柏子幕
（四　段　目）東海道薩陲峠《さつたとうげ》の塲　鰯の中よりれ松（福助）出る汐入の金藏（朝太郎）色々
お松よ口説《くど》く詞《ことば》の内に吉藏れ大坂に居るといふを聞て心變《かはり》して金藏と海の中よ突落《つきおと》
そ是を本釣鐘ふて黒幕と切落くせば○遠州洋遠見の体　辻堂の中よりと定次郎（市十郎）
一月以來つゝ廻して爰まて追ふて來た今逢ふたれ緣《えん》れ端《はし》サア抱《だか》きて寢《ね》るうと迫るを
きのず挑《いど》む機《はづ》みふ赤兒と取ふをお松れ艀《むげ》よりを落込む此仕組宜く淺黄幕切て落せむ○
遠州洋海面の体　神戸通ひの蒸氣船回漕丸よは安子（正朝）僕《しもべ》新助（友治）乘込居てお松を
助け上げる此見得宜く蒸氣笛器械《きかい》の音ふて柏子幕
（五　段　目）　大坂博勞町足袋屋の塲爰は桝屋忠兵衛店先《みせさき》よて番頭九郎兵衛丁稚《でつち》
辨太郎と種々戯談《せりふ》ある處へ向ふよりを安子（正朝）れ松（福助）來り主《あるじ》ふ引合そ（松）が辨舌《べんぜつ》よ
て忠藏よ死別きたる事を譚《かた》り夫の菩提《ぼだい》の爲剃髮《ためていはつ》すとれふ九郎兵衛の自惚《うぬぼれ》弁太のわん
ぱく色々有處へ傳次郎（飛鶴）來り（松）を恥《はぢ》しめる（松）此塲と言くろめる所よ忠藏（延三）

劇場珍報（三編）第十號　戎座の筋書　四　華本文昌堂版

お瀧（珉子）出て來る兩親の悦《よろこ》び（松）は驚愕《びつくり》しながら減《へ》らす口却《かへつ》て逆捻《さかね》ぢに髪切代を取らふといふ處へ濱田庄司（市）來て忠藏が書置《かきおき》と出す事より忠兵衛（新四郎）駒形にて出合し事譯《わか》り（庄）はお松と縛《しば》り連行く跡に九郎兵衛弁太郎が滑稽輕業《おかしくかるわざ》の鳴物《なりもの》にて返し

○合邦が辻駕籠破の場　網乘物《あみのりもの》を下して庄司駕を明れどお松の吹替後ろにて　附聲「そんなあふなひと是から直《そぐ》よ」（松）吹替 手拭《てぬぐい》にて顔を隱し出る上手より佐助役二（福助）現《あら》せる（庄）は提燈《ちようちん》を打落すと木の頭（庄）吹替の手を引（佐）と跡と見送所にて幕

（六幕目）濱田庄司邸《やしき》の場　大坂上町庄司邸の体○僕新助（友次）下女お梅（千鳥）と奧方贔負《ひいき》れさよ（雁若）は妾れ松の荷擔《かたもち》にて言爭《いひあらそひ》する處へ吉藏（飛鶴）出て双方を引分くる（さよ）と吉藏とお松の媒介《とりもち》して安子を退《の》けんと惡計と廻らし（安）は無實の罪を負《を》はせ（庄）安子を苛《ひど》く責る佐助（福助）勘助お梅など安子の寃罪《むじつ》をすくハんと心を碎《くだ》く（佐）安子が拷問《ごうもん》に苦しむを痛《いた》はり里方へ逃《にが》し遣《や》り自身より引請縛られ親安次郎が行衛を案じ譯《くど》れ泣《かき》せると表に立聞吉藏が其安次郎れ五年跡毒殺したといふ佐「言《いは》ふ樣なき極惡

人そんならお松親子の者が親父様を殺せしとな「吉」葛籠《つゞら》の蓋《ふた》を冠《かぶ》せ刀《かたな》を突通《つきとほ》し驅を掛る是を一ッ鉦《かね》にてキット見得此時窓《まど》れ障子を明け役二のお松（福助）吉さん（吉）コレを唄れ念佛になる處へ又（庄司）来り奥を逃《にげ》せしは何者じや（吉）いつの仕業《しわざ》ト蓋を明れバ佐助（福助）苦しみ居る是と一時にれ梅安子の手を引て来り佐助を見て恂《びつく》り（吉）又蓋とそる（庄）吉藏止《とゞ》めを吉へイと白刃《やいば》を差す上手の破れ壁より役三三澤重明（福助）濱田と顔見合せ重明捕繩《とりなわ》を提《さげ》く吉藏葛籠をゐくる此仕組宜しくひやうし幕

〔大詰〕　攝州摩耶《まや》山半覆《さんはんふく》体　平舞臺一面雪山の遠見處に巡査四人がんどうを持立の〜を居る此見得一ッせい山下風《おろし》にて幕明く　此四人は吉藏お松を捕逃《とりにが》したる体を語を合ひ上手へはいるト道具替て〇同辻堂の場　吉藏お松此辻堂にて息《いき》を休《やす》めて居る處へ以前の巡査来りでつちやの立廻をとなり皆々上手と橋懸りへはいるト辻堂の内より忠藏出　忠　心願あつて此摩耶山へ參詣の下向道暫《しばら》く處にて休む内今のれ慥《たしか》に吉藏お松悪《にく》い奴《やつ》らだなア思ひ出してもト身震《みぶる》ひするを道具替りの知らせへヅッとそる

乜いと返しになるト○獵師作藏住家の場雪道を踏迷《ふみまよ》ひ日海和尙來り宿を借る又此家
の兒《こども》捨松が案內にてお松爰に入來り此兒の咄《はなし》の摸樣《もやう》にて捨松ハ我兒作藏ハ甲州無宿
の騙盜《ごまのはい》なりし事譯《わか》り五年以來此兒を養育せし義理もあり作藏に迫られ余儀なく忘に
隨《したが》ひ枕《まくら》を交《かは》す○忠藏は積《つも》る恨《うらみ》にお松を尋ね同しく此家に來く我子とおもひし忠吉は
吉藏が子にして此捨松なる事を聞知る○吉藏は吹雪《ふゞき》に埋《うづも》れ氣絶《きぜつ》して居るをれ松が助《たを》
け俱《とも》に此所を逃《にげ》んとすると作藏追懸斬付《きりつけ》る爰にて三人暗《くら》がりの立廻り各《みな〳〵》深手に弱《よわ》り
倒《たを》る此物音に日海ごの何事なるんと立出る此《とゝ》にて互に顏見合せ（吉、ヤてなされ兄貴《あにき》松
エ、そんならァノ作藏殿は 作 別を程經《ほどへ》し兄の吉松（日）其兄弟ごの何故に 作 死と爭《あらそ》ひしは此
世から畜生道《ちくしようどう》に墮《おち》た兄弟 吉 合点《がてん》の行ぬ其詞 松 そんならもしや私の身は 作 二ッの年に
捨た妹（吉）（松）エ、と悔り思入此見得愁三重にて幕直に引返そと神戸濱車道の場
金藏は遠州洋の急難を助り今ハ善心の車夫なり圖らずもお千代に出逢ひ結合の
末（千）は其場に縛られる爰へ 重明（福助）安子（正朝）傳次郎（飛鶴）お瀨（眠子）等が來て双方一
時の出會に濱田が罕死せし顚末を聞す善惡兩道勸懲の脚色は例の勝能進翁と勝諺藏

大入の新著よて世ふ鳴響く河竹流の戯驗なれバ看客の意よかなよみ奇談此妙案は入氣の寄かみ又榮得當利満止と初日前から市中の手評判

中狂言　岸《きしの》姫《ひめ》松《まつ》轡《くつわ》鑑《か》、　三段目の切

（飯原兵衞館の段）よて北條相摸守時政が姦計《かんけい》當館《このや》の嫡子隼人の助（延三郎）ト司姫《つかさひめ》れ不義者なりと云立《いひたて》兵衞を罪よ墜《お》さんと謀《はか》り朝比奈ハ平常より當家と不和なる事を知仍て上使に立る朝比奈三郎義秀（飛鶴）ハ之と知らず其役目を蒙《こうむ》り司姫が首打んとする爰よ漁師與茂作（嘉七）といへる者あり娘のれふね（正朝）と伴ひ坂東順禮の序《ついで》ふ當館へ立寄る此二人も當館ふ由縁《ゆかり》ある者ゆへ一夜の泊りを許《やる》す件《こと》より彼《あの》船ハ圖《はか》らずも朝比奈よ出會《であい》先年源の賴家嚴島參詣《いつくしまさんけい》の節義秀と假れ契《ちぎり》と結びし戀人ゆへ頻《しきり》に悦び其假寐《かりね》の物語より朝比奈と夫婦の盃をなし遂に司姫の身代りとなり北條時政が姦惡《かんあく》を悟《さと》り天下の爲に時政父子を亡さんと和田の一族血を啜《そゝつ》て誓約《せいやく》なす段よて幕

切狂言　俠《をとこ》客《だて》浪《なに》花《は》産《めいぶつ》

（住吉神社境内の場） 當社の境内にて土器賣《かはらけ》佗助（嘉七）が商《あきな》ひをして居る爰へ醉狂《すいきやう》人が來て佗助に難題《なんだい》と言かけ打擲《うちたゝき》剩《あまつ》さへ荷物まで投撒《なげち》らせ其騷《さわ》ぎの場所へ折よく野晒悟助（福助）と云俠客《をとこだて》が來て無法者を懲《こ》らし佗助爺《おい》を救《すく》ふ件《こと》より佗助れ娘れしづ（千鳥）親の弁當を持て來て悟助に禮を述《の》べ其器量《きりよ》を見て嫁に成たいと思ひ染《そめ》る折柄本町の豪商《かねもち》扇屋の娘れ田井（朝日）と云別嬪《べつぴん》が住吉詣れ途中より見初《みそ》めし悟助が情《なさけ》あるを感《かん》じ其志に愛《めづ》る一譚《ひとたん》 爰に又浮世渡平（飛鶴）と云俠客が傍《かたへ》の茶店に居合せ處最前喧嘩《けんくわ》の最中悟助が惡者を懲せ節誤《あやまつ》て此茶店の內へ履物《はきもの》を投込《なげこ》む其草履渡平に當る是にて渡平立腹なし悟助と爭論《あらそひ》の折柄六字南無右衞門（嘉七）と云老分の俠客が來て此紛紜《もめ》を扱《あつか》ひ浪風立てお穩《おだやか》に濟《すま》せ段にて幕（千日前野晒住家の段）住吉にて悟助の男振にほだされし扇屋の娘れ田井ハ寐《ね》ても覺《さめ》ても悟助が戀しく遂《つい》に母おもよと倶《とも》に此家へ來り其事柄を述て是非娘を妻に持て下さきと賴む悟助は我身の上を譚《かた》り種々《いろく》と事譚《わけ》を云ともし聽容《きゝいれ》ざる故是非なく此事を承知する處へ又佗助が來て前日の禮を述べ娘のれ

しづを差上たいと云へ共最早おたみと縁組の事極《きま》りし故佗助はしづを連て本意《ほい》なく歸る爰に又提婆《だいば》の仁三郎（市十郎）といふ惡侠客《わるもの》が來て子分の者が住吉にて痛く懲《こら》されしを意恨《いこん》に思ひ仕返《しかい》しに來る此日悟助が親の命日故如何《どん》な無念の事有ても荒氣《あらき》を出さぬと誓《ちか》ひし日なれば口惜くも仁三郎の爲に手込《てご》めになる悟助殘念の一譚にて道具替ると○天王寺山門の塲　提婆の仁三こと邪欲《じやよく》悟助が堪忍《かんにん》の心に附込み飽迄酷《あくまでむご》く手込にせし故其夜の明ると待兼翌日天王寺の境内にて仁三郎に出逢ひ意恨の仕返しをなし昨日の耻辱《はぢ》を雪《そゝ》ぐ爰へ浮世渡平が來て万端を扱ひ彼のれ田井を媒介ていよいよ悟助の女房にするおしづは一端思ひ込みし男に貞節《みさほ》を立尼となり親へ孝心を盡《つく》すなしに於て提婆の仁三が舊惡顯《あらは》れ其身を果《はた》す醉菩提《すいぼだい》の狂言委《くは》しく脚色《すぢ》書が記載《のせ》られきとも記者の筆に力なく殊に初日にも迫《せま》りし事故本意なくも其大意のみを書の如しなりし此度の傳奇《きやうげん》は世話に時代を插《はさ》んだ上（面白い事ハ魯生が保證《うけあい》マア實地《そのば》を看《み》て娛覽《ごらん》）上等若手の顔揃殊に秋田嘉七老人この總裁の座頭なれど一坐の勉強表《ほねおり》の庫入無かし澤山

娯座ろうと大層な入氣にて目出度打出し

太夫本 三榮　道頓堀 芝居 茶屋

東京歌舞伎《かぶき》新報《しんぽう》　第拾壹號迄到着　七号ゟ定價三錢

東京劇場新報　第廿三号より第廿五号迄到着

同絶句帖　中村秀鶴筆記　定價七錢

同新富座俳優評判記　三編迄着　價十二錢

戎座新狂言曾我の筋書　價三錢

同俳優評判記　黒表紙壹冊　價五錢五厘

右之外繪本粋書芝居本いろ〳〵御座候又私方の筋書是迄の分拾八冊合本綴も有升

明治十一年四月廿八日出版御届
同　年五月一日刻成出版

編輯兼出版人　大坂府平民　華本安次郎　南區難波新地二番町

假製本局　華本文昌堂　南地戎橋通中筋南へ入

賣捌所　花本繪草紙店　八幡すじ

賣捌所　玉置清七

○角の芝居の筋書は次號ゟ出版仕候

役割番付『鳥追於松海上話』

明治十二年・大阪戎座上演

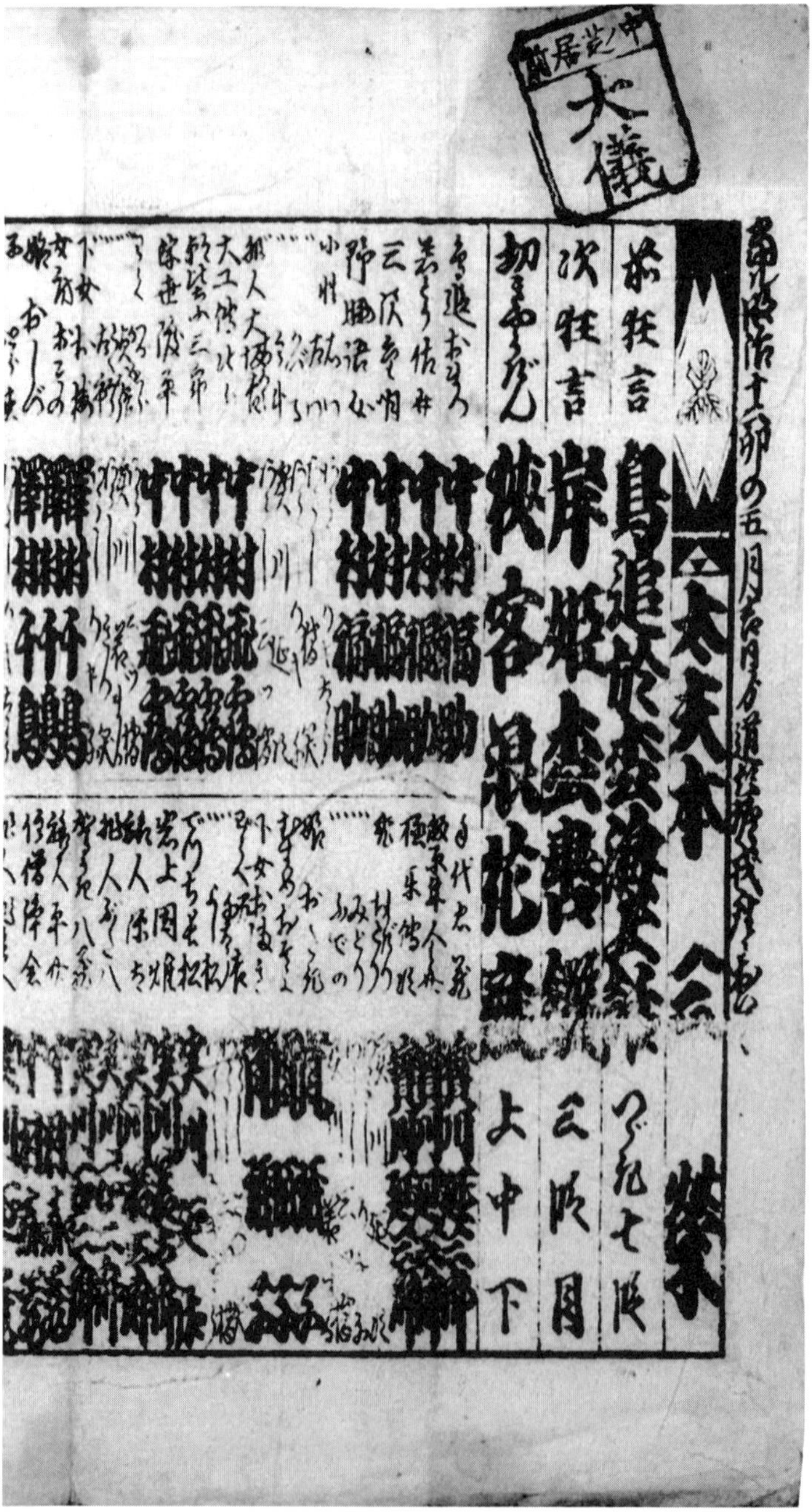

太夫本
於狂言
次狂言
上 中 下

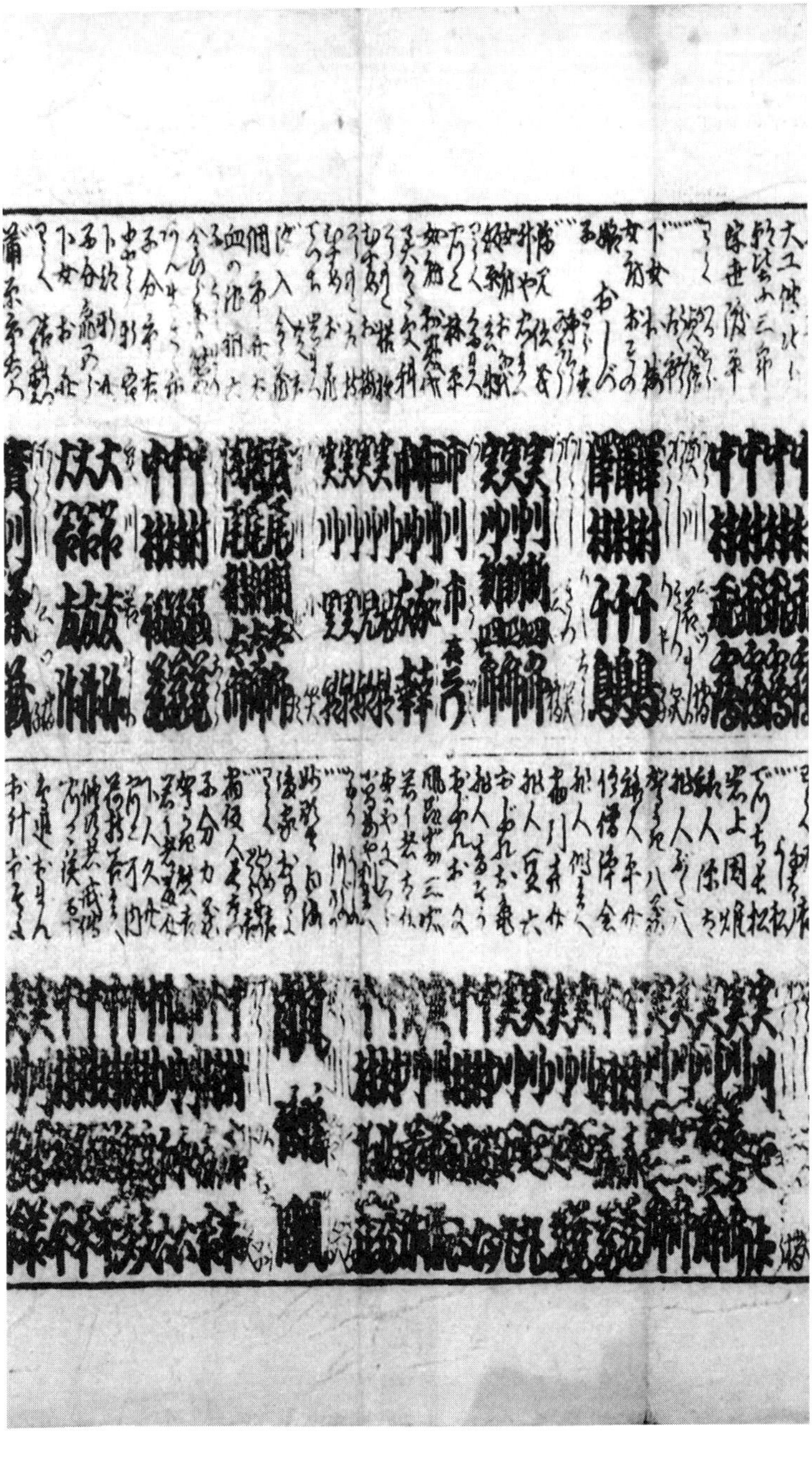

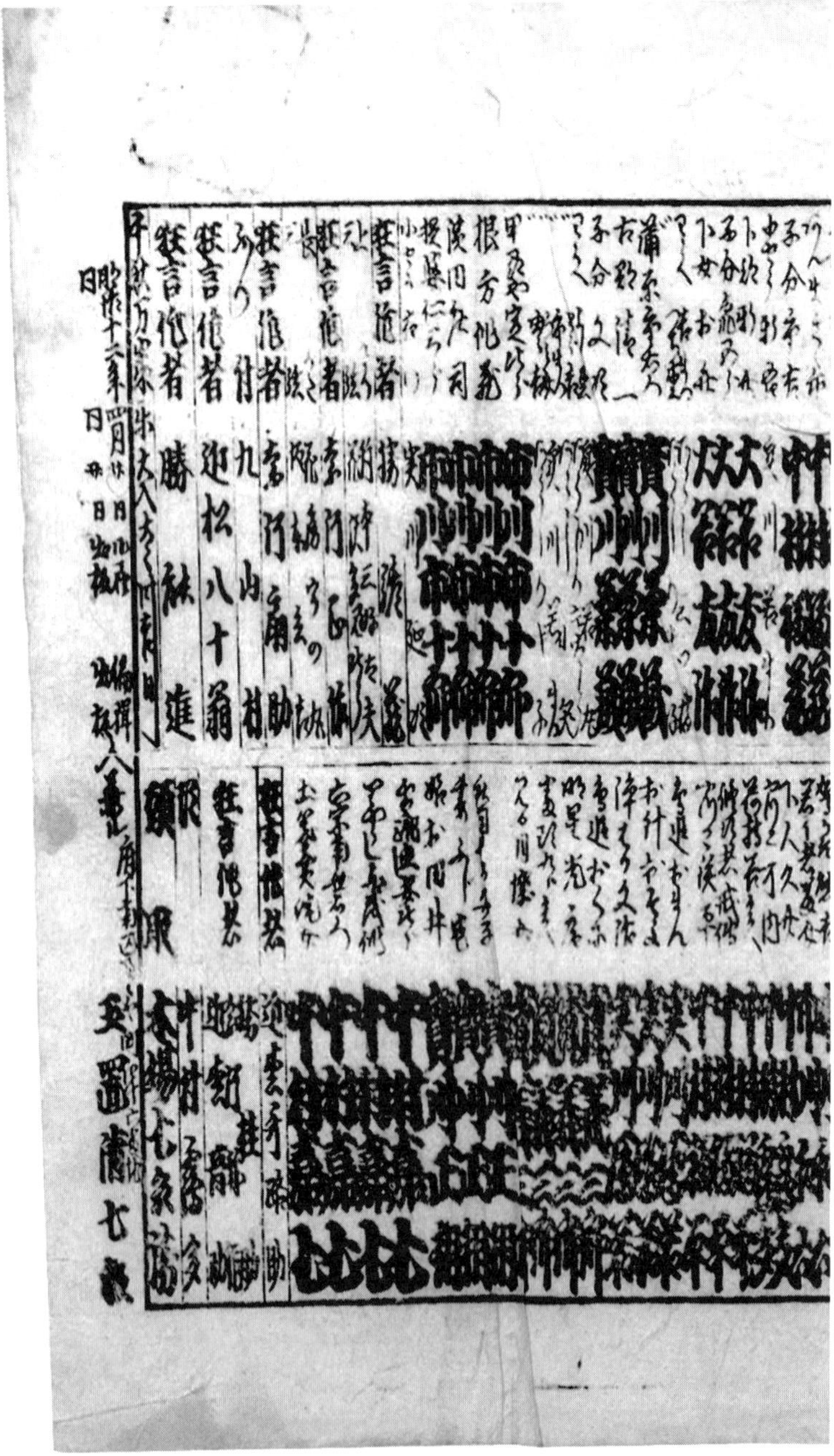
狂言作者 勝能進
狂言作者 迎松八十翁
明治十六年

絵尽し『鳥追於松海上話』

明治十二年・大阪戎座上演

395　絵尽し『鳥追於松海上話』（明治十二年・大阪戎座）

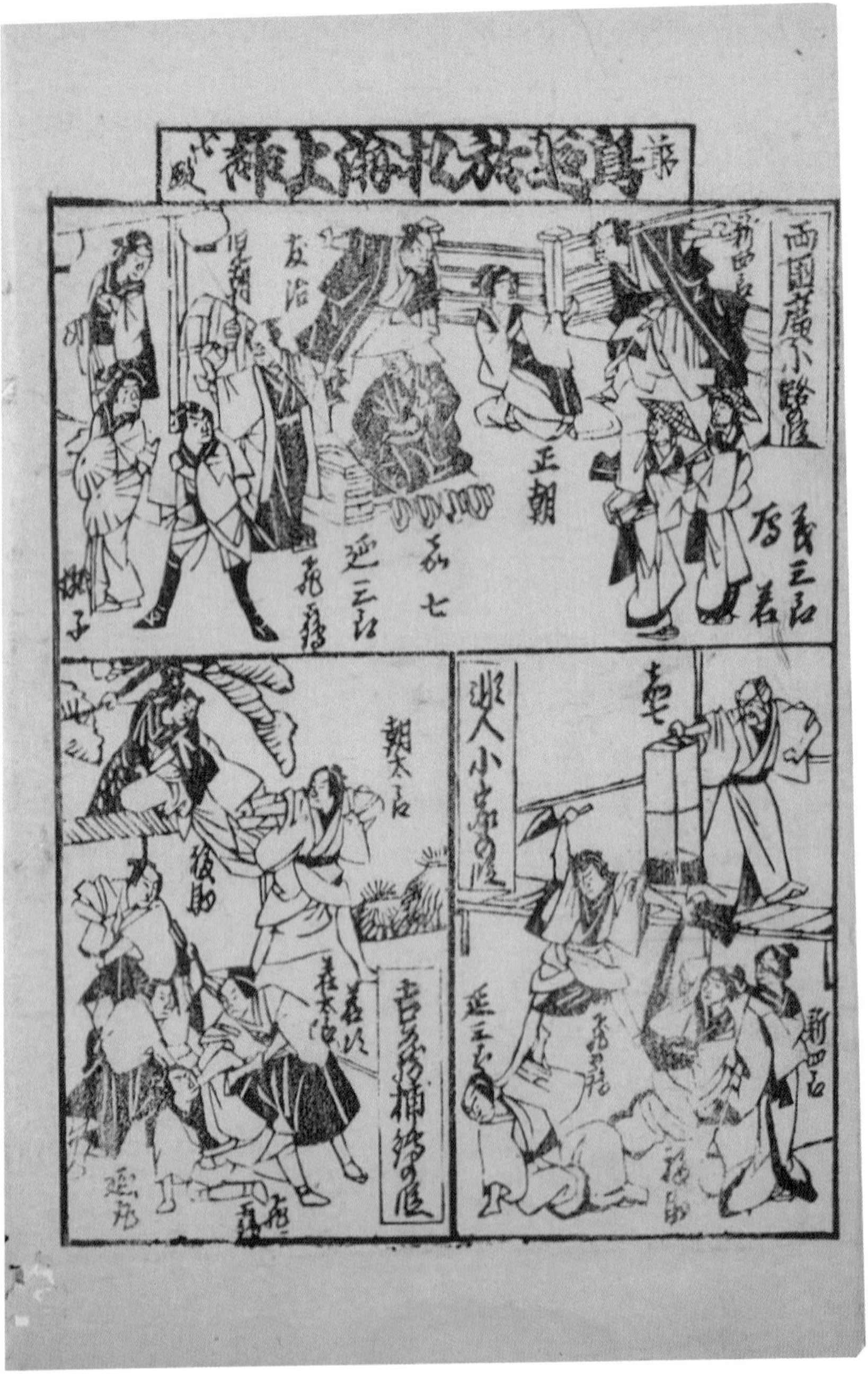
西國蔵小路の段
正朝
新四郎
朝太郎

397　絵尽し『鳥追於松海上話』（明治十二年・大阪戎座）

廻漕丸

399　絵尽し『鳥追於松海上話』（明治十二年・大阪戎座）

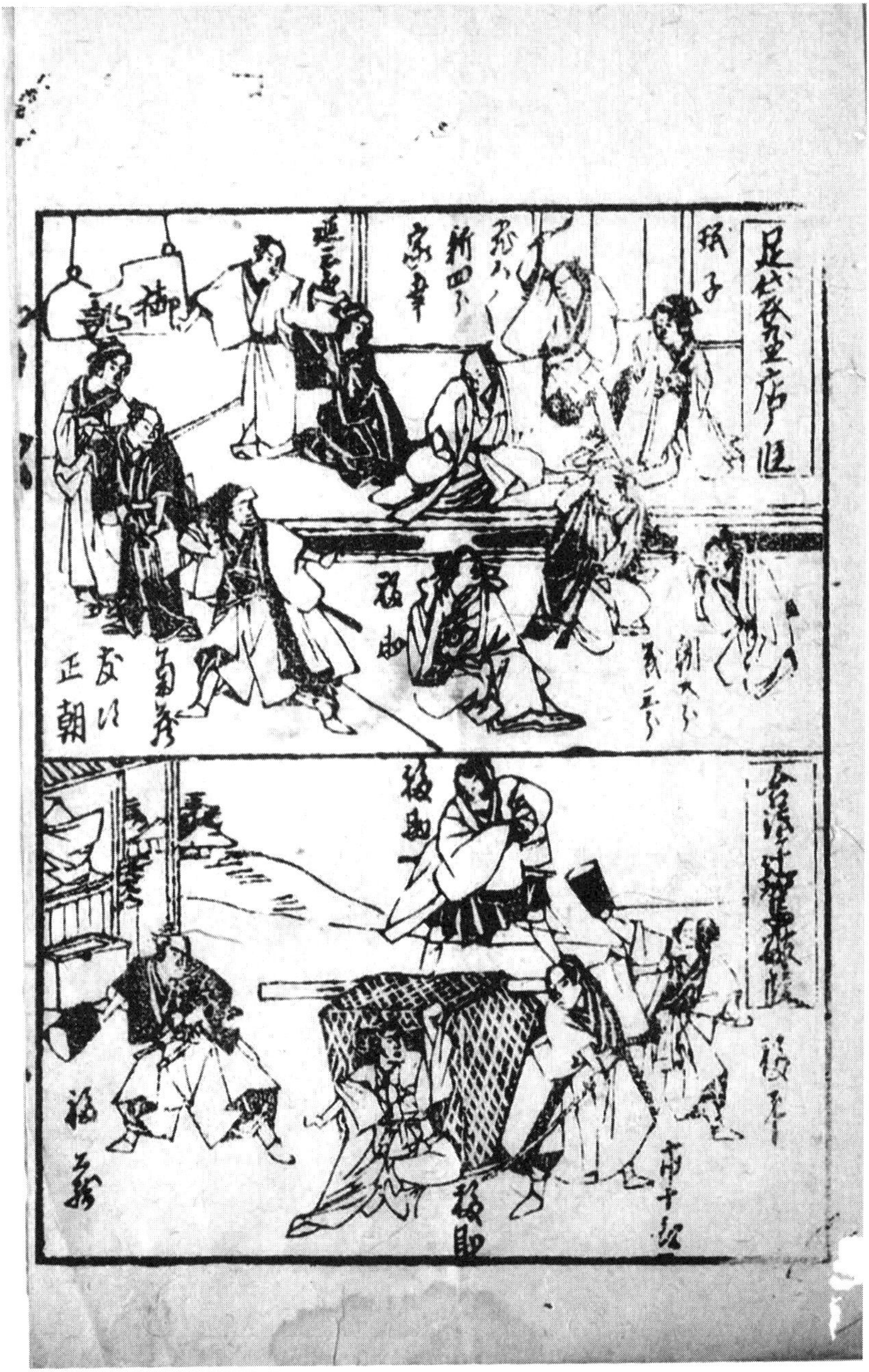

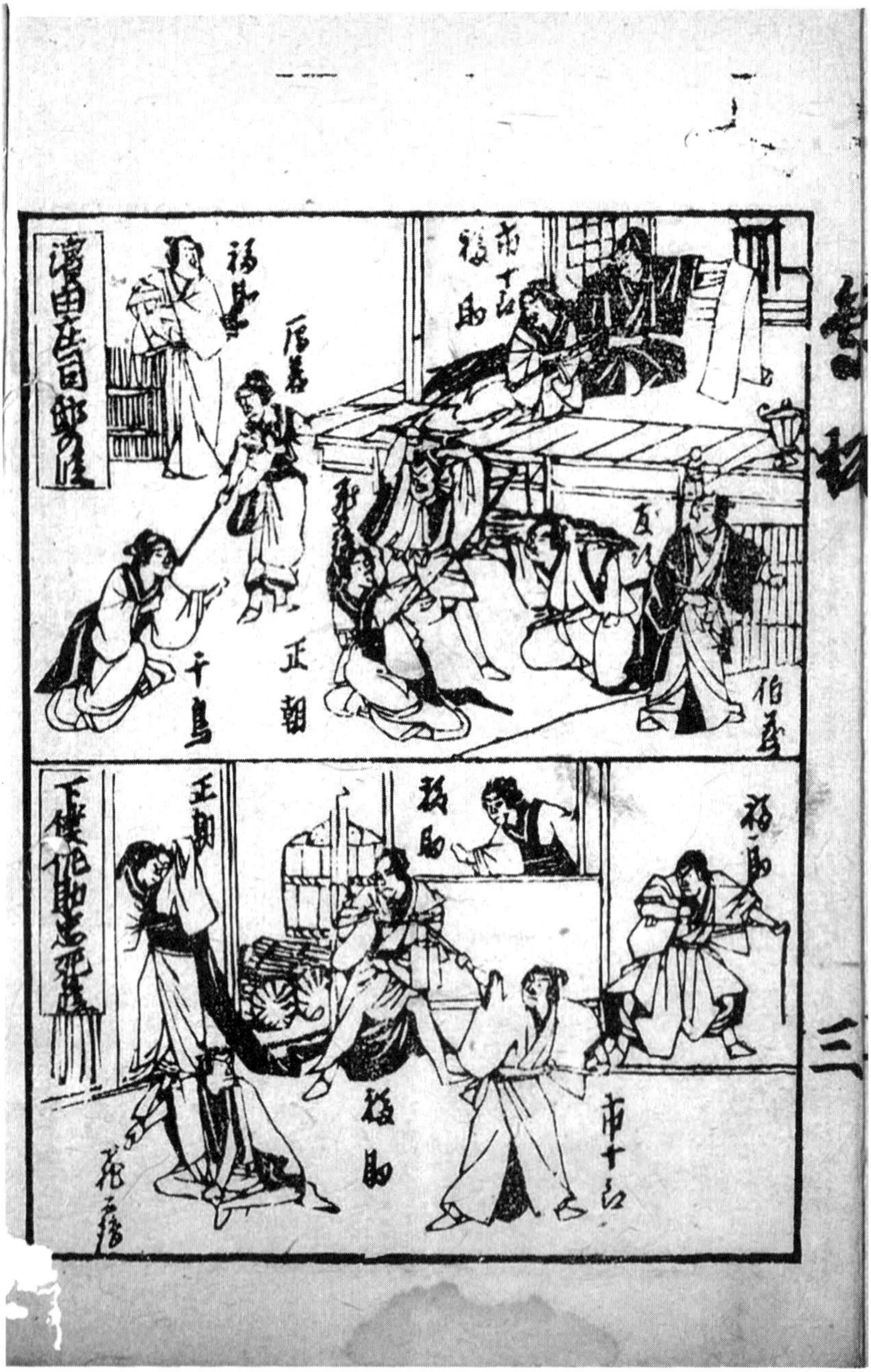
市十郎
正朝
千鳥
正朝
市十郎
三

四
福助
福助
正朝
千鳥

岸姫松轡鑑

403　絵尽し『鳥追於松海上話』（明治十二年・大阪戎座）

辻番付『廿四時改正新話』

明治二十三年・大阪浪花座上演

中村時蔵
當ル明治二十三年八月
前狂言
切狂言
信長
役人替名
高砂

407　辻番付『廿四時改正新話』（明治二十三年・大阪浪花座）

絵尽し『廿四時改正新話』

明治二十三年・大阪浪花座上演

411　絵尽し『廿四時改正新話』（明治二十三年・大阪浪花座）

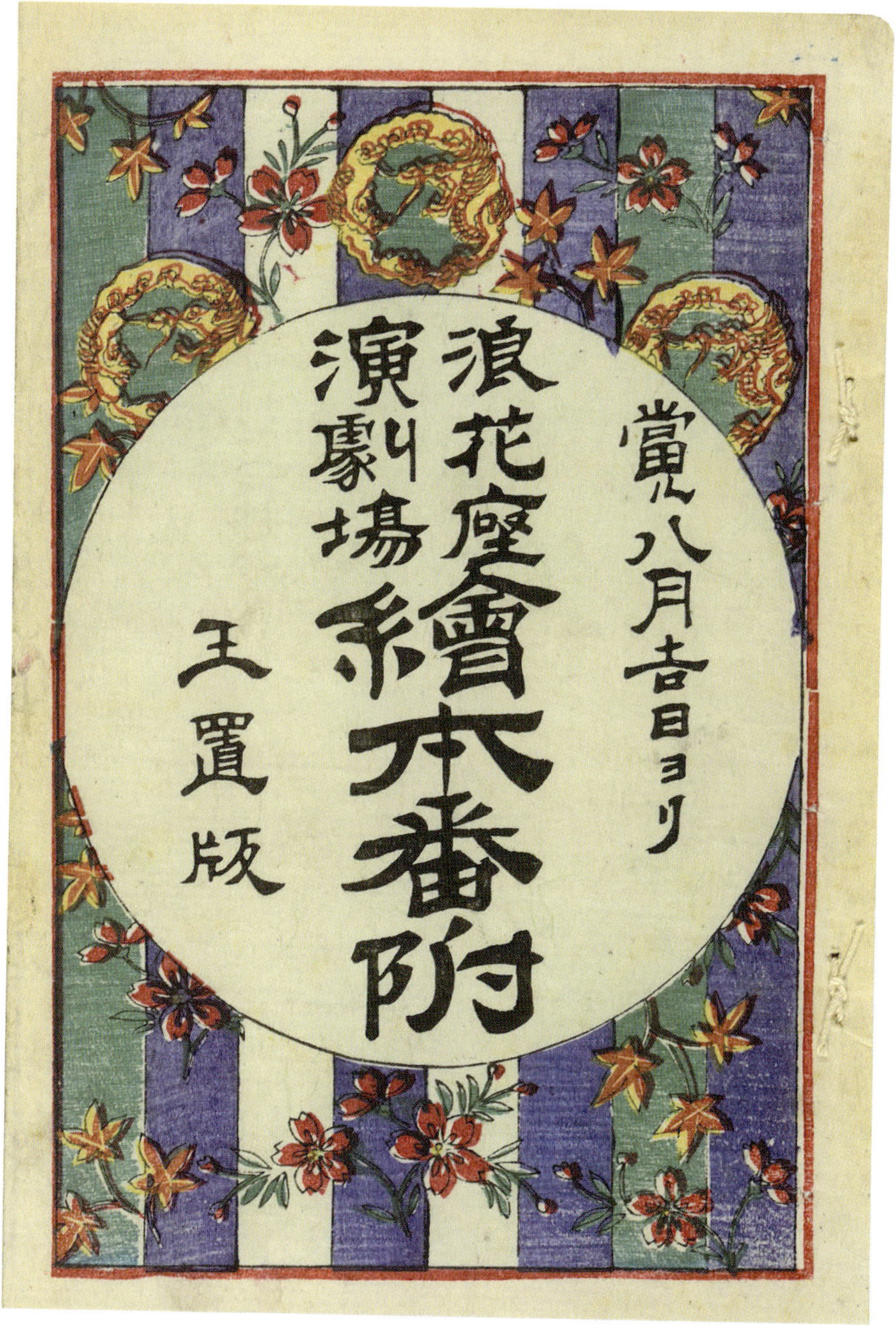

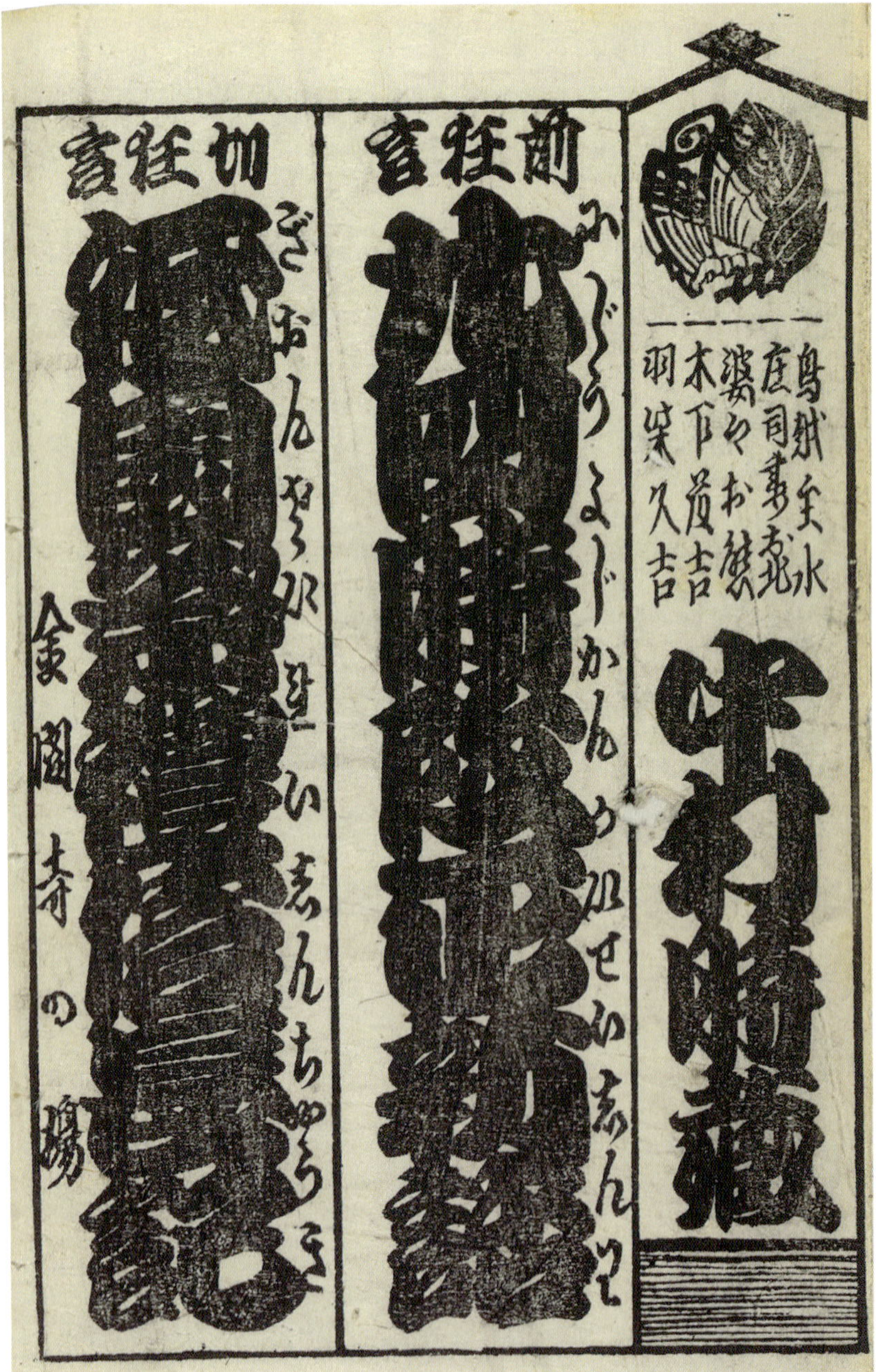
一 鳥飼主水
一 庄司甚兵衛
一 婆々お熊
一 木下藤吉
一 羽柴久吉
中村時蔵
前狂言
切狂言
金閣寺の場

413　絵尽し『廿四時改正新話』（明治二十三年・大阪浪花座）

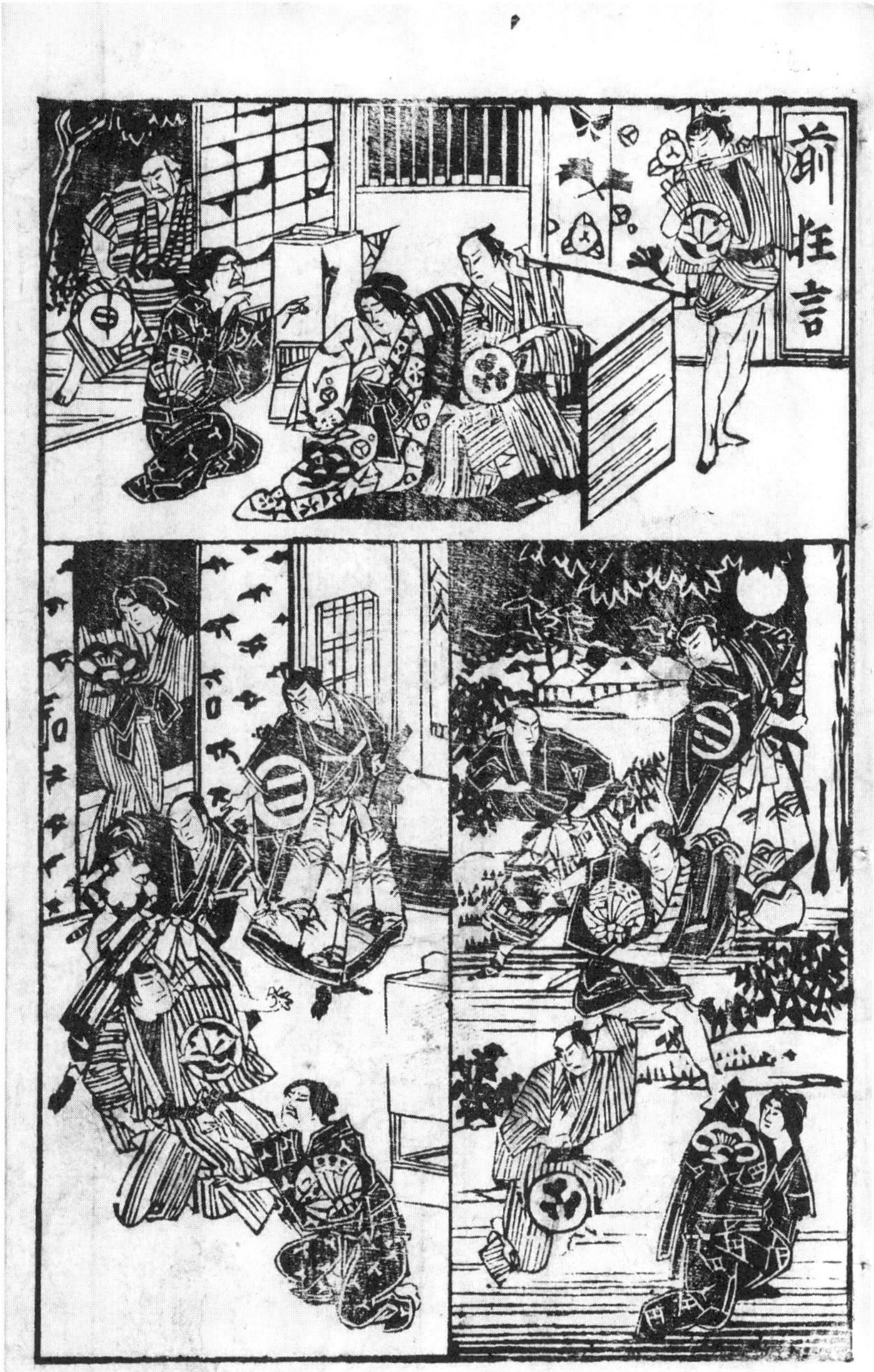

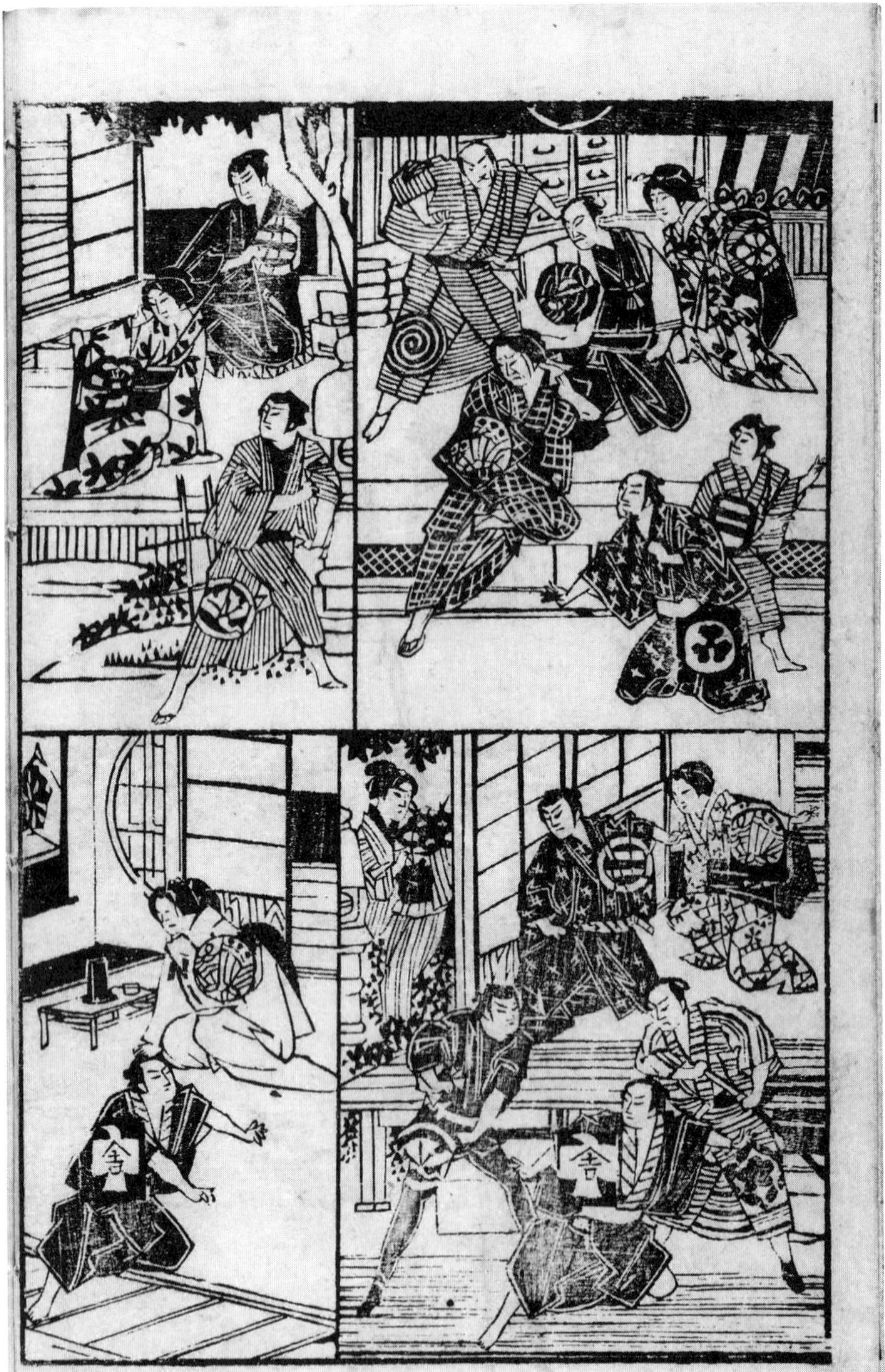

415　絵尽し『廿四時改正新話』（明治二十三年・大阪浪花座）

417　絵尽し『廿四時改正新話』（明治二十三年・大阪浪花座）

役人替名の次第

[illegible]

[illegible]

419　絵尽し『廿四時改正新話』（明治二十三年・大阪浪花座）

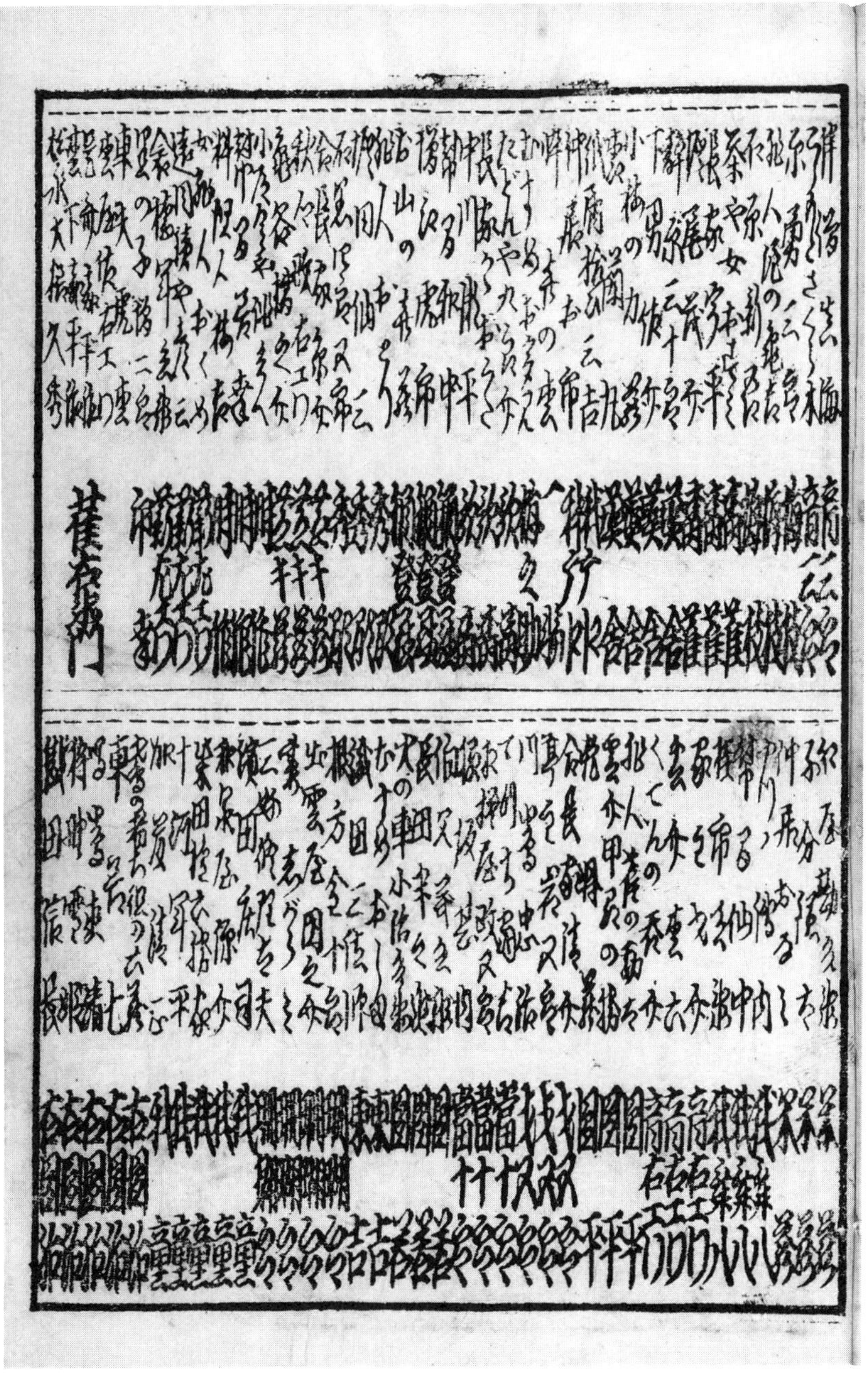

浄瑠璃 / 三味線	浄瑠璃 / 三味線	浄瑠璃 / 三味線	長唄 / 同三味線 / 同 / 鳴物	振付者	人形遣者
竹本 [illegible] / [illegible]	竹本 [illegible] / 大[illegible]	竹本 [illegible] / 團平	中村 [illegible] / 中村東 [illegible] / 中村東 [illegible] / 中井 [illegible] / 小川 [illegible] / 石田 [illegible]	[illegible]	吉田 [illegible] / 竹本 [illegible]

明治三十三年八月十五日
午後三時より開場仕候

直段附 逆なし
壱間ニ付
一 上等場 六十五銭
一 東場 四十五銭
一 [illegible] 七十八銭
一 上等桟敷 弐円三十八銭
一 下等桟敷 壱円四十八銭
一 通り 壱人 六銭
メ 右之通り ニ御座候

千穐万歳大入叶

道頓堀 [illegible]

大阪市南区 [illegible]
劇場 [illegible]

勝諺蔵　作

脚本『鳥追於松海上話』

明治二十九年刊

演劇脚本

勝諺藏著作

米國革命史 前編

鳥追於松海上話 前編

演劇
脚本
鳥追於松海上話

場割及役名

大序　兩國廣小路の場
　　　同　桝座敷の場

一手代忠藏　一大工傳二郎　一深見信義　一庄司妻安子　一妹お浦

一鳥追お國　一同お崗　一松屋文三郎　一茶屋娘お梅　一同お花

一丁稚伊太郎　一下部新助　一非人安次郎　一仕出し四人　一男衆一人

二幕目　汐入非人小家の場
　　　　同　裏手の場
　　　　同　捕物の場
　　　　淺草駒形堂捕物の場

一非人安次郎　一悪婆千代　一非人吉藏

一非人鐵藏　一同豆六　一同作兵衛

一非人お萬　一濱田庄司　一汐入金藏

十六

一忠臓父忠兵衛　一同　晉助　一鳥追お松

一大工傳二郎　一岩上國雄　一手代忠臓

一妹お瀧　一非人お國

三幕目（篠原宿旅籠屋店先の場　同　下座敷の場　同　奥座敷庭先の場）

一忠義女房お松　一おじやれお亀　一宿人足熊吉

一手代忠臓　一同　お文　一同　八臓

一大工傳二郎　一宿引喜助　一甲州屋定次郎

一正木屋女房お國　一旅人源太　一風呂番三助

一傳二郎妹お瀧　一同　平助　實は鹽入金臓

一明星光庵　一旅按摩術の市

一宿役人捌左衛門　一荷持曾兵衛

四幕目（薩陲峠辻堂の場　沖津灘沖中の場）

一沙人金臓　一庄司妻安子　一船頭一人

一宿人足熊吉　一下部新助　一水夫一人
一同八蔵　一忠蔵女房お松

五幕目　心齋橋筋足袋屋の場／合邦ヶ辻の場

一若黨佐助　一番頭九郎兵衛　一忠兵衛女房おみよ
一忠蔵女房お松　一丁稚辨太郎　一下部新助
一桝屋忠兵衛　一吉川友綱　一仕出し二人
一大工傳二郎　一小泉信行　一駕舁二人
一手代忠蔵　一濱田庄司
一傳二郎妹お瀧　一庄司妻安子

六幕目　濱田庄司屋敷の場／同雑部屋安子責の場

一烏追お松　一下女お梅　一濱田庄司
一馬丁吉蔵　一下僕新助　一小間物屋利兵衛
一庄司妻安子　一同佐助
一御針女おさよ　一三深重則

大詰　播州摩耶山の場／同　山中作藏隠家の場

一根方の作藏
一大坂の吉藏
一手代忠藏
一倅捨松

一金毘羅参り熊五郎
一順禮萬作
一六部戒傳
一妙顕寺日梅

一鳥追お松
一巡査六人

十八

演劇脚本　鳥追於松海上話　前編

大序　〔兩國廣小路の場／青柳座敷の場〕

造物平舞臺向ふ一面に幟を建てし見世物の小家回向院の家根などを見たる向兩國の中遠見下手二軒に仕切りし茶店見附はき出しの手摺軒口に注連飾り紅摺提灯柱に茶屋の名を印したる掛行燈上手兩國橋の出しかけ此後ろ川朝柳枝などの叫しの看板開帳博覧會の建札空より柳の釣枝能所に舞踏直しの森道具籠を置き草履舞踏なぞ並べある都て兩國茶屋の模樣仕出し四人床机に腰をかけお梅お花二軒の茶店より茶を運び居る鳥追歌通り神樂にて幕ひらく　女二人「どなたもお茶一つお上り被成れ升せ　○「ヤアお梅坊もお花坊もいつも作ら奇麗だなア　女二人「又來早々からなぶつてばつかり　△「何なぶりやアしない本間だよ　口「夫れはさうと直しはどこへ往た鼻緒がゆるんだから直して貰ふと思ふて居たに　北樂「いつもの釜さんの替りにけふは外の人が來て居るがおまゝをたべに往くといふて兩國の方へ　お進「見世を頼んで往たわいなア　口「困つた者だねへ　○「併し是から玉子の吹きとりでも仕て來やうか　又「夫れがいゝ茶代は是に置くぞよ　女二人「是は有難うムり升る　皆々「サア／＼いけ／＼〔ト仕出しは上手へ這入る向ふより忠臧商人手代の形りにて出で來り〕　忠臧「けふは

二十

旦那様にお暇を貰ひ初卯参りはの本の盲鼠どうぞいつもの烏追ひに逢ひたいものじやなア
梅「ナヽ松屋忠蔵さんまだ明け升てお目にかゝり升せぬなア 花「けふは初卯参り仕やしやんしたかへ 忠「お前の顔が見たさに 花「嘘ばつかり忠さんの見たがる顔は 梅「いつもの女太夫 忠「滅相ななんぼ器量がよいといふて小家者にどう成るもので 花「アレいつも得意廻りの戻りには必ず爰の店へ来てアノ女太夫の顔さへ見れば新内をかたらし一分の二分のとやる噺に 梅「夫れ程すきなら呼んで来て上げやうかへ 忠「モシ〳〵お梅さんアノ女太夫がけふ爰へ来て居るか 梅「サアアノ子は見かけねど一所に来る丸顔の子が今の先き通つた故大方爰を流して居るであらう 忠「夫れはおいどの大きいからいふやうにあるく女太夫ではないか「ト歩るく真似をする」 花「アイさうじやわいなア二人連れでたつた今 忠「夫れは幸ひ呼んで来てはくれまいか 梅「サヤ忠さん 花「怪しいぞへ 忠「中々色がましい事ではない人に頼まれた事がある故 花「そんなら往て来て上げる程に 梅「見世の番を頼むぞへ 花「サア往て来うわいなア「ト向ふへ這入る」 忠「何でも今の咄しではお國に違ひないよい返事が聞きたいものじやなア「ト向ふより傳二郎旅形り跡よりお瀧京風の嶋田髷旅形りにて出で」
傳二郎「妹爰が從か兩國とやら咄しに聞いたよりは賑やかな事じやなア お瀧「さうでムんす千日のやうでムんすわいなア 傳「併し心持はちつとよいか 瀧「サアあんまり馬車で走つて

今に胸がどき／＼と　傳「幸ひ向ふの茶店で寶丹でも呑むがいゝ〔ト茶店へ來り〕　親「モシ床机を一寸貸して下され　忠「是はようお出で被成れ升た　傳「爰が兩國といふ所だな　忠「ハイ左樣でムり升るあなた方は大坂でムり升るなア　傳「能く知つて居なさるな　忠「サアお前迄ひといひ此お娘御のおぐしの結ひやうでは大概分つており升わい　瀧「私しや船で此髮を崩せばよかつたわいなア　傳「そりや又なせに　瀧「夫れでも此東京で此樣な髮を結ふて居る者がないもの　傳「手めへ夫れ程いやなら手拭でも冠るがいゝ　瀧「アイ〔ト手拭をかぶる〕　傳「氣の毒乍ら湯を一ッ下されていつか滊船でもまれたので胸がむか／＼するといふから寶丹でも呑まさうと思ふ故　忠「夫れはお惡い事でムり升るなア〔ト湯を持ち出で兩人顏を見合はして〕　傳「ナヽお前は足袋屋の忠さんではないか　忠「さういふは大工の傳二さん　瀧「そんなら忠さんでムんすかいなア　忠「お瀧さんでおつたのか　瀧「御機嫌ようて嬉しうムり升るわいなア　忠「十年立たぬ間にナモ大きうなるものじやなア　傳「大きい所か十七歳になるものを　忠「私が大坂に居る時分は七つか八つでおつたなアさうして此子を連れて何用で東京へ　傳「サア見物が表向きで實の所はこなさんの傍に附いて相談が仕たい故忠兵衛さんも來升たのサ　忠「エヽそんなら親父さんも　親「サア品川迄は來たなれど荷物がまだ附かぬ故先きへ來たのもどうぞしてあなたに早う　忠「シテ親父樣迄ムつたとは氣遣ひな事でもムり升

二十二

るか　傳「イヤ〳〵目出度い出雲の使サ　忠「そんなら若しや十年以前に親と親とが約束した傳「いかにも妹との談しに附いて　忠「エヽ　傳「何所ぞで一盃やり乍ら委しく咄しをしたいものだが存寄はあるまいか　忠「イヤ料理屋はなんぼうもあれど縁談の事なれば　傳「エヽ何といひ被成る　忠「イヤサア道々とムつたこなさんなつかしくもあり咄しもしたけれどチト待合はす人も有り又爰の店を頼まれて居る事なれば○向ふに見へるが青柳といふ料理屋先きへ往て居て下され　傳「成程さういふ事なら一所にともいはれまいそんなら忠蔵さん　忠「お二人さん　忠「待つて居るぞへ〔ト二人は下手へ這入る〕　忠「サア〳〵ゑらい事に成つて來たわい親父様から此事は度々の便りはあつたれどけふ聟とは思はなんだにどうぞよい思案をして縁組を断はりたいものじやなア〔ト上手より松屋文三郎無地紋の着附け廊の上下伊太郎丁稚の形りにて出で來り〕　文三郎「そこに居るは忠蔵ではないか　忠「ナヽあなたは旦那様御年頭のお戻りでムり升るか　文「けふは本家も済まさうと思ふた所木場の大文字屋で無理に座敷へ引上げられ夫れから續いた大酒盛り漸う今戻つたさうして其方は初卯参りが仕度いといふたが何んで爰に居るのじや　忠「私が爰に居升るは　伊太郎「又お松様に逢はうと思ふて　忠「エヽ何をいふのじや○悪いぞ〳〵　文「悪いとは　忠「イヤサア其悪いと申升たは○ナヽさうじやけふ参詣致し升た所が柳島の道の悪さ夫故此兩國へ廻つて來たのでムり升る

文「サヽさうか丁度幸ひ貴様爰から横町へ使ひに往てはくれまいか　忠「アノ御本家でムり升るか　文「サヽ去年一条の仕切が済まずにあるのじやが大晦日に本家もなげやりこつちもずばら往た時渡さうと爰へ持つて来たなれど呑んだ酒が天窓へのぼりてわしや爰から歸りたい我身是を本家へ届けてくりやれ「ト弐百兩包みを出す」　忠「畏り升た　文「弐百兩ある改めてたもれ「ト忠蔵金を見る事あつて」　忠「相違ムり升せぬ直に御本家へお届け申でムり升せう　文「夫れさへ本家へ渡せば安堵といふものじや〇イヤまだ安堵のならぬは今の嗣難義とはどうした譯じや　忠「サア非難義の譯もイヤ是は戻つてお咄し申升せう　文「そんなら忠蔵　か「早う戻らんせや　忠「エヽむだ口利きおるわへ「ト兩人向ふへ這入る此内お國お高出て忠蔵が金を請取りしを見てこなし」　二人「忠さん　忠「エヽコレ〇人が見てはいかないなア　お國「何ぼう私等が小家者でも町人衆に咄しの出来ぬといふではなし　お高「誰が見て居やうとも乞食に違ひないものじやもの　忠「是はしたりさう大きな聲でいふて貰ふまい所でお前方を呼びにやつたは頼んで置いた例の一條どうか咄しが附くまいか　國「サア常からお前にいふ通りお松さんの二親は身分に似合はぬ物堅い人達お松さんのアノ器量はおよそ世界に取組む女は又とないとの評判夫れ故所々の大夫衆から世話を仕様といふては來れど親が石部金吉なりあの子が堅蔵故取附かず夫れじやに依てまだ手入らずの本の生娘　高「夫れ故

二十四

むだ事とは思ふたなれどお前が達てのお頼み故一寸談しをした所が 國「人受けのならぬ者を夫れ程思ふて下さるれば嬉しうはムんすけれど○ナアお萬さん 忠「さいなアおつかアさんがやかましい故 忠「ならんといふて居升たか 國「サア夫れをば二人が叩き附けちやんやおつかアへ内證で今夜お前に沙入の小家でこつそり逢はせる積りサ 忠「モシ何んにもいはぬ此通り〳〵(ト手を合はし」 忠「奉公人の分際で済まぬけれど日々あの子が門口へ立ちひく三味線の音色どうぞして一夜でも抱寐を仕たら本望と神信心までして居る忠蔵けふ願ひが叶ふといふのもこなさんの骨折○一寸待つて下さんせや(ト紙入より金を出して」 忠「是は本の僅なれど二人どうぞ分けて下さんせ(ト差出す」 國「ヲヤコリヤ二人へ三兩ツヽ 忠「何れ此内改めて是は本の鼻紙代 國「滅相な三兩の紙で鼻をかんでは鼻がちぎれるわいなアお國さんちぎれるやうな鼻があるかへ 國「ナヤ〳〵にくらしい嬲りながらさぐつて見な鼻の形ちはあるわいなアハヽヽヽ(ト上手より男衆一人出て來て」 男「申爰に松屋忠蔵さんとおつしやるはお出で被成れ升かへ 忠「ハイ此忠蔵は私じやが 男「私は青柳の若い者でムり升るが最前からお客様が待つてお出で被成れ升て御一所に連れ申て來いと申され升た 忠「滅相なこつちの噺しが極つたからは何んで女房に持たれやう 國「モシ女房とは 忠「何んじやぞいなア 忠「エヽ其女房とはサヽ夫れ〳〵わしの友達が女房連れて東京見物に見へられ

て今背棚に待つて居て川もあれど第一こちらの咄しが肝腎○モシ跡から行く程にさういふて置いて下され　男「夫れでも是非お連れ申て來いと申され升た「ト引立てる」　國「モシ忠さん今夜内にあの子をば戻してやらねばならぬ程に　粂「暮六つの鐘を合圖に急度橋場の汐入迄　國「來やうが遅いとあの子をば　二人「連れて歸つて仕まふぞへ　忠「滅相な連れていかれてどうなるものぞ　男「イヱ連れて歸らねば私が呵られ升る　忠「そりや咄しが違ふて居るわい　男「ハテお出で被成れ升せ「ト男衆無理に忠蔵を引立て這入る上手より安次郎雪踏直し頬冠り形りにて忠蔵の跡を見送り様子を聞きしこなしにて出で後ろにて二人の様子を伺ひ居る」　粂「お國さん隨分野暮なやつだねへ　國「年季野郎は皆あんな者さ　粂「あいつばかり嬉しがらしてよいかへ　國「夫れはお千代さんに夕べ咄しをした所が大呑込みしたが是迄采女河原では度々かういふ事が有る故今は貰ひの拂ひも懸しいつそ汐入の伯さんの小家を借りて逢はさうと手を打つたがあいつが持つて居る二百兩今夜小家へ引ずり込んで是非半分は取れる仕事さう成る時は私等もいゝ正月が出來るよ　粂「夫れではお千代さんが呑込んで居るのかへ　國「お千代さんさへうんといふたら親の高下であの子の所はどうでも咄しのなる事さ　安次郎「夫れじやア此女はまだ心が直らねへかへ「ト前へ出る」　國「ナヤ伯さんいつの間に　粂「お前そこへ來たのじやへ　安次郎「おれは汐入の伯じやねへ品川の安次郎だ「ト頬冠

二十六

りを取る」甚「本に金さんと思ひの外そんならお前が噂に聞いた國「お松さんのちやんとは樋か　安次「サ、兄弟分の安次郎金造に頼まれて仕事に來たが何所へいつてもお松の噂器量を元手につゝもたせ夫れもお千代が進めてする事其女所には引かへて定五郎は佛性北心にはだされて兄弟分にはなつたれどお千代の心がそではねへから今では音信も不通なれどお千代に能くいつてくれ大概にして欺かねへと年寄り首へ縄がつくと品川の安次郎がいふて居たといつてくれよ　甚「悪い人に聞かれたねへ　安次「何悪い事があるものかみんな我身の爲めだ　國「さうさ假令人はのめつて死んでも我身の爲めさへよければいゝのさ　甚「餘計なお世話をおやきでないよサアお國さん行くとしやうかへ　國「アイさうしやうわいなア　安次「行くなら急度いふてくれよ　二人「知らないよ「ト三味線を抱へ金を提げ乍ら向ふへ這入る」安次「何所の番頭かは知らねへがどうで始終はしくじる支度だア、氣の毒な事だなア〇サ、そりやアさうとさつき持つて來た此雪踏ドレ仕事に掛らうか「ト向ふより深見信義官軍隊長の形り跡より安子家中女房の形り新助世話好みの形りにて出で」安子「夫れへお越し彼賊るゝは隊長の深見様ではムり升せぬか　深見「サ、濱田氏の御内室安子殿　安子「あなた様にお願の筋がムり升てお宅迄推出升た所御他行と承はりお歸り筋でお待受けをと存じた所でムり升る　深見「何の御用かは存せねど彼所へ參つて承はらん　安子「左様ならばさうして下さり升

せ　新助「サア御越し被成れ升せ〔ト三人録窓へ來り〕　深「シテ其へ願ひと申は　安「お聞き被成れて下さり升せ○夫ト濱田庄司には官軍御發途の砌り微兵隊の内に加はり此東京へ參つて終に一度も便りなく夫トの安否を聞かんものと延成る者を供に逃れ參つて見れば情なや軍律を背きしとて禁錮のお咎めいかなる罪か存じ升せねど朝敵さへ寛大の御仁恵を以て罪をお赦し被成るゝと聞き升ては敵に向ひし夫ト庄司御軍律を背きし段は恐入つてはムり升れど何卒隊長のお情を以てお赦し下さるやう偏にお願ひ申上升る　深「其とても庄司殿とは元よりの入魂中なれど態と軍律を背きし故咎めを申附たるは身の爲めを思ふが故　安「何夫トの爲めを思召すとは　新「アヽモシ奥様今隊長様のお詞で大概分つて居り升るアノお松とやらいふ非人の娘にうつゝをぬかし二百四といふ御用金盗さゝばうさにし其女故咎めを受けし耻も穢れも御存じない大馬鹿者　安「是はしたり往來しげき場所とも知らず滅相な事をいふまいぞ　新「イエ〳〵此東京へお供して參つた時に其事を聞いてから奥様あなたのお心が思ひやられくやしうて〳〵成り升せぬわい　安「さりとては聞分けない其様な事があつてよいものかいなア　新「さういふあなたがお心故よい事にしてお旦那がうつゝをぬかすのでムり升る其お松に出つくはしたら私でもそいでやらねば下郎の腹がいり升せぬわい　深「アイヤ其義なれば氣遣ひ致すな濱田氏一人に限らず彼が爲めに金銀を貪られて居所を捨て

二十八

他國に走り或は引負親の勘當受けしものなど數度有りと承はる今御改政の時に惡み斯樣な者を打捨て置かば諸人の難義市町取締りの地所へ申たつし今宵の内に召捕らば濱田氏の身の爲めなり且は諸人の爲めといふもの〔ト此内安次郎雪踏を直し乍ら咄しを聞き居て此時前へ出で」安次「一寸お待被成れて下さり升せ私は品川東海寺地内に住居致し升る安次郎と申非人でムり升るが　濱「ム、其非人が待てとはどうじや　安次「へイ只今後ろで聞き升ればお松を召捕るとのお詞成程其女に掛つて皆だまされたも親が智恵をかひ糸を引いてする仕事と申す譯は其お松といふ女は今年漸う十七歳根がなさぬ娘故無理進め今お咄しを聞くに附けても憎いやつとは思ひ升れど親の爲めに生先きある娘に繩をかけさせ升るも實に不便でムり升る實はお松の親定五郎と申者とは兄弟分の此私何卒お慈悲を以升てお松めをお見遁し下され升せ其替りに私が其母親に意見をなし惡い心は止めさせ升るどうぞ不便と思召され　濱「エヽ、だまりおらぬか其方兄弟の義理を思ひ彼をかたろんとなすとても目前我隊中なる濱田が咎め假令親の進めにせよ其者に其心がなくばいかで惡しき業をなさんや非人の身を以ち某が詞を破つて惡婦の身を思ふはそちも同類ならん重ねて申も穢らはしいわい　安次「モシ旦那お情ない事おつしやり升せ私も元は西國筋のさる大名の家中で三澤五郎左衛門といふ武士に仕へて來た假まんざら車善吉の子孫ではムり升せぬ　濱「ム、すりや其方は三澤五郎左衛門に仕へしものとな　新「奥様見覺へがムり升るか　安「とんと見覺へがないわいのう　安次「そんならおなたは五郎左衛門様のお身寄りでムり升るか　安「夫れはわしがところ様じやわいなア　安次「エヽそんなら若しや幼名はお崎様とは申升せぬか　安「名を知つて居るといひどこやらに見覺へある顔若しやそなたは佐五郎とはいはなんだか　安次「ヘイ其佐五郎めが成れの果でムり升る　安「ナヽ六つの年に別れし故とんと見忘れて居升たがマアよう無事で居やつたのう　新「そんなら佐助殿の親御でムり升たか　安次「悴めは今に達者でおり升るか　安「ナヽ五年跡に今の夫ト庄司殿方へ縁附く時附人にて今はわしが召使ふており升るわいのう　安次「左様でムり升るかモシ旦那面目次第もムり升せぬがお聞き被成れて下され○元私は身持が惡く既に死罪になり升所を五郎左衛門様のお情にて國を追放其時のお詞に誠の人となるならば草葉の陰の二親が嬉悦んで成佛なさんと四十を越へた私を餓鬼の様に思召し悴を引取り成人の後家來となし召使はんと有難いお詞其意見が骨身にしみ心を入替へ此江戸へ來升たなれど何一つ腕に覺へし職もなしとう／＼小家の仲間へ這入り御覧の通り今の境界其大恩ある御主人様のお子に連れ添う濱田様は此身の爲めにはやつぱり御主人モウ斯う成つたらおなたのお詞あのお松めを召捕つてお心を休めて上げて下さり升せ　還「イヤ今迄は其方の心を疑ひ聞届けざりしが最早其方か心も分れば其方緒と意見を加

三十

安「私が三寸細にくろしおげお手渡し致し升る　佐「併し乍ら佐五郎殿こな
たの意見を聞けばよし若しも聞かぬ其時には訴へ出て召捕つてよからう　深「何様科ある女
とは言ひ乍ら私には計らひ難し身が梅附を逆はすで有らう〔ト懐中より紙矢立を出して姓
名を書き判を押し出し」深「不憫ながら罪の義を申さば是を以て庄へ訴へ捕縛致しやれ　安「是で意
見を致し升れば九分九厘は穏便に納るでムり升る　深「斯く其方と談合ふからは深田氏も只
今よりお赦し成るぞ　三人「エヽ有難うぞんじ升る　深「安子殿お歸りあらば拙者も同道致すで
ムらう　安次「そんならモウお歸りでムり升るか　安「まだそなたに咄しも有れば聟にも屋敷
へ訪ねておじやいのう　安次「私も悴が事をお聞き申たうはムり升れど交りの成らぬ非人の
身の上廷润にお目に懸つてはあなたの外聞旦那の耻若し品川邊へお越し有つたらこつそり
お知らせ下さり升せ　安「そんならいづれおの邊へ往た時咄しを仕升せうわいなァ〇左様な
れば深見様　深「いづれ其内佐五郎殿　安次「お目に掛るでムり升せう〔ト三人上手へ這入る」
安次「十五年振り主人にお目に掛り悴が無事の様子が知れたも全く信心の祖師の御利益夫れ
にしてもお松の一件首尾よう意見を聞けばよし聞かぬ時には不便乍らも引くゝつて出さに
やならねへ斯ういふ事と知つたならやる餓鬼じやァなかつたもの〇ア、悪い餓鬼を持たし

たなァ〔ト腕を組み思案のこなし宜しく返し〕
造物三間の間常足の二重楠形欄間見附床の間中障子襖廻り上下跡へ寄せて建仁寺垣此前梅の立木四ッ目垣籬の下草石燈籠空より梅の釣枝いつもの所枝折門都て青柳座敷の模様二重に酒肴の道具を置き上手にお瀧下手に忠蔵立掛り傳二郎其中にて引止めて居る右の鳴物にて道具納る　傳二郎「往くなら返事をして貰ふわいな　忠蔵「是はしたり傳二さんさうおこらいでもよいではないか　傳「おこらなくつてどうするものか一旦の約束があればこそ今頃の妹をかうして置いたのじや確證さへ貰つたら憚り乍ら立派な所へ嫁入さして見せるのじや　瀧「これいな兄さんお前のやうにいつては事がわからぬ忠蔵さんに頼んで下さんせいなァ　傳「イヤ頼むにや及ばねへいやならいやで腹があるはつて置け　瀧「イヱ私しや嫌はれても外へ嫁入する事はいやじやわいなァ　忠「お瀧さんさういはれて見るとわしがお前を嫌ふやうで　傳「又嫌ふて居るに違ひない證據は大阪へ戻らぬ腰で居るではないか　忠「サア夫れも私が事をわけていふて居升がな　傳「いふたとは妹を外へ嫁入させでかしにいふた事をいふて居るのか　忠「私はさうはいはぬがな　傳「いはぬ事があるものか　瀧「是はしたりさういひ爭ふては私が難儀をするわいなァモウ忠蔵さん私に免じて堪忍して下されや　忠「何んにもわしや構はねど傳さんのやうにいはれて見ると　傳「何ぞ間違ふた事でもいふたのか　瀧「ア

三十二

レ又かいなア　忠「お流さんマア聞いておくれわしや何もお前を嫌ふといふ譯ではなけれど來年一ヶ年は禮奉公を勤めねば濟まね又大阪から此東京へ奉公に出て來たからは首尾よう年季を勤め上げ暖簾の一つもお貰ひ申て立歸りたい心じや夫れも僅二年の間夫れを待つ事が叶はねば是非ない事じやによつて縁附いてもだんないといふたけれど達てとはいやせぬぞへいやせんけれどこちらも丁度　淵「エヽ　忠「イヤサ蝶々の髮の時から同じ所で育つた女達ちつとも早うとは思へども迚もお暇を願ふた所がおかぬ事親仁樣に譯いふて大阪へ戻つて待つて居て下され　淵「成程譯は分つて居るけれど　傳「イヤそからねへ兆訓が迫つて居るのだ假令年季があるにもせよ親の跡をつがせるにまんざら主人が故障もいふまい親に任して置くがいゝはサ　忠「夫れを親仁に任かしてはどうもこつちが　傳「ならぬといふなら今據附けをかいて貰ふわい　淵「モシ兄さん私しやさうなつたら生きては居ぬ淵川へでも身を投げて死んで仕舞ふわいなア　忠「滅相な其樣な事されてどうなるものぞ　傳「不便と思ふなら暇を取つて下さるか　忠「夫れじやといふて　淵「ならねば私しや死ぬわいなア　忠「アヽコレ滅相な事を　傳「止めるは暇を取る心か　三人「サア〳〵　傳「返事を早く聞かせねへ「ト時の鐘になり」　忠「ヤアおりやモウ暮六つコリヤかうしては　傳「返事もせずに又立つは是はどうでも不承知か　忠「イヤさうではなけれど主人の使ひで此通り貳百圓といふ金を本家

へ持つて行かねばならぬ心もせけば今頃戻つて親仁様とも談合の上返事をする程にどうぞ夫れ迄傳二殿　傳「成程命の使ひとあれば無理に止める譯にも行くまい　松「そんならあなたのお歸り迄死ぬる命を長らへて　傳「遲か速かの返事をば松屋で待つと仕升せうか　忠「どうぞさうして下さり升せ〔ト心せくこなし〕　松「さうしてあなたのお歸りはへ　忠「サア何時に成るやら知らんて　松「成るだけ早うお歸りをば　忠「嘸今頃は待つてゝおらう　松「何待つて居るとは　忠「約束なれば小家のお松が　松「エヽ　忠「イヤ松屋で待つて居て下され　松「そんならお早う　忠「行かでならうか　傳「どうでも様子の〔ト忠蔵向ふへ這入る〕　傳「最前からの様子といひ殊には今の詞の端々事によつたら何ぞ深い　松「エヽ　傳「イヤ深いといふは此徳利まだ酒がある様子　松「ぬるくばぬくめて貰ふかへ、傳「イヤモウ此めにして勘定をして貰ふわい　松「成程知らぬ道ならばあんまり遲うならぬ内　傳「併し今の應對が縁を結ぶか離れるか　松「定めなき世の習ひ　傳「替はればかはる男の了簡　松「本に由ない私故　傳「苦労をするもどうぞして　松「首約束の忠蔵さんと　傳「夫婦にしたい兄が心願　松「夫れも妹の心根を　傳「闇に迷ふて　松「心も暗き〔ト奥より男烟草盆を持ち出で〕　男「へイお明りを〔ト兩人氣を替へ〕　傳「大きに御苦労　松「どうぞ附けをば　男「へイ愛想盡かしでムり升るか　松「アヽ心に掛る〔ト傳二郎と顔見合はせ傳二郎は灰吹へきせるを叩き附けるお松は身を背ける是を變方一時の木の頭」 傳「恐い辻占だなア「ト是に冠せ男衆御勘定だよと大きく奥へいふ大勢アイ／＼と返事するお徳は本氣な思入れ傳二郎は心に掛ることなし此仕組宜しく拍子幕

二幕目

汐入非人小家の場
同　裏手の場
同　捕物の場
駒形堂裏手の場

造物平舞臺見付異中納戸口上下破れを反古にて張りし鼠壁上手反古張の障子家體下手破れのある塗だれの塀いつもの端門口上手に古びたる長火鉢是に鐵瓶を掛け茶碗茶筒炭取を置き都て汐入非人小家の體爰にぶた八烏帽子籠を冠り切繼の半天を狩衣の様に前から着て三味線の撥を持ち雪駄直しの籠に腰を掛け居る上下に鎌蔵豆六作兵衛音助何れも非人の拵へにて立烏帽子の代りにてつくわ莚入を手拭にて天窓に括り風呂敷を素袍の代りになし釆配褸襤莚を腰に差し大名のこなしにて左右に別れ扣へ居る神樂にて幕明く ぶた八「鎌倉の諸大名詰たかやい 四人「詰たかやい ぶた「エヽ只ハアといふたらいゝのだ 四人「ハアヽ ぶた「エヽ間に合ふ奴は一疋もねへ否でも喰つてくたばつて仕舞ひやがれ 四人「何を小癪な「ト四人錦釆配にてぶた八に打つて掛かるぶた八防りして逃廻りトヾ門の外へ逃げて出る」豆六「ヤア敵に背ろを見せるとは 作兵衛「引返して 四人「勝負／＼「トわる身にて見得」 ぶた「

ヤイ一體夫は何の眞似だ　五「夫でも〳〵だばつて仕郷へといふたから立廻りになるのでない
か　ぶ「イヤハヤわん〳〵泣けば犬も同然コレ立廻りといふものは腰からきまらねばならぬ
ものだ　豆「マア外の事ははつて泣いて鶴ヶ岡だけ罷めやう　ぶ「そんなら今度は出から行く
ぞ　四人「合點だ〳〵　ぶ「夫れ觸込だ　鉄「蝋朔參詣「トぶた八撥を拵へ構へ皆々上手へ行く」
鉄「サイ〳〵跡足で砂を掛けちやアいけねへせ　ぶ「默れ是が摺足といふものだ　鉄「何だか
知らねへが跡足でぞか〳〵とやるので眼へ塵芥が這入つてならねへ「ト上手より下手へ廻
る此内向ふより金藏勇みな非人の拵らへにて腕を白布にて巻き出で來り　金藏「アノ鳴物の
聞えるはまだ稽古をして居ると見える「ト舞臺へ來り門口を明け」　金藏「サイ今歸つたせ
ぶ「鎌倉の諸大名揃たかやい　四人「ハアヽ「ト平伏する」　金「サイ〳〵モウ大概にして泣か
ねへか　ぶ「サヽ金藏今歸つたか稽古も大分固まつた樣だ　金「一體其ざまは丸で狂氣の沙汰
だせ　五「是も商法なら仕方がないといふものだ　豆「何時も青松の内で稽古をするのだが近
處の手前氣の毒故こつちへ來たのだ　鉄「人は只一概に豆藏芝居といふて仕舞ふが近來世界
が開けるに從つて一通りでは見物の受けが悪るいのだ　兵「實に何商賣に限らず六ヶ敷なつ
て來たものさ○ソレハさうとモウ歸らうか　金「マアいゝはな今に一盃始めるから　ぶ「イヤ
酒ならけふは預けて泣かふ又其内にゆつくりと　四人「御馳走になりに來やすせ　金「そんな

三十六

らどうでも歸るのか提灯を持つて行かぬか　四人「ナニ天窓の光りで結構だ〔ト皆々向ふへ這入る奥よりお國お萬出で」　お國「ナヽ金さん今お歸りか　兩人「最前から待つて居たわいなァ　金「そんならモウ約束で來たのか〔ト猪を出す」　巡「オヤ金藏さんお前手をどうぞおしかへ　金「是はタベひどい目に逢つたのだタベ場所から歸りがけ淺茅が原を通つた所が何時でも吠える犬があるのだこいつ一番叩き殺して仕舞はうとした處が此腕へ喰ひ付いてタベ一晩痛んでくけふは仕事に行くにも行かれず處へ丁度品川の安が來た故塲處は頼んで逆つたれど此畜生を殺さうと今番木鼈を買つて來たが是から煮てむすびにくるんで今夜喰はす積りだ　巡「ソリヤマア飛んだ怪我をおしだつけ是は妾が煮て上げるわいなア〔ト有合ふ土鍋に湯を注ぎ番木鼈を入れて火鉢へ掛ける向ふより岩上國雄官員の拵へ跡より安次郎附添ひ出で」　岩上「シテ金藏と申す者の小家は何れなるぞ　安二郎「ヘイツイ向ふの土手の下の家でムり升る　岩「ナヽ左様か此方が願ひに任せ理不盡には踏込むまじ斯く家を見屆けし上は一ぴ屯所へ立歸り今一兩輩同道致し此邊りに埋伏なしすはといはゞ踊り込み即時に捕縛致すぞ　安「千に一つ聞入れぬ時は是非ない事でムり升れば御存分に遊ばして下され升せ　岩「然らば安次郎とやら　安「旦那様御苦勞様でムり升る〔ト岩上は家の勝手を見廻はし向ふへ這入る安次郎は舞臺へ來り」　安「金藏内か　金「ナヽ品川のちやんかマア這入りなせへ　安「

ちつとは痛みはいゝか〔ト女兩人を睨め付ける兩人は惡るい奴が來たといふ思入れ」　金「大
きに痛みは薄らいだがまだしんがずき〳〵惱んでならねへ然しけふは大きに御苦勞だつた
安「イヤモウお互に腕を遣ふ商賣だから手の怪我は一番難儀だ夫はさうと釆女の原のお千
代が來て居るだらうな　金「イヤ來ては居ぬが何ぞ用か　安「ナヽ是非共逢はねばならぬ用が
ある故定の內へ往つた處が汐入の金の處へ往つたといふから出掛けて來たか夫では己の方
が先きになつたか知らん　金「お國坊氣の毒だが出口の仲間酒屋へ往つて何ぞ見繕ふて二鉢
斗り早く持つて來いといふて來てくれ　國「アイ〳〵お窩さん付合ふておくれな　窩「アイ行
かうわいなア〔トぶら提燈を付け門口へ出て」　兩人「そんなら金さん　金「大きに御苦勞　兩人
「大層暗い晩だねへ〔ト兩人向ふへ這入る」　金「ナイちやん最前からのお前の擧動何か子細
がありさうなお千代姉御におめへは何の用があるのだ　安「イヤちつとお松の身に掛かつた
話がお千代にあるのだが來ぬとあれば是非ない事少しの間一間を借りても大事あるまいか
な　金「夫はちつとも構はぬがマア其話を　安「イヤ夫は後になれば分る事だ氣の毒作らお千
代が來たら直ぐに己を起してくれろ　金「横になるなら枕を遣らう〔ト有合ふ枕を渡す」　安「
ナヽ是は有難てへそんなら金藏　金「どうでも様子の　安「ドレ〔ト持ちたる手拭を肩へ掛け
るを木の頭」　安「お千代の來るのを待たうかい〔ト伸びをする金藏は合點の行かねこなし四

三十八

ッ竹の唄にて返し

造物三間の二重本椽付の茅葺家根破れのある鼠欄間見付上の方三尺の床の間此次に一間の夜具戸棚具中納戸口是に更紗の暖簾を掛け下の方腰張の鼠壁前側に簾を下ろし上の方一間半の障子掛窓此前鉢植花の盛り下手鉄燈稲村梅の立木同じく釣枝いつもの處皮付の柱背竹の片折戸都て非人小家裏手の模様時の鐘風の音にて道具納る「ト雅への獨吟になり簾を巻上げる處に忠蔵行燈の傍に煙草盆を控へ丸盆にさびし上茶碗古びし六枚屏風を控へある」忠蔵「梅が香や乞食の家も覗かるゝと彼の其角が句の通りまだ肌寒き春風に薫り床しき軒の梅が香ア、雅人は賞美する筈じやナア○夫にしても雑六つの鐘を合圖と來て見れば今にお松が見えぬといふは若しやおいら二人の者が欺したのではあるまいか斯ういふ事と知つたなら心掛りな此家を明けて來てもよかつたもの殊に内に傳治殿や親仁さんが詰掛けて居ると思へば氣が氣じやないア、早う來てくれゝばよいがなア「ト向ふにて」兩人「ちやつと早う來なさんせいなア「ト向ふよりお兩提燈を提げ跡よりお松鳥追の拵へにて三味線を抱へ編笠を持ちお滿に連れられて出で來り」お松「是はしたりお滿さん袂を放して下さんせいなア お滿「又逃げやうと思ふてからに 松「それでもわたしや お滿「何恥かしいは初め一ト晩まんざら男の肌を知らぬでもあるまいし 松「それじやといふて 滿「ハテお出でといふに「ト兩人無理にお松を舞臺へ連れて來り」 國「忠蔵さん大きにお御待遠うでムんしたなア 忠「ナヽお國さんわしやお前にしつかいをいはふと思ふて居た處じや 國「是はしたり忠蔵さんさう何をいふにもまだ年が行かぬ故父の内へ這入りかねてまごついて居るのをば丁度私が逢ふた故今連れて來たわいなア 忠「エヽそんなら來たのでムり升るか 國「サアお松さん早う這入らしやんせいなア（トお松耻かしきこなしお菅笠と三味線を引つたくりお國に渡す此内忠蔵は帶を直し衣紋を繕ひ居る前へ突き遣る」 松「あなた能うお出で被成升た 國「是はしたりうい〳〵しいにも程がある何でも色の取持は酒に上越す物はない忠さんお酒の算段を仕様かへ 忠「イヤ私は一寸も呑めねどお前方も呑めるであらうし又お前さんも 松「イエ〳〵私しやお酒は些も 忠「ならぬのかへ 國「是忠蔵さんアノ子もよく〳〵に思込んで居ればこそ堅い親の目を忍び父迄來るにはどんなに心配だか知れやアしない 國「アヽさうとも此子を始終は女房に仕様といふ心があるなら是からは色で逢はずと世帶女房に逢た氣で必ずお金をお遣ひでない然し此子も内を急ぐし又忠蔵さんも主人持ち長い事も居られまいからモシお松さんお前も早うお休みな 松「もそつと遊んで居ても大事ないわいなア 國「アレサそんなにいはいでも蒲團もちやんと敷いて置いたれば早くお寐（ト又手を取て引立るとお松色々拜む故」 國「モシ忠蔵さんお松さんは否といふから翌の晩から來てお上げでない

四十

よ　松「アヽもしお岡さん其様な事をいふて下さんすないなア　二ム「エヽじれつたいよ「ト無理に連れて二瓜へ上り　岡「本に私の娘にも困るねへ　忠「然し愛嬌付けたらまんざら睨みでくらでもすまされもすまい「ト兩人奥へ這入る」　松「モシお岡さん未だ用があるわいなア「トいひ乍ら顔を見合はせ耻かしきこなし忠蔵ももじく仕乍ら」　忠「モシお松さんお氣の毒じやが一寸其烟入を取つて下さり升せ　松「ハイ是でムんすかいなア「ト烟入を持ち傍へ行く忠蔵其手を捕らへ　忠「お松さん嘸お前は私をあつかましい者じやと思ふて居やうなア　松「ソリヤ又な世でムんすへ　忠「サア忘れもせぬ去年の春からこがれ慕ふて居るこなさん器量計りか形り風俗非人で泣くは惜いものじやと評判をされる度毎に猶々思が彌増してどうぞして一夜なり共添寐したら夫で男の本望と思た處逃能くも今宵逢はれる樣になつたからは愛想を盡かして下さるなや　松「勿體ない事いはしやんす私しとても日々にあなたのお店へ立つ度びに御器量といひ柔和なお蔭れ私が賤い身でなくば宮寄る事もあるものと我身一つを明け暮れに恨んではつかり居り升たに今のおやさしい其お詞飛立つ計り私の嬉しさどうぞ行末見捨てぬ樣可愛がつて下さんせいなア　忠「そういふこなたの心底ならどうぞ私が年の明く迄　松「女房にして下さんすかへ　忠「持たいでならうか二年越し思ひに想ふたこなたじやもの　松「どんな暮しをする迄も　忠「厭ひはせぬか　松「ハイ「ト向ふよりお千代婆

婆の拵らへにて抜足をして舞臺へ來り内の様子を伺ひ居る此内忠蔵お松宜敷あつて屏風を引廻すお千代礫を打つと吉蔵身の先へ頬冠りして手拭にて出刃庖丁を包み腰に差して出で來り」　吉蔵「姉御か　千代「コレ〔ト押へお千代吉蔵に咡く吉蔵腰の出刃を取つて敷臺の内へ這入る」　千代「父さん／＼内のお松は來て居るかへ明けておくれ／＼〔ト叩く屏風を取退け兩人拘りして忠蔵に早ういねといふこなし忠蔵狼狽へて居る」　松「かゝさんでムんすか今明けるわいなア〔ト奥より吉蔵出で來り」　吉「間男見付けた動きやアがるな　忠「ヤアさういふこなたは　吉「大阪吉だ　二人「コリヤ斯うしては〔ト吉蔵出刃庖丁を口にくはへ忠蔵を捕らへお松の帯を踏まへ　吉「動きやアがつたら命がねへぞ　二人「ハアヽイ〔ト此内お千代門口にて咊いといふこなし」　千代「何娘が間男を〔ト内へ這入り」　千代「コレ吉さんソリヤ本の事かへ　吉「一つ蒲團に枕を並べ寐て居たからは間男に違ひねへのだ　松「申し婦さんどうぞ堪忍して下さんせいなア　千代「そんなら其方は〇エヽヽ　吉「サア重ねて四つにするから覺悟しろ　千代「アヽコレ吉蔵殿一寸待つて下さんせ私も非人ではあるけれど夫トは堅い律義者定五郎といはれて釆女が原の小家内で小口の一つも利く男穢れた顔の其泥は私が此度雪がう程にどうぞ預けて下さんせいなア　吉「ナヽ親が捌いて男をば立てるといふなら預けもしやうが一つ手が間違ふたら夫こそ出刃の荒料理膾にするから夫を承知か　千代「

四十二

ソリヤモウ話が折合はそば存分にしなさんせいなア 忠「さういふこなたの了簡なら捌きを付けるを見やうかい〔ト吉蔵上手へ行きしよらを組んで煙そのむ〕 千代「娘 松「ハイ 千代「其處なお方 忠「ヘイ 千代「二人共に前へお出で○ハテお出でといふに 二人「ハアイ〔ト段へ乍ら前へ進む 千代「モシ男さん斯う成つたら最う取返しのならぬ不仕だらお上み沙汰にする時は男に罪が十倍掛かるよ夫方お前は覚悟の上でもあらうけれど私の爲には一人の娘亭主を宥めて捌くのも二人の命を助けたさ一體お前は何所の息子か但しは奉公人衆かへ 忠ハイ私は年季者でムり升る 千代「何所何町の何兵衛だか娘そなた知つて居るか○サアいはねへかコレお前の内は淺草の並木町で松屋といふ呉服商賣お前の名は忠蔵さんといはふがな 忠「夫をどうして 千代「ハイ能う知つて居升サア私と一所に往つておくれ 忠「往けとは何所へ 千代「ハテ主ある女を戀さんだ其首代をこなさんの主人の内へ貰ひに行くのだ 忠エヽ 千代「何を其樣に恟りする事があるサア立たねへか 忠「マアお待被成て下さり升せ元はといへヽ此身の誤り是非ない事ではムり升れど何をお隠し申升せうけふ私の實の親共遠い國より追々と尋ね登つて私の身分に付いての掛合最中其處へあなたに逃れられては主人は元より親の手前どう言譯がムり升せう何れお詫は金子を以てどの樣にも致し升れば父一兩日の所をばお待ち下さり升せ 千代「そんなら何かへ親や主人の手前がある故命代りの昔

代を待つてくれろといふのかへおふざけでないよ此場を昧く逃げやうとて滅多に逃してよ
いものか○私は手を引くからどうともそつちでするがい、 吉「しなくつてどうするものか
野郎が今の森詞では迚も金は出來ねへ相談いつそ此おまから先きへ〔ト出刃を持つて立掛
る」 松「マア待つて下さんせ申し忠藏さんあなたが持つてお出でのお金で命を助けて下さ
んせいなア 忠「滅相などうして是が 吉「そんなら金を持つて居るのか奥へ早く出せ〔ト懐
へ手を入れ様とする 忠「アヽモシマア待つて下さり升せ是を今取られては主人へ申譯がム
り升せぬ 千代「チイ〳〵忠藏さん否も應もあるものか何と吉さんくやしい處を金に轉んで
幾等位で濟ましておくれだへ 吉「さうさ安く積つて相場は百兩 忠「エヽ 松「ソリヤおん
まりでムんすわいなア 千代「エヽ手めへが知つた事ではない早く奥へ往つておれ 松「夫じ
やといふて 千代「エヽ行けといつたら行かねへか 松「ハアヽイ〔ト奥へ這入る忠藏思案の
こなしあつて財布より百兩包を出し」 忠「望みの通り金百兩受取つて下さり升せ 吉「如何
にも金は受取つた○早くけへりやアがれ〔ト忠藏を蹴り飛ばす」 忠「サヽ居いといふても
此様な處に長居して居るものかい 吉「長居をされて堪るものかい〔ト外へ突出し舌を出す」
忠「みんなこつちが惡い故手出しもせずに堪えてゐれど憎いといふはアノお松ようも三人
心を合はし欺し居つたせめて一言此恨みを〔ト這入らうとする」 吉「エヽまだうしやアがら

四十四

ねへのか「ト胸を突く」 忠「覺えて居よ「ト向ふへ這入る」 吉「姉御 千代「まんまと首尾能う吉「せしめた百兩「ト懷より百兩包を出す上手の臂掛窓を明け安二郎樣子を伺ひ居て」 安二郎「手めへ達は其金で上みへ命を賣る積りか 千代「ヤアさういふお前は 吉「安さんか 二人「そんなら今の樣子をば 安「殘らず蔭で聞いて居た 二人「エヽ 安「情ねへ性根だな○可愛さうに今の若いのも何れ旦那をしくじり者だ其上に濱田といふ徽兵隊の侍もお松故に咎めの身の上其奥樣といふはおれが勤めた主人の娘御けふ兩國で計らずも逢ふと其儘お松の隱場迄搦め取らう迚濱田組の隊長がすんでに人數を操り出す處をおれが以前のよしみを以て意見を加へて其人間に致し升れば後の處を見遁がして遣つて下さり升せと無理になだめて後へ來たは十五年跡此江戸へ來る途中で拾つたお松丁度其時は三つの春彌々手鹽で育てかね貰ひ定が心を見込んでおれと兄弟に成る其印しにくれて遣たが今の誤り手習一つさゝうではなし只三味線の稽古斗り果は惡事を教え込み碌でなしの育て柄違つた娘の事なればどうでもなれと思つて居れど僅か一年半程でも男の手鹽で育つた娘と思へば實の倅よりおりやお松が可愛いわい○サア此意見を聞けばよし聞かねばおれが屯處へ出掛けて行けば今直ぐにお上みから捕りに來るは 二人「エヽ 安「サアこいつはちつと不氣味な爺大恩に成つた主人の娘御に繋がる縁の濱田殿其罪人は娘のお松どつちへ重石も掛けられぬ恩と愛との天秤責

め切ない思ひを推量してどうぞ今からお松をば誠の人に仕立てくれ　吉「ムヽそんならお松は捨子であつたかサイ姉御おめへなんでさうして居るのだ　千代「サア私しや安さんの親切が身に染み渡り嬉し泪が一杯で顔を揚げるも面目ない　安「そんならお千代意見を聞いて此後心を　千代「改めいで何と仕升せう我身乍ら愛想が盡きた私の性根嘸お腹が立たでもムんせうが決して是からお松にも悪い事はさせ升せぬどうぞ濱田さんの御新造へ詫事をして下さんせ「ト泪を拭ひながらいふ」　安「ナヽ夫じやア彌々真人間になるといふのか　千代「嘘も隠しもない證據は今の人から取つた百兩どうぞお前から戻して遣つて下さんせ「ト百兩包を出す」　安「お千代出かした此事濱田の奥様へお聞かせ申せば嘸お悦びであらうわい○とはいひながら是迄幾度意見をしても心を直さぬ女が直ぐに手の裏返す得心は若しやおれを欺すのじやあるめへか　千代「お前もマア疑ひ深い夫共心が濟まぬなら幸ひ爰に持つて居る熊野の午王「ト腹巻より熊野の午王を取り出す」　安「成程駄目に駄目を押して泣かねば虫の衆の心が解けぬどうぞ夫を呑んでくれろ　千代「呑まなくつてどうするものかお松水を取つて來てくんな「ト奥にて」　お國「イヱ此水は私等が　二人「持つて行くわいなア「トお國湯呑を持ちお高付添ひ出る　吉「エヽ二人乍らまだ遊んで居たのか　高「アイ遊で居たのは斯ういふ譯でムんすわいなア「ト呼く」　千代「ナヽさうかへ「ト午王を呑み」　千代「モシ安さん是でお

四十六

前の疑ひは晴れたでムんせうなア　安「ム、夫でおれの心もさつぱり　千代「そんならお前も呑んで下さんせ　安「何でおれが呑むのだ　千代「サア既に屯へ訴へたとあるからは心許せぬ身の行狀必ず手向ひさせぬといふ印しに呑んで貰ひたいのさ　安「成程夫程案じるも尤心元なく思ふなら命に掛けても受合ふた印しを爰で見せて遣らう　千代「そんなら水を取つて來うわいなア　萬「お國さんモウ歸らうではないか　國「本にさうせうわいなア　直「モウちつと待てばいゝに　國「今夜は弥前へ行く用があるから先きへ行くよ　直「そんならどうでも歸るのか　萬「本に馬鹿げた世話をしたのさ　直「其理窟はどうかするはな　萬「當てにせずに待つて居るよ　二人「ハイ左樣なら「ト向ふへ這入る奥よりお千代盆の上に丼鉢に水を入れ載せ片手に手燭を持ち出で來り午王を水鉢の上にて燒く事あつて」　千代「そんなら安さんどうぞ是をば「ト差出す安二郎呑で」　安「アゝ水がちつと多かつたれど殘して置くも勿體ないとみんな呑んで仕舞つたら腹がたぶ〳〵する樣な　千代「互に斯うして誓ひを立て　直「心の直つた上からは　千代「よもや屯の氣遣は　安「夫なら必ず案じるな大方さつきの侍が樣子を聞いて往つたであらう　千代「そんならとくに　二人「探索方が　安「直ぐに飛込む屯の手配り「ト」　二人「本にひやいな　安「何モウ歸つたに違ひない「ト立掛ると體のしびれたるこなし」　直「安さんどうぞ仕なすつたか　直「薬でも貰つて來やうか　安「サアどうしたのか五臟六腑が腸亂してァヽ苦しい〱 千「安さんお前私しを欺したねへ 安「何欺したとは 千「欺した事がおればこそ其苦しみ 喜「そんなら若しや此苦しみは 千「藥の利目が見えたのさ 喜「エヽ 安「どうしたと 千「サアお前を一盃喰はしたは今夜の難儀を遁れる爲め寧そばらして仕舞はうと呑ました藥は畜生に近い非人の事なればちつとは氣苦労と思つたに鼠取よりまちんの方がよつ程利目が早いねへ 安「そんならおれにアノ藥を〇エヽいはう様ない極悪人め〔ト立掛る段々藥氣の廻りしてこなしトヽ血を吐いて落入る 喜「ナイ姉御おめへひどい事を仕なすつたなァ 千「是もみんな互の身の爲め是で跡の憂が無いのさ〔ト死骸を屏風にて隠す向ふにて寄せ太鼓を打つ 喜「ヤア野づらに聞ゆるアノ太鼓は 千「もしや話しの探索方が 喜「姉御用心しなせへ〔ト身締ひをする向ふより金藏走り出で」 金藏「姉御早く逃げた〱 喜「逃げろといふのは庇から捕手が向ふのか 金「サア追附け爰へ操り出すが一體どういふ譯だ 千「譯といふは外でもない金さん屏風の内を見な〔ト金藏屏風の内を見て」 金「ヤアコリヤ品川の安二郎を 千「アヽコレ〔ト叩く」 金「ムヽそんならおれが頼んで置いた 千「サア夫じやに依つて此死骸の始末を早くしておくれ 金「さういふ事ならマア色男にならにやならねへかへ〔ト金藏奥へ這入る」 喜「サア姉御モウ斯う尻が割れて來たらうろ〱しては居られない 千「そんなら此金を二つに割つて是を路銀にちつとも早う〔ト百兩包を切つて半

四十八

分渡す　吉「こいつは大きに忝けねへ　千「さうして落付く先きは　吉「何處といふて當てはなけれど上方へでも　千「成程夫が上分別　吉「そんなら姉御　千「氣を付けて行きなよ〔ト吉藏奥へお千代は下手へ這入る返し
造物巡りの眞中に入口時の太皷鳴子にて道具納ると下手より屯處の侍六人各十手にて出で來り門口に伺ひ居る吉藏切戸より伺ひ乍ら出る是より立廻り能き處にて出刃を出し立廻り跡返し
造物向ふ黒幕眞中に大きなる松の實木此枝を長くして若く事後に幕を切つて落すと駒形並木町を見たる夜更の遠見松の左右石の玉垣空より松の釣枝此見得かすめて浪の音時の鐘にて道具納る〔ト向ふより忠藏出で來り」　忠藏「向ふに見えるは主人のお内十年が其間お世話に成りし御恩も送らぬ使ひ先きの金を失ひどうマア生きて居られやう爰で首を釣つたなら翌日はとくにお目に付き此務從を御らうじたらお詫の事は分らうなれど只愁いは親仁樣遙々と下つてムつた甲斐もなう非業に死だ姿をば御覽被成たら嘸やお嘆きなさるであらう只何事も前世からの因縁事と諦めてお許し被成て下さり升せちつとも早うさうじや／＼〔ト澄りを見廻し細切を拾ひ松の枝へ掛け既に死なうとするとお松頰冠りして走り出で蹴いてこけて　松「どうやらかうやら危い處を逃げては來たもの〻今向ふの辻で引れて往つたのは

憎吉さん是迄の悪事の数々所詮命は助かるまい聟様とても同じ身の上コリヤどうしたらよからうなア　忠「さういふ顔はお松でないか　松「ヤア本にお前は忠蔵さん　忠「エヽこなたはのう〳〵私を欺してようも〳〵最前のアノしだらいはうやうない女子じやなア　松「アヽモシ其お腹立は御尤なれどあれには段々様子のある事　忠「イヤ何も聞く事はないおのれは殺しても腹がいぬわい　松「尤でムんす継母のつらい憂目を見やうよりお前の手に死ぬるが本望ぞ殺して下さんせ　忠「そんなら我身はお千代殿の子ではないのか　松「サア世に継母程邪慳なものはムんせぬわいなア〇最前あなたを間男といふたはみんな拵へ事手立てを知りつゝ枕をば交した主は日頃から懸にこがれしいとしいお方此身の願ひは叶ひしなれど又悲みのあなたの御難儀此場で斯うと打明くれば邪慳な親の腹立にて責殺されるも是非なけれどあなたにも疵の付く事夫より寧そお命をば早う出さしてお詫には死でいひ譯する心どうぞ堪忍して下さんせいなア　忠「ムヽそんならさういふ心であつたか　松「申し私は拾はれた子でムんすわいなア　忠「そんなら其方は捨子であつたかいのう　松「アイなア　忠「聞く程不便な今の咄し然し夫に違ひがなくば何ぞ慥な證據があるか　松「證據といふは此守り親の片身でムんすわいなア　忠「ムヽ嘉永七年十月二十七日の誕生吉左衛門娘お松さん斯ういふ守りがあるからは餘もや嘘でもあるまい然し私も本家へ持つて行かねばならぬ命をば取られ

迚も生きては居られぬ身の上 忠「そんならあなたは死ぬる覺悟でムんすかあなたを死なしてどうマア生きて居られやう私が先きへ 忠「イヤそなたは殺さぬ其代り私も此儘生きのばはり此殘りの二十兩を路用となし此から直ぐに逃げ落ちて何處の浦でも二人一處 松「其詞に屹度相違は 忠「何のあつてよいものか人目に掛からぬ其内に 松「ちつとも早う 忠「お松おじや 松「アイ〔ト行掛ける向ふより忠兵衛旅形り商人の拵へにて浪花と書いた小田原提燈を提げ足早に出で來り〕 忠兵衛「荷物の事で暇を取り品川で泊らうとは思ふたなれど定めて先きには傳二殿やお雛が待つて居やうと急いで來たなれど今啼いたのは一番烏どうぞ戸が明けてあればよいがなア〔ト舞臺へ來る此時お松忠藏の手を引き前へ出で來りて忠兵衛の持ちたる提燈を打落しお松忠藏入違うて行かうとするを忠兵衛忠藏の腰を捕らへて引戻す此内上手より濱田庄司月題延びたる好みの鼠黑羽二重の一つ着大小の拵へにて出で來り此中へ割つて這入り忠藏の懷中より財布を引出し忍をかせに探り合ひの世話だんまり宜しくあつてお松は忠藏の手を引き花道へ行く兩人跡を見て〕 忠兵衛「今のは慥に 濱田「お松の 忠「エイ〔ト小石を投げて俯向くが木の頭舞臺の兩人向ふを透し見るお松忠藏手を引き向ふ

三幕目

蒲原宿旅籠屋の場
同　下座敷の場
同　奥座敷庭先の場

遣物常足の二重蹴込み金網の透し欄間に講中札を掛け柱に御定宿正木と記したる掛行燈此家體下手に一間の落間此見附正木と記したる紺暖簾を掛け二重の見附鏡ぶちの鏡戸上下九の内に御定宿蒲原驛正木と印したる腰羽目の塗附都て東海道蒲原宿旅籠屋店先の模様お亀お文おじやれの拵へにて源太平助の旅人の胸づくしを取らへて居る是を勘左衛門宿役人の拵へにて止めて居る宿場の騒ぎ唄にて幕明く　お亀お文「サア私しの勧めはどうしてくれるのだへ／＼　勘左衛門「コレお亀もお文も往来で見苦しい一體是はどうしたといふのだへ　勘「モシ旦那夕べ此人達が呼んだ處が其勧めをまだくれぬではありませんか　文「どうぞ御宿老の威光で　女両人「御裁判を願ひ升わいなァ　源太「モシ旦那今朝もお世話になる通り夕べ逃れと二人共路用の金を盗まれてせう事なしの此通り　平助「中々女の勧め處ではムり升せぬ　勘「ナヽそんならこなた衆も夕べ賊難に逢はしやつた人達じやの　源「ハイ私共は東上総の者で日陰源太と申升る先祖も矢張り源太を名乗り梅ヶ枝といふ傾城に馴れ染めて家重代の鎧迄質に入れ親の勘當受け升た私は此頃ちつと金を儲けた故伊勢參宮と出掛けた處夕べの災難中々無間の鐘を突いても此埋草は出升せぬわい　平「其源太とは一家の平太先祖は備前

の別當なれどわしは此の別當だけはねた女の勧めをば出すも剛腹受で話が分らざば出る處へ出て平助が乾度吟味して見せるのじや　文「何じやそちが出るよりこつちから静岡縣へ訴ふて出るのだ　総「サアお前も一處に來ておくれ　源「さういやこつちも　兩人「斯うしてやるのじや〔ト竹箒棕櫚箒を取つて打つて掛かる勘右衛門是を留めるを拂ひ退けて四人立廻り此時奥よりおその旅籠屋女房の拵へにて出で來り」　たその「コレ二人共お客をとらへてたしなまぬかいのう○貴方方は夕べ賊にお逃ひ被成たお客様共盗人の詮議にて取込んで居るにそんなてんがうばつかり早うお客にお茶なとお上げ申しやいのう　兩人「ハイ畏り升た〔ト兩人奥へ這入る」　その「あなた方にもお氣の毒でムり升るがどうぞもそつとお待ち被成て下され升せ　源「いはいでも路用がなければ立たれもせぬどうでもかうでも此白地を付けて貰はにやなり升せぬのじや　そ「サア今朝から色々詮議を致して居り升ればマアお風呂へでもお召し被成て下され升せ　平「そんなら何分頼み升ぞや　兩人「ドレ風呂にでも這入らうわい〔ト兩人奥へ這入る」　勘「然しお御内儀こちの内は毎晩の様に斯う紛失物があるといふは何でも是は勝手知つた者の仕業と思ふがまだ手掛かりはムらぬか　その「サア夫に付けても氣の毒なは此一月の始から逗留して居る御夫婦長の病に掛てる加へてお産を被成てお物入りの續く揚句が夕べの賊難誠にお氣の毒でなり升せぬわいなア　勘「夫は男は二十三四女の方は十

七八アノ美しいお内儀の事かいのう　その「さうでムんす御器量といひ物柔かな詞遣ひてつきり大家の娘子が親の許さぬいたづら無分別なる落人とは大概推量して居れど只いとしいは御亭主の病を苦にやみ此程では乳も出ぬとて泣いてばつかり　助「そんならアノ夫婦の衆も夕べ賊難に逢はしやつたか　その「路用殘らず持つて往かれたとて途方に暮れて居やしやり升わいなア　助「ソリヤマア氣の毒な事じやのう「ト向ふより昇助宿引の拵へ跡より駕舁乘駕を舁き傳二郎旅形りにて出で來り」　宿助「旦那手前宅はあれでムり升　傳二郎「正木ならおれが行掛けに泊つた内だ病人があるから隨分手當を能くして貰はうぞ　宿「モシお客樣でムり升　その「サヽ是はお早うムり升○コレお文やおすゝぎをお上げなよ　文「ハイ畏り升た「ト下手の暖簾口より盥を持ち來り傳二郎を見て」　文「ヲヤお前さんは日外お泊りなされしお客樣　その「本にあなたは此一月お泊り被成しお客樣さうして其節のお連さんは御一處ではムり升せぬか　傳「其忠兵衛といふた連れは病氣で先日戻られしが私も一處に戻る處なれど生憎妹が大病故蒸氣船に乘せる譯にも行かぬ又今夜御厄介になりに來升た　その「夫はマア御心配な事でムり升せうシテどの樣な御病氣でムり升る　傳「サアチト仔細あつて盲の亭主の行衛が知れぬとて夫を氣病みの長煩ひ「トいひながら草鞋を解き足を洗ふ」　その「夫は嘸かし御難儀でムり升せう手前方にも逗留の御病人がムり升る旅で病む程お氣の毒な

五十四

ものはムり升せぬ　人足「モシ旦那直ぐにお座敷へ廻し升せうか　傳「どうぞさうしてくんなせへ　その「お文御案内申しな　文「畏り升た○サア総屋さん斯うムんせいなア〔ト お文先きに総屋総を舁き下手の暖簾口へ這入る」　助「そんならお内儀私は是から紛失物を問合はせ訴へ升るシテ今の客の座敷は何処じや　文「二階の奥でムり升　助「さうして見ると夕べは五ッロ一昨日は二タロ一昨昨日が七ロ斯う續けて紛失物があると枕捜といふものじやそんならお内儀　その「惣左衛門様　文、毎日御苦勞様でムり升る〔ト惣左衛門奥へ這入る傳二郎足を洗ひ二重へ上り」　傳「そんなら何ぞ紛失物でもおつたのでムり升るか　その「ハイ誠に物騒にムり升るどうぞ御用心被成て下さり升せ　傳「なに私なんぞは別に取られる物はなけれど用心して寐ると仕様　その「コレ喜助北六番へ御案内申しておくれよ　文「畏り升たサアお出で被成升せ〔ト案内して傳二郎奥へ這入」　その「本に合點の行かぬといふは日外よりの紛失物内の者で盗みさうな者もなし日毎泊りに護摩の灰めが交つて來て持つて行くに相違ない夫に付けても奥の御夫婦路銀を失ひ又御病氣でも煩りはせぬか成程旅は〔ト長煙管を突くも道具替りの知らせ」　その「恐いものじやなア〔ト此仕組宜しく返し

造物三間常足の二重見付上手假床三社託宣の掛物前に燈明供物を供へ下の方香形の襖下手の襖鼠壁上手中二階前側障子を建切り正面上り段下手湯殿柱に火の用心の掛行燈いつもの

處切戸都て旅籠屋下座敷の模様二重上手に二枚折の屏風を建て下手にお松やつれたる拵へにて赤子を抱きかんてきにて藥を煎じて居る右の明にて道具納る　浄るり「駿河路や富士の煙の空に消え行衛も知らぬ初旅に杖柱とも頼みたる夫トが長の煩ひにお松も今は面瘦せて變る姿も夭桃の容を似める有様は面影斗りぞ殘りける〔ト此内お松湯呑に藥を注ぎ盆に載せて」　松「モシお藥が出來升たぞへ　浄るり「と明ける屏風も紙破れて骨もあらはに忠藏が瘦せ細りたるいたつきの重き枕の顔を揚げ〔ト」　忠藏「此方の親切は忝けれどおりやモウ藥は呑まぬわいのう　松「モシ忠さんけふに限つてなぜ其様にいはしやんすぞいなァ　忠「サァ早う病氣本復なし此方に安心がさせたいと手に手を盡して居たなれど日々重る此業病翌にも全快した處が醫者の藥證断絶の證まだ此上に旅籠の溜り勘定すれば三十兩に餘る借り高十一ヶ月が此間旅籠屋住居の煩ひから此方が齒の物入りにて旅用の金も半ば過ぎ遣ひ捨てた る殘りをば夕べの賊に盗まれては何を便りに旅に病み此方に苦勞がさせられやう是も御主人の金をかすめし天の罰私が死なば人様も自然と此方に不便が掛かりお詫びも聞いて下されやう程にどうぞ死んだら髪の毛だけ親に届けて忠言の發行を願つてくれ　松「モシ忠藏さんソリャお前何をいはしやんすぞいなァ〇假令翌日から親子三人が人の軒端に立つとてもお前と一つに暮してこそ女房に成つた甲斐もあれ今お前に死なれたなら私しや此子はどう

五十六

仕升せうぞいなア〔ト赤子笛に成り」 松「サヽ泣きやんな〳〵乳が出ぬか可愛さうに〳〵○モシ忠臓さんどうぞ私や此子をば不便と思ふて一日も早う本復して下さんせいなア 浄るり「炎トを思ふ貞實の心の内を汲んで知る水桶肩に三助が風呂の此方に竊聞き付け〔ト桶掛りより三助水桶を荷ひ出で來り」 三助「今日はサヽぱん様又泣かつしやれ升な 松「サヽ風呂番の三助殿か 三助「ヘイシテ旦那様の御病氣は宜しうムり升るか〔トいひ乍ら風呂の火を焚く〳〵」 松「能う御親切に問ふて下さんすけふはいつもより氣色も悪し薬も呑まぬといはしやんすわいなア 三「なせ其様におつしやり升る早う病が直らいではお松様が可愛さうなサヽ早う呑ましやれ升せ 松「アレ三助殿もあの様にいふて下さる故早う呑うで下さんせいなア 浄るり「といへ共小首振る斗り 松「コレ三助殿此通りでムんすわいなア 三「アヽ困つたお方であるわいなア○モシお客様お風呂の加減はどうでムり升る〔ト風呂の戸を明ける内に定二郎浴衣を引掛け手拭にて首筋を拭いて居る」 定二郎「氣の毒乍ら水を少し下され升せ 三「ハイ〳〵〔ト明き戸を明けて荷ひの水を入れ」 三「お客様御ゆるりと被成升せドレ一服遣らして貰はうか 浄るり「といひつゝ出す腰提の煙管も赤の他人さへ情はあつき風呂上り介釋てぱして定二郎」 定「是は毎度御迷惑でもムり升せう一寸お通し下され升せ 松「ナヽモウお風呂のお上りでムり升るかマアお話し被成升せ 定「有難うムり升る見ればお連れは

御病人の様子シテ何時からの御病氣でムり升るか　三五「ハイ病氣になり升たは此一月迚も全快は叶ひ升せぬ　定「是はしたり兎角病は氣からなるもの御内儀は年もお若いに看病はお大儀ではムり升まい　三「イヤモウ夫に付けて涙のこぼれる事がムり升る何が夕べ可愛さうに此お方の路用の金三十二兩外に紙入にあつた五兩といふ金迄も泥坊めが持てうせたといふ話し　平「サア私も實は今風呂で此御夫婦の話を聞き貰ひ泪をこぼし升た御病人の心に取つては死なうといふもコリヤ尤「ト上手へ向ひ」　定「コレ平吉〳〵　平吉「ハイ「ト出て來る」　定「此處の床の間に己の紙入がある夫とついでに半紙と其入を取つてくれ　平「畏り升てムり升る「ト右の品を持ち出で來り」　平「左様なら是に置き升る　定「太儀であつた貴様氣の毒じやが貰上を〆て置いてくりやれ　平「畏り升てムり升る「ト小二階へ這入る此内お松茶を入れる定二郎半紙を引掛け紙入より二分金十兩を出し紙に包み」　定「イヤお内儀甚た失禮ではムり升るがどうぞ是で御病人の口に合ふたものでも買ふてあげて下さり升せ　松「是は又滅相な見ず知らずのあなた様にお金をお貰ひ申す筈がムり升せぬ御親切は有難うはムり升れど是はお納め被成て下さり升せ　定「サアさうでもあらうけれど私も餘りお氣の毒に思ふ故是は是非共受けて置いて下さい升せ　松「夫じやと申して　三「アヽ是お松様折角の思召し受けて置くがようムるわいのう　松「左様なればお貰ひ申でムり升せう　松「モシ忠臓さん此

五十八

様にお金を深山にお貰ひ申し升たぞへ何にも案じる事はない程にどうぞ早う本復して下さんせや　与「なんにも申さぬ有難うムり升る　定「假令路銀を失ふ共命さへあるなれば天道様のお恵みで又良い事もムらう程に早う御全快を被成升せ　両人「有難う存じ升る　三「ドレ私は臺所へ水を汲んで置き升せう「ト立掛るを」　松「モシ三助殿あちらへ行かしやんすならチトお頼み申したい事がある程に喜助さんを一寸爰迄　三「合點でムり升「ト橋掛りへ這入る」　定「わしも大きに長居を致し升たヽア大事に被成升せ　与「申し一寸お待ち被下升せ御恩に餘る今日のお情け何れ病氣本復なし元の身分に歸り升れば此お禮が申上げたうムり升ればどうぞあなたのお名前を　定「イヤ夫は措いて下され私は甲州郡内で甲州屋定二郎といふものなれど年中旅から旅を掛け絹を商ふ旅商人先度駿府の姉の處へ寄つた處が此頃では府中も静岡と名がかはり徳川様がムるので二丁目は大の繁昌夫故急に五六人子供の世話をしてくれと姉の頼みで一年の内九分迄旅で暮らす商賣お目に掛かる隙に參らねば其斟酌なら必ず措いて下さり升せ　松「そんなら駿府の二丁目で子供が欲しいと仰しやり升るか　定「ハイ二十から二十四五迄の子供を五六人頼まれ升た「ト奥より喜助出で來り」　喜助「モシ何ぞ御用でムり升るか　松「チヽ喜助どん一寸お使ひをお頼み申したうムり升る「ト件の金を三つに紙包に分け」　松「お前さんどうぞ忠へお禮と記して下さり升せ「ト硯箱に添へて包金を忠

娘に渡す忠蔵書かうとして」 忠「コリヤ手が震へて 定「イヤ私が書いて上げ升せう 忠「左様なら憚り乍ら 松「お菓子料金百疋忠蔵とお記し下り升せ○是は金二千疋御藥禮とお記し下さり升せ 定「ハイ「ト書いて渡す」 松「モシ喜助さんどうぞ是をお醫師の町非玄宅様へ○是が岩淵の智妙院様へお届けて下され升て玄宅様には御苦勞乍ら明日お見舞下さり升せと仰しやつて下さり升せ 喜「畏り升たドレ一走り往て來やうか「ト奥へ這入る」 松「頂戴致した金子にて早速禮を濟まし升たも皆あなたのお陰有難う存じ升る 定「イヤ其禮には及ばぬ然しモウわしはお暇と致さう 松「マア宜しいではムり升せぬか 定「イヤまだ仕殘つた用事もあれば又後程參り升せう 松「有難う存じ升る左様ならお客様 忠「何かといかひ 定「イヤドレ暇合なとして這き升せう「ト定二郎上手へ這入る」 忠「何とお松夕べの賊に引換へて金子をお恵み下された今のお方はおりや佛の様に思ふわいのう 松「道理でムんす捨てる神あれば助ける神とはんにあのお方は全く日頃信心する神佛のお引合せでムり升せう私しや此様な嬉しい事はムんせぬわいなア「ト襖の後ろにて」 光庵「お松殿〱 浄るり「と襖がらりと明昼光庵ぞつと通れば夫婦はもじ〱 松「ヲヽどなたかと存じ升たら明昼光庵様能う御見舞被下升た 光「アイヤ愚老はお見舞には參らぬのじや大方見舞には玄宅老が參るであらう 松「イエ其様なお醫者様は 光「イヤ今門で喜助に逢ふたら藥禮を持つて是から彼が宅へ參る

六十

と申し居つたコレ最早愚老が見脈なし盛つた薬が何であらうと思はつしやる先づ烏犀角に大人参餘り薬が強うて眼がかすむといはるゝ故眞珠を盛つたが皆高金の良薬斗り現金買の其外に此一月から七月迄日に七服宛送つた薬はやさしい事じやないぞよそれに只一言の咎へもなく醫者を替へそれに玄宅老へ證とはどうじやサア十五兩の薬禮を只今申受けに参つた　忠「サア御立腹は御尤でムり升るがアノ玄宅様はさるお方より無拠世話され升て　光「サア愚老夫をいふのじやない薬禮をよこせと申すのじや　忠「サア其お禮にと思つて居つた其金を昨夜ひよんな災難にて　光「夫も聞いた愚老夫をいふのじやない薬禮をよこせと申すのじや〇エヽ面倒な出る處へ出て頂戴致さうサア愚老と一處に歩まつしやれ　忠「サア夫は　光「夫が迷惑と思ふなら十五兩耳を揃へて　忠「サア夫は　兩人「サア〳〵　光「エヽいつその事　浄るり「むしやくしや腹の明星光庵病苦に悩める忠臓を引立て行かんと有様にお松は遠てゝ縋り留め　松「アヽモシマア待つて下さり升せ何をいふにも昨夜の仕儀　光「イヤ〳〵其言譯は聞かぬのじや　松「サヽ妾が一つのあなたへお願ひ延うとは申し升せぬどうぞ今夜初夜迄お待ち被成て下さり升せ是と申す當てはなけれ共捨置かれぬ夫トが難儀どうか致して見升せうわいなア　光「ムヽよいは情を以て待つて遣らうが其時に金が出來ぬと願ふて出るぞよ　松「ハイ　光「ムヽ初夜といふても間もない事幸ひ愚老の七兇で夕べ往生遂げられた

死人の通夜なとして待つて居やう此病人もゝうそつと拙者の手に掛けて居つたならとつく
に命があるまいもの命冥加な死損ひめが　浄るり「腹に針持つ按摩将来憎口叩いて入りにけ
り跡に夫婦はとつおいつ途方に暮の鐘さへもいとゞ哀れを添へにける　忠「コレお松一つ叶
へば又一つ降つて湧いたる此難儀初夜といふても僅か一時そなたどう仕様と思やるぞいの
う　松「サア捨てゝ措れぬ手詰の難儀ちつと私に思案もあれば安心をして下さんせ　忠「どう
いふ思案か知らね其知らぬ旅路の悲さには無心いはふにも知邊もなき我身に其金の工面が
出來様筈がないおりや案じられてならぬわいのう　松「其金は急度工面をする程に必ずそん
な心案じずとちつとの間でも気を楽にどうぞ休んで下さんせいなア　忠「そんなら安で暫し
の間　松「よい夢など見やしやんせいなア　忠「とはいへよしない此わしに連添ひ苦労を駿河
路の　松「旅に病ひの夫トより見る目悲しき憂き思ひ　忠「便りに思ふ路銀は奪はれ　松「貧と病
の苦みは　忠「此世からなる地獄の呵責　松「おぢきなき身の　兩人「成行じやなア　〔ト兩人手
を取換はし」　浄るり「又も泪に〔ト兩人憂ひのこなし此仕組宜しく三重にて返し
道具常足の二重見附上手床の間是より下手中障子襖上手障子家體下手杉皮の塀此前つくば
ひの手水鉢庭木のあしらひ都て旅籠屋座敷の模様二重に六枚屏風を建廻し座敷行燈を燈し
傳二郎寐轉び粥の市旅按摩の拵へにて腰を揉んで居る平舞臺にお文お酌せりあひ居る宿場

六十二

の騒唄にて道具納る　文「イエ〳〵お前に取られては女が立たぬわいなア　傳「ふざけた事をおいひでないよ　傳二郎「コレ病人の傍で喧ましい事にしてくれぬか　文「モシ按摩さん聞いておくれ私しかぞつこん惚れたお方が今夜お泊りになつた所此お連さんが惚れて居る男じやといふ故腹が立たうじやないかいなア　傳「夫はお前より私の方が腹が立つわいなア　傳「是サ静にしねへといふに　菊の市「然しお客様私は盲で此樂逕がどんな器量か分り兼ね升が何にしても女二人に思はれるとは果報者ではムり升せぬか　傳「サア何処の人だか知らねへがよい月日の下に生れた男だ　菊「本に左様でムり升る〔トいひ乍ら傳二郎の懐へ手を入れる　傳「サイ按摩さん何をするのだ　菊「イエ何腹をチト揉み升せうと存じ升て　傳「そんなら夫といへばいゝに足の方を叩いて下せへ　菊「畏り升た　文「そんならモシお客様其男がお前さんなら　二人「一所に願を叶へて下さんすか　傳「夫斗りは後生だ謝る　菊「旦那お楽みでムり升るなア〔ト又懐を探ぐる」　傳「なんだ按摩さん又おれの腹を揉むのか　菊「是はとんだ麁相を致し升た　傳「モウ療治は夫でよいなんぼ遣つたらよいのだ　菊「ハイ三百文お貰ひ申し升　傳「サイ二人共此盲を早く連れて往つて下せへよつぽど氣味の悪い按摩だ　両人「合點じやわいなア○サア行かしやんせいなア〔ト菊の市の手を引き這入る」　傳「今の按摩の様子では此頃娑の内の紛失物はてつきりあいつの仕業であらうわへ　傳「コレ妹ちつと氣分はよい

か〔ト屛風の内にて〕 お瀧「アイ大きによう厶んすわいなア〔ト傳二郎屛風を明けるお瀧病人の拵へにて絹蒲團の上に居る〕 傳「アヽ痩せれば痩せるものだなア夫もさうであらうか思ひに思つた忠臧殿には其夜からして行方知れぬ夫を氣病みの此病ひ忠兵衛殿にも氣を揉んでどうぞ忰のあり家を尋ね病氣を直して逢り度いと關八州はいふに及ばず奥州筋迄捜しても知れぬから所詮此世に○イヤサ此世に生きて居ればこそ忠兵衛殿から知らせの手紙じや夫に死なうとしたり又一昨日は旅籠屋で井戸へ身をば投げ掛けたり危ないだらけのおれが心配ちつとは察して此後は短氣な心を出してくれるな 瀧「モシ兄さん堪忍して下さんせ假令忠臧さんが此世に生きて厶んすとて私を嫌ふて居ればこそ逃ふた其夜に行方知れず寧そ今にも死んだなら結句お前の心もやすまり又忠臧様も好いたお方と夫婦になつて親御にも安心さすで厶んせう 傳「コレ妹それが女の狹い了簡假令忠臧殿は性根が腐り外に女が出來たにもせよ其方には親の威光とおれが力づくで添はして見せる必ず共にきな〳〵思はぬ早う病氣を直してくれ○なに泣く事があるものか大阪へ戻つたら忠臧殿に逢はれるのだ 瀧「ハイ泣くまいとは思へ共妹故に苦勞さしやんすお前の心を私しや思ふと 傳「サアそんな役に立たぬ事思ふは却つて病の爲だちつと横になるがいゝ 瀧「アイさうし升せうわいなア 傳「そんなら妹 瀧「今宵はどうでも 傳「エヽ 瀧「兄さんお先きへ寐升ぞへ〔ト傳二郎屛

六十四

風を引廻し」 倅「妹勘忍してくれあり家が知れたといふたは僞り日外東京へ着いた晩駒形のあの川岸で死んだに違ひなけれ非悲い事には本の一枚回向を頼むとある斗り何の様子も分らねど死なぬといふも兄の心は手前の命が大事さ故大阪へ戻つて処が知れたら又突詰めた事仕様かと思へば処も一つの心配ア、何といふて欺したものであらうなア〔ト奥よりお文お船出で來り」 二人「約束なればサアどうぞ 倅「エ、〔ト兩人を突退ける足にて兩人仰向けに引つくり返るを道具替りの知らせ」 倅「何をしやアがる 二人「アレ欺したのかいなア〔ト此仕組宜しく宿場の騒唄にて返し

道具元の道具前側障子上手矢張り屏風を建廻し爰にお松嶋田髷好みの着附に着替へ傍に赤子を寐かして鏡臺に向ひ髮を結つて居る右の唄にて道具納る〔ト直に床の淨瑠璃になり」

淨るり「子故に心後れ毛を解くや姿の黑髮に寫す梅香のさと薫る柘植の小櫛も通り兼ね お松「本に思へば此身程果敢ないものが世にあらうか生みのとゝさん嬶さんは何國のお方かお名さへ知らぬ便りに思ふ夫トには旅で煩ふ藥餌に此身を賣らねばならぬとはコリヤマア何の因果じやぞいなア 淨「雨持つ空の夕やみに 唄「月さへ晴れぬ星明り 淨「向ふ鏡に我影の 唄「移れば替る世の中を 淨「啼くや霜夜の蟋蟀 唄「いとゞ憫れを添ゆるさむしろ 松「まだお目覺めでムり升るか〔ト障子を明ける内に行燈を灯し定二郎蒲團の上に住居帳面を前に

泣き居て」　定「ナヽお隣のお内儀か　松「ハイチトお頼みが厶り升る　定「マアこちらへ上がらつしやれ升せ　松「御免被成て下さり升せ「ト二重へ上る」　定「シテお頼みと仰しやるは　松「サア其お頼みとは　定「身を賣る世話を頼みにお出で被成升たか　松「エヽ　定「段々お前様は貞女なお方じやな最前何か屏高にものいひ致るは何事と伺ふて居たれば聟者殿を換へたが腹立ちで薬代を今宵よこせとの無理難題アヽどうぞして救ふて上げ度いと思ふたれど生憎金を國へ送つた跡故どうかと案じる内頼みは其身を賣るならんがどうぞ邪見な主人に掛り苦勞をせぬ様私が姉の二町目へお世話したいが私の目が違ひ升るかな　松「如何にも御推量の通り其金故に此身をば賣らねばならぬ手詰の難儀どうぞお世話を被成て下さり升せ「ト此内忠蔵目の覺めしこなしにて屏風を取退け聞いて居る」　定「ソリヤモウ勤めをさつしやる氣なら氣の毒な譯ではおれど私がお世話致し升せうシテ身の代は何程金がおらつしやる　松「サアせめて夫トに少々の小遣なりと殘して行きたう厶り升れば廿五兩程御拜借はなり升まいか　定「エヽ何をいはつしやる其御器量なら一年に百兩位は私が受合ひ二年勤めをする氣なら二百兩は借りて進せ升せうが成丈年は短うして當分半季五十兩夫で取極めにして置かつしやれ御亭主がお可愛さうで厶るわいのう　松「御親切によう仰しやつて下さり升た夫に附けても此乳呑子せめて里に遣ればとて近い所へどうぞして　定「成程一所に連れて

六十六

行かしやれ○夫は夫でもよけれど金の一條じや國へ送つた殘りの金が僅二十兩跡は證文した上で御亭主殿へ送らつしやれ殘は急げといふからは今夜の内にちつとも早う（ト定二郎紙入より二十兩出して置く　松「アヽモシ一寸お待ち下され升せせめて夫トへ餘所乍ら暇乞が仕たうムり升れば　定「何樣夫も尤惣をいふてやる内に暇乞はゆつくりさつしやり升せ　松「段々厚き御親切夫トが嘸悅ぶでムり升せう左樣なれば私は此金子をばちつとも早う　定「そんならお内儀　松「あなた樣　定「隨分名殘りを○惜んだがよいわいのう　忠「何に付けても惜わる詞の花ぞ色變へぬお松は夫トの憐を見て（ト定二郎障子を押切るお松こちらへ來り　松「ナヽお前さん目が覺めたのでムんすかさうしてマア何を泣いて居やしやんすぞいなア　忠「是が泣かずに居られやうか○其方は勤めに行く氣でおらうかな　松「エヽそんなら今の樣子をば　忠「殘らず聞いて居たわいのう○初めて逢ふた汐入りの小家に假寐が緣となり子迄なしたる女房に勤めをさすも我故と思へば何の因果で一年足らぬ旅に病み盟から介抱する者もないと思へば悲しいわい　松「道理でムんすわいなア私しやお前の本復迄お傍に居たいは山々なれど今宵に迫る難儀の手詰め是はお隣りに居るお方が貸して下さんした二十兩是にて樂の證をば済まし跡の殘りはたべたい物でもどうぞ買ふて下さんせいなア（ト金を渡す」忠「何にもいはぬ惡い遣りともないは山々なれども遣らねばならぬ金のせつばお

りや涙がこぼれるわい　松「私に別るゝお前より大病人を殘して行く私の心はどの樣にふん
せうぞいなア〔ト赤子笛になり〕　松「サヽ泣きやるな／＼なんにも知らぬ子心にも虫が知ら
すか此泣き樣それ／＼まい／＼さんを見やいのう　迎「泣く子をすかす小唄もしめり勝なる
憂い旅　松「ねん／＼／＼ヨウねん／＼の守は何所へ往た山を越えて里へ往た北山越して里
の勤めに行かにやならぬ母が添乳も今宵限りと思へばよしない旅に宿つたばつかりに子迄
苦勞をさすかいなアヽたがよく／＼　迎「里の土産に何貰ふた／＼〔ト此内子を叩き乍ら切
戸の外へ出る橋掛りより三助邊りを伺ひながら〕　三助「姉御　松「コレ〇〔ト押へ〕　松「どん
／＼太鼓に笙の笛　迎「起き上りこぼし〔ト兩人は花道へ行き〕　松「靜かにしねへか　三「サイ
お松さん二階に殘つて居る客がおめへの仕業と目を付けた樣子だから今夜の内にふけりな
せへ　松「夫はわちきも承知故夕べ路用を盜まれたとアノ馬鹿を一ぱい喰はして捲揚げたが
三十二兩其外に每晩旅人の寐息を考へ盜んだ金が百兩餘り是を路用にふける山サ　三「そん
ならおめへも今夜の内に　松「夫なればこそ身を窶るといふて形りの拵へから髮の一つも結
つたのだが只殘念なは二階の旅人を欺して取つた二十兩忠職野郎に置いて行くのが口惜い
とは思ふたれどモウ斯うなつたら僞の金に目を附けて居られねへおめへ禮をいふてくんな
三「イヤ然なら趣向してあるよ　松「本に氣の早い男だなア　三「其氣の早いよりお松さんモ

六十八

ウ大概に聞いてくれてもいゝじやアねへか　松「ハテ今から直ぐに夫婦になるのさ　三「夫は本統の事か　松「何嘘をつくものかね　忠「お松〳〵　松「ハイ只今参り升〔ト三助に叩く三助櫓掛りへ這入るお松は鉢溜へ来て」　松「何ぞ御用でムんすかへ　忠「門口にお人があるのか　松「ハイ只今駕を持たせてお迎ひに見えたと三助殿が知らせて来て下さんした故私しやモウ行き升ぞへ　忠「そんならそなたはモウ行きやるか　松「サアせめて今宵一夜さは介抱して行きたいわいなア　浄「ト夫トの膝に取縋り泣居る折柄三助が駕をつらし出で来り　三「お松様駕が参り升た○併旦那様誠にお氣の毒な今宵のしぎ馴染甲斐に私がお送り申し升れば御安心を被成升せ　忠「いつに變らぬ三助殿の御親切安心仕升わいのう　三「然し旦那も店に歸前からお待ち兼なれば夜の明けぬ内お供せうではムり升せぬか　松「そんなら必ず御身を大事に早う本復して下さんせへ　忠「そなたも随分煩はぬ様　松「アイ○さらばでムんす　忠「お松待ちや　松「なんでムんす　忠「そんなら是が　松「別れにマ一度　三「サアお出被成升せ〔トお松是非なきこなしにて否を出して駕に乗る兩人是を舁き三助駕に付き向ふへ這入る」　忠「可愛やなア長の間の煩ひに一日の樂もせず夫ト大事と思へばこそ勤めに行くそちが親切浄るり「蔭から拜んで居るわいのう　忠「是も皆御主人や親に苦勞を掛けし罪赦してくれよ女房ども　浄「と跡は得いはず伏し轉び身も浮く計り泣居たる時刻違へず醫者光庵〔ト奥より

光庵出で来り」　光庵「サア約束の十五両貰ひに参つた　忠「ハイ其十五両お受取り下さり升せ
〔ト渡す」　光「コリヤ思ひの外の十五両大方何所ぞで盗みでも致した金と見えるわい　迎「一
寸いふにも憎さ気に金を納むる折柄に二階を出る以前の男　許兵衛「モシ只今駕が参り升た
故お迎ひに参り升てムり升る　忠「其女房は今の先きお迎ひの駕に乗つて参り升たが御一所
ではムり升せぬか　迎「イエ旦那は座敷に居り升るそんならお内儀は行かれ升たか　忠「ハイ
迎「聞くに男は打驚き物をいはず走り入る忠蔵here
を先きに宿役人様子を伺ひ入り来り〔ト奥より許助六尺棒を持ち助左衛門宿問屋場と
印したる弓張灯燈と控帳を持ち源太平助付添ひ出で来り」　四人「大盗人め動きさらすな　出
「何私を盗人とは　許助「エヽいふな段前證に持つて往つた金は残らず皆贋金　助左衛門「又此
旅人の金を盗んだ賊はこなたの内儀といふわい　光「夫では今の此金も贋金ではおるまいか
〔ト件の金を出し烟管の吸口にて擂つて見て」　光「ヤヽコリヤ贋金よくもこんな金をつかま
したな〔ト光庵金を打附ける」　忠「ヤヽコリヤ本の背胴脈イヤ申し光庵様此金子は女房が御用
めに行きし身の代に甲州屋定二郎と申す人より受取つた金子でムり升る　四「コレ許助知つ
て居るか　許「ハイ其お方はこちの内の馴染の客で然もきのふから逗留して居られ升　四「そ
んなら早う尋ねて見い　許「畏り升た〔ト中二階の障子を明け」　許「ヤア客は元より荷物迄是

七十

に見えぬがモウ立たれたと見え升わへ　忠「エヽアノお方は居られ升せぬかヤヽヽ　浄るり「ハット斗りに氣も轉倒光庵襟髪取つて引付け　光「アノ姿な偽り者め能くも愚老を欺き居つたな○此樣子では此頃の賊も大方此奴の仕業何ぞ手掛りの品でもないか改めて見やつしやれ　四人「合點じや〳〵（ト皆々殘りを尋ね下手にありし兩掛に目を付け錠前を捻切つて打明ける此内より胴卷紙入財布錢入胴亂など澤山出る」　源太「ソリヤコソあつたぞ是は夕べおれが取られし紙入じや　才助「是は私が蒲團の下へ敷いて寐て盗まれた此胴卷があるからは　源「推量の通り盗人はあの女に違ひない　政「そんなら是はそなた衆の物か　政「夫にしても堅い〳〵と評判のあの女が盗人とは人は見掛けによらぬものじやなア　光「何今人足の話しを聞けば姿の内の三助といふ風呂焚とちゝくり合ふて今朝で欠落したとの噂シヤ見る時は盗み位は仕さうな者でムるて　政「そんならアノ三助とふけつたかヤア〳〵　伊「始終を聞き居る忠藏が心はあるにもあられぬ思ひ　忠「そんなら扨術三助がお松を送つて行くといふたは欠落をしおつたのか（ト思はせ財布を見て」　忠「ヤヽ是は夕べ盗まれし此財布といひ紙入迄こゝにあるはそんなら是もお松めが仕業であつたかヤヽヽ　光「いふな〳〵夫も夫婦馴合ふて金を盗まれしとぬかしたは人に油斷をさす巧みこんな奴は御宿老がんじがらみにくゝし上げ差出すがよくムる　四「ソヽ皆の衆手傳ふて下され　皆々「合點じや〳〵

源「情け容赦も荒網にいましめんとなす有様を見るに見兼ねて此家の女房奥の一間を走り
出で　おその「マア待つて下さんせいなア　光「誰かと思へば此家のお内儀ていつぞは咄ふが
最期てなたに難儀が掛かり升ぞや　その「イエ〳〵何かの様子は次の間で聞く程悄いあの女
此お方の仕業でない事は私が身に引受けて言開きはして見せる程に私に預けて下さんせい
なア　光「ナヽ此儘に置く奴ではなけれ共お内儀が挨拶なれば旅人衆迚はどうさつしやる
源「サア宿の内儀のいふ事なら　平「聞かねばなるまいかいのう　光「こなさん達が得心なら
愚老も預けも仕様けれど粱代の十五両は　その「夫りやどうなとして御損はかけ升せぬわい
なア　四「さう話が極つたら引取らうではあるまいか　光「そんならお内儀　その「光俺様　光「
命冥加な　皆々「大泥坊め〔ト皆々奥へ這入る」　四「さうじや〔ト下手へ行かうとするを　その「
コレ待たしやんせあなたは何処へ　四「今此様な身になつて盗賊の悪名迄も受けさするとは
あんまりな酷ひ邪慳な女故喰附いてなと此恨みを　その「お腹の立つは尤なれど心を静めて
一通りマアお聞き〔ト忠蔵を引廻して下に置くのが道具替りの知らせ」　その「殺成升せいな
ア〔ト忠蔵は涙落すおそのは涙を押へる此仕組宜しく返し
造物上下一間半の附家體見付茶壁前側障子を建切り廻り様石の沓ぬぎ真中継石石の庭井戸空
より松の釣枝都て旅籠屋座敷庭先の模様時の鐘開事にて道具納る〔ト上手より晋兵衛出て

七十二

來る迄と一處に稻掛りより角の市出で來り」 衛「石佛か 勢「コレ部かにしろへ〇貴に貴に惡い奴には上のあるもの鬼の目を拔く組合を一盃喰はしてすつぱ拔けをしやアがつたあの女 衛「サア夫故跡を追ふて行きなすつたがいゝ蹴桁にとつつかまへたかしらんて 勢「然し逃つた金といふも大方いつもの胴脈であらうから逃げたとて別に腹も立たねへといふものだ 衛「さうして手めへ何ぞいゝ仕事でもあつたか 勢「サア父の座敷に泊つて居る客の模樣を投つた處がとう〳〵眼を付けられた樣子 衛「イヤモウ斯う間が惡くつてはちつと思を替へずばなるめへ雨は降り出すし親分一人じやア心元ないこつちも是から西廻りに沖津邊りで網を張らうか 勢「夫がいゝこゝらが不斷世話になる親分への奉公だ 衛「そんなら兄貴勢「氣を注けろへ〔ト兩人向ふへ逃入る下手の障子を明けお瀧檪へ出で來り」 お瀧「事を分けたる兄さんの思召しは有難けれど忠藏さんのあり家が知れたといふたは私の身を案じ過しての皆お慈悲爲に一つお命を拾らへてムんすも嫌はれて居る此身にてどうマア女夫になられうぞつれない事を今宵身を投げて死ぬる覺悟でムんすわいなア〔ト上手の障子を明け忠藏出で」 忠「事を分けたるお内儀の御意見は身に餘る程忝うはあるけれど日毎に重る此長病いつそ今宵身を投げて死ぬる覺悟でムり升る夫に附けても不便なは言號のお瀧殿嘸や憎んで居るであらう 瀧「假令此世は嫌はれても夫婦は二世といふからは 忠「せめて未來は夫

婦になり活還げるのが此身の言譯　瀧「とはいへ長の此年月お世話になりし御恩も送らせ
忠「今宵死んだといふ事を聞かれたなれば　瀧「嘸や跡にて兄さんが　忠「親の嘆きは如何斗り
瀧「是も定まる約束と　忠「先立つ不孝は親仁樣　瀧「モシ兄さん　兩人「お赦なされて下され
升せ「ト心々の思入れ」　忠「人目に掛らぬ其内に　瀧「ちつとも早う　兩人「さうじや／＼「ト
平舞臺へ下り始終暗がりのこなしにて邊りを探り庭石を拾ふて袂へ入れる此内上手の家體
におその下手の家體に傳二郎袖に手燭を隱し樣子を伺ひ居るお瀧忠藏非筒の左右に取付き
て」　兩人「南無阿彌陀佛「ト一時に身を投げ樣とするを傳二郎おその下りて來り」　傳二郎「妹
待つた　おその「おなた待たしやんせいなア「ト一處に手燭をさし出す」　傳「此方は　忠「お瀧殿
か　瀧「忠藏さんか　その「そんならおなたは此お方を　傳「知らいでならうか妹の　瀧「病の元
はおなた故　四人「ナモマア不思議な「トお瀧忠藏はひよろ／＼として下にへたるおその傳
二郎は上下の本樣にへたる是を一時の木の頭皆々氣拔けたるこなし此仕組宜しくきざみ爲

演劇脚本　鳥追於松海上話　前編終

明治廿九年三月　九　日印刷
明治廿九年三月十六日發行

（定價金八錢）

著作者　東京市淺草區七軒町二番地
別號　勝彥翁事
勝彥兵衛

版權所有者兼發行者　大阪市東區備後町四丁目四十番屋敷
中西貞行

印刷者　大阪市東區內本町橋詰町六十八番屋敷
活版製造印刷合資會社
前田菊松

解題

中村正明・安西晋二

小新聞〈つづきもの〉と明治初期毒婦小説

〈つづきもの〉とは、明治初期に小新聞で主に連載された実録物を指す。「昨日のつづき」や「〜の話のつづき」といった題目が付されていたことから、〈つづきもの〉の名称がのちに定着した。その嚆矢は、『平仮名絵入新聞』明治八（一八七五）年一一月二八日から同月三〇日にかけて連載された「岩田八十八の話」とされる。〈つづきもの〉の特徴や分類に関しては、興津要『転換期の文学―江戸から明治へ―』（早稲田大学出版部、昭和四五［一九六〇］・一一）、和田繁二郎『近代文学創成期の研究―リアリズムの生成―』（桜楓社、昭和四八［一九七三］・一一）、本田康雄「草双紙合巻から新聞小説へ―開化期文化の底流―」（『国文学研究資料館紀要』第一四号、昭和五五［一九八〇］・三）、林原純生「近代文学と〈つづき物〉―「絵入朝野新聞」からの問題提起」（『日本文学』第四二巻四号、平成五［一九九三］・四）、佐々木亨「つづきもの論序説―「大阪」新聞・「大阪日報」を中心に―」（『言語文化と地域』平成一三［二〇〇一］・三）などが重要な先行研究となる。

久保田彦作『鳥追阿松海上新話』（錦栄堂、明治一一［一八七八］年二、三月）は、〈つづきもの〉の合巻化の先駆けであると同時に、毒婦小説流行の先鞭をつけた作品である。『かなよみ（仮名読新聞）』に連載された「鳥追お松の伝」は途中で中止になり、『鳥追阿松海上新話』として合巻化される（詳細は「久保田彦作『鳥追阿松海上新話』」および「『かなよみ（仮名読新聞）』掲載「鳥追お松の伝」」解題参照）。これに続く、岡本起泉『夜嵐阿衣花廼仇夢』（金松堂、一八七八・六〜一一）、仮名垣魯文『高橋阿伝夜刃譚』（金松堂、一八七九・二〜四）といった著名な毒婦小説の登場も、〈つづきもの〉を中絶させ、合巻化するという

『鳥追阿松』と同様の経緯を辿った。『鳥追阿松海上新話』以降、毒婦小説は新聞連載から合巻化という流れによって、当時の読者を数多く獲得していったのである。

〈つづきもの〉は、その形態から日本における新聞連載小説の源流とも捉えられる。ただし、〈つづきもの〉には、明治に入り求められる実学的風潮という同時代の思想や状況が大きく関わっている点を看過すべきではない。たとえば、和田繁二郎『近代文学創成期の研究―リアリズムの生成―』では、「「実録物」に見られた歴史的事実への関心は、明治十年前後より、当時の事件の当事者や、巷間無名の人物の数奇な運命の方へ移」り、「それらは新聞の報道を原形とした〈つづきもの〉に本格的な出発を見せる」と述べられている。お松をはじめとした明治の毒婦たちもまた、元は「巷間無名の人物」であり、彼女らの物語はまさに「数奇な運命」と呼ぶにふさわしい、偶然性に充ちた波乱万丈の展開を見せた。それらの根底にあった前提が「事実」の報道性である。〈つづきもの〉および毒婦小説は、そこに虚構的な物語性が加えられていくようになっていったということになろう。

「事実」とはいえ、近代小説におけるリアリズムに直結するわけではない。あくまでも限定的な「事実」ではある。常識的にはありえないような展開であっても、毒婦小説の多くでは「事実」に基づくことが主張されていた。時代とメディアの影響を強く受けながら、〈つづきもの〉と明治初期毒婦小説の関係は構築されていったのである。

（安西）

合巻『鳥追阿松海上新話』　全三編九冊

久保田彦作『鳥《とり》追《おひ》阿《お》松《まつ》海《かい》上《しやう》新《しん》話《ハ》』（以下、『鳥追阿松』）は、錦栄堂大倉孫兵衛より明治一一（一八七八）年二、三月に三編九冊で刊行。仮名垣魯文閲、陽州斎周廷画。興津要編『明治文学全集1　明治開化期文学集（一）』（筑摩書房、昭和四一［一九六六］・一）、興津要編・前田愛注釈『日本近代文学大系第1巻　明治開化期文学集』（角川書店、昭和四五［一九七〇］・一二）に収録。角川書店版『明治開化期文学集』所収の、興津要「明治開花期文学集解説」は同時代の文学状況および『鳥追阿松』成立背景を詳述している。また、前田愛の「注釈」も現代の読者にとっては欠かせない情報となろう。なお、タイトルの「海上新話」について前田愛の「注釈」では、「「海上新話」は阿松が遠州灘で神戸行の汽船に救助される第五回の挿話を踏まえたもの」とされている。

久保田彦作（弘化三［一八四六］生、明治三一［一八九八］・一・三没）は、狂言作者、戯作者として知られる。五代目尾上菊五郎付きの作者になって以降、明治八年頃からは河竹黙阿弥門下となる。黙阿弥と親交のあった仮名垣魯文にひきたてられ、かなよみ（仮名読新聞）の編輯長にもなり、明治一一年に『鳥追阿松』を刊行する。ほかに、初代菊五郎父子に取材した『菊種延命袋』（錦栄堂、明治一一・一一～明治一三）、八代目団十郎を扱った『荒磯割烹鯉魚腸』（青盛堂、明治一四［一八八一］・一）などがある。また、明治一二年に『歌舞伎新報』が創刊されると、主筆となり編集に才腕をふるった。

『鳥追阿松』は、『かなよみ（仮名読新聞）』明治一〇（一八七七）年一二月一〇日の第五四〇号から翌明治一一年一月一一日の第五六二号にかけて掲載された〈つづきもの〉である「鳥追ひお松の伝」の合巻化となる（詳細は「『かなよみ（仮名読新聞）』掲載「鳥《とり》追《お》ひお松《まつ》の伝《でん》」」解題参照）。「鳥追ひお松の伝」の新聞連載が中途での断絶であったことを受け、佐々木亨「『鳥追阿松海上新話』の読者の成立―新聞の宣伝効果―」（『国文学研究』第一三〇号、平成一二［二〇〇〇］・三）では、仮名垣魯文は草双紙化に重きを置き、「連載という巨大な市場を発掘しかけながら、反響の弱さゆえに商品的価値を悟らぬまま、草双紙で儲けるのは版元であると考え続けていた」と指摘されている。そのほかにも佐々木亨は、「西南戦争と草双紙―『鳥追阿松海上新話』の出現をめぐって―」（『近世文藝』第六九号、平成一一［一九九九］・一）、「『鹿児島実記一夕話』と『鳥追阿松海上新話』―大倉孫兵衛の戦略―」（『国文学研究』第一二七号、平成一一［一九九九］・三）、「『鳥追阿松海上新話』の成立―連載と草双紙のはざまで」（『江戸文学』第二一号、平成一一［一九九九］・一二）といった一連の『鳥追阿松』研究において、メディアおよび当時の文学状況との関連性を数々の資料を用いて分析している。いずれも、極めて示唆に富む『鳥追阿松』研究である。緻密なデータが現代のように残っているわけではないため、新聞連載時の人気等は不明瞭な部分も多い。だが、当時の出版状況や時代背景と関連しつつ、『鳥追阿松』の刊行が衆目を集めたのは確かである。その人気は、『鳥追阿松』が歌舞伎や講演の題目になったことを示す、本集成所収の資料からも明らかとなろう。

『鳥追阿松』については、先行研究自体が少なく、かつメディアや時代との連関にその指摘は集中している。現代のような確度の高い情報の少なさに鑑みれば、それも必然ではあろう。とはいえ、背景のみならず、『鳥追阿松』の文体や表現、さらには内容にもより注目されてよい。たとえば、興津要は、新聞連載時よりも『鳥追阿松』の文体は「地の文も、会話も、はるかにリズミカルな七五調」であり、「彦作が狂言作者らしく、歌舞伎調のセリフと動きや場面転換などの技術を駆使して書き直したとみられる」（『明治開化期文学集』）という。この点に関し、興津による言及は文章の一部のみとなっている。そのため、本集成所収の『かなよみ（仮名読新聞）』掲載の「鳥追ひお松の伝」の文章全体と『鳥追阿松』本文をあらためて対照されたい。『鳥追阿松』の表現は、従来の戯作と近似する書き方ではある。だが、近世戯作的な表現が継承されつつも、実学重視といった新たな時代の志向も意識された過渡的な状態は、『鳥追阿松』などの新聞連載発の合巻作品が有する魅力でもあろう。

『鳥追阿松』の内容にも簡単に触れておく。大筋は、「毒婦」であるお松が美貌によって濱田正司や松屋の番頭である忠蔵らを騙すというものになる。作中で「毒婦」という語が最初に用いられている箇所は、初編上八丁裏である。忠蔵から金を騙し取り、大阪吉とふたりでしばらく身を隠すために出奔しようとしたところで、「人目を包《つゝ》む手拭《てぬぐ》ひに顔《かほ》ハ隠《かく》せど身にあふるゝ悪漢毒婦《あくかんどくふ》が首途《かどいで》」と語られる。ただしそのあとは、「元より」や「性根」といった語とともに「毒婦」が用いられる場合が多い。したがって、お松の描かれ方は、悪事を重ねた結果「毒婦」と呼ばれるのではなく、「毒婦」であるがゆえに悪事に手を染めていくといったほうが近いだろう。

「毒婦」は生まれもった性質であるかのように語られている。これは、お松の出自とも無関係ではないだろう。お松は、冒頭から「非人」と紹介されている。お松の物語は、慶応四（一八六八）年の春頃という明治に移り変わる直前から始まると推定される。お松は、物語が進み、四民平等の明治となっても、「卑《いや》しい産《うま》れ」（初編上五丁裏）や「いやしい此身《このミ》」（初編下三丁表）などと、差別階級である自認をたびたび口にする。さらに、いわゆる解放令以降になると、「新平民《しんへいみん》と称《しよう》せられ華士族平民《くわしぞくへいみん》と婚嫁《こんが》するとも更《さら》におかまひなしとの御沙汰《ごさた》ハ其身《そのミ》にとつてハ最難有《いとありがた》き僥倖《ぎやうかう》とぞ思《おも》ハれけり」（三編上八丁表―八丁裏）と述べ、お松は、濱田正司を騙して彼の本妻である安子を排除し、自らがその座に就こうとする計略を企てるのである。

明治になっても差別はなくならず、当然、差別を受けた記憶もなくならない。お松が抱き続ける被差別階級としての意識は、彼女に悪行を選ばせる理由にもなってしまう。『鳥追阿松』において、「生れ」や「元より」ということばは非常に重い。仮名垣魯文による三編上一丁表の序文には、「畢《つひ》に此大団円《このだいだんゑん》に終焉《をはり》を示《しめ》す長譚《ながものがたり》常磐《ときは》の色《いろ》を潤筆《じゆんぴつ》に猶染脱《なほそめあげ》し久保田《くぼた》の強記今版《がうきこんばん》当《まさ》に局《きよく》を結《むす》びて勧懲《くわんちよう》の意《い》を全《まつた》うせり喝采々々《めでたし》」とある。「勧懲」とあるように勧善懲悪こそが、『鳥追阿松』の主題とされているのである。勧善懲悪が標榜された『鳥追阿松』の展開は、因果応報譚へと回収されている。それは差別をめぐるお松の思いを朧化させてもいる。しかし、明治という時代のなかで出自によって規定されてしまった個と社会との軋轢を読み直す試みは、『鳥追阿松』のような毒婦物から始められてもよいだろう。

最後に書誌を記す。

（安西）

書誌

○所　蔵　国文学研究資料館（ハ4―18―Ⅰ-9）

○表　紙　原装表紙（摺付表紙）。

○巻冊数　全三編九冊・帙入・袋残存

○紙　数　初編上巻　全九丁（序半丁・口絵一丁半・本文七丁）

初編中巻　全九丁（本文九丁）

初編下巻　全九丁（本文九丁）

二編上巻　全九丁（序半丁・口絵一丁半・本文七丁）

二編中巻　全九丁（本文九丁）

二編下巻　全九丁（本文九丁）

三編上巻　全九丁（序半丁・口絵一丁半・本文七丁）

三編中巻　全九丁（本文九丁）
三編下巻　全九丁（本文九丁）

○寸　法　中本　一七・七糎×一一・七糎

○袋　題　初編　「鳥追阿松海上新話」
二編　「鳥追《とりおい》おまつ海上新話《かいしやうしんハ》　二編」
三編　「鳥追《とりおひ》おまつ海上新話《かいしやうしんわ》　三編」

○外　題　初編下巻　「鳥追《とりおい》阿松《おまつ》海上新話《かいしやうしんハ》」
二編下巻　「鳥追《とりおい》阿松《おまつ》海上新話《かいしょうしんハ》　後篇」
三編上巻　「鳥追《とりおい》阿松《おまつ》海上新話《かいしやうしんわ》　三編」

○見返題　初編上巻　「鳥追於松」
初編中巻　「とりおいおまつ」
初編下巻　「鳥追いおまつ海上新話」
二編上巻　「鳥追阿枩海上新話」
二編中巻　「とりおいおまつ」
二編下巻　「鳥追阿枩海上新話」
三編上巻　「鳥追お枩海上新話」
三編中巻　「とりおいおまつ海上新話」
三編下巻　「鳥追阿枩海上新話」

○内　題　初編上巻　「鳥追《とりおヒ》阿枩《おまつ》海上新話《かいしやうしんわ》初編上之巻」

○柱　刻　初編上巻　「阿夽上　一（〜二）」「阿夽上　三（〜九）」
初編中巻　「阿夽中　一（〜九）」
初編下巻　「阿夽下　一（〜九）」
二編上巻　「阿夽後上　一（〜九）」
二編中巻　「阿夽後中　一（〜九）」
二編下巻　「阿夽後下　一（〜九）」
三編上巻　「阿夽三上　一（〜九）」
三編中巻　「阿夽三中　一（〜九）」
三編下巻　「阿夽三下　一（〜九）」

○作　者　「久保田彦作著」（初袋・初上見返し・初上三オ・初上三見返し・二袋・三袋・三上見返し・三中奥付・三下奥付）・「編輯久保田彦作」（初上奥付・初中奥付・初下奥付・二上奥付・二中奥付・二下奥付）・「久保田彦作綴」（三中見返し）

○校　閲　「仮名垣魯文閲」（初袋・初上三オ・二袋・三袋・三上見返し・三中見返し）・「仮名がき魯文閲」（初上見返し）・「仮名垣魯文閲」（初中見返し・二中見返し）・「魯ぶん閲」（初下見返し）

○画　工　「陽州斎周延画」（初袋・二袋・三袋・三上見返し）・「チカノブヱ」（初中見返し・二中見返し）・「陽州□ちかのぶ」（初下見返し）・「周延筆」（二下表紙・三上表紙）

○序　文　「仮名垣魯文」（初上一オ・二上一オ・三上一オ）

○板　元　「錦栄堂梓」（初袋・二袋・三袋・三下見返し）・「萬孫板」（初上見返し）・「出版大倉孫兵衛」（初上奥付・初中見返し・初中奥付・初下奥付・二上奥付・二中奥付・二下奥付・三中奥付・

三下奥付）・「トヲリイツテヲメヨロヅヤ」（初中見返し・二中見返し）・「大倉孫兵衛梓」（二下表紙）・「錦栄堂寿梓」（三上見返し）

○刊　年　「明治十一年一月廿八日」（初上奥付・初中奥付・初下奥付・二上奥付）・「明治十一年」（二中奥付・二下奥付）

※底本以外の所蔵機関

・国立国会図書館（『鳥追阿松海上新話初編』『〔絵本〕（同二編）』『〔絵本〕（同三編）』）
・江戸東京博物館（全）
・佐賀県立図書館（全）
・名古屋市立蓬左文庫尾崎久弥コレクション（全）
・東京大学法学部附属明治新聞雑誌文庫（全）
・早稲田大学中央図書館Ａ（全）・Ｂ（全）
・中村正明（全）

※翻　刻　・『明治文学名著全集』第10篇（一九二七年・本間久雄校訂・東京堂）
・明治文学全集1『明治開化期文学集　一』（一九六六年・興津要・筑摩書房）
・日本近代文学大系1『明治開化期文学集』（一九七〇年・[redacted]・角川書店）
・リプリント日本近代文学『鳥追阿松海上新話』（二〇〇八年・国文学研究資料館）（影印のみ）

つづきもの『かなよみ（仮名読新聞）』「鳥追ひお松の伝」

「鳥追ひお松の伝」は、『かなよみ（仮名読新聞）』明治一〇［一八七七］年一二月一〇日の第五四〇号から始まり、翌明治一一年一月一一日の第五六二号の掲載をもって連載が中止された。第五四〇号掲載の連載第一回にはタイトルが記載されていない。連載第二回となる第五四一号には「鳥追《とりお》ひお松《まつ》一昨《さく》日の続《つゞ》き」（「一昨日」は「昨日」の誤字かと思われる）とあり、第三回目掲載の第五四二号において「鳥追《とりお》ひお松《まつ》の伝《でん》昨《さく》日の続《つゞ》き」とされる。以降、「鳥追ひお松の伝」（第五四五号のみ「鳥追《とりおひ》お松《まつ》の伝《でん》」、第五五六号は記載なし）がタイトルのように記載されている。

『かなよみ（仮名読新聞）』における「鳥追ひお松の伝」掲載号の情報を次に列挙する。

第一回　：第五四〇号・明治一〇年一二月一〇日・第二面
第二回　：第五四一号・明治一〇年一二月一二日・第三面
第三回　：第五四二号・明治一〇年一二月一三日・第三面
第四回　：第五四五号・明治一〇年一二月一六日・第一面〜第二面
第五回　：第五四六号・明治一〇年一二月一七日・第二面
第六回　：第五四七号・明治一〇年一二月一九日・第三面・次回予告（三行）のみ掲載
第七回　：第五四八号・明治一〇年一二月二〇日・第三面
第八回　：第五四九号・明治一〇年一二月二一日・第三面

第九回　：第五五〇号・明治一〇年一二月二二日・第二面
第一〇回：第五五一号・明治一〇年一二月二三日・第二面・休載報告（一行）のみ掲載
第一一回：第五五二号・明治一〇年一二月二四日・第一面〜第二面と第二面〜第三面に分けて掲載
第一二回：第五五三号・明治一〇年一二月二六日・第三面・休載報告（二行）のみ掲載
第一三回：第五五四号・明治一〇年一二月二七日・第二面
第一四回：第五五六号・明治一〇年一二月二九日・第一面〜第二面・挿絵（二葉）掲載
第一五回：第五五八号・明治一一年一月六日・第二面〜第三面
第一六回：第五五九号・明治一一年一月七日・第一面〜第二面
第一七回：第五六〇号・明治一一年一月九日・第三面
第一八回：第五六二号・明治一一年一月一一日・第二面

次回予告と休載報告を除けば、「鳥追ひお松の伝」の連載は全一三回となる。このうち第五四五号の連載第四回において、忠蔵を騙したあと、大阪吉とともにお松が東京を出奔し大阪に向かうところまでが語られる。そのあとで、濱田正司とのあいだに生じる大阪での一件や、ふたたび東京に戻ってくるという『鳥追阿松海上新話』の結末近くまでのあらすじが紹介されている。

「鳥追ひお松の伝」の連載は、大阪にある忠蔵の実家に行き、忠蔵の両親である忠兵衛夫妻を騙して取り入ろうとしたお松が、官軍の隊長風の格好をした濱田正司らに捕縛されるところで終わる。連載は途中で中止となり、久保田彦作『鳥追阿松海上新話』で最終部までがまとめられる。「鳥追ひお松の伝」の掲載内容は、『鳥追阿松海上新話』の二編下六丁裏七丁表あたりまでにおおむね該当する。『鳥追阿松海上新話』の約半分程度が、『かなよみ（仮名読新聞）』に連載されたことになろう。また、最後となる第五六二号掲載分には、その後の展開の紹介とともに、「大団円《だいだんゑん》を結《むす》ぶ迄《まで》ハ別段《べつだん》に戯作風《げさくふう》の読本《よみほん》にして挿絵《さしゑ》を加《くは》へ「鳥追《とりおひ》お松海《まつかい》上《じやう》新話《しんわ》」といふ外題《げだい》にて近日発兌《きんじつはつだ》する積《つも》りですから先新聞《まづしんぶん》でハ今《こん》日が大詰《おほづめ》と致《いた》します」という『鳥追阿松海上新話』の予告も付記された。このような連載中止の背景については、『鳥追阿松海上新話』初編上一丁表にある仮名垣魯文の序文の一節（「長物語《ながものがたり》は頗《すこぶ》る新紙《しんし》の本意《ほい》に違《たが》へば」「明治元年《めいぢぐわんねん》の春《はる》よりして同《おなじく》十年《ねん》の冬《ふゆ》に止《とゞま》る温故知新《おんこちしん》の大実録《だいじつろく》」）をふまえ、「〈報道性不在〉による連載中止で、刊行に際しても、当然依然として根強かった実学的風潮を考慮して、〈実録〉をうたっていた」と、興津要「明治開化期文学集解説」（興津要編・前田愛注釈『日本近代文学大系第1巻　明治開化期文学集』角川書店、昭和四五［一九七〇］・一二）に指摘されている。

「鳥追ひお松の伝」と『鳥追阿松海上新話』とは、大まかな内容に差異はほとんどない。ただし、文章や表現に関しては、『鳥追阿松海上新話』でかなり書き換えられている。なお、「鳥追ひお松の伝」連載時、『鳥追阿松海上新話』の執筆者である久保田彦作は、『かなよみ（仮名読新聞）』の「編輯長兼印刷人」を務めていた（第五六二号は久保田彦作が「編輯長」、伊東専三が「印刷主任」）。

また、参考資料として、『かなよみ（仮名読新聞）』に掲載された『鳥追阿松海上新話』の出版広告も併せて収録しているので、参照されたい。

最後に、本資料については詳しい書誌を省くが、収録するに当たって底本としたのは一橋大学附属図書館所蔵のものであることを明記しておく。

（安西）

活字本『鳥追阿松海上新話』全一冊

明治十年代後半から二十年代にかけて、江戸戯作を中心とする数多くの製版本（木版本）を翻刻して読者に提供する活字本が、数多く出版されるようになった。一九『東海道中膝栗毛』や馬琴『南総里見八犬伝』、三馬『浮世風呂』、春水『春色梅児誉美』など、江戸後期を彩る有名な戯作類を筆頭に数多くの古典文学作品が頻りに活字化されていったのである。また、明治初期の著作も同様で、魯文『西洋道中膝栗毛』などとともに、直近に大評判となった毒婦ものの合巻作品もまた幾つも活字化されていった。これらの活字本は、くずし字で書かれた整版本を翻刻したものであるため、翻刻本とも呼ぶ。また、体裁として表紙に板紙（ボール紙）を使用したため「ボール表紙本」という呼称があり、寧ろ比較的知られる明治前期の洋装本である。いわゆるボール表紙本についての研究は、高木元が「明治期翻刻本の出版」（『読本研究新集』第十一号・令和二年・読本研究の会）に最新研究動向をまとめており、きわめて有用である。その中でボール表紙本の研究史も紹介しているので、ここでは省略する。

こうしたボール表紙本の中に『鳥追阿松海上新話』も入っている。以下、管見に及んだ鳥追阿松の活字本を列挙しておきたい。

一、『鳥追阿松海上新話』和装本

一冊／三十八丁／明治一七年四月／翻刻出板　稲垣良助／発兌　牧野惣二郎・伊東清七／原版　大倉孫兵衛

二、『鳥追阿松海上新話』和装本
一冊／六十四頁／明治十九年十月／翻刻出版　萱谷與吉／発兌　大川錠吉

三、『鳥追阿松海上新話』ボール表紙本
一冊／六十四頁／明治十九年十月／翻刻出版　萱谷與吉／発兌　辻岡屋文助・鶴声社・大川屋錠吉ほか全十一社／原版　大倉孫兵衛

四、『鳥追於松海上新話』ボール表紙本
一冊／五十六頁／明治十九年十一月／翻刻出版　鈴木金次郎／原版　秋山清吉／印刷　常磐木活版所

五、『鳥追於松海上新話』ボール表紙本
一冊／五十二頁／明治十九年十二月／翻刻出版　鈴木金次郎／原版　大倉孫兵衛／印刷　常磐木活版所

六、『鳥追於松海上新話』ボール表紙本
一冊／四十八頁／明治十九年十二月／翻刻出版　鈴木金次郎／原版　大倉孫兵衛／印刷　鶴声社印刷所／
＊一二三頁から始まるが、内容的には第一回。

七、『新編明治毒婦伝』ボール表紙本
一冊／五十六頁（お松のみ）／明治十九年十二月／編輯出版　鈴木金次郎／原版　なし／印刷　常磐木活版所

三、『鳥追阿松海上新話』ボール表紙本（明治十九年十月／萓谷與吉）

（個人蔵）

四、『鳥追於松海上新話』ボール表紙（明治十九年十一月／鈴木金次郎／原版秋山清吉）

（国会図書館蔵）

五、『鳥追於松海上新話』ボール表紙（明治十九年十二月／鈴木金次郎／原版大倉孫兵衛）

（個人蔵）

六、『鳥追於松海上新話』ボール表紙本（明治十九年十二月／鈴木金次郎）

（個人蔵）

七、『新編明治毒婦伝』ボール表紙本

（個人蔵）

いずれも製版本の原作となる合巻『鳥追阿松海上新話』を活字に起こしたものであるが、形態面からみると、和装本と洋装本（ボール表紙本）に分けられる。明治十七年に和装活字本が先に出版され、その後十九年になって洋装活字本が大量に出回ったようである。興味深いのは、版元の日吉堂菅谷與吉が、明治十九年十月に同時に和装本と洋装本を出版している事実である。両様の需要が認められていたのであろうが、世は活字印刷の台頭目覚ましい時期であり、出版点数を見てもやはり圧倒的に洋装本が多く製作されていくようである。

また、洋装本においては、翻刻出版人である鈴木金次郎の活躍が目立っている。鳥追阿松に限らず、多くの毒婦ものの翻刻出版を行っており、その集大成が『新編明治毒婦伝』である。『鳥追阿松海上新話』のほか、夜嵐お衣（『夜嵐於衣花廼仇夢』）、権妻お辰（『引眉毛権妻於辰』）、茨木お瀧（『茨城阿瀧紛白糸』）、高橋お伝（『高橋阿伝夜刃譚』）、雷神お新（『鳴渡雷神於新』）の五人の毒婦ものを収めている。個々の毒婦もののボール表紙本を版行しているが、それらを一冊にまとめて紹介しているのが当該書である。これら毒婦ものを含めた初期の活字本については研究が進んでいないため、今後の研究の深化が期待される。

補足として、大正期以降の『鳥追阿松海上新話』活字本についても紹介しておきたい。
○明治文学名著全集第十篇『鳥追阿松海上新話』（本間久雄校訂・昭和二年・東京堂）
○明治文学全集1『明治開化期文学集』（興津要編・昭和四十一年・筑摩書房）
○日本近代文学大系1『明治開化期文学集』（前田愛注釈・昭和四十五年・角川書店）
本集成では、活字本の中から、明治十九年十月に菅谷與吉から出版された和装本形態の『鳥追阿松海上新話』を収録した。図書館・文庫の所蔵が確認されない稀覯の個人蔵本であるための選書である。先にも触れたが、明治十九年に和綴じ・洋装両様の形態で出版されたもののうち、和綴じ本の方である。ともに翻刻出版は日吉堂菅谷與吉であり、刊記も「明治十九年九月廿五日御届／同年十月十日出版」と同じである。異なる点は、和綴じ本の発兌元が大川錠吉の一社なのに対して、洋装本の方は辻岡屋文助・鶴声社・上田屋・春陽堂・兎屋誠・山口藤兵衛・鈴木喜右衛門・大川屋錠吉・自由閣・金桜同・木村巳之吉の全十一社が並んでいるところ。ここに大川錠吉の名も見られるが、この発兌所（販売所）数の差こそ、和装本と洋装本の需要の差と考えてよいのではないだろうか。なお後考を要する。ちなみに、この菅谷與吉版はともに印刷所の明記がないが、発兌に鶴声社が関わっているので、該社が印刷に関わっているものと考えられる。鶴声社は鈴木金次郎版において印刷を請け負っているからの推測だが、これもまた再考の余地はあろう。

和装本・洋装本の本文を比較すると、序文の活字・版組こそ異なるものの、それ以外の本文や口絵・挿絵はみな同じものであることが確認できる。

本書の表紙絵と口絵、本文中の挿絵を描いた画工は、石斎国保である。彼は歌川国保という明治期の浮世絵師で、明治二十年頃に活動していた人物である。歌川派としては師系は不明であり、『浮世絵師伝』（井上和雄編・昭和六年・渡辺版画店）には「瀬尾氏、俗称文五郎、石斎と号す、初名治朗、深川西森下町に住す、俳優似顔絵あり。」と記されている。

最後に書誌を記す。

（中村）

書誌

○所　蔵　中村正明
○表　紙　原装表紙（摺付表紙）
○巻冊数　合一冊
○紙　数　全六十四ページ
○寸　法　一七・四糎×一一・八糎
○外　題　「鳥追阿松海上新話　全」
○作　者　「仮名垣魯文閲／久保田彦作著」（四頁）
○画　工　「石斎国保画」（表紙）
○序　文　「仮名垣魯文記」（一頁）
○板　元　「翻刻出版人　菅谷與吉」（六十四頁刊記）
　　　　　「発兌元　大川錠吉」（六十四頁刊記）
○刊　年　「明治十九年九月廿五日御届／同年十月十日出版」（六十四頁刊記）

※底本以外の所蔵機関　なし

俗謡『鳥追お松くどき』　全二編二冊

俗謡とは、民謡を祖にして民衆俗間に広まった歌のことである。近世後期から明治にかけては、特に都市部の酒席・宴席で盛んに歌われた歌謡のひとつであった。その中でも人気のあったのがくどきぶしである。「くどきぶし（口説き節）」は市井の情話や心中事件などに取材して作られた歌物語で、三味線に合わせて歌われるものであった。幕末期にはくどきぶしの文句を記した摺り物が多く作られて流行した。それらの摺り物は『くどきぶしの世界』（倉田喜弘編・令和二年・ゆまに書房）に多く収められているほか、研究書としては、『幕末のはやり唄：「口説節と都々逸節の新研究」』（ジェラルド・グローマー著・平成七年・名著出版）がある。

『鳥追お松くどき』もその流れに位置付けられるくどきぶしの一つである。内容的には、ほぼ『鳥追阿松海上新話』に準じており、そういう意味では、まず久保田彦作作品ありきで作られたものといえるだろう。また同じ様相を見せているのが合巻を基にして作られた歌舞伎狂言であり、それらについては次の項目において触れる。

ここでは、やや長くなるが、『鳥追お松くどき』の翻刻を全文載せることにしたい。

鳥追お松くどき　初へん㊤

明治十三年五月十四日御届
東京日本橋区
馬喰町三丁目十六番地
編輯出版人兼　吉田小吉
定価壱銭五厘」（表紙・一オ）

「頃《ころ》ハサ、ヱ、慶応維新《けいおうゐしん》の際《きハ》よ。今《いま》の東京《とうきやう》お江戸《えど》といふて。木挽町《こびきちやう》なる采女《うねめ》が原《はら》に。鳥追《とりお》ひお松《まつ》とその名《な》も高《たか》く。年《とし》ハ廿《はたち》を二ツ《ふたつ》も越《こ》へて美面《みめ》ハ姫百合《ひめゆり》心《こゝろ》の鬼《おに》をかくす化粧《けしやう》ハまバゆきほどに。玉《たま》を欺《あざむ》く柳《やなぎ》の姿《すがた》。そのや素性《すじやう》を尋《たづ》ねて見《み》れバ。親《おや》ハ非人《ひにん》で名《な》ハ定五郎《さだごらう》。雪駄直《せつたなほ》して世《よ》をすごせしが。風《かぜ》のこゝちと病《やまひ》の床《とこ》に。ついにミまがる後《あと》にハ母《はゝ》の。おちよとも〳〵橋場《はしば》の」（一ウ）小屋《こや》に。住《す》ミて親子《おやこ》ハ三味線《さミせん》かゝへ。春《はる》ハ鳥追《とりお》ひいと賑《にぎ》やかに。平常《つね》ハ寉賀《つるが》の仇《あだ》めく節《ふし》も。女太夫《をんなだいふ》の門《かど》づけ出《で》たち。冠《かぶ》る笠《かさ》さへ色香《いろか》をふくミ。かほる梅《うめ》が香嶋田《かしまだ》の髷《わげ》も。ほつれかゝりし其《その》あいきやうハ。門《かど》に黐《こぼ》るゝ大店向《おほだなむき》や。或《ある》ハ屋敷《やしき》の長屋《ながや》の窓《まど》と。徳意数《とくいかず》ある扨其中《さてそのなか》に。折《をり》も諸藩《しよはん》の兵隊衆《へいたいしゆう》が。関東下降《くわんとげこう》の屯所屋《たむろじよや》しき。丸《まる》の内《うち》なる徴兵隊《□うへいたい》の。濱田正《はまだしやう》司《じ》が恋慕《れんぼ》の」（二オ）心《こゝろ》。いつか序《つて》もて根引《ねびき》のお松《まつ》。深《ふか》く迷《まよ》ひて昼夜《ちうや》を分《わ》かず。小屋《こや》へ通《かよ》ふて小金《こがね》を捨《す》てし。事《こと》の始末《しまつ》が其隊長《そのたいちやう》の耳《ミゝ》に聞《きこ》へて禁足《きんそく》いたす。そこでお松《まつ》ハ心《こゝろ》にそまぬ。濱田正司《はまだしやうじ》をはや捨小舟《すてをぶね》。因《ちな》む橋場《はしば》のほとりに住《す》める。同《おな》じ非人《ひにん》の大坂吉《おほさかきち》と。あだ名《な》呼《び》なす悪者仲間《わるものなかま》。るいハ友《とも》よぶ互《たが》ひの心《こゝろ》。人目《ひとめ》忍《しの》んで其楽《そのたの》しミを。母《はゝ》のおちよも薄《うす》々り。色《いろ》を売《う》る身《ミ》ハさて非《ひ》なしと。見《ミ》ても見《ミ》ぬ振《ふり》」（二ウ）口《くち》へハ出《だ》さず。爰《こゝ》に浅草並木《あさくさなミき》の町《まち》に。呉服渡世《ごふくとせい》の松屋《まつや》の手代《てだい》。名《な》さへ忠蔵賢《ちうざうかし》こき生《うま》れ元《もと》ハ大坂商人育《おほさかあきうどそだ》ち。或日《あるひ》お松《まつ》を門《かど》辺《べ》に見染《ミそ》め。堅《かた》き心《こゝろ》もいつしかくだけ。恋《こひ》に我身《わがミ》の思案《しあん》も忘《わす》れ。筆《ふで》に言《い》ハせる心《こゝろ》のたけを。或日《あるひ》お松《まつ》が袂《たもと》へいれる。直《すぐ》に色《いろ》よきお松《まつ》の返事《へんじ》。今宵《こよひ》忍《しの》んで我家《わがや》へ来《こ》よと。欲《よく》の糸筋《いとすじ》くるおた巻《まき》も。知《し》らぬ忠蔵《ちうざう》とびたつ思《おも》ひ。折《をり》も此家《このや》の仕切《きり》の金《かね》を二百円《にひやくゑん》ほど橘町《たちバなちやう》へ。送《おく》り」（三オ）悪事《あくじ》の後《あと》くらまきれ。旅《たび》の相《さう》だん大坂《おほさか》さして。出《で》たつ二人《ふた》りハ品川宿《しながハじゆく》の。同《おな》じ非人《ひにん》の安次郎とて。心安《こゝろやす》さにいり訳咄《わけはな》しこゝで仕度《したく》をする其《その》うちに。安次郎《やすじらう》から訴人《そにん》をすれバ。当地分営捕手《たうちふんゑいとりて》の人数《にんず》。ふいに取《とり》まく此家《このや》の出口《でぐち》。かゝる縄目《なハめ》ハ大坂吉《おほさかきち》よ。すきを伺《うかゞ》ひお松《まつ》ハはやく。闇《やみ》にまぎれて裏道《うらみち》づたい。後《あと》ハ白《しら》なミ身《ミ》をのがるれど。独《ひと》り引《ひか》るゝ大吉《おほきち》ハ。為《な》せし悪事《あくじ》を白状《はくじやう》致《い》たすヤンレエ引」（三ウ）

鳥追お夽くどき　初へん　㊦」（表紙・一オ）

「扨《さて》もサヽエヽ大阪吉《おほさかきち》ハ。三宅島《みやけじま》へと徒刑《とけい》の出舟《でふね》。爰《こゝ》に松屋《まつや》の手代《てだい》の忠蔵《ちうざう》。主《しゆう》の金《かね》さへ大阪吉《おほさかきち》の。たくむゆだんの半《なかバ》ハ取《と》られ。命《いのち》からぐ其場《そのば》ハ迯《に》げて。今《いま》ハ我家《わがや》へ入《い》ることならず。有《あ》りし事《こと》ども人《ひと》もて明《あか》し。詫《わび》も恥《はづ》かし身《ミ》のふしだらを。いかにせんすべ尽《つき》はてまして。いつそ命《いのち》を捨《すて》るがましと。つまる思案《しあん》に涙《なみだ》をつゝむ。袖《そで》が浦《うら》より品川駅《しながハえき》も。過《すぎ》て鹿嶋《かじま》の社《やしろ》のほとり。おがむ心《こゝろ》ハ来世《らいせ》をこめて。死後《しご》の証拠《しやうこ》に書置《かきおき》」（一ウ）いたし。残《のこ》る金《かね》さへ財布《さいふ》の侭《まゝ》に。死出《しで》の仕度《したく》ハ傍《かたへ》の榎《えのき》。財布引《さいふひき》かけ帯《おび》ひきほどき。生《うま》れ古郷《こきやう》の方《かた》へと向《むか》ひ。ちゝや母《はゝ》ごが此事《このこと》聞《き》けバ。さぞやにくしとおはらハ立《た》てど。何《なに》も因《いん》の約束事《やくそくごと》と。ゆるしたまへと両手《りやうて》を合《あハ》せ。かこつ涙《なみだ》に時《とき》こそ後《をく》れ。もしや人目《ひとめ》にかゝらバ恥《はぢ》の。うへに恥《はぢ》かへ我身《わがミ》のはてと。既《すで》にかうよと見《ミ》へたる後《うし》ろ。しかと抱《だき》とめまあ〳〵待《ま》て。声《こゑ》はたしかに女《をんな》ごと知《し》れど。どふぞ」（二オ）放《はな》して見《ミ》のがしたまへ。生《いき》て此世《このよ》に居《ゐ》られぬ訳《わけ》と。いへどはなさぬ殺《ころ》しハせぬと。縋《すが》る女《をんな》の顔《かほ》さしのぞき。そちハお松《まつ》かどうして爰《こゝ》へ。時《とき》もうしみつ未《ま》だ夜《よ》も明《あ》けず。かゝる淋《さび》しき此境内《このけいない》へ。一人《ひと》りさまよいふしぎな事《こと》と。言《い》へバお松《まつ》ハ涙《なみだ》を浮《うか》べ。このや子細《しさい》ハあの物《もの》かげと。二人《ふた》り手《て》を取《と》り心《こゝろ》の底意《そこい》。悪《あく》と知《し》らねバ涙《なみだ》と共《とも》に。口説言葉《くどくことば》に忠蔵深《ちうざうふか》く。惚《ほ》れた心《こゝろ》に只《たゞ》いそ〳〵と。金《かね》も手《て》にある此《この》まゝ直《すぐ》に。」（二ウ）　二人《ふた》り難波《なにハ》に身《み》を隠《かく》してと。矢口《やぐち》むらなるしるべに便《たよ》り。旅《たび》の仕度《したく》も調《とゝの》ひければ。姿《すがた》やつしてお松《まつ》ハ爰《こゝ》で。眉毛落《まゆげおと》して鳴海《なるミ》の上着《うハぎ》。人目大磯小田原泊《ひとめおほいそおだハらとま》り。翌日《あす》ハはこねの山路《やまみち》なれど。折《をり》も旧幕脱走隊《きうばくだつさうたい》が。山《やま》に籠《こも》りしときにてあれバ。矢倉沢《やぐらざハ》より案内《あない》をたのミ。伝《つた》ふ裏道三嶋《うらみちミしま》へ出《い》でゝ。ほつと一《ひと》ト意気労《いきつか》れも増《ま》せバ。駕籠《かご》で出《いで》たち蒲原《かんばら》駅《えき》の。宿《しゆく》に泊《とま》りしそのをりからに。旅《たび》の」（三オ）　労《つか》れか忠蔵《ちうざう》こそハ。風《かぜ》のこゝちた病《やまひ》の床《とこ》に長《なが》きとう留《りう》薬《くすり》の手当《てあて》。難義重《なんぎかさな》り用意《ようい》の金《かね》も賊《ぞく》にとられて外方《とほう》に呉《く》れる。時《とき》に合宿一人《あひやどひと》りの男《をとこ》。定四郎《さだしらう》とて深切《しんせつ》ごかし。ついに忠蔵夫婦《ちうざうふうふ》をだまし。病《やめ》る忠蔵宿《ちうざうやど》へとあづけ。そこでお松《まつ》を芸者《げいしや》にせんと。当座《たうざ》しのぎの身《ミ》の代出《しろだ》して。お松一人《まつひと》りを駕籠《かご》にて送《おく》り。興津縄手《おきつなハて》へ尋《たづ》ぬる折《をり》に。先《さき》へ回《まハ》りてまづ定四郎《さだしらう》。うつて代《かハ》りし悪者《わるもの》」

（三ウ）

鳥追お松くどき　弐へん　㊤

明治十三年五月十四日御届
東京日本橋区
馬喰町三丁目十六番地
編輯出版人　兼　吉田小吉

定価壱銭五厘」（表紙・一オ）

「扨《さて》もサ、ヱ、忠蔵《ちうざう》ぬしのかたミ取出《とりだ》しなミだと共《とも》に有《あ》りし事《こと》どもうそ八百《はつぴやく》を。まぜて咄《はな》せバ泣《なき》いる夫婦《ふうふ》。様子見済《やうすミすま》し心《こゝろ》にゑミて。いふも恥《はづ》かし忠蔵《ちうざう》さんと。深《ふか》く契《ちぎ》りし芸者《げいしや》のお松末《まつすへ》の約束誓《やくそくちか》ひしなれど。侭《まゝ》にならねハ主人《しゆじん》の手前人目《てまへひとめ》しのんで手《て》に手《て》を取《と》りて。二人《ふた》り欠落忠蔵《かけおちちうざう》さんに。先《さき》へ死《し》なれて今《いま》この始末《しまつ》。どふせ死《し》ぬ身《ミ》と傍《かた》へに有《あ》りし。挟《はさ》ミ手《て》に持《も》ち緑《ミどり》の髪《かミ》を。根《ね》からふつゝり疑《うた》がひ」（一ウ）解《と》けし。舅夫婦《しうとふうふ》ハお松《まつ》のなげき。実《げ》にや嘘《うそ》とハ霜白雪《しもしらゆき》の。積《つも》る咄《はな》しをきゝ折からに。障子引《しやうじひき》あけ一人《ひと》りの男《をとこ》。お松目《まつめ》がけて声《こゑ》あらゝかに。おのれ不敵《ふてき》の鳥追《とりお》ひお松《まつ》。今《いま》ハのがれぬそこ動《うご》くなと。すぎし悪事《あくじ》のかど〳〵ならべ。星《ほし》をうたれて身《ミ》がまへ致《いた》す側《そば》に忠兵衛夫婦《ちうべゑふうふ》の者《もの》ハ。夢《ゆめ》に夢見《ゆめミ》て呆《あき》るゝばかり。流石毒婦《さすがどくふ》ハ動《どう》ぜぬ覚悟《かくご》。時《とき》に合図《あひづ》の呼《よぶ》子《こ》の笛《ふえ》に。忍《しの》び回《まハ》りの捕手《とりて》の者《もの》ハ。懸《かけ》る早縄《はやなハ》その侭《まゝ》」（二オ）駕籠《かご》に。表口《おもてぐち》から走《はせママ》せ行《ゆ》く先《さき》ハ。月《つき》も住吉《すミよし》殿下《でんか》の茶屋《ちやや》の。里《さと》のはづれに舁据《かきす》へ置《お》けバぬつと出《いで》たる侍《さぶらひ》一人《ひと》り。刀引《かたなひき》ぬき切《きり》とく縄目《なハめ》。不審顔《ふしんがほ》なるお松《まつ》の側《そバ》へ。ずつと寄《よ》りそい忍《しの》びの頭巾《づきん》取《と》れバいぶかし濱田《はまだ》の正司《しやうじ》。見《ミ》るにお松《まつ》ハどふした事《こと》と。いへバ正《しやう》司《じ》ハ完尓《にっこ》と笑《わら》ひすぎし官《くわん》ぐん下降《げかう》のときに。深《ふか》くなじミて思《おも》ひを残《のこ》し。国《くに》へ帰《かへ》りて只一日《たゞいちにち》も。忘《わす》るひまさへなき年月《としつき》に。今《いま》ハ難波《なにハ》の役員《やくいん》」（二ウ）なれバ。人《ひと》にまかせてせんさく致《いた》し。そちがなり行確《ゆきたしか》にわかり。こゝへ連出《つれだ》しまづ案心《あんしん》と。有《あ》りし事《こと》ども落《おち》なく語《かた》り聞《きい》て落着《おちつく》お松《まつ》をなだめ。つれて難波《なにハ》の旅宿《りよしゆく》へ頼《たの》ミ。今《いま》ハ手《て》かけと毎《まい》にち日《ひ》にち。通《かよ》ふ濱田《はまだ》の本妻安子《ほんさいやすこ》。内《うち》へ引《ひき》とり権《ごん》さいひろめ。さすが濱田《はまだ》ハ気《き》を置《お》くつまが。邪魔《じやま》になるふりむごくも当《あた》り。万事《ばんじ》お松《まつ》のいふことのミを。よしと年月《としつき》うちすぎまする。さてもふる年《とし》」（三オ）大坂吉《おほさかきち》ハ。嶌《しま》へ流《なが》され放免《ほうめん》なりて。いとも不思儀《ふしぎ》ハ濱田《はまだ》のやしき。厩《うまや》べつとう奉公住《ほうこうすま》ひ。庭《にハ》の掃除《さうぢ》をする其《その》ときに。出合《であふママ》ふお松《まつ》と大坂吉《おほさかきち》ハ。同《おな》じ邸《やしき》に起《おき》ふしするも。知《しら》ぬ事《こと》とてつきせぬ縁《え》にし。胸《むね》ハ轟《とゞろ》くふたりがそぶり。いつかしのんでゆきかいすれバ。今《いま》ハたがひの長《なが》もの語《がた》り。首尾《しゆび》を見合《ミあハ》せ逢《あ》ぬ楽《たの》しミを同《おな》じ勤《つとめ》の家来《けらい》の佐助《さすけ》。忠儀一徹《ちうぎいつてつ》けどりし不儀《ふぎ》ハ。はやく」（三ウ）ほん妻安《さいやす》の耳《ミヽ》に。いれバお松《まつ》ハ手《て》だてをかへて。金《かね》をかくして安子《やすこ》が里《さと》の。兄《あに》へおくりし偽《ぎ》ひつの手紙《てがミ》。濱田正司《はまだしやうじ》がふと手《て》に入《い》れバ。何《なに》といひわけ安子《やすこ》のなんぎ。つミハ無《む》じつに身《ミ》のせつかんハ。悪《に》くしおまつがたくみと知《し》れど。なにを証拠《しやうこ》に言《いひ》とくすべも。部屋《へや》ハ物置薪《ものおきたきゞ》と共《とも》に。くゝしつけられ涙《なミだ》にしづむ。忠義佐《ちうぎさ》すけがその夜《よ》の内《うち》に。たすけ」（四オ）　出《いだ》してまづ里方《さとかた》へ。送《おく》りとゞけし事《こと》あらハれて。同《おな》じもの置佐助《おきさすけ》ハ縄目《なハめ》せむる非道《ひだう》に舌《した》くひ切《き》りてあハれ消行《きへゆ》く数《かず》とハなりぬ。さても安子《やすこ》がさと方兄《かたあに》は。はまだ正司《しやうじ》が悪事《あくこと》をいかり。直《すぐ》に安子《やすこ》を離《り》縁《えん》の上《うへ》で。書面《しよめん》したゝめ訴《うつた》へけれバ。職務免《しよくむゆる》され拘引《こういん》されて日々《ひゞ》の調《しら》べに檻倉《かんさう》入りも包《つゝ》む罪科数多《つミとがあまた》の箇条《かでう》ヤンレ引」（四ウ）

鳥追お松くどき　弐へん　㊦」（表紙・壱オ）

「然《さ》れバ　サ、ヱ、正司《しやうじ》ハ獄屋《ごくや》に有《あ》りて。つらき憂目《うきめ》ハ悪事《あくじ》の報《むく》ひ。重《おも》き咎《とがめ》と心《こゝろ》に知《し》りて。舌《した》を喰切《くひき》り我身《わがミ》を果《はた》す。かゝる子共《こども》お松《まつ》の身《ミ》にハ。妾《てかけ》なれバと構《かま》ひハなくて。晴《はれ》て逢《あハ》れる大坂吉《おほさかきち》と。語《かた》り合《あハ》せて濱田《はまだ》の金《かね》ハ。いふも更《さら》なり衣類《いるい》や調度《てうど》。早《はや》く浚《さら》ひて欠落《かけおち》すれど。遠《とほ》く迯《にげ》れバ目《め》に立《た》つ二人《ふた》り。近《ちか》き裏屋《うらや》に身《ミ》を隠《かく》せども。家財調《かざいしら》べにお松《まつ》の行衛《ゆくへ》。尋《たづ》ねられると聞《きい》てハ爰《こゝ》に。住《すま》ひ」（一ウ）　にくしと夜迯《よにげ》の旅《たび》に悪《あく》のむくひも道《ミち》ふミ迷《まよ》ひ。こゝハ津《つ》の国魔耶山《くにまやさん》麓《ふもと》折《をり》も極月下旬《ごくげつげじゆん》の頃《ころ》よ。風《かぜ》も烈敷吹雪《はげしくふゞき》となれバ。しバし木蔭《こかげ》に彳《たゝず》む二人《ふた》り。向《むか》ふ谷間《たにま》を来《く》る人見《ひとミ》れバ。鉄砲《てつぽ》かたげし猟人出《かりうどで》たち。雪《ゆき》に火縄《ひなハ》の火《ひ》を消《けし》たれバ。もしや旅人附木《たびびとつけぎ》のマッチ。あらバ貸《かし》てと顔見合《かほミあハ》せて。やあャそなたハお松《まつ》じやないか。聞《きい》て驚《おどろ》きよく〳〵見《ミ》れバ。頭巾真深《づきんまぶか》に根《ね》がたの作蔵《さくざう》。こゝでおふのも」（二オ）　つきせぬえにし。家《うち》へ連行女房《つれゆきにようぼ》にすると。いへバ傍《かた》へに大坂吉《おほさかきち》は。そふハさせぬと懐剱《くわいけん》ぬけバ。鉄砲振《てつぽふり》あげかの作蔵《さくざう》も。打《うつ》て懸《かゝ》りてしバしの間《あひだ》。いごミ戦《たゝか》ふ大坂吉《おほさかきち》ハ。足《あし》をすべらし遥《はるか》の谷《たに》へ。雪《ゆき》を冠《かぶ》りて落《おち》いりけれバ。袖《そで》を拂《はら》ふて根《ね》がたの作蔵《さくざう》。あハて騒《さハ》ぎしお松《まつ》を押《おさ》へ。あのや男《おとこ》ハ谷間《たにま》へ落《おち》て。二度《にど》ハ出《で》てこぬ是《これ》から己《お》れの。返事否《へんじいや》なら鉄砲玉《てつぽうだま》と。共《とも》に玉《たま》の緒飛《をとバ》すといへバ。」（二ウ）　思案定《しあんさだ》めてお松《まつ》ハあいと。返事《へんじ》するのも命《いのち》が元手《もとで》。こに二夕月迯《ふたつきにげ》るもならず。山家住居《やまがすまい》一ッの小屋《こや》よ或日《あるひ》お松《まつ》ハ玉込置《たまこめおき》し筒《つゝ》を手《て》にもち作蔵《さくざう》うてバねらひ外《はづ》れてかしこの谷《たに》へ。響《ひゞ》く木玉《こだま》に作蔵《さくざう》いかり殺《ころ》す心《こゝろ》か大胆《だいたん》ものと。刀引《かたなひき》ぬき只《たゞ》一ト打《うち》と。下《した》をくゞつて礫《つぶて》の雪《ゆき》に隔《へだ》つ中《なか》ばへ吹雪《ふゞき》を蹴《け》たて。いづる荒熊《あらくま》作蔵目懸《さくざうめがけ》ケ。躍《おど》りかゝれバ一ト声叫《こゑさけ》ぶこゑともつ共咽笛破《とものどふえやぶ》れ」（三オ）死《し》するありさま身《ミ》の毛《け》もよだちあハてお松《まつ》ハ崩《くづ》るゝ雪《ゆき》に。あなや数丈《すじやう》のがけより落《おち》て岩《いわ》に当《あた》りてはや絶《たへ》いりし。谷《たに》ハ大師《だいし》の近道《ちかミち》なれバ折《をり》も来《き》かゝる行脚《あんぎや》の姿《すがた》。こゝへ艶《たを》るゝ女《をんな》と見《ミ》れバ。いそぎ介抱薬《かいほうくすり》を与《あた》へ。蘇生返《よミがへ》りしお松《まつ》に向《む》ひ何処《どこ》のお方《かた》か危《あやう》ひ命通《いのちとほ》りかゝりて助《たす》けしものと。聞《きい》てお松《まつ》ハ有《あり》がた涙《なミだ》あたり見回《ミまハ》す小笹《こざゝ》の中《なか》に。ゆきに埋《うづま》る男《をとこ》の死《し》骸《がい》。血《ち》しほまミれに日《ひ》も立つ様《さま》の顔《かほ》を」（三ウ）お松《まつ》ハ驚《おどろ》きながめ。是《これ》ぞ夫《をつと》の大坂吉《おほさかきち》と。因果《いんぐわ》ならべてその行《ゆく》たてを。事《こと》も細《こまかママ》かに行脚《あんぎヤ》に咄《はな》し。こゝにお松《まつ》ハ菩提《ぼだい》の心《こゝろ》。今《いま》ハ御弟子《ミでし》と打連《うちつ》れ立《だ》ちて国《くに》ハ甲州扨巨摩《こうしうさてこま》郡《ごうり》。僧《そう》のいほりにすミ染衣《ぞめごろも》。もはや用《よう》なき我顔《わがかほ》なりと。或日《あるひ》やきに。手押当《ておしあて》けれバ。変《かハ》る姿《すがた》に煩悩心絶《ぼんのうこゝろたへ》て月日《つきひ》の咽《のど》もと過《すぎ》て。起《おこ》る悪心住持《あくしんじうぢ》の金《かね》を。盗《ぬすむ》ところを見咎《ミとがめ》られて。寺《てら》ハ追放路銀《ついほうろぎん》ハ持《もた》ず。顔《かほ》の焼疵打身《やききずうちミ》もはれて罪《つミ》ハ」（四オ）敵面両杖《てきめんりやうづえ》もちて。たどる腹《はら》さへひだるき侭《まゝ》に貰《もら》ひ喰《くひ》して古郷《こきやう》の最寄《もより》。千住宿迄《せんじゆじゆくまで》野宿《のじゆく》の旅《たび》よ。こゝで計《はか》らず手代《てだい》の忠蔵病気《ちうざうびやうき》全快帰参《ぜんくわいきさん》も叶《かな》ひさしも哀《あわ》れなお松《まつ》を見懸《ミか》け。返《かへ》す恨《うらミ》ハ徳《とく》もてむくひ金《かね》を与《あた》へて立《たち》さりけれバ橋場迄来《はしばまでき》て療治《りやうぢ》をすれど。顔《かほ》ハむくんで腰《こし》さへぬけて。のたるお松《まつ》ハ新平《しんへい》民《ミん》の非人《ひにん》どころか畜生仲間《ちくしやうなかま》。落《おち》て死《し》せしハのがれぬ報《むく》ひ後世《のちよ》いましむこの物語《ものがた》りヤンレヱ、」（四ウ）

最後に書誌を記す。

（中村）

書誌

〈初編〉

○所　蔵　江戸東京博物館（九四二〇一四二九）

○表　紙　共紙表紙
○巻冊数　全二冊合一冊
○紙　数　全六丁
○寸　法　中本　一六・六糎×一〇・九糎
○登録題「鳥追お松くどきふし初へん上（瓦板唄本一つとせくどきぶし）」
○外　題　初上「鳥追お松くどき　初へん上」
　　　　　初下「鳥追お枩くどき　初へん下」
○柱　刻　初上「おまつ初上　一（～二）」
　　　　　初下「おまつ初下　一（～三）」
○作　者　署名なし
○画　工　署名なし
○板　元　「編輯兼出板人　吉田小吉」（初上表紙）
○刊　年　「明治十三年五月十四日御届」（初上表紙）
※底本以外の所蔵機関　なし
※翻　刻　なし

〈弐編〉
○所　蔵　江戸東京博物館（九七二〇〇二二九）
○表　紙　共紙表紙

○巻冊数　全二冊合一冊
○紙　数　全八丁
○寸　法　中本　一六・六糎×一〇・九糎
○登録題　「鳥追お松くどき（どどいつ本）」
○外　題　初上「鳥追お松くどき　弐へん上」
　　　　　初下「鳥追お松くどき　弐へん下」
○柱　刻　初上「おまつ二上　一（～四）」
　　　　　初下「おまつ二下　一（～四）」
○作　者　署名なし
○画　工　署名なし
○板　元　「編輯兼出板人　吉田小吉」（二上表紙）
○刊　年　「明治十三年五月十四日御届」（二上表紙）
※底本以外の所蔵機関　なし
※翻　刻　なし

『鳥追阿松海上新話』の歌舞伎化

久保田彦作『鳥追阿松海上新話』が、出版当時にどう読まれ、いかに評判になっていったかは不明であるものの、多くの読者を獲得し好評を得たことは想像に難くない。というのも、『鳥追阿松海上新話』が完結する以前、第二編が出版された直後の明治十一年三月下旬に、本作を原作にした歌舞伎狂言が製作・上演された事実が物語っている。

それが、横浜下田座佐の松において三月二十三日から開演された『門松春鳥追《かどにまつはるのとりおひ》』である。『鳥追阿松海上新話』三編は三月二十九日に売り出しが始まっていることを考えると、『門松春鳥追』は内容的に二編までをカヴァーしたものであろう。そして、その翌月四月二十日からは、東京府本郷の春木座にて同じ原作の『廿四時改正新話《にじうよじかいせいしんわ》』の上演も始まり、更に五月一日からは、大阪道頓堀の戎座にて『鳥追於松海上話《とりおひおまつかいじよふしんわ》』が開演するのである。

このように、『鳥追阿松海上新話』完結前後に、相次いで歌舞伎化、上演されている事実が確認される。この現象は、本作の人気と好評の影響以外の何ものでもない。これら三作の新作狂言は異なる外題を持ち、別の場所、別の劇場でほぼ同時多発的に開演されているがゆえに、同じ脚本を用いた同じ内容の作品ではないだろうと推測される。実際的には、これらのうち脚本が現存するのは『鳥追於松海上話』のみ（『演劇脚本　米国革命史／鳥追於松海上話』〔勝諺蔵著・明治二十九年・中西貞行〕収録）である。あとの二作は現状において脚本が確認できないため、別作品であるか比較検討ができない。なお後考を要する。

こうして、一気に『鳥追阿松海上新話』人気はいささか過熱気味に高まっていったわけである。春木座の『廿四時改正新話』は錦絵も出版され、一方では『鳥追お松くどき』が作られて酒興の俗謡として歌われ、講談化されて語られるようになる。

さて、三作品の歌舞伎上演を契機にして、爾後毎年のように各地の劇場で〝鳥追お松狂言〟が上演されるようになっていった。以下、その〝鳥追お松狂言〟の上演記録を列記しておく。

明治十一年

○横浜下田座佐の松「門松春鳥追」(三月二十三日〜)

○本郷春木座「廿四時改正新話」(四月二十日〜)

○大阪戎座「鳥追於松海上話」(五月一日〜)

明治十二年

○大阪戎座「鳥追於松海上話」(五月)

○京都南側芝居「鳥追於松の聞書」(六月)

○京都南側芝居「鳥追於松廻船話」(十一月)

明治十四年

○名古屋新守座「鳥追於松海上話」(六月)

明治十五年

○京都北側芝居「鳥追於松海上話」(十一月二十八日〜)

明治十六年

○大阪堀江芝居「鳥追於松海上話」(一月)

○大阪大工町芝居「鳥追於松海上話」(十一月)

明治十七年
○名古屋新守座「鳥追於松海上話」（九月二十一日～）
明治十八年
○大阪堀江芝居「鳥追於松海上話」（七月四日～）
明治二十年
○名古屋橘座「鳥追お松」（九月十五日～）
明治二十二年
○東京市村座「鳥追お松三筋営」（四月十五日～）
明治二十三年
○名古屋笑福座「鳥追於松海上話」（三月五日～）
○浅草常盤座「門松春鳥追」（五月一日～）
○大阪浪花座「廿四時改正新話」（八月六日～）
明治二十六年
○京都阪井座「鳥追お松」（五月八日～）
明治二十七年
○浅草吾妻座「門松春鳥追」（一月一日～）

本集成では、これらのうち唯一現存する脚本と番付の残るものの幾つかを拾って収録している。そのため、〝鳥追お松狂言〟の全貌を網羅的に紹介することはできないが、番付を収録する作品については、個別の解題で紹介する。それらに先立って、ここでは先駆的な〝鳥追お松狂言〟である『門松春鳥追』についてのみ説明を補っておきたい。

先にも触れたように、『門松春鳥追』は『鳥追お松海上新話』完結以前に上演が始まった〝鳥追お松狂言〟。本狂言は脚本が現存せず、番付類も確認されていない。しかし、「かなよみ」第六百十四号（明治十一年三月十五日付）に、次の広告が載せられている。

趣向《しゆかう》ハ仮名読《かなよみ》の鳥追於松《とりおひおまつ》
仕組《しくみ》ハ草双紙《がうくわん》の海上新話《かいじやうしんわ》　門松春鳥追《かどにまつはるのとりおひ》
三筋霞の　五幕
○右《みぎ》ハ二番目《ばんめ》狂言《きやうげん》に取仕組入御覧候《とりしくみごらんにいれそろ》あひだ相変《あひかは》らず
御評判永当《ごひやうばんえいたう》〳〵御見物之程偏《ごけんぶつのほどひとへ》に奉願上《ねがひあげたてまつり》候以上
開場初日ハ追て御披露　さの松
横浜住吉町　美なと座

大名題の上にある角書を見ると、『鳥追阿松海上新話』を原作にして脚色した狂言であることが明記されている。「かなよみ」には、本広告以後断続的に数回にわたって上演の様子を伝えているが、作品の内容について詳細を報じることはなかった。

この『門松春鳥追』は、およそ十数年の時を経て再演されている。明治二十三年五月の浅草常盤座公演『門松春鳥追《かどにまつうきなのとりおひ》』と、明治二十七年正月の浅草吾妻座公演『門松春鳥追《かどにまつうきなのとりおひ》』の二回である。これらは、いずれも番付が残されているところから上演が判明したものであるが、もしかすると再演はもっとあったのかもしれない。この吾妻座公演の番付を見ると、大名題の上の角書に「原稿《げんかう》ハ則《すなわち》久保田氏《くぼたし》の鳥追於松《とりおひおまつ》／脚色《しくみ》ハ則《すなわち》草双紙《かうくわん》基《をもとだて》の海上新話《かいじやうしんわ》」とあって、これは明治十一年版の角書を手直ししたものであることから、その関係性を指摘しうるものとなっていよう。また、常盤座公演の番付には口上とともに作品の梗概めいた文言が記されているので、ここに紹介しておきたい。

観君《くわんくん》の御高評《ごかうひやう》を得《ゑ》し海上新話《かいじやうしんわ》を基《もとだて》に綴《つゞ》り上《あげ》たる新狂言《しんきやうげん》非人小家《ひにんごや》お松《まつ》が色香《いろか》に忠蔵《ちうぞう》が品川安《しながハやす》が取持《とりもつ》恋路大坂吉《こいぢおほざかきち》が居摺《ゐすつ》た金女《かねおんな》ハ退《のが》れ旅篭屋《はたごや》で芸者《げいしや》や主《ある》じ作蔵《さくぞう》の為《ため》に飛込《とびこむ》遠州灘《ゑんしうなだ》引《ひき》わたされし忠兵衛《ちうべゑ》をあざむく証拠《しやうこ》の守《まも》り切切《ぎれきり》ほどきたる庄司《しやうじ》が愛妾《あいしやう》本妻《ほんさい》安子《やすこ》無実《むじつ》の罪《つミ》佐助《さすけ》が忠義《ちうぎ》旅僧《たびそう》の日《ひ》の本照《もとてら》す日海《につかい》が示《しめ》す詞《ことバ》に悔悟《かいご》なしたる勧善懲悪《くわんぜんてうあく》

ここから、初演時の内容もある程度知ることができるであろう。

最後に、本集成に収録する資料を理解する一助として、芝居番付（歌舞伎番付）の種別について、『歌舞伎事典』（下中邦彦編・昭和五十八年・平凡社）・『最新 歌舞伎大事典』（富澤慶秀 藤田洋監修・平成二十四年・柏書房）を引きながら簡便に説明を記しておくことにする。ちなみに、芝居番付とは、歌舞伎の公演ごとに作成され、配布、販売されたポスターやチラシ、プログラム類の総称である。

・辻番付：狂言替わりのたび、宣伝のため興行初日の二、三日前までに出した、一枚摺りのもの。辻や人の集まる場所に貼ったり、贔屓筋に配ったりした。現代でいうポスターである。江戸・京坂では形式が異なるが、江戸では右端に大きく大名題を書き、その左に各場面の絵組・浄瑠璃所作事の名題と絵組、下段に役人替名・劇場名を記す。

・役割番付　興行情報摺り物としての機能は辻番付と同様であるが、役割番付は個人が手元に置いてながめる、公演プログラムのようなもの。江戸は半紙三枚を綴じた冊子体で、表紙に役者の紋寄せがあったが、幕末期になると座元の櫓紋を大書するようになった。

・絵本番付　芝居の内容を絵で見て楽しむ目的で作られた小冊子である。上方では「絵尽し」と呼ぶのが

慣習となっている。興行開始後、劇場や芝居茶屋などで売り出された。（中村）

役割番付『廿四時改正新話』（明治十一年・本郷春木座）　全一冊

東京における〝鳥追お松狂言〟の先駆となったのが、明治十一年四月二十日から本郷春木座にて初演された『廿四時改正新話《にじうよじかいせいしんわ》』である。第一番目の演目「十二時曾我本説《じうにときそがのほんせつ》」の後、第二番目の世話物として上演された。『続続歌舞伎年代記』巻の拾壹には、以下の説明が載っている。

○四月二十日より春木座【十二時曾我本説《じふにときそがのほんせつ》】

第二番目　扨貳番目は仮名読の種を聞込む探訪も届かぬながら御贔屓のお好みゆゑに取あへず只俤を鳥追お松丁度三筋の引合も大阪者に指金をあてゝお千代のわるたくみ慾につれそふ定五郎が受けて突き出す忠蔵のかへるを松屋佐右衛門は娘おきみへ無き縁とさとしも仇になりふりを捨ておやすが自殺の狂乱是ぞ操と照月も佐助三ッ次の異見につき濱田根方が本心にすゝむ開化の時計の長剱【廿四時改正新話《にじふよじかいせいしんわ》】

○……二番目は久保田彦作著鳥追お松海上新話と云ふ草冊紙を竹柴金作が脚色したるもの

これを読むと、『鳥追阿松海上新話』に登場する脇人物を大きく活躍させるなど、かなり脚色された芝居になっているようである。

さて、本役割番付の構成について少しだけ説明しておきたい。

表紙に大きく「春」とあるのは、本郷春木座の櫓紋である。右上部には公演の座頭である「片岡我童」の名が掲げられ、その上には彼が演じる役名が並べられている。この共紙表紙は裏面が欠けている。本来は役者の家紋などが並べられることが多いが本番付ではそれがない。

二丁表には「関三十郎」を掲げた後、第一番目の演目「十二時曾我本説《じうにときそがのほんせつ》」とともに第二番目の演目として「廿四時改正新話《にじうよじかいせいしんわ》」の名題が並記される。その上部には演目の説明が記されているので、参考までに紹介しておく。

扨《さて》二番目《にばんめ》ハ仮名読《かなよミ》の種《たね》を聞込《きゝこ》む探訪《たんぼう》も届《とゞか》ぬ乍《ながら》御贔屓《ごひゐき》のお好《このミ》故《ゆへ》に取《とり》あへず只《たゞ》俤《おもかげ》を鳥追《とりおひ》お松《まつ》調度《ちやうど》三筋《ミすぢ》の引合《ひきあひ》も大坂吉《おほざかきち》に指鉄《さしがね》を当《あて》てお千代《ちよ》の悪工《わるだく》ミ欲《よく》に連添《つれそ》ふ定五郎《さだごらう》が更《ふけ》て突出《つきだ》す忠蔵《ちうざう》の帰《かへ》りを松屋《まつや》佐右衛《さゑも》門《ん》ハ娘《むすめ》お君《きミ》へ無《な》き縁《ゑん》と諭《さとす》も仇《あだ》に形振《なりふり》を捨《すて》てお安《やす》か自殺《じさつ》の狂乱《きやうらん》是《これ》ぞ操《ミさほ》と照月《てるづき》も佐助《さすけ》三ッ次《ミじ》の異見《ゐけん》に付《つき》濱田根方《はまだねがた》が本心《ほんしん》に進《すゝ》むハ開化《かいくわ》

時計《とけい》の長劔《ちやうけん》

二丁裏には両演目の場面を記している。本公演は二作品ともに一日の時間を区切った場面設定にするという凝った趣向であることが外題にも示されており、この二丁裏の場面割からもその詳細が理解できるだろう。三丁表は「坂東家橘」の名を掲げた後、三丁裏にかけて「役人替名」という本公演のキャストが詳細に記されている。一人の役者が多くの役柄を兼ねていることが分かる。

そして、三丁裏には「市川寿三郎」の名とともに、作者・浄瑠璃・三味線・劇場名並びに刊記が列記されている。

本郷春木座は、東京府本郷区春木町（現文京区本郷）にあった大劇場で、明治六（一八七三）年七月十一日に地主奥田家が開場した奥田座が前身である。明治九（一八七六）年には町名を取って春木座と改名した。主として歌舞伎を上演して大いに活況を呈したが、後に何度かの火事と関東大震災に見舞われて衰退していき、第二次大戦の戦火により完全に焼失してしまった。その姿と歴史については、文京ふるさと歴史館の特別展図録『本郷座の時代　―記憶のなかの劇場・映画館』（平成八［一九九六］年）において詳らかに紹介されている。

最後に書誌を記す。

（中村）

書誌

○所　蔵　立命館大学アートリサーチセンター（ａｒｃＢＫ〇二―〇二四〇―三六）
○表　紙　共紙表紙。
○巻冊数　全一冊
○紙　数　全二丁半（表紙半丁・本文二丁）・仮綴じ
○寸　法　中本変形　二一・〇糎×一三・八糎
○外　題　なし
○内題　「十二時曾我本説《じうにときそがのほんせつ》／廿四時改正新話《にじうよじかいせいしんハ》」
○柱　刻　なし
○作　者　「竹柴銀兵衛・竹柴金三・竹柴小芝・竹柴清吉・竹柴昇三・竹柴金作」（二ウ）
○板　元　「斎藤長八・中川久兵衛」（二ウ）
○刊　年　「明治十一年四月」（二ウ）
※底本以外の所蔵機関
　・国文学研究資料館

・東洋文庫
・中村正明

※翻　刻　なし

絵本番付『廿四時改正新話』（明治十一年・本郷春木座）全一冊

明治十一年四月二十日から本郷春木座にて初演された『廿四時改正新話《にじうよじかいせいしんわ》』の絵本番付である。番付の内容を簡単に紹介しておく。

七珍万宝を散りばめた表紙の中央に、櫓紋とともに上演される二作品の大名題が記されており、左下に「本越／春木座」と劇場名がある。

一丁裏から三丁裏までは第一番目「十二時曾我本説《じうにときそがのほんせつ》」の各場面を上下段に並べて紹介しているが、ここでは詳細に触れない。四丁表から六丁表までは第二番目「廿四時改正新話《にじうよじかいせいしんハ》」の紹介であるが、五丁裏・六丁表は上下段に割らずに幾つもの場面を詰め込んでいる。どの場面を描いているか、役名・役者名を省いてまとめておく。

〈四オ〉序まく

午前一時　午前二時／午前五時

〈四ウ〉同じく　弐まく目

午前三時｜同　四時／午前六時｜同　七時

〈五オ〉

午前八時より｜同　十二時迄／午後一時｜同　二時｜同　三時

〈五ウ〉三幕目

午後四時より同八時迄

〈六オ〉大切

午後九時より十二時迄

最終六丁裏には、狂言作者・上演開始日、版元名が記されている。最後に書誌を記す。

（中村）

書誌

○所　蔵　国立音楽大学附属図書館（六五―〇〇五〇）

○表　紙　共紙表紙

○巻冊数　全一冊

○紙　数　全六丁

○寸　法　一七・〇糎×一〇・六糎

○外　題　上「十二時曾我本説《じうにときそがのほんせつ》／廿四時《にじうよじ》改正新話《かいせいしんハ》」

○柱　刻　　なし
○作　者　「竹柴銀兵衛・竹柴金三・竹柴小芝・竹柴清吉・竹柴昇三・竹柴金作」（六ウ）
○画　工　署名なし
○劇　場　「本郷春木座」（一オ）
○板　元　「中川久兵衛・斎藤長八」（六ウ）
○刊　年　「明治十一年四月廿五日」（六ウ）
※底本以外の所蔵機関　なし
※翻　刻　なし

浮世絵『廿四時改正新話』（明治十一年・本郷春木座）　全三枚

明治十一年四月二十日から本郷春木座にて初演された『廿四時改正新話《にじうよじかいせいしんわ》』の役者絵（三幅対）である。描かれている役者は次の通り。

右　お松母お千代ばゞア 関三十郎
　　せつた出し大坂吉 市川権十郎
中央　鳥追お松 沢村百之助

左　松や手代忠蔵 片岡我童

いずれの場面を描いたものか不明であるが、主要な人物とそれを演じる主要な役者の似顔絵になっていることが分かるであろう。

絵師の豊原国周は、幕末から明治三十年代まで活躍した浮世絵師で、芳年や清親らとともに最後の浮世絵師とも称される人物である。三代目歌川豊国門下で、主に役者絵と美人画を描き続けた。本人の談話が「讀賣新聞」明治三十一年十月二十四日から四回にわたって連載されている。

最後に書誌を記す。

（中村）

書誌

○所　蔵　早稲田大学坪内博士記念演劇博物館（一〇一―四三六五～四三六七）
○紙　数　三枚
○寸　法　三六・八糎×二四・八糎
○画　工　「豊原国周筆」「画工　荒川八十八」
○彫　工　「彫工弥太」
○板　元　「出板人　福田熊治良」
○刊　年　（明治十一年）
※底本以外の所蔵機関　なし

芝居筋書『鳥追於松海上話』（明治十一年・大阪戎座・初演）全一冊

大阪における最初の〝鳥追お松狂言〟が、明治十一年五月一日から道頓堀戎座にて初演された『鳥追於松海上話《とりおひおまつかいじょふしんわ》』である。

本筋書は、新狂言の筋書を紹介する演劇雑誌『劇場珍報』（明治七年創刊『劇場の脚色』の改題雑誌）の第十号として発行されたものである。版元は、正本所の華本文昌堂。

この後各所で何度も再演されている狂言であるが、本資料のような詳細な筋書が残っているのは貴重である。

序　幕　東京両国広小路の段並び茶屋の体
二段目　汐入村非人小家の場
三段目　蒲原駅旅籠屋の場
四段目　東海道薩陲峠の場
五段目　大坂博労町足袋屋の場
六段目　濱田庄司邸の場
大　詰　摂州摩耶山半覆の体

戎座は道頓堀の劇場街を彩る五座のひとつで、時代によって呼称が変わった劇場である。古くは近松の人形浄瑠璃が初演された「竹本座」に由来する大劇場であるが、後に歌舞伎小屋「筑後の芝居」に変わった。

明治期になって「戎座」として再建され、明治二十（一八八七）年には「浪花座」と改称した。最後に書誌を記す。　（中村）

書誌

○所　蔵　立命館大学アートリサーチセンター（ｓｈｉＢＫ〇三―〇二〇三―一・〇二七）
○表　紙　共紙表紙。
○巻冊数　全一冊
○紙　数　全七丁
○角　書　「世界ハ東京仮名垣魯文が編輯の奇談／脚色ハ浪花石川一口が講談の聞書」
○外　題　「鳥追於松海上話《とりおひおまつかいじよふしんわ》　活字本八冊」
○内　題　「劇場珍報　第十号　鳥追於松海上話」
○柱　刻　「劇場珍報　第十号戎座の筋書　一（～七）　華本文昌堂版」
○板　元　「華本安治郎（華本文昌堂）」
○刊　年　「明治十一年四月廿八日出版御届／同年五月一日刻成出版」（七ウ）
※底本以外の所蔵機関　なし
※翻　刻　なし

役割番付『鳥追於松海上話』（明治十二年・大阪戎座・再演）　全一枚

大阪道頓堀戎座において、明治十一年五月一日から初演された『鳥追於松海上話《とりおひおまつかいじよふしんわ》』を翌十二年五月に再演した際の役割番付である。本作は前狂言として上演され、次狂言は次狂言『岸姫松轡鑑《きしのひめまつくつわのかゞミ》』、切狂言は『侠客浪花産《をとこだてなにはめいぶつ》』であった。

前年に上演された狂言を翌年再演するというのは、初演が好評であったということであろう。

書誌は以下の通り。

（中村）

書誌

○所　蔵　大阪府立大学椿亭文庫（ｔｕｂ二四―〇三一）
○紙　数　全一枚
○寸　法　二一・八糎×二四・四糎
○外　題　「前狂言　　鳥追於杢海上話
　　　　　次狂言　　岸姫杢轡鑑
　　　　　切きやうげん　侠客浪花産」
○劇　場　「道頓堀戎座」
○太夫本　「三栄」
○作　者　「狂言作者　近杢哥路助／狂言作者　勝圭助・〓〓弥〓・近杢音助」
○板　元　「編輯出板人兼ル　玉置清七板」

○刊　年　「明治十二年卯の五月吉日／明治十二年四月廿日御届／同同廿日出版」
※底本以外の所蔵機関　なし
※翻　刻　なし

絵尽し『鳥追於松海上話』（明治十二年・大阪戎座・再演）全一冊

大阪道頓堀戎座において、明治十二年五月に再演された『鳥追於松海上話《とりおひおまつかいじよふしんわ》』の絵尽し（絵本番付）である。

内容構成は、一丁裏から四丁表までが『鳥追於松海上話』の場面、四丁裏から五丁表までが『岸姫巹轡鑑』の場面を描いたものとなっている。

〈一ウ〉両国広小路の段・非人小家の段・吉蔵捕縛の段
〈二オ〉駒形川岸の段・旅籠屋の段・正木座舗ノ段
〈二ウ〉薩陲峠の段
〈三オ〉足袋屋店ノ段・合法ヶ辻駕破段
〈三ウ〉濱田庄司邸の段・下僕佐助忠死の段
〈四オ〉猟師作蔵内ノ・神戸気車道ノ段

〈四ウ〉岸姫松轡鑑　三段目
〈五オ〉住吉花見ノ段・千日前悟助内だん・天王寺仕返だん

書誌は以下の通り。

（中村）

書誌
○所　蔵　大阪府立大学椿亭文庫（ｔｕｂ七六―〇〇九）
○表　紙　共紙表紙（摺付）
○巻冊数　全一冊
○紙　数　全五丁
○寸　法　一九・三糎×一三・一糎
○外　題　「鳥追於松海上話／中狂言 岸松轡鑑／切狂言 侠客浪花産」
○内　題　「前　鳥追於松海上話　七段」
○柱　刻　「鳥松　二（～三）」（一・四・五は数字なし）
○作　者　署名なし
○画　工　署名なし
○板　元　「編輯出板人兼ル　玉置清七板」
○刊　年　「明治十二年第四月廿六日御届ケ／同同卅日出板」
※底本以外の所蔵機関　なし

※翻　刻　なし

辻番付『廿四時改正新話』（明治二十三年・大阪浪花座・再演）全一冊

大阪道頓堀浪花座において、明治二十三年七〜八月に再演された『廿四時改正新話《にじうよじかんかいせいしんわ》』の辻番付である。右端に座頭「中村時蔵」の名とともに大名題「前狂言　廿四時改正新話《にじうよじかんかいせいしんわ》」と掲げられている。中央上部には「切狂言　祇園祭礼信長記《ぎおんさいれいしんちゃうき》　金閣寺の場」の大名題とともに登場人物が散らし書きされ、左下部には「小信筆」と画工署名がある。「小信」はあるいは「宗信」か。この周囲に両狂言の諸場面が囲む。図版の下部には役人替名と劇場名が記されている。

浪花座は、明治十一年『鳥追於松海上話』を初演した戎座が明治二十（一八八七）年に改名した名称である。歴史のある大劇場であるが、明治期になってからは演劇改良運動の中心地にもなっていた。第二次大戦中の米軍空襲により焼失したが、戦後再建されてからは映画館に変わり、平成十四（二〇〇二）年に惜しまれつつ閉館した。

最後に書誌を記す。

（中村）

書誌

○所　蔵　国立音楽大学附属図書館（四一―一二〇三七）

○紙　数　　全一枚
○寸　法　　三八・○糎×五三・七糎
○外　題　「前狂言　廿四時改正新話《にじうよじかんかいせいしんわ》／切狂言　祇園祭礼信長記《ぎおんさいれいしんちやうき》」
○劇　場　「道頓堀浪花座」
○画　工　「小信筆」
○板　元　「劇場番附製造人　玉置清七板」
○刊　年　「明治二十三年八月」
※底本以外の所蔵機関　関西大学なにわ大阪研究センター
※翻　刻　　なし

絵尽し『廿四時改正新話』（明治二十三年・大阪浪花座・再演）　全一冊

大阪道頓堀浪花座において、明治二十三年七月に再演された『廿四時改正新話《にじうよじかんかいせいしんわ》』の絵尽し（絵本番付）である。

内容構成は、二丁表から三丁裏までが『廿四時改正新話』の場面、四丁表が『祇園祭礼信長記』の場面を描いたものとなっている。その後の丁で役人替名、浄瑠璃三味線・作者の名が並んでいる。

〈一オ・表紙〉
〈一ウ〉座頭「中村時蔵」・大名題「前狂言　廿四時改正新話《にじうよじかんかいせいしんわ》／切狂言　祇園祭礼信長記《ぎおんさいれいしんちやうき》」
〈二オ〉前狂言（三場面）
〈二ウ〉（四場面）
〈三オ〉（四場面）
〈三ウ〉（三場面）
〈四オ〉切狂言
〈四ウ〉役人替名
〈五オ〉役人替名
〈五ウ〉浄瑠璃三味線・作者・直段附・劇場名・刊記

書誌は以下の通り。

（中村）

書誌
○所　蔵　立命館大学アートリサーチセンター（ａｒｃＢＫ〇三―〇四〇三―〇八）
○表　紙　摺付表紙
○巻冊数　全一冊
○紙　数　全五丁
○寸　法　・糎×・糎

○外　題　「浪花座演劇場絵本番付」
○見返題（大名題）「前狂言　廿四時改正新話《にじうよじかんかいせいしんわ》
　切狂言　祇園祭礼信長記《ぎおんさいれいしんちやうき》」
○作　者　「清水賞吉・松嶋亀三郎・竹柴市杢・清水賞作・清水菊松・竹柴彦治・清水栄治・清水賞太郎・松嶋松助・清水音助・吉川篤助・竹柴諺蔵」
○画　工　署名なし
○板　元　「劇場番附製造人　玉置清七板」「玉置版」
○刊　年　「明治二十三年八月」
※底本以外の所蔵機関　なし
※翻　刻　なし

脚本『鳥追於松海上話』（明治二十九年刊）全一冊

明治十一年に大坂戎座において初演された『鳥追於松海上話』はその後何度か再演されたが、その脚本が明治二十九年に大阪の板元中西貞行から出版された。それが『演劇脚本　米国革命史／鳥追於松海上話』である。本書は勝諺蔵の脚本二作を収録した一冊で、明治二十七年八月に本郷春木座にて上演された『米国革命史』とともに『鳥追於松海上話』が収められている。この脚本冒頭には場割及役名が置かれているが、ここでは場割のみ抜粋しておく。
大　序　両国広小路の場／青柳座敷の場
二幕目　汐入非人小屋の場／同裏手の場／同捕物の場／浅草駒形堂捕物の場
三幕目　蒲原宿旅籠屋店先の場／同下座敷の場／同奥座敷庭先の場
四幕目　薩陲峠辻堂の場／沖津灘沖中の場
五幕目　心斎橋筋足袋屋の場／合邦ヶ辻の場
六幕目　濱田庄司屋敷の場／同雑部屋安子責の場
大　詰　摂州摩耶山の場／同山中作蔵隠家の場
本作の作品構成は、先に収録した芝居筋書『鳥追於松海上話』（明治十一年・大阪戎座・初演）の内容と一致していることから、同作品と考えて問題ない。
この脚本集に作者名が「勝諺蔵」と記されているのは貴重である。明治十一年上演時の筋書に作者名が記されていなかったからである。勝諺蔵は、明治初期に大阪で活躍した歌舞伎作者で、三代目であろう。明治十七年には改姓して竹芝と称した。二代目諺蔵の実息であり、父とともに数多くの脚本を執筆したという。詳細は、伊原敏郎『明治演劇史』（昭和八年・早稲田大学出版部）に載る。
最後に書誌を記す。（中村）

書誌
○所　蔵　国立国会図書館（八八―一四）
○表　紙　共紙表紙（飾り罫の中に外題）

○巻冊数　全一冊
○紙　数　五十九頁（全七十三頁中）
○寸　法　一九・〇糎×一二・二糎
○外　題　「米国革命史前編／鳥追於松海上話前編」
○内　題　「演劇脚本 鳥追於松海上話」（十五頁）
○尾　題　「演劇脚本 鳥追於松海上話 前編終」（七十三頁）
○作　者　「勝諺蔵著作」（表紙）
　　　　「勝彦兵衛」（刊記）
○板　元　「中西貞行」（刊記）
○刊　年　「明治廿九年三月九日印刷／明治廿九年三月十六日発行」（刊記）
※底本以外の所蔵機関　京都大学文学研究科図書館・東京大学総合図書館・東京大学大学院法学政治学研究科附属近代日本法政史料センター（明治新聞雑誌文庫）・日本芸術文化振興会（国立劇場伝統芸能情報館図書閲覧室）・立命館大学図書館

中村正明

1966年、群馬県生まれ。國學院大學大学院文学研究科日本文学専攻博士後期課程満期退学。現在、國學院大學文学部教授。専攻は日本近世文学。編著に『草双紙研究資料叢書』全八巻（編集解題・2006年、クレス出版）、『膝栗毛文芸集成』全四十巻（編集解題・2010〜2017年、ゆまに書房）、監修に『すぐ読める！蔦屋重三郎と江戸の黄表紙』（山脇麻生著・2024年、時事通信社）。

安西晋二

1976年、千葉県生まれ。國學院大學大学院文学研究科日本文学専攻博士後期課程修了、博士（文学）。現在、國學院大學文学部准教授。専攻は日本近現代文学。主著『反復／変形の諸相―澁澤龍彦と近現代小説』（2016年、笠間書院）。

明治初期毒婦小説集成《めいじしょきどくふしょうせつしゅうせい》　第1巻
久保田彦作《くぼたひこさく》 篇《へん》①

二〇二五年四月一四日　初版印刷
二〇二五年四月二五日　初版発行

監修・編集・解題　中村正明《なかむらまさあき》
　　　　　　　　　安西晋二《あんざいしんじ》
発行者　鈴木一行
発行所　株式会社ゆまに書房
〒一〇一-〇〇四七 東京都千代田区内神田二―七―六
電　話　〇三(五二九六)〇四九一
ＦＡＸ　〇三(五二九六)〇四九三
組　版　有限会社ぷりんてぃあ第二
印　刷　株式会社平河工業社
製　本　東和製本株式会社

ISBN978-4-8433-6878-7 C3393　＊定価：本体二八、〇〇〇円